에도가와 란포 江戸川乱歩, 1894~1965

일본 추리소설의 아버지로 칭송받는 거장. 본명은
란포'는 에드거 앨런 포의 이름에서 착안한 필명이

1894년 미에 현에서 출생한 에도가와 란포는 와세○ ○○학부를 졸업한 후 무
역회사, 조선소, 헌책방, 신문 기자 등 다양한 직업을 거친 후 1923년 문예지 《신세이
넨》에 단편소설 〈2전짜리 동전〉을 발표하면서 소설가로 데뷔하였다. 추리에 기반을 둔
이지적인 탐정소설을 지향했던 란포는 1925년 밀실 범죄를 다룬 〈D언덕의 살인사건〉
과 후속작 〈심리시험〉(1925)에서 명탐정 아케치 고고로를 창조하였으며, 이 시기 작품
들은 일본 추리소설의 초석으로 평가받고 있다. 일본 최초의 사립탐정 캐릭터인 아케
치 고고로는 범행 동기와 범죄를 저지르기까지의 심리적 추론에 집중한다는 점에서 독
창적인 위치를 점유하고 있으며, 요코미조 세이시의 '긴다이치 코스케', 다카기 아키미
쓰의 '가즈미 교스케'와 함께 일본의 3대 명탐정으로 일컬어지고 있다. 한편 환상, 괴
기, 범죄 등의 이른바 변격(變格)소설에 대한 대중의 수요가 높아지자 란포는 이를 수용,
〈천장 위의 산책자〉(1925), 〈인간 의자〉(1925), 〈거울 지옥〉(1926)와 같은 걸작을 연이어
발표하면서 대중적으로도 큰 사랑을 받았다. 《난쟁이》(1926)가 아사히신문에 연재되면
서 전국적으로 이름을 알린 란포는 그러나 트릭과 논리를 지향하는 자신의 이상향과 독
자를 의식하여 쓰는 작품과의 괴리에 스스로 한계를 느껴 1927년 휴필을 선언하였다.
1928년 《음울한 짐승》으로 복귀한 란포는, 이 작품이 연재되는 잡지가 3쇄까지 증쇄
되는 등 커다란 성공을 거두었다. 그리고 1936년 소년 독자를 대상으로 하는 탐정소설
《괴인 20면상》으로 란포는 남녀노소 모두에게 사랑받는 국민 작가로 인정받게 되었다.
활극적 탐정소설에서 란포의 장기인 에로티시즘과 그로테스크한 면을 제거한 이 작품
은 '뤼팽 대 홈스'를 '20면상 대 아케치 고고로'로 치환한 것으로, 청소년 독자들의 열렬
한 지지에 힘입어 '소년탐정단 시리즈'라는 이름으로 20권이 넘는 속편이 출간되었다.
    태평양전쟁 이후 란포는 일본탐정작가클럽(現 일본추리작가협회)을 창설(1947), 자신의
이름을 딴 '에도가와 란포 상'을 통해 신인작가를 발굴하였으며, 일본 최초의 추리문학
평론지 《환영성》을 간행하는 한편 강연과 좌담회를 개최하는 등 추리소설 저변 확대와
신인작가 등용을 위해 1세대 작가, 평론가로서 전력을 쏟아부었다.
    히가시노 게이고, 미야베 미유키, 요코미조 세이시, 시마다 소지 등 일본을 대표하는
추리문학 작가들이 란포에게 영향을 받았으며, 란포의 영향력은 장르를 넘어 만화, 영
화 등 대중문화에서도 여전히 유효하다. '대란포(大乱歩)'로도 불리는 에도가와 란포는
미스터리 소설 대국 일본을 있게 한 거장으로 추앙받고 있다.

사진 제공: 릿쿄 대학 에도가와 란포 기념 대중문화연구센터
SIGONGSA *design* 박지은

에도가와 란포 결정판 2

에도가와 란포(江戸川乱歩) 지음 | 권일영 옮김

江戸川
乱歩 2
決定版

검은숲

*이 책은 2004년에서 2005년 고분샤에서 기획 출간한 《에도가와 란포 전집》 1, 2, 3, 10권에 수록된 각 작품을 완역한 것입니다.

*본문 내 모든 해제는 일본 추리소설 평론가 야마마에 유즈루와 신포 히로히사가 작성하였습니다.

*해제 외 모든 주석은 옮긴이가 작성하였습니다.

*해제, 역주 외 주석은 편집자가 작성하였습니다.

*작품 중에는 오늘날 인권 보호의 견지에 비추어 부당하거나 부적합하다고 생각되는 어구나 표현이 있습니다만, 본작이 고전으로 평가받고 있는 점, 집필 당시 시대를 반영한 에도가와 란포의 독자적인 세계라는 점을 고려하여 대부분 원문을 그대로 두었음을 밝힙니다.

이번에 에도가와 란포의 작품이 한국에서 본격적으로 번역 출간된 다니, 매우 기쁘고 또 영광스럽습니다.

일본 미스터리는 에도가와 란포에 의해 발전했다고 해도 지나친 말이 아닙니다. 어른은 물론이고 소년소녀까지 란포의 작품에 빠져들었습니다.

기괴하고 환상적이면서도 왠지 정겨운 느낌이 드는 란포의 작품은 발표된 지 오랜 세월이 흘렀지만 오늘날에도 매력은 여전히 줄지 않았습니다.

우리 일본추리작가협회는 1947년 에도가와 란포가 주창하여 '탐정작가클럽'으로 발족했습니다. 그 뒤로 미스터리 보급을 위해 다양한 활동을 해왔습니다. 그 가운데 하나가 응모된 원고를 대상으로 한 신인상 '에도가와 란포 상'의 심사 및 수여입니다.

이 상은 히가시노 게이고를 비롯한 수많은 인기 작가를 길러냈습니다. 앞으로도 일본 미스터리의 미래를 짊어질 신인작가가 이 상을 통해 배출될 것입니다.

일본은 이제 미스터리가 완전히 정착해 엔터테인먼트 소설의 중심이 되었습니다. 일본 내 많은 문학상을 미스터리 작가가 수상하게 되었습니다.

이 또한 에도가와 란포의 공적이라고 할 수 있습니다.

무엇보다 란포의 작품을 즐겨주시기 바랍니다. 이를 계기로 일본 미스터리에 관심을 갖게 되신다면 매우 기쁘겠습니다.

에도가와 란포는 필명이며 그 이름은 미국 소설가 에드거 앨런 포에서 따왔습니다.

일본추리작가협회 대표이사
곤노 빈(今野 敏)

江戸川
乱歩2
決定版

파노라마 섬 기담

パ ノ ラ マ 島 綺 譚

읽기 전에

〈파노라마 섬 기담〉은 월간지 《신세이넨(新青年)》(하쿠분칸(博文館) 〔초〕1)에 1926년 10월부터 이듬해인 1927년 4월까지 〈파노라마 섬 기담(奇譚)〉이라는 제목으로 다섯 차례에 걸쳐 연재한 뒤(1926년 12월과 1927년 3월에는 연재를 걸렀다), 1927년 3월 슌요도(春陽堂)에서 간행된 《창작탐정소설집》 제7권 《난쟁이》(〔슌1〕)에 〈파노라마 섬 기담(奇談)〉으로 제목을 고쳐 함께 실었다. 이 책은 슌요도판을 저본으로 삼아 새 한자와 새 가나 쓰기 규정을 적용했다. 그리고 초출, 헤이본샤(平凡社)판 《에도가와 란포 전집》 제1권(1931년 6월 〔헤〕)에 수록된 〈파노라마 섬 기담(綺譚)〉(상자의 등에는 '파노라마 섬 기담(奇譚)'으로 적혀 있다), 슌요도판 《에도가와 란포 전집》 제1권(1955년 2월 〔슌2〕) 및 앞에서 언급한 도겐샤(桃源社)판(〔도〕)에 각각 수록된 〈파노라마 섬 기담〉을 대조했다.

　고분샤 문고판 전집은 주로 헤이본샤판 전집을 저본으로 삼아왔지만, 자세하게 검토하니 오자와 탈자가 많아 그 수정 작업이 번거로웠기 때문에 이번에는 초판본을 사용했다. 이에 따라 제목은 〈파노

---

1 각 판본별 차이는 월간지 《신세이넨》에 연재된 초판본을 〔초〕로 표기하고, 나머지는 해당 출판사의 첫 글자를 따 〔슌1〕, 〔헤〕, 〔슌2〕, 〔도〕로 표기하여 각주에서 밝힌다.

라마 섬 기담(奇談)〉으로 해야 할 것이다. 초출, 헤이본샤판을 제외하면 모두 이 제목으로 통일되어 있기 때문이다. 그러나 작가의 첫번째 개인 전집인 헤이본샤판만이 아니라 1931년 4월 서문을 쓴 사가판(私家版)《하리마세넨푸(貼雜年譜)》[2]에도 〈파노라마 섬 기담(綺譚)〉이라고 작가 손으로 직접 적었기 때문에, 적어도 예전에는 이 '기담(綺譚)'이라는 제목이 독자의 마음속에 있던 것으로 짐작해 이 책에서는 그것을 제목으로 채용했다.

초출에서는 연재 제3회가 15장부터 시작되어야 하는데 13장으로 표기된 실수가 있었다. 그 뒤로도 수정되지 않아 최종회까지 이어졌다. 초판본에서는 이 문제가 고쳐졌지만 이번에는 23장이 두 번 나와 마지막 장은 제24장이 되고 말았다. 이 문제가 처음 해결된 판본은 헤이본샤판《현대재중문학전집》제3권《에도가와 란포집》이었다.

헤이본샤판《에도가와 란포 전집》에서는 페이지 수를 늘리기 위해 너무 자주 행을 나누었고, 그 뒤에 출간된 판본에서도 이런 방식이 이어졌다. 내용에 있어 큰 정정은 헤이본샤판《에도가와 란포 전집》이후 결말에서 기타미 고고로가 증거를 개시하기 위해 사용하는 도구가 변경된 것이다. 그것 이외에 각 판본을 바탕으로 하여 세부적인 표현을 고쳤지만 내용상 큰 가필, 삭제, 정정은 없다. 각 판본별 차이는 본문 내 각주에서 '해제'로 밝혔다.

---

2 에도가와 란포가 자기 신변에 관한 내용을 정리한 스크랩북이다. 모두 9권으로 되어 있으며 자신에 관한 신문기사, 잡지기사, 편지, 원고, 사진 등에 본인이 직접 손으로 해설을 적어 넣었다. 아들과 손자에게 보여주기 위해 만들었다고 한다. ‒ 역주

1

같은 M현에 사는 사람이라도 대개는 알지 못할지도 모릅니다. I만이 태평양 쪽으로 탁 트인 S군 남쪽 끄트머리에 다른 섬들로부터 뚝 떨어져 마치 녹색 만두를 엎어놓은 듯, 지름 8킬로미터도 채 되지 않는 작은 섬이 있습니다. 지금은 무인도나 마찬가지라 부근 어부들이 이따금 내키면 올라가보는 정도지 관심을 보이는 사람도 거의 없습니다. 특히 그 섬은 어느 곳이 쑥 튀어나온 끄트머리에 외따로 떨어져 있고 근처 바다도 거칠어, 어지간히 파도가 잔잔하지 않으면 작은 어선 정도로는 아예 접근하기도 위험합니다. 그리고 위험을 무릅쓰고서 접근할 만한 곳도 아니죠. 그곳 사람들은 흔히 앞바다에 있는 섬이라는 뜻을 지닌 '오키노시마'라고 부르는데 언제부턴지 섬 전체를 M현에서 으뜸가는 부자인 T시의 고모다(菰田) 집안이 소유하게 되었습니다. 전에는 이 집안에 속해 일하는 어부들 가운데 호기심 많은 이들이 오두막을 짓고 살거나 그물을 널어 말리고 헛간으로 쓴 적은 있었습니다. 그러다가 몇 해 전 싹 걷어치우고 갑자기 그 섬에서 이상한 공사를 시작했죠. 몇 십 명이나 되는 공사 인부 또는 정원사들이 무리를 지어 따로 마련한 모터 달린 배를 타고 날마다 섬으로 모여들었습니다. 어디서 가지고 오는지 갖가지 모양을 한 커다란 바위며 나무, 철골, 목재, 헤아릴 수 없이 많은 시멘트 통 같은 것들을 계속 섬으로 옮겼습니다. 그렇게 해서 마을에서 떨어진 거친 바다 위에서 목적을 알 수 없는, 토목공사라고 해야 할지 조경공사라고 해야 할지 모를 작업이 시작되었습니다.

오키노시마 섬이 있는 군은 국철은 물론 사설 협궤철도 들어오지 않는 곳이었습니다. 당시에는 승합자동차마저 들어오지 않았죠. 특히 섬이 보이는 해안 쪽은 1백 호도 안 되는 초라한 어촌이 듬성듬성 있을 뿐, 그 마을과 마을 사이에는 사람도 지나지 못할 절벽이 솟아 있습니다. 말하자면 문명과 동떨어진 벽촌이라서 그런 이상한 공사가 시작되었어도 이 마을에서 저 마을로 소문이 전해질 뿐이고, 멀리까지 퍼지다 보면 어느새 옛날이야기처럼 바뀌고 말죠. 예를 들면 가까운 도시 같은 데 그런 소문이 퍼지기는 했지만 고작 지방신문 3면을 장식하는 정도로 끝나고 말았습니다. 만약 이게 큰 도시 부근에서 일어난 일이었다면 틀림없이 커다란 화제를 불러일으켰을 겁니다. 그만큼 괴상한 공사였습니다.

그러니 부근에 사는 어부들도 수상하게 여기지 않을 수 없었죠. 도대체 무슨 필요가 있어서, 어떤 목적으로 사람도 드나들지 않는 그 작은 외딴섬에 비용을 물 쓰듯 쓰며 흙을 파고 나무를 심고 담장을 올려 집을 짓는 걸까. 설마 고모다 가문 사람들이 호기심 때문에 그렇게 가기 불편한 작은 섬에서 지내려는 것은 아닐 테고. 그렇다고 그런 곳에 유원지를 만든다는 것도 이상한 일이다, 혹시 고모다 집안 주인이 미친 게 아닐까 하는 소문이 돌기도 했습니다. 그즈음 고모다 집안 주인이 간질을 앓다가 얼마 전 병이 깊어져 숨을 거두었고, 부근에 소문이 날 만큼 거창한 장례까지 치러졌습니다. 그런데 불가사의하게도 그가 다시 살아났다고 합니다. 그러나 되살아났다고는 해도 성격이 완전히 변해 가끔 비상식적이고 미친 듯한 행동을 한다는 소문이 그 근방 어부들 사이에도 파다했습니다. 그러니 이번 공사 역시 그 때문이 아닐까 의심을 품게 되었던 것이죠.

어쨌든 사람들이 의혹을 품기는 했지만 도시에 알려질 정도로 크게 소문이 나지는 않아 이 영문을 알 수 없는 공사는 고모다 집안 주인의 지휘 아래 착착 진척되었습니다. 서너 달 지나자 섬 전체를 둘러싼 만리장성 같은 이상한 담장이 생겼죠. 그 안에는 호수와 강, 언덕, 계곡, 그리고 그 한복판에 거대한 철근 콘크리트로 지은 이상한 건물까지 생겼습니다. 그 모습이 어찌나 기괴했는지, 그리고 또 얼마나 웅장하고 거창했는지는 나중에 이야기하기로 하죠. 하지만 그게 완성되었다면 얼마나 볼만했을까요? 거의 황폐해졌지만 아직 남은 오키노시마 섬의 모습3을 보면 사리 분별을 하는 사람이라면 틀림없이 충분히 짐작할 수 있을 겁니다. 하지만 불행하게도 이 대공사는 완성되기 직전에 뜻하지 않은 사태로4 좌절되고 말았답니다.

왜 그렇게 되었는지는 그야말로 몇몇 사람을 빼고는 정확히 모릅니다. 어떤 이유에선지 모든 일이 비밀리에 처리되었기 때문이죠.

---

3 '거의 황폐해졌지만 아직 남은 오키노시마 섬의 모습'이 〔초〕에는 '아직 남아 있는 미완성인 채로 거의 황폐해진'으로 되어 있다. – 해제
4 '완성되기 직전에 뜻하지 않은 사태로'가 〔초〕에는 '이제 마무리만 남긴 직전에'로 되어 있다. – 해제

그 공사의 목적이나 성격은 물론 중단된 이유까지 모두 모호한 상태로 묻히고 말았습니다. 외부에 알려진 내용이라고는 공사 중단을 전후해 고모다 집안 주인과 그 부인이 세상을 떠났으며, 두 사람 사이에는 자식이 없어서 친척이 고모다 집안을 물려받았다는 사실뿐입니다. 두 사람이 왜 죽었는지에 대해서도 이런저런 소문이 없지 않았지만 그저 소문으로 그쳐 확실한 내용은 도통 알 수 없었죠. 그러니 경찰도 주의를 기울이지 않았던 것입니다. 섬은 그 뒤로도 여전히 고모다 집안 소유였지만 공사 현장은 황폐한 채로[5] 찾는 사람도 없이 방치되었습니다. 인공 숲과 나무들, 화원은 원래 모습을 거의 잃고 잡초만 제멋대로 자랐고, 크고 기괴한 철근 콘크리트 원형 기둥들도 비바람에 마모되어 어느새 원래 모습을 잃고 말았습니다. 그 섬으로 운반된 나무와 석재 등은 많은 돈을 들이기는 했지만 그걸 도시로 내다 팔려면 오히려 운반비도 뽑기 힘들겠죠. 그래서 황폐하지만 나무 한 그루, 돌 하나까지 모두 제자리를 지켰습니다. 따라서 지금도 여러분이 만약 불편을 참고 여행해 M현 남쪽 끄트머리를 찾아 거친 바다를 건너 오키노시마 섬에 상륙한다면 틀림없이 그 불가사의한 인공 풍경 흔적을 발견할 수 있을 겁니다. 그건 얼핏 보면 아직 거대한 정원에 지나지 않지만 어떤 사람은 거기서 뭔가 터무니없는 일종의 계획, 혹은 예술이라는 것을 느낄 수도 있겠죠. 그리고 동시에 그 사람은 또 그 주변 전체에 넘쳐흐르는 원한이랄까 귀기랄

---

5 '공사 현장은 황폐한 채로'가 [초]에는 '공사는 거의 완성된 채로'로 되어 있다. – 해제

까, 어쨌든 일종의 전율에 휩싸이지 않을 수 없을 겁니다.

거기에는 그야말로 믿을 수 없는 기막힌 사연이 있습니다. 그 가운데 일부는 고모다 집안과 가까운 사람들에게 공공연한 비밀이지만, 다른 중요한 부분은 기껏해야 두세 사람[6]밖에 모르는 너무나도 괴이한 내용입니다. 만약 여러분이 제가 쓰는 이야기를 믿어주신다면, 그리고 이 황당무계해 보이는 이야기를 마지막까지 들어주신다면, 이제부터 그 비밀 이야기라는 걸 시작해보기로 할까요?

2

이야기는 M현과 멀리 떨어진 이곳 도쿄에서 시작됩니다. 도쿄 시내에 있는 어느 대학가에 분위기 스산한 유아이칸(友愛館)이라는 하숙집이 있습니다. 그 가운데서도 가장 살풍경한 어느 방에 히토미 히로스케(人見廣助)라는 학생인지 백수인지 모를, 그러면서도 나이는 서른이 넘은 듯한 이상한 사내가 살았습니다. 그는 오키노시마 섬에서 대대적인 공사가 시작되기 5, 6년 전에 어느 사립대학을 졸업했습니다. 하지만 그 뒤로 내내 이렇다 할 일자리를 얻지 못해 변변한 돈벌이도 하지 못했습니다. 말하자면 하숙집이나 친구들에게도 민폐를 끼치는 생활을 하다가 결국 이 유아이칸에 흘러들어, 대규모

---

6 '기껏해야 두세 사람'이 [슌2]과 [도]에는 '단 두 사람'으로 되어 있다. - 해제
두 판본 사이에 일본어 표기법상의 차이는 있다. 이하 이런 차이는 설명을 생략한다. - 역주

공사를 시작하기 1년 전쯤까지 그곳에서 살았습니다.

자기 입으로는 철학과 출신이라는데 그렇다고 철학 강의를 제대로 들은 것은 아닙니다. 어떤 때는 문학에 빠져 그 분야 책을 열심히 찾아 헤매는가 하면, 어떤 때는 터무니없이 방향이 다른 건축과 강의에 출석해 열심히 청강하기도 했습니다. 뿐만 아니라 사회학, 경제학 등에 고개를 들이미는가 하면 그다음에는 유화 도구를 사들여 화가 흉내도 냈습니다. 유난히 변덕스러운 성격에 쉽게 싫증을 느끼는 편이라 제대로 배운 과목도 없어 무사히 학교를 졸업한 게 이상할 정도였죠. 그래서 만약 그가 뭔가 배운 바가 있다면 그것은 결코 학문의 정도가 아닐 겁니다. 이른바 사도라고 하는, 유난히 한쪽으로 치우친 내용이었을 게 틀림없습니다. 그렇기 때문에 학교를 나온 지 5, 6년[7]이나 지났는데도 아직 취직도 못 하고 우물쭈물하는 것이죠.

애당초 히토미 히로스케에겐 어떻게든 일자리를 얻어 남들처럼 생활하겠다는 기특한 생각은 없었습니다. 사실 그는 세상을 경험하기도 전부터 이 세상에 질렸던 겁니다. 병약하게 타고났기 때문이기도 하겠죠. 아니면 청년기 이후 시달려온 신경쇠약 때문일지도 모릅니다. 뭔가 해볼 마음이 들지 않는 거죠. 인생만사를 그냥 머릿속에서 상상만 하고 그만이었던 겁니다. 모든 게 '대단할 것 없다'는 투였죠. 그래서 그는 1년 내내 꾀죄죄한 하숙방에서 뒹굴뒹굴하며 어떤 실천가도 일찍이 경험한 적이 없는 자기만의 꿈을 계속 꾸었습니다. 한

---

7 '5, 6년'이 〔도〕에는 '10여 년'으로 되어 있다. – 해제

마디로 말하자면 그는 그야말로 극단적인 몽상가였습니다.

그는 세상만사 내팽개치고 대체 무슨 꿈을 꾸었을까요? 그건 그가 그리는 이상향, 무하유향(無何有鄕)[8]을 꼼꼼하게 설계하는 일이었습니다. 그는 학창 시절부터 플라톤 이후 몇 십 가지나 되는 이상적인 국가 이야기, 무하유향 이야기에 푹 빠져 있었습니다. 그리고 거기에 공감하며 지은이들이 실현할 수 없었던 그들의 몽상을 글로 세상에 묻는 일을 자그마한 소일거리로 삼았습니다. 지은이들의 심정을 상상하며 일종의 공명을 느끼고, 자신도 약간 위안받을 수 있었죠. 그런 책들 가운데서도 정치적, 경제적 이상향에 대해서는 거의 무관심했습니다. 마음을 사로잡은 이야기들은 지상낙원으로 그려지는 아름다운 나라, 꿈의 나라로서의 이상향이었습니다. 그래서 에티엔 카베[9]가 쓴 《이카리아 여행기》보다는 윌리엄 모리스[10]의 《무하유향 소식》이, 모리스보다는 차라리 에드거 앨런 포의 〈아른하임의 영토〉[11] 쪽이 더 끌렸던 거죠.

---

8 장자가 유토피아로 그리던 곳으로, 자연 그대로인 채로 아무런 작위도 없는 이상적인 세계를 의미한다. 《장자》의 〈소요유〉, 〈응제왕〉, 〈지북유〉 등 여러 편에 나온다. 한자를 그대로 풀이하면 '그 어느 곳에도 없는 곳'이란 뜻이다. – 역주
9 Étienne Cabet, 1788~1856. 프랑스의 변호사, 공상적 사회주의자. 이상적인 공산주의 사회를 묘사한 공상소설 《이카리아 여행기》(1840)를 썼다. 왕정에 반대하다가 추방되어 1833년 영국으로 망명해 프리드리히 엥겔스, 로버트 오언 등과 교류하기도 했다. 미국 텍사스 주와 공산주의적 공동체를 만들었으나 실패하고 미국에서 세상을 떠났다. – 역주
10 William Morris, 1834~1896. 영국의 화가, 건축가, 시인, 정치가, 사회운동가이며 공예가로 이름이 높다. 《무하유향 소식》(1890)은 어떤 사회주의자가 꿈속에서 공산주의 사회를 실현시키는 과정을 그린 소설이다. – 역주
11 1847년에 발표된 〈풍경식 정원〉(1840)의 내용을 확장한 단편소설이다. 《파노라마 섬 기담》의 인공적인 풍경에 대한 묘사를 보면 에도가와 란포가 이 작품에서 큰 영향을 받은

그의 단 한 가지 몽상은 음악가가 악기로, 화가가 캔버스에 물감으로, 시인이 문자로 온갖 예술을 창조하듯 이 대자연을 이루는 산천초목을 재료로 삼아 돌 하나, 나무 한 그루, 꽃 한 송이, 또는 거기서 이리저리 날아다니는 새, 짐승, 벌레에 이르기까지 시시각각 살아가는 생명을 지닌 모든 생물을 재료로 삼아 엄청나게 큰 예술품 하나를 창작하는 일이었습니다. 신이 만든 이 대자연에 그대로 만족하지 못하고 자신의 개성으로 멋대로 뒤바꿔 거기에 자기만의 예술적인 큰 이상을 표현해내는 일이었죠. 쉽게 말하면 그는 자기가 신이 되어 이 자연을 뒤바꾸고 싶었던 겁니다.

　그는 보기에 따라서는 예술이란 다름 아닌 자연에 대한 인간의 반항, 있는 그대로 만족하지 않고 거기에 인간 각자의 개성을 부여하려는 욕구의 표현이라고 생각했습니다. 예를 들면 이런 겁니다. 음악가는 바람 소리나 파도 소리, 새와 짐승 우는 소리 등에 만족하지 않고 끊임없이 자기들만의 소리를 창조하려고 애를 씁니다. 화가는 모델을 단순히 있는 그대로 그려내는 게 아니라 자기 개성을 통해 바꾸고 꾸며냅니다. 더 설명할 필요도 없이 시인은 사실을 단순하게 보도하거나 기록하는 사람이 아니죠. 그러나 이른바 예술가들은 왜 악기라거나 그림물감, 문자라고 하는 간접적이며 효과적이지 못한 아주 번거로운 수단을 쓰면서도 만족하는 걸까요? 그리고 직접 대자연 그 자체를 악기로 삼고, 그림물감으로 쓰며, 문자로 부려 쓰지

것으로 보인다. - 역주

않는 걸까요? 그것이 전혀 불가능한 일은 아니라는 증거로 조경 기술과 건축 기술은 실제로 어느 정도까지 자연 자체를 이용해 바꾸고 꾸미고 있지 않습니까? 그걸 더욱 예술적으로, 더욱 큰 규모로 실행할 수는 없을까요? 히토미 히로스케는 이런 의문을 품었던 겁니다.

그래서 그는 앞에서 예로 든 여러 유토피아 이야기보다, 그렇게 문자로 묘사하는 놀이보다 더 실제적인, 그 가운데 어떤 것은 어느 정도 자기와 같은 이상을 실현한 걸로 보이는 오래전 제왕들—주로 폭군들이지만—이 남긴 화려한 업적에 몇 배나 마음이 끌렸습니다. 예를 들면 이집트 피라미드와 스핑크스 같은 겁니다. 그리스와 로마의 성곽이나 종교적인 분위기를 지닌 대도시도 그렇고 중국의 만리장성과 아방궁, 일본 아스카 시대 이후 웅장하게 지은 불교 건축물, 금각사와 은각사를 꼽을 수 있겠죠. 단순히 그런 건축물에 마음이 끌린 게 아니라 그런 것들을 창조한 영웅들이 지녔던 유토피아적 의도를 상상할 때 히토미 히로스케는 가슴이 뛰었던 겁니다.

"만약 내게 엄청 많은 돈이 생긴다면."

이건 어느 유토피아 작가가 사용한 책 제목인데, 히토미 히로스케 또한 늘 같은 탄식을 했습니다.

"만약 내게 다 쓸 수 없을 만큼 큰돈이 생긴다면 먼저 넓은 땅을 사들여야지. 그걸 어디에 사면 좋을까? 몇 백 명, 몇 천 명이라도 부려 평소 내가 생각하는 지상낙원, 아름다운 나라, 꿈의 나라¹²를 만들어

---

12 '지상낙원, 아름다운 나라, 꿈의 나라'가 〔슌1〕, 〔헤〕, 〔슌2〕, 〔도〕에는 '지상낙원, 아름다운 나라'로 되어 있다. - 해제

낼 텐데.”

거기를 이렇게 하고, 저렇게 꾸미고, 하면서 공상하기 시작하면 끝이 없어 결국 머릿속에 자기 이상향을 완전하게 만들어내지 않고는 속이 풀리지 않았습니다.

그렇지만 정신을 차리면 꿈속에서 쌓아 올린 것은 그저 한낮의 꿈, 허공에 지은 누각에 지나지 않았습니다. 현실 속 그는 보기에도 애처롭게 그날 하루 끼니도 마련하기 어려운 일개 가난뱅이 글쟁이에 지나지 않았죠. 그리고 그 실력으로는 평생 죽을힘을 다해 애써봤자 몇 만 엔도 모을 수 없을 것 같았습니다.

그는 결국 ‘꿈꾸는 사내’에 지나지 않았습니다. 평생 그렇게 꿈속에서 제멋에 겨워 아름다움에 취해 지내는 것이 현실 세계에서는 얼마나 비참한 대조를 이루는지. 다다미 넉 장 반 넓이밖에 안 되는 꾀죄죄한 하숙집 단칸방에 누워 따분한 그날그날을 보내지 않으면 안 되는 처지였습니다.

그런 남자들은 여러 예술을 건드리다가 적어도 자기 안식처를 찾아내기 마련인데, 히토미 히로스케는 왜 그 모양인지 예술적인 관심은 있어도 지금까지 이야기한 몽상 이외에는 현실적으로 그 어느 예술에도 흥미를 느끼지 못했고 그런 재능을 타고나지도 못했습니다.

만약 그가 꾸는 꿈이 실현 가능하다면 그건 그야말로 이 세상에서 비슷한 예를 찾아볼 수 없는 대공사, 엄청난 예술이 아닐 수 없습니다. 꿈속에서 헤매고 있는 그에게 세상 어떤 일도, 어떤 오락도, 심지어 그 어떤 예술마저도 조금도 가치가 없고 하찮게 보이는 것이 전혀 무리는 아니었죠.

　그러나 그렇게 모든 일에 흥미를 잃은 히토미 히로스케도 먹고살기 위해서 아무래도 일을 전혀 하지 않을 수는 없었습니다. 그래서 그는 졸업한 뒤로 싸구려 번역 하청이나 동화, 이따금 성인소설 같은 걸 써서 여러 잡지에 가지고 가 근근이 그날그날의 끼니를 때웠습니다. 그래도 처음에는 예술이란 것에 어느 정도 흥미도 있어, 예전 유토피아 작가들이 그랬던 것처럼 자기 몽상을 글로 발표하는 일에도 적지 않은 위안을 얻을 수 있었기 때문에 열심히 했죠. 하지만 번역은 그렇다 쳐도 그가 창작해서 쓴 글에 대한 잡지사의 반응은 묘하게 좋지 않았습니다. 그도 그럴 것이 그가 쓴 글은 자기 혼자서만 좋다고 생각하는 따분하기 짝이 없는 내용이기 때문에 그런 반응은 당연했습니다.

　그런 이유로 모처럼 자기 마음에 든 창작물이 잡지 편집자에게 거절당한 일이 한두 번이 아니었습니다. 게다가 그저 글자 놀음으로 만족하기에는 그의 욕심이 컸기 때문에 소설 쪽에서는 전혀 두각을 드러내지 못했습니다. 그렇다고 그런 일까지 집어치우면 바로 그날 끼니가 문제라 마지못해 인정받지 못하는 싸구려 글쟁이 생활을 이어갈 수밖에 없었습니다.

　그는 한 장에 50전[13] 받는 원고를 쓰는 한편, 틈틈이 자기 이상향의 조감도라거나 거기에 지을 건축물 설계도 같은 그림을 셀 수 없이

---

13 '50전'이 [슌2], [도]에는 '50전(지금의 백 엔 정도)'으로 되어 있다. – 해제

많이 그렸다 찢어버리고, 그렸다 찢어버리며 자기 몽상을 그대로 실현할 수 있었던 고대 제왕들의 발자취를 가슴에 사무칠 만큼 한없이 부러워했습니다.

3

자, 이야기는 그런 상태로 하루하루를 보람도 없이 보내던 어느 날—앞에서 이야기한 외딴섬에서 대규모 공사가 시작되기 딱 1년 전인데—히토미 히로스케에게 실로 놀라운 행운이 날아들면서 시작됩니다. 단순히 행운이라는 말 한 마디로는 다 표현할 수 없을 만큼 기괴하기 짝이 없는, 오히려 무시무시한, 그러면서도 동화처럼 매혹적인 면이 있는 그런 일이었습니다. 그 좋은(?) 소식을 접하고 얼마 안 있어 어떤 생각이 떠오르자, 그는 아마 여태 아무도 겪은 적이 없을 야릇한 환희를 맛보았습니다. 그리고 다음 순간 자기 생각이 너무도 끔찍해 이가 덜덜 떨릴 정도로 전율을 느꼈죠.

그 소식을 가지고 온 사람은 대학 동기인 어떤 신문기자였습니다. 어느 날 그 동기가 오래간만에 히로스케가 사는 하숙을 찾아와 무슨 이야기를 하던 중에 불쑥, 물론 그는 별생각 없이, 그 이야기를 꺼냈던 겁니다.

"그런데 자네, 아직 모를 테지만 요 2, 3일 전에 자네 형님이 돌아가셨어."

"뭐라고?"

동기가 건넨 뜻밖의 말에 히토미 히로스케는 그만 이런 식으로 되묻지 않을 수 없었습니다.

"아니, 벌써 잊었나? 그 유명한 자네 반쪽 말이야. 쌍둥이 반쪽. 고모다 겐자부로(菰田源三郎)."

"아아, 고모다 말인가? 그 부잣집 고모다가 죽어? 그거 놀랍군. 대체 무슨 병으로 죽은 건가?"

"통신원이 원고를 보냈어. 그 내용에 따르면 태어났을 때부터 앓던 간질 때문이라는군. 발작을 일으켰는데 그만 깨어나지 못했다는 거야. 아직 마흔 살도 안 되었는데, 불쌍하게 되었어."

그러더니 신문기자는 이렇게 덧붙였습니다.

"그런데 난 지금 생각해도 감탄스러워. 얼마나 똑 닮았는지. 자네와 고모다 말이야. 원고와 함께 최근 고모다를 찍은 사진이 들어왔는데 그걸 보니 5, 6년[14]이 지났지만 자네와 고모다는 오히려 학창 시절보다 더 똑같아졌더군. 사진의 콧수염 부분을 손가락으로 가리고, 자네의 그 안경을 끼운다면 그야말로 똑같다니까."

이 대화로 독자 여러분이 이미 상상하셨듯이 가난뱅이 글쟁이인 히토미 히로스케와 M현 최고 갑부인 고모다 겐자부로는 대학 동기에다가 다른 학생들에게서 쌍둥이라는 별명을 얻었을 정도로 얼굴이며 키, 음성에 이르기까지 이상하리만치 빼닮았습니다. 동기들은

---

14 '5, 6년'이 〔슌2〕, 〔도〕에는 '십 몇 년'으로 되어 있다. - 해제

두 사람의 나이 차이 탓에 고모다 겐자부로를 쌍둥이 형으로, 히토미 히로스케를 아우로 부르며 툭하면 갖다 붙여 놀리려고 들었죠. 놀림을 당하면서도 두 사람은 피차 그런 별명이 결코 아무렇게나 지은 게 아니라는 사실을 스스로도 인정하지 않을 수 없었습니다. 세상에 그런 일도 있을 수 있지 않겠느냐고 하지만 그들처럼 쌍둥이가 아닌데 쌍둥이로 여길 만큼 닮았다는 것은 좀처럼 보기 드문 일이었죠. 더구나 그게 나중에 세상을 깜짝 놀라게 할 괴사건을 낳게 된다는 사실을 생각하면 인연이 얼마나 무서운 것인지 몸서리를 치지 않을 수 없습니다.

두 사람 모두 강의실에 잘 나타나지 않는 편이었던 것과 히토미 히로스케가 약간 근시라 늘 안경을 끼고 있었기 때문에 두 사람의 얼굴을 동시에 볼 기회는 많지 않았습니다. 둘이 한자리에 있을 때도 한쪽은 안경을 썼기 때문에 멀리서도 쉽게 구별할 수 있어 이렇다 할 이야깃거리도 남기지 않고 지나갔습니다. 그래도 오랜 학교생활 중에는 우스갯소리의 소재가 될 만한 일은 한두 번이 아니었죠. 그만큼 두 사람은 똑 닮았던 겁니다.

그런 쌍둥이의 반쪽이 죽었다는 이야기를 듣고 히토미 히로스케는 다른 동창의 부고를 들었을 때보다 조금 더 놀라기는 했습니다. 그렇지만 그는 예전부터 자기 그림자 같은 고모다에 대해 서로 너무 닮았기 때문에 오히려 혐오의 감정을 품었을 정도라서 슬프지는 않았습니다. 그렇다고는 해도 그 소식을 듣자 뭔지는 알 수 없었지만 히토미 히로스케의 마음을 흔드는 무엇이 있었습니다. 그건 슬픔이라기보다 놀라움, 놀라움이라기보다는 뭐랄까, 묘하게 기분 나쁜, 정체를 알 수 없는 예감 같은 것이었습니다.

그러나 그게 무엇인지는 소식을 전해준 신문기자가 그 뒤로도 한참 이런저런 이야기를 늘어놓고 돌아갈 때까지 전혀 깨닫지 못했습니다. 그런데 혼자 남자 묘하게 머릿속에 남아 있는 고모다의 죽음에 대해 이런저런 생각을 하게 되었습니다. 그러다가 마침내 어떤 터무니없는 공상이 소나기구름이 퍼질 때처럼 빠르고 불길하게 그의 머릿속에 뭉게뭉게 피어올랐던 겁니다. 그는 새파랗게 질린 얼굴로 이를 악물었습니다. 결국은 덜덜 떨면서 계속 한자리에 꼼짝 않고 앉은 채 점점 또렷하게 정체를 드러내는 그 생각을 마주했습니다. 어느 때는 너무 무서워 계속 떠오르는 기묘한 계책을 밀어내려고 애를 썼지만, 밀어내면 밀어낼수록 그치기는커녕 오히려 만화경[15]처럼 더욱 선명하게 그 나쁜 계략 하나하나의 장면까지 환상처럼 떠올랐습니다.

4

그가 그런 상상도 못 할 나쁜 꾀를 떠올리기에 이른 중요한 동기 가

---

15 원서에는 '만화경'이 아니라 '백색안경'으로 되어 있다. 우리는 쓰지 않는 단어라 '만화경'으로 해두었다. – 역주
[도]에는 '백색안경' 아닌 '만화경'으로 되어 있다. – 해제

운데 하나는 고모다 고향 M현에서는 사람이 죽으면 일반적으로 화장을 하지 않고, 특히 고모다 집안 같은 상류계급은 화장을 더욱 꺼려 반드시 매장한다는 점이었습니다. 그 이야기는 학창 시절에 고모다에게 들어 잘 알고 있었죠. 그리고 또 다른 동기는 고모다의 사인이 간질 발작이었다는 점이었습니다. 그 사실이 어떤 기억을 떠올리게 했던 겁니다.

히토미 히로스케는 다행인지 불행인지 전에 하르트만[16], 보슈[17], 켐프너[18] 같은 사람들이 쓴 죽음에 관한 책을 탐독한 적이 있죠. 특히 가사 상태에서 이루어진 매장에 대해서는 상당한 지식이 있었기 때문에 간질에 의한 죽음이란 게 얼마나 모호하며 생매장이라는 위험이 따르는 일임을 잘 알았던 것입니다. 독자 여러분은 대부분 에드거 앨런 포의 〈때 이른 매장〉이란 단편소설을 읽으신 적이 있겠죠? 그렇다면 가사 상태의 매장이 얼마나 무서운지 잘 아실 겁니다.

"산 채로 땅에 묻힌다는 것은 일찍이 인류의 운명에 내려진 극단적인 불행(성 바르톨로메오 축일의 대학살[19]을 비롯한 역사상 전율할 만한 사건들) 가운데 의심할 나위 없이 가장 무서운 것이다. 그리고 이것이 매우 빈번하게 일어나고 있다는 것은 조금 물정을 아는 이라

---

16 Franz Hartmann, 1838~1912. 독일 의사. 신지론자, 오컬트주의자. - 역주
17 Eugene Bouchut, 1818~1891. 프랑스 소아과 의사. - 역주
18 Friederike Kempner, 1836~1904. 때 이른 죽음에 관한 책을 탐독한 결과, 시체를 20일 동안 안치해야 한다고 주장하는 내용을 담은 팸플릿을 발행한 독일 여성. - 역주
19 1572년 성 바르톨로메오 축일(8월 24일)에 프랑스에서 로마 가톨릭 신자들이 몇 천 명에 이르는 위그노(프랑스 개신교 신자)들을 학살한 사건이다. - 역주

면 부정할 수 없는 사실이다. 생과 사를 구분하는 경계는 기껏해야 흐릿한 그림자에 지나지 않는다. 어디서 삶이 끝나고 어디서 죽음이 시작되는지 누가 정할 수 있겠는가. 어떤 질병은 생명의 외부적 기관이 죄다 쉬는 상태에 들어가는 경우가 있다. 게다가 이 경우 이러한 휴지 상태는 단순히 잠시 멈춘 것에 불과하다. 그래서 조금 지나면(그건 몇 시간일 수도 있고 며칠일 수도, 또는 수십 일인 경우도 있다) 눈에 보이지 않는 불가사의한 힘이 작용해 작은 톱니바퀴와 큰 톱니바퀴가 마법처럼 다시 움직이기 시작한다.”

그리고 간질이 그런 질병 가운데 하나라는 사실은 여러 책에 나오는 실제 사례를 통해 의심할 여지도 없습니다. 예를 들면 예전에 미국의 '생매장 방지협회' 홍보 책자에 발표된 가사 상태를 일으키기 쉬운 여러 질병 가운데 간질 항목이 포함되었던 것을 어떤 이유에서인지 또렷하게 기억했습니다.

그는 가사 상태에서 매장된 실제 사례를 헤아릴 수 없이 많이 읽으며 아주 기묘한 기분에 사로잡혔습니다. 그 말로 표현할 수 없는 기분에 대해서는 공포라거나 전율이라는 표현은 너무도 상투적이고 지극히 평범하게 여겨질 정도였죠. 예를 들면 임신부가 너무 일찍 매장되어 무덤 안에서 되살아났을 뿐 아니라 암흑 속에서 분만하여 울어대는 갓난아기를 안고 고통스러워하다가 죽은 이야기 같은 사례는(아마 그 여자는 나오지도 않는 젖을 핏덩어리나 다름없는 갓난아기 입에 물렸겠죠) 머릿속에 고스란히 새겨져 늘 기억에 남아 있었습니다.

그러나 역시 간질이라는 병에 그런 위험이 따른다는 사실을 어떻게 그렇게 또렷하게 기억하는지, 히토미 히로스케 자신은 전혀 깨닫지 못했죠. 하지만 사람 마음이란 참 무서운 겁니다. 그는 그런 책들을 읽으며 그와 똑 닮은 쌍둥이 반쪽이라는 소리까지 듣던 고모다, 그 엄청난 부자 고모다가 간질을 앓는다는 사실을 무의식중에 의식하지 않았다고는 할 수 없죠. 앞에서 이야기한 대로 타고난 몽상가에다 이리저리 머리를 굴리는 걸 좋아하는 히토미 히로스케가 설사 또렷하게 의식하지는 못했더라도 그런 걸 깨닫지 못했을 리 없는 노릇입니다.

만약 그렇다면 여러 해 전에 이미 마음 깊은 곳에 자기도 모르게 심은 씨앗이 고모다가 죽었다는 소식을 듣자 비로소 또렷한 형태를 드러내기 시작했다고 생각할 수도 있죠. 어쨌든 그가 떠올린 세상에 보기 드문 나쁜 꾀는 온몸에서 식은땀을 끈적끈적 흘리면서도 눕지도 못한 채 앉아서 밤을 꼬박 지새우다 보니 처음에는 마치 동화나 꿈 이야기 같던 생각이 조금씩 조금씩 현실적인 빛깔을 띠기 시작했습니다. 그리고 마침내 실행에 옮기기만 하면 틀림없이 성공할 아주 당연한 일로 여겨지기까지 했습니다.

"말도 안 돼. 아무리 내가 그 녀석과 닮았다고 해도 그런 터무니없는……. 정말 터무니없는 생각이야. 인류가 시작된 뒤로 이토록 말도 안 되는 생각을 한 놈이 한 명이라도 있을까? 흔히 탐정소설 같은 데서 쌍둥이 한쪽이 다른 한쪽인 척하면서 1인 2역을 하는 이야기는 읽었지만 현실 속에서는 도저히 있을 수 없는 일이지. 하물며 지금 내가 궁리하는 꿍꿍이는 그야말로 미친놈의 망상 아닌가. 쓸데없는 생각은 그만두고 넌 네 분수에 맞게 평생 실현할 수 없을 유토피아 꿈이나 꾸는 게 낫지."

몇 번인가 이런 생각을 하며 너무도 무시무시한 망상을 떨쳐내려고 애를 썼습니다. 그러나 뜻대로 되지 않았습니다.

"그렇지만 생각해보면 이만큼 쉬운 일도 없지. 세상에 위험이 전혀 따르지 않는 계획이란 게 어디 있나? 설사 고생을 좀 하더라도 위험을 무릅쓰고 해내기만 하면 네가 그토록 열망하던, 오랜 세월 오로지 그것만 꿈꾸던 네 이상향을 건설하기 위한 자금이 고스란히 손에 들어오잖아. 그렇게 되면 얼마나 즐겁고 기쁠까? 어차피 지긋지긋한 세상이야. 어차피 별 볼 일 없는 인생이지. 설사 목숨을 잃게 된다고 해도 아쉬울 게 뭔가. 실제로는 사람 한 명 죽이지 않고, 이 세상에 해를 끼치는 짓도 아니야. 그저 나라는 존재를 감쪽같이 없애고 고모다 겐자부로를 대신하기만 하면 그만인 일이지. 그렇게 해서 무엇을 얻느냐고? 그야 예로부터 그 누구도 시도한 적 없는 일이지. 자연을 개조하고 풍경을 새로 만들어내는 거야. 즉 엄청나게 큰 예술품을 만들어내는 거지. 낙원을, 이 땅 위에 천국을 창조하는 거야. 찜찜할 게 뭐 있어? 게다가 고모다의 유족들도 죽었던 주인이 다시 살아난다면 기뻐할 일이지, 원망스럽게 여길 리 있나? 너는 아주 나쁜 짓으로 여기는 모양인데 잘 생각해봐. 이렇게 하나하나 짚으며 결과를 음미하면 나쁜 짓은커녕 오히려 착한 일 아닌가?"

그렇게 따지고 보니 과연 앞뒤가 맞아떨어졌습니다. 실행에 옮기더라도 아무 문제 없고 또한 양심에 거리낄 문제도 거의 없었습니다.

이 계획을 실행하기에도 상황이 아주 좋았습니다. 고모다 겐자부로의 부모는 오래전에 세상을 떠나 가족이라고 해봐야 그의 어린 아내 딸 한 명뿐이었고, 나머지는 몇몇 일꾼들뿐이었죠. 원래 그에게는 여동생이 한 명 있었는데 도쿄에 사는 어느 귀족 가문으로 출가했습니다. 그 정도의 부잣집이니 고향에도 틀림없이 친인척이 많았을 테지만 그런 사람들이 죽은 겐자부로와 똑같이 생긴 히토미 히로스케라는 남자가 있다는 사실을 알 리 없을 겁니다. 게다가 그 남자가 겐자부로를 가장해 나타나리라고는 꿈에도 생각하지 못할 겁니다. 게다가 히토미 히로스케는 선천적으로 유난히 연극을 잘하기도 했습니다. 두려운 사람은 딱 한 명뿐이었죠. 아주 섬세한 부분까지 겐자부로의 버릇을 알고 있을 게 틀림없는 아내였습니다. 그렇기는 하지만 조심만 하면, 특히 부부 사이에만 알 수 있을 이야기를 가능한 한 피한다면 아마 눈치채지 못할 겁니다. 게다가 한번 죽었던 사람이 되살아나 돌아왔으니 생김새나 성격이 조금 다르다고 해도 그런 이상한 일을 겪은 탓이라고 생각하면 그다지 이상하게 여길 일도 없을 겁니다.

이렇게 히토미 히로스케는 점점 더 미세한 부분까지 파고들게 되었습니다. 자세한 내용을 이리저리 생각하다 보니 그의 엄청난 계획은 점점 더 현실화될 가능성이 높아지는 기분이 들었죠. 나머지 문제는—이거야말로 그의 계획에서 가장 큰 난관이 틀림없는데—어떻게 해서 자기 자신을 깨끗하게 지워버리느냐, 또 어떻게 감쪽같이 고모다로 되살아나게 꾸미느냐, 그리고 그다음에는 진짜 고모다의 시체를 어떻게 처리하느냐 하는 점이었습니다.

　이처럼 엄청난 악행(스스로는 뭐라고 변명하건)을 궁리할 정도이니 타고나기를 간교한 계략을 꾸미는 일에 뛰어난 인간이기도 했겠죠. 그렇게 끈덕지게 한 가지 문제를 계속 파고들다 보니 가장 어렵게 여기던 문제도 어렵지 않게 해결할 수 있을 것 같았습니다. 그래서 이제 되었다 싶어 그는 지금까지 생각한 내용을 다시 꼼꼼하게 점검했습니다. 마침내 빈틈이 전혀 없다는 생각이 들자 마지막으로 그 계획을 실행에 옮길지 말지 중대한 결정을 내려야 하는 상황에 맞닥뜨렸습니다.

5

온몸의 피가 머리로 몰린 느낌이었습니다. 이제는 이 계획이 얼마나 무서운 일인지도 잊고 거의 하루 밤낮을 궁리하고 또 궁리해, 다듬고 또 다듬은 끝에 결국 그는 결행하기로 마음먹었습니다. 나중에 돌이켜보면 그때 상태는 마치 몽유병에 걸린 것 같았습니다. 막상 실행 단계에 들어섰는데도 이상하게 공허한 느낌이 들었습니다. 그토록 중대한 일을 하는데 왠지 느긋하게 유람이라도 떠나는 듯한 기분이었지요. 그러나 마음 한구석에는 지금 이렇게 하는 것은 사실

꿈이고, 꿈 저 너머에 또 다른 진짜 세계가 기다리고 있을 거라는 의식이 도사린 듯한 이상한[20] 기분이 계속 들었습니다.

앞에서 이야기한 대로 그의 계획은 두 가지 중요한 부분으로 나뉩니다. 첫째는 그 자신을, 즉 히토미 히로스케라는 인간을 이 세상에서 없애는 일이었습니다. 그 일에 착수하기에 앞서 일단 고모다 저택이 있는 T시로 급히 가서 고모다가 과연 땅에 묻혔는지 어떤지, 그 무덤에 제대로 숨어들어갈 수 있을지 없을지, 고모다의 젊은 아내는 어떤 인물인지, 하인들의 성격은 어떤지, 그런 점을 조사해둘 필요가 있었죠. 그 결과 만약 이 계획에 파탄을 초래할 만한 위험이 발견되면 그때 가서 실행을 단념해도 늦지 않고 상황을 돌이킬 여지는 있었습니다.

그러나 지금 모습 이대로 T시를 찾아가는 일은 물론 삼가야 했습니다. 그가 히토미 히로스케라는 걸 알아차리건, 혹은 설사 고모다 겐자부로로 잘못 보건, 어느 쪽이든 그의 계획은 치명상을 입게 되니까요. 그래서 그는 장기를 발휘해 변장한 다음, 처음 가보는 T시로 여행을 떠났습니다.

그의 변장 방법은 아주 간단했습니다. 늘 쓰던 안경을 벗고 아주 큼직한, 그러나 특별히 눈길을 끌지 않을 만한 모양을 한 색안경을 끼고, 눈썹에서 뺨에 걸쳐 큼직한 붕대를 대 한쪽 눈을 가렸습니다. 뺨이 불룩하게 보이도록 입에는 솜을 넣었고 튀지 않을 만한 콧수염

---

20 '도사린 듯한 이상한'이 〔슌1〕과 〔슌2〕, 〔헤〕에는 '도사린 듯한'으로, 〔도〕에는 '어딘가 이상한'으로 되어 있다. – 해제

을 붙인 다음 머리카락은 짧게 깎았습니다. 겨우 이 정도였지만 그 효과는 실로 놀라웠습니다. 출발하는 길에 전차 안에서 친구와 마주쳤는데도 전혀 눈치채지 못했을 정도였죠. 사람 얼굴에서 가장 눈에 띄는 부분, 각자의 개성을 가장 잘 드러내는 부분은 틀림없이 두 눈일 겁니다. 그 증거로 손바닥으로 코를 기준으로 윗부분과 아랫부분을 각각 가려보세요. 효과가 전혀 다릅니다. 전자일 경우에는 어쩌면 사람을 제대로 알아보지 못할지도 모릅니다. 하지만 후자일 경우에는 바로 누군지 알아차리죠. 그래서 그는 먼저 두 눈을 가리기 위해 색안경을 준비했습니다. 하지만 색안경이란 물건은 눈의 표정을 거의 가려주는 대신 그걸 쓴 사람이 왠지 수상쩍다는 느낌을 풍기게 합니다. 이런 느낌을 지우기 위해 그는 붕대를 한쪽 눈에 붙여 눈병 환자로 가장했습니다. 이렇게 하면 또 동시에 눈썹과 뺨 일부를 가릴 수도 있어 일거양득이었습니다. 게다가 머리 모양을 완전히 바꾸고 옷을 갈아입으면 벌써 70퍼센트쯤 변장 목적을 이룰 수 있었는데, 그는 더욱 정성을 들여 솜을 입에 넣어 뺨과 턱선을 바꾸고 가짜 수염으로 입 모양의 특징을 가리기로 했습니다. 거기에다 걸음걸이라도 바꾸면 히토미 히로스케의 모습은 거의 사라지고 맙니다. 그는 변장에 대해 평소 자기 나름의 철학이 있었습니다. 가발이나 물감을 쓰는 방식은 번거로울 뿐만 아니라 외려 사람들 이목을 끄는 결점이 있어 실제 사용하기는 쉽지 않지만, 이런 간단한 방법을 사용하면 일본인도 변장이 전혀 불가능하지는 않다고 믿었습니다.

그는 이튿날 하숙집 관리인에게 사정이 있어 잠시 하숙을 빼고 여행을 떠난다, 행선지는 정하지 않은 이른바 방랑 여행이지만 처음에는 이즈 반도 남쪽으로 갈 작정이라고 말하고 작은 짐 하나를 꾸려 하숙집을 나섰습니다. 그리고 도중에 필요한 물건들을 사서 지나다니는 사람이 없는 길가에서 방금 이야기한 식으로 변장을 마친 다음, 바로 도쿄 역으로 달려가 짐을 잠시 맡겼습니다. 그리고 T시 두세 역 전에 내릴 표를 사서 붐비는 3등차 승객들을 헤치고 들어갔습니다.

T시에 도착한 그는 그로부터 이틀, 정확하게 따지면 만 하루 낮밤 동안 그만의 방법을 써서 실로 기민하게 돌아다니며 이야기를 들어 결국 목적을 이룰 수 있었습니다. 그 상세한 내용은 쓰자면 너무 장황해지니 여기서는 생략합니다만 어쨌든 조사 결과 그가 세운 계획이 결코 실현 불가능하지 않다는 사실이 분명해졌습니다.

그리고 그가 다시 도쿄 역에 돌아온 것은 신문기자 동기한테 이야기를 들은 날로부터 사흘째, 고모다 겐자부로의 장례가 치러진 지 엿새째 되던 날 밤 8시에 가까운 시각이었습니다. 그는 아무리 늦어도 겐자부로가 죽은 지 열흘 이내에 되살릴 작정이었기 때문에 남은 나흘 동안은 진짜 바쁘게 움직여야 했습니다. 그는 먼저 맡겼던 짐을 되찾은 다음, 역에 있는 변소에 들어가 변장을 지우고 원래 히토미 히로스케로 돌아왔죠. 그리고 바로 레이간 섬(靈岸島)[21]에 있는

---

21 지금의 도쿄 주오 구 동부 지역인 신카와 1, 2초메에 해당하는 곳이다. 1889년에 도쿄만 기선회사가 설립되어 레이간 섬에 기선 선착장이 생겼다. 여기서 이즈 반도나 지바 현으로 가는 배를 탈 수 있었다. 1971년 이전에는 주소 명칭으로도 사용되었다. – 역주

기선 선착장으로 걸음을 서둘렀습니다. 이즈 반도를 오가는 배의 출항 시각은 오후 9시. 그걸 타고 일단 이즈 반도 남쪽으로 가는 것이 그의 예정이었습니다.

대기실로 달려가니 배에서는 벌써 승선을 알리는 벨이 울리는 중이었습니다. 표는 2등실이었고 행선지는 시모다 항. 짐을 짊어지고 어두운 잔교를 달려 튼튼한 판자를 밟고 건넜습니다. 승강구를 통해 갑판에 오르자마자 배는 뿌웅 하며 출항을 알리는 기적을 울렸습니다.

6

일이 잘 풀리려고 그런지, 다섯 평쯤 되는 선미 2등실에는 먼저 탄 승객이 딱 두 명 있었습니다. 게다가 두 사람 모두 시골 사람들인지 서지 기모노와 서지 하오리 차림에 얼굴도 다부지게 생겼고 햇볕에 그을린, 그 대신 머리 회전은 둔해 보이는 중년 남자들이었죠.

히토미 히로스케는 말없이 선실로 들어가 다른 승객과 멀찌감치 떨어진 구석에 자리를 잡았습니다. 그리고 한숨 자려는 듯 선실에 비치된 담요 위에 드러누웠죠. 그러나 물론 잠이 들어버린 게 아니라 등을 진 채로 가만히 두 남자를 살폈던 겁니다. 우르르 덜컹, 우르르 덜컹, 하고 신경을 건드리는 기관 소리가 온몸으로 느껴졌습니다. 쇠창살로 둘러싼 어두운 전등 불빛이 모로 누운 그의 그림자를 담요 위에 길게 드리웠습니다. 서로 아는 사이인 듯한 두 남자는 아직도 앉은 채 두런두런 이야기를 나누는 중이었습니다. 그 목소리가 기관 소리와 뒤섞여 이상하게 졸음을 부르는 나른한 리듬을 이루었습니다. 게다가 바다는 잔잔한 듯하고 파도 소리도 작았습니다. 배가 흔들리는 느낌이 거의 들지 않을 정도였죠. 그렇게 가만히 누워 있으면 2, 3일간에 걸친 흥분이 차츰 가라앉고 그 빈자리로 표현하기 어려운 불안이 모락모락 피어올랐습니다.

"아직은 늦지 않았다. 일찍 단념하는 게 나을 거야. 돌이킬 수 없기 전에, 얼른 단념하는 게 나아. 넌 진짜로 그런 미치광이 같은 망상을 실행에 옮기려는 건가? 정말 농담이 아니었던 거야? 대체 그러고도 네 정신 상태가 정상이라는 건가? 혹시 어디 고장이 난 거 아니야?"

시간이 흐를수록 그의 불안은 점점 커져갔습니다. 그러나 이 엄청난 매력을 그가 어떻게 떨쳐버릴 수 있을까요. 불안해하는 마음 반대편에 그의 또 다른 마음이 설득을 시작했습니다. 뭐가 불안한 거지? 어디가 잘못되었다는 거지? 지금까지 계획한 일을 이제 와서 단념할 수 있겠어? 그리고 그는 머릿속으로 자세한 계획을 하나하나까지 계속 떠올렸습니다. 그렇지만 그런 계획들 어느 하나에도 사소한 소홀함조차 없었습니다.

문득 정신을 차리니 어느새 두 손님의 대화가 끝나고 대신에 곡조가 다른 두 사람의 코 고는 소리가 방 저쪽에서 들려왔습니다. 돌아누워 실눈을 뜨고 살펴보니 남자들은 떡하니 큰대자로 누워 넋이 나간 얼굴로 깊이 잠들어 있었습니다.

누군가가 성급하게 그의 실행을 재촉하는 느낌이 들었습니다. 기회가 왔다는 생각이 그의 잡념을 싹 쓸어버렸죠. 그는 누군가로부터 명령을 받은 사람처럼 한 치의 망설임도 없이 머리맡에 두었던 짐짝을 열어 천 조각 한 장을 꺼냈습니다. 그건 이상한 모양새로 찢어진 낡은 무명천이었는데, 물감을 살짝 칠한 듯한 무늬가 규칙적으로 나 있었습니다. 크기는 15센티미터에서 18센티미터쯤 되었습니다. 그는 그 천을 움켜쥐고 짐짝 뚜껑을 닫은 다음 살며시 갑판으로 나갔습니다.

벌써 11시가 지난 시각이었습니다. 저녁까지만 해도 이따금 선실에 얼굴을 비치던 선원이나 선실 담당 보이도 저마다 자기 방으로 돌아갔는지 그 부근에는 아무도 보이지 않았습니다. 앞쪽에 보이는 상갑판에는 틀림없이 조타수가 밤새 지키고 있을 테지만 지금 히토미가 서 있는 곳에서는 그 모습도 보이지 않았습니다. 뱃전으로 다가가자 큰 파도가 밀려와 물보라를 일으켰습니다. 선미 쪽으로 빛의 띠를 만들며 길게 이어지는 야광충의 인광, 눈을 들면 덮칠 듯 밀려오는 미우라 반도의 거대한 검은 그림자, 깜빡이는 어촌의 등불, 그리고 하늘을 수놓은 먼지처럼 많은 작은 별들이 배가 나아감에 따라 천천히 계속 회전했습니다. 들리는 것이라고는 묵직한 기관 소리와 뱃전을 때리는 파도 소리뿐이었죠.

이런 상태라면 그의 계획은 일단 발각될 염려가 없습니다. 다행히 계절은 봄이 저물어가는 무렵이라 바다는 잠자듯 고요했습니다. 항로 관계상 육지 그림자는 점점 배 쪽으로 다가왔습니다. 남은 일은 육지와 배가 가장 가까워지는, 미리 정해두었던 장소에 도착하기를 기다리는 것뿐이었죠. (그는 이 항로를 자주 지나다녔기 때문에 그게 어디쯤인지 잘 알고 있었습니다) 그리고 단 몇 백 미터밖에 되지 않는 바다를 사람들 눈에 띄지 않게 헤엄쳐 건너면 그만이었습니다.

그는 먼저 어둠 속에서 뱃전을 살피고 다니며 난간 밖으로 못이 튀어나온 곳을 찾았습니다. 그리고 조금 전 그 천 조각을 바람에 날아가지 않도록 단단히 매달아두었습니다. 그다음에는 돛이 드리운 그림자에 몸을 숨기고 속옷 없이 맨살에 입고 있던, 천 조각과 같은 무늬가 있는 낡은 겹옷을 벗더니 소맷자락 안에 넣은 지갑과 변장용 도구가 빠져나가지 않도록 잘 싸서 헤코오비(兵兒帶)[22]로 단단히 등에 묶었습니다.

"자, 이제 됐어. 잠깐 추위를 견디면 되는 거야."

그는 돛 그림자에서 빠져나와 다시 주위를 둘러본 다음, 보는 사람이 아무도 없다는 걸 확인하고 커다란 도마뱀처럼 갑판 위를 기어 뱃전으로 가 슬금슬금 난간을 타 넘었습니다. 소리가 나지 않도록 뭔가에 매달려 뛰어들어야 한다, 스크루에 빨려들지 않도록 조심한다, 이 두 가지는 이미 헤아릴 수 없을 정도로 많이 되새겼던 일입니다. 배가 수도를 지날 때 방향 전환 때문에 속도를 늦추는데 그때가 가장 좋은 기회였습니다. 그는 뱃전에 걸린 밧줄에 매달려 언제든 뛰어들 준비를 마치고 배가 방향을 바꾸기를 이제나저제나 기다

---

22 일본 전통복식에서 남자용 허리띠 가운데 하나다. 폭 50~74센티미터 가량 되는 천으로 만들며 메이지 시대 이후 유행했다. - 역주

렸습니다.

이렇게 격정적인 상황인데도 이상하게 그의 마음은 아주 냉정하고 차분했습니다. 하기야 항해 중인 배에서 바다로 뛰어들어 뭍으로 헤엄치는 일이 특별한 죄나 나쁜 짓은 아닙니다. 거리까지 짧아 헤엄에는 자신이 있는 편이라 크게 위험하지 않다는 사실은 알고 있었습니다. 그렇다고 해도 이건 거대한 음모 가운데 하나의 예비 행위라고 보면 그의 성격상 불안하지 않을 수 없는 일이었습니다. 그런데도 이리 냉정하고 차분하게 행동할 수 있다니, 참으로 이상한 일이라고 해야겠죠. 그는 나중에 자기 마음의 변화를 되돌아보며 계획에 착수한 뒤로 하루하루 대담하고 뻔뻔스러워진 그 급격한 변화 때문에 놀라움을 맛보기도 했는데, 아마 이렇게 뱃전에 매달렸을 때의 마음이 그 첫 단계였는지도 모르겠습니다.

이윽고 배가 그 지점에 접근해 드륵드륵 조타기 소리를 내며 방향을 바꾸기 시작했고 동시에 속도도 느려졌습니다.

"지금이다!"

밧줄을 놓을 때는 그래도 심장이 쿵쿵 뛰었습니다. 그는 손을 놓자마자 온몸에 힘을 주어 뱃전을 박차 몸을 평평하게 한 다음 될 수 있으면 멀리, 마치 파도에 올라타듯 소리가 나지 않도록 미끄러져 들어가려고 애썼습니다.

첨벙하는 물소리. 갑자기 몸을 휩싸는 냉기. 상하좌우에서 밀려드는 바닷물의 힘. 아무리 발버둥 쳐도 수면 위로 떠오르지 않는 초조함. 그는 그런 와중에도 정신없이 물을 헤치고 차며 조금이라도 더

스크루에서 멀어져야 한다는 사실을 잊지 않았습니다.[23]

어떻게 그 뱃전의 소용돌이에서 헤엄쳐 나올 수 있었는지, 그리고 아무리 잔잔한 바다였다고는 해도 온몸이 마비될 것 같은 차가운 물속을 몇 백 미터나 견뎌낼 수 있었는지. 나중에 돌이켜보았지만 스스로 생각하기에도 그런 불가사의한 힘이 어디서 나왔는지 도무지 이해할 수 없었습니다.

다행히도 계획의 첫 단계를 멋지게 마무리한 그는 지칠 대로 지친 몸으로 어딘지도 모를 어촌의 어두운 해변에 누워 거기서 날이 밝기를 기다렸습니다. 아직 제대로 마르지 않은 옷을 입은 채 변장을 한 그는 마을 사람들이 잠에서 깨어 밖에 나오기 전에 요코스카로 여겨지는 방향을 향해 걷기 시작했습니다.

7

어젯밤까지 히토미 히로스케였던 남자는 그 뒤 하루를 환승역인 오후나 역에 있는 싸구려 여인숙에서 지냈습니다. 이튿날 오후에도 그는 변장한 채로 날이 어두워진 뒤에나 T시에 도착할 기차를 골라 3등차에 몸을 실었습니다. 여러분은 이미 눈치를 채셨겠지만 그가

---

23 [혜], [슌2], [도]에는 이 문단 다음에 행을 비우지 않았다. - 해제

이렇게 귀중한 하루를 하는 일도 없이 보낸 까닭은 그의 자살극이 목적을 이루었는지 어떤지 알고 싶어서 그 소식이 실릴 신문이 나오기를 기다렸기 때문이었습니다. 그렇게 해서 마침내 T시에 도착했을 때 그가 노린 대로 그의 자살이 신문에 보도됐음은 말할 필요도 없습니다.

적은 분량이기는 했지만 어느 신문이나 '소설가의 자살'이라는 식으로 제목을 뽑은(죽은 덕분에 사람들이 소설가로 불러주었습니다) 그의 자살 기사가 실렸습니다. 비교적 자세하게 보도한 신문에 따르면 남겨진 짐짝 안에서는 잡기장이 한 권 나왔는데, 거기 '히토미 히로스케'라는 서명이 있었고, 덧없는 세상을 탓하며 이 세상을 하직하고 싶다는 내용의 글이 적혀 있었다고 합니다. 아마 바다에 뛰어들 때 뱃전의 못에 그가 입었던 옷으로 보이는 천 조각이 걸려 있었다는 사실로 미루어 죽은 사람의 신원이며 자살 동기가 분명하다는 식으로 적혀 있었습니다. 즉 그의 계획은 아주 멋지게 성공한 것입니다.

다행히 그에게는 이 자살극 때문에 눈물을 흘릴 만한 친척도 없었죠. 물론 고향에는 형님도 있고(학창 시절에는 형이 학비를 대주었지만 요즘은 형이 그를 포기한 상황입니다), 친척도 두세 명 있었으니 느닷없이 자살했다는 소식을 들으면 조금은 안타까워하기도 하고 슬퍼해주기도 할 테지만 그만한 지장은 애초부터 각오한 터라 특별히 괴로울 정도는 아니었습니다.

그보다는 자기 스스로를 말살해버린 뒤에 밀려드는, 뭐라고 형용

할 길이 없는 이상한 기분에 휩싸였습니다. 이제 국가가 관리하는 호적에서도 지워져 이 넓은 세상에 친척도 친구도 없을 뿐만 아니라 이름마저 없는 일개 이방인이 된 셈이었습니다. 그러자 전후좌우에 앉은 승객들도, 창밖으로 보이는 길가의 풍경도, 나무 한 그루, 집 한 채도 지금까지와는 전혀 다른 세계의 것들로 느껴졌죠. 그것은 한편으로 아주 상쾌한, 갓 태어난 느낌을 주기도 했지만 또 한편으로는 이 세상에 외톨이라고 하는, 게다가 그 외톨이가 이제 분수에 넘치는 큰 사업을 이루어내야만 한다는, 말로 표현하기 힘든 쓸쓸함 때문에 결국 눈물까지 글썽이지 않을 수 없었습니다.

그러나 기차는 그의 감회 따위는 아랑곳하지 않고 역에서 역으로 계속 달려 드디어 어둠이 내린 목적지 T시에 도착했습니다. 히토미 히로스케였던 그는 역을 나서자 바로 고모다 집안의 위패를 모시고 명복을 비는 사찰로 걸음을 서둘렀습니다. 다행히 절은 시외 들판에 있었기 때문에 벌써 9시가 지난 시각이라 인적이 없었습니다. 절에서 지내는 사람들만 조심하면 들킬 염려는 없었죠. 게다가 부근에는 오래 빈 채로 버려진 농가가 듬성듬성 있어서 그곳 헛간에서 괭이를 슬쩍할 수도 있습니다.

논두렁길을 따라 드문드문 보이는 산울타리를 지나니 바로 문제의 묘지가 나타났습니다. 캄캄한 밤이기는 했지만 별이 빛났고 미리 와서 살펴보았기 때문에 새로 생긴 고모다 겐자부로의 무덤을 찾기는 아주 쉬웠죠. 그는 거기서 석탑들 사이를 지나 본당 쪽으로 다가가 닫힌 덧문 틈새로 안을 들여다보았는데 쥐 죽은 듯 아무 소리도 들리지 않았습니다. 시골인 데다가 절에 사는 사람들은 아침에 일찍 일어나기 때문에 벌써 잠자리에 든 모양이었습니다.

　이만하면 괜찮겠다는 생각이 들어 아까 그 논두렁길로 되돌아가 부근 농가를 뒤져 어렵지 않게 괭이를 구해 겐자부로의 무덤으로 돌아왔을 때는 어느새 밤 11시 가까운 시각이었습니다. 고양이처럼 발소리를 죽이고 어둠 속에 몸을 숨긴 채 움직였기 때문에 시간이 오래 걸렸죠. 그의 계획에 따르면 그야말로 안성맞춤인 시각이었습니다.

　그는 캄캄한 묘지에 괭이를 휘둘러 무덤을 파헤치는 무시무시한 작업을 시작했습니다. 만든 지 얼마 되지 않는 무덤이라 파헤치기는 쉬웠지만 그 안에 있는 것을 떠올리면 며칠 전부터 여러 경험을 하고 탐욕에 눈이 먼 그로서도 말로 표현하기 힘든 두려움 때문에 전율을 느끼지 않을 수 없었죠. 하지만 실제로는 여러 생각을 할 틈도 없었습니다. 열 번이나 괭이를 내리찍었나 싶었는데 벌써 관 뚜껑이 드러나고 말았습니다.

　이제 와서 머뭇거릴 수는 없었습니다. 그는 온몸의 용기를 짜내 어둠 속에서도 희게 보이는 판자 위에 쌓인 흙을 치우고 판자와 판자 사이에 괭이 끄트머리를 끼워 한 차례 끙, 하고 힘을 주었습니다. 관 뚜껑은 끼이익…… 하고 뼛속까지 울릴 듯한 소리를 내기는 했지만 어렵지 않게 열렸습니다. 그 바람에 주변 흙이 무너져 관 안으로 우수수 쏟아졌는데, 그마저도 생명이 있는 뭔가가 하는 짓처럼 느껴져 그는 수명이 줄어드는 것만 같았습니다. 뚜껑을 열자마자 말로 표현하기 힘든 이상한 냄새가 코를 찔렀습니다. 죽은 지 이레나 지난 겐자부로의 시체가 이미 썩기 시작했기 때문이 틀림없습니다.

무덤 같은 걸 별로 두려워하지 않는 그는 그때까지만 해도 태연하게 작업을 계속할 수 있었습니다. 하지만 막상 관 뚜껑을 열고 또 다른 자기 자신이라고 해도 좋을 고모다의 시체를 마주해야 할 무렵이 되자 비로소 정체 모를 그림자 같은 게 영혼 밑바닥에서 슬금슬금 치밀어 오르는 느낌이 들어 불쑥 '악' 하는 소리를 지르며 도망치고 싶을 정도로 공포에 휩싸였습니다. 그건 결코 유령이 나타날까봐 무섭거나 한 게 아니었습니다. 더 이상한, 굳이 표현하자면 더 현실적인, 도저히 말로 표현할 수 없는 공포였습니다. 예를 들자면 아주 넓은 어두운 방에서 촛불을 밝히고 홀로 거울 속 제 얼굴을 들여다볼 때와 비슷한, 그보다 몇 곱절이나 무서운 느낌이었습니다.

별만 빛나는 침묵의 밤하늘 아래 많은 사람들이 서 있는 듯 뿌옇게 보이는 석탑들, 그 한가운데 입을 떡 벌린 시커먼 구덩이. 으스스한 지옥도 속 인물이 된 기분이었습니다. 그리고 그 어두운 구덩이 안에 누워 있는, 얼핏 보아서는 알아볼 수 없는 시체는 다름 아닌 그 자신이었습니다. 시체의 얼굴을 식별할 수 없다는 사실에 두려움은 더욱 커졌습니다. 구덩이 안에 어렴풋이 흰 수의가 보였는데 시체의 머리는 어둠 때문에 제대로 보이지 않았죠. 그래서 더욱 무서운 상상을 하게 되었던 겁니다. 어쩌면 우연히 그가 세운 계획이 예언처럼 맞아떨어져 고모다가 아직 죽은 게 아니고, 무덤을 파헤친 순간 되살아난 건지도 모릅니다.

그는 몸 안에서 치밀어 오르는 전율을 애써 억누르며 이미 거의 넓이 나간 상태로 구덩이 가장자리에 배를 깔고 엎드렸습니다. 그러고는 굳게 마음먹고 바닥으로 두 손을 뻗어 시체를 더듬어보았습니다. 처음 손이 닿은 곳은 머리카락을 깎은 머리 부분인지 온통 거슬거슬하고 가느다란 털이 느껴졌죠. 피부를 눌러보니 묘하게 폭신폭신했지만 조금 세게 만지면 살갗이 쑥 벗겨지고 말 것 같았습니다. 섬뜩한 느낌이 들어 얼른 손을 뗐죠. 하지만 잠시 심장 고동을 가라앉히고 나서 다시 손을 뻗었습니다. 이번에 닿은 부분은 시체의 입인지, 단단한 치아들이 느껴졌습니다. 아마 이와 이 사이에 물려 있는 것은 솜일 것입니다. 폭신폭신하기는 했지만 썩어가는 피부와는 감촉이 달랐죠. 그는 약간 대담해져 다시 입 주변을 더듬었습니다. 그런데 묘하게도 고모다의 입이 살아 있을 때보다 훨씬 크게 벌어져 있다는 사실을 깨달았습니다. 마치 반야(般若) 탈[24]처럼 좌우로 어금니가 고스란히 드러날 정도여서 위아래 잇몸이 그대로 만져질 지경이었습니다. 결코 어둠 때문에 착각한 게 아니었죠.

---

24 일본 전통 공연 예술인 노(能)에서 쓰는 뿔이 두 개 달린 가면. 여성의 질투, 분노, 내면의 슬픔을 나타낸다. - 역주

▲ 반야 탈(Flickr By Amcaja, CC BY-SA 2.0). - 역주

그게 또 그의 마음을 송두리째 뒤흔들었습니다. 시체가 자기 손을 깨물지도 모른다거나 하는 두려움이 아니었죠. 폐 운동이 멈춘 뒤에도 시체는 입으로만 호흡하느라 그 부근 근육이 잔뜩 오그라들어, 산 사람은 도저히 불가능할 만큼 입을 크게 벌렸을 것 같은 그 무시무시한 단말마의 순간이 눈앞에 스쳐 갔던 겁니다.

히토미 히로스케는 이런 정도만으로도 이미 온 힘이 쭉 빠져 넋이 나간 느낌이었습니다. 게다가 흐물흐물하게 썩은 시체를 구덩이에서 꺼내, 아니 꺼내는 정도가 아니라 그걸 처리하기 위해 더 끔찍한 작업을 해야만 한다는 생각에 그는 자기 계획이 얼마나 무모하기 짝이 없었는지 새삼 뼈저리게 느끼지 않을 수 없었습니다.

8

고모다 겐자부로가 되려는 히토미 히로스케가 아무리 막대한 재산에 눈이 멀었다고는 해도 여러 가지 힘든 일들을 견뎌낼 수 있었던 까닭은 아마 다른 범죄자와 마찬가지로 그 또한 일종의 정신병자이며, 머리 어느 부분엔가 문제가 있어 어떤 경우나 어떤 상황에서는 신경이 마비되어버리는 게 틀림없습니다. 범죄에 대한 공포가 어떤 수준을 넘어서면 마치 귀에 마개를 한 것처럼 아무 소리도 들리지 않게 되어 양심이 귀머거리가 되고 맙니다. 대신에 악을 행하는 이성과 지혜는 잘 갈아놓은 면도날처럼 아주 날카로워지죠. 도저히 인간의 짓이라고는 생각할 수 없는, 정밀 기계장치가 한 것처럼 어떤 작은 실수도 하지 않고 물처럼 냉정하고 침착하게 마음먹은 그대로 행동에 옮길 수 있습니다.

그는 방금 고모다 겐자부로의 썩어가는 시체를 만진 순간, 그 공포가 극에 달했습니다. 그런데 마침 신경이 마비되는 상태가 찾아왔던 거죠. 그는 이제 아무런 망설임 없이, 기계인형처럼 아무 데도 신경 쓰지 않고, 실수 하나 없이 정확하게 자기 계획을 실행해나갔습니다.

그는 아무리 들어 올려도 다섯 손가락 사이로 자꾸만 미끄러지는 고모다의 시체를 될 수 있으면 흠집이 나지 않도록 조심히 다뤘습니다. 막과자 가게 할머니가 물속에서 미끈미끈한 우무를 건져 올리듯 간신히 무덤구덩이 밖으로 끌어냈죠. 그 일을 끝냈을 때는 시체의 얇은 피부가 마치 해파리로 만든 장갑처럼 두 손바닥에 달라붙어 아무리 털어내도 쉽게 떨어지지 않았죠. 여느 때 같으면 그런 공포만으로도 모든 걸 내던지고 뺑소니쳤을 게 틀림없습니다. 하지만 그는 그다지 놀란 기색도 없이 다음 작업으로 넘어갔습니다.

다음에는 고모다의 시체를 없애야만 했죠. 자기 자신을 이승에서 깨끗하게 지워버리기는 비교적 쉬웠지만 이 시체 한 구를 남들 눈에 절대로 띄지 않도록 처리하는 일은 매우 어려웠습니다. 물에 던져 넣건 땅에 묻건 자칫하면 떠오르거나 파내질 수도 있습니다. 만약 겐자부로의 뼈가 하나라도 사람들 눈에 띄면 모든 계획이 물거품이 될 뿐 아니라 그는 무거운 죗값을 치러야만 합니다. 따라서 이 문제를 가장 신경 써서 첫날밤부터 이 궁리 저 궁리를 거듭했던 겁니다.

결국 그가 떠올린 묘책은 '어려운 문제를 해결하는 열쇠는 늘 가장 가까운 곳에 있기 마련'이라는 것으로, 고모다의 무덤 옆에 있는 무덤이었습니다. 집안 선조의 뼈가 묻혀 있는 곳을 파내 고모다의 시체를 함께 묻는다는 생각이었죠. 고모다 집안에서 조상의 묘를 파헤칠 불효자는 아마 영원히 태어나지 않을 테고, 설사 이장할 일이 생긴다고 해도 그때는 히로스케가 자기 꿈을 이루고 더할 나위 없는 만족을 느끼며 이 세상을 떠났을 겁니다. 또 그게 아니라고 해도 한 무덤에서 조각조각난 뼈가 2인분이나 나온다고 한들 아무도 모를 몇 세대나 전에 매장된 시체일 것입니다. 그것과 히로스케의 나쁜 꾀를 연관 지을 리가 없다고 그는 믿었습니다.

옆 무덤을 파내는 일은 흙이 단단해 애를 좀 먹었지만 땀투성이가 되도록 열심히 파다 보니 뼈로 보이는 것이 나왔습니다. 관은 물론 흔적도 없이 썩어 사라졌고 별빛에 희뿌옇게 보이는 뼈만 한군데 모여 있을 뿐이었습니다. 그러니 냄새도 없고 사람의 뼈라는 느낌도 전혀 들지 않아 무슨 청정한 흰 광물처럼 느껴졌습니다.

파헤친 두 무덤과 썩어가는 시체 한 구를 앞에 두고 그는 잠시 일손을 멈추고 어둠 속에서 가만히 있었습니다. 정신을 한데 모아 머리를 더 맑게 하기 위해서였죠. 실수하면 안 된다. 아무리 사소한 실수라도 해서는 안 된다. 그는 맑아진 머리로 어둠 속에서 흐릿하게 보이는 물체를 살펴보았습니다.

잠시 후 그는 아무런 감정의 동요 없이 겐자부로의 시체에서 흰 수의를 벗겨내고 두 손에서 반지 세 개를 빼냈습니다. 그리고 수의로 반지를 꽁꽁 싸서 품 안에 밀어 넣었죠. 그다음에는 벌거숭이가 된 채로 바닥에 누운 시체를 아주 귀찮다는 듯, 손발을 써서 새로 파낸 옆 무덤으로 밀어 넣었습니다. 그리고 땅바닥을 기며 그 주변을 손바닥으로 샅샅이 더듬었습니다. 어떤 작은 증거품도 남지 않았다는 사실을 확인하고, 괭이를 들어 무덤을 원래대로 메웠습니다. 그리고 묘석을 다시 세운 다음 흙 위에는 미리 따로 떼어두었던 풀과 이끼를 빈틈없이 덮었습니다.

"이제 됐다. 딱하지만 고모다 겐자부로는 나를 대신해 이 세상에서 영원히 사라진 거야. 그리고 여기 있는 나는 진짜 고모다 겐자부로가 되었어. 히토미 히로스케는 이제 아무리 찾아도 없어."

히토미 히로스케였던 사내는 의기양양하게 밤하늘을 우러러보았습니다. 그에게는 캄캄하고 둥근 천장과 은가루를 뿌려놓은 별빛이 장난감처럼 예쁘고 작은 목소리로 그의 앞길을 축복하는 듯했습니다.

무덤 하나가 파헤쳐지고 그 안에 있던 시체가 사라졌다. 사람들은 이 사실만으로도 충분히 기겁을 할 겁니다. 그런데 그 바로 옆에 있는 무덤까지 파헤쳐졌다는, 그런 간단하지만 대담한 트릭을 사용한 사람이 있으리라고 누가 상상할 수 있겠습니까? 게다가 놀라 기겁을 한 그 사람들 앞에 수의를 입은 고모다 겐자부로가 나타날 겁니다. 그러면 사람들의 관심은 바로 묘지에서 떠나 자신의 불가사의한 소생으로 쏠리겠죠. 그다음은 그가 연극을 잘하느냐 못하느냐에 달렸습니다. 그리고 그 연극에 대해서는 성공할 가능성이 충분히 있다고 보았습니다.

이윽고 하늘에 조금씩 푸른 기운이 감돌며 별들은 천천히 그 빛을 잃었습니다. 닭 우는 소리가 여기저기서 들려오기 시작했습니다. 그는 차츰 동이 트는 가운데 될 수 있는 한 서둘러 고모다의 묘를 마치 죽은 사람이 되살아나 안에서 관을 부수고 기어 나온 것처럼 만들어 놓았습니다. 그러고는 발자국이 남지 않도록 조심하면서 아까 그 산 울타리 사이를 지나 바깥 논두렁길로 빠져나갔습니다. 괭이를 처리하고 원래 변장했던 모습 그대로 마을 쪽으로 걸음을 서둘렀습니다.

9

그로부터 한 시간 뒤, 그는 무덤에서 되살아난 사내가 집으로 돌아가는 길을 비틀비틀 걷다가 3분의 1도 걷지 못한 채 숨이 차서 길가에 쓰러진 척하기 위해 어느 숲 수풀 뒤에 흙투성이 수의 차림으로 누워 있었습니다. 꼬박 하룻밤을 먹지도 마시지도 못한 채 일을 했기 때문에 얼굴도 적당히 초췌해 보여 그의 연극은 더욱 그럴듯했습니다.

처음 계획은 시체를 처리한 뒤 바로 수의로 갈아입고 절에 있는 스님 처소로 가서 덧문을 똑똑 두드릴 작정이었습니다. 그런데 시체를 보니 그 지방 관습인지 진부한 삭발 의식을 거쳐 머리와 수염이 깔끔하게 깎여 있었기 때문에 그 역시 머리를 깎아야 했던 거죠. 그래서 그는 마을 외곽에 있는 시골스러운 가게 가운데 철물점을 찾아내 면도칼 하나를 샀습니다. 그러고는 숲 속에 숨어 힘겹게 자기 머리를 스스로 깎아야 했습니다. 그때까지만 해도 교묘한 변장을 한 상태였기 때문에 이발소에 들어간다고 해도 거의 의심받을 리는 없었지만, 이른 아침이라 늦게 문을 여는 이발소는 아직 닫혀 있기도 했고 만에 하나를 염려해 면도칼을 사기로 했던 겁니다.

그렇게 머리를 깎고 수의로 옷을 갈아입은 다음, 시체에서 빼낸 반지를 끼고 벗은 옷가지들을 숲 속 구덩이에서 태워버렸습니다. 재를 처리했을 때는 해가 벌써 중천에 떠올라 숲 밖을 지나는 큰길에는 사람들이 계속 지나다녔습니다. 이제 와서 숨어 있던 집을 나와 절로 돌아갈 수도 없어 어쩔 수 없이 발견하기 쉽지 않을, 그러나 큰길에서 그리 멀리 떨어지지 않은 수풀 뒤에 정신을 잃은 척 누워 있을 수밖에 없었던 것입니다.

큰길을 따라 작은 개울이 흘렀습니다. 그 개울에 나뭇가지를 적시듯 잎이 가느다란 떨기나무들이 빽빽했습니다. 거기부터 키 큰 소나무와 삼나무가 드문드문 자라난 숲이 이어졌습니다. 그는 길에서 잘 보이지 않게 조심하면서 숨을 죽인 채 떨기나무 너머에 몸을 바짝 붙이듯 누워 있었습니다. 그리고 떨기나무 틈새로 길을 지나는 농부들의 발만 바라보았습니다. 그러자 그는 또 이상한 기분이 들었습니다.

"이제 모두 계획대로 되었다. 남은 일은 누가 나를 발견하기만 하면 돼. 그런데 겨우 이렇게 해서, 바다를 헤엄쳐 건너고 무덤을 파낸 다음 머리를 미는 정도로 그 수천만 엔[25]에 이르는 엄청난 재산이 과연 내 차지가 될까? 너무 간단한 거 아니야? 혹시 내가 터무니없는 광대 짓을 하고 있는 게 아닐까? 세상 사람들은 모두 다 알면서 일부러 장난삼아 모른 척하는 게 아닐까?"

이렇게 어떤 충격적인 경우에 완전히 마비되고 마는 보통 사람들과 같은 신경이 조금씩 되살아났습니다. 그리고 그 불안은 이윽고 농사꾼의 자식들이 미치광이 같은 수의 차림을 한 그를 발견하고 소란을 떨기 시작하자 더욱 심해졌습니다.

"야, 여기 봐. 누가 누워 있어."

자기들 놀이터인 숲 속으로 기어들어가던 아이들 네댓 명 가운데 한 녀석이 흰 수의를 입고 누워 있는 그를 발견하고 깜짝 놀라 한 걸음 물러서며 속삭이는 목소리로 다른 아이들을 불렀습니다.

"뭐야, 그거? 미친놈인가?"

"죽은 사람이야, 죽은 사람."

"가까이 가서 보자."

"그래, 어디 보자."

굵은 실로 짠 무명의 올마저 제대로 보이지 않을 정도로 때가 타까맣게 반들거리는 옷을 입은 열 살 전후의 개구쟁이들이 저마다 소곤거리면서 머뭇머뭇 그에게 다가왔습니다.

퍼런 콧물을 훌쩍거리는 농사꾼 얼굴을 한 녀석들이 마치 뭔가 진

---

25 '수천만 엔'이 〔슌2〕와 〔도〕에는 '수천만 엔(지금의 수십억 엔)'으로 되어 있다. – 해제

기한 구경거리라도 들여다보듯 했을 때, 너무도 우스꽝스러운 이 상황에 그는 더 불안하고 화가 나기도 했습니다.

'확실히 나는 광대로군. 하필 첫 발견자가 농사꾼 꼬마들일 줄은 생각도 못 했네. 이제 이 녀석들에게 실컷 장난감 취급이나 당하며 생각도 못 한 창피를 당하다가 그걸로 끝나는 건가?'

그는 절망감을 느끼지 않을 수 없었습니다.

그렇다고 벌떡 일어서서 꼬마들을 꾸짖을 수는 없는 노릇이라, 상대가 몇 명이건 정신을 잃은 척하는 수밖에 없었습니다. 그러자 점점 더 대담해진 꼬마들이 마침내 그의 몸을 건드리기까지 하는 걸 꾹 참고 있어야만 했죠. 너무 어처구니없어 몽땅 다 포기하고 벌떡 일어서 껄껄 웃음을 터뜨리고 싶은 심정이었습니다.

"야, 아빠한테 이야기할게."

그 가운데 한 녀석이 숨을 헐떡거리며 속삭였습니다.

"그러자, 그래."

그렇게 중얼거리더니 후다닥 어디론가 달려가고 말았습니다. 그 아이들은 각자 부모에게 이상한 사람이 길바닥에 쓰러져 있다는 이야기를 하러 갔던 겁니다.

얼마 지나지 않아 큰길 쪽에서 와글와글 사람들 목소리가 들려왔습니다. 그러더니 농사꾼 몇 명이 달려와 저마다 멋대로 소리를 지르며 그를 안아 들어 살피기 시작했습니다. 소문을 듣고 몰려든 많은 사람들이 그의 주위를 둘러싸 소란은 점점 더 커졌습니다.

"아니, 고모다 나리 아닌가?"

이윽고 그 가운데 겐자부로를 아는 이가 있는지 크게 외치는 소리
가 들렸습니다.

"그래, 맞아."

두세 명의 목소리가 맞장구쳤습니다. 그러자 사람들 가운데는 벌
써 고모다 집안 무덤에 일어난 변고를 아는 사람이 있어 '고모다 나
리가 무덤에서 되살아났다'며 떠들썩하게 일대 기적을 알리는 소리
가 사람들 입에서 입으로 퍼져나갔습니다.

고모다 집안이라면 T시 부근에서는, 아니 M현을 통틀어 고장의
자랑일 정도로 M현 최고의 큰 부자입니다. 그런 집안의 주인이 한
차례 장례를 치렀는데 열흘이나 지나서 관을 부수고 살아 돌아왔다
면 그들에게는 놀라 자빠질 만한 일대 사건이 틀림없죠. T시의 고모
다 집안으로 급히 소식을 전하러 가는 사람, 절로 달려가는 사람, 의
사에게 달려가는 사람. 농사일이고 뭐고 내동댕이치고 마을 사람 대
부분이 모두 나서는 소동이 일어났습니다.

히토미 히로스케였던 그는 이제야 자기가 한 일의 반응을 살필 수
있게 되었습니다. 이렇게 된다면 그의 계획이 완전히 꿈으로 끝나지
는 않을 것 같았습니다. 이제 그의 특기인 연기를 할 때가 왔습니다.
그는 우선 여러 사람이 지켜보는 가운데 마치 이제야 정신이 들었다
는 듯이 눈을 번쩍 떴습니다. 그리고 뭐가 뭔지 영문을 모르겠다는
표정으로 멍하니 사람들의 얼굴을 둘러보았습니다.

"아, 정신이 들었군. 나리, 정신이 드십니까?"

그 모습을 보더니 그를 안고 있던 사내가 귀에 입을 대고 큰 소리

로 물었습니다. 그러자 수많은 눈들이 한꺼번에 몰려들어 농부들의 입 냄새가 코를 확 찔렀습니다. 반짝이는 수많은 눈들에는 순박한 진심이 넘쳤고, 그의 정체를 눈곱만큼이라도 의심하는 이는 없었습니다.

하지만 히로스케는 상대야 어쨌든 상관없이 미리 생각해둔 연극 순서를 바꾸지 않고 그냥 말없이 사람들 얼굴을 바라보는 시늉 이외에는 아무런 동작도 하지 않고 말 한마디 하지 않았습니다. 그렇게 모든 상황을 다 파악할 때까지는 의식이 몽롱한 척했죠. 섣불리 입을 열었다가 도리어 당할 수 있는 위험을 피하려고 했던 겁니다.

그 뒤에 그가 고모다 저택의 안방으로 옮겨지기까지의 경위는 장황하고 번거로우니 생략합니다. 하지만 시내에 있는 고모다 집안의 총지배인을 비롯한 하인들, 의사를 태운 자동차가 달려오고, 절에서는 스님과 불목하니가, 경찰서에서는 서장을 비롯한 경찰관 두세 명이, 그 밖에도 갑작스러운 소식을 듣고 달려온 고모다 집안과 연고가 있는 사람들은 마치 불구경이라도 하듯 마을 변두리에 있는 숲으로 몰려들었습니다. 전쟁이라도 일어난 듯한 소동이었지요. 이런 상황을 보면 고모다 가문의 명성과 세력이 얼마나 대단한지 쉽게 알 수 있었습니다.

그는 그런 사람들에게 둘러싸여 이제는 자기 집이 된 고모다 저택으로 가는 동안에도, 그리고 저택 주인의 거실에 마련된 난생처음 보는 훌륭한 침구 안에 눕고 나서도 처음 계획을 굳게 지키며 벙어리처럼 입을 다문 채 단 한 마디도 하지 않았습니다.

10

그의 묵언수행은 그 뒤로 약 일주일 동안 집요하게 계속되었습니다. 그동안 그는 이부자리에서 귀를 쫑긋 세우고 눈을 빛내며 고모다 집안의 모든 관습, 사람들의 기풍, 저택 안의 분위기를 파악하고 거기에 자기를 동화시키려고 애썼죠. 겉보기에는 반쯤 의식을 잃은, 반쯤은 죽은 환자처럼 꼼짝도 하지 않고 이부자리에 누워 지내면서도, 묘한 비유가 되겠지만, 머리만은 50마일[26] 속도로 질주하는 자동차 운전자처럼 기민하고 신속하게, 그리고 정확하게 불꽃을 일으키며 회전했습니다.

의사의 진단은 대략 그가 예상했던 그대로였습니다. 의사는 고모다 집안 주치의였는데 T시에서도 손꼽히는 명의라고 했지만 그는 이 불가사의한 소생을 카탈렙시[27]라는 모호한 용어를 써서 해명하려고 들었습니다. 그는 사망을 단정하는 게 얼마나 어려운 일인지 여러 가지 실제 사례를 들어 설명하고 그에 대한 사망 진단이 결코 실수가 아니었다고 변명했죠.

의사는 안경 너머로 히로스케의 머리맡에 나란히 앉은 친척들을 둘러보며 간질과 카탈렙시의 관계, 그리고 가사(假死)와의 관계 등을 어려운 전문용어를 써서 구구하게 설명했습니다. 친척들은 그 말

---

26 이 부분에서 에도가와 란포는 특별히 '마일'을 단위로 사용했다. 1마일은 약 1.6킬로미터다. - 역주

27 우리말로는 강경증(強硬症) 또는 강직증(強直症)이라고 한다. 몸이 갑자기 뻣뻣해지며 순간적으로 감각이 없어지는 정신적인 증상 중 하나다. - 역주

을 듣고 제대로 이해하지 못하면서도 만족한 듯했습니다. 당사자가 살아 돌아왔으니 설사 그 설명이 충분하지 못하다고 해도 불평할 이유는 별로 없었죠.

의사는 불안과 호기심이 뒤섞인 표정으로 조심스레 히로스케의 몸을 살펴보았습니다. 그러더니 다 알겠다는 표정을 지었지만 사실은 히로스케의 교묘한 술수에 빠진 겁니다. 이때 의사는 자기가 오진을 했다는 문제로 머릿속이 가득해, 변명을 하느라 정신이 팔려 환자 몸에 다소 변화가 있다는 사실을 인지하고도 그에 대해 깊이 생각할 여유가 없었던 겁니다. 설사 의사가 의심했다손 치더라도 그가 가짜 겐자부로일 거라는 터무니없는 생각을 어찌 떠올릴 수 있었겠습니까. 한번 죽었던 사람이 되살아나는 엄청난 일이 일어났으니 아무리 전문가라고 한들, 되살아난 사람 몸에 어떤 변화가 발견되었다고 해도 그다지 이상한 일은 아니라는 식으로 생각하는 것도 결코 무리는 아닙니다.

사인이 발작적 간질(의사는 그걸 카탈렙시라고 했지만)이라고 하고 내장에는 이렇다 할 문제가 없었습니다. 쇠약하기는 했지만 그건 다 아는 일이고, 식사 같은 것도 영양에만 주의하면 그만이었습니다. 따라서 히로스케의 꾀병은 정신이 몽롱하다는 핑계로 입을 다물고 있는 일 이외에는 힘들 게 전혀 없어 아주 편했죠. 그런데도 집안 사람들의 간병은 그야말로 지극정성이었고, 의사도 매일 두 차례씩 살펴보러 왔습니다. 간호사 두 명과 잔심부름하는 아이는 머리맡에 꼬박 붙어 있었고, 쓰노다(角田)라는 총지배인 노인과 친척들 또한 빈번하게 상태를 살피러 왔습니다. 그 사람들은 모두 목소리를 낮추고 발소리를 죽인 채 무척 조심스럽게 행동했는데 히로스케가 보기에는 어처구니없고 우스꽝스러운 태도였습니다. 여태 잔뜩 점잔을 빼는 듯하던 이 세상이 하잘것없는 어린애 소꿉놀이 같은 것임을 뼈저리게 느끼지 않을 수 없었죠. 자기만 아주 대단한 것 같았고 고모다 집안의 사람들은 벌레처럼 하찮고 조그맣게 여겨졌습니다.

'뭐야, 이런 건가?'

그건 차라리 실망에 가까운 느낌이었습니다. 그는 이 경험을 통해 역사에 남은 영웅이나 엄청난 범죄자들이 품었던 우쭐한 마음을 상상할 수 있을 것 같았습니다.

그러나 그런 와중에도 단 한 사람, 약간 기분 나쁘고 대하기 싫다고나 해야 할까, 왠지 그를 불안하게 하는 인물이 있었죠. 다름 아닌 그의 아내, 정확하게 이야기하면 세상을 떠난 고모다 겐자부로의 아내였습니다. 이름은 지요코(千代子)인데 아직 스물두 살 젊은 나이지만 여러 이유에서 그는 그 여자를 두려워하지 않을 수 없었습니다.

고모다의 부인이 아직 젊고 아름답다는 이야기는 지난번에 T시에 들렀을 때 들어 일단 알고 있었습니다. 하지만 매일 보니 흔히 가까이서 보면 훨씬 더 낫다고 하는 유형에 속하는 여성이라 점점 더 매력적으로 느껴졌습니다. 당연히 지요코는 가장 열성적인 간병인이었는데, 그 세심한 배려가 돋보이는 간호를 보면 세상을 떠난 겐자부로와 얼마나 진한 애정으로 이어져 있었는지 충분히 짐작할 수 있었죠. 그런 만큼 히로스케로서는 왠지 묘하게 불안했습니다.

'이 여자 앞에서 방심하면 안 되겠다. 내 계획의 가장 큰 적은 이 여자가 틀림없다.'

그는 어느 순간 이를 악물 듯 자기 스스로를 잡도리해야만 했습니다.

히로스케는 겐자부로로서 지요코와 처음 만났던 광경을 그 뒤로도 오랫동안 잊을 수 없었습니다. 수의를 걸친 그를 태운 자동차가 고모다 저택 문 앞에 이르자 지요코는 누가 가로막기라도 한 듯 문밖으로 나오려고 들지 않았습니다. 너무도 뜻밖의 사태에 오히려 자빠져버려 이를 덜덜 떨면서 문에서 집까지 징검돌이 길게 깔린 길을 지요코와 마찬가지로 창백해진 얼굴을 한 하인들과 함께 서성거렸습니다. 하지만 자동차에 탄 히로스케를 얼핏 보더니 왠지 한순간 깜짝 놀란 표정을 짓고는(그가 그 모습을 보고 얼마나 간담이 서늘했는지) 그다음에는 어린애처럼 울상을 지은 채 자동차가 현관에 도착할 때까지 보기 흉하게 차 문에 매달려 질질 끌려가듯 달려왔습니다.

그리고 그의 몸이 들것에 내려지를 애타게 기다렸다가, 보다 못한 친척들이 떼어놓을 때까지 그 위에 엎드려 한참을 꼼짝도 하지 않고 울었습니다. 그러는 사이에 그는 멍한 표정으로 속눈썹을 하나하나 셀 수 있을 만큼 가까이 지요코의 얼굴을, 눈물을 머금은 속눈썹과 설익은 복숭아처럼 창백한 흰 솜털이 빛나는 뺨 위로 흐르는 눈물을, 그리고 매끄러운 연분홍 입술이 웃음 짓듯 일그러지는 얼굴을 가만히 바라볼 수밖에 없었습니다. 그뿐만 아니었죠. 지요코는 맨살이 드러난 두 팔로 그의 어깨에 매달렸습니다. 마구 뛰는 봉긋한 가슴 언덕이 그의 가슴을 따스하게 데웠고, 지요코만의 어렴풋한 향기가 코끝을 스쳤습니다. 그때 느낀 너무도 묘한 심정을 그는 영원히 잊지 못할 겁니다.

11

히로스케가 지요코에게 느낀 말로 표현할 수 없는 공포는 날이 갈수록 더 커졌습니다.

그가 이부자리에 누워서만 지내던 일주일 사이에도 그를 덮친 무서운 위기는 한두 번이 아니었습니다. 예를 들면, 어느 날 한밤중에 히로스케가 괴로운 악몽에 시달리다가 문득 잠에서 깼는데, 옆방에서 자고 있을 악몽의 주인공이 어느새 그의 방에 들어와 요염하게 흐트러진 머리카락을 그의 가슴에 얹고 조용히 흐느껴 울고 있었습니다.

"여보, 지요코. 그렇게 걱정할 것 없어요. 난 이렇게 몸도 마음도 건강한 예전의 겐자부로 그대로요. 자, 이제 그만 울음을 거두고 여느 때처럼 어여쁘게 웃는 얼굴을 보여주시오."

그는 불쑥 이런 소리를 할 뻔했지만 간신히 삼키고 천연덕스럽게 자는 척해야만 했습니다. 스스로 생각하기에도 이런 이해할 수 없는 상황은 히로스케로서도 전혀 예상치 못했던 바였습니다.

어쨌든 그는 미리 짰던 계획에 따라 4, 5일째부터 아주 교묘하게 연극을 하며 조금씩 입을 열기 시작했습니다. 큰 충격 때문에 한때 마비되었던 신경이 차츰 정상으로 돌아오는 듯 아주 자연스럽게 연기했습니다. 여러 날 동안 이부자리에 누워 보고 들은 내용, 그리고 그걸 바탕으로 짐작할 수 있는 내용만 겨우 기억이 떠오른 척하고 아직 모르는 다른 내용은 일부러 언급하지 않으며 상대가 그런 이야기를 꺼내면 얼굴을 찌푸리며 도통 생각이 나지 않는 척하는 방법이었죠. 그는 이 연극이 자연스럽게 보이도록 만들기 위해 며칠 동안 고생스럽게 입을 다물고 있었던 건데 그게 맞아떨어져 설사 당연히 알고 있어야 할 일을 몰라도, 또는 앞뒤가 맞지 않는 이야기를 해도 사람들은 전혀 의심하지 않았습니다. 오히려 그의 불행한 정신 상태 때문이라고 생각해 측은하게 여겨주었습니다.

그렇게 바보 흉내를 내며 실수할 때마다 뭔가 배우는 방식으로 그는 눈 깜빡할 사이에 고모다 집안 안팎의 여러 관계를 두루 알게 되었습니다. 그래서 이런 정도면 우선 괜찮겠다는 의사의 진단이 나와 그가 고모다 저택에 들어온 지 딱 보름째 되는 날에는 성대한 회복 축하 잔치가 열렸습니다. 그 술자리에서도 그는 거기 모인 친척, 고모다 집안이 하는 각종 사업의 수뇌부, 총지배인을 비롯한 중요한 고용인들이 마음을 터놓고 나누는 잡담 안에서 많은 정보를 얻을 수 있었죠. 그리고 그는 잔치 이튿날부터 드디어 자신의 거대한 이상을 실현하기 위한 첫걸음을 떼기로 마음먹었습니다.

"나도 이제 그럭저럭 예전 몸을 되찾은 것 같구나. 내친김에 좀 생각할 일도 있으니 이번에 내가 관리하는 여러 사업과 내 논, 내 어장 등을 한 바퀴 둘러보고 싶구나. 그렇게 해서 내 흐릿한 기억을 또렷하게 하고 그다음에 고모다 집안의 재정에 대해 조금 더 조직적인 계획을 세워볼 작정이다. 그러니 채비를 좀 해다오."

그는 이른 아침부터 총지배인 쓰노다를 불러 그렇게 말했습니다. 그리고 이튿날 쓰노다와 하인 두셋을 거느리고 M현 여기저기 흩어져 있는 토지를 돌아보는 여행을 시작했습니다. 쓰노다 노인은 지금까지 집안에 틀어박혀 지내기를 좋아하던 주인이 이렇게 적극적인 모습을 보이자 눈이 휘둥그레질 정도로 놀랐습니다. 일단 건강을 해치면 안 된다고 말렸지만 히로스케가 호통을 치자 바로 움츠러들어 고분고분 명령에 따를 수밖에 없었죠.

바삐 돌아다녔는데도 그의 시찰 여행은 꼬박 한 달이 걸렸습니다. 그 한 달 사이에 그는 자기 소유인 한없이 넓은 논, 사람도 다니지 않는 밀림, 드넓은 어장, 제재소, 가다랑어포 공장, 각종 통조림 공장을 비롯해 고모다 집안이 반쯤 투자한 갖가지 사업을 둘러보고 자기 재산에 깜짝 놀라지 않을 수 없었습니다.

그가 이 여행을 통해 무엇을 관찰하고 무엇을 느꼈는지 자세한 내용 하나하나를 여기 기록할 여유는 없지만 어쨌든 그가 소유한 재산은 미리 쓰노다 노인에게 보여달라고 했던 장부에 적힌 평가액대로, 아니 그 이상으로 대단한 규모였다는 사실을 제대로 확인할 수 있었습니다.

가는 곳마다 극진한 대접을 받으며 그곳 부동산이나 영리사업을 어떻게 하면 가장 유리하게 처분해 돈으로 바꿀 수 있을지, 어느 것을 먼저 처분하고 어느 것을 나중에 해야 세상 사람들의 이목을 끌지 않고 넘어갈 수 있을지, 어느 공장 지배인은 호락호락하지 않을 것 같고, 어느 임야 관리인은 머리가 좀 부족하다거나, 그래서 저 공장보다는 이쪽 임야를 먼저 손을 떼기로 하자거나, 주변에 그런 물건이 매물로 나오기를 기다리는 산림경영자는 없을까 하는 점들에 대해 이리저리 마음을 썼습니다. 동시에 그는 함께 여행하면서 쓰노다 노인과 친해지려고 온 힘을 기울여, 마침내 재산 처분 문제를 상담할 대상으로까지 그의 마음을 여는 데 성공했습니다.

그렇게 여행을 이어가다 보니 히로스케는 언제부턴가 자연스럽게 자기가 태어날 때부터 천만장자 고모다 겐자부로였던 것처럼 행동하게 되었습니다. 그의 사업 관리자들은 다들 그의 앞에서 머리를 조아리며 의심하는 기색조차 보이지 않았죠. 각 지방에 있는 관계자나 여관 등에서는 마치 주군을 맞이하듯 수선을 떨었지, 얼굴을 빤히 바라보는 무례한 자는 한 명도 없었습니다. 게다가 이따금 죽은 겐자부로의 얼굴을 아는 기생들이 "오래간만이옵니다" 하며 어깨를 두드리기까지 하자 그는 점점 대담해졌습니다. 대담해지면 대담해질수록 연극에 더 빠져들어 이제는 정체가 들통나지 않을까 하는 걱정 따위는 거의 잊었습니다. 자기가 전에 히토미 히로스케라는 이름을 지닌 가난뱅이 글쟁이였다는 사실이 오히려 거짓말처럼 느껴지기까지 했습니다.

이 놀라운 입장 변화가 그를 더할 나위 없이 즐겁게 만들어주었음은 설명할 필요도 없습니다. 하지만 그 느낌은 기쁘다기보다 차라리 어처구니없고, 어처구니없다기보다는 왠지 가슴이 허전한, 구름이라도 타고 나는 듯, 꿈꾸는 듯한 기분이었습니다. 그러면서도 한편으로는 한없이 초조하고 한편으로는 차분하기 짝이 없는 뭐라고 표현할 수 없는 기분이었죠.

이렇게 해서 그의 계획은 착착 진행되었는데 악마는 그가 예상하고 대비하던 쪽에서 나타나지는 않았습니다. 그 뒤편, 꼼꼼하게 계획을 세운 그마저도 생각이 미치지 못했던 쪽에서 어렴풋이 모습을 드러내더니 점점 또렷해지면서 그의 마음을 파먹어 들어갔습니다.

12

갖가지 환대를 받으며 즐겁기 짝이 없는 여행을 계속하면서도 히로스케는 어쩌면 두려움과 그리움이 뒤섞인 감정으로 저택에 남겨둔 지요코를 떠올리곤 했습니다. 그 눈물 젖은 솜털의 매력이 괴롭게도 그의 마음을 사로잡았던 것이죠. 남몰래 기억하는 그녀의 두 팔이 남긴 아련한 감촉이 밤마다 꿈속에서 그의 영혼을 부들부들 떨게 만들었던 것입니다.

지요코는 겐자부로의 아내이니 그녀를 사랑하는 건 겐자부로가 된 히로스케에겐 당연한 일이기도 하고 그녀 또한 원하는 일일 것입니다. 하지만 그렇게 쉽게 이룰 수 있는 소망인 만큼 히로스케에게는 더욱 고통스럽고 고민이었습니다. 하룻밤 뒤에 아무리 무서운 파탄이 일어나건 몸도 마음도 평생의 꿈마저도 그녀 앞에 내던지고 아예 그냥 죽어버릴까 하는 그런 분별없는 생각을 품기도 했습니다.

하지만 처음 계획을 세웠을 때 지요코의 매력이 이토록 고민스럽게 그의 마음을 파고들 줄은 꿈에도 몰랐기 때문에 만약의 위험을 생각해 지요코는 이름뿐인 아내로 남겨두고 될 수 있으면 그의 주변에서 멀리 떨어뜨려놓을 예정이었던 겁니다. 그의 얼굴과 모습, 음성이 겐자부로와 친한 사람은 속일 수 있을 정도로 겐자부로와 똑같다고 하더라도 무대 의상을 벗어 던져야 하고 분장을 지워야 하는 규방에서 자신의 적나라한 모습을 지요코 앞에 드러낸다는 것은 아무리 생각해도 무모한 짓이기 때문입니다. 지요코는 틀림없이 겐자부로의 아주 작은 버릇과 신체의 구석구석 특징까지 손바닥 들여다보듯 환히 알고 있을 겁니다. 그러니 히로스케의 몸 어딘가에 겐자부로와 다른 부분이 조금이라도 있다면 당장 그의 가면은 벗겨지고 그게 빌미가 되어 결국 그의 음모가 완전히 들통날 수도 있는 겁니다.

"너는 지요코가 아무리 대단한 여자라 해도 그 여자를 위해 몇 해 전부터 품어온 크나큰 이상을 저버릴 수 있겠는가? 만약 그 이상을 실현해낼 수 있다면 거기에는 한 여성의 매력과는 비교도 할 수 없을 만한 강렬한 도취의 세계가 너를 기다리고 있지 않겠나? 잘 생각해보는 게 좋을 거야. 네가 평소 꿈에 그리던 이상 세계의 단 일부분이라도 머릿속에 그려보면 돼. 그에 비하면 한 사람과 한 사람이 빚어내는 인간세계의 연정 따위는 너무 작고 보잘것없는 소망 아닌가. 눈앞의 미혹에 빠져 그동안 해온 고생을 물거품으로 만들어서는 안 된다. 네 욕망은 훨씬 더 크지 않았던가?"

현실과 꿈의 경계에 선 그는 당연히 꿈을 버릴 수는 없고, 그렇다고 해도 현실의 유혹이 너무도 강력해 이중 삼중의 딜레마에 빠져 남모를 고민을 맛보아야만 했습니다.

하지만 결국 반생의 꿈이 지닌 매력과 범죄가 발각될지도 모른다는 공포가 지요코를 단념하게끔 만들었습니다. 그리고 그 슬픔을 달래기 위해, 지요코의 왠지 쓸쓸해 보이는 근심 어린 얼굴을 뇌리에서 지우기 위해 마치 그게 본래 목적이기라도 한 듯 오로지 자기 사업에 몰두했습니다.

순시 여행에서 돌아오자 그는 우선 가장 눈에 띄지 않을 주식 종류를 몰래 처분하도록 하고 그걸로 이상향을 건설하기 위한 준비에 착수했습니다. 새로 고용한 화가, 조각가, 건축 기사, 토목 기사, 조경 기사 등이 매일 그의 저택으로 밀려들어 참으로 이상한 설계 작업이 시작되었습니다. 그와 동시에 한편에서는 엄청난 수목, 화초, 석재, 유리판, 시멘트, 철재 등의 주문서와 또는 주문을 넣기 위한 심부름꾼이 멀리는 남양[28]까지도 갔고 엄청나게 많은 토목 노동자, 목수, 식목 기술자 등이 각지에서 끊임없이 소집되었습니다. 그 가운데는 전기 기술자나 잠수부, 배를 만드는 목수 같은 사람들도 섞여 있었

---

28 말레이 군도, 필리핀 군도 등을 두루 일컫는 명칭. - 역주

습니다.

　이상한 일은 그 무렵부터 고모다 저택에 잔심부름하는 계집아이인지 가정부인지 모를 젊은 여자들이 매일 새로 들어와, 얼마 지나자 그 여자들 방을 마련하기에도 곤란할 만큼 그 수가 늘었다는 것입니다.

　이상향을 건설할 곳은 헤아릴 수 없을 만큼 자주 바뀐 뒤 결국 S군[29] 남쪽 끄트머리에 있는 외딴섬 오키노시마 섬으로 결정되었습니다. 그와 동시에 설계사무소는 오키노시마 섬에 급히 지은 임시건물로 이전하고 기술자를 비롯해 장인, 인부, 그리고 정체를 알 수 없는 여자들도 모두 섬으로, 섬으로 건너갔습니다.

　고모다 집안의 친척을 비롯해 각종 사업의 수뇌부가 이런 폭거를 보고 가만히 있을 리 없죠. 사업이 진척됨에 따라 설계 일에 관여하는 기술자들로 붐비는 히로스케의 응접실에는 매일 그런 사람들이 몰려들어 언성을 높여 히로스케의 무모함을 나무랐고 정체를 알 수 없는 토목공사를 중지할 것을 요구했습니다. 하지만 그것은 히로스케가 이 계획을 구상하던 초기에 이미 예상했던 일입니다. 그는 그걸 위해 고모다 집안 전 재산의 절반을 쏟아부을 각오를 했던 것이죠. 친척이라고 해도 모두 고모다 집안보다 지위가 낮은 사람들뿐이고, 재산도 큰 차이가 났기 때문에 어쩔 수 없는 경우에는 아낌없이 거액의 재산을 나누어주어 손쉽게 그들의 입을 막을 수 있었습니다.

---

29 '결국 S군'이 〔슌1〕, 〔혜〕, 〔슌2〕, 〔도〕에는 '결국 군'으로 되어 있다. – 해제

그렇게 모든 의미에서 전투 같았던 1년이 지났습니다. 그사이에 히로스케가 얼마나 고생했는지, 몇 번이나 사업을 포기하려다가 겨우 생각을 멈췄는지, 그와 아내 지요코의 관계가 얼마나 돌이키기 힘든 상태에 빠졌는지, 이런 점들은 이야기 속도를 높이기 위해 모두 독자 여러분의 상상에 맡기기로 하겠습니다. 간단하게 말하자면 모든 위기에서 빠져나올 수 있었던 것은 고모다 집안에 쌓인 무진장한 재력이었습니다. 돈 앞에서는 불가능이란 없다는 사실만 말씀드리기로 하겠습니다.

13

　그러나 모든 난관을 극복하게 해주고 모든 사람들의 입을 다물게 한 고모다 집안의 엄청난 재산도 단 한 사람, 지요코의 애정 앞에서는 아무런 힘도 되지 못했습니다. 설사 지요코의 친정[30] 사람들은 히로스케가 상투적인 수법으로 회유했다고 해도 그녀의 주체할 수 없는 슬픔만은 도무지 달랠 길이 없었습니다.

　그녀는 되살아난 이후 기질이 변한 남편을 이해할 수 없었습니다. 이 수수께끼 같은 사실을 풀 수 있는 방법도 없고 그저 털어놓을 사

---

30 여기에는 '사토카타(里方)'이라고 썼지만 [도]에는 '짓카(実家)'라는 한자를 사용했다. – 해제
두 단어 모두 단순히 우리말로는 '친정'이라는 뜻이다. – 역주

람도 없는 슬픔을 꾹 참고 지내는 길밖에 없었죠.

남편의 폭거로 고모다 집안의 재정이 위기에 빠진 것도 물론 신경 쓰였지만, 그녀에게는 그런 물질적인 면보다 오로지 이미 떠나버린 남편의 애정을 어떻게 하면 되돌릴 수 있을까 하는 문제가 더 중요했죠. 어째서 그 일을 고비로 그 전까지는 그토록 뜨거웠던 남편의 애정이 돌연 사람이 변한 듯 싸늘하게 식고 말았는지, 지요코는 밤낮없이 그것만 생각하며 지냈습니다.

"날 보는 저분의 눈빛에서는 오싹함이 느껴져. 그렇지만 그건 결코 날 미워하는 눈빛이 아니야. 미워하기는커녕 나는 그 눈빛에서 여태 한 번도 본 적 없는 첫사랑 같은 순수한 애정마저 느낄 수 있는걸. 그런데 도대체 왜 나를 대하는 처사는 눈빛과 달리 그리도 야속하단 말인가. 그토록 끔찍한 일을 겪었으니 기질이나 체질이 예전과 달라졌다고 해도 전혀 이상할 건 없어. 그렇지만 요즘 모습을 보면 내 얼굴만 봐도 마치 무서운 사람이 다가가기라도 하듯 피하려고만 하시니, 참으로 이상하다는 생각이 들어 견딜 수가 없네. 내가 그렇게 싫다면 아예 헤어져주시는 게 나을 텐데 그러지는 않고, 하다못해 퉁명스러운 말 한마디 건네지 않으면서도 눈길만은 늘 나를 바라보는 듯 묘한 집착을 보이시는걸. 아아, 난 어쩜 좋지?"

히로스케의 입장도 그렇지만 지요코의 처지 역시 실로 이상했습니다. 게다가 히로스케에게는 공사라는 큰 위안거리가 있어서 매일 많은 시간을 그쪽에 몰두해 보내면 그만이었지만 지요코에게는 그런 것도 없었습니다. 오히려 친정에서는 남편의 행적을 두고 아내로서 얼마나 무능한지 이러쿵저러쿵 탓하는 소리까지 들려 그것만으로도 지긋지긋했습니다. 그녀를 달래줄 사람은 친정에서 따라온 늙은 할멈뿐이었습니다. 남편 스스로도 지요코와 전혀 접촉이 없어 그 쓸쓸함, 애타는 심정은 무엇과도 비교할 수 없었습니다.

설명할 필요도 없이 히로스케는 지요코의 이런 슬픔을 너무도 잘 알고 있었죠. 대개 오키노시마 섬에 있는 사무소에서 먹고 자고 했지만 이따금 집에 돌아와도 지요코를 묘하게 멀리하며 마음 편히 대화도 나누지 않았습니다. 밤이면 더욱 방을 따로 썼습니다. 그러면 밤마다 옆방에서 숨이 끊어질 듯 소리 죽여 우는 지요코의 기척이 들렸죠. 히로스케는 위로의 말 한마디 건네지 못하고 자기도 함께 울음을 터뜨리고 싶은 심정이 되곤 했습니다.

아무리 음모가 들통날까봐 두려웠기 때문이라고는 해도 그렇게 부자연스러운 상태가 어언 1년 가까이 이어진 것은 그야말로 이상하다고 하지 않을 수 없죠. 하지만 이 1년이 두 사람에게는 견딜 수 있는 최대치였습니다. 이윽고 뜻밖의 계기로 그들 사이에 불행한 파탄의 날이 다가온 것입니다.

그것은 오키노시마 섬 공사가 거의 끝나고 토목, 조경 일이 일단락되어 중요한 관계자를 고모다 저택에 불러 작은 술자리를 마련한 날이었습니다. 히로스케는 드디어 자기 소망을 이룰 날이 다가왔다는 생각에 기분이 너무 좋았죠. 여기저기 고맙다는 인사를 하고 돌아다녔고, 젊은 기술자들도 그 바람에 흥이 올라 술자리가 파했을 때는 벌써 자정이 지난 시각이었습니다. 시내에서 부른 기생과 어린 동기들 몇이 술 시중을 들었는데 어느새 그들도 다 돌아갔습니다. 고모다 저택에서 묵는 손님들도 있지만 또 어디론가 모습을 감춘 사람도 있어 술자리는 썰물이 빠져나간 자리 같았습니다. 술잔이 어지럽게 흩어진 가운데 남은 사람은 혼자 술에 취한 히로스케와 그를 돌보던 아내 지요코뿐이었습니다.

이튿날 아침, 뜻밖에 7시쯤 잠에서 깬 히로스케는 어떤 감미로운 추억과 말로 표현할 수 없는 회한에 가슴 설레며 몇 번이고 망설인 끝에 발소리를 죽이고 지요코가 있는 거실로 들어갔습니다. 그리고 거기서 새파랗게 질려 꼼짝도 하지 않고 앉은 채 입술을 깨물고 물끄러미 허공을 바라보는, 마치 완전히 딴사람 같은 지요코를 발견했습니다.

"지요코, 무슨 일이오?"

그는 속으로는 거의 절망하면서 겉으로는 그렇지 않은 척 말을 걸었습니다. 그러나 그의 예상대로 지요코는 여전히 허공만 바라보며 대꾸하려고 들지도 않았습니다.

"지요……."

그는 다시 부르려다가 문득 입을 다물었습니다. 쏘아보는 듯한 지요코의 시선을 보았기 때문입니다. 그는 그 눈만 보고도 모든 걸 다 깨달았습니다. 결국 그의 몸에는 세상을 떠난 겐자부로와 다른, 어떤 특징이 있었던 거겠죠. 그걸 지요코가 어젯밤에 발견했을 겁니다.

어느 순간 그녀가 흠칫 몸을 빼고 잔뜩 웅크린 채 죽은 듯이 꼼짝도 하지 않았던 어젯밤 기억이 어렴풋이 떠올랐습니다. 그녀는 그때 무언가를 깨달았던 겁니다. 그리고 오늘 아침에는 저렇게 새파랗게 질릴 정도로, 그 무시무시한 의혹을 더욱 또렷하게 인식하게 된 거죠. 처음부터 그토록 그녀를 경계했건만. 1년이란 긴 세월 동안 그 뜨거운 생각을 꾹 참으며 고생한 것은 모두 이런 파탄을 피하고 싶었기 때문 아니었던가요. 그런데 단 하룻밤³¹ 느슨해진 마음 때문에 결국 돌이킬 수 없는 실수를 저지르고 말았던 것입니다. 이제 다 틀렸습니다. 그녀의 의혹은 앞으로 더욱 깊어질 테고 결코 풀 수 있는 문제가 아니죠. 그녀가 진짜 남편의 원수, 고모다 집안을 가로챈 사람을 그대로 내버려두겠습니까. 결국 이 일은 경찰 귀에 들어갈 것입니다. 그리고 실력 있는 형사가 끈질기게 수사를 하면 틀림없이 언젠가 진상이 드러날 테죠.

"아무리 술을 많이 마셨어도 그렇지. 도대체 이 무슨 돌이킬 수 없는 짓을 저지른 거냐. 이걸 어떻게 처리하지?"

아무리 고민해도 히로스케에겐 해결 방법이 떠오르지 않았습니다.

그리고 그들 부부는 지요코의 방에 마주한 채로 둘 다 한마디도 하지 않고 오랫동안 서로 노려보았는데, 이윽고 지요코가 무서워서 견딜 수 없는지 먼저 입을 열었습니다.

"미안하지만 제가 속이 매우 좋지 않습니다. 부디 이대로 혼자 있게 해주세요."

---

31 '하룻밤'이 〔순1〕, 〔헤〕, 〔순2〕, 〔도〕에는 '하루'로 되어 있다. – 해제

이 말만 남긴 채 지요코는 불쑥 그 자리에 엎드리고 말았습니다.

14

히로스케가 지요코를 죽이기로 마음먹은 것은 그 일이 있은 지 딱 나흘째 되던 날이었습니다.

지요코는 한때 그토록 적의를 품었지만 가만히 생각해보니 설사 그런 확실한 증거를 보았다고 해도 도저히 믿어지지 않는 점이 한둘이 아니었습니다. 저 사람이 남편 겐자부로가 아니라면 도대체 이 세상에 저토록 똑 닮은 사람이 있을 수 있는 걸까? 물론 온 나라를 뒤지고 돌아다니면 똑같이 생긴 사람이 없다고 할 수야 없겠지만, 설사 그렇게 빼닮은 사람이 있다고 해도 그 사람이 어떻게 겐자부로의 묘에서 되살아나겠는가? 그런 마술이나 마법 같은 기막힌 일을 해낼 수 있을 거라는 생각은 들지 않았습니다. '어쩌면 내가 부끄럽게도 착각한 거 아닐까?' 이런 생각을 하면 그렇게 조심성 없는 태도를 보여 남편에게 미안하기도 했습니다.

그러나 다른 한편으로는 되살아난 뒤에 보인 남편의 갑작스러운 기질 변화, 오키노시마 섬에서 벌이는 정체 모를 대공사, 이상하게 그녀를 멀리하는 태도, 그리고 그 움직일 수 없는 증거와 함께 생각하면 역시 어딘가 의심스러웠습니다. 차라리 혼자 끙끙 고민하지 말고 누군가에게 털어놓고 상담해보는 게 좋지 않을까 하는 생각도 들었습니다.

그날 밤 이후 히로스케는 걱정스러운 나머지 병이 났다며 저택에 틀어박혔습니다. 그는 섬의 공사장에도 나가지 않으며 은근히 지요코의 일거일동을 감시했고 그녀가 무슨 생각을 하는지까지도 대략 파악할 수 있었습니다. 일단 지금 상태라면 그나마 마음이 놓였지만 그 일이 있은 뒤로 지요코는 남편의 시중드는 일을 모두 몸종에게 맡기고 한 번도 그의 곁에 다가오거나 말을 붙이지 않았습니다. 역시 마음을 놓을 수 없는 상태였습니다. 자칫 그 비밀이 밖으로 흘러나간다면, 아니 설사 외부로 새나가지는 않더라도 이러는 사이에 집안 하인들에게 퍼지고 있는지도 모른다는 생각이 들어 점점 불안해졌습니다.

결국 나흘 동안 망설이고 망설인 끝에 그는 지요코를 살해하기로 마음을 굳혔습니다.

그런 다음, 그날 오후에 그는 지요코를 자기 방으로 불러 자못 태연한 척하며 이렇게 말을 꺼냈습니다.

"몸도 괜찮은 모양이니 나는 이제 다시 섬으로 갈 생각인데 이번에 건너가면 공사가 완전히 끝날 때까지 돌아오지 않을 작정이오. 그래서 그동안 당신과 함께 섬으로 가서 지내고 싶은데. 어떻겠소, 기분 전환 삼아 가보는 건? 게다가 내가 해온 이상한 일도 이제 대략 완성되었으니 당신에게도 한번 보여주고 싶구려."

그러나 지요코는 여전히 의심을 풀지 않고 이러니저러니 핑계를 대며 그의 권유를 뿌리치려고만 들었습니다. 그는 한편으로는 달래고 다른 한편으로는 윽박질러 이리저리 애를 쓰며 30분이나 입에서 신물이 나도록 설득한 끝에 마침내 반 강제로 지요코의 고개를 끄덕이게 만들었습니다. 그건 그녀가 히로스케를 의심하고 두려워하는 다른 한편으로는 설사 그가 겐자부로가 아니더라도 그에게 애착을 느끼고 있었기 때문이 틀림없습니다. 막상 가기로 한 뒤에도 할멈을 데리고 가느냐 마느냐로 한바탕 입씨름을 한 끝에 결국 데려가지 않기로 하고 단둘이 그날 오후 열차를 타기로 이야기를 매듭지었습니다. 아무도 데리고 가지 않더라도 섬에 가면 여자들이 많기 때문에 불편할 일은 없었습니다.

한 시간이나 흔들리는 기차를 타고 바닷가를 따라 달리면 종점인 T역입니다. 거기서는 미리 준비한 모터 달린 배를 타고 다시 거친 파도를 헤치며 한 시간 더 가야 마침내 목적지인 오키노시마 섬에 도착합니다.

지요코는 오래간만에 남편과 단둘이 여행하며 뭔지 모를 공포와 한편으로는 야릇한 즐거움을 느꼈습니다. 그리고 부디 지난번 그날 밤의 일이 착각이었기를 기도했습니다. 기쁘게도 남편은 기차 안에서나 배 안에서나 여느 때와 달리 이상하게 상냥하고 다정했습니다. 이것저것 챙겨주기도 하고 창밖을 가리키며 스치는 풍경을 보여주기도 했습니다. 그녀는 예전 신혼여행 때를 떠올릴 정도로 묘하게 달콤하고 정겨운 기분이 들었습니다. 그래서 그녀는 무서운 의심도 어느새 잊고, 설사 내일 어떻게 되건 그저 이 즐거운 시간이 조금이라도 더 오래 지속되기를 바랄 뿐이었습니다.

배가 섬에 가까워지자 섬에서 40미터쯤 떨어진 곳에[32] 아주 커다란 부표 같은 게 떠 있는 모습이 보였습니다. 배는 그리로 다가갔습니다. 부표 표면에는 사방 4미터쯤 되는 철판이 깔려 있었고 그 한가운데 배의 해치 같은 작은 구멍이 나 있었습니다. 두 사람은 배에서 널빤지를 건너 그 부표 위로 내려섰습니다.

"여기서 한 번 더 섬 위를 자세히 봐요. 저기 저 바위산처럼 높게 솟은 게 모두 콘크리트로 만든 벽이라오. 밖에서 보면 섬의 일부로 여겨질 테지만 저 안에는 그야말로 대단한 것들이 숨어 있죠. 그리고 바위산 꼭대기에 높은 발판 같은 게 보일 거요. 지금도 공사 중으로 아직 완성되지 않았는데, 저기에는 아주 커다란 공중정원[33], 즉 하늘 위에 꽃밭이 생길 거예요. 그러면 이제부터 내 꿈의 왕국을 구경하기로 합시다. 두려워할 것 전혀 없어요. 이 입구를 내려가면 바다 밑을 통해 바로 섬 위로 나갈 수 있으니까. 자, 손을 잡아줄 테니 내 뒤를 따라와요."

히로스케는 다정하게 말하며 지요코의 손을 잡았습니다. 그도 지요코와 마찬가지로 함께 손을 맞잡고 이 바다 밑바닥을 건너는 일이 어쩐지 기뻤습니다. 언젠가는 자기 손으로 죽여야만 한다는 생각을 하면서도 그 때문에 그녀의 보드라운 살결이 더욱 사랑스럽고 정겹게 느껴졌습니다.

---

32 '떨어진 곳에'가 〔도〕에는 '앞에'로 되어 있다. - 해제
33 Hanging Garden. 절벽 같은 곳에 만들어 공중에 걸려 있는 것처럼 보이게 만든 정원을 말한다. 고대 메소포타미아에 있던 도시 바빌론의 공중정원은 세계 7대 불가사의 가운데 하나였다. - 역주

해치로 들어가 세로로 난 어두운 굴속을 10미터쯤 내려가자 일반 건물의 복도 넓이에 가로로 난 터널 같은 길이 나타났습니다. 지요 코는 그 길로 내려서서 한 걸음 내딛자마자 저도 모르게 "으악" 하고 소리를 질렀습니다. 그곳은 그야말로 바닷속을 훤히 들여다볼 수 있는 유리로 된 터널이었습니다.

콘크리트 테두리에 두꺼운 판유리를 끼웠는데, 바깥쪽에는 밝은 전등이 머리 위, 발아래, 왼쪽, 오른쪽에서 반경 4, 5미터를 밝히기 때문에 물속 풍경이 손에 잡힐 듯 보였습니다. 미끌미끌한 검은 바위와 거대한 동물의 갈기처럼 무섭게 출렁거리는 갖가지 해초, 육지에서는 상상도 할 수 없는 온갖 물고기들이 헤엄치는 모습, 다리 여덟 개를 수레의 바퀴살처럼 활짝 펼치고 무시무시한 빨판을 잔뜩 부풀려 유리판에 달라붙은 커다란 문어, 물속 거미처럼 바위 표면에서 꿈틀거리는 바다새우. 이런 것들이 강렬한 불빛을 받아 물속에서 흐릿하게 보였습니다. 먼 쪽은 숲처럼 검푸른색이었는데 거기에는 정체를 알 수 없는 괴물들이 우글거리는 듯했습니다. 이런 악몽 같은 광경은 육지에서는 도저히 상상할 수 없었습니다.

"어때요? 놀랐죠? 하지만 여긴 아직 입구예요. 이제부터 저쪽으로 가면 더 재미있는 걸 볼 수 있을 거요."

히로스케는 너무 무서워 창백해진 지요코를 달래며 자못 의기양양한 표정으로 설명했습니다.

15

고모다 겐자부로로 변신한 히토미 히로스케와 그의 아내이면서도 아내가 아닌 지요코의 너무도 이상한 밀월여행은 무슨 운명의 장난 인지 히로스케가 만들어낸 이른바 꿈의 나라, 지상낙원을 헤매게 되 었습니다.

두 사람은 한편으론 서로 한없는 애착을 느끼면서도 다른 한편으 로 히로스케는 지요코를 없애려고 하고 지요코는 히로스케에게 무 서운 의혹을 품고 있었습니다. 그렇게 서로 상대의 마음을 탐색하면 서도 결코 상대방에게 적의를 품지 않고 이상하게 달콤하고 정겨운 감정을 느꼈죠.

히로스케는 잠깐 지요코를 죽이려는 계획을 버리고 이 이상한 사 랑에 몸과 마음을 맡겨버릴까 하는 생각마저 들기도 했습니다.

"여보, 쓸쓸하지는 않아요? 이렇게 나와 단둘이 바닷속을 걷고 있 는 게. ……당신은 무섭지 않소?"

그는 문득 그런 질문을 해보았습니다.

"아뇨, 전혀 무섭지 않아요. 저 유리 너머로 보이는 바닷속 경치는 무척 으스스하지만 당신이 곁에 있다는 생각을 하면 난 전혀 무섭지 않아요."

지요코는 살짝 응석을 부리듯 그에게 바싹 다가서며 이렇게 대답 했습니다. 그녀는 어느새 그 무서운 의혹을 잊고 지금 오로지 눈앞 에 있는 즐거움에 취한 걸까요?

유리 터널은 이상한 곡선을 그리며 뱀처럼 끝없이 이어졌습니다. 몇 백 촉 전등을 켜두었는데도 바닷속 침침한 어둠은 어쩔 수 없었죠. 짓누르는 듯한 으스스한 공기, 저 멀리 머리 위로 밀려오는 파도로 인한 땅울림, 유리 너머로 펼쳐지는 검푸른 세계에서 꿈틀거리는 생물들. 그것은 그야말로 이 세상 밖 풍경이었습니다.

지요코는 앞으로 나아갈수록 처음에 느꼈던 맹목적인 전율이 점차 경이로 바뀌었습니다. 그리고 점점 익숙해지면서 다음에는 꿈꾸는 듯한, 환상을 보는 듯한 바다 밑 좁은 길의 매력에 도저히 이해할 수 없을 만큼 도취하기 시작했습니다.

불빛이 닿지 않는 저 멀리에 있는 물고기들은 눈알만 여름철 밤에 개울 수면 위를 어지러이 날아다니는 반딧불처럼 상하좌우로 움직이며 혜성처럼 꼬리를 끌며 괴이한 빛을 내뿜었습니다. 그 물고기들이 전등 불빛을 향해 모여들어 판유리로 다가올 때, 어둠과 빛의 경계를 넘어 천천히 온갖 모양새와 색채를 불빛 아래 드러내는 그 이상한 광경을 무엇에 비유해야 좋을까요? 거대한 입을 이쪽으로 향하고 꼬리나 지느러미는 움직이지도 않으면서 잠수함처럼 안개 속에서 물을 가르며 스윽 나타납니다. 어렴풋하던 모습이 점점 커지다가 이윽고 활동사진에 나오는 기차처럼 보는 사람의 얼굴에 부딪힐 듯 가까워지죠.

상하좌우로 꺾어지는 유리 길은 섬의 연안에서 몇 십 미터나 이어졌습니다. 맨 위로 올라갔을 때는 유리 천장이 수면과 거의 같은 높이여서 전등의 힘을 빌리지 않더라도 주위가 환히 보였습니다. 하지만 제일 아래로 내려갔을 때는 몇 백 촉 되는 전등으로도 기껏해야 1미터가량 뿌옇게 밝히는 정도에 지나지 않았고 그 너머에는 지옥 같은 어둠이 끝없이 이어졌습니다.

바다 부근에서 자란 덕분에 보고 들어 익숙하지만 이렇게 직접 바닷속을 여행한 일은 당연히 처음이었습니다. 그 이상하고 너무도 강렬하며 징그럽기도 하고 그러면서도 묘하게 빨려 들어가는, 속세를 떠난 듯 아름다우면서 무서우리만치 선명한 해저 별세계에 지요코가 문득 도저히 말로 표현할 수 없는 유혹을 느낀 것은 무리가 아니었습니다. 뭍에서 마른 모습만 보고 아무런 감동도 느끼지 못했던 갖가지 해초들이 호흡하고 자라나며 서로를 애무하기도 하고 다투기도 하면서 알 수 없는 언어로 이야기를 나누는 살아 있는 그 모습이 그녀로서는 너무도 기이해 몸이 움츠러드는 듯했습니다.

갈색 다시마로 이루어진 드넓은 숲, 거센 바람이 부는 숲의 나뭇가지가 서로 뒤엉키듯 그들은 바닷물의 작은 움직임에도 살랑살랑 몸을 흔들었습니다.

썩어서 구멍이 뚫린 얼굴처럼 기분 나쁜 곰피, 미끌미끌한 몸을 부들부들 떨어대며 볼품없는 팔다리를 허우적대는 커다란 거미 같은 미역, 물속 선인장 같은 감태, 커다란 야자나무처럼 생긴 모자반, 징그러운 회충 사촌 같은 끈말, 녹색 불길처럼 타오르는 파래, 대평원을 이룬 청각, 이런 것들이 여기저기 조금씩 바위 표면을 남긴 채 바다 밑을 뒤덮었습니다. 그래서 뿌리 부분이 어떻게 생겼는지, 그 부근에는 얼마나 무서운 생물이 숨어 있는지 알 수 없었습니다. 그저 윗부분의 잎사귀 끄트머리만 헤아릴 수 없이 많은 뱀 대가리처럼 서로 뒤엉키고 들러붙어 물어뜯겨져 있었습니다. 그런 광경이 흐릿한 전등 불빛 속에 보였습니다.

어떤 곳에는 마치 대학살의 흔적처럼 거무스름한 피로 물든 김 무더기, 빨강 머리 여자가 머리카락을 풀어헤친 모습 같은 김 파래, 닭발 모양을 한 바다술, 커다란 붉은 지네처럼 보이는 지누아리, 그 가운데서도 가장 징그러운 것은 닭의 볏을 바다에 빠뜨린 듯한 선홍색 갈래곰보 무리였습니다. 캄캄한 바다 밑에서 붉은색을 보았을 때의 끔찍함은 뭍에서 상상할 수 있는 정도가 아니었습니다.

게다가 그 질척질척한 노란색, 파란색, 빨간색으로 날름거리는 수많은 뱀의 혀와 뒤엉키는 기형적인 해조류 숲을 헤치고 조금 전에도 이야기한 몇 십, 몇 백 마리나 되는 반딧불이 이리저리 날아다니다가 전등 불빛이 닿는 범위 안으로 들어오면 저마다 환등기로 비친 듯이 그 기이한 모습을 불쑥 드러냈습니다. 흉악한 몰골을 한 괭이상어, 두툽상어가 창백한 점막을 지닌 흰 배를 드러낸 채 귀신이 지나가듯 눈앞을 슥 스쳐 지나고, 때로는 험악한 눈을 부릅뜨고 돌진해 유리 벽을 씹어 부수려고까지 했습니다. 그럴 때 바다 쪽 유리판에 달라붙은 그들의 탐욕스럽고 두툼한 입술은 마치 여자를 위협하는, 침이 질질 흐르는 무뢰한의 입술처럼 일그러졌습니다. 거기서 연상되는 느낌 때문에 지요코는 저도 모르게 몸서리를 칠 지경이었습니다.

작은 상어들을 바닷속 맹수라고 한다면 유리 통로에 나타나는 가오리[34] 같은 물고기는 물에 사는 맹금류라고 할 수 있고, 붕장어, 곰치 같은 종류는 독사로 볼 수도 있을 겁니다. 살아 있는 물고기라고는 기껏해야 수족관 유리 상자 안에 있는 것밖에 본 적이 없는 육지 사람들은 이 비유가 지나치게 과장되었다고 생각할지도 모릅니다. 그러나 먹어도 별 탈이 없는 온순한 새우[35]가 바닷속에서는 어떤 모습인지, 또 바다뱀의 친척뻘 되는 붕장어가 해초 사이를 헤치며 얼마나 징그러운 곡선운동을 하는지 실제로 바닷속에 들어가 그 광경을 보지 않은 사람은 상상할 수 없을 겁니다.

만약 공포로 물들었을 때 아름다움이 깊은 맛을 더한다고 한다면 바닷속 풍경만큼 아름다운 광경은 결코 없겠죠. 적어도 지요코는 이 경험을 통해 난생처음 몽환적인 세계의 아름다움을 접한 기분이 들었습니다. 어둠 저편에서 뭔가 거대한 기운이 느껴지다가 두 개의 불빛이 점점 흐릿해지면서 전등 불빛 안으로 모습을 드러낸 두동가리돔의 당당한 모습을 보았을 때는 저도 모르게 감탄사를 흘리며 공포와 환희에 질려 남편 소매에 매달렸을 정도였습니다.

---

34 해제에서는 판본별로 달리 쓰인 '가오리'의 한자 차이를 적었다. - 해제
이 책의 저본에서 '가오리'는 '심(鱝)'이라는 한자를 사용했다. 일본어로 '에이'로 읽으며 '가오리'라는 뜻이다. 해제를 보면 〔초〕에는 '심(鱝)', 〔슌1〕에는 '하(鰕)', 〔혜〕와 〔슌2〕에는 '하(鰕)'라는 한자를 썼다. 이들 한자는 모두 일본어로는 '에비'라고 읽는다. 〔도〕에는 한자를 쓰지 않고 가타카나로 '에비'라고만 썼다. 〔초〕를 제외한 다른 한자는 넓은 의미에서 새우를 가리킨다. 참고로 일본어 사전에서 '심(鱝)'은 '가오리'로 설명하지만, 한자의 원래 뜻은 '철갑상어'다. 우리나라에서도 '심어(鱘魚)'는 철갑상어를 가리킨다. 영어 번역판('옮기고 나서' 참조)에서는 게, 가재, 새우 등을 뜻하는 '갑각류(crustaceans)'로 옮겼다. - 역주
35 '온순한 새우'에 대해서도 해제에서는 판본별로 달리 표기된 한자를 밝혀두었다. 위에 언급했으니 자세한 설명은 생략한다. - 역주

푸르스름하게 빛나는 풍만한 마름모꼴 몸매에 붓을 들어 가로로 굵게 비스듬하게 두 줄 그은 선명한 흑갈색 줄무늬, 그것이 전등 불빛을 받아 거의 금빛으로 빛났던 겁니다. 요부처럼 짙게 화장한 큰 눈, 튀어나온 입술, 그리고 전국시대 장수의 투구 장식물 같은 등지느러미 하나가 깜짝 놀랄 만큼 길게 뻗었습니다.

그 두동가리돔이 몸을 크게 흔들면서 유리판으로 다가와 방향을 바꾼 다음 유리판을 따라 바로 앞을 헤엄치기 시작했을 때 지요코는 다시 감탄하지 않을 수 없었습니다. 그게 화가가 캔버스 위에 그린 그림이 아니라 살아 있는 한 마리 생물이라는 사실이 그녀에겐 경이로웠습니다. 장소가 장소인 만큼 기분 나쁘게 생긴 해초와 검푸르게 고인 바닷물을 배경 삼아 흐릿한 전등 불빛 아래서 움직이는 두동가리돔을 바라보았습니다. 지요코의 놀라움은 결코 과장이 아니었습니다.

그러나 점점 더 들어갈수록 더는 한 마리 물고기에 놀라고 있을 여유가 없었습니다. 계속해서 유리 밖에서 엄청나게 많은 물고기들이 지요코를 환영했습니다. 그 선명하고, 기분 나쁘고, 그러면서도 아름다운 자리돔, 병치돔, 육동가리돔, 아홉동가리. 어떤 녀석은 자줏빛 황금색으로 빛나는 줄무늬, 어떤 녀석은 물감으로 칠한 듯한 얼룩무늬를 지니고 있었습니다. 만약 이런 표현이 허락된다면 악몽 같은 아름다움, 그야말로 전율할 만한 악몽 같은 아름다움에 다름 아니었습니다.

"아직 멀었어요. 내가 당신에게 보여주고 싶은 건 아직 나오지 않았지요. 내가 온갖 충고에 귀 기울이지 않고 모든 재산을 아낌없이 던져넣어 평생을 날려버리기 시작한 일이죠. 아직 다 완성되지는 않았지만 내가 만들어낸 예술품이 얼마나 훌륭한지 누구보다 먼저 당신에게 보여주고 싶었다오. 그리고 당신의 평가를 듣고 싶소. 아마 당신은 내가 한 일의 가치를 알아줄 거라고 생각하지만. ……자, 이쪽을 잠깐 보구려. 이렇게 보면 바닷속이 또 다르게 보일 거요."

히로스케는 열정적으로 속삭였습니다.

그가 가리킨 곳을 보니 거기에는 유리판 아랫부분이 지름 10센티미터쯤 묘하게 부풀어 올라, 마치 다른 유리를 끼운 듯했습니다. 시키는 대로 지요코는 등을 구부려 조심조심 거기에 눈을 댔습니다. 처음에는 시야가 온통 구름이 낀 듯해 뭐가 뭔지 알아볼 수 없었습니다. 하지만 눈과 유리의 거리를 이리저리 바꾸다 보니 이윽고 맞은편에 무서운 것이 꿈틀거리고 있다는 사실을 또렷하게 알게 되었습니다.

16

집채만 한 바위들이 굴러다니는 바닥에 마치 비행선에 달린 가스주머니를 세로로 세워놓은 듯한 갈색 주머니 여러 개가 바닷물에 둥실둥실 흔들리고 있었습니다. 너무도 이상한 모습이라 지요코는 잠시 바라보았습니다. 곧 그 큰 주머니 뒤편에 있는 물이 이상하게 술렁이는가 싶더니 가스주머니들 사이를 헤치고 그림으로 보았던 아득한 옛날의 비룡 같은 생물을 닮은, 무시무시하고 거대한 짐승이 느릿느릿 기어 나왔습니다. 지요코는 깜짝 놀랐지만 몸을 뺄 힘도 없고 또 동시에 상황이 조금씩 파악되어 약간 마음이 놓이기도 해 자석에 끌리듯 그대로 움직이지 않고 그 불가사의한 생물을 계속 지켜보았습니다. 그런데 정면을 향한 얼굴이 비행선의 공기주머니보다 몇 배나 큰 괴물이, 그 얼굴을 가로로 쭉 찢은 듯한 거대한 입을 뻐끔거리면서 진짜 비룡처럼 등에 높게 튀어나온 여러 개의 돌기를 살랑살랑 흔들며 옹이가 많아 울퉁불퉁한 짧은 다리로 주춤주춤 이쪽을 향해 다가왔습니다. 그것이 지요코 바로 앞까지 접근했을 때는 너무도 무서웠습니다. 정면에서 보니 거의 얼굴밖에 보이지 않는 짐승이었습니다. 짧은 다리 위에 바로 쭉 찢어진 입이 있고, 코끼리의 코 같은 긴 눈이 등에 튀어나온 돌기와 맞닿았습니다. 피부는 아주 울퉁불퉁하고 거칠거칠했으며 흉측한 검은 반점이 여기저기 찍혀 있었는데 지요코의 눈에 또렷하게 들어온 그것은 작은 산만 한 크기로 보였습니다.

"여보, 여보……."

지요코는 간신히 눈을 떼고 공격이라도 받은 듯이 남편을 돌아보았습니다.

"그리 무서워할 거 없어요. 그건 도수가 높은 돋보기니까. 방금 당신이 본 건, 자, 이렇게. 이쪽 유리로 들여다봐요. 저렇게 작은 물고기일 뿐이잖소? 바로 씬벵이라는 물고기요. 아귀 종류라오. 저 녀석은 지느러미가 변형된 발이 있어 그걸로 바다 밑바닥을 기어 다니죠. 아, 저 주머니처럼 생긴 거 말이오? 그건 보다시피 해초죠. 긴불레기말이라고 부르는 모양이오. 주머니처럼 생겼죠. 자, 조금 더 가봅시다. 아까 배에 있던 사람에게 말해두었으니 시간만 잘 맞추면 좀 더 재미있는 걸 볼 수 있을 거요."

지요코는 남편의 설명을 듣고도 무서운 것을 보고 싶다는 기묘한 유혹을 뿌리치기 힘들어 히로스케가 장난삼아 만든 렌즈 장치를 자꾸 들여다보았습니다.

그러나 마지막에 그녀를 가장 놀라게 한 것은 그런 어설픈 재주를 부려 만든 렌즈 장치나 지천으로 널린 해초, 어패류 따위가 아니었습니다. 그것들보다 몇 배나 농염하고 고운, 하지만 으스스하리만치 무서운 어떤 존재였습니다.

잠시 걷는 중에 지요코는 한참 머리 위쪽에서 희미한 소리, 아니 일종의 파동 같은 것을 느꼈습니다. 그리고 어떤 예감이 지요코의 발길을 갑자기 멈추게 했습니다. 그러자 아주 커다란 물고기 같은 것이 수많은 물방울을 꼬리처럼 끌면서 어두운 물속을 지나 무서운 속도로 움직이는 것이 보였습니다. 그 이상하리만치 매끄러운 몸통이 전등 불빛에 얼핏 비치는가 싶더니 먹이를 찾으려고 촉수를 움직이는 해초 수풀 속으로 모습을 감추고 말았습니다.

"여보……."

그녀는 다시 남편의 팔에 매달려야만 했습니다.

"잘 지켜봐요. 저 해초가 있는 쪽을."

히로스케는 용기를 북돋우듯 지요코에게 속삭였습니다.

불타는 양탄자처럼 보이는 붉은색 바닷말 구역이 이상하게 흔들리면서 진주처럼 윤기가 도는 물방울이 무수히 솟아올랐습니다. 자세히 보니 그 물방울이 올라오는 주변에는 창백하고 매끄러운 어떤 물체가 넙치처럼 바다 밑바닥에 딱 달라붙어 있었습니다.

이윽고 다시마인 줄 알았던 검은 머리카락이 안개처럼 흔들리며 헝클어졌습니다. 그 아래서 흰 이마와 웃는 두 눈, 그리고 치아를 드러낸 붉은 입술이 나타나더니 그 여자는 바닥을 기어 얼굴을 정면으로 향한 채 천천히 유리판으로 다가오는 것이었습니다.

"놀라지 말아요. 저건 내가 고용한 해녀예요. 우리를 맞이하러 와준 거죠."

비틀거리며 쓰러지려는 지요코를 부축하며 히로스케가 설명했습니다. 지요코는 숨을 헐떡거리며 어린애처럼 소리를 질렀죠.

"정말 놀랐어요! 이런 바다 밑바닥에 사람이 있을 줄이야."

바닷속 발가벗은 여자는 유리판이 있는 곳까지 오더니 떠오르듯 훌쩍 일어섰습니다. 머리 위에서 소용돌이치는 검은 머리카락, 고통스러운 듯 찡그리며 웃는 얼굴, 둥실거리는 젖가슴, 온몸에서 피어오르는 듯한 빛나는 물방울. 그런 모습으로 여자는 유리 벽에 손을 대고 두 사람과 나란히 천천히 걷기 시작했습니다.

두 사람은 유리를 사이에 두고 인어를 따라 걸었습니다. 바다 밑으로 난 좁은 길은 앞으로 이어지면서 이리저리 꺾어졌습니다. 게다가 곳곳마다 일부러 그런 건지 우연인지 유리가 이상하게 일그러져 그 부분을 통과할 때마다 바닷속 여자의 몸이 둘로 갈라지거나 또는 몸통에서 떨어진 머리만 허공에 둥둥 떠다니고, 어떤 곳에서는 얼굴만 이상하게 크게 확대되어 지옥인지 극락인지 몰라도 틀림없이 이 세상의 것은 아닌 듯한, 불가사의하고 악몽 같은 장면들이 계속 펼쳐졌습니다.

물속에서 더 견디기 힘들었는지 이윽고 인어는 폐에 담았던 공기를 후욱 토해냈습니다. 엄청나게 솟아오르는 물방울이 저 위로 멀리 사라질 무렵, 그녀는 마지막으로 웃어 보이고 손발을 지느러미처럼 움직여 하늘하늘 위로 오르기 시작했습니다. 그리고 장난꾸러기 아이가 발을 동동 구르듯 두 발로 물을 찼습니다. 이윽고 나부끼는 흰 발바닥만 아득하게 위로 멀어지더니 마침내 인어의 모습은 시야에서 사라지고 말았습니다.

17

이상한 해저여행을 통해 지요코의 마음은 인간세계의 상투적인 틀에서 벗어나 어느새 끝 모를 몽환의 세계를 헤매기 시작했습니다. T시나, 거기 있는 고모다 집안 저택이나, 친정 사람들에 관한 문제들도 모두 아득한 옛날에 꾼 꿈 같고, 부모 자식이나 부부, 주인과 종 같은 그런 인간세계의 관계 따위는 안개처럼 흐려져 의식 밖으로 사라지고 말았습니다. 거기에는 영혼을 파고드는 전혀 다른 세상의 고

혹과, 그가 진짜 남편이건 아니건, 바로 앞에 있는 한 이성에 대한 심신이 마비될 듯한 사모의 정만이 어두운 밤하늘을 수놓는 불꽃놀이처럼 선명하게 그녀의 마음을 채웠던 겁니다.

"자, 이제 좀 어두운 길을 지나가야 해요. 위험하니 손을 잡고 올라갑시다."

이윽고 유리로 된 길이 끝나는 곳에 이르자 히로스케가 부드럽게 말하며 지요코를 돌아보았습니다.

"예."

지요코는 그렇게 대답하고 그의 손을 꼭 잡았습니다.

그리고 길이 갑자기 어두워졌죠. 암석을 파낸 동굴 같은 곳으로 꺾어져 들어갔습니다. 사람 한 명이 겨우 지나갈 만한 좁은 길이었습니다. 이미 뭍으로 나온 건지, 아니면 여전히 바다 밑 암굴인지 지요코는 도무지 알 수 없었습니다. 무섭다면 더할 나위 없이 무서웠습니다. 하지만 그런 것보다 서로 피가 통할 정도로 꼭 잡은 손에서 느껴지는 남자의 팔심이 기뻤습니다. 그저 그 생각만으로 머릿속이 가득해 어둠의 공포 따위에는 마음을 쓸 여유도 없었습니다.

어두운 길을 더듬거리며 1킬로미터 넘게 걷지 않았을까 하는 생각이 들었지만, 사실은 몇 미터 걷지 않았을 무렵이었습니다. 문득 시야가 트이며 너무도 웅대한 풍경이 펼쳐져 지요코는 깜짝 놀라 비명을 지를 뻔했습니다.

엄청난 대계곡이 일직선으로 시야를 가득 메웠습니다. 양쪽으로 하늘을 찌를 듯한 절벽이 까마득하게 이어지는 계곡에는 잔물결 하나 없는 짙푸른 물이 약 50미터쯤 되는 폭으로 아득히 멀리까지 담겨 있었죠. 얼핏 보기에는 자연스럽게 생성된 대계곡처럼 보이지만 자세히 관찰하면 모두 다 인공으로 꾸민 풍경이라는 사실을 조금씩 알 수 있게 됩니다. 하지만 보기 흉하게 손질한 흔적 같은 것은 전혀 없었습니다. 그런 뜻이 아니라 이걸 천연 풍경이라고 했을 때 지나치리만치 정돈되었고 잡스러운 게 너무 없었다는 겁니다. 물에는 티끌 하나 떠 있지 않았고 절벽에는 잡초 한 포기 보이지 않았죠. 바위는 마치 양갱을 자른 듯 매끄럽고 어두운색이었으며 그 절벽이 물에 비쳐 물 또한 칠흑처럼 어두웠습니다. 따라서 방금 시야가 트였다고는 했지만 결코 평범하게 눈이 탁 트인 게 아니라 계곡 저 안쪽은 가물가물 잘 보이지 않고 절벽은 올려다보기 힘들 정도로 높은데 그게 함께 어울려 요부의 짙은 화장처럼 요염하고 거무스름했습니다. 밝은 곳이라고 해봐야 절벽과 절벽 사이의 틈새로 길쭉하게 드러난 하늘, 그것도 평지에서 볼 때처럼 밝은 게 아니라 낮인데도 해 질 녘처럼 짙은 회색으로, 거기에 별까지 반짝였습니다. 게다가 더 이상한 것은 이 계곡은 골짜기라기보다는 오히려 훨씬 깊고 길쭉한 호수라고 부르는 것이 더 어울리게 양쪽 끝이 막혀 있었습니다. 계곡 한쪽은 방금 두 사람이 바다 밑에서 나온 통로이고 다른 한쪽은 저 멀리 어슴푸레 보이는 이상한 계단까지 이어졌습니다. 그 계단은 양쪽 절벽이 점점 가까워지다가 만나는 곳에 있었는데, 수면에서 일직선으로 구름 속으로 들어갈 듯 우뚝 솟았으며 유난히 새하얀 돌계단이었습니다. 주위가 온통 시커메서 멋진 선을 그리며 폭포처럼 흘러내리는 듯한 모습은 그 단순한 구도 덕분에 아름다움이 더욱 숭고해 보였습니다.

지요코는 넋을 잃고 이 웅대한 풍경을 바라보았습니다. 그사이에 히로스케가 무슨 신호를 보냈는지 몰라도 문득 정신을 차리니 언제 어디서 나타났는지 모를 아주 큰 백조가 목을 당당하게 세우고 풍만한 가슴으로 완만한 물결을 일으키며 조용히 두 사람이 서 있는 물가로 다가왔습니다.

"어머, 커다란 백조네요."

지요코가 감탄하며 중얼거릴 때 백조 한 마리의 목 언저리에서 아름다운 여자 목소리가 울려 나온 듯했습니다.

"자, 어서 타십시오."

그러자 지요코가 놀랄 틈도 없이 히로스케는 그녀를 안고 앞에 떠 있던 백조 등에 태우더니 자기도 다른 백조에 걸터앉았습니다.

"전혀 놀랄 일 없어요. 지요코, 이 백조도 모두 내 하인이라오. 자, 백조야. 우리 두 사람을 저 건너 돌계단까지 태워다오."

사람 말을 할 정도의 백조이니 주인의 명령도 이해한 게 틀림없을 겁니다. 백조들은 가슴을 나란히 하고 칠흑 같은 수면에 새하얀 그림자를 드리우며 조용히 헤엄치기 시작했습니다. 지요코는 너무 신기해 어리둥절했지만 이윽고 정신을 차리니 자기 허벅지 아래서 꿈틀거리는 것은 결코 물새의 근육이 아니라 날개를 뒤집어쓴 사람의 몸이 틀림없음을 확인할 수 있었습니다. 아마 여자 한 명이 백조처럼 만든 옷 안에 들어가 엎드려서 손발로 물을 헤치며 헤엄치고 있겠죠. 꿈틀거리는 부드러운 어깨와 엉덩이 살의 움직임, 옷을 통해 전달되는 살갗의 온기, 그런 것에서 젊은 여성이 느껴졌던 겁니다.

그러나 지요코는 백조의 정체에 대해 더 생각할 틈도 없이 더욱 기괴한, 혹은 요염한 광경에 눈이 휘둥그레지고 말았습니다.

백조가 50미터쯤 갔을 때 물밑에서 그녀 옆으로 뭔가 불쑥 떠올랐습니다. 그러더니 백조와 나란히 헤엄치면서 어깨를 지요코 쪽으로 틀고 방긋 웃었습니다. 그 얼굴은 틀림없이 아까 바다 밑에서 그녀를 놀라게 한 바로 그 인어였습니다.

"어머, 당신은 아까 그분이로군요."

말을 걸어도 인어는 얌전하게 웃을 뿐 전혀 대꾸하지 않았습니다. 그저 상냥하게 인사하고 조용히 헤엄칠 뿐이었죠. 그런데 놀랍게도 인어는 그녀 한 명뿐이 아니었습니다. 어느새 한 명, 두 명, 같은 모습을 한 젊은 여자들이 늘어나더니 한 무리의 인어 떼를 이루었습니다. 혹은 물속으로 몸을 숨겼다가 물 위로 튀어 오르기도 하고, 혹은 서로 장난치며 두 마리 백조를 앞서거니 뒤서거니 하며 따라왔습니다. 그러다가 빠르게 헤엄쳐 그들을 추월해 저 앞에서 손짓을 하거나 어두운 절벽과 칠흑 같은 물을 배경으로 실오라기 한 올 걸치지 않은 채 요염하고 아리따운 모습으로 뛰노는 그들의 모습은 그리스의 전설을 소재로 한 명화라도 보는 느낌이었습니다.

이윽고 백조가 중간쯤 갔을 때 물속 인어를 보고 나타난 듯이 까마득한 절벽 꼭대기에 푸른 하늘을 가로지르며 발가벗은 여자 몇 명이 모습을 드러냈습니다. 그리고 그 여자들은 수영에 무척 자신이 있는

지 줄지어 물을 향해 뛰어내렸습니다. 어떤 사람은 풀어헤친 머리카락을 날리며, 어떤 사람은 무릎을 껴안고 공중제비를 돌며, 또 어떤 사람은 두 팔을 뻗어 활처럼 등을 젖힌 채 갖가지 모습으로 바람에 지는 꽃잎처럼 검은 바위벽 아래로 떨어져 내려 물보라를 일으키며 물속 깊이 가라앉았습니다.

그렇게 수많은 여자들에 둘러싸인 채 두 마리 백조는 조용히 목적지인 돌계단 아래 도착했습니다. 가까이서 보니 몇 계단인지도 모를 새하얀 돌계단이 하늘 높이 솟아, 올려다보기만 해도 온몸이 오싹오싹했습니다.

18

"전 도저히 여기는 올라가지 못하겠어요."

지요코는 백조 등에서 뭍으로 내려서자 겁을 먹고 얼른 이렇게 말했습니다.

"뭘 그래, 생각만큼은 아니에요. 내가 잡아줄 테니까 올라가봅시다. 결코 위험하진 않으니."

"그렇지만……."

지요코가 망설이는 사이에 히로스케는 아랑곳하지 않고 그녀의 손을 잡고는 돌계단을 오르기 시작했습니다. 이럭저럭하는 사이에 벌써 스무 계단이나 올라가고 말았던 거죠.

"그것 봐요, 전혀 무섭지 않죠? 자, 조금만 가면 돼요."

두 사람은 그렇게 한 계단 한 계단 올라갔는데, 이상하게도 꼭대기까지 금방 다 올라갔습니다. 아래서 보았을 때는 몇 백 계단인지 모를 정도로 하늘에 닿을 듯했는데, 실제로는 백 계단이나 될까 말까 해 결코 그다지 높지 않았습니다. 겁쟁이라서 착각했다고 해도 왜 그렇게 보였는지 그 차이가 너무 커서 지요코는 도무지 이해할 수 없었습니다. 나중에야 알게 된 사실이지만 아까 바다 밑에서 아귀를 태고의 괴물로 착각했듯, 마찬가지로 이 섬 전체가 환각으로 가득 찬 기분이 들었고 그래서 이곳 풍경이 더욱 아름답다는 생각이 들었던 것입니다. 지금 느끼는 계단의 높이 차이 같은 것도 그 가운데 하나라고 할 수 있었죠. 그러나 그녀는 히로스케가 그 이유를 자세하게 설명하기 전까지는 전혀 알지 못했습니다.

그건 어쨌든 두 사람은 지금 계단 꼭대기에 서서 그들이 가야 할 앞길을 바라보았습니다.

거기에는 잔디가 난 좁은 내리막길이 있고, 거기를 다 내려가면 길은 바로 드넓은 울창한 숲으로 이어집니다. 뒤돌아보면 거대한 배 모양을 한 계곡이 시커먼 입을 벌리고 그 어두운 절벽 아래는 방금 그들을 태워준 백조 두 마리가 새하얀 휴지처럼 쓸쓸히 떠 있었습니다. 그리고 그 앞은 다시 음습하고 어두운 숲입니다. 이 두 가지 특이한 풍경 사이를 구분하는 작은 잔디밭은 늦은 봄 오후 햇살을 잔뜩 받아 붉게 타올랐습니다. 아지랑이 속에 흔들리는 잔디밭 위를 흰 나비가 낮게 날아다니고 있습니다. 지요코는 그 기이한 풍경에서 자연스럽지 못한 아름다움이란 건 느낄 수 없었습니다.

끝없이 펼쳐지는 아름드리 삼나무 숲은 떼구름이 뭉게뭉게 피어오르듯 서로 가지가 엉키고 잎이 겹쳤습니다. 햇볕이 드는 쪽은 노란색으로 빛나고 그늘은 깊은 바닷속 물처럼 어둡게 고여 신비로운 가로줄 무늬를 얼룩덜룩 그렸죠. 그리고 이 숲이 대단하게 느껴지는 까닭은 잔디를 딛고 서서 가만히 전체를 둘러보면 어떤 이상한 감정이 서서히 마음속에서 솟아오르기 때문이었습니다. 하늘을 온통 뒤덮은 웅대한 숲 때문에 그런 느낌이 들기도 했을 테고, 어쩌면 돋아나는 어린잎이 뿜어내는 그 압도적으로 거친 향기 때문인지도 모릅니다. 그러나 꼼꼼한 관찰자라면 틀림없이 그것 말고도 숲 전체에서 느껴지는 악마의 작위라고나 하는 것을 결국 깨달을 겁니다. 이 드넓은 숲 전체가 너무도 기이하고 요사스러운 악마의 모습을 하고 있었기 때문입니다. 매우 치밀하게 작위의 흔적을 감추고 있기 때문에 아주 어렴풋하게만 알아볼 수 있을 테지만, 어렴풋하면 할수록 그 공포는 더욱 깊어지고 더 커지는 듯했죠. 아마 이 숲이 자연적인 게 아니라 너무도 대대적으로 인공이 가해졌기 때문일 겁니다.

이런 풍경을 보며 지요코는 남편 겐자부로가 마음속에 이토록 무서운 취미를 숨기고 있었다고는 도저히 믿어지지 않았습니다. 지금 태연하게 나란히 서 있는 남편을 닮은 한 사내에 대한 의심이 더욱 깊어졌습니다. 그러나 그녀의 묘한 심리를 어떻게 이해해야 할까요? 그녀는 시간이 갈수록 깊어지는 무서운 의심과 동시에 다른 한편에서는 이 정체를 알 수 없는 인물에 대한 사모의 정 또한 점점 억누르기 힘들어졌습니다.

"지요, 뭘 그리 멍하니 서 있소? 당신 또 이 숲이 무서워서 그러는 건 아닐 테지? 모두 내가 만든 거예요. 전혀 두려워할 것 없어요. 자, 저기 나무 아래 우리의 온순한 하인이 기다리고 있어요."

히로스케의 목소리에 문득 그쪽을 보니 숲 입구에 선 한 그루 삼나무 밑동에 누가 타고 가다가 묶어두었는지 털이 잘 손질된 당나귀 두 마리가 보였습니다. 당나귀들은 열심히 풀을 뜯는 중이었습니다.

"우리는 이 숲으로 들어가야 하는 건가요?"

"아, 그렇고말고요. 아무 걱정하지 말아요. 당나귀가 우릴 안전하게 안내해줄 테니까."

그렇게 해서 두 사람은 장난감 같은 당나귀 등에 걸터앉아 끝 모를 어두운 숲 속으로 들어갔습니다.

숲 속에서는 나뭇잎이 여러 겹으로 겹쳐져 하늘이 보이지 않았습니다. 그래도 완전히 캄캄하지는 않아 해 질 녘 같은 흐릿한 빛이 안개처럼 자욱하게 깔려 앞길이 보이지 않을 정도는 아니었습니다. 아름드리나무 줄기는 큰 절에 있는 둥근 기둥처럼 늘어섰고, 그 기둥 위에는 푸른 나뭇잎이 아치 모양을 이루며 이어졌습니다. 발아래는 융단 대신 삼나무 낙엽이 두툼하게 깔렸죠. 숲 속 분위기는 마치 유명한 대성당의 예배당 같았는데 그보다 몇 배나 신비롭고 그윽해서 대단하게 느껴졌습니다.

그러나 이 숲길이 보여주는 조화와 균형은 결코 자연적인 게 아니었습니다. 예를 들면 드넓은 숲이 모두 아름드리 삼나무뿐이고 다른 잡목 한 그루나 잡초 한 포기 보이지 않는다는 점, 나무가 심어진 간격 배치에 남몰래 신경 써서 묘한 아름다움이 느껴진다는 점, 그 아래로 난 오솔길의 곡선이 너무도 신비로운 굴곡을 그려 지나는 사람의 마음에 왠지 야릇한 감정을 품게 만드는 점 등은 분명히 자연을 뛰어넘으려는 작가의 창의성을 이야기하죠. 아마 저 숲의 나뭇잎 아치가 지닌 기분 좋은 균형에나 낙엽 깔린 길을 밟는 느낌에도 모두 세심하게 인공이 가미된 게 아닐까요?

주인을 태운 당나귀 두 마리는 낙엽이 두툼하게 깔린 길을 발소리 하나 없이 조용히 나무 그늘을 따라 걸었습니다. 짐승도 새도 울지 않아 죽음 같은 고요만이 숲 전체를 뒤덮었습니다. 그런데 안으로 더 들어갈수록 정적을 더욱 강조하기라도 하듯 보이지 않는 머리 위 나뭇가지와 나뭇가지끼리 스치는 바람 소리로 착각할 만큼 묵직한 음향이, 예를 들자면 파이프오르간 소리 비슷한, 기이한 음악이 그윽한 가락을 타고 으스스하게 들려왔습니다.

유난히 조그맣게 보이는 두 사람은 당나귀 등에 걸터앉아 고개를 숙인 채 한마디도 하지 않았습니다. 지요코는 문득 고개를 들어 입을 움직이려고 했지만 말없이 고개를 숙였습니다. 무심한 당나귀는 묵묵히 걸었습니다.

조금 더 가니 숲이 조금씩 변하는 게 느껴졌습니다. 여태 온통 어두컴컴했던 숲 속 어디선가에서 은색 빛이 비치기 시작했습니다. 낙엽이 반짝반짝 빛나고 아름드리나무 줄기가 그 빛을 받아 눈부시게 드러났습니다. 반쯤은 은빛으로 빛나고 반쯤은 칠흑 같은 둥근 기둥이 시야가 닿는 끝까지 이어지는 풍경은 참으로 멋졌습니다.

"이제 숲이 끝난 건가요?"

지요코가 꿈에서 깬 듯 잠긴 목소리로 물었습니다.

"아뇨, 아니에요. 저 너머에 늪이 있는데 우린 지금 그리 갈 거요."

이윽고 두 사람은 그 늪가에 도착했습니다. 늪은 도깨비불을 그린 듯한 모양이었습니다. 한쪽 기슭은 둥글고 반대편 기슭은 불길이 일 듯 세 가닥으로 갈라졌습니다. 그 안에 수은처럼 무거운 물을 담고 있었죠. 잔물결 하나 없는 수면은 대부분 검푸른 아름드리 삼나무 그림자가 드리워져 있고 일부에만 창공이 조금 비쳤습니다. 이곳에서는 이미 조금 전 음악도 들리지 않았습니다. 온통 침묵하고 정지해, 모든 것이 깊은 잠에 빠져 있었습니다.

두 사람은 정적을 깨지 않으려는 듯 조용히 당나귀에서 내려 말없이 기슭으로 걸어갔습니다. 건너편 기슭 튀어나온 부분에는 이 숲에서 단 하나뿐인 예외라고 할 수 있는 모습이 보였습니다. 커다란 동백나무 여러 그루가 3미터 가까이 되는 짙은 녹색 피부에 피가 맺히듯 수많은 꽃송이를 피우고 있었습니다. 그리고 놀랍게도 그 꽃그늘 어두컴컴한 작은 공터에 아름다운 아가씨 한 명이 우윳빛 알몸을 드러낸 채 느긋하게 누워 있었습니다. 이끼를 깔개 삼아 손바닥으로 뺨을 받치고 엎드려서 늪을 바라보는 중이었습니다.

"어머, 저런 곳에……."

지요코는 저도 모르게 소리를 지르고 말았습니다.

"조용히."

히로스케는 아가씨를 놀라지 않게 하려는 듯 손짓하며 지요코를 말렸습니다.

아가씨는 보는 사람이 있다는 걸 아는지 모르는지 여전히 넋 나간 사람처럼 늪을 바라보았습니다. 숲 속에 있는 늪, 늪가에 자라는 동백, 엎드려 넋을 놓은 벌거숭이 아가씨, 이 지극히 단순한 조합이 너무도 훌륭한 효과를 냈습니다. 만약 이게 우연이 아니라 의도된 구도라면 히로스케는 참으로 뛰어난 화가라고 해야 할 겁니다.

두 사람은 오랫동안 기슭에 서서 넋을 놓고 이 꿈같은 광경을 바라보았습니다. 하지만 그 긴 시간 동안 소녀는 매끈한 다리를 한 차례 고쳐 꼬았을 뿐, 싫증 나지도 않는지 나른한 눈길로 수면을 계속 응시했습니다. 이윽고 히로스케가 채근하는 바람에 지요코는 당나귀에 올라 그곳을 떠나려고 했습니다. 그때 소녀 바로 위에 핀 유난히 큰 동백꽃 한 송이가 핏방울 떨어지듯 툭 졌습니다. 그 꽃은 소녀의 어깻죽지를 지나 늪에 떨어져 물 위에 떴습니다. 그런데도 너무 조용히 떨어졌기 때문인지 늪의 물은 눈치채지 못한 듯, 물결 하나 그리지 않고 거울처럼 여전히 꼼짝도 하지 않았습니다.

19

두 사람은 다시 당나귀를 탄 채 한동안 태고의 숲 속을 나아갔습니다. 숲이 얼마나 깊은지, 어떻게 해야 빠져나갈 수 있을지 알 수 없고, 다시 들어왔던 입구로 돌아가려고 해도 그 길을 찾을 수 없을 것 같았죠. 그래서 무심한 당나귀가 걷는 대로 몸을 맡긴 처지가 적잖이 불안하게 느껴지기 시작했습니다.

그렇지만 이 섬의 풍경은 신기했습니다. 한참 걸어도 같은 데로 돌아오고, 올라갔다 싶었는데 내려가고, 땅속이 바로 산꼭대기거나 드넓은 들판이 어느새 오솔길로 바뀌는 갖가지 마법 같은 설계가 되어 있었습니다. 그래서 이번에도 숲 속 가장 깊숙한 곳까지 들어와 마음속에서 말로는 표현할 수 없는 불안감이 싹트기 시작할 무렵, 오히려 이 숲이 마침내 끝이라는 걸 보여주었습니다.

여태 적당한 간격을 지키던 아름드리나무들이 눈치채지 못한 사이에 점점 촘촘해져 어느새 나무가 겹겹이 몰려서서 빈틈없이 빽빽한 곳이 나타났습니다. 거기에는 이미 나뭇잎이 만든 아치 같은 것은 없고, 멋대로 자란 무성한 나뭇가지와 나뭇잎이 땅바닥까지 늘어져 있었죠. 어둠은 더욱 짙어져 거의 지척도 분간하기 어려웠습니다.

"자, 당나귀에서 내려요. 그리고 내 뒤를 따라와요."

히로스케는 자기가 먼저 당나귀에서 내린 뒤, 지요코의 손을 잡아 부축해 내려주더니 불쑥 앞쪽 어둠을 향해 힘차게 나아갔습니다. 나무줄기에 몸이 끼고 가지와 잎이 앞길을 가로막았습니다. 길이 아닌 길을 두더지처럼 자세를 낮추고 나아갔습니다.

그렇게 한동안 끙끙거리며 고생하다 보니 갑자기 몸이 붕 뜨듯 가벼워졌습니다. 퍼뜩 정신을 차리니 거기는 이미 숲이 아니었죠. 화창하게 빛나는 햇살, 시야 가득 펼쳐진 거칠 것 없는 녹색 잔디밭.

그리고 이상하게도 주위를 둘러보았지만 그 숲은 흔적도 보이지 않았습니다.

"어머, 내 머리가 어떻게 된 건가요?"

지요코는 머리가 아프다는 듯이 관자놀이를 누르며 도움을 청하듯 히로스케를 돌아보았습니다.

"아뇨, 당신 머리가 이상한 게 아니에요. 이 섬을 여행하는 사람들은 늘 이렇게 한 세계에서 다른 세계로 넘어가게 되죠. 난 이 작은 섬 안에 여러 개의 세계를 만들려고 했어요. 당신은 파노라마[36]라는 걸 아나요? 일본에서는 내가 소학교에 다니던 시절에 한창 유행한 구경거리였죠. 구경하려면 먼저 좁고 캄캄한 통로로 들어가야만 해요. 그리고 거길 지나면 시야가 확 트이죠. 그러면 거기 하나의 세계가 존재하는 거예요. 구경하는 사람들이 지금까지 살아온 것과 전혀 다른 완전한 세계가 아득히 멀리까지 이어지죠. 얼마나 놀라운 속임수였는지 몰라요. 파노라마관 밖에는 전차가 달리고 장사꾼들 좌판이 늘어섰죠. 상점들도 쭉 늘어섰는데 어제도 오늘도 내일도 늘 사람들이 끝없이 오갔죠. 그 늘어선 상가들 가운데 우리 집도 있었어요. 그렇지만 일단 파노라마관 안에 들어가면 그런 모습은 모조리 사라지고 드넓은 만주 평야가 아득한 지평선 저 너머까지 이어졌죠. 그리고 거기서는 보기에도 끔찍한 피투성이 전투가 벌어졌어요."

---

36 반원형으로 완만하게 굽은 배경 그림 같은 것. 앞에 입체적인 모형을 배치하고 조명을 이용해 넓은 풍경을 보는 느낌을 주는 장치다. 1792년 영국 화가 로버트 바커(Robert Barker, 1739~1806)가 처음 만들었다고 한다. 일본은 1890년 도쿄 우에노 공원에서 처음 공개되었으며 러일전쟁 때 특히 번창했다. – 역주

히로스케는 잔디에서 피어오르는 아지랑이를 손으로 흐트러뜨리고 걸으며 말을 이었습니다. 지요코는 꿈이라도 꾸듯 연인의 뒤를 따랐습니다.

"건물 밖에도 세계가 있고 건물 안에도 세계가 있어요. 그리고 두 세계에는 저마다 다른 대지와 하늘, 지평선이 있죠. 파노라마관 밖에는 분명히 평소 우리에게 익숙한 도시가 있었고, 그런데 안에 들어가면 어디를 둘러보더라도 바깥세상 흔적은 사라지고 만주 평야가 아득한 지평선 저 너머까지 이어지죠. 결국 거기에는 같은 땅에 평야와 시가지라는 두 세계가 존재하는 거예요. 적어도 그렇게 착각하도록 만들죠. 그 방법은 당신도 알다시피 풍경을 그린 높은 벽으로 관람석을 둥글게 둘러싼 다음, 그 앞에 진짜 흙과 나무, 인형을 장식해 실제와 그림의 경계를 최대한 구분하지 못하도록 하고 천장을 가리기 위해 관람석 차양을 깊게 만들죠. 그냥 그뿐이에요. 언젠가 이 파노라마를 발명했다는 프랑스 사람 이야기를 들은 적이 있는데, 적어도 발명한 사람의 처음 의도는 이 방법을 이용해 하나의 새로운 세계를 창조하는 데 있었던 모양이에요. 마치 소설가가 종이 위에, 배우가 무대 위에 저마다 하나의 세계를 만들어내려고 하듯이 그 역시 자기만의 과학적 방법으로 그 작은 건물 안에 드넓은 다른 세계를 만들어내려고 시도한 게 틀림없죠."

그리고 히로스케는 손을 들어 아지랑이와 풀에서 솟아오르는 훈김 너머로 흐릿하게 보이는 녹색 광야와 푸른 하늘의 경계를 가리켰다.

"이 넓은 잔디밭을 보면 당신은 뭔가 이상하다는 느낌이 들지 않나요? 이 작은 오키노시마 섬 위에 있는 평야라기에는 너무 넓다고 생각하지 않는지. 잘 봐요. 저 지평선까지는 분명히 몇 마일[37]이나 되는 거리예요. 그렇다면 지평선보다 더 앞쪽에 바다가 보여야 하지 않겠어요? 게다가 이 섬 위에는 지금 우리가 지나온 숲이나 지금 보는 평야 말고도 하나하나가 몇 마일씩 될 만한 갖가지 풍경이 마련되어 있죠. 그러면 오키노시마 섬의 넓이가 M현 전체만큼 된다고 해도 모자라지 않겠어요? 당신은 내가 이야기하는 뜻을 이해할까? 그러니까 나는 이 섬 위에 각각 독립된 파노라마를 만들었다는 거예요. 우리는 지금까지 바닷속이나 계곡, 숲 속 어두컴컴한 길만 지나왔죠. 그건 파노라마관 입구에 있는 어두운 길과 비슷한 걸지도 몰라요. 지금 우린 봄 햇살과 아지랑이, 풀에서 피어오르는 훈김 속에서 있어요. 이런 풍경은 그 어두운 길을 빠져나왔을 때 꿈에서 깨듯 밝아지는 그런 느낌 같지 않아요? 그리고 이제 우리는 내가 만든 파노라마 세계로 더 들어갈 거예요. 하지만 내가 만든 파노라마는 일반 파노라마관처럼 벽에 그림을 그린 게 아니에요. 자연을 일그러뜨리는 언덕의 곡선과 꼼꼼하게 신경 쓴 조명, 풀과 나무를 비롯한 바위의 배치를 이용해 교묘하게 인공의 흔적을 숨기고 마음먹은 대로 자연의 거리를 늘리고 줄이고 한 거죠. 한 가지 예를 들게요. 방금 지나온 저 드넓은 숲. 저 숲의 실제 넓이를 알려준다고 해도 당신은 결코 믿지 않을 거요. 그만큼 좁아요. 그 길은 눈치채지 못하도록 교

---

37 이 부분에서도 에도가와 란포는 '마일'을 단위로 사용했다. – 역주

묘한 곡선을 그리며 몇 번이나 뒤로 돌아가게 되어 있어요. 좌우로 보이던 끝 모를 삼나무 숲은 당신이 믿는 것처럼 모두 같은 아름드리나무가 아니에요. 멀리 있는 것은 높이가 기껏해야 2미터도 되지 않는 작은 삼나무 묘목 숲이었을지도 몰라요. 광선을 잘 배치해 그걸 전혀 모르게 하는 것은 그다지 어려운 일이 아니었죠. 그 전에 우리가 오른 계단만 해도 그래요. 아래서 올려다보았을 때는 구름까지 이어지는 다리처럼 높아 보여도 사실 계단 수는 백 개 남짓한 정도에 지나지 않죠. 당신은 아마 눈치채지 못했겠지만 그 돌계단은 연극에서 쓰는 무대장치처럼 위로 갈수록 좁아지는 데다가 계단 하나하나도 눈치채지 못할 만큼 위로 갈수록 높이와 디딤 바닥의 깊이가 낮고 얕아지게 되어 있죠. 게다가 양쪽 암벽의 경사도 손을 댔기 때문에 아래서 보면 그렇게 높아 보이는 거예요."

그러나 그런 비밀을 공개해도 환영의 힘이 너무나 강해 지요코의 마음에 새겨진 불가사의한 인상은 전혀 흐려지지 않았습니다. 그리고 실제로 눈앞에 펼쳐진 끝없는 광야는 역시 그 끝이 지평선 저편으로 사라지고 있다는 생각밖에 들지 않았습니다.

"그럼 이 평야도 그런 식으로 실제로는 좁다는 건가요?"

그녀는 반신반의하는 표정으로 물었습니다.

"그렇고말고요. 눈치채지 못할 만큼 기울기가 높아져서 그 뒤에 있는 여러 가지 것들을 숨기는 거죠. 좁다고 해도 지름 5, 6백 미터는 돼요. 그런 어중간한 면적을 더욱 효과적으로 이용하기 위해 끝이 없는 것처럼 보이게 만들었을 뿐이죠. 그렇지만 겨우 요만큼 손을 댔는데 어쩜 이렇게 멋진 풍경을 만들어냈는지. 당신은 이런 설명을 듣고도 대평원이 기껏해야 지름 5, 6백 미터밖에 안 된다는 걸 도무지 믿을 수 없을 거예요. 이걸 만든 나마저도 지금 이렇게 아지랑이 때문에 물결처럼 흔들리는 지평선을 바라보면 정말로 끝 모를 광야에 남겨진 듯한, 뭐라 표현할 수 없는 불안감과 이상하리만치 달콤한 애수를 느끼지 않을 수 없군요. 눈에 거칠 것 하나 없는 하늘과 풀밭이에요. 우리에겐 지금 이게 세상의 모든 것이죠. 이 초원은 말하자면 오키노시마 섬 전체를 뒤덮고 멀리 I만[38]에서 태평양까지 펼쳐져 그 끝은 저 푸른 하늘로 이어져요. 서양 명화라면 여기에 수많은 양떼와 목동이 그려졌겠죠. 아니면 저 지평선 부근에 긴 행렬을 이룬 집시 무리가 말없이 걸어가는 장면도 상상할 수 있고요. 그들 한쪽으로는 저녁 햇살을 받아 잔디밭 위에 이상하리만치 긴 그림자를 끌며 천천히 움직이는 중일 거예요. 하지만 눈에 보이는 사람은 한 명도 없고 동물도 한 마리 없으며 고목 한 그루도 보이지 않죠. 푸른 사막 같은 이 평야는 그런 명화보다 더 감동적이지 않아요? 어떤 유구한 무언가가 무서운 힘으로 우리에게 다가오지 않아요?"

지요코는 아까부터 푸르다기보다는 차라리 회색으로 보이는 너무도 넓은 하늘을 바라보는 중이었습니다. 그리고 어느새 눈에 흘러넘친 눈물을 숨기려고 하지도 않았습니다.

"이 잔디밭부터 길이 두 갈래로 갈라져요. 하나는 섬 중심부 쪽으

---

38 'I만'이 [초]에는 I 자 부분의 인쇄가 희미한 상태라 확실하지 않으며, [슌1], [혜], [슌2], [도]에는 'T만'으로 되어 있다. ─해제

로, 다른 하나는 그 주위를 둘러싼 몇 가지 풍경들 쪽으로. 제대로 된 길 순서는 먼저 섬 주위를 한 바퀴 돌고 마지막에 중심부로 들어가야 하지만, 오늘은 시간도 없고 풍경이 아직 완전히 마무리된 것도 아니니 우리는 바로 중심부에 있는 화원 쪽으로 가기로 합시다. 거기가 당신 마음에 가장 들기도 할 테고. 하지만 이 평야에서 바로 화원으로 가면 너무 싱거울지도 모르겠군요. 내가 다른 몇 가지 풍경에 대해서도 당신에게 대충 이야기해두는 편이 낫겠다는 생각이 드는군요. 화원으로 가려면 아직 2, 3백 미터 더 가야 하니 이 잔디밭을 걸으며 그 신비로운 풍경에 대해 이야기하도록 하죠.

　당신은 조경술에서 이야기하는 토피어리라는 걸 아시오? 회양목이나 사이프러스 같은 상록수를 때론 기하학적인 모양으로, 때론 동물을 본뜨거나 천체 같은 걸 모방해 조각처럼 깎는 걸 말하죠. 이곳의 어떤 풍경에는 갖가지 아름다운 토피어리가 한없이 이어져요. 거기에는 웅대한 것, 섬세한 것, 갖가지 직선과 곡선이 교차하며 희한한 교향악을 연주하죠. 그리고 그 중간중간에 예로부터 유명한 조각이 엄청난 무리를 이루며 빼곡하게 들어차 있어요. 게다가 그 조각들은 모두 진짜 사람이에요. 화석처럼 꼼짝 않는 알몸을 한 남녀가 잔뜩 몰려 있죠. 파노라마 섬을 여행하는 사람은 이 드넓은 들판에서 그리로 들어갔다가 불쑥 한없이 이어지는 인간과 식물의 부자연스러운 조각들을 접하면 숨이 막힐 듯한 생명력의 압박을 느낄 거예요. 그리고 거기서 말로 표현할 수 없는 기괴한 아름다움을 발견하게 되겠죠.

또 다른 세계에는 생명이 없는 쇠로 만든 기계만 밀집되어 있어요. 끝없이 빙글빙글 돌아가는 검은 괴물들이죠. 그 원동력은 섬 지하에서 만드는 전기인데 거기 진열된 것은 증기기관이라거나 전동기, 그런 흔해빠진 게 아니라 꿈속에 나타날 만한 신비한 기계력의 상징이죠. 용도를 무시하고 크기도 뒤바뀐 철제 기계를 쭉 늘어놓았어요. 작은 산만큼 큰 실린더, 맹수처럼 으르렁거리는 거대한 태양, 시커먼 송곳니로 서로 물어뜯는 거대한 톱니바퀴의 투쟁, 괴물의 팔을 닮은 오실레이팅 레버[39], 미친 듯이 춤추는 스피드 버너[40], 종횡무진 교차하는 섀프트 로드, 폭포 같은 벨트의 흐름, 혹은 베벨 기어, 웜 앤드 웜 휠, 벨트 풀리, 체인 벨트, 체인 휠. 이런 것들이 모두 시커먼 피부에 진땀을 흘리며 미친 듯이 맹목적으로 회전하고 있죠. 당신은 박람회에서 기계 전시관을 본 적이 있을 거요. 거기에는 기술자와 설명하는 사람, 경비원이 있는데 규모가 건물 한 채로 한정되고 그 안에 전시한 기계는 모두 용도가 있는 정해진 모양뿐인데, 내가 만든 기계 나라는 광대하고 끝없는 세계가 무의미한 기계로 한없이 덮여 있죠. 그리고 거기는 기계 왕국이기 때문에 사람이나 동식물은 흔적도 찾을 수 없어요. 그 많은 기계들이 혼자 움직이는 거대한 기계의 평원, 거기 들어선 조그마한 인간이 무엇을 느낄지는 당신도 상상할 수 있을 거예요.

---

39 요동 레버. - 역주
40 원문의 표기로는 정확하게 어떤 기계 장치를 뜻하는지 알 수 없다. 스피드 버너는 가스나 공기를 고속으로 버너블록으로 보내는 과잉공기식 노즐믹스 버너를 의미한다. 하지만 영어 번역판은 속도계(speedometers)로 옮겼다. - 역주

그것 말고도 아름다운 건축물이 가득한 거대한 시가지와 맹수, 독사, 독초가 우글거리는 동산, 물이 솟아나는 샘과 폭포, 개울 같은 물놀이 장치가 모여 물보라와 물안개로 가득한 세계 같은 것도 이미 설계는 되어 있어요. 언젠가 그런 세계 하나하나를 밤마다 꾸는 꿈처럼 구경하며 여행자는 마지막으로 소용돌이치는 오로라와 숨 막히는 향기, 만화경 같은 화원과 화려한 새들, 즐겁게 장난치며 노니는 인간들로 이루어진 몽환의 세계에 들어가게 될 거예요. 하지만 내 파노라마의 핵심은 여기서 보이지 않지만 지금 섬 중앙에 건설 중인 거대한 둥근 기둥 꼭대기에 꾸미는 화원에서 섬 전체를 두루 내려다보는 아름다운 풍경이에요. 거기서 보면 섬 전체가 하나의 파노라마예요. 각각의 파노라마가 모여 완전히 다른 또 하나의 파노라마가 만들어지죠. 이 작은 섬 위에 여러 개의 우주가 서로 겹치고 엇물려 존재하는 거예요. 하지만 우리는 이미 이 평야의 출구로 와버렸죠. 자, 손을 줘요. 또 잠시 좁은 길을 지나가야만 해요."

그 길은 드넓은 평원, 어느 잘록한 부분에 숨어 있었는데 가까이 가기 전에는 찾을 수 없을 정도였습니다. 어두컴컴할 만큼 무성한 잡초를 헤치고 나아가야만 하는 길이었죠. 그 길로 접어들어 잠시 걸으니 잡초는 더 높아져 어느새 두 사람의 온몸을 덮어버렸습니다. 길은 앞을 분간할 수 없는 어둠 속으로 이어졌습니다.

20

거기에 무슨 이상한 장치가 되어 있는지 아니면 지요코가 헛것을 보았을 뿐인지 알 수 없었습니다. 하나의 풍경에서 잠깐 어둠 속을 지나면 또 다른 풍경이 나타나는 게 마치 꿈과 같았습니다. 하나의 꿈에서 다른 꿈으로 옮겨갈 때처럼 그 모호한, 바람에 떠다니는 듯한, 그동안 완전히 의식을 잃은 것 같은 그런 이상한 기분이었습니다. 그래서 그 하나하나의 풍경은 완전히 평면을 달리하는, 예를 들면 3차원 세계에서 4차원 세계로 비약한 느낌이었습니다. 흠칫 놀라는 사이에 여태 보고 있던 같은 곳의 풍경이 모양은 물론 색채부터 냄새에 이르기까지 완전히 다른 풍경으로 변했습니다. 그야말로 꿈꾸는 느낌이거나 그렇지 않으면 활동사진을 이중으로 인화한 듯했죠.

그렇게 지금 두 사람 앞에 모습을 드러낸 세계는, 히로스케가 말한 것처럼 화원이라는 흔히 그 단어에서 떠올릴 수 있는 풍경이 아니었습니다. 뿌옇게 흐린 하늘과 그 아래 이상하리만치 큰 파도처럼 솟았다가 가라앉는 언덕은 온갖 봄꽃들로 뒤덮여 있을 뿐이었습니다. 그러나 그 규모가 너무도 크고 하늘의 색깔과 언덕의 곡선, 어지러이 피어난 온갖 꽃들에 이르기까지 모두 자연을 무시한, 말로 표현할 수 없는 인공적인 것이기에 그 세계에 발을 들인 사람이라면 잠시 멍하니 서 있을 수밖에 없었습니다.

언뜻 단조롭게 보이는 이 풍경 안에서는 뭐랄까, 인간 세상이 아닌, 예를 들면 악마의 세계에 들어선 듯한 이상한 분위기가 감돌았죠.

"여보, 왜 그래요? 현기증 나요?"

히로스케가 깜짝 놀라서 쓰러지려는 지요코를 부축했습니다.

"아, 왠지 머리가 아프고……."

우선 숨이 막힐 듯한 향기가 지요코의 머릿속을 마비시켰습니다. 마치 땀이 밴 사람 몸에서 풍기는 이상한 냄새 같았지만 결코 불쾌하지는 않은 향기였습니다. 그리고 이상한 꽃들이 만발한 이 언덕 저 언덕이 그리는 곡선이 서로 엇갈리면서 무서운 기세로 그녀를 향해 밀려오는 것 같았습니다. 마치 작은 배에서 소용돌이치는 거친 물결을 보는 느낌이었죠. 산들은 결코 움직이지 않았습니다. 그렇지만 그 움직이지 않는 수많은 언덕들에는 이 풍경을 만들어낸 이의 섬뜩한 간계가 숨어 있다고 생각할 수밖에 없습니다.

"어쩐지 무서워요."

간신히 몸을 추스른 지요코는 눈을 가리며 겨우 대꾸했습니다.

"뭐가 그리 무섭소?"

히로스케는 입가에 희미한 웃음을 띠며 물었습니다.

"뭔지 모르겠어요. 이렇게 꽃에 둘러싸여 있는데도 저는 공연히 쓸쓸한 느낌이 드네요. 와서는 안 될 곳에 온 듯한, 봐서는 안 될 걸 보는 듯한 기분이에요."

"그건 틀림없이 이 경치가 너무 아름다워서일 거요."

히로스케는 태연하게 대꾸했습니다.

"그보다 저길 봐요. 저쪽에 우리를 맞이할 사람이 오고 있으니까."

꽃이 잔뜩 핀 어느 언덕 뒤에서 한 무리의 여자들이 마치 제사 행렬처럼 조용히 나타났습니다. 아마 화장을 했는지 온몸을 푸른빛이 도는 흰색으로 칠했는데, 몸의 굴곡에 따라 보라색 그늘을 그려서 음영이 더욱 또렷하게 드러나는 알몸이 새빨간 꽃 병풍을 배경 삼아 차츰 이쪽으로 다가왔습니다.

여자들은 기름기가 반들반들 도는 탄탄한 다리를 춤추듯 움직여 어깨까지 내려오는 검은 머리카락을 찰랑거리며 새빨간 입술을 반달처럼 벌리고 두 사람 앞으로 다가왔습니다. 그러더니 말없이 마치 연꽃 모양처럼 이상한 둥근 대형을 이루고 섰습니다.

"지요코, 이게 우리가 탈 것이에요."

히로스케는 지요코의 손을 잡고 발가벗은 여자들이 만든 가마 위로 밀어 올리더니 자기도 뒤를 이어 지요코와 나란히 알몸으로 만든 자리에 앉았습니다.

활짝 핀 꽃잎처럼 한가운데 히로스케와 지요코를 품은 알몸들은 꽃이 핀 언덕들을 지났습니다.

지요코는 눈앞에 펼쳐지는 세계의 불가사의한 풍경과 감정이 전혀 드러나지 않는 벌거벗은 여자들에게 정신이 팔려 어느새 이 세상의 부끄러움을 잊고 말았습니다. 그녀는 무릎 안쪽에서 꿈틀거리는 벌거벗은 여자의 통통한 복부에서 느껴지는 부드러운 감촉이 오히려 기분 좋았습니다.

언덕과 언덕 사이에 있는 골짜기라고나 불러야 할 곳을 따라 오솔길이 구불구불 이어졌습니다. 벌거숭이 여자들의 맨발이 닿는 곳에도 언덕 위와 마찬가지로 온갖 꽃이 흐드러지게 피었죠. 알몸에서 느껴지는 부드러운 탄력과 폭신폭신한 꽃 융단은 두 사람이 탄 탈것을 더욱 편하고 기분 좋게 만들어주었습니다.

그러나 이 세계의 아름다움은 끊임없이 코를 찌르는 희한한 향기보다도, 우윳빛으로 가라앉은 하늘보다도, 언제부터 시작되었는지 모르지만 봄에 부는 산들바람처럼 귀를 즐겁게 하는 기묘한 음악보다도, 또는 눈앞을 가득 메우고 알록달록 온갖 빛깔을 자랑하는 꽃들보다도, 그 꽃들로 뒤덮인 언덕들이 보여주는 말로 표현할 수 없는 묘한 곡선에 있었습니다.

사람들은 이 세계에 들어와서야 비로소 곡선이 표현할 수 있는 아름다움이 어떤 것인지 깨달았을 겁니다. 자연이 보여주는 산악과 초목, 평야, 인체의 곡선에 익숙한 사람들의 눈은 여기서 그런 곡선과 전혀 다른 곡선이 이리저리 뒤섞여 엇갈리는 모습을 보게 됩니다. 어떤 미녀의 허리 곡선도, 또는 어떤 조각가의 창작물도 이 세계가 보여주는 곡선미와는 비교할 수 없습니다. 그 곡선은 자연을 만들어낸 조물주가 아니라 그걸 때려 부수려는 악마만이 그릴 수 있는 선이었는지도 모릅니다. 어떤 이들은 그런 겹쳐진 곡선들로부터 비정상적인 성적 압박을 느낄 겁니다. 그러나 그것은 결코 현실적인 감정을 동반하는 느낌은 아닙니다. 우리는 악몽 속에서만 때로 이런 종류의 곡선에서 욕망을 느낍니다. 히로스케는 그 꿈의 세계를 현실 세계의 흙과 꽃으로 그려내려고 시도한 게 틀림없습니다. 그것은 숭고하다기보다 오히려 더럽고, 조화롭기보다는 차라리 난잡합니다. 그 곡선 하나하나와 거기에 흐드러지게 핀 수많은 꽃의 배치는 쾌감보다는 한없는 불쾌감을 주기까지 합니다. 그러면서도 그 곡선들이 보여주는 불가사의한 인공적 엇갈림은 추함을 넘어서서, 불협화음밖에 없지만 이상하게 아름다운 대관현악을 연주하는 것이었습니다.

또한 이 풍경을 만들어낸 이의 정상을 넘어선 관심은 알몸 여성으로 만들어진 가마가 지나는 골짜기의 꽃 핀 오솔길이 만드는 곡선에까지도 두루 미쳤습니다. 곡선 그 자체의 아름다움은 아니었습니다. 곡선에 따라 움직이면 육체적인 쾌감을 느끼도록 계획되어 있었습니다. 때론 완만하게, 때론 갑자기 꺾어지거나 때론 올라가고 혹은 내려가는 길은 상하좌우로 다채롭게 아름다운 곡선을 그렸습니다. 그건 예를 들자면 하늘에서 비행사가 맛보는 것 같은, 또는 우리가 꼬불꼬불한 비탈길을 달리는 자동차 안에서 느끼는 곡선운동이 주는 쾌감의 가장 느슨하면서도 미화된 형태라고 하면 좋을까요?

때로는 오르막이 있지만 길은 차츰 어느 중심점을 향해 내려가는 느낌이었습니다. 그리고 이상한 향기는 더욱 진해지고, 땅속에서 울려오는 음악은 점점 더 커지더니 마침내 두 사람의 코와 귀도 그 아름다움에 무감각해지고 말 지경으로 쉴 새 없이 이어졌습니다. 이따금 골짜기가 드넓은 화원으로 이어지고 그 너머로 하늘까지 닿을 듯한 꽃 핀 언덕이 솟아나 그 넓고 아득한 비탈에 요시노 산[41]의 꽃구름보다 몇 배나 되는 환상적이면서도 괴이한 광경을 펼쳐 보였습니

---

41 나라 현 중부에 있는 약 8킬로미터에 이르는 산릉을 두루 일컫는다. 예로부터 꽃, 특히 벚꽃으로 이름 높은 산이라 관광객이 많이 찾았다. 1936년에 '요시노쿠마노 국립공원'으로 지정되었으며 1990년에는 '일본 벚꽃 명소 100선'에 뽑히기도 했다. – 역주

다. 그리고 더욱 놀라운 것은 그 비탈과 넓은 들판 여기저기 몇 십 명이나 되는 발가벗은 남녀가 군데군데 무리 지어 새살거리며 아담과 이브처럼 술래잡기를 하는 모습이었죠. 멀리 있는 사람은 콩알만 하게 보였습니다. 어떤 여자 한 명이 검은 머리카락을 나부끼며 언덕을 달려 내려오더니 들판을 가로질러 두 사람 앞에 와서 털썩 쓰러졌습니다. 그러자 여자를 따라온 아담 한 명이 여자를 안아 일으키더니 넓은 가슴에 꼭 껴안았습니다. 그리고 껴안은 남자나 안긴 여자가 이 세계를 가득 채운 음악에 맞추어 드높이 노래하며 얌전히 저 멀리 사라져갔습니다.

또 어느 곳에는 좁은 골짜기로 난 오솔길을 뒤덮듯 흰 얼룩이 있는 아름드리 유칼립투스 나무가 아치처럼 팔을 뻗고 있었습니다. 거기에는 가지가 휘어질 만큼 많은 수의 발가벗은 여자들이 열매처럼 매달려 있었습니다. 그들은 굵은 나뭇가지에 몸을 눕히거나 또는 두 팔을 늘어뜨리고 바람에 흔들리는 나뭇잎처럼 머리와 손발을 흔들며, 아까와 마찬가지로 이 세계에 울려 퍼지는 음악에 맞추어 합창했습니다. 발가벗은 여자들이 만든 가마는 그 열매 아래를 아주 무관심하게 조용히 스쳐 지났습니다.

다 합쳐서 4킬로미터는 충분히 될 듯한 길가에 핀 꽃들의 풍경, 그 길을 지나며 지요코가 맛본 기이한 감정을 작가는 그저 꿈이라고, 또는 진기하고 아름다운 악몽이라고 표현하는 길밖에 없습니다.

그렇게 해서 결국 두 사람이 다다른 곳은 꽃들이 심어져 있는 거대한 화분의 밑바닥 같은 곳이었습니다.

그곳에서 본 기이한 풍경은 화분 테두리에 해당하는 사방 언덕 위에서 꽃이 핀 매끄러운 경사면을 따라 희디흰 몸뚱이들이 경단처럼 줄줄이 굴러 그 아래 물이 담긴 욕조 안으로 물보라를 일으키며 빠져 들어가는 모습이었습니다. 그리고 여자들은 화분 밑바닥에서 피어오르는 뜨거운 김 속을 첨벙첨벙 뛰어다니며 그 한가로운 노래를 합창했습니다.

언제 옷을 벗었는지도 모르는 사이에 지요코 일행도 그 화사한 사람들에 섞여 기꺼이 더운물에 몸을 담갔습니다. 거추장스러운 옷을 걸치고 있는 게 오히려 부끄러워지는 이 세계에서는 지요코도 발가벗은 자기 몸에 거의 신경 쓰지 않았습니다. 그리고 두 사람을 태우고 온 알몸 여자들은 그야말로 연꽃처럼 몸을 길게 눕혀 머리 아랫부분을 더운 물속에 담근 채 두 주인을 자기들 몸으로 떠받쳐야 했습니다.

그 뒤 어떤 말로 표현할 길이 없는 일대 혼란이 시작되었습니다. 언덕에서 굴러떨어지는 사람들이 점점 더 늘어났죠. 길가에 핀 꽃은 짓밟히고 발길에 차여 꽃잎이 이리저리 튀었습니다. 꽃잎과 물보라와 피어오르는 김이 자욱하게 뒤섞인 가운데, 벌거숭이들의 몸은 살과 살을 스치며 통 안에 담긴 감자처럼 뒤섞였습니다. 그리고 숨을 헐떡이면서도 합창을 이어갔습니다. 해일처럼 밀려드는 사람들 때문에, 혹은 파도치듯 이리저리 떠밀리는 탓에 모든 감각을 잃은 두 손님은 시체처럼 물 위에 떠 있었죠.

21

그리고 어느새 밤이 되었습니다. 우윳빛이었던 하늘에 시커먼 소나 기구름이 덮이더니 온갖 꽃이 흐드러지게 핀 아름다운 언덕도 이제 구로뉴도(黑入道)[42]처럼 시커멓게 불쑥 솟아오르고, 소란스럽게 굴러 내려오던 벌거숭이들의 해일과 합창도 썰물처럼 사라졌습니다. 어두운 가운데 뿌옇게 피어오르는 김 속에는 히로스케와 지요코 단둘만 남겨졌습니다. 문득 정신을 차리니 연꽃 모양 가마를 만들어 두 사람을 태우고 왔던 여자들마저 어느새 흔적조차 보이지 않았습니다. 게다가 이 세계를 상징하는 듯했던 그 이상하고 요염한 음악도 아까부터 들리지 않았습니다. 바닥 모를 어둠과 함께 황천 가는

---

42 에도가와 란포의 장편소설 《대암실》에서 '우미보즈(海坊主)'로 소개된 바다의 요괴 가운데 하나다. 아주 크고 시커먼 민머리를 지닌 괴물로 고요한 바다에서 불쑥 솟아나 배를 부순다고 한다. 에도 시대 설화집 《기이조단슈(奇異雜談集)》(1687)에 '구로뉴도'라는 우미보즈 이야기가 나온다. - 역주

▲ 《기이조단슈》에 나오는 구로뉴도의 모습. - 역주

길 같은 정적이 온 세상을 점령했습니다.

"어머."

겨우 제정신이 돌아온 지요코는 몇 번이고 감탄사를 되뇌지 않을 수 없었죠. 그리고 한숨을 내쉬자 여태 잊었던 공포가 구역질처럼 가슴으로 밀려들었습니다.

"저어, 여보. 이만 돌아가요."

그녀는 따스한 물속에서 몸을 떨면서 남편을 보았습니다. 그의 머리만이 수면 위로 새카만 부표처럼 떠 있었고, 지요코의 말을 듣고도 꼼짝도 하지 않을 뿐 아니라 아무런 대꾸도 없었습니다.

"여보, 거기 계시는 거 당신이죠?"

지요코는 겁에 질려 소리를 지르며 새카만 덩어리 쪽으로 다가가 그 목 언저리를 잡고 힘껏 흔들었습니다.

"아, 돌아갑시다. 하지만 그 전에 딱 한 가지 당신에게 보여주고 싶은 게 있소. 뭐, 그렇게 겁먹지 말고 진정해요."

히로스케는 뭔가 깊이 생각하며 천천해 대답했습니다. 그런 모습이 지요코를 더욱 무섭게 했습니다.

"난 이제 정말 더는 견딜 수 없어요. 무서워요. 이것 보세요. 이렇게 몸을 떨고 있잖아요. 이제 이런 무서운 섬에서는 잠시도 견딜 수 없어요."

"정말 떨고 있군요. 그런데 당신은 뭐가 그리 무서운 거요?"

"뭐가 무섭냐고요? 이 섬에 있는 왠지 으스스한 장치가 무서워요. 그런 걸 생각해낸 당신이 무서워요."

"내가 말이오?"

"예, 그래요. 하지만 화내시면 싫어요. 제겐 이 세상에 당신 말고는 아무도 없으니까요. 그런데 요즘은 왠지 불현듯 당신이 두려워져요. 정말로 나를 사랑하시는지 의심스러워지는 거예요. 이런 으스스한 섬의 어둠 속에서 혹시 당신이 사실은 저를 사랑하지 않는다고 하시는 게 아닐까 싶어 너무나 무서워서……."

"이상한 소리를 하는군요. 지금 그런 이야기는 하지 않는 게 낫겠소. 당신 마음은 나도 잘 아니까. 이렇게 어두운 데서 왜 그래요?"

"그렇지만 지금 막 그런 생각이 들었는걸요. 아마 그런 여러 가지 것들을 보고 제가 흥분한 거겠죠. 그리고 여느 때보다 생각을 잘 이야기할 수 있을 것 같아요. 그래도 화내지는 말아요, 여보. 네?"

"당신이 날 의심한다는 건 잘 알아요."

지요코는 히로스케의 말투에 깜짝 놀라 그만 입을 다물었습니다. 희한하게도 언제였는지, 현실이었는지 아니면 꿈이었는지는 몰라도 지금과 똑같은 장면을 겪은 적이 있다는 생각이 들었습니다. 그건 뭐랄까, 그녀가 이 세상에 태어나기도 전에 일어났던 일 같기도 했습니다. 그때도 두 사람은 보잘것없는 망자처럼 지옥 같은 어둠 속에서 뜨거운 물 밖으로 머리만 내민 채 마주하고 있었습니다. 그리고 상대 남자 또한 '당신이 날 의심한다는 건 잘 알아'라고 대꾸했습니다. 그다음에 그녀가 뭐라고 했는지, 남자가 어떤 태도를 보였는지, 혹은 어떤 무서운 결말이 있었는지, 그런 뒷일을 분명히 아는 것 같은데도 도무지 머릿속에 떠오르지 않았습니다.

"난 잘 알아요."

히로스케는 지요코가 입을 다물자 다그치듯 반복했습니다.

"아뇨, 아니에요. 안 돼요. 이제 그만하세요!"

지요코는 다시 입을 열려는 히로스케를 제지하며 소리쳤습니다.

"저는 당신과 이야기하는 게 무서워요. 그러지 말고 어서, 어서 저를 데리고 돌아가주세요."

그때였습니다. 어둠을 찢는 듯한 요란한 소리가 고막을 찢을 듯 울려 퍼졌죠. 그리고 남편의 목에 매달린 지요코의 머리 위에서 느닷없이 불꽃이 파다닥 터지며 도깨비 같은 오색 발광체가 퍼져나갔습니다.

"놀랄 일 없어요. 불꽃놀이지. 내가 고안한 파노라마 왕국의 불꽃놀이예요. 저길 봐요. 흔히 보는 불꽃놀이와는 달리 우리가 쏘아 올리는 건 마치 하늘에 환등기를 비춘 것처럼 저렇게 오랫동안 그대로 있죠. 이거예요, 조금 전에 보여주겠다고 했던 게."

가만히 보니 히로스케가 말한 대로 마치 구름에 비춘 환등기 영상처럼 금빛으로 빛나는 거대한 거미 한 마리가 하늘 가득 펼쳐진 모습이 보였습니다. 게다가 그 거미는 또렷하게 보이는 다리 여덟 개의 마디마디를 이상하게 꿈틀거리면서 차츰 두 사람 쪽으로 내려오는 중이었죠. 아무리 불로 그린 그림이라고 해도 거대한 거미가 캄캄한 밤하늘을 뒤덮고 가장 징그러운 배 부분을 드러낸 채 꿈틀거리며 자기에게 다가오는 광경은 어떤 이에게는 더할 나위 없이 아름다울 테지만 워낙 거미를 싫어하는 지요코는 숨이 막힐 정도로 무서웠습니다. 하지만 보지 않으려고 해도 그 무서움에는 역시 묘한 매력이 있는지 자꾸만 눈길이 하늘로 갔고 그때마다 점점 더 가까이 다가오는 괴물을 보아야만 했죠. 그리고 그런 광경보다 지요코가 더 몸서리친 까닭은 이 커다란 거미 불꽃놀이마저도 언젠가 경험했던, 이것저것 모두 두 번째 겪는 일이라는 느낌 때문이었습니다.

"저는 이제 불꽃놀이 같은 거 보고 싶지 않아요. 그렇게 자꾸 나를 겁주지 말고 정말 집에 가게 해줘요. 어서 돌아가요."

지요코는 이를 악물고 겨우 말했습니다. 그러나 불로 그린 거미는 벌써 흔적도 없이 어둠 속으로 녹아든 뒤였습니다.

"당신은 불꽃놀이까지 무서운 거요? 난처한 사람이로군. 다음엔 그렇게 징그러운 게 아니라 예쁜 꽃이 필 텐데. 좀 더 참고 지켜봐요. 자, 이 연못 건너편에 세워 놓은 검은 통 보이죠? 저게 불꽃을 쏘는 통이에요. 이 연못 아래 우리 마을이 있는데 거기서 내 하인들이 불꽃을 쏘아 올리는 거죠. 그러니 이상할 것도 없고 겁낼 일도 아니에요."

어느새 히로스케가 기름 짜는 틀처럼 두 손에 이상하게 힘을 주어 지요코의 어깨를 꼭 껴안고 있었습니다. 그녀는 이제 고양이 손안에 든 쥐처럼 도망치려고 해도 빠져나갈 길이 없었죠.

"아!"

그걸 느낀 지요코는 도저히 비명을 지르지 않을 수 없었습니다.

"미안, 미안해요."

"미안하다니, 당신이 사과할 게 뭐가 있죠?"

히로스케의 말투는 점점 더 힘이 들어갔습니다.

"당신이 무슨 생각을 하고 있는지 말해봐요. 날 어떻게 생각하는지, 솔직하게 말해봐. 어서."

"아아, 드디어 당신이 그 말씀을 꺼냈군요. 하지만 저는 지금 너무 무서워서."

지요코의 목소리는 흐느끼듯 자꾸 끊어졌다가 이어졌습니다.

"그렇지만 지금이 가장 좋은 기회예요. 우리 곁엔 아무도 없죠. 당신이 무슨 말을 하건, 당신이 두려워하듯 다른 사람들이 들을 일은 없어요. 나하고 당신 사이에 숨길 게 뭐가 있겠소? 자, 눈 딱 감고 말해봐요."

캄캄한 계곡 욕조 안에서 이상한 문답이 시작되었습니다. 그 이상한 정경만큼 두 사람 마음에 많건 적건 광기 어린 요소가 작용했겠죠. 특히 지요코의 목소리는 이미 묘하게 상기되어 있었습니다.

"그럼 말씀드리죠."

지요코는 불쑥 다른 사람처럼 또박또박 말하기 시작했습니다.

"솔직하게 저도 당신에게 묻고 싶어 견딜 수 없었어요. 제발 그렇게 애태우지 말고 사실대로 이야기해주세요. ……당신은 혹시 고모다 겐자부로와는 전혀 다른 사람이 아닌가요? 자, 대답해주세요. 그 무덤에서 되살아났다고 하지만 오랫동안 저는 당신이 진짜 당신인지 아닌지 의심했었죠. 겐자부로에게 당신처럼 무서운 재능은 전혀 없었어요. 아마 당신도 눈치채셨겠지만, 이 섬에 오기 전에도 저는 이미 반쯤 그 의심을 확신했어요. 게다가 이곳의 갖가지 기분 나쁜,

그리고 기이하게 사람을 끌어들이는 풍경을 보고 나머지 절반의 의심도 확실해진 것 같군요. 자, 말씀해주세요."

"하하하하하하, 당신이 이제야 속마음을 털어놓는군."

히로스케의 목소리는 묘하게 차분했지만 어쩐지 자포자기한 느낌이 들었습니다.

"내가 터무니없는 실수를 했지. 난 사랑해선 안 될 사람을 사랑한 거야. 내가 그걸 얼마나 참고 또 참았는데. 하지만 마지막 한순간을 결국 참지 못했어. 그리고 내가 염려했던 대로 당신은 내 정체를 눈치채고 말았군……."

그러더니 히로스케는 뭔가에 홀린 사람처럼 웅변하듯 자기 음모에 대한 이야기를 했습니다. 그러는 사이에도 지하에 있는 불꽃놀이 담당자는 아무것도 모르고 주인들의 눈을 즐겁게 해주려고 준비한 불꽃놀이 탄환을 계속해서 쏘아 올렸죠. 어떤 것은 기괴한 동물들, 어떤 것은 진기하고 아름다운 꽃 모양, 어떤 것은 황당무계한 갖가지 모양을 파랑, 빨강, 노랑으로 어두운 밤하늘에 선명하게 수놓았습니다. 불꽃은 계곡 아래 수면도 물들였죠. 그 불빛이 물 위로 수박처럼 쏙 튀어나온 두 사람 얼굴 표정의 섬세한 부분까지 무대 조명처럼 야릇하게 비추었습니다.

이야기에 정신이 팔린 히로스케의 얼굴이 어떤 때는 주정뱅이처럼 빨갛게 되었다가 어떤 때는 죽은 사람처럼 새파랗게 물들고, 어떤 때는 황달에 걸린 끔찍한 얼굴이 되고, 또 어떤 때는 캄캄한 어둠 속에서 목소리만 들려왔습니다. 그런 모습들이 기괴한 이야기 내용과 어울려 지요코에게 더할 나위 없는 두려움을 주었습니다. 지요코는 너무 무서운 나머지 몇 차례 그 자리를 박차고 나가려고 했지만 히로스케의 미친 듯한 포옹은 도무지 그녀를 놓아주지 않았습니다.

22

"당신이 내 음모를 어느 정도까지 눈치챘는지 모르겠군. 당신은 민감하니까 아마 상당히 깊숙한 부분까지 짐작했을 거야. 하지만 아무리 당신이라도 내 계획과 이상이 이렇게 탄탄한 줄은 설마 몰랐을 테지."

이야기를 마치더니 히로스케는 그때까지 사그라지지 않고 하늘을 새빨갛게 수놓은 불꽃에 물들어 빨간 괴물 같은 얼굴로 지요코를 가만히 노려보았습니다.

"돌려보내줘, 돌려보내줘요."

지요코는 아까부터 체면 따위 아랑곳하지 않고 울부짖으며 그저 이 말만 되풀이할 뿐이었습니다.

"내 말 들어, 지요코."

히로스케는 그녀의 입을 막으며 호통을 쳤습니다.

"이렇게 털어놓았는데 당신을 그냥 돌려보낼 것 같은가? 당신은 이제 날 사랑하지 않아? 어제까지만 해도, 아니 조금 전까지만 해도 당신은 내가 진짜 겐자부로인지 아닌지 의심하면서도 날 사랑하지 않았나? 그런데 내가 솔직하게 고백하자 이제 날 원수처럼 미워하고 무서워하는 건가?"

"놔요. 돌아가게 해줘요."

"그래? 그럼 당신은 역시 나를 남편의 원수라고 생각하는 거로군. 고모다 가문의 원수라고 생각하는 거야. 지요코, 잘 들어. 난 당신이 더할 나위 없이 사랑스러워. 차라리 당신과 함께 죽어버리고 싶다는 생각이 들 정도야. 하지만 내겐 아직 미련이 남았어. 히토미 히로스케를 죽이고 고모다 겐자부로를 소생시키기 위해 얼마나 애를 썼는지. 그리고 이 파노라마 왕국을 세우기까지 얼마나 많은 희생을 치렀는지. 그걸 생각하면 이제 한 달쯤 뒤면 완성될 이 섬을 내버려두고 죽을 마음은 들지 않아. 그러니 지요코 당신을 죽이는 방법밖에 없겠어."

"죽이지 마세요."

그 말을 듣더니 지요코는 잠긴 목소리를 짜내며 외쳤습니다.

"죽이지 마세요. 뭐든 당신이 시키는 대로 할게요. 당신을 지금까지와 마찬가지로 겐자부로로 섬기겠어요. 누구에게도 말하지 않겠어요. 앞으로도 입 밖에 내지 않을게요. 제발 죽이지 마세요."

"그게 진심인가?"

불꽃놀이 때문에 얼굴이 새파랗게 물든 히로스케는 눈만 보랏빛으로 반짝이며 지요코를 뚫어져라 쏘아보았습니다.

"하하하하하하하, 안 되지, 안 돼. 난 이제 당신이 무슨 말을 해도 믿을 수 없어. 어쩌면 당신은 아직도 어느 정도는 나를 사랑하는지도 몰라. 당신 말이 사실일지도 모르지. 그렇지만 무슨 증거가 있나? 당신을 살려두었다가는 내 신세를 망칠 거야. 설사 또 당신이 다른 사람에게 알리지 않을 작정이라고 해도 내 고백을 들어버린 이상 여자인 당신이 무슨 재주로 내 거짓을 감당할 수 있겠어. 언제가 될지 몰라도 당신 태도에 그게 고스란히 드러나게 될 거야. 아무래도 난 당신을 죽일 수밖에 없겠어."

"싫어요, 싫어. 제겐 부모님이 계세요. 형제도 있고요. 살려주세요, 이렇게 빌게요. 정말로 꼭두각시처럼 당신이 시키는 대로 할게요. 놔주세요, 놔줘요."

"그것 봐. 당신은 목숨이 아까운 거야. 나를 위해 희생할 마음은 없어. 당신은 나를 사랑하지 않는 거지. 겐자부로만 사랑한 거야. 아니, 설사 겐자부로와 똑같은 얼굴을 한 남자를 사랑할 수는 있어도 악인인 나만은 도저히 사랑할 수 없겠지. 이제야 알았어. 난 당신을 죽일 수밖에 없겠어."

그리고 히로스케의 두 팔은 지요코의 어깨에서 천천히 그녀의 목으로 올라갔습니다.

"으으으으으으, 살려줘……."

지요코는 이미 제정신이 아니었습니다. 그저 그의 손아귀에서 빠져나가는 일 이외에는 아무런 생각도 할 수 없었죠. 아득한 조상으로부터 물려받은 제 몸을 지키려는 본능은 그녀로 하여금 고릴라처럼 이를 드러내게 했습니다. 그리고 그녀는 거의 반사적으로 날카로운 송곳니로 히로스케의 팔뚝을 콱 깨물었습니다.

"제기랄."

히로스케는 저도 모르게 팔의 힘을 풀지 않을 수 없었습니다. 그
틈에 지요코는 평소 그녀의 모습에서는 도저히 상상할 수 없을 만큼
재빨리 히로스케의 팔에서 빠져나가더니 무서운 기세로 바다표범처
럼 물속으로 뛰어들어 캄캄한 건너편 기슭으로 달아났습니다.

"사람 살려……!"

찢어지는 듯한 비명이 사방 언덕으로 울려 퍼졌습니다.

"멍청이, 여긴 산속이야. 누가 구해주러 온다는 거야? 낮에 본 여
자들은 이미 지하에 있는 자기들 방으로 돌아가 깊이 잠들었을걸.
게다가 당신은 도망칠 길도 모르잖아."

히로스케는 짐짓 여유를 보이며 고양이처럼 지요코에게로 다가갔
습니다. 이 왕국의 주인인 히로스케는 지상에 아무도 없다는 사실을
잘 알고 있었습니다. 약간 염려스러웠던 점은 지요코의 비명이 불꽃
놀이 통을 통해 저 멀리 지하에 전달되지 않을까 하는 것이었습니
다. 하지만 다행히도 지요코가 뭍에 올라선 지점은 불꽃놀이 통 반
대쪽이었고, 또 지하에 있는 불꽃놀이 발사장치 바로 옆에는 발전
용 엔진이 요란한 소리를 내고 있기 때문에 지상에서 내는 목소리가
들릴 리는 없었습니다. 게다가 더 마음이 놓인 것은 바로 그때 열 몇
발째 불꽃이 발사되면서 내는 소리에 조금 전 지요코의 비명은 거의
지워지고 말았죠.

아직 꺼지지 않은 금빛 불꽃은 이리저리 출구를 찾아 헤매는 지요
코의 가엾은 모습을 환히 비추었습니다. 히로스케는 훌쩍 몸을 던져

그녀를 덮쳤습니다. 그리고 함께 포개져 쓰러지자 전혀 힘들이지 않고 지요코의 목을 두 손으로 움켜쥘 수 있었습니다. 그녀가 두 번째 비명을 지르기 전에 지요코는 이미 숨도 쉬기 힘든 상태였습니다.

"부디 용서해줘. 난 지금도 당신을 사랑해. 하지만 난 너무 욕심이 많아. 이 섬에서 이루어지는 수많은 환락을 버릴 수가 없는 거야. 당신 한 사람 때문에 신세를 망칠 수는 없지."[43]

히로스케는 결국 눈물을 뚝뚝 흘리며 "용서해줘, 용서해줘"를 연발하면서 점점 더 세게 목을 조였습니다. 그의 몸 아래에 깔려 살과 살을 맞댄 채 알몸인 지요코는 그물에 걸린 물고기처럼 몸을 파닥거렸습니다.

인공 꽃동산 골짜기, 물에서 솟아오르는 따스하고 향긋한 김 속에서 기괴한 불꽃놀이의 오색 무지개를 뒤집어쓰며 희롱하는 두 마리 짐승처럼 두 사람의 알몸이 뒤엉켰습니다. 그 모습은 무서운 살인이 아니라 오히려 알몸 남녀가 도취해 추는 춤으로 보였죠.

집요하게 조여드는 팔, 빠져나가는 살갗. 어떤 때는 맞닿은 뺨과 뺨 사이에 짭짤한 눈물이 섞였고, 가슴과 가슴이 마구 뛰는 박자에 맞추어 줄줄 쏟아지는 진땀은 두 사람의 몸을 해삼처럼 흐물흐물하게 만드는 듯했습니다.

투쟁이라기보다 유희 같은 느낌이었습니다. '죽음의 유희'라는 게

---

43 [초]에는 이 행과 다음 행 사이에 '21의 계속'이라고 되어 있다. 하지만 정확하게 따지면 '21'이 아니라 '22'다. – 해제
이 부분은 잡지 연재와 관련된 설명이다. – 역주

있다면 바로 그것이겠죠. 상대의 배에 걸터앉아 그 가느다란 목을 조르는 히로스케나, 남자의 억센 근육 아래서 발버둥 치는 지요코나 어느새 고통을 잊고 황홀한 쾌감, 말로 표현할 수 없는 즐거움에 빠져들었습니다.

이윽고 지요코의 창백해진 손가락이 단말마의 아름다운 곡선을 그리며 몇 차례 허공을 움켜쥐었습니다. 그리고 그녀의 투명해 보이는 콧구멍에서 실처럼 가느다란 피가 주르륵 흘러나왔습니다. 바로 그때 마치 약속이라도 한 듯 불꽃이 솟아올라 아주 커다란 금빛 꽃잎을 검정 비로드 같은 하늘을 가로질러 아래쪽 세상의 화원과 샘물, 그리고 거기서 뒤엉킨 두 살덩어리 위로 모든 것을 덮어버릴 듯 금가루를 쏟아부었습니다. 지요코의 창백한 얼굴, 그 위로 흐르는 한 줄기 피, 그 모습이 어찌나 고요하고 아름답게 보이던지요.

23

그날부터 히토미 히로스케는 T시에 있는 고모다 저택에 돌아오지 않았습니다. 그는 완전히 파노라마 왕국의 주인으로서—이 미친 듯한 왕국의 군주로서 오키노시마 섬에 영주하게 되었습니다.

"지요코는 이 파노라마 왕국의 왕비님이다. 결코 다시는 인간 세상에 모습을 드러내지 않을 것이다. 너희는 이 섬에 있는 여러 모습의 나라를 보았으리라. 지요코는 때론 그 어지러이 늘어선 나체상 가운데 한 명이 될 수도 있다. 그렇지 않을 때는 바닷속 인어이거나 또는 독사의 나라에서 뱀을 다루는 일을 하기도 하고 화원에 흐드러지게 핀 꽃의 정령이기도 하다. 그러다가 그런 놀이도 싫증이 나면 이 으리으리하고 아름다운 궁전 깊숙한 곳에서 비단 장막에 둘러싸여 왕비로 부귀영화를 누린다. 지요코가 이런 낙원 생활을 어찌 좋아하지 않겠는가. 그녀는 그야말로 옛날이야기에 나오는 우라시마 타로[44]처럼 시간을 잊고 집도 잊고 이 왕국의 아름다움에 도취했다. 너희들은 걱정할 일 전혀 없다. 너희 사랑스러운 주인은 지금 행복의 절정에 있으니까."

지요코의 늙은 유모가 주인의 안부를 걱정해 일부러 오키노시마 섬으로 그녀를 마중하러 왔을 때, 히로스케는 섬 지하를 파서 지은 장려한 궁전 옥좌에 앉아 마치 한 나라의 제왕이 신하를 접견하듯이 엄숙한 의례를 갖춰 옛날 사람인 노파를 놀라게 했죠. 노파는 히로스케의 그럴듯한 말에 안도했는지, 아니면 그곳의 엄숙한 광경에 감동했는지 대꾸도 못 하고 물러갈 수밖에 없었습니다.

모두 이런 식이었습니다. 지요코의 아버지에게는 여러 차례 엄청

---

44 浦島太郎. 일본 사람이면 대부분 알고 있을 정도로 유명한 용궁 설화에 등장하는 인물이다. 이야기는 다양한 내용으로 전해지지만 대체로 다음과 같다. 어부 우라시마 타로는 아이들이 못살게 괴롭히는 거북이를 구해준다. 그 보답으로 거북이가 타로를 용궁성으로 데려가고, 그곳에서 선녀(일설에는 용왕의 딸)가 그를 반갑게 맞이한다. 얼마 뒤 타로가 집에 돌아가겠다고 하자 선녀는 '절대 열어보지 말라'는 말과 함께 상자를 건네준다. 타로는 뭍으로 돌아오지만 아는 사람은 한 명도 없다. 타로가 상자를 열자 안에서 연기가 피어오르며, 그 연기를 쐰 타로는 노인이 되고 만다. 그가 용궁성에서 지낸 나날은 며칠에 지나지 않았지만 인간 세상에서는 오랜 세월이 흐른 뒤였다. – 역주

난 선물, 그 밖에 다른 친척들은 어떤 이에게는 경제적인 압박, 어떤 이에게는 그 반대로 아낌없는 선물, 그리고 관청에 바치는 선물 등도 쓰노다 노인을 시켜 소홀함이 없이 챙겨 보냈습니다.

한편 섬사람들에게는 지요코 왕비의 모습을 얼핏 보는 일마저 허락되지 않았습니다. 낮이나 밤이나 지하 궁전 깊은 곳, 히로스케의 거실 안쪽에 있는 무거운 장막 뒤에 가려져 누구도 그 방에 들어갈 수 없도록 했습니다. 주인의 이상한 취향을 아는 섬사람들은 아마 저 비단 장막 안에는 왕과 왕비만의 환락과 꿈의 세계가 있을 거라고 히죽히죽 웃으면서 수군거렸지, 의심을 품는 사람이 한 명도 없었습니다. 아예 섬사람들 가운데 몇몇 남녀를 제외하면 지요코의 얼굴을 제대로 보았다는 사람도 없고, 얼핏 지나치면서 보았다고 해도 그게 진짜 지요코인지 아닌지 제대로 분간할 능력도 없었습니다.

이렇게 해서 거의 불가능했던 일이 이루어졌습니다. 히로스케는 고모다 집안의 한없는 재력을 이용해 모든 곤란을 극복하고 모든 파탄을 수습할 수 있었습니다. 여태 가난했던 친척들은 느닷없이 벼락부자가 되거나 비참한 곡마단 무용수, 활동사진 여배우, 여자 가부키 배우들은 이 섬에서 일본 최고의 연기자처럼 좋은 대접을 받았으며 젊은 문사, 화가, 조각가, 건축사들은 작은 회사 중역 정도의 수당을 받았습니다. 설사 이곳이 무거운 죄를 진 나라였다고 해도 그 사람들에게 어떻게 파노라마 섬을 버릴 용기가 있겠습니까.

그리하여 마침내 지상낙원이 이루어진 것입니다.

유례없는 카니발의 광기가 온 섬을 뒤덮기 시작했습니다. 화원에 피는 알몸 여성의 꽃, 따스한 연못에서 노니는 인어들, 꺼지지 않는 불꽃놀이, 탄식하는 군상, 정신없이 춤추는 강철로 된 검은 괴물, 잔뜩 술에 취해 웃는 맹수들, 독사가 추는 뱀 춤, 그 사이를 천천히 지나는 미녀들이 만든 가마, 그리고 그 위에는 비단옷을 입은 이 나라의 왕, 히토미 히로스케의 미친 듯 웃는 얼굴이 있었습니다.

가마는 이따금 섬 한가운데 있는 콘크리트로 된 커다란 둥근 기둥의 나선계단을 오를 때도 있었습니다. 그 기둥은 온통 파란 담쟁이 덩굴이 뒤덮었는데 그 사이로 또 쇠로 된 덩굴 같은 나선형 계단이 구불구불 꼭대기까지 이어졌습니다.

그 꼭대기에 있는 기괴한 버섯 모양 우산 위에서는 섬 전체는 물론 저 멀리 바닷가까지 한눈에 내려다볼 수 있었습니다. 그런데 그 불가사의한 조망을 무엇에 비유해야 할까요. 아래 세상의 모든 풍경은 나선계단을 오르면서 차츰 사라지고 꽃동산이나 연못, 사람마저도 그저 여러 겹의 커다란 암벽으로 바뀌어, 꼭대기에서는 그런 붉은색 암벽이 마치 한 송이 꽃의 꽃잎들처럼 저 멀리 파도치는 곳까지 겹쳐진 듯 보입니다. 파노라마 섬을 여행하는 사람들은 갖가지 해괴한 풍경을 뒤로하고 이 뜻하지 않은 조망에 다시금 깜짝 놀라지 않을 수 없죠. 그건 예를 들면 마치 섬 전체가 드넓은 바다에 떠 있는 한 송이 장미 같다고나 할까요? 거대한 아편의 꿈처럼 새빨간 꽃이 하늘의 해님과 단둘이 대등하게 어울리는 모습 같았습니다. 그 유례없는 단조로움과 거대한 광경이 얼마나 신비로운 아름다움을 자아내는지. 어떤 여행자는 자칫하면 그의 아득한 조상이 보았을 신화의 세계를 떠올렸을지도 모르는 일입니다만…….

　그런 놀라운 무대에서 밤낮을 가리지 않고 벌어지는 광기와 음탕, 난무와 도취의 환락, 생사를 건 갖가지 유희들을 작가는 어떻게 표현해야 좋을까요. 그건 아마도 독자 여러분이 꾸는 모든 악몽 가운데 가장 황당무계하고 피로 범벅이 된, 가장 아름다운 꿈과 많이 닮지 않았겠는가 생각합니다만.

24

독자 여러분, 이 한 편의 옛날이야기는 여기서 행복하게 막을 내려야 할까요? 히토미 히로스케인 고모다 겐자부로는 이렇게 해서 백살이 될 때까지 신비한 파노라마 섬의 환락에 빠져 지낼 수 있었을까요? 아뇨, 아뇨. 그렇지 않을 겁니다. 옛날 방식 이야기들이 대개 그렇듯 클라이맥스 뒤에는 카타스트로피라는 수상한 녀석이 떡하니 기다리고 있습니다.

　어느 날 히토미 히로스케는 문득 까닭 모를 불안에 휩싸였습니다. 그건 어쩌면 세상 사람들이 이야기하는 승리자의 비애였을지도 모르죠. 끝없는 환락에서 온 일종의 피로였을지도 모르겠군요. 어쩌면 과거에 저지른 죄업에 대한 마음 깊은 곳의 공포가 슬며시 선잠을 잘 때 꾼 꿈처럼 그를 덮친 건지도 모릅니다. 그러나 그런 이유들 말고 어떤 남자가 그 남자 주변을 둘러싼 공기와 함께 이 섬에 몰래 가지고 들어온 이상하리만치 불길한 조짐이라고나 해야 할 것이 어쩌면 히로스케가 느끼는 불안의 가장 큰 원인이 아니었을까요?

"여봐라, 저 연못가에 멍하니 서 있는 남자는 대체 누구냐? 전혀 본 적이 없는 남자인데."

그는 그 남자를 화원 온천 연못가에서 처음 발견했습니다. 그리고 옆에서 시중들던 한 시인에게 이렇게 물었던 거죠.

"주인님은 기억이 나지 않으십니까?"

시인이 대답했습니다.

"저 남자는 우리와 마찬가지로 문학을 하는 사람입니다. 두 번째로 채용한 사람들 가운데 한 명이죠. 지난번에 잠깐 고향에 갔었다던가 해서 보이지 않았던 모양인데, 아마 오늘 배편으로 돌아온 게 아닐까요?"

"아, 그랬나? 그럼 이름이 뭐지?"

"기타미 고고로(北見小五郎)[45]라고 했던 것 같습니다."

"기타미 고고로? 난 전혀 기억이 나지 않는데."

그 남자가 이상하게 기억이 나지 않는 것도 뭔가 불길한 조짐이 아니었을까요? 그 뒤로 히로스케는 어디에 있건 기타미 고고로라는 문학가의 시선을 느꼈습니다. 화원 꽃 속에서, 연못에서 피어오르는 김 너머로, 기계 나라에서는 실린더 뒤에서, 조각 동산에서는 군상들 틈새로, 숲 속 아름드리나무 뒤에서, 그는 늘 히로스케의 일거일

---

45 에도가와 란포의 작품에서 자주 등장하는 명탐정 이름은 '아케치 고고로(明智小五郎)'이다. – 역주

동을 지켜보는 듯했습니다.

그러던 어느 날, 섬 한가운데 있는 거대한 둥근 기둥 뒤에서 히로스케는 우연히 그 남자를 잡았습니다.

"자네는 기타미 고고로라고 했지? 내가 가는 곳마다 늘 자네가 있다는 건 좀 이상하다는 생각이 드는데."

그러자 우울한 초등학생처럼 멍하니 기둥에 기대어 있던 상대는 창백한 얼굴을 살짝 붉히면서 공손하게 대답했습니다.

"아뇨. 그건 틀림없이 우연일 겁니다, 주인님."

"우연? 아마 자네 말이 맞을 테지. 그런데 자넨 지금 거기서 무슨 생각을 하고 있었나?"

"전에 읽은 소설을 생각했습니다. 아주 감명 깊은 소설이었죠."

"호오, 소설? 아, 자넨 문학가였지. 그래, 누가 쓴 어떤 소설이었나?"

"주인님은 아마 모르실 겁니다. 무명작가인 데다가 활자화되지도 않았으니까요. 히토미 히로스케라는 사람이 쓴 〈RA의 이야기〉라는 단편소설입니다."

히로스케는 갑자기 옛 이름을 듣는 정도로 깜짝 놀라기에는 너무도 잘 단련되어 있었습니다. 그는 뜻밖의 이야기에도 표정 하나 바뀌지 않았습니다. 오히려 자기 옛날 작품의 애독자를 발견해 묘한 기쁨까지 느끼면서 그리운 단어들을 계속 입에 올렸습니다.

"히토미 히로스케, 알지. 옛날이야기 같은 소설을 쓰던 친구였는데, 그 사람은 내 학창시절 친구일세. 그래봤자 친하게 이야기를 나눈 적도 없기는 하지만. 그런데 〈RA의 이야기〉라는 건 읽어보지 못했네. 자넨 어떻게 그 원고를 구한 건가?"

"그러십니까? 그럼 주인님의 친구셨군요. 신기한 일도 다 있군요. 〈RA의 이야기〉는 19XX년에 쓰였는데 그 무렵에 주인님은 이미 T 시로 돌아와 계셨겠죠?"

"돌아와 있었네. 2년 전에 헤어진 뒤로 히토미의 소식은 전혀 듣지 못했네. 그래서 그가 소설을 썼다는 이야기도 잡지 광고를 보고서야 알았을 정도지."

"그러면 학창시절에도 그다지 친한 분은 아니었습니까?"

"뭐, 그렇지. 강의실에서 얼굴을 보면 인사를 나누는 정도였네."

"저는 여기 오기 전까지 도쿄에 있는 K잡지 편집국에서 일했습니다. 그런 관계로 히토미 씨도 알게 되고 미발표 원고도 읽은 셈이죠. 제 생각에 〈RA의 이야기〉는 걸작입니다만, 편집장이 너무 농염한 묘사를 꺼려 그만 구겨버리고 말았습니다. 그도 그럴 것이 히토미 씨는 그때 갓 시작한 이름 없는 작가였으니까요."

"그거 아깝군. 그런데 히토미 히로스케는 요즘 뭘 하고 지내려나?"

히로스케는 '이 섬으로 불러도 괜찮을 텐데'라고 덧붙이고 싶은 걸 간신히 참았죠. 그만큼 그는 자신이 옛날에 저지른 나쁜 짓에 대해 자신이 있었고, 뼛속까지 고모다 겐자부로가 되어 있었던 겁니다.

"아직 모르시는 모양이군요."

기타미 고고로는 감개 깊게 말했습니다.

"그 사람은 작년에 자살하고 말았습니다."

"호오, 자살을?"

"바다에 빠져 죽었죠. 유서가 나와 자살로 밝혀졌습니다."

"무슨 일이 있었나보군."

"아마 그렇겠죠. 저는 잘 모릅니다. ……그런데 이상한 일은 주인님과 히토미 씨는 마치 쌍둥이처럼 똑 닮았습니다. 저는 처음 여기 왔을 때 혹시 히토미 씨가 이런 곳에 숨은 게 아닐까 싶어 깜짝 놀랐습니다. 물론 주인님도 그건 아시겠죠?"

"자주 놀림을 당했는걸. 조물주께선 이따금 엉뚱한 장난을 치고는 하시지."

히로스케는 짐짓 호탕하게 웃어 보였습니다. 기타미 고고로도 히로스케를 따라 우스워 견딜 수 없다는 듯이 웃었습니다.

그날은 하늘이 온통 짙은 회색 비구름으로 뒤덮여 폭풍 전야처럼 이상하리만치 조용한, 바람 한 점 없으면서도 섬 주위에는 파도가 짐승처럼 으르렁거리며 기분 나쁘게 물거품을 일으키는 그런 날씨였습니다.

그림자 없는 거대한 둥근 기둥은 낮게 깔린 먹구름을 향해 솟아난 악마의 계단처럼 우뚝 서 있었습니다. 다섯 아름이나 될 밑동 부분에서 자그마하게 보이는 두 사람이 조용히 이야기를 나누고 있었습니다. 여느 때 같으면 알몸 여성이 만든 가마를 타거나, 아니면 여러 하인들을 거느리고 있을 히로스케가 이날만은 혼자서 여기 온 것도, 일개 고용인에 지나지 않는 기타미 고고로와 이렇게 긴 이야기를 시작한 것도 이상하다면 이상한 일이었죠.

"정말 빼닮았군요. 그런데도 닮았다고 이야기하기엔 묘한 부분이 있네요."

기타미 고고로는 점점 끈덕지게 물고 늘어졌다.

"묘하다고?"

히로스케도 왠지 그냥 헤어지고 말 기분은 아니었습니다.

"지금 말씀드린 〈RA의 이야기〉란 소설요. 그런데 주인님은 혹시 히토미 씨한테 그 소설 줄거리를 들은 적이 없습니까?"

"아니, 그런 적 없네. 아까도 말했듯이 히토미와는 그냥 동창일 뿐이야. 그러니까 강의실에서 인사나 나누는 사이라 한 번도 깊은 이야기를 해본 적은 없네."

"정말인가요?"

"자네 이상한 사람이로군. 내가 거짓말을 할 까닭이 없지 않은가."

"그렇게 잘라 말해도 괜찮을까요? 혹시 후회하지 않겠습니까?"

기타미의 이상한 충고를 듣자 히로스케는 왠지 오싹한 느낌이 들었습니다. 그렇지만 그게 무엇인지, 빤히 알고 있던 사실을 까맣게 잊은 듯이 이상하게 생각이 나지 않았습니다.

"자네 대체 무슨 소리를……."

히로스케는 말을 하다가 그만두고 갑자기 입을 닫았습니다. 어렴풋이 어떤 일이 머릿속에 떠올랐습니다. 그의 얼굴이 창백해지고 호흡이 가빠졌습니다. 겨드랑이 아래로 식은땀이 흘렀습니다.

"그것 보세요. 조금씩 알겠죠? 나란 남자가 왜 이 섬에 왔는지를."

"모르겠네. 자네가 하는 소리는 전혀 모르겠어. 미친 소리 집어치우게."

그러더니 히로스케는 또 웃었습니다. 하지만 그것은 마치 유령의 웃음소리처럼 힘이 없었습니다.

"모르겠다면 말씀드리지."

기타미는 조금씩 하인으로서 지켜야 할 예절을 잃는 듯했습니다.

"〈RA의 이야기〉란 소설에 나오는 몇몇 장면과 이 섬의 풍경이 그야말로 완전히 똑같습니다. 그건 마치 당신이 히토미 씨를 빼닮은 것처럼 똑 닮았죠. 만약 당신이 히토미 씨의 소설도 읽지 않고 이야기도 듣지 않았다면 이 이상한 일치는 어떻게 일어난 걸까요. 우연한 일치라기에는 너무도 똑같아요. 이 파노라마 섬을 창작한 것은 〈RA의 이야기〉의 작가와 조금도 다르지 않은 사상과 취향을 지닌 사람이 아니고서는 불가능합니다. 아무리 당신과 히토미 씨가 얼굴 생김새가 닮았다고 해도 사상까지 완전히 같다는 건 너무 이상하지 않습니까? 나는 방금 그걸 생각하던 중이었습니다."

"그래서 어쨌다는 건가?"

히로스케는 호흡을 멈추고 상대의 얼굴을 노려보았습니다.

"아직도 모르겠습니까? 결국 당신은 고모다 겐자부로가 아니라 히토미 히로스케가 틀림없다는 이야기입니다. 만약 당신이 〈RA의 이야기〉를 읽었다고 했으면 그걸 흉내 내어 이 섬의 풍경을 만들었다고 빠져나갈 수도 있었겠죠. 그런데 당신은 방금 그 하나뿐인 탈출구를 스스로 봉쇄해버린 거 아닙니까?"

히로스케는 상대가 설치한 교묘한 덫에 걸렸다는 사실을 깨달았습니다. 그는 이 큰 사업에 착수하기 전에 일단 자기가 쓴 소설들을 점검하고 특별히 화를 일으킬 만한 것이 없다는 사실을 확인했습니다. 하지만 잡지사에 투고했지만 퇴짜 맞은 원고까지는 생각이 미치지 못했던 것이죠. 〈RA의 이야기〉라는 소설을 썼다는 사실마저 거의 잊었을 정도니까요. 이 이야기 앞부분에 언급했듯이 그는 쓰는 원고마다46 퇴짜를 맞는 불쌍한 글쟁이였으니까요. 하지만 지금 기타미의 이야기를 듣고 기억을 떠올리니 그는 분명히 그런 소설을 썼습니다. 인공 풍경을 창작하는 이야기는 그에게는 여러 해에 걸친 꿈이었기 때문에 그 꿈이 한편으로는 소설이 되고, 한편으로는 그 소설과 조금도 다르지 않은 실물로 나타났다고 한들 전혀 이상할 일 없습니다. 그토록 궁리에 궁리를 거듭한 그의 계획에도 역시 빈틈이 있었던 거죠. 그게 하필 잡지사에 보낸 원고였을 줄이야. 그는 뼈저리게 후회했습니다.

'아, 이제 글렀어. 결국 이 녀석 때문에 정체가 들통이 났는지도 몰라. 하지만 잠깐. 이 녀석이 쥐고 있는 건 기껏해야 소설 한 편이잖아? 아직 주저앉기엔 좀 일러. 이 섬 풍경이 다른 사람 소설과 비슷하다고 해서 그게 무슨 범죄 증거가 되지는 않을 테니까.'

히로스케는 얼른 마음을 굳히고 느긋한 태도를 되찾을 수 있었습니다.

"하하하하……, 자네도 사서 고생하는 남자로군. 내가 히토미 히

---

46 '그는 쓰는 원고마다'가 〔초〕, 〔슌2〕, 〔도〕에는 '그는 쓰는 원고 대부분'으로 되어 있다. ─해제

로스케라고? 뭐 히토미 히로스케여도 전혀 상관없지만 어차피 난 고모다 겐자부로가 틀림없으니까 어쩔 수 없지."

"아뇨, 내가 쥐고 있는 증거가 그뿐이라고 생각하면 큰 오산입니다. 나는 모든 걸 알고 있죠. 알고 있지만 당신 스스로 자백하게 만들기 위해 이렇게 장황한 방법을 택한 겁니다. 불쑥 경찰이 들이닥치기를 원하지 않는 이유가 있으니까요. 그건 내가 당신 예술에 진심으로 탄복했다는 거죠. 아무리 히가시고지(東小路) 백작 부인이 부탁한 일이라고 해도 이 위대한 천재를 어이없이 세상 법률 따위에 처단을 맡기고 싶지는 않아서요."

"자넨 히가시고지가 보낸 자로군."

히로스케는 그제야 어떻게 된 일인지 깨달았습니다. 겐자부로의 여동생이 출가한 히가시고지 백작은 여러 친척 가운데 금전의 힘을 이용해 뜻대로 움직일 수 없는 단 하나의 예외였죠. 기타미 고고로는 그 히가시고지 부인이 보낸 자가 틀림없습니다.

"그렇습니다. 나는 히가시고지 부인의 의뢰를 받아 온 사람이죠. 평소에는 고향과 거의 왕래가 없었던 히가시고지 부인이 멀리서 당신 행동을 감시했다니, 당신도 의외였을 겁니다."

"아니, 여동생이 나를 터무니없이 의심한 게 의외지. 만나서 이야기하면 바로 알게 될 테지만."

"그런 말씀 하셔봐야 이제 와서 무슨 소용이 있겠습니까? 〈RA의 이야기〉는 내가 당신을 의심하기 시작한 아주 작은 계기에 지나지 않죠. 진짜 증거는 다른 거니까요."

"그럼 그 이야기를 들려주지 않겠나?"

"예를 들면 말입니다."

"예를 들면?"

"예를 들면 이 콘크리트 벽에 붙어 있는 머리카락 한 오라기입니다."

기타미 고고로는 옆에 있는 기둥 표면의 담쟁이덩굴을 헤치더니 그 사이로 보이는 흰 바탕에서 우담화(優曇華)[47]처럼 돋아나온 한 가닥 긴 머리카락을 보여주었습니다.

"당신은 아마 이게 무얼 의미하는지 아시겠죠……. 이런. 그러면 안 됩니다. 당신 손가락을 방아쇠에 얹기 전에 이걸 보세요. 내 총알이 먼저 나갈 겁니다."

기타미는 그렇게 말하며 오른손에 든 번쩍거리는 물체를 들이밀었습니다. 히로스케는 주머니에 손을 찌른 채 화석처럼 꼼짝도 하지 못했죠.

"나는 저번부터 이 머리카락 한 올에 대해 계속 생각했습니다. 그리고 지금 당신과 이야기를 나누는 동안 겨우 진상을 알아낼 수 있었죠. 이 머리카락은 한 올만 떨어진 게 아니라 기둥 안쪽에 있는 뭔가에서 튀어나온 거라는 사실을 확인할 수 있었죠. 그럼 지금 확인해볼까요?"

---

47 산스크리트어 '우둠바라(udumbara)'에서 유래한 이름이다. 실재하는 식물을 가리킬 때도 있고 전설에 나오는 식물을 가리키기도 한다. 인도 전설에 따르면 3천 년에 한 번 피는 신성한 꽃으로, 이 꽃이 피면 여래나 전륜성왕이 나타난다고 믿었다. 일반인이 '우담바라'라고 여기는 것은 풀잠자리 알인 경우가 대부분이다. – 역주.

기타미 고고로는 불쑥 주머니에서 큼직한 잭나이프를 꺼내 머리카락이 튀어나온 부분을 힘껏 찍고 또 찍었습니다. 콘크리트가 후두둑 떨어지고 이윽고 칼날이 반쯤 묻힐 만큼 콘크리트가 파였습니다. 그러자 그 칼날을 타고 새빨간 액체가 주르륵 흘러나와[48] 흰 콘크리트 표면에 차츰 선명한 모란꽃을 피웠습니다.

"더 파낼 필요도 없겠죠. 이 기둥에는 사람 시체가 숨겨져 있습니다. 당신의, 아니 고모다 겐자부로 씨의 부인 시체가."

유령처럼 창백해져 당장에라도 그 자리에 주저앉을 것 같은 히로스케를 한 손으로 부축하며 기타미가 태연한 말투로 계속 말했다.

"물론 나는 이 머리카락 한 올로 모든 걸 다 추측한 건 아닙니다. 히토미 히로스케가 고모다 겐자부로가 되기 위해서는 고모다 부인이란 존재가 가장 큰 장애물이 틀림없다는 사실을 깨달은 거죠. 그래서 당신과 부인 사이를 주의 깊게 관찰하던 중에 부인의 모습이 갑자기 우리 시야에서 사라지는 일이 일어났죠. 다른 사람은 속여도 나를 속일 수는 없었습니다. 부인을 살해한 게 틀림없다고 생각했죠. 살해했으면 시체를 감춰둘 장소가 필요할 겁니다. 당신 같은 사람은 어떤 곳을 고를까요. 그런데 내가 운이 좋았던 것은, 이것도 당신이 잊었을지 모르지만 〈RA의 이야기〉에 시체를 숨기는 장소가 떡하니 암시되어 있었던 겁니다. 그 소설에는 RA라는 남자가 그의 애

---

48 '불쑥 주머니에서~주르륵 흘러나와'가 [초], [헤], [슌2], [도]에는 의성어 표기가 다르다. 또한 [헤], [슌2], [도]에는 잭나이프가 아니라 '끝이 뾰족한 망치'로 되어 있다. [헤], [슌2], [도]에는 피가 흘러나오는 부분에 대해 '아마 죽은 미인의 심장에서'라고 위치를 명확하게 적었다. - 해제

브노멀한[49] 취향 때문에 거대한 콘크리트 둥근 기둥을 세울 때 예전 다리 공사에 얽힌 전설 같은 걸 흉내 내어 (소설이기 때문에 사람을 죽이는 건 마음대로 할 수 있습니다) 필요도 없는데 그 콘크리트 안에 한 여자를 넣어 생매장하는 내용이 적혀 있었죠. 혹시나 싶어 부인이 이 섬에 오신 날짜를 가만히 따져보니 마침 이 기둥을 만들기 위한 판자 틀이 쳐져 시멘트를 붓기 시작한 무렵이었다는 걸 알게 되었습니다. 그야말로 안전하게 숨길 수 있는 장소죠. 당신은 사람이 없는 틈을 노려 공사용 발판 위까지 시체를 안고 올라가 판자 틀 안에 던져 넣고 그 위에 시멘트를 두세 통 퍼붓기만 하면 그만이었습니다. 하지만 부인의 머리카락 한 올이 콘크리트 밖으로 삐져나오다니. 범죄에는 뭔가 뜻하지 않은 착오가 생기기 마련 아니겠습니까?"

이미 정신을 가다듬지 못하는 히로스케는 기력을 잃고 주저앉아 지요코의 피가 흘러내린 부분에 기대어 있었다. 기타미 고고로는 그 참담한 모습을 딱하다는 듯이 바라보면서도 하기로 마음먹은 이야기는 모두 해버릴 작정이었다.

"거꾸로 생각해보죠. 결국 당신이 부인을 살해했다는 사실은, 바꿔 말하면 당신이 고모다 겐자부로가 아니었다는 이야기죠. 아시겠습니까? 이 부인의 시체가 아까 이야기했던 증거 가운데 하나입니다. 물론 그뿐만이 아니죠. 나는 또 한 가지 가장 중요한 증거를 쥐고 있습니다. 아마 이미 아실 거라고 생각하지만, 그건 다름 아니라 고모

---

49 에도가와 란포가 외래어로 표기해 그대로 옮겼다. – 역주

다 가문의 위패를 모시고 명복을 비는 사찰에 있는 무덤입니다. 사람들은 고모다 씨의 무덤에서 시체가 사라지고 다른 곳에 고모다 씨와 똑같은 살아 있는 사람이 나타난 걸 보고 바로 고모다 씨가 되살아난 거라고 믿고 말았죠. 하지만 관 안에서 시체가 사라졌다는 건 반드시 그 시체가 되살아났다는 것을 뜻하지는 않습니다. 시체는 다른 장소에 옮겨졌을지도 모르기 때문입니다. 다른 장소, 그건 가장 가까운 곳에 여러 개의 관이 묻혀 있기 때문에 시체를 옮긴 사람이 그걸 어딘가에 숨기려고 했다면 그 바로 옆에 있는 관을 파내는 것만큼 안성맞춤인 장소는 없습니다. 아주 멋진 마술 아닙니까? 고모다 겐자부로의 무덤 옆에는 겐자부로에게 할아버지뻘 되는 분의 관이 묻혀 있는데, 당신의 배려심 깊은 음모 덕분에 거기에는 지금 할아버지와 손자가 뼈와 뼈를 마주 안고 사이좋게 누워 있겠죠."

기타미 고고로가 거기까지 이야기했을 때 주저앉아 있던 히토미 히로스케가 갑자기 벌떡 일어나 으스스하게 웃기 시작했습니다.

"하하하……. 야아, 자넨 잘도 조사를 했군. 맞아. 틀린 부분이 전혀 없어. 하지만 사실대로 이야기하면 자네 같은 명탐정을 번거롭게 할 필요도 없이 나는 이미 파멸에 가까운 상태였어. 늦느냐 이르냐의 차이만 있을 뿐이지. 나도 깜짝 놀라 잠시 자네에게 맞설까도 했지만 다시 생각해보니 그래봤자 겨우 보름이나 한 달쯤 지금 누리는 환락을 연장할 수 있을 뿐이더군. 그게 뭐야. 난 이미 만들고 싶은 만큼 만들었고, 하고 싶은 만큼 했어. 미련이 없어. 깨끗하게 원래의 히토미 히로스케로 돌아가 자네의 지시에 따르겠네. 털어놓자면 그

많던 고모다 가문의 재산도 이제 겨우 한 달쯤 버틸 정도밖에 남지 않았거든. 그런데 자넨 아까 나 같은 사람을 덧없는 세상의 법률에 처단을 맡기고 싶지 않다는 투로 이야기하더군. 그게 무슨 뜻이지?"

"고맙군요. 나도 그걸 물어봐주기를 바랐습니다. ……그 의미 말이죠? 그건 경찰 손을 빌리지 않고 깔끔하게 마무리했으면 하는 겁니다. 이건 히가시고지 백작 부인의 지시는 아닙니다. 역시 예술에 종사하는 한 사람으로서, 내 개인의 바람이죠."

"고맙네. 감사하게 생각하네. 그럼 잠시 나를 자유롭게 놓아주겠나? 기껏해야 30분이면 충분할 텐데."

"괜찮고말고요. 섬에는 몇 백 명이나 되는 당신 하인이 있지만 당신이 무서운 범죄자라는 걸 알게 되면 설마 편을 들 리는 없을 테고, 당신은 자기편을 끌어모아 나하고 한 약속을 뒤집을 사람도 아닐 겁니다. 그럼 나는 어디서 기다리면 될까요?"

"화원에 있는 따뜻한 물을 채워둔 연못에서."

히로스케는 그 말을 남기고 커다란 둥근 기둥 뒤로 사라졌습니다.

25

그로부터 10분쯤 흐른 뒤, 기타미 고고로는 수많은 알몸 여자들 사이에 섞여 연못의 더운물에서 피어오르는 향기로운 김을 쐬며 하반신을 따뜻한 물에 담그고 느긋한 기분으로 히로스케가 오기를 기다렸습니다.

하늘은 온통 검은 구름으로 뒤덮였고 바람도 불지 않았습니다. 끝없이 펼쳐진 꽃동산은 은회색으로 잠들었고 연못에는 잔물결 하나 없었습니다. 거기에 몸을 담근 수십 명의 알몸 여자들마저 마치 죽은 사람들처럼 말이 없었습니다. 기타미가 보기에는 그 모든 풍경이 마치 우울한 천연 오시에[50] 같았습니다.

그리고 10분, 20분, 시간이 얼마나 길게 느껴지는지. 여전히 움직이지 않는 하늘, 꽃동산, 연못, 알몸 여자들, 그리고 그것들을 담은 꿈처럼 짙은 회색.

그러나 이윽고 사람들은 연못 한쪽 구석에서 쏘아 올린 때아닌 불꽃놀이 소리에 깜짝 놀랐습니다. 정신을 차리고 하늘을 쳐다본 순간 거기에 피어난 빛의 꽃이 너무도 아름다워 감탄하지 않을 수 없었습니다.

그건 평소 불꽃놀이보다 다섯 배 크기라 하늘을 거의 가득 메웠습니다. 불꽃 하나라기보다는 모든 불꽃을 모아 한 송이로 만든 듯한 오색영롱한 꽃잎이 마치 만화경처럼 쏟아지면서 저마다 그 빛깔과 모양을 바꾸며 널리널리 퍼져갔습니다.

밤에 하는 불꽃놀이도 아니었고 그렇다고 낮에 하는 불꽃놀이와도 달랐습니다. 검은 구름과 짙은 회색 하늘을 배경으로 오색찬란한 빛

---

50 두툼한 종이를 사람이나 새, 꽃 모양으로 잘라 솜을 얹은 다음 예쁜 천으로 싸서 판자 등에 붙이는 전통 공예를 말한다. 《에도가와 란포 결정판 1》 중 〈오시에와 여행하는 남자〉 참고. – 역주

이 이상하게 점점 광채를 잃고 그것이 차츰 면적을 넓히면서 조금씩 쓰리텐조(釣天井)[51]처럼 내려오는 모습은 그야말로 넋이 나갈 듯한 광경이었습니다.

그때 기타미 고고로는 눈부신 오색 불빛 아래서 알몸 여자 몇 명의 얼굴과 어깨에 쏟아지는 빨간색 물보라를 문득 보았습니다. 처음에는 연못에서 올라오는 수증기가 불꽃놀이 불빛이 비친 것인 줄 알았습니다. 하지만 이윽고 그 붉은 물보라가 점점 심하게 쏟아져 내리더니 이마와 뺨에도 묘하게 따뜻한 물방울이 느껴졌습니다. 그걸 손으로 만져보니 붉은 물방울, 사람 핏방울이 틀림없었습니다. 그리고 바로 앞 연못 수면에 둥둥 떠다니는 것을 자세히 보니 그건 무참하게 찢긴 사람의 손목으로, 어느새 거기 떨어졌던 겁니다.

기타미 고고로는 그런 피비린내 나는 광경 속에서도 이상하게 동요하지 않는 알몸 여자들을 의아해하며 그 또한 그대로 움직이지 않았습니다. 그는 연못 둔덕에 가만히 머리를 기대고 자기 가슴께에 떠다니는 새빨간 꽃처럼 피어난 생생한 손목의 절단면을 가만히 바라보았습니다.

이처럼 히토미 히로스케의 몸뚱이는 불꽃놀이와 함께 산산이 부서져 그가 창조한 파노라마 왕국의 모든 풍경 구석구석까지 피와 살덩어리가 비처럼 쏟아져 내렸습니다.

---

51 매달아두었다가 아래로 떨어뜨려 방 안에 있는 사람이 깔려 죽게 만드는 장치가 된 천장. - 역주

자작 해설

I 〈탐정소설 10년〉에서

《신세이넨》에 실은 최초의 장편소설[52]로 제법 의욕을 갖고 썼지만 호평은 아니었다. 너무 나만 좋아하는 꿈에 치우쳤기 때문이리라. 그러나 이 작품은 줄거리라고 할 만한 것도 거의 없이 내키는 대로 써내려갔기 때문에 다른 장편소설처럼 마음고생을 하지는 않았다. 오히려 편하게 썼다고 해도 좋을 정도였다.

그 무렵 《신세이넨》의 편집자는 요코미조 세이시 군으로 바뀌었고, 글을 쓰기 전에 요코미조 군에게 줄거리를 이야기했던 기억이 난다. 요코미조 군은 이 작품을 영화로 만들려고 그쪽 계통 사람 한두 명에게 이야기한 모양인데, 어떤 영화 제작자는 "물론 그건 좋지만 제작비가 몇 십만 엔은 들겠군요. 미국 회사가 아니면 불가능할 겁니다"라며 농담 섞인 대답을 했다고 한다.

1932년 5월

II 도겐샤판 《에도가와 란포 전집》에 실린 후기에서

《신세이넨》 1926년 10월호부터 1927년 4월호까지 다섯 차례에 걸

---

52 분량상 국내에서는 중편에 속하나 일본에서는 장편으로 통용된다. - 역주

쳐 연재(2회 연재를 쉬었다)했다. 그때 이 잡지 편집장은 요코미조 세이시 군이었는데, 그가 꼬드긴 바람에 집필한 작품이다. 《신세이넨》에는 처음 실은 장편이었다. 연재 중에는 이렇다 할 호평은 얻지 못했다. 그런데 나중에 칭찬하는 사람이 점점 늘었다. 특히 하기와라 사카타로[53] 씨에게 칭찬을 받은 일이 유난히 또렷하게 기억에 남아 있다. 이 작품은 제2차 세계대전이 끝난 뒤, 도호(東宝) 극장에서 뮤지컬 코미디로 무대에 올린 적이 있다. 이 극장의 1957년 7월 흥행을 이 작품 한 편으로 이끌었는데 기쿠타 가즈오[54]가 작사와 연출을 맡고, 에노모토 겐이치(榎本健一), 토니 다니(トニ−谷), 아리시마 이치로(有島一郎), 미키 노리헤이(三木のり平), 미야기 마리코(宮城まり子), 미즈타니 요시에(水谷良重) 등이 출연했다.

1961년 10월

III 〈파노라마 섬 기담〉 – 내 소설

일상생활과는 전혀 다른 '또 하나의 세계'를 동경하는 내 소년 시절의 병은 어른이 되어서도 낫지 않았다. 이와야 사자나미[55]가 사자

---

53 萩原朔太郎, 1886~1942. 일본 근대시의 아버지로 칭송받는 시인이다. 1913년에 기타하라 하쿠슈(北原白秋, 1885~1942)가 내는 잡지에 시 다섯 편을 발표하며 시인으로 데뷔했다. 열광적인 미스터리 소설 팬으로 알려졌는데 1926년에 〈탐정소설에 대하여〉란 수필에서 에도가와 란포의 〈인간 의자〉 등을 높이 평가했다. 1931년부터 란포와 직접 친교를 맺고 〈파노라마 섬 기담〉을 칭찬한 것으로 알려졌다. 그 역시 파노라마를 시나 산문시의 모티브로 활용하기도 했다고 한다. – 역주
54 菊田一夫, 1908~1973. 일본의 극작가, 작사가. – 역주
55 巖谷小波, 1870~1933. 작가, 아동문학가, 시인. – 역주

나미 산진(小波山人)이란 필명으로 쓴 〈세계 옛날이야기〉에 나오는 다른 나라의 왕자, 공주님들 이야기 이후 활자라는 그 어여쁜 은빛 막대가 〈또 하나의 세계〉로 가는 가교였다. 그래서 나는 '다른 세계'와 '활자'를 같은 것이라고 생각하게 되어, 일상생활에서 벗어나기 위한 아름다운 배로서 활자에 애착을 가지고 활자와 결혼했다.

소년 시절 나를 매혹시킨 또 다른 것이 있다. 그것은 다른 나라 사람이 발명해 메이지 시대(1868~1912) 초기에 일본에 수입된 파노라마관을 구경하는 것이었다. 그 가스탱크 같은 불가사의한 겉모습과 그 안에 갑자기 실재하는 '또 다른 세계'였다.

파노라마관을 구경하는 이들은 캄캄한 지하도를 지나 현실 세계를 벗어나야 원통 모양을 한 파노라마관 중앙에 있는 둥근 받침대 위로 안내된다. 그 관람대를 기준으로 반지름 20미터쯤 되는 거대한 원통 모양의 유화 배경이 빙 둘러쳐져 있다. 화면에는 아득히 멀리까지 대지가 보이고, 지평선과 그림으로 그린 하늘이 있다. 유화 배경 앞에는 진짜 땅과 진짜 바위, 풀이 있고 사람이나 동물을 생생하게 재현한 인형이 갖가지 포즈를 취하고 서 있다. 배경인 유화와 실물의 경계선이 교묘하게 감추어져 유화로 그린 먼 풍경 안의 사람과 동식물도 입체적으로 보이게 된다. 그건 어디에도 이음새가 없는 하나의 온전한 세계다. 파노라마관 밖에는 현실 세계의 혼잡한 시가지 도쿄가 있는데 그게 갑자기 사라지고 거기에 가공의 다른 세계가 불쑥 실존한다. 외국 파노라마관의 발명자는 현실 세계를 원통으로 구분 짓는 것을 통해 완전히 다른 두 개의 세계를 만들어내려고 한 것이다.

내 소설 《파노라마 섬 기담》은 그런 불가사의한 이중 세계를 사람이 살지 않는 외딴섬 위에 만들어내려고 한 것이었다. 섬 자체를 다이아몬드처럼 다면체로 커트하여 그 각 면에 하나씩 독립적인 세계를 창조하려고 생각했다. 그것은 두 개의 세계가 아니라 다중 세계였다. 커트한 단면의 수만큼 세계가 늘어난다.

이 소설은 1926년부터 2년에 걸쳐 《신세이넨》에 다섯 차례 연재했다. 그 시절 편집장은 요코미조 세이시 군이었는데, 그가 꼬드기는 바람에 《신세이넨》에 처음 쓴 연재물이었다. 이 소설에도 내 상투적인 수법인 '1인 2역' 트릭이 사용된다. 이 작품은 범인 시각에서 그린 범죄 환상소설이다. 마지막에 명탐정이 나오지만 잠깐일 뿐이다.

연재 중에는 그다지 호평받지 못했다. 사람이 바뀌는 초반은 재미있어도 소설 대부분을 차지하는 파노라마 섬 묘사를 따분하게 여겼던 모양이다. 에드거 앨런 포가 쓴 〈아른하임의 영토〉나 〈랜더의 별장〉을 염원했지만 완성된 것은 의욕만 앞선 평범한 풍경 묘사에 지나지 않았다.

그러나 발표한 뒤, 해가 갈수록 드문드문 호평이 들려왔다. 그 가운데서도 오기와라 사쿠타로 씨가 우리 집 광에서 술잔을 나누며 이 소설을 칭찬해주신 일을 잊을 수 없다. 그 뒤로 이 작품에 대해 조금은 대외적인 자신감을 갖게 되었다.

1962년 기쿠타 가즈오 씨가 이 작품을 뮤지컬 코미디로 만들어 도호 극장 무대에 올린 일이 있다.

1962년 4월 27일 아사히 신문

江戸川乱歩2
決定版

인간 의자

人　　　間　　　椅　　　子

읽기 전에

1925년 11월 월간지 《구라쿠(苦楽)》[1] (프라톤샤(プラトン社)[2] 〔초〕[3])에 발표된 뒤, 1926년 1월 《창작탐정소설집》 제2권 《천장 위의 산책자》(슌요도 〔슌1〕)에 실렸다. 이 책은 헤이본샤판 《에도가와 란포 전집》 제1권(1931년 7월 〔헤〕)을 저본으로 새 한자와 새 가나 쓰기 규정을 적용했으며 초출, 《천장 위의 산책자》, 슌요도판 《에도가와 란포 전집》 제3권(1955년 2월 〔슌2〕) 및 도겐샤판 《에도가와 란포 전집》 제1권(1961년 10월 〔도〕)과 대조하여 문장 부호와 오타를 바로잡았다.

초출, 초판본, 헤이본샤판 전집에 큰 차이는 없다. 슌요도판은 새 가나 쓰기 규정(단 히라가나의 요음과 촉음의 구별은 없다)을 따르고 어려운 한자를 쉽게 풀어 썼으며 문장부호를 줄였지만 내용에는 큰 가필과 정정은 없다. 각 판본별 차이는 본문 내 각주에서 '해제'로 밝혔다.

---

1 대중문예 잡지로 1923년에서 1928년, 1946년에서 1949년 사이에 발행되었다. – 역주
2 1922년부터 1928년까지 오사카에서 활동했던 출판사. – 역주
3 각 판본별 차이는 프라톤샤에서 발표된 초판본을 〔초〕로 표기하고, 나머지는 해당 출판사의 첫 글자를 따 〔슌1〕, 〔헤〕, 〔슌2〕, 〔도〕로 표기하여 각주에서 밝힌다.

매일 아침 출근하는 남편을 배웅하고 나면 10시가 조금 넘는데, 요시코(佳子)는 그제야 자기만의 시간을 가질 수 있어 늘 서양식으로 지은 건물의 남편과 함께 쓰는 서재에 틀어박혔다. 그녀는 거기서 K 잡지 이번 여름 특대호에 실릴 긴 창작물에 매달렸다.

요시코는 외무성 서기관인 남편의 존재감마저 희미하게 만들 만큼 아름다운 여성 작가로 유명해졌다. 매일 미지의 숭배자들이 많은 편지를 보내왔다.

오늘 아침도 요시코는 서재 책상 앞에 앉아 일을 시작하기 전에 먼저 그런 알지 못하는 이들이 보낸 편지를 훑어봐야 했다.

편지 내용은 죄다 판에 박힌 듯 따분했지만, 그녀는 여성 특유의 상냥한 마음으로 어떤 편지든 자기에게 온 것은 어쨌든 빠짐없이 읽었다.

간단한 내용부터 먼저 읽느라 편지 두 통과 엽서 한 장을 읽고 나니 꽤 두툼한 원고 같은 우편물 한 통이 남았다. 따로 연락을 받지는 못했지만 이렇게 불쑥 원고를 보내는 일은 전에도 종종 있었다. 그런 원고들은 대부분 장황하고 따분하기 짝이 없었지만 요시코는 어쨌든 제목만이라도 봐두려고 봉투를 뜯어 안에 있는 종이 뭉치를 꺼냈다.

　아니나 다를까, 원고용지를 묶은 것이었다. 그런데 어떻게 된 일인지 원고는 제목이나 서명도 없이 불쑥 '부인'이라는 호칭으로 시작되었다. 어머, 그럼 역시 편지인가? 그런 생각을 하면서 무심하게 두세 줄 훑어보던 요시코는 왠지 이상한, 묘하게 으스스한 예감이 들었다. 그리고 타고난 호기심 때문에 계속 읽어나갔다.

　부인,

　부인께서 전혀 알지도 못하는 저 같은 남자가 불쑥 이런 무례한 편지를 올리는 잘못을 아무쪼록 용서해주십시오.

　이런 말씀을 드리면 틀림없이 깜짝 놀라실 테지만 저는 지금 부인 앞에 제가 저질러온 너무도 기괴한 죄악을 고백하려고 합니다.

　저는 여러 달 동안 인간 세상에서 완전히 모습을 감추고 그야말로 악마 같은 생활을 계속해왔습니다. 물론 이 넓은 세상에서도 제가 저지른 짓을 아는 사람은 아무도 없죠. 만약 별일 없었다면 저는 그대로 영원히 인간 세상으로 돌아오지 않았을지도 모릅니다.

　그런데 요즘 제 마음에 어떤 이상한 변화가 일어났습니다. 그래서 아무래도 저의 불행한 신세를 참회하지 않을 수 없게 되었습니다. 그냥 이렇게만 말씀드려서는 도대체 무슨 소리인지 알 수 없을 테지만, 어쨌든 이 편지를 제발 끝까지 읽어주십시오. 그러면 제가 왜 이런 마음을 품었는지, 또 왜 이런 고백을 굳이 부인에게 해야만 하는지 모두 다 밝혀질 겁니다.

자, 무슨 이야기부터 쓰기 시작해야 좋을지, 도저히 인간으로서는 상상도 할 수 없는 기괴천만한 일이라 인간 세상에서 사용하는 편지라는 방법을 이용하자니 묘하게 낯간지럽고 글이 잘 써지지 않습니다. 그렇지만 미적거려봤자 무슨 소용이 있겠습니까. 어쨌든 이 일의 시작부터 차례대로 쓰겠습니다.

　저는 태어날 때부터 너무 못생긴 사람이었습니다. 이 사실을 부디 또렷하게 기억해주십시오. 그렇지 않으면 혹시 당신이 제 무례를 용서하시고 저를 만나주셨을 경우, 그렇지 않아도 제 추한 얼굴이 오랜 세월 건강하지 못한 생활로 다시는 보고 싶지 않을 정도로 더 끔찍해졌기 때문에 아무런 예비지식도 없이 당신에게 제 모습을 보여준다는 것은 저로서는 견디기 힘든 일입니다.

　저는 정말 지지리도 불행한 남자입니다. 이렇게 추하게 생겼는데도 가슴속에는 너무나 격렬한 정열이 불타오르고 있습니다. 저는 도깨비 같은 얼굴도 부족해 가난한 일개 직공일 뿐인 제 분수도 모르고 감미롭고 사치스러운 갖가지 '꿈'을 동경했습니다.

　만약 제가 더 풍족한 집에서 태어났다면 돈의 힘을 빌려 갖가지 유희에 탐닉하거나 추한 외모 때문에 느끼는 설움을 달랠 수도 있었겠죠. 혹은 제게 좀 더 예술적인 재능이 주어졌다면 시나 노래 같은 것을 통해 덧없는 세상을 잊을 수도 있었을 겁니다. 하지만 불행한 저는 그 어떤 것도 타고나지 못한 일개 불쌍한 가구 직공이라 부모한테 물려받은 직업으로 그날그날 끼니를 마련하는 수밖에는 없었습니다.

제 전문분야는 여러 가지 의자를 만드는 일이었습니다. 제가 만든 의자는 아무리 까다로운 손님도 다들 마음에 들어했죠. 상회에서도 저를 특별히 대우했고 고급품만 만들게 했습니다. 그런 고급품들은 등받이나 팔걸이의 조각물에 여러 가지 까다로운 주문이 붙고 쿠션 상태, 각 부분의 치수 등이 주문한 손님의 취향에 따라 다릅니다. 그렇기 때문에 그걸 만들기 위해서는 아마추어가 상상할 수 없을 만큼 애를 먹습니다. 그래도 애를 쓰면 쓴 만큼 완성되었을 때의 쾌감에 비할 것은 없습니다. 주제넘은 소리 같지만 그때 심정은 예술가가 훌륭한 작품을 완성시켰을 때 느끼는 기쁨과 비교할 만하지 않을까 생각합니다.

의자가 하나 완성되면 저는 먼저 거기 앉아, 사람들이 앉았을 때 느낌이 어떨지 시험해봅니다. 따분한 직공 생활 중에도 이때만은 말로 표현할 수 없는 자랑스러움을 느끼죠. 여기에는 어떤 고귀한 분이, 또는 어떤 아름다운 분이 앉게 될까. 이런 멋진 의자를 주문할 만한 댁이라면 거기에는 틀림없이 이 의자에 어울리는 화려한 방이 있을 겁니다. 벽에는 틀림없이 유명한 화가가 그린 유화가 걸렸고, 천장에는 커다란 보석 같은 샹들리에가 달려 있을 겁니다. 바닥에는 값비싼 융단이 깔려 있겠죠. 그리고 그 의자 앞 테이블에는 눈이 번쩍 뜨일 만한 서양 화초가 감미로운 향기를 풍기며 활짝 피었을 겁니다. 그런 망상에 빠지다 보면 마치 제가 그런 훌륭한 방의 주인이라도 된 기분이 들어, 아주 잠깐이기는 하지만 뭐라 표현할 길이 없이 유쾌해집니다.

저의 덧없는 망상은 끝도 없이 더욱 심해졌습니다. 가난하고 못생긴 일개 직공에 지나지 않는 제가 망상의 세계에서는 고상한 귀공자가 되어 제 손으로 만든 훌륭한 의자에 앉아 있습니다. 그리고 그 곁에는 늘 제 꿈에 나오는 아름다운 나의 연인이 상큼하고 아름다운 미소를 지으며 제 이야기에 귀를 기울입니다. 그뿐만 아니죠. 저는 망상 속에서 그 사람과 손을 맞잡고 달콤한 사랑의 대화를 속삭이기까지 합니다.

　그렇지만 이런 들뜬 보랏빛 꿈을 꿀 때마다 늘 이웃집 아줌마의 시끄러운 이야기 소리나 주위의 병든 아이가 신경질적으로 울어대는 소리가 훼방을 놓는 바람에 제 앞에는 다시 추한 현실이 잿빛 시체를 고스란히 드러냅니다. 현실로 돌아온 저는 거기서 꿈속 귀공자와는 전혀 닮지 않은 불쌍하고도 추한 자신의 모습을 발견하죠. 그리고 방금 제게 미소를 지어주시던 그 아름다운 사람은. ……그런 사람이 어디 있기나 하겠습니까? 주변에서 먼지투성이가 되어 놀고 있는 꾀죄죄한 아이를 보는 여자마저도 저 같은 사람에겐 눈길 한 번 주지 않습니다. 오직 한 가지, 제가 만든 의자만은 방금 꾼 꿈이 남긴 흔적처럼 거기에 오도카니 남아 있습니다. 그러나 그 의자도 이윽고 어딘지 모를, 우리와는 전혀 다른 세계로 떠나버리는 것 아니겠습니까?

　저는 그렇게 의자를 하나하나 마무리할 때마다 말할 수 없는 허무함을 느꼈습니다. 뭐라고 표현할 수 없는 그 지긋지긋한 기분을 세월이 흐를수록 점점 더 견딜 수 없었습니다.

"이렇게 벌레처럼 살아가느니 차라리 죽어버리는 편이 낫겠다."

저는 진지하게 이런 생각을 했습니다. 작업장에서 끌로 갈고 정으로 치고 또는 자극성이 강한 도료를 주무르면서도 끊임없이 그런 생각을 했습니다.

"하지만 잠깐만. 죽어버리겠다고 할 정도면, 그런 결심을 할 수 있다면 다른 방법은 없을까? 예를 들면……."

그렇게 해서 제 생각은 점점 더 무시무시한 방향으로 흘러갔습니다.

바로 그 무렵, 저는 일찍이 만들어본 적이 없는 커다란 가죽 팔걸이의자를 만들어달라는 부탁을 받았습니다. 이 의자는 같은 Y시에서 외국인이 경영하는 어느 호텔에 들어갈 물건인데 원래는 자기 나라에 주문해 들여올 의자였습니다. 그런데 저를 고용하고 있는 상회가 손을 써서 일본에도 수입품 못지않은 의자를 만드는 장인이 있다면서 힘겹게 주문을 따왔습니다. 그런 만큼 저로서도 먹고 자는 일도 잊고 제작에 매달렸습니다. 정말로 혼을 불어넣어 일에 몰두했죠.

그런데 막상 완성된 의자를 보고 저는 일찍이 깨닫지 못했던 만족을 느꼈습니다. 그 의자는 제가 보기에도 반할 만큼 멋지게 만들어졌죠. 저는 늘 그랬듯이 네 개 한 세트 가운데 하나를 볕이 잘 드는 마루방으로 가지고 가서 느긋하게 앉아보았습니다. 어찌나 편하던지. 지나치게 딱딱하거나 너무 무르지도 않은 쿠션이 주는 폭신하고 부드러운 탄력, 일부러 염색을 하지 않고 무두질만 한 상태 그대로

간 회색 가죽의 촉감, 적당한 기울기를 유지하며 살짝 등을 받쳐주는 푹신한 등받이, 델리케이트한 곡선을 그리며 불룩 솟아오른 양쪽 팔걸이. 이런 것들 모두가 신기한 조화를 이루며 다 함께 '안락'이라는 표현을 그대로 실현한 듯했습니다.

나는 그 의자에 깊숙이 몸을 묻고 두 손으로 둥글둥글한 팔걸이를 애무하며 멍하니 앉아 있었습니다. 그러자 버릇처럼 떨쳐버릴 수 없는 망상이 오색영롱한 무지개처럼 눈부신 빛깔로 계속 솟아났습니다. 그런 걸 환상이라고 하겠죠. 마음속으로 생각한 망상이 너무도 또렷하게 그대로 눈앞에 떠오르는 바람에 혹시 내가 미친 게 아닌가 싶어 왠지 겁이 났을 정도입니다.

그러는 사이에 제 머릿속에 불현듯 놀라운 생각이 떠올랐습니다. 악마의 속삭임이라는 건 바로 이런 걸 말하는 게 아닐까요? 그건 꿈처럼 황당무계하고 아주 섬뜩한 생각이었습니다. 그런데 그 섬뜩함이 말로 표현할 수 없는 매력으로 느껴져 저를 부추겼습니다.

처음에는 그저 저의 지극한 정성이 담긴 아름다운 의자를 떠나보내고 싶지 않아서 될 수 있으면 그 의자를 어디까지고 따라가고 싶다는 그런 단순한 바람이었습니다. 그것이 차츰 망상의 날개를 펼치는 사이에, 그즈음 저의 머릿속에서 무르익어가던 어떤 무시무시한 생각과 엮이고 말았습니다.

그리고 제가 진짜 미쳤는지 그 기괴하기 짝이 없는 망상을 실제 행동에 옮겨보기로 작정했던 겁니다.

저는 서둘러 네 개 가운데 가장 잘 만들었다고 생각하는 팔걸이의자를 조각조각 해체했습니다. 그리고 제가 세운 묘한 계획을 실행하기 편리하도록 다시 만들었습니다.

그 의자는 아주 큰 암체어라서 걸터앉는 부분의 바닥 거의 전체를 가죽으로 덮었습니다. 그 밖에 등받이와 팔걸이 부분도 아주 두툼해서 그 안에 사람 한 명이 숨어도 밖에서는 결코 알아챌 수 없을 만큼 두루 연결된 커다란 공간이 있었습니다. 물론 거기에는 튼튼한 나무 틀과 스프링이 많이 설치되지만 저는 그런 것들을 적당히 조절해 사람이 걸터앉는 부분에 무릎을, 등받이 안에 머리와 몸통을 넣어 마치 의자 모양으로 앉으면 그 안이 숨어 있을 만한 여유 공간을 마련했던 거죠.

그 정도 손질이야 제 특기라서 요령껏 충분히 편리하게 마무리했습니다. 예를 들면 숨을 쉬거나 의자 밖에서 나는 소리를 들을 수 있도록 가죽 일부분에 밖에서는 전혀 알아볼 수 없는 틈새를 내거나, 등받이 안쪽, 정확하게 머리 부분 옆에 작은 선반을 달아 뭔가 저장할 수 있도록 만들기도 했습니다. 이 선반에는 물통과 군용 건빵을 채워 넣었죠. 그리고 그렇고 그런 용도로 쓰려고 커다란 고무 자루를 준비하기도 했습니다. 그 밖에 이리저리 머리를 굴려 먹을 것만 있다면 2, 3일쯤 그 안에서 지내도 결코 불편을 느끼지 않도록 꾸몄습니다. 말하자면 그 의자가 한 사람이 들어가 지낼 수 있는 방이 된 셈입니다.

저는 셔츠 한 장만 걸치고 바닥에 설치한 출입구 뚜껑을 열고 의자 안으로 쏙 숨어들었습니다. 참으로 묘한 기분이었습니다. 캄캄하고 답답해서 마치 무덤 안에 들어간 듯한 이상한 느낌이 들었습니다.

생각해보면 무덤과 다를 바 없습니다. 저는 의자 안으로 기어들어가자마자 마치 투명인간이 되는 망토라도 걸친 듯 인간 세상에서 사라져버렸으니까요.

얼마 지나지 않아 상회에서 나온 심부름꾼이 팔걸이의자 네 개를 받으러 짐수레를 끌고 왔습니다. 저의 집에서 먹고 자고 하면서 일을 배우는 제자가(저는 그와 단둘이 살았습니다) 아무것도 모른 채 그들을 맞이했습니다. 수레에 실릴 때 어느 인부가 "이건 엄청나게 무겁군" 하고 소리쳤습니다. 의자 안에 있던 나는 그만 깜짝 놀랐지만, 팔걸이의자라는 게 대개 아주 무겁기 때문에 그들은 특별히 이상하게 여기지는 않았습니다. 이윽고 덜컹덜컹하는 짐수레의 진동이 제 몸에도 뭔가 이상한 감각을 전해주었습니다.

무척 염려했지만 결국 아무 일 없이 그날 오후에 제가 들어가 있던 팔걸이의자는 호텔 어느 방에 떡하니 놓였습니다. 나중에 알았지만 그 방은 개인실이 아니라 사람들이 기다리거나 신문을 읽거나 담배를 피우기도 하는 등, 여러 사람이 뻔질나게 드나드는 라운지라고나 해야 할 방이었습니다.

벌써 눈치채셨겠지만 제가 이런 기묘한 짓을 한 첫 번째 목적은 사람들이 없을 때를 틈타 의자 안에서 빠져나와 호텔 안을 이리저리 돌아다니며 도둑질을 하는 것이었습니다. 의자 안에 사람이 숨어 있으리라는 그런 터무니없는 상상을 누가 하겠습니까? 저는 그림자처럼 자유자재로 이 방에서 저 방으로 마구 돌아다닐 수 있었습니다.

그리고 사람들이 술렁거리기 시작할 무렵이면 의자 안에 있는 은신처로 돌아가 숨을 죽인 채 그들의 멍청한 수색을 구경하면 그만입니다. 당신은 바닷가 파도가 밀려드는 곳에 '소라게'라고 하는, 일종의 게가 산다는 것을 아실 테지요. 커다란 거미 모양인데 사람이 없으면 그 주변을 제 세상인 양 활개 치며 돌아다니지만, 조금이라도 사람 발소리가 들리면 무시무시한 속도로 주변에 있는 조개껍데기 안으로 도망칩니다. 그리고 털이 무성한 징그러운 앞발을 슬쩍 조개껍데기 밖으로 내밀고 적의 동정을 살핍니다. 저는 바로 그 소라게와 똑 닮았습니다. 조개껍데기 대신에 의자라는 은신처를 가지고, 바닷가가 아닌 호텔을 마음껏 활개 치며 돌아다녔습니다.

그런데 저의 이런 엉뚱한 계획은, 그게 엉뚱했던 만큼 사람들의 예상을 벗어난 일이라 멋지게 성공했습니다. 호텔에 도착한 지 2, 3일 지났을 때는 이미 볼일을 충분히 마쳤을 정도였죠. 막상 도둑질을 할 때의 무섭기는 해도 즐거웠습니다. 멋지게 성공했을 때 느끼는 뭐라 표현하기 힘든 기쁨, 그리고 사람들이 바로 코앞에서 저리 도망갔다, 이리 빠져나갔다 하며 시끄럽게 소란을 피우는 모습을 가만히 지켜볼 때 느끼는 우스꽝스러움, 그 이상한 매력은 저를 더할 나위 없이 즐겁게 해주었습니다.

그렇지만 안타깝게도 제겐 그런 이야기를 자세하게 할 짬이 없습니다. 저는 거기서 그런 도둑질보다 열 배, 스무 배 저를 기쁘게 만들어준 기괴하기 짝이 없는 쾌락을 발견했습니다. 그리고 그 쾌락에 대해 고백하는 것이 이 편지의 진짜 목적입니다.

이야기를 앞으로 되돌려 제 의자가 호텔 라운지에 놓였을 때부터 시작해야만 하겠군요.

의자가 도착하자 호텔 주인들이 한바탕 돌아가며 앉았을 때의 느낌이 어떤지를 살피고 갔습니다만 나중에는 조용해지더니 아무 소리도 들리지 않았습니다. 아마 방에 아무도 없었겠죠. 그렇지만 도착하자마자 의자에서 나가기는 너무 겁이 나서 도저히 그럴 수 없었습니다. 저는 아주 오래(그냥 그렇게 느껴졌을 뿐인지도 모릅니다) 작은 소리마저 놓치지 않으려고 온 신경을 곤두세우고 귀를 기울여 가만히 주위 상황을 살피기 시작했습니다. 잠시 그러고 있는데 아마 복도 쪽에서 뚜벅뚜벅 묵직한 발소리가 들려왔습니다. 그 소리는 4, 5미터쯤 앞까지 다가오자 방에 깔린 융단 때문에 거의 들리지 않을 정도로 낮아졌습니다. 그러더니 바로 거친 남자 숨소리가 들리고 느닷없이 서양인 같은 커다란 덩치가 제 무릎 위에 털썩 주저앉더니 두세 차례 엉덩이를 들썩거리더군요. 제 허벅지와 그 남자의 탄탄하고 큼직한 엉덩이는 무두질만 한 얇은 가죽 한 장을 사이에 두고 체온이 느껴질 만큼 딱 달라붙었습니다. 떡 벌어진 그의 어깨는 정확하게 제 가슴께에 기댔고, 무거운 두 손은 가죽을 사이에 두고 제 손과 겹쳐졌죠. 그리고 남자가 시가를 피우는지 가죽 틈새를 통해 남성적인 짙은 향이 풍겨왔습니다.

부인께서 제 처지가 되었다고 치고 그 상황을 상상해보십시오. 이 얼마나 황당한 모습인가요. 저는 너무도 무서워 캄캄한 의자 안에서 몸을 잔뜩 움츠리고 겨드랑이 아래로는 식은땀을 줄줄 흘리며 사고력이고 뭐고 모두 잃어버린 채 그저 멍하니 있었을 뿐입니다.

그 남자를 시작으로 그날 하루 제 무릎에는 여러 사람이 들락날락 하며 걸터앉았습니다. 그리고 제가 여기 있다는 사실을—그 사람들이 부드러운 쿠션이라고 철석같이 믿는 것이 사실은 저의 피가 흐르는 허벅지라는 사실을—누구도 전혀 깨닫지 못했습니다.

캄캄하고 꼼짝도 할 수 없는 가죽 의자 속 세상. 그게 얼마나 괴이하고 매력적인 세계인지. 의자 속 세상에서 보는 인간은 평소 눈으로 보는 그 인간과 전혀 다른 생물로 느껴집니다. 그들은 목소리와 콧김, 발소리, 옷 스치는 소리와 탄력이 풍부한 몇 개의 둥글둥글한 살덩어리에 지나지 않았습니다. 어떤 이는 뒤룩뒤룩 살이 쪄서 감촉이 썩은 생선 같습니다. 정반대로 어떤 사람은 비쩍 말라 해골 같은 느낌이 듭니다. 그 밖에도 등뼈가 굽은 정도, 어깨뼈가 벌어진 정도, 팔 길이, 허벅지 굵기, 또는 꼬리뼈 길이 등 모든 점을 종합해서 보면 아무리 키가 비슷한 사람이라도 어딘가 다른 부분이 있기 마련이죠. 사람이란 용모나 지문 말고도 이렇게 몸 전체의 감촉으로도 완전히 식별할 수 있는 게 틀림없습니다.

이성도 마찬가지입니다. 대개 용모가 아름다우냐 아니냐를 가지고 구분할 테지만 이 의자 안 세계에서는 그런 게 전혀 문제가 되지 않습니다. 거기에는 마치 발가벗은 것이나 마찬가지인 육체와 음성, 냄새가 있을 뿐입니다.

부인, 부디 제 이야기가 너무 노골적이라고 언짢게 여기지 마시기 바랍니다. 저는 거기서 어느 여성의 육체에(그 여성은 제 의자에 걸터앉은 첫 여성이었습니다) 지독한 애착을 느끼게 되었습니다.

목소리로만 상상하면 아직 한창 젊은 외국 아가씨일 겁니다. 마침 방 안에는 아무도 없었는데 그 아가씨는 무슨 기쁜 일이라도 있었는지 작은 목소리로 이상한 노래를 부르면서 춤추는 듯한 걸음으로 방에 들어왔습니다. 그리고 제가 숨어 있는 팔걸이의자 앞으로 오는가 싶더니 갑자기 풍만하면서도 나긋나긋한 몸을 제 위로 내던졌습니다. 게다가 뭐가 우스운지 갑자기 호호호, 웃음을 터뜨리더니 손발을 파닥거리며 그물이 걸린 물고기 마냥 팔딱팔딱 뛰었습니다.

그로부터 거의 30분가량 아가씨는 제 무릎 위에서 때론 노래하면서 그 노래에 박자를 맞추기라도 하듯 들썩들썩 무거운 몸을 움직였습니다.

그 일은 제게 그야말로 생각도 못 했던, 하늘이 놀라고 땅도 흔들릴 만큼 엄청난 사건이었습니다. 여자는 신성한 존재, 아니 차라리 무서운 존재라 얼굴을 보기도 꺼렸던 저였습니다. 그런 제가 지금 생판 알지도 못하는 외국 아가씨와 같은 방 같은 의자에, 어디 그뿐이겠습니까, 얇은 가죽 한 장을 사이에 두고 체온이 느껴질 정도로 딱 붙어 있는 겁니다. 그런데도 그 아가씨는 전혀 불안해하는 기색도 없이 온몸의 무게를 제게 맡기고, 보는 사람이 없으니 자기 멋대로 편한 자세를 취했습니다. 저는 의자 안에서 아가씨를 껴안는 시늉을 할 수도 있었습니다. 가죽 안에서 그 포동포동한 목덜미에 입맞춤을 할 수도 있었죠. 그 밖에 무슨 일이건 마음대로 할 수 있었습니다.

그 놀라운 발견을 한 뒤, 저는 애초 목적이었던 도둑질 따위는 뒷전으로 미루고 오로지 그 신기한 감촉의 세계에 빠지고 말았습니다. 저는 생각했죠. 이거야말로, 이 의자 안의 세계야말로 진짜 내가 있어야 할 곳이 아닐까 하고요. 저처럼 추하고 소심한 남자는 밝은 광명의 세계에서는 늘 열등감을 느끼면서 부끄럽고 비참한 생활을 이어가는 수밖에 없는 신세입니다. 그런데 세상을 한 차례 바꾸어 이렇게 의자 안에서 비좁은 것만 참고 있으면 밝은 세상에서는 말을 붙이는 것은 물론이고 곁에 다가가는 것조차 허락되지 않던 아름다운 사람에게 접근해서 목소리를 듣고 살갗을 만질 수 있는 겁니다.

의자 안에서 하는 사랑(!), 그것이 얼마나 불가사의하고 매력적인지 실제로 의자 안에 들어가본 사람이 아니고서는 알 수 없을 겁니다. 그것은 촉각과 청각, 그리고 약간의 후각으로만 하는 사랑입니다. 어둠의 세계에서 하는 사랑이죠. 결코 이 세상 것이 아닙니다. 이거야말로 악마의 나라에서나 품을 수 있는 애욕이 아니겠습니까? 생각해보면 사람들 눈에 띄지 않는 이 세상 구석구석에서 얼마나 기형적이고 무시무시한 일들이 벌어지고 있을지, 차마 상상도 할 수 없습니다.

물론 처음에는 도둑질이라는 목적만 이루고 나면 당장 호텔에서 빠져나올 작정이었죠. 그런데 너무도 기괴한 기쁨에 정신이 팔린 저는 빠져나가기는커녕 의자 안을 영원히 살아갈 거처로 삼은 듯 그 생활을 이어가고 있었던 겁니다.

밤마다 외출할 때는 조심하고 또 조심해서 소리를 전혀 내지 않고 남들 눈에 띄지 않도록 했기 때문에 당연히 위험한 일은 없었습니다만, 그래도 몇 개월이라는 오랜 시간을 아무에게도 들키지 않고 의자 안에서 지낼 수 있었다는 건 제가 생각하기에도 정말 놀라운 일입니다.

거의 하루 종일 의자 안 비좁은 곳에서4 팔을 구부리고 무릎을 꺾은 채 지냈기 때문에 온몸이 마비될 것 같았습니다. 똑바로 설 수도 없어 나중에는 주방이나 화장실에 드나들 때 게처럼 기어갔을 지경입니다. 저는 정말 미친놈입니다. 그런 고통을 견디면서도 그 이상한 감촉의 세계를 포기할 생각이 들지 않았습니다.

개중에는 한두 달씩 자기 집처럼 머무는 사람도 있었지만, 호텔이기 때문에 손님이 끊임없이 들고 납니다. 따라서 저의 기묘한 사랑도 시간과 함께 상대가 바뀌는 건 어쩔 수 없었죠. 그리고 그 수많은 이상한 연인의 기억은 일반적인 경우처럼 용모가 아니라 주로 신체적 특징에 따라 제 마음에 새겨졌습니다.

어떤 사람은 망아지처럼 기운이 넘치고 늘씬하게 틀이 잡힌 몸을 지녔는가 하면, 어떤 사람은 뱀처럼 요염하고 구불구불 멋대로 움직이는 몸을 지녔죠. 어떤 이는 고무공처럼 뚱뚱하고 지방과 탄력이 풍부한 몸을, 또 어떤 이는 그리스 조각처럼 단단하고 힘차면서도

---

4 '거의 하루 종일(二十六時中) 의자 안 비좁은 곳에서'가 〔슌2〕에서는 '거의 하루 종일(二十六時中), 지독하게 비좁은 곳에서'로, 〔도〕에는 '거의 하루 종일(1日中) 지독하게 비좁은 곳에서'로 되어 있다. – 해제
하루 종일을 뜻하는 '이십육시중(二十六時中)'에서 26은 스물여섯이 아니라 2 곱하기 6을 뜻한다. 12간지로 하루의 시간을 표기하던 시절에 주로 쓰던 표현이다. – 역주

두루 발달한 몸을 지녔습니다. 어느 여자의 몸이나 저마다 각자의 특징과 매력이 있었습니다.

그렇게 이 여자에서 저 여자로 옮겨가는 사이에 저는 또 다른 이상한 경험을 했습니다.

그 가운데 하나는 어느 날 유럽의 어느 강대국 대사가(일본인 보이가 전하는 소문을 듣고 알게 되었습니다만) 그 거대한 체구를 제 무릎 위에 얹은 적이 있습니다. 정치가인 그는 세계적인 시인으로 더 유명한 사람인데, 그런 만큼 저는 그 사람과 피부를 맞대게 된 것이 가슴이 두근거릴 만큼 자랑스러웠습니다. 그는 내 위에 앉아 자기 나라 사람 두세 명을 상대로 10분쯤 이야기를 하더니 바로 가버렸습니다. 제스처를 쓸 때마다 물컹물컹 움직이는, 다른 사람들보다 따뜻하게 느껴지면서 몸을 간지럽히는 듯한 감촉이 제게 말로 표현할 수 없는 자극을 주었습니다.

그때 문득 저는 이런 상상을 했습니다. 만약에! 이 가죽 안에서 날카로운 나이프로 그의 심장을 노려 단숨에 푹 찌른다면 어떤 결과가 나올까? 틀림없이 그는 다시 일어설 수 없는 치명상을 입게 될 것이다. 대사의 본국은 물론이고 일본 정치계는 그 일로 어떤 소동이 일어날까? 신문은 얼마나 격정적인 기사를 게재할까? 일본과 그의 본국 사이 외교 관계에도 큰 영향을 미칠 테고 또 예술 분야에서도 크나큰 손실이 틀림없다. 이런 생각을 하니 저는 이상하게 우쭐한 기분이 들었습니다.

다른 한 번은 어느 나라의 유명한 댄서가 일본을 방문했을 때입니다. 그녀는 우연히 이 호텔에 묵게 되었는데 딱 한 번이기는 하지만 제 의자에 앉았습니다. 그때 저는 대사 때와 비슷한 감명을 받았습니다. 게다가 그녀는 그뿐만이 아니라 제가 일찍이 경험하지 못한 이상적인 육체미의 감촉을 알려주었죠. 저는 그녀가 너무도 아름다워 천박한 생각은 할 틈도 없이 그저 예술품을 대할 때와 같은 경건한 마음으로 그녀를 찬미했습니다.

그 밖에 저는 희한한 일, 이상한 일, 또는 기분 나쁜 여러 경험을 했는데 그런 이야기를 여기 자세하게 늘어놓는 것이 이 편지의 목적도 아니고 그러려면 너무 길어지기 때문에 얼른 요점만 간추려 이야기하도록 하겠습니다.

제가 호텔에 온 지 몇 개월 지난 뒤, 신상에 큰 변화가 일어났습니다. 그건 호텔 경영자가 어떤 사정이 생겨 귀국하게 되어 호텔을 몽땅 어느 일본인 회사에 넘긴 겁니다. 그러자 일본인 회사는 종전의 호화로운 영업 방침을 바꾸어 일반인을 대상으로 한 여관으로 유리한 경영을 목표로 하게 되었습니다. 그래서 쓸모가 없어진 가구들은 어느 큰 가구상에 위탁해 경매에 넘겼습니다. 그 경매 목록 가운데 제 의자도 포함되어 있었던 거죠.

저는 그걸 알고 잠시 실망했습니다. 그리고 그걸 계기로 삼아 다시 사회로 돌아가 새로운 생활을 시작할까 생각할 정도였습니다. 그때는 훔쳐 모은 돈이 상당한 액수였기 때문에 설사 세상에 나간다고 해도 예전처럼 비참한 생활을 할 일은 없었습니다. 또 달리 생각하면 외국인이 경영하는 호텔에서 나왔다는 사실은 크게 실망스럽기는 하지만 다른 한편으로는 하나의 새로운 희망을 뜻하기도 합니다. 왜 그런가 하면 저는 몇 달 동안이나 그토록 수많은 이성을 사랑했는데도 상대가 모두 외국인이었기 때문에 아무리 훌륭하고 마음에 드는 몸을 지닌 여성이라고 해도 정신적으로 묘한 불만을 느끼지 않을 수 없었습니다. 역시 일본인은 같은 일본인이 아니고서는 진짜 사랑을 느낄 수 없는 게 아닐까요? 저는 점점 그런 생각을 하게 되었습니다. 그때 마침 제 의자가 경매에 나왔습니다. 이번에는 어쩌면 일본인에게 팔릴지도 모른다. 그리고 일본인 가정에 놓일지도 모른다. 그게 제게는 새로운 희망이었습니다. 어쨌든 저는 조금 더 의자 생활을 계속해보기로 했습니다.

골동품 가게 앞에서 2, 3일 동안 정말 힘들었지만 그래도 경매가 시작되자 다행히 제 의자를 사겠다는 사람이 바로 나섰습니다. 남이 쓰던 의자이기는 했지만 충분히 사람들 눈길을 끌 만큼 훌륭했기 때문입니다.

제 의자를 산 사람은 Y시에서 그리 멀지 않은 대도시에 사는 어느 고급 공무원이었습니다. 골동품 가게 앞에서 그 사람의 집까지 몹시 흔들리는 트럭에 실려 갔을 때 의자 안에서 죽을 것 같은 고통을 맛보았지만, 그래도 그런 거야 의자를 산 사람이 일본인이라는 기쁨에 비하면 대수롭지 않은 일이었습니다.

의자를 산 공무원은 상당히 훌륭한 저택의 주인이었습니다. 의자는 그 저택 서양식 건물에 있는 넓은 서재에 놓였습니다. 그런데 매우 만족스럽게도 그 서재는 남편보다는 오히려 젊고 아름다운 부인이 주로 사용했습니다. 그 뒤로 약 한 달 동안 저는 늘 부인과 함께 있었습니다. 부인이 식사하고 잠자리에 들 때를 빼면 그 보드라운 몸은 늘 제 위에 있었죠. 그건 부인이 그동안 서재에 틀어박혀 무슨 글쓰기에 몰두했기 때문입니다.

제가 얼마나 그 부인을 사랑했는지, 그 이야기를 여기 장황하고 번거롭게 늘어놓을 것까지도 없습니다. 부인은 제가 처음 접한 일본인이며, 게다가 충분히 아름다운 몸을 지닌 분이었죠. 저는 처음으로 진짜 사랑을 느꼈습니다. 그에 비하면 호텔에서 겪은 수많은 경험 따위는 결코 사랑이라는 이름을 붙일 만한 것이 아니었습니다. 그 증거로 지금까지 한 번도 그런 걸 느끼지 못했는데, 그 부인에게만은 단순히 비밀스러운 애무를 즐기는 것만으로는 만족하지 못하고 어떻게든 저라는 존재를 알리려고 여러모로 애를 쓴 것만 봐도 분명합니다.

저는 될 수 있으면 부인도 의자 안에 있는 저를 의식해주시기를 바랐습니다. 그리고 뻔뻔스러운 말이지만 저를 사랑해주셨으면 했습니다. 그런데 어떻게 알려야 할까요? 신호를 보내야 할까요? 만약 의자에 사람이 숨어 있다는 사실을 노골적으로 알리면 부인은 놀란 나머지 틀림없이 남편이나 하인들에게 그 사실을 알릴 겁니다. 그러면 모든 것이 물거품으로 돌아가고 말 뿐 아니라 저는 무거운 죄명을 쓰고 법률상의 형벌을 받아야만 하겠죠.

그래서 저는 적어도 부인께 제 의자를 더할 나위 없이 편하게 느끼게 만들어 부인이 의자에 애착을 갖게 하도록 애썼습니다. 예술가인

부인은 틀림없이 평범한 사람들보다 더 섬세한 감각을 지녔을 겁니다. 만약에 부인이 제 의자에서 생명을 느껴주신다면, 단순한 물질이 아닌 하나의 생물로서 애착을 느껴주신다면 그것만으로도 저는 충분히 만족할 겁니다.

부인이 제 위에 몸을 던졌을 때는 저는 될 수 있으면 폭신하고 부드럽게 받으려고 신경 썼습니다. 그녀가 피로해서 제 위에 앉았을 때는 눈치채지 못할 정도로 살살 무릎을 움직여 몸의 위치를 바꿨습니다. 그리고 부인이 꾸벅꾸벅 졸기 시작하면 저는 정말 아주 살짝 무릎을 흔들어 요람 역할을 했습니다.

그런 마음 씀씀이가 보답을 받았는지, 아니면 단순히 제 착각인지 요즘은 부인이 왠지 제 의자를 사랑한다는 생각이 들었습니다. 그녀는 마치 갓난아기가 엄마 품에 안길 때처럼, 또는 처녀가 연인의 포옹을 받아들일 때처럼 감미롭고 부드럽게 제 의자에 몸을 맡깁니다. 그리고 제 무릎 위에서 몸을 움직이는 모습까지 자못 정겹게 느껴집니다.

이렇게 제 정열은 날로 뜨겁게 불타올랐습니다. 그리고 마침내 아아, 부인, 결국 저는 분수도 모르는 터무니없는 소망을 품게 되었습니다. 제 연인의 얼굴을 딱 한 번만이라도 보고 이야기를 나눌 수만 있다면 그대로 죽어도 여한이 없겠다고 말입니다.

부인, 당신은 벌써 눈치채셨겠죠. 너무도 큰 실례를 용서하십시오. 저의 연인이라고 부른 사람은 사실 바로 당신입니다. 당신 남편이 Y시의 골동품가게에서 제 의자를 사들인 뒤로 저는 당신에게 다다르지 못할 사랑을 바쳐온 불쌍한 사내입니다.

부인, 평생소원입니다. 딱 한 번만 저를 만나주실 수 없을까요? 그리고 이 불쌍하고 못생긴 사내에게 위로의 말 한마디 건네주실 수 없을까요? 저는 결코 더 바라는 게 없습니다. 그러기에는 너무도 추하고 더럽기 짝이 없는 저입니다. 부디 제발, 너무도 불행한 사내의 간절한 소원을 들어주십시오.

저는 어젯밤 이 편지를 쓰기 위해 저택을 빠져나왔습니다. 부인의 얼굴을 마주하고 이런 부탁을 드리는 것은 너무 위험하기도 하고 또 저로서는 도저히 할 수 없는 짓입니다.

그리고 지금 당신이 이 편지를 읽으실 때쯤이면 저는 걱정 때문에 파랗게 질린 얼굴로 저택 주위를 어슬렁거리고 있을 겁니다.

만약 너무도 무례한 이 부탁을 들어주시겠다면, 부디 서재 창에 있는 패랭이꽃 화분에 당신의 손수건을 걸어주십시오. 그걸 신호로 삼아 저는 방문자로서 아무렇지도 않게 저택의 현관을 두드릴 것입니다.

이 이상한 편지는 그렇게 열렬한 기원을 담은 말로 끝을 맺었다.

요시코는 편지를 반쯤 읽었을 때 이미 무서운 예감을 느껴 새파랗게 질리고 말았다.

그리고 무의식적으로 벌떡 일어나 기분 나쁜 팔걸이의자가 놓인 서재에서 뛰쳐나와 일본식 건물에 있는 거실로 와 있었다. 편지 뒷부분은 아예 읽지 말고 찢어버릴까도 생각했지만 아무래도 마음에 걸려 거실의 작은 책상 앞에 앉아 계속 읽었다.

그녀의 예감은 역시 직중했다.

이 무슨 무시무시한 일인가. 그녀가 매일 걸터앉았던 그 팔걸이의자 안에 알지도 못하는 남자가 들어가 있었던 건가?

"아아, 기분 나빠."

그녀는 등에 찬물을 끼얹은 듯 오한이 났다. 그리고 시간이 흘러도 이상하게 몸서리가 그치지 않았다.

너무 엄청난 일이라 그녀는 멍한 상태에서 이걸 어떻게 처리해야 할지 도통 가늠할 수 없었다. 의자를 살펴볼까? 도대체 어떻게 이런 기분 나쁜 짓을 할 수 있는가? 그 의자에는 설사 사람은 없어도 음식물이나 기타 그와 관련된 더러운 것들이 틀림없이 아직 남아 있을 것이다.

"마님, 편지가 왔습니다."

깜짝 놀라 돌아보니 하녀 한 명이 방금 도착한 듯한 편지봉투를 가지고 왔다.

요시코는 엉겁결에 그걸 받아들고 봉투를 뜯으려고 했을 만큼 심한 충격에 휩싸였다. 봉투에는 아까 그 기분 나쁜 편지와 똑같은 글씨로 그녀의 이름이 적혀 있었다.

그녀는 한동안 그 편지를 뜯어볼까 말까 망설였다. 하지만 결국은 봉투를 뜯어 머뭇머뭇 글을 읽어갔다. 편지는 아주 짧았지만 거기에는 다시 한 번 그녀를 깜짝 놀라게 만들 만한 기묘한 내용이 적혀 있었다.

불쑥 편지를 올리는 이 무례를 아무쪼록 용서하십시오. 저는 평소 선생님이 쓴 작품을 즐겨 읽는 사람입니다. 따로 보내드린 편지는 제 보잘것없는 창작물입니다. 한번 보시고 비평해주시면 더할 나위 없이 기쁘겠습니다. 사정이 있어 이 편지를 쓰기 전에 원고는 먼저 우편함에 넣었으니 이미 보셨을 거라고 생각합니다. 어떠셨는지요? 혹시 제 졸작이 선생님께 감명을 드릴 수 있었다면 그보다 더 기쁜 일은 없겠습니다만.

원고에는 일부러 적지 않았지만 제목은 〈인간 의자〉로 붙이고 싶습니다.

그럼 실례를 무릅쓰고 부탁드립니다. 총총.

자작 해설

※두 번째 자작 해설에서 이 작품의 결말을 이야기하니 주의하시기 바랍니다.

Ⅰ 〈이 작품 저 작품(뒷이야기)〉에서

〈인간 의자〉는 (〈천장 위의 산책자〉와) 같은 해 8월 프라톤샤에서 발행하는 《구라쿠》에 싣기 위해 쓴 작품으로, 《구라쿠》에 작품을 발표한 것은 이번이 두 번째였습니다. 그때 편집자인 가와구치 마쓰타로(川口松太郎) 군은 모리시타 우손5 씨, 호치(報知)의 노무라(野村) 씨 다음으로 다른 잡지보다 특별히 내 편의를 봐준 사람이라 지금도 아주 고맙게 생각합니다. 가와구치 군이 1920년 《신세이넨》에 실린 〈천장 위의 산책자〉를 읽고 무척 감탄하면서 그런 작품을 써달라는 주문했는데, 그때 쓴 것이 〈인간 의자〉입니다. 제목을 〈의자가 된 남자 이야기〉라고 할까 생각했지만 〈인간 의자〉가 더 재미있다고 하기에 그렇게 결정했습니다. 자랑을 좀 하자면 이 소설은 《구라쿠》의

---

5 森下雨村, 1890~1965. 편집자, 번역가, 소설가. 와세다 대학 영문과 졸업 후 하쿠분칸에 근무했으며 1920년에 《신세이넨》의 편집장이 되어 국내외 탐정소설 소개를 위해 애썼다. 직접 소설을 쓰기도 했다. – 역주

'읽을거리 투표'에서 1위를 차지했습니다. 쟁쟁한 읽을거리 가운데 1위를 차지하다니, 어쩐지 갑자기 대단해진 듯한 기분이 들었습니다. 소설가란 어린애입니다. 참으로 귀엽지 않습니까?

가와구치 군이 부탁했지만 물론 마침 생각해놓았던 줄거리 같은 건 없었습니다. 여름이었는데 2층 방에서 등나무의자에 기대어 바로 앞에 있는 다른 등나무의자를 노려보며 멍하니 있었습니다. 그리고 "의자", "의자"라고 중얼거리는 사이에 문득 의자의 모양새가 사람이 쭈그리고 앉은 모습과 비슷하다는 생각이 들었습니다. 커다란 팔걸이의자라면 사람이 들어갈 수 있겠다. 응접실 의자 안에 사람이 숨어들었는데 거기에 남자나 여자가 걸터앉으면 무섭겠다는 생각까지 들었습니다. 그렇지만 팔걸이의자 안으로 사람이 들어갈 수 있는지 어떤지 확신할 수 없었습니다. 꾸며낸 이야기라고는 해도 너무 터무니없으면 독자들이 읽어주지 않을 거라는 생각에, 조금이라도 마음에 걸리면 어떻게든 확인하지 않고는 그냥 넘어가지 못하는 게 신경쇠약인 나의 나쁜 버릇인데(그런 주제에 큰 실수를 태연하게 쓴 적도 있으니 그때그때 기분에 따라 다른 거겠죠) 〈인간 의자〉를 쓰기 전에 고베에 가구 경매시장이 있다는 이야기를 들은 터라 요코미조 군을 찾아가 경매시장이 어디 있는지 물었던 것입니다. 결국 경매시장은 찾지 못했고 요코미조 군과 둘이 고베 거리를 산책하다가 어느 골동품 가게 앞에 커다란 팔걸이의자가 진열되어 있는 것을 발견했습니다. 나란 남자는 불쑥 그리로 들어가 가게 사람에게 "이 의자 안이 사람이 숨을 수 있을까요?"라고 물었습니다. 무슨 짓을 한 건지. 요코미조 군은 그 시절부터 뭐랄까, 나의 좀 엉뚱한 버릇을 은 근히 창피하게 여겼습니다.

1929년 7월

Ⅱ 이와타니쇼텐(岩谷書店)판 《애벌레》의 후기에서

〈인간 의자〉는 1925년 9월호 《구라쿠》(오사카 프라톤샤 발행)에 실렸던 작품이다. 가와구치 마쓰타로 군이 편집장이던 시절로, 처음에 기고했던 〈몽유병자의 꿈〉에 이어 이것이 두 번째 작품이었다. 마침 9월호에 독자 인기투표가 실시되었는데 〈인간 의자〉가 1위를 차지했기 때문에 가와구치 군은 이듬해 1월호부터 내게 연재 장편소설을 쓰도록 했다. 마야마 세이카6 씨의 장편과 함께 연재되었으니 크게 우대해준 셈이다. 그때 쓴 장편이 《어둠 속에 꿈틀거리다》인데, 시작은 나쁘지 않았지만 중간에 호흡이 끊어져 형편없는 것이 되고 말았다. 〈인간 의자〉의 마지막에는 '사실은 거짓말'이었다는 반전이 있다. 〈2전짜리 동전〉 이후 나는 이런 반전을 자주 사용했기 때문에 크게 비난받았는데 지금은 나도 이 비난에 공감한다. 그러나 〈2전짜리 동전〉과 〈인간 의자〉의 반전이 꼭 나쁘지만은 않다고 생각한다.

1949년 9월

---

6 真山青果, 1878~1948. 극작가, 소설가. - 역주

가와구치 마쓰타로 군이 편집을 맡은 오사카에서 나오던 잡지 《구라쿠》 1925년 9월호에 발표되었다. 독자 투표에서 1위를 차지한 기억이 생생하다. 하기와라 사쿠타로 씨는 (〈파노라마 섬 기담〉과 마찬가지로) 이 작품도 칭찬해주었다. 이 작품은 내 영문판 단편집 《일본 미스터리와 환상소설(Japanese Tales of Mystery and Imagination)》에도 실려 있는데, 영역 〈인간 의자(The Human Chair)〉가 1961년 가을에 출판된 미국탐정소설작가클럽의 앤솔러지에 편입되었다. 엮은이는 데이비드 알렉산더, 책 이름은 《비 오는 밤 이야기(Tales for a Rainy Night)》다.

1961년 10월

제1권 후기에 덧붙임

내 작품 가운데 외국어로 번역된 경우에는 그 작품이 수록된 권의 후기에 반드시 적어두었는데, 제1권에 실린 〈인간 의자〉가 작년 소련에서 번역되어 나왔다는 사실을 요즘 알게 되었기에 여기 덧붙여 둔다. 일본문학 연구가 페트로프 씨가 엮고, 스탈린 상 수상작가이자 《외국문학》지 편집장인 차코프스키 씨가 긴 서문을 쓴 《야폰스카야 노벨라(일본 소설집 편집부)》라는 470페이지짜리 책인데 27명의 일본 작가가 쓴 단편소설을 수록했다. 나가이 가후,[7] 다니자키 준이치로(谷崎潤一郎) 같은 대가부터 가와바타, 니와, 이시카와, 다카미 같은 여러 작가를 비롯해 순문학 작품이 실려 있는데 한편으로는 마쓰모토 세이초, 겐지 게이타, 고미카와 슌페이 씨의 이름도 보인다. 내 작품은 〈인간 의자〉가 선정되어 비노글라드바라고 하는 여성이 러시아어로 번역했다.

지난 1961년은 내게 기념할 만한 해였다. 이 해에 미국, 독일, 소련에서 출판된 3종의 앤솔러지에 내 작품이 수록되었다. 즉 〈인간 의자〉의 러시아어 번역과 이 권에 실린 〈오시에와 여행하는 남자〉의 독일어 번역, 제1권 후기에 적은 〈인간 의자〉 영어 번역 3권이 뜻하지 않게 모두 1961년이 출판되었다.

1962년 5월

---

7 永井荷風, 1879~1959. 소설가, 극작가. - 역주

江戸川乱歩2 決定版

거울 지옥

鏡　　　　地　　　　獄

읽기 전에

월간지 《다이슈분게이(大衆文芸)》(니주이치니치카이(二十一日会))[1] [초][2]에 실려 1926년 10월 발매된 뒤, 《창작탐정소설집》 제4권 《호반정 사건》(슌요도 [슌1])에 첫 작품으로 실렸다. 이 책은 슌요도판을 저본으로 삼아 새 한자와 새 가나 쓰기 규정에 따라 고쳤다. 초출, 헤이본샤판 《에도가와 란포 전집》 제6권(1931년 9월 [헤]), 《환상과 괴기》(1937년 6월, 한가소(版画荘) [환]), 슌요도판 《에도가와 란포 전집》 제4권(1954년 12월 [슌2]), 《범죄와 환상》(1956년 11월, 도쿄소겐샤 [범]) 및 도겐샤판 《에도가와 란포 전집》 제17권(1963년 4월 [도])과 비교하며 문장 부호와 오타를 바로잡았다. 초판본 이후는 결말 가까운 부분에 조금 덧붙인 내용이 있으며, 한가소판에서는 전체적으로 약간의 가필, 정정이 이루어졌지만 제2차 세계대전 이후에 출간된 전집판은 헤이본샤판을 따랐다.

---

1 1925년 대중작가 11인으로 설립된 친목기관이다. 에도가와 란포, 고사카이 후보쿠(小酒井不木, 1890~1929)를 비롯한 대중소설가들이 중심이 되었다. 《다이슈분게이》는 이 모임이 낸 동인지로 1926년에 창간되어 1927년에 19호까지 내고 휴간되었다. 호치 신문이 발행했다. – 역주
2 각 판본별 차이는 니주이치니치카이에서 발표된 초판본을 [초]로 표기하고, 해당 출판사의 첫 글자를 따 [슌1], [헤], [슌2], [도]로, 나머지는 단행본의 첫 글자를 따 [환], [범]으로 표기하여 각주에서 밝힌다.

각 판본별 차이는 본문 내 각주에서 '해제'로 밝혔다.

"희한한 이야기 말입니까? 그럼 이런 건 어떨까요?"

어느 날 대여섯 명이 무서운 이야기나 진기한 이야기를 돌아가며 하고 있었는데, 마지막으로 친구 K가 이런 식으로 말문을 열었다. 진짜 있었던 일인지, K가 꾸며낸 이야기인지 그 뒤로 물어본 적이 없어서 나는 모른다. 하지만 여러 가지 이상한 이야기를 들은 뒤였고 마침 그날 날씨가 봄이 저물어가는 무렵 유난히 흐린 날이라 깊은 바닷속처럼 공기가 무겁게 가라앉아 이야기하는 사람이나 듣는 사람이나 어쩐지 미친 것 같았기 때문인지 그 이야기는 이상하게 내 마음을 흔들었다. 그 이야기는…….

제겐 불행한 친구가 한 명 있습니다. 임시로 그라고 부르기로 해둘까요? 그는 언제부턴가 아주 이상한 병에 걸렸습니다. 어쩌면 조상 가운데 그런 병을 앓았던 사람이 있어 유전으로 물려받았을지도 모르죠. 이게 전혀 근거가 없는 이야기는 아닙니다. 원래 그의 집안은 할아버지인지 증조할아버지인지 되는 분이 그리스도교 이단 종파를 믿었던 적이 있다더군요. 그래서 집 안에 예스러운 서양 문자로 된 책과 성모 마리아 상이나 예수님이 십자가형을 당하는 그림 같은 게 고리짝 바닥이 담겨 있었습니다. 그런 것들과 함께 이가고에도추스고로쿠(伊賀越道中双六)³ 같은 옛날 조루리(浄瑠璃)⁴ 공연 같은 데 나올 법한 1세기 전 망원경이라거나 묘한 모양을 한 자석, 그 시절에는 '기야만(diamante)'이라거나 '비이도로(vidor)'⁵ 같은 이름으로 불렀을 아름다운 유리 그릇 같은 물건들이 같은 고리짝에 담겨 있었기 때문에 그는 어려서부터 자주 그걸 꺼내달라고 해서 가지고 놀았답니다.

돌이켜보면 그는 그 시절부터 사물의 모습을 비추는 물건, 예를 들면 유리나 렌즈, 거울 같은 것에 이상한 관심을 보였던 것 같습니다. 그 증거로 그 친구가 가지고 노는 장난감은 환등기나 눈이 원시인 사람이 쓰는 안경, 돋보기를 비롯한 그 비슷한 종류인 마사카도(将門) 안경,⁶ 만화경, 눈에 대면 사람이나 가구 등이 세로로 길쭉하게 보이거나 가로로 펑퍼짐하기 보이기도 하는 프리즘을 이용한 장난감 같은 것들이었죠.

그리고 그가 소년이었던 시절 이야기인데, 이런 일도 기억이 나는군요. 어느 날 그 친구의 공부방을 찾아가니 책상 위에 오래된 오동나무 상자가 나와 있었습니다. 그는 그 상자 안에 들어 있었을 쇠로

---

3 1783년 오사카에서 처음 상연된 조루리를 의미한다. - 역주
4 음악에 맞추어 노래하듯 낭독하는 일본 전통 이야기 공연. - 역주
5 기야만, 비이도르는 유리나 유리 제품을 가리키는 네덜란드어, 포르투갈어로 오래전 일본에서는 이렇게 불렸다고 한다. - 역주
6 렌즈의 굴절을 이용하여 하나의 사물을 여럿으로 보이게 하는 장난감. 다코타코 안경으로 부르기도 한다. - 역주

만든 예스러운 거울7을 들고 햇빛을 반사시켜 어두운 벽에 빛 그림자를 비추는 중이었습니다.

"어때? 재미있지? 저걸 봐, 이렇게 평평한 거울을 저기 비추면 묘한 글자가 나타나잖아?"

그 말을 듣고 벽을 보니 놀랍게도 희고 둥근 모양 안에 어느 정도 뭉개지기는 했지만 목숨 수(壽)라는 글자가 백금처럼 강한 빛으로 드러났더군요.

"신기하네, 도대체 어떻게 된 거지?"

왠지 신이 부린 조화 같아, 어린 저는 희한하기도 하고 무섭기도 했습니다. 그래서 무심코 그렇게 되물었던 거죠.

"모를 테지. 비밀을 가르쳐줄까? 알고 나면 별거 아니야. 자, 여길 봐. 이 거울 뒤를 말이야. 어때, 목숨 수 자가 새겨져 있잖아? 이게 거울 표면에 비쳐서 저렇게 보이는 거야."

들여다보니 과연 친구가 말한 대로 청동 같은 빛깔을 지닌 거울 뒤에는 멋진 돋을새김으로 글자가 새겨져 있었더군요. 그런데 그 글자가 어떻게 거울 표면에 비쳐 저런 그림자를 만들어내는 건지. 거울 표면은 어느 방향에서 비춰보아도 매끄러운 평면이라 얼굴이 울퉁불퉁하게 보이는 것도 아닌데도 그 빛을 반사시키면 신기한 그림자를 만들어냈습니다. 마치 마법 같다는 생각이 들었습니다.

"이건 말이야, 마법도 뭣도 아니야."

---

7 '쇠로 만든~거울'이 〔환〕에는 '철제 거울'로, 〔순2〕, 〔범〕, 〔도〕에는 '금속 거울'로 되어 있다. - 해제

그는 의아해하는 내 표정을 보더니 설명하기 시작했습니다.

"아빠한테 들은 이야기인데, 쇠로 만든 거울[8]은 유리로 만든 거울하고 달라서 자주 닦아주지 않으면 얼룩이 져서 보이지 않게 된대. 이 거울은 아주 오래전부터 우리 집안에 물려 내려온 물건이라 수없이 닦았지. 그런데 닦을 때마다 뒤에 돋을새김한 부분과 그렇지 않은 부분의 마모되는 정도가 눈에 보이지 않을 만큼 달라지는 거지. 두툼한 부분은 손이 더 많이 가게 되고 얇은 부분은 상대적으로 닦는 손길이 덜 가게 되니까. 그 눈에 보이지도 않는 차이가 무서운 거야. 빛을 반사시키면 저렇게 나타나게 되니까. 알겠니?"

설명을 들으니 일단 이유는 이해가 되었습니다. 하지만 이번에는 얼굴을 비추면 울퉁불퉁하게 보이지 않는 매끄러운 표면이 반사되면 오목한 부분과 볼록한 부분이 또렷하게 드러나는 이 영문을 알 수 없는 사실이, 예를 들자면 현미경으로 뭔가를 들여다볼 때 맛보는 미세한 세계의 신비함과 비슷해 저는 등골이 오싹했습니다.

그 거울이 너무 신기했기 때문에 유난히 또렷하게 기억하는데, 이건 한 가지 예에 지나지 않습니다. 그가 어렸을 때 하던 놀이라는 건 대부분 그런 식이었던 겁니다. 묘하게도 저까지 그에게 물들어 지금도 렌즈 같은 것에 남들보다 훨씬 강하게 호기심을 느끼죠.

어렸을 때만 해도 그 정도는 아니었지만 중학교 상급생이 됐을 때 그는 렌즈광이 되고 말았습니다. 상급생이 되면 물리학 렌즈나 거울

---

8 '쇠로 만든 거울'이 〔환〕에는 '철제 거울'로 되어 있고, 〔순2〕, 〔범〕, 〔도〕에는 '금속 거울'로 되어 있다. - 해제

에 관한 이론들이 배우는데, 그는 이미 그런 이론에 정신이 팔려 병적이라고 해도 좋을 만한 상태가 된 거죠. 덩달아 이런 기억이 나는군요. 교실에서 오목거울과 볼록거울에 대해 배울 때였는데 학생들이 작은 오목거울, 볼록거울 견본을 돌려가며 차례로 자기 얼굴을 비춰 보던 중이었습니다. 저는 그즈음 여드름이 심했는데, 그게 왠지 성욕과 관계가 있는 듯한 기분이 들어 창피해 견딜 수 없었습니다. 저는 거울을 들여다보고 무심코 비명을 지를 만큼 깜짝 놀랐죠. 제 얼굴이 마치 망원경으로 본 달 표면처럼 무시무시하게 크게 보였기 때문이었습니다.

작은 산처럼 보이는 여드름 끄트머리가 석류처럼 벌어져, 거기서 거무칙칙하고 끈적끈적한 피가 살해 현장을 그린 연극 간판처럼 끔찍하게 배어 나왔습니다. 여드름이라는 열등감 때문에 그러기도 했을 테지만, 그 뒤로는 박람회나 번화가 구경거리 같은 데 전시된 오목거울만 보면 저는 무서워서 뺑소니칠 지경이었습니다.

그렇지만 저와는 정반대로 그때 그 친구는 오목거울과 볼록거울을 들여다보며 무서워하기는커녕 잔뜩 매력을 느낀 듯이 교실 전체에 들릴 정도로 "호오" 하고 감탄했습니다. 그 소리가 너무 엉뚱해서 다들 웃음을 터뜨렸습니다만 친구는 이미 오목거울에 푹 빠져버렸습니다. 크고 작은 갖가지 오목거울을 사들여 철사와 골판지 따위를 써서 복잡한 기계장치를 만들고 혼자 의기양양한 웃음을 지었죠. 아무래도 자기가 좋아하는 분야라 그는 남들이 상상도 못 할 만한 이상한 장치를 고안하는 재능이 있었고, 일부러 마술 책 같은 걸 외국에서 들여오기도 했죠. 그런데 지금도 신기해서 견딜 수 없는 것은, 이것 역시 어느 날 그의 집에서 보고 깜짝 놀란 물건인데, 마법의 지폐라는 기계장치였습니다.

그 장치는 사방 60센티미터쯤 되는 네모난 골판지 상자였는데, 앞쪽에는 건물 입구처럼 구멍이 뚫려 있고 거기에 마치 편지꽂이의 엽서처럼 1엔짜리 지폐 대여섯 장이 꽂혀 있더군요.

"이 지폐를 뽑아봐."

그 상자를 내 앞으로 가지고 온 그는 태연한 얼굴로 지폐를 꺼내라고 했습니다. 그래서 나는 시키는 대로 손을 뻗어 그 지폐를 쏙 뽑으려고 했죠. 그런데 이상하게도 빤히 눈에 보이는 그 지폐가 손을 들이밀면 연기처럼 사라져 아무것도 보이지 않았습니다. 정말 깜짝 놀랐습니다.

"어라."

속고 있는 내 얼굴을 보고 그는 자못 재미있다는 듯이 웃으며 설명해줬습니다. 그의 이야기에 따르면 그것은 영국이던가 하는 나라의 물리학자가 고안한 일종의 마술인데, 비밀은 역시 오목거울에 있었죠. 자세한 이치는 잘 기억이 나지 않지만 진짜 지폐는 상자 아래가로로 놓고, 그 위에 비스듬하게 오목거울을 장치하고 전등을 상자안에 끌어넣어 불빛이 지폐에만 닿게 하면 오목거울의 초점 때문에어느 정도 거리에 있는 물체는 어떤 각도에서 어느 변에 그 상을 맺는다는 이론에 따라 상자의 구멍 쪽에 지폐의 상이 나타나는 것이라고 합니다. 평범한 거울이라면 결코 진짜가 거기에 있는 것처럼 보이지 않지만 이상하게도 오목거울로는 그런 실상이 맺힌다더군요. 지폐는 정말 또렷하게 거기 있었으니까요.

이렇게 렌즈나 거울에 대한 비정상적인 그의 기호는 점점 심해져 가기만 했는데, 이윽고 중학교를 졸업하자 그는 상급학교에 가려고 하지 않았습니다. 그의 부모님은 아들에게 무척 너그러워 아들 말이라면 무리한 요구도 대개 들어주었습니다. 그래서 학교를 마친 뒤 그는 이제 어엿한 어른이 된 기분으로 정원 공터에 자그마한 실험실을 새로 짓고 그 안에서 이상한 도락을 시작했던 겁니다.

지금까지는 학교라는 곳이 있어서 어느 정도 시간이 속박되었기 때문에 그 정도는 아니었지만, 막상 아침부터 저녁까지 실험실에 틀어박히게 되자 그의 병세는 갑자기 무서울 정도로 가속도가 붙어 더욱 심해지기 시작했습니다. 원래 그는 친구가 적었는데 졸업한 뒤로 그의 세계는 좁은 실험실로 한정되어버려 어디 놀러 나가는 일도 없고 가끔 그의 방을 찾아오는 이는 집안사람을 제외하면 저 한 명 정도가 되고 말았죠.

제가 그를 찾아가는 일도 아주 가끔인데, 방문할 때마다 그의 병은 더욱 깊어져 이제는 광기에 가까운 상태에 이른 모습을 목격하고 남몰래 전율하지 않을 수 없었습니다. 그의 나쁜 버릇에 더해 더욱 문제가 되었던 것은 어느 해 불행히도 유행독감으로 부모가 모두 세상을 떠나고 말아, 이제 그는 아무도 신경 쓸 필요가 없게 되었다는 것입니다. 게다가 막대한 재산을 물려받은 그는 내키는 대로 그 묘한 실험을 할 수 있게 되었죠. 또 한 가지는 스무 살이 넘어서면서 그도 여자에게 흥미를 느끼기 시작했습니다. 그런데 취향이 그토록 이상하다 보니 정욕 또한 지독하게 변태적이었고, 타고난 렌즈광이라는 사실까지 맞물려 양쪽 다 상태가 더욱 심해지게 되었죠. 그리고 제가 이야기하려는 것은 그런 상황이 결국 무서운 대단원[9]을 불러오게 된 어떤 사건에 관해서입니다. 하지만 그걸 말씀드리기 전에 그의 병세가 얼마나 심했는지 두세 가지 실례를 들어 이야기해두고 싶군요.

그 친구네 집은 고지대에 있는 부촌 가운데서도 더 높은 곳에 있었습니다. 방금 이야기한 실험실은 그 집의 드넓은 정원 한구석에 지어졌죠. 시내 집들의 지붕이 내려다보이는 곳이었습니다. 거기서 그가 처음 시작한 일은 실험실 지붕을 천문대 같은 형태로 만들어 거기에 여러 천체 관측용 망원경을 갖추고 별들의 세계에 탐닉하는 일이었습니다. 그즈음에 그는 독학으로 얼추 천문학 지식을 갖추었습니다. 하지만 그 친구는 그런 흔해 빠진 취미에 만족할 사람이 아니었죠. 한편으로는 배율이 높은 망원경을 창가에 설치하고 그걸 이리저리 각도를 바꾸어, 죄를 짓는 짓이기는 하지만, 내려다보이는 활짝 열린 남의 집 실내를 훔쳐보면서 비밀스러운 즐거움을 맛보았습니다.

판자로 두른 울타리 안이나 다른 집 뒤편과 마주하기 때문에 어디서도 들여다보이지 않을 거라는 생각에, 설마 그렇게 먼 산 위에서 망원경으로 엿보는 줄은 눈치챌 리 없었죠. 모든 은밀한 행위를 거

---

9 '대단원'이 [범], [도]에는 '파국'으로 되어 있다. – 해제

리낌 없이 하는 사람들의 모습이 그에게는 마치 바로 눈앞에서 일어나는 일처럼 빤히 보였습니다.

"이것만은 끊을 수 없어."

그는 이렇게 말하면서 창가에 세워둔 망원경을 들여다보며 더할 나위 없이 즐겼습니다. 생각해보면 아주 재미있는 장난이 틀림없죠. 저도 가끔 들여다보게 해주었는데 우연히 묘한 장면을 발견하기도 하고, 한층 얼굴이 붉어질 만한 광경도 보곤 했습니다.

그 밖에 다른 예를 들자면, 잠수함에서 바다 위를 관찰하는 서브마린 텔레스코프라는 장치를 갖추고, 일하는 사람들 중에서도 특히 잔심부름하는 젊은 하녀들이 쓰는 방을 상대방이 전혀 모르게 자기 방에서 엿보기도 했습니다. 그런가 하면 돋보기나 현미경으로 작은 생물들의 생활을 관찰하기도 했는데, 그 가운데는 기가 막히게도 벼룩 종류가 있었습니다. 그걸 돋보기나 배율이 낮은 현미경 아래서 기어다니게 하거나 자기 피를 빠는 모습을 들여다보기도 했습니다. 뿐만 아니라 벌레들을 한데 모아 동성일 때는 싸우고 이성이면 사이좋게 지내는 모습을 보기도 했죠. 그 가운데 아주 기분 나쁜 기억도 있습니다. 내게 한번 보라고 해서 들여다봤는데, 여태 하찮게만 여기던 벌레가 묘하게 무서워졌을 정도니까요. 그건 벼룩을 반쯤 죽여놓고 그게 발버둥 치면서 고통스러워하는 모습을 아주 크게 확대해서 보는 일이었습니다. 50배 현미경으로 기억하는데, 들여다보니 벼룩 한 마리가 시야 가득 들어왔습니다. 주둥이에서부터 발톱, 몸에 난 털 한 오라기까지 또렷하게 보여, 묘한 비유지만 멧돼지처럼 엄청난 크기로 보였습니다. 거무칙칙한 피바다에 빠진(그래봤자 피 한 방울이지만) 벼룩이 몸통 절반은 완전히 찌부러져, 팔다리로 허공을 움켜쥐며 주둥이를 잔뜩 내밀고 죽기 직전의 끔찍한 모습이었죠. 그 주둥이가 뭐라고 끔찍한 비명을 지르는 듯한 느낌이 들었습니다.

　그런 자세한 이야기를 일일이 말씀드리다가는 끝이 없을 테니 대충 줄이기로 하겠습니다. 실험실을 지은 지 얼마 되지 않았을 무렵인데, 그런 취미는 날이 갈수록 정도가 심해져 어느 때는 또 이런 일까지 있었죠. 어느 날 그를 방문해 별생각 없이 실험실 문을 열었는데 블라인드가 쳐져 방 안이 어두컴컴했습니다. 정면 벽 가득, 아마 사방 2미터가 조금 안 될 만한 크기인데, 뭔가 몽롱하게 꿈틀거리는 것이 있었습니다. 잘못 본 건가 싶어 자세히 들여다보니 역시 뭔가 움직이더군요. 저는 출입구에 우두커니 선 채 숨을 죽이고 그 괴물을 노려보았습니다. 그러자 안개 같던 것이 점점 확실해지고 바늘을 잔뜩 심은 듯한 검은 풀숲과 그 안에서 반짝이며 두리번거리는 커다란 눈, 눈동자의 짙은 갈색 홍채부터 흰자위에 드러난 핏줄까지도 마치 소프트포커스 사진처럼 흐릿한 모습이긴 하지만 묘하게 또렷하게 보였습니다. 그리고 종려나무 같은 코털이 빛나는 동굴 같은 콧구멍, 방석 두 장을 겹친 듯한 기분 나쁘게 새빨간 입술, 그 사이에서 반짝반짝 빛나는 기와 같은 흰 이가 드러났죠. 즉 방 안 가득 사람의 얼굴이 살아 꿈틀대는 겁니다. 활동사진 같은 게 아니라는 건 그 조용한 움직임과 실물 그대로의 윤기만 봐도 분명했죠. 기분 나쁘거나 무섭기보다 저는 나 자신이 미치기라도 한 게 아닐까 싶어 무심코 소리를 질렀습니다. 그러자.

"놀랐나? 나야, 나."

다른 방향에서 그 친구의 목소리가 들려왔습니다. 그 목소리에 따라 괴물의 입술과 혀가 움직이고 대야만 한 눈이 히죽 웃어 나는 놀라서 펄쩍 뛰었습니다.

"하하하하하……. 어때, 이런 취향은?"

갑자기 방이 환해지더니 한쪽 암실에서 그가 모습을 드러냈습니다. 벽에 있던 괴물은 설명할 필요도 없이 그와 동시에 사라졌죠. 여러분도 대략 상상하셨을 테지만, 이건 말하자면 실물환등기였습니다. 거울과 렌즈, 그리고 강렬한 빛을 이용해 실물 그대로를 환등기처럼 비추는 장치인데 애들 장난감으로도 나오는 게 있죠. 그걸 그만의 연구를 통해 아주 크게 비추는 장치를 만든 겁니다. 그리고 거기에 자기 자신의 얼굴을 비춘 거죠. 듣고 보면 아무것도 아닌 일이지만 얼마나 놀랐는지. 뭐 이런 것들이 그 친구의 취미였습니다.

비슷해서 오히려 더 이상했던 일도 있었습니다. 이번에는 다른 방이었는데 어두컴컴한 게 아니라 그의 얼굴이 보였죠. 그런데 거기에 이상하게 거울을 잔뜩 뒤섞어 늘어놓은 기계를 놓고 눈을 비추니 그의 눈이 역시 대야만 한 크기로 불쑥 제 눈앞에 나타나는 장치였습니다. 갑작스레 이런 일을 당하면 악몽이라도 꾸는 듯해 몸이 움츠러들고 거의 죽을 맛이었죠. 그렇지만 그 비밀을 알고 보면 이것 또한 아까 이야기한 마법의 지폐와 마찬가지로 오목거울 여러 개를 써서 상을 확대한 것에 지나지 않았습니다. 하지만 이론상으로는 가능하다는 사실을 알아도 비용과 시간이 꽤 드는 이런 어처구니없는 일을 해본 사람도 없기 때문에 그의 발명이라고 해도 괜찮을 겁니다. 그러나 계속해서 그런 일을 당하니 왠지 그가 무시무시한 괴물처럼 느껴지기까지 했습니다.

그런 일이 있은 지 두세 달 지났을 무렵이었습니다. 그가 이번에는 무슨 생각을 했는지 실험실을 작게 칸을 나누어 상하좌우에 한 장짜리 거울로 꽉 메웠습니다. 흔히 이야기하는 거울방이죠. 문이고 뭐고 몽땅 거울이었습니다. 그는 그 안에 촛불 하나를 들고 혼자 오랫동안 들어가 있었다고 하더군요. 대체 뭣 때문에 그런 짓을 하는지 아무도 이해하지 못했죠. 하지만 그 안에서 그가 보았을 광경은 대략 상상할 수 있었습니다. 상하좌우전후를 빈틈없이 거울로 채운 방 한가운데 서면 거울과 거울이 서로 반사하기 때문에 거기에는 자기 몸의 모든 부분이 무한한 상을 맺을 게 틀림없습니다. 분명히 상하좌우에서 자기와 똑같은 수많은 사람이 우글우글 밀려오는 느낌일 겁니다. 생각만 해도 오싹하죠. 저는 어렸을 때 야와타의 야부시라즈[10]를 구경했는데 모양만 흉내 낸 가짜이기는 했지만 거울방을 경험한 적이 있습니다. 그 엉성하기 짝이 없는 거울방마저도 제겐 어찌나 무섭게 느껴졌는지 모릅니다. 그걸 알기에 그가 거울방에 한번 들어가보겠느냐고 권했을 때 나는 단호하게 거절했습니다.

---

10 지바 현 야와타에 있는 숲을 두루 일컫는다. 예로부터 금족령이 내린 땅이라 들어갈 수 없었는데, 한번 들어가면 갑자기 사라져 다시는 나올 수 없게 된다고 한다. 출구를 찾기 어려운 미로와 그 안에 무시무시한 풍경, 유령을 재현한 장면 등을 보여주는 미궁 같은 구경거리도 이 이름으로 불렸다. 메이지 시대에 구경거리로 널리 유행했다고 한다. – 역주

그러는 중, 거울방에 들어가는 게 그 친구 혼자만은 아니었다는 사실을 알게 되었습니다. 함께 들어가는 사람은 다름 아니라 마음에 드는 여자 하인이기도 하고 동시에 그의 유일한 연인이기도 했던 당시 열여덟 살 먹은 아름다운 아가씨였습니다. 그는 입버릇처럼 이렇게 말했죠.

　"그 애의 단 한 가지 장점은 온몸에 헤아릴 수 없이 많은 굴곡 때문에 생기는 깊고 짙은 그림자야. 윤기도 있고 피부도 매끄럽고 살집도 바다짐승처럼 탄력이 넘치기는 하지만, 그 어느 것보다 아름다운 건 그 몸의 굴곡이 그려내는 짙은 그림자야."

　바로 그 아가씨와 함께 그는 거울 나라에서 노닐었습니다. 굳게 닫힌 실험실 안, 그것도 칸을 나눈 거울방 안이니 밖에서 들여다볼 수도 없는데, 두 사람은 때론 한 시간 넘게 거기 틀어박혀 지낸다는 소문이 들렸습니다. 물론 그가 혼자서만 들어가는 경우도 종종 있는데, 어떤 때는 거울방에 들어가 너무 오래 아무런 소리도 나지 않아 하인이 염려한 나머지 문을 두드렸다고 하더군요. 그러자 문이 벌컥 열리더니 실오라기 하나 걸치지 않은 알몸으로 나와 아무런 말도 없이 휙 안채로 가버렸다는 묘한 이야기도 있습니다.

　그 무렵부터 원래부터 그다지 좋지 않았던 그의 건강이 나날이 망가져가는 듯 보였습니다. 하지만 육체가 쇠약한 것과 반비례해서 그의 비정상적인 나쁜 버릇은 점점 심해지기만 했습니다. 그는 엄청난 비용을 들여 갖가지 거울을 모으기 시작했습니다. 평면거울, 볼록거울, 오목거울, 파도 모양 거울, 통 모양 거울 등등 용케 그렇게 이상한 모양의 거울을 모아들였던 겁니다. 넓은 실험실이 매일 들어오는 이상한 모양의 거울로 가득 찼을 정도였습니다. 하지만 그뿐만이 아니었죠. 놀랍게도 그는 넓은 정원 한가운데 유리공장을 짓기 시작했던 겁니다. 공장은 그가 직접 설계한 독특한 구조였는데, 특수한 제품에 있어서는 일본에서 비슷한 종류를 찾아볼 수 없을 만큼 훌륭한 것이었습니다. 기술자나 직공들도 고르고 또 골랐습니다. 그걸 위해서는 남은 재산을 모두 쏟아부어도 아깝지 않다는 투였죠.

불행하게도 그에겐 도움말을 해줄 만한 친척이 한 명도 없었습니다. 하인들 가운데는 보다 못해 충고 비슷한 소리를 한 이도 있지만 그러면 바로 쫓겨났습니다. 남은 사람들은 그저 지나치리만치 많은 급여만 보고 지내는 치사한 녀석들뿐이었죠. 이런 상황이니 천지간에 단 한 명뿐인 친구로서 저는 어떻게든 그를 달래 이 무모한 짓을 막아야 했습니다. 물론 여러 차례 시도해보았지만 광기에 사로잡힌 그의 귀에는 들리지 않는 듯했죠. 게다가 특별히 나쁜 짓을 하는 것도 아니고 자기 재산을 마음대로 쓰는 일이다 보니 달리 어떻게 해볼 도리도 없었습니다. 저는 그저 조마조마한 마음으로 날이 갈수록 줄어드는 그의 재산과 그의 수명을 지켜볼 수밖에 없었죠.

그런 까닭에 저는 그 무렵부터 제법 부지런히 그의 집을 드나들게 되었습니다. 하다못해 그의 행동을 감시라도 하자는 생각이었습니다. 따라서 그의 실험실 안에서 눈이 핑핑 돌 정도로 변화하는 그의 마술을 보지 않으려고 해도 보지 않을 수 없었습니다. 그것은 실로 놀라울 정도로 기괴하고 환상 같은 세계였습니다. 그의 나쁜 버릇이

극에 달하자 그의 이상한 천재성 또한 남김없이 발휘되었겠죠. 주마등처럼 계속 바뀌는 그것들은 모두 이 세상 것이 아닌 듯 괴이하면서도 아름다웠습니다. 그때 보고 들은 것들을 어떻게 말로 표현할 수 있을까요.

외부에서 사들인 거울과 그걸로 부족한지 밖에서 구할 수 없는 모양의 거울은 그가 공장에서 손수 만든 거울로 보충하면서 그는 몽상을 계속 실현해갔습니다. 어느 때는 그의 머리만, 몸통만, 또는 다리만 실험실 허공에 떠 있는 광경을 볼 수 있었습니다. 그것은 말할 필요도 없이 거대한 평면경을 비스듬하게 눕혀 실내 가득 메우고 그 일부분에 구멍을 뚫어 목이나 팔다리만 내미는, 마술사들의 상투적인 수법에 지나지 않았습니다. 하지만 그렇게 하는 사람이 마술사가 아니라 병적으로 진지한 내 친구이기 때문에 이상한 느낌에 휩싸이지 않을 수 없었습니다. 어떤 때는 방 전체가 오목거울, 볼록거울, 파도형 거울, 통형 거울의 홍수였습니다. 그 한가운데에서 미친 듯 춤추는 그의 모습은 때론 거대하게, 때론 아주 작게, 때론 길쭉하게, 때론 펑퍼짐하게, 때론 구불구불하게, 때론 통처럼, 때론 머리 아래 머리가 연결되고, 또는 얼굴 하나에 눈이 네 개 있거나 또는 입술이 위아래로 무한히 늘어나고, 또는 쪼그라들고, 그 모습이 또 서로 반사해 엇갈려 뒤섞이며 어지러운 것이 마치 미치광이의 환상, 혹은 지옥의 향연이었습니다.

어떤 때는 방 전체가 거대한 만화경이었죠. 기계장치를 이용해 덜컹덜컹 돌아가는 거대한 거울 삼각통 안에서, 꽃가게에서 모조리 모아 온 알록달록한 꽃이 아편의 꿈처럼 꽃잎 한 장을 다다미 한 장처럼 크게 비칩니다. 그리고 그게 헤아릴 수 없는 오색영롱한 무지개가 되어 극지대의 오로라처럼 보는 이의 세계를 뒤덮었습니다. 그 안에서 오뉴도(大入道)[11] 같은 그의 알몸이 달 표면처럼 거대한 모공을 드러내며 춤추는 것이죠.

그 밖에 갖가지 잡다한, 그 이상이지 결코 그 이하는 아닌 무서운 마술, 그걸 본 순간 기절하고 장님이 될 만한 마계의 아름다움, 제게는 그걸 제대로 전달할 재주가 없군요. 또 설사 지금 이야기한들 믿어주시기나 할까요.

그리고 그런 광란 상태가 이어진 뒤에 마침내 슬픈 파멸이 다가왔습니다. 제 가장 친한 친구였던 그는 결국 진짜 미치고 말았습니다. 그가 여태까지 저지른 짓도 결코 제정신으로 여겨지지는 않았습니다. 그러나 그런 미친 모습을 보이면서도 그는 하루의 대부분을 멀쩡한 사람처럼 보냈습니다. 독서를 하는가 하면 비쩍 마른 몸을 써서 유리공장을 감독하고 지휘했습니다. 예전처럼 내게 그의 불가사의한 유미주의적인 사상을 설파하는 데도 아무런 지장이 없었습니다. 그런데 그렇게 무참한 종말을 고할 줄이야 어디 예상이나 할 수 있었겠습니까. 아마 이건 그의 몸 안에 똬리를 튼 악마의 짓이거나, 그게 아니라면 마계의 아름다움에 지나치게 탐닉한 그에 대한 신의

---

11 일본 각지에 서식한다고 전해지는 요괴. 중을 뜻하는 이름이지만 모습이 분명하지 않은 그림자 같은 요괴나 산처럼 커다란 거인으로 그려지기도 한다. 《에도가와 란포 결정판》 제1권에 실린 〈오시에와 여행하는 남자〉 참고. – 역주

분노가 아닐까요?

어느 날 아침, 저는 친구 집에서 사람이 와서 화들짝 놀라 잠에서 깼습니다.

"큰일 났습니다. 마님께서 얼른 모셔 오라고 하셨습니다."

"큰일? 무슨 일이지?"

"저희도 모르겠습니다. 어쨌든 얼른 와주실 수 없겠습니까?"

심부름하러 온 사람과 나는 이미 새파랗게 질려 빠른 말투로 그렇게 주고받은 다음, 부랴부랴 친구 집으로 달려갔죠. 장소는 역시 실험실이었습니다. 뛰어들 듯 안으로 들어가니 거기에는 이제 하인이 마님이라고 부르는, 친구가 가장 사랑한 하녀를 비롯해 일하는 사람 몇 명이 넋이 나간 모습으로 우두커니 선 채 묘한 물체 하나를 들여다보고 있었습니다.

그 물체는 곡예단 같은 데서 커다란 공 위에 올라서서 발로 공을 굴리는 묘기를 보일 때 쓰는 공을 훨씬 더 크게 만든 것 같았습니다. 겉은 온통 천으로 덮였는데 그게 시원하게 정돈된 실험실 안을 살아 있는 것처럼 오른쪽으로 왼쪽으로 굴러다니고 있었습니다. 더 기분 나쁜 것은, 아마 그 공 안에서 나는 소리겠지만, 동물이 내는 소리인지 사람이 내는 소리인지 알 수 없는 소리가 슈욱슈욱 들려왔습니다.

"대체 어떻게 된 거요?"

저는 그 심부름꾼을 잡고 일단 이렇게 묻는 수밖에 없었습니다.

"도무지 모르겠습니다. 아무래도 안에 나리가 들어가 계신 게 아닐까 생각됩니다만, 이렇게 큰 공을 언제 만든 건지 도무지 알 수 없고, 게다가 손을 대려고 해도 기분이 나빠서. ……아까부터 몇 번이나 불러보았지만 안에서는 묘한 웃음소리밖에 들려오지 않는걸요."

그 대답을 듣고 저는 얼른 공으로 다가가 소리가 새어 나오는 부분을 살폈죠. 그리고 굴러다니는 표면에 두세 군데 작은 환기구처럼 보이는 구멍을 발견하기는 어려운 일이 아니었습니다. 그 구멍 하나에 눈을 대고 조심조심 안쪽을 살폈는데, 내부에서 뭔가 묘하게 눈을 찌르는 듯한 빛이 반짝거릴 뿐, 사람이 꿈틀거리는 기척과 오싹한 광기에 찬 웃음소리가 들리는 것 말고는 도무지 상황을 파악할 수 없었습니다. 그래서 두세 차례 친구의 이름을 불러보았는데, 상대는 인간인지 아니면 다른 존재인지 도통 대꾸가 없었습니다.

그렇게 잠시 구르는 공을 바라보다 보니 문득 표면 한곳에 나 있는 네모난 묘한 자국을 발견했습니다. 그게 아마 공 안으로 들어가는 문인 모양인지 누르면 덜컹덜컹 소리가 났는데, 손잡이고 뭐고 없기 때문에 열 수도 없었습니다. 다시 자세히 보니 손잡이 흔적 같은 쇠장식 구멍이 남아 있었습니다. 이건 어쩌면 사람이 안에 들어간 뒤에 어떻게 그랬는지 몰라도 손잡이를 떼어버려 밖에서나 안에서나 문을 열지 못하도록 만든 게 아닐까? 그렇다면 친구는 밤새 공 안에 틀어박혀 지냈다는 이야기였습니다. 그러면 이 부근에 손잡이가 떨어져 있지 않을까 싶어 주위를 둘러보니 내 예상이 들어맞았습니다. 방 한쪽 구석에 둥근 쇠 장식이 떨어져 있었고, 그걸 그 구멍에 대보니 크기가 정확하게 맞았습니다. 그러나 곤란하게도 손잡이가 부러진 상태라 구멍에 끼워 넣어봤자 문이 열릴 것 같지 않았습니다.

그런데 이상한 일은 안에 틀어박힌 사람이 도움을 요청하지도 않고 그저 키들키들 웃고 있다는 사실이었습니다.

"혹시."

머릿속에 떠오른 생각에 저는 그만 파랗게 질리고 말았습니다. 더이상 무슨 궁리를 하고 있을 여유도 없었습니다. 그저 저 공을 부수는 수밖에, 그렇게 해서라도 안에 있는 사람을 구해내는 수밖에 없었습니다.

저는 얼른 공장으로 달려가 망치를 집어 들고 방으로 돌아왔습니다. 그리고 공을 향해 힘껏 내리쳤습니다. 그런데 놀랍게도 내부는 두꺼운 유리로 되어 있는지 쨍, 하는 요란한 소리와 함께 공은 산산조각이 나며 깨지고 말았습니다.

그리고 그 안에서 기어 나온 것은 틀림없는 내 친구, 그였습니다. 혹시나 싶었는데 역시 그랬던 겁니다. 아무리 그대로 사람의 얼굴이 겨우 하루 사이에 저토록 변할 수 있을까요? 어제까지 쇠약하기는 해도 굳이 표현하자면 신경질이 가득한 얼굴이라 얼핏 보면 무서운 정도였는데 이제는 마치 죽은 사람처럼 얼굴의 모든 근육이 축 늘어졌습니다. 마구 긁어댄 듯 헝클어진 머리카락, 핏발이 선 채로 이상하게 공허한 눈, 그리고 실없이 입을 벌린 채 키들키들 웃는 모습은 다시는 보고 싶지 않았습니다. 그 모습에 그토록 친구의 총애를 받았던 하녀마저 겁을 먹고 훌쩍 비켜섰을 정도였습니다.

설명할 필요도 없이 그는 발광했던 겁니다. 그럼 무엇이 그를 발광하게 만들었을까요? 공 안에 틀어박힐 정도로 보이지는 않았는데. 게다가 그 이상한 공은 도대체 무슨 도구인지, 왜 그가 그 안에 들어갔는지. 그 자리에 있던 사람들 모두가 공에 대해 모른다고 하니, 아마 그가 공장에 지시해 몰래 만든 것일 겁니다. 그런데 그는 이 유리공으로 대체 어쩔 작정이었을까요?

그는 방 안을 오락가락하며 계속 웃어댔고, 여자는 그제야 정신을 가다듬고 눈물을 흘리며 친구의 옷자락에 매달렸습니다. 그렇게 비정상적으로 흥분해 있는데 바로 그때 유리공장 기술자가 출근했습니다. 저는 그 기술자를 잡고 그가 당황하는 것도 아랑곳하지 않고 대뜸 질문을 퍼부었죠. 그리고 갈팡질팡하는 그의 대답을 요약하면 결국 이렇게 된 일이었습니다.

기술자는 꽤 오래전부터 지름 120센티미터, 두께 8밀리미터쯤 되는 유리 공을 만들라는 지시를 받고 비밀리에 작업을 서둘렀는데, 그게 어젯밤 늦게 겨우 완성되었던 겁니다. 기술자들은 물론 그 용도를 알 리 없었지만, 공 바깥쪽에 수은을 발라 내부를 온통 거울로 만들 것, 내부에는 몇 군데에 아주 밝은 빛이 나는 작은 전등을 붙이고, 공 한군데에 사람이 드나들 수 있을 만한 문을 만들라는 이상한 명령에 따라 그대로 만들었을 뿐이죠. 공이 완성되자 밤중에 실험실로 옮겨 작은 전등 코드에 실내등 선을 연결했다고 합니다. 그리고 그걸 주인에게 넘겨준 뒤 퇴근했다더군요. 그 뒤에 어떤 일이 일어났는지 기술자들은 전혀 몰랐던 겁니다.

저는 기술자를 돌려보내고, 하인들에게 미친 친구의 간호를 부탁한 뒤 그 주위에 흩어진 불가사의한 유리 공 조각을 바라보며 어떻게든 이 이상한 사건의 수수께끼를 풀려고 고민했습니다. 저는 오랫동안 유리 공을 노려보았습니다. 하지만 이윽고 머릿속에 떠오른 것은 내 친구는 지식을 총동원해 거울 장치를 시험해보고 그 즐거움이 다하자 마지막으로 이 유리 공을 만든 게 아닐까, 그리고 그 안에 들어가 거기 비칠 불가사의한 영상을 바라보려고 했던 게 아닐까 하는 생각이었습니다.

하지만 그는 왜 발광해야 했을까요? 아니, 그보다 그는 유리 공 안에서 무엇을 보았을까요? 대체 무엇을 본 걸까. 그런 생각을 한 나는 그 순간 등골을 얼음 막대로 찔린 듯한 느낌이 들었습니다. 그리고 그 끔찍한 공포 때문에 심장이 싸늘해지는 걸 느꼈죠. 그는 유리 공 안에 들어가 반짝반짝하는 작은 전등 불빛을 이용해 자기 모습을 얼핏 보고 발광했거나, 아니면 유리 공을 빠져나오려다가 실수로 손잡이를 부러뜨려 나오고 싶어도 빠져나오지 못해 좁은 공 안에서 죽음 같은 고통을 맛보다 마침내 발광했거나, 둘 중 하나가 아닐까요? 그럼 대체 무엇이 그토록 공포에 질리게 만든 걸까?

그것은 도저히 사람으로서는 상상할 수 없는 일입니다. 공 안의 거울 중심에 들어간 사람이 일찍이 이 세상에 한 명이라도 있었을까요? 그 공 안쪽 벽에 어떤 상이 맺히는지, 물리학자라도 그걸 계산해내기는 불가능할 겁니다. 그건 어쩌면 우리에게는 몽상하는 것마저도 허락되지 않는 공포와 전율의 영역이 아니었을까요? 그곳은 너무도 무시무시한 악마의 세계가 아니었을까요? 거기에는 그의 모습이 그로서 비치지 않고, 전혀 다른 것, 그게 어떤 형상으로 나타났는지 상상할 수야 없지만 어쨌든 사람이 발광하지 않고는 견딜 수 없을 정도인 그 무엇이 그의 시야,[12] 그의 우주를 뒤덮었던 게 아닐까요?

다만 제가 겨우 할 수 있었던 일은 공의 일부분이나 마찬가지인 오목거울에 대한 공포를 전체 공까지 연장시켜보는 방법밖에 없었습니다. 여러분은 분명히 오목거울의 공포를 아실 겁니다. 자기 자신을 현미경으로 들여다보는 듯한 악몽의 세계. 공 모양의 거울은 그 오목거울이 끝없이 이어져 우리 몸 전체를 둘러싼 거나 마찬가지입니다. 그것만으로도 단순한 오목거울이 주는 공포의 몇 배, 몇 십 배나 될 텐데, 그런 상상만 해도 온몸의 털이 곤두서지 않습니까? 그건 이른바 오목거울에 둘러싸인 작은 우주인 셈입니다. 우리가 살아가는 이 세상이 아니죠. 전혀 다른, 아마 미치광이의 나라가 틀림없을 겁니다.[13]

불행한 내 친구는 그토록 렌즈광, 거울광의 최고 상태에 이르려다가, 이르러서는 안 될 곳까지 이르려다가 그만 신의 노여움을 샀거나 악마의 꾐에 넘어갔는지 몰라도 결국 자신을 망치고 말았던 거겠죠.

그는 그 뒤 더 나아지지 못한 채로 세상을 떠나고 말았고 사건의

---

12 '그의 시야(원문은 '안계(眼界)'라는 한자를 썼다. - 역주)가 〔초〕에는 없고, 〔슌〕, 〔범〕, 〔도〕에는 '그의 한계'로 되어 있다. - 해제
13 '그건 이른바~미치광이의 나라가 틀림없을 겁니다'가 〔초〕에는 없고, 〔환〕에는 '미치광이의 나라'가 '흉악한 인간의 나라'로 되어 있다. 〔슌2〕, 〔범〕, 〔도〕에는 한자를 히라가나로 풀어 쓰는 등 우리말로 번역할 때 무의미한 차이 외에는 다른 부분이 없다. - 해제

진상을 확인할 길은 없습니다. 하지만 적어도 저는 그가 거울로 만든 공 안을 침범했기 때문에 결국 신세를 망쳤다는 생각을 지금까지도 떨치지 못합니다.

자작 해설

l ⟨이 작품 저 작품(뒷이야기)⟩에서

⟨거울 지옥⟩은 1926년 여름에 써서 《다이슈분게이》 10월호에 실린 작품이다. 도쿄의 쓰쿠도 하치만 초라는 동네에 살았는데, 가족이 가타세¹⁴로 피서를 떠나 집을 비웠을 때 나는 더위에 녹초가 되는 체질이라 홀로 집에 남아 이 작품을 썼다. 내친김에 이야기하면 그해 초 오사카에 있던 집을 처분하고 도쿄로 이사했다.

《다이슈분게이》는 동인지 같은 것이었기 때문에 원고료가 한 푼도 나오지 않아 나처럼 한 달에 한 편 겨우 쓰는 작가에게는 상당한 부담이었다. 자연히 원고료를 미리 당겨쓴 곳부터 글을 쓰게 되기 때문에 공짜 원고는 뒤로 밀려 《다이슈분게이》가 딱 1년 발행되는 사이에 단 세 차례밖에 쓰지 않았다. 미안한 생각이 들었지만 가난과 느린 집필 속도 때문에 그만 그렇게 되었다. ⟨재티(灰神楽)⟩, ⟨오세이 등장⟩를 쓰고 ⟨거울 지옥⟩은 분명히 맨 마지막에 기고했다. 편집자인 이케우치 쇼조(池内祥三) 군이 자주 와주었지만 늘 잡담이나 나누었을 뿐, 원고를 건넨 적이 없어 참으로 미안하게 생각한다.

---

14 시나가와 현 동남부 지역을 가리킨다. 해수욕장과 쇼난 해안공원, 별장지 등으로 유명했다. – 역주

사실대로 밝히면 참 하찮은데, 〈거울 지옥〉에 대한 착상은 사실 《가가쿠가호(科学画報)》라는 잡지 끄트머리에 있던 '물리학 묻고 답하기 페이지'에 6호 활자[15]로 두세 줄 적혀 있던 내용에서 암시를 얻은 셈이다. 거기에는 '구체의 내면을 완전히 거울로 만들어 그 중심에 물건을 놓으면 어떤 상이 비칠까요?'라고 적혀 있었다. 그건 물론 눈의 위치에 따라 달라지기에 명확한 답변을 내놓기란 불가능할 테지만 과학적으로는 어떨지 몰라도 구체의 거울이라는 것이 왠지 지독하게 무서운 느낌이 들었다.

게다가 나는 어린 시절 눈이 원시인 사람이 쓰는 원안경이라거나 현미경, 환등기 같은 렌즈나 거울과 관계있는 것들을 매우 좋아해 여러 렌즈를 조합해 만들어 즐긴 경험이 있기 때문에 그걸 섞어 렌즈와 거울에 미친 사람을 상상해본 것이다. 이전에 《선데이마이니치》에 쓴 《호반징 사건》의 첫 부분에도 역시 같은 취미를 넣었다. 그리고 최근 〈오시에와 여행하는 남자〉에서도 역시 렌즈의 불가사의를 다루었다.

〈거울 지옥〉은 원고지로 30장이 조금 넘었는데 보기 드물게 하룻밤 사이에 썼다. 집필 속도가 느린 나로서는 하루에 30장이라는 기록은 손으로 꼽을 정도밖에 없는데 그 가운데서도 〈거울 지옥〉은 가장 빨리 썼던 걸로 기억한다(하루에 30매를 썼다고 하니 바로 한 달이면 9백 장을 쓸 수 있겠다는 계산을 하고 싶을 테지만 말도 안 되는 일이다. 쓰

---

15 예전 활판 인쇄 때는 글자 크기를 초호부터 8호까지 두었다. 요즘 기준으로 초호는 42포인트, 8호는 5포인트 크기다. 6호는 7.5포인트로 작은 글자를 의미한다. – 역주

는 거야 하루지만 그런 기분은 한 달에 한 번 오건 두 달에 한 번 오건, 내 경우에는 완전히 운에 달린 문제이기 때문에 부질없는 계산이 된다).

〈거울 지옥〉을 쓴 다음 날 아침, 미즈타니 준[16] 군이 찾아왔다. 그래서 늘 그러듯 낭독해 들려주었다. 나는 약간 우쭐했지만 다 읽었는데도 미즈타니 군은 아무 말 없었다. "어떠냐?"고 묻자 "글쎄요"라고 했다. 이 사람은 대체로 다른 사람 작품을 칭찬하지 않는 편이지만 "글쎄요"라고 말하는 안색으로 보아 나는 '변변찮다'라는 의미일 거라고 생각했다. 앞에서도 말한 대로 나는 자신감이라는 게 없어 남의 비평을 듣고 자기 작품을 좋게도 나쁘게도 생각하는 편이라 이 미즈타니 군이 "글쎄요"라고 하는 말을 듣고 늘 그러하듯 기가 팍 죽었다.

부끄러움을 많이 타는 주제에 왜 낭독 같은 걸 하느냐 하면, 소리 내어 읽으면 항상 작품이 생각보다 무척 그럴듯하게 느껴지기 때문이다. 결국 음악적 요소가 더해져 가치가 올라가는 것인지도 모르겠다. 그런 이유 때문에 결국 읽어보는 것이다. 낭독할 때 물론 내가 듣는 입장이 된 적도 있다. 미즈타니 군의 경우를 이야기하면 〈연인을 먹는 이야기〉[17]란 작품이 바로 그렇다. 미즈타니 군은 성악가 같은 베이스 음성에다가 낭독도 무척 잘했기 때문에 〈연인을 먹는 이야기〉는 큰 갈채를 받았다. 그때 함께 자리했던 동료는 누구나 입을

---

16 水谷準, 1904~2001. 소설가, 번역가, 편집자. 1929년부터 1938년까지, 1939년부터 1945년까지 《신세이넨》 편집장으로 일했다. – 역주
17 1926년 발표한 미즈타니 준의 대표작이다. – 역주

모아 칭찬했다.

　다른 이야기는 이만하고, 나는 기가 팍 죽기는 했지만 곧 이케우치 군이 원고를 받으러 찾아왔기 때문에 "곤란하군, 곤란해" 하며 부끄러워하면서도 결국 건네주었는데, 발표하고 보니 평가가 그리 나쁘지도 않았다.

1929년 7월

　　　　　　

II 《탐정소설 40년》에서

(전략)

　나중에 돌이켜보면 〈거울 지옥〉은 단편으로는 1926년에 내가 발표한 작품 가운데 가장 나았던 것 같다. 1929년에 쓴 수필 〈뒷이야기〉에서 나는 이런 이야기를 썼다.

　"〈거울 지옥〉은 원고지로 30장이 조금 넘었는데 보기 드물게 하룻밤 사이에 썼다. 집필 속도가 느린 나로서는 하루에 30장이라는 기록은 손으로 꼽을 정도밖에 없는데 그 가운데서도 〈거울 지옥〉은 가장 빨리 썼던 걸로 기억한다(하루에 30매를 썼다고 하니 바로 한 달이면 9백 장을 쓸 수 있겠다는 계산을 하고 싶을 테지만 말도 안 되는 일이다. 쓰는 거야 하루지만 그런 기분은 한 달에 한 번 오건 두 달에 한 번 오건, 내 경우에는 완전히 운에 달린 문제이기 때문에 부질없는 계산이 된다).

　〈거울 지옥〉을 쓴 다음 날 아침, 미즈타니 준 군이 찾아왔다. 그래서 늘 그러듯 낭독해 들려주었다. 나는 약간 우쭐했지만 다 읽었는데도 미즈타니 군은 아무 말 없었다. "어떠냐?"고 묻자 "글쎄요"라고 했다. 이 사람은 대체로 다른 사람 작품을 칭찬하지 않는 편이지만 "글쎄요"라고 말하는 안색으로 보아 나는 '변변찮다'라는 의미일 거라고 생각했다. 앞에서도 말한 대로 나는 자신감이라는 게 없어 남의 비평을 듣고 자기 작품을 좋게도 나쁘게도 생각하는 편이라 이 미즈타니 군이 "글쎄요"라고 하는 말을 듣고 늘 그러하듯 기가 팍 죽었다.

부끄러움을 많이 타는 주제에 왜 낭독 같은 걸 하느냐 하면, 소리 내어 읽으면 항상 작품이 생각보다 무척 그럴듯하게 느껴지기 때문이다. 결국 음악적 요소가 더해져 가치가 올라가는 것인지도 모르겠다. 그런 이유 때문에 결국 읽어보는 것이다. 낭독할 때 물론 내가 듣는 입장이 된 적도 있다. 미즈타니 군의 경우를 이야기하면 〈연인을 먹는 이야기〉란 작품이 바로 그렇다. 미즈타니 군은 성악가 같은 베이스 음성에다가 낭독도 무척 잘했기 때문에 〈연인을 먹는 이야기〉는 큰 갈채를 받았다. 그때 함께 자리했던 동료는 누구나 입을 모아 칭찬했다.

다른 이야기는 이만하고, 나는 기가 팍 죽기는 했지만 곧 이케우치 군이 원고를 받으러 찾아왔기 때문에 "곤란하군, 곤란해" 하며 부끄러워하면서도 결국 건네주었는데, 발표하고 보니 평가가 그리 나쁘지도 않았다."

이 글의 마지막 문장은 겸손이다. 사실 제법 좋은 평을 얻었다.

자기 작품을 낭독해 들려준다는 것은 세련된 취미는 아니겠지만 소설에서는 이런 촌스러운 치기가 오히려 바람직한 게 아닌가 하는 생각을 지금도 한다. 그렇지만 내 작품을 낭독한 것은 이때가 마지막이라 오랫동안 그런 정열에서 멀어졌다. 이 문장을 인용한 까닭도 바로 젊은 날의 치기와 열정이 그리웠기 때문이다. 이미 나이 든 내게 이런 치기가 되돌아올 날은 없으리라. 그런 날이 있으면 좋겠다.

〈거울 지옥〉의 착상에 대해서는 '뒷이야기'에 다음과 같이 썼다.

"사실대로 밝히면 참 하찮은데, 〈거울 지옥〉에 대한 착상은 사실 《가가쿠가호》라는 잡지 끄트머리에 있던 '물리학 묻고 답하기 페이지'에 6호 활자로 두세 줄 적혀 있던 내용에서 암시를 얻은 셈이다. 거기에는 '구체의 내면을 완전히 거울로 만들어 그 중심에 물건을 놓으면 어떤 상이 비칠까요?'라고 적혀 있었다. 그건 물론 눈의 위치에 따라 달라지기에 명확한 답변을 내놓기란 불가능할 테지만 과학적으로는 어떨지 몰라도 구체의 거울이라는 것이 왠지 지독하게 무서운 느낌이 들었다.

게다가 나는 어린 시절 눈이 원시인 사람이 쓰는 원안경이라거나 현미경, 환등기 같은 렌즈나 거울과 관계있는 것들을 매우 좋아해 여러 렌즈를 조합해 만들어 즐긴 경험이 있기 때문에 그걸 섞어 렌즈와 거울에 미친 사람을 상상해본 것이다. 이전에 《선데이마이니치》에 쓴 《호반정 사건》의 첫 부분에도 역시 같은 취미를 넣었다. 그리고 최근 〈오시에와 여행하는 남자〉에서도 역시 렌즈의 불가사의를 다루었다."

1951년 8월

Ⅲ 〈거울 지옥〉에 대하여

이 단편은 초기의 대중문예작가(시라이 교지, 나오키 산주고, 하네가와 신, 고사카이 후보쿠 등 10여 명)가 만든 니주이치니치카이에서 내던 기관지 《다이슈분게이》 1926년 10월호에 발표된 작품이다. 1929년에 쓴 '뒷이야기'란 수필에서 이 작품에 대한 내용을 단편적으로 발췌한다.

"〈거울 지옥〉은 원고지로 30장이 조금 넘었는데 보기 드물게 하룻밤 사이에 썼다. 집필 속도가 느린 나로서는 하루에 30장이라는 기록은 손으로 꼽을 정도밖에 없는데 그 가운데서도 〈거울 지옥〉은 가장 빨리 썼던 걸로 기억한다."

"사실대로 밝히면 참 하찮은데, 〈거울 지옥〉에 대한 착상은 사실 《가가쿠가호》라는 잡지 끄트머리에 있던 '물리학 묻고 답하기 페이지'에 6호 활자로 두세 줄 적혀 있던 내용에서 암시를 얻은 셈이다. 거기에는 '구체의 내면을 완전히 거울로 만들어 그 중심에 물건을 놓으면 어떤 상이 비칠까요?'라고 적혀 있었다. 그건 물론 눈의 위치에 따라 달라지기에 명확한 답변을 내놓기란 불가능할 테지만 과학적으로는 어떨지 몰라도 구체의 거울이라는 것이 왠지 지독하게 무서운 느낌이 들었다."

이 작품은 내 초기 단편 가운데 널리 호평을 받았던 것 가운데 하나다. 이번에 출간되는 영역판에도 이 작품이 실렸다.

1954년 6월 《별책 호세키(別冊宝石)》

IV 도겐샤판 《에도가와 란포 전집》에 실린 후기에서

《다이슈분게이》 1926년 10월호에 발표. 내가 소설을 쓰기 시작했을 무렵 시라이 교지 씨를 비롯한 몇몇 분이 뜻을 모아 '대중문학'이라는 것이 생겨나고, 니주이치니치카이라는 작가 클럽이 생겨 그 기관지로 발행된 것이 바로 이 《다이슈분게이》였다. 소속된 동인을 일본어 50음 순서로 꼽으면 구니에다 시로, 고사카이 후보쿠, 시라이 교지, 나오키 산주고, 하지 세이지, 하세가와 신, 히라야마 로코, 마사키 후조큐, 모토야마 데키슈, 야다 소운, 그리고 나까지 열한 명이었다. 이 잡지는 20호쯤 내다가 폐간되었는데 나는 소설은 세 편밖에 싣지 못했다. 〈재티〉, 〈오세이 등장〉과 〈거울 지옥〉이다. 세 편 가운데 〈거울 지옥〉이 가장 좋은 평을 받아 내 대표작 가운데 하나로 꼽히고 있다. 그 무렵 어느 통속과학잡지 독자란에 '구형의 내부를 거울로 만들고 그 안에 들어가면 어떤 상이 맺힐까요?'라는 질문이 있었는데, 나는 그걸 읽고 무서워졌다. 그 공포를 단편소설로 써낸 것이 〈거울 지옥〉이다. 제임스 해리스 군이 번역한 내 영역 단편집 《일본 미스터리와 환상소설(Japanese Tales of Mystery and Imagination)》(1956)에 〈거울 지옥(The Hell of Mirrors)〉이라는 제목으로 실렸다.

1963년 4월

江戸川乱歩2
決定版

대암실

大　　　　　　　　暗　　　　　　　　室

읽기 전에

〈대암실〉은 월간지 《킹》(고단샤(講談社) 〔초〕[1])에 1936년 12월부터 1938년 6월까지 연재한 뒤 1938년 9월에 《에도가와 란포 선집》(신초샤(新潮社) 〔신〕) 제1권으로 출간되었다. 이 책은 신초샤판을 저본으로 삼았으며, 새 한자와 새 가나 쓰기 규정을 적용한 것 이외에는 거의 저본 그대로다. 또 때에 따라 초출, 슌요도(春陽堂)판 《에도가와 란포 전집》 제11권(1950년 6월 〔슌〕) 및 도겐샤(桃源社)판 《에도가와 란포 전집》 제12권(1962년 9월 〔도〕)과 비교하며 교정했다.

신초샤판에서는 잡지 연재에 따른 중복된 부분을 조정하고 결말을 가필했다. 또 본문 내 소제목도 《킹》 연재분과 신초샤판이 차이가 있으며, 이는 본문에서 각주로 밝혀두었다. 슌요도판은 새 가나 쓰기 규정을 따랐다(다만 히라가나에서 요음과 촉음 구별은 하지 않았다). 보조동사에 쓰인 한자는 풀어 썼으며 구두점 표시를 늘렸다. 도겐샤판은 슌요도판을 저본으로 삼은 것으로 보이는데, 한자를 더 풀어 썼으며 어려운 한자를 쉬운 한자로 바꿨고, 한자 발음 표기를 더 늘렸다. 또 다른 작품과 마찬가지로 융단(絨毯), 거미(蜘蛛) 같은 한

---

1 각 판본별 차이는 월간지 《킹》에 연재된 초판본을 〔초〕로 표기하고, 나머지는 해당 출판사의 첫 글자를 따 〔신〕, 〔슌〕, 〔도〕로 표기하여 각주에서 밝힌다.

자는 가타카나로 바꾸었다. 하지만 내용상 중요한 가필, 삭제, 정정
은 하지 않았다.

판본별 차이는 본문 내 각주에 '해제'로 밝혔다.

　이것은 악마와 천사가 싸우는 이야기입니다. 타고나기를 더할 나위 없이 지옥처럼 악독한 인간의 두뇌와, 악을 징벌하려는 생각을 지닌 이의 지혜가 벌이는 무시무시한 투쟁입니다.

　'대암실'이 무엇을 뜻하는지는 이 이야기 끄트머리에 가면 밝혀집니다. 거기에는 상상을 뛰어넘는 악마의 비밀이 있습니다. 그가 꾸민 모든 음모의 근거가 거기 있죠. 그리고 그곳은 악마와 천사가 마지막 승부를 겨루는 장소이기도 합니다.

－에도가와 란포

《킹》임시 증간호(1936년 11월 15일 발행)에 끼워 넣은 광고 전단에서

무시무시한
불꽃²

표류하는 세 사람

구름 한 점 없이 펼쳐진 푸른 하늘.

흰 파도 한 자락 없이 그저 끝없는 잔주름만 새겨진 드넓은 바다.

하늘 꼭대기에 걸린 초가을 태양이 따갑게 쏟아내는 눈부신 햇살에 수면은 온통 눈부신 은빛이었다.

아무리 둘러봐도 실낱같은 육지 그림자 하나 보이지 않았다. 오직 수평선만이 어처구니없을 만큼 커다란 원을 그리고 있었다. 둥그스름한 하늘, 바다도 둥그스름해 보였다. 세상에 그것 말고는 모두 사라져버린 듯했다.

그 망망대해 한가운데 너무 작아 제대로 보이지도 않는, 그저 물결치는 대로 정처 없이 표류하는 작은 배.

그 보트 안에 지칠 대로 지친 세 사람이 보였다. 그 가운데 나이가 제일 많아 보이는 서른대여섯 살쯤 된 콧수염이 멋진 신사는, 진짜 환자처럼 얼굴이 흙빛이 되어 배 바닥에 누워 축 늘어져 있었다. 양복 상의를 벗어 베개로 삼았는데 와이셔츠를 입은 가슴이 무서울 정도로 가쁘게 들썩였다.

---

2 [초]에는 '프롤로그'로만 되어 있다. - 해제

다른 두 사람도 피로와 굶주림에 거의 환자나 다름없었다. 한 사람은 서른두세 살쯤으로 보였는데 매부리코에 잘생긴 미남이었고, 다른 한 사람은 비슷한 또래에 피부가 아주 까맣고 다부진 뼈대를 지닌 자그마한 남자였다. 옷차림으로 보아 세 사람 가운데 신분이 제일 낮아, 하인처럼 보였다. 두 사람 모두 와이셔츠 한 장만 걸친 상태였는데, 입을 열 기운도 없는지 뱃전에 힘없이 기대어 있었다.

이 세상에 파도 말고는 움직이는 게 없었고, 찰랑거리는 물소리 말고는 아무 소리도 들리지 않았다. 무시무시할 정도로 적막했다.

"오소네(大曾根), 육지는 아직 보이지 않나?"

환자처럼 배 바닥에 누운 신사가 잔뜩 마른 입술을 간신히 움직여 물었다.

"응, 이 보트는 제자리에 계속 있으니까. 뭍에 가까워질 리가 없지."

오소네라고 불린 매부리코 청년 신사가 모든 걸 다 포기한 투로 짜증 난다는 듯이 대꾸했다.

그러자 하인 같은 남자가 보다 못해 끼어들었다.

"그렇지만, 나리. 제가 기다리는 건 육지가 아니라 기선입니다. 여기는 기선 정기항로에서 그리 멀리 떨어지지 않았을 겁니다. 좀 있으면 틀림없이 기선이 지나가겠죠. 큰 배가 우리를 구하러 와줄 겁니다."

"구루스(久留須), 자넨 정말 낙천적이로군. 설사 기선이 지나간다고 해도 저 멀리서 이렇게 작은 배가 보이기나 하겠나?"

그들은 다시 입을 다물었다. 환자로 보이는 신사의 와이셔츠 가슴께만 고통스러운 듯 들썩거릴 뿐이었다.

"구루스, 무, 물⋯⋯."

잠시 후 환자의 입술 사이로 고통스러운 목소리가 흘러나왔다. 없는 줄 뻔히 알면서도 찢어질 듯한 갈증 때문에 그만 잠꼬대를 했다.

"나리, 물은 한 방울도 없습니다. 제발 조금만 참으세요. 조금만 견디시면 됩니다."

이런 지옥이 또 있을까? 한 방울도 없기는커녕 배 밖은 온통 물, 물뿐이다. 하지만 그 물은 마실 수 없다. 이렇게 갈증이 심할 때 바닷물을 마시면 목이 타오르고 말 것이 분명하다.

"아아, 이 바다에 뛰어들어 빠져 죽을 때까지 실컷 물을 마시고 싶군."

오소네는 뱃전에 기대어 바다를 집어삼킬 듯이 노려보면서 절망 섞인 탄식을 흘렸다.

1910년 10월 하순, 타이완을 오가는 여객선 미야코마루가 지룽(基隆)[3]을 출발해 나가사키로 돌아가던 중에 느닷없이 불어닥친 엄청난 태풍에 수십 명이나 되는 여객선 승객과 승무원들이 동지나해에 빠져 죽은 대형 참사로, 30년이 지난 지금도 나이 든 사람들의 머릿속에 또렷하게 남아 있을 정도로 큰 사고였다.[4]

---

3 타이완 북쪽 끝에 있는 항구 도시. 일본 식민지 시대에 근대적인 항만시설이 건설되어 2만 톤급 선박도 정박할 수 있다고 한다. 타이베이 시와 고속도로로 연결되어 있으며 도시와 매우 가까운 거리에 있다. - 역주
4 실제로 이런 사고가 일어난 기록은 찾을 수 없다. - 역주

그때 세계적인 여행가로 이름난 아리아케 도모사다(有明友定) 남
작[5]은 친구 오소네 고로(大曾根五郎)와 집사[6] 구루스 사몬(久留須左
門)을 데리고 중국 남부지방을 여행하고 돌아가던 길이었다. 그런데
타이완에서 그만 열병에 걸려 조금 회복될 때까지 기다렸다가 바삐
귀국하던 길에 운 나쁘게도 난파선이 된 미야코마루의 승객이 되고
말았다.

깊은 밤, 침대에서 내동댕이쳐져 잠에서 깼을 때는 이미 배는 태풍
한복판에 있었다.

셋이서 손을 잡고 갑판으로 달려 올라가보니 앞뒤 분간이 되지 않
는 캄캄한 어둠 속에서 바람이 울부짖고 파도가 아우성쳤다. 배는
이리저리 기울어지며 산꼭대기에 오른 건가 싶다가도 나락의 밑바
닥으로 떨어졌다. 선체의 몇 배나 되는[7] 괴물처럼 커다란 파도가 배
를 집어삼키면 갑판은 바로 깊은 바닷속이나 마찬가지였다.

대자연의 폭력에 맞서 땀에 흠뻑 젖으며 힘든 싸움을 벌이기를 몇
시간. 간신히 태풍의 절정이 지난 게 아닐까 생각할 틈도 없이 배는
암초에 부딪혀 밑바닥에 큰 구멍이 나고 말았다. 아직 기세가 사그라

---

5 남작은 메이지 시대 이후 일본 귀족 제도에서 가장 낮은 작위에 해당한다. 작위의 서열
은 공작→후작→백작→자작→남작 순이다. – 역주
6 엄밀히 집사는 아니다. 일본어로는 '가후(家扶)'로, 황족이나 귀족의 집에서 '가레이(家
令)'를 보좌하는 사람을 말한다. 가레이는 황족이나 귀족의 집에서 회계를 관리하고 일꾼
을 감독하는 사람, 즉 집사에 가까운 일을 하는 사람이다. 따라서 정확히는 '집사 보조'라
고 해야 한다. 예전 우리나라의 부잣집에서는 '청지기'라고 하여 비슷한 일을 하는 사람이
있었지만 성격이 다른 면이 있어 여기서는 집사로 옮겨둔다. – 역주
7 '선체의 몇 배나 되는'이 [슌]에는 '몇 배나 되는 선체의'로 되어 있다. – 해제

지지 않은 태풍 속에서 배는 순식간에 파도 속으로 가라앉고 말았다.

승객을 가득 태운 구명정이 갑판에서 거친 파도 속으로 계속 내려갔다. 배 밑바닥이 수면에 닿을까 말까 할 때 끔찍한 비명의 합창이 들려왔다. 구명정이 모두 큰 파도에 휩쓸려 캄캄한 바닷속으로 사라져갔다.

아리아케 남작 일행 세 명도 일단 바다에 내동댕이쳐졌지만 역시 모험 여행가라 세 사람 모두 침착하게 뒤집힌 보트에 필사적으로 매달려 떨어지지 않았다.

그 뒤 어둠과 거센 파도, 무서운 바람, 독한 소금물 속에 정신없이 몇 시간 밀려다녔다. 어슴푸레 동이 틀 무렵에는 어젯밤 태풍은 꿈이었던 것처럼 고요해진 넓은 바다 한가운데서 수평선을 핏빛으로 물들인 해돋이를 맞이하며 정처 없이 떠돌고 있었다.

태풍이 지난 후 이틀 동안은 바람 한 점 없이, 무서울 정도로 고요했다. 오늘이 사흘째다.

아리아케 남작은 막 회복 중이던 열병이 하룻밤 바닷물에 시달리자 다시 도졌다. 게다가 굶주림과 갈증까지 덮쳐 지금은 거의 죽기 직전이나 마찬가지로 병세가 위중했다. 다른 두 사람도 환자는 아니지만 꼬박 이틀 밤낮을8 먹지 못하고 마시지 못하며 표류하다 보니 이미 아귀도(餓鬼道)9에 떨어진 듯 고통스러워했다.

---

8 '꼬박 이틀 밤낮'이 〔초〕, 〔신〕에는 '꼬박 사흘 밤낮'으로, 〔슌〕, 〔도〕는 '꼬박 이틀 밤낮'
으로 되어 있다. – 해제
9 생전에 탐욕이 심했던 사람이 죽어서 떨어지는 곳. – 역주

배 속을 날카로운 칼로 찌르는 듯 심한 통증이 느껴졌다. 입술은 바짝 마르고 혀는 불에 달군 돌처럼 딱딱해진 채로 눈앞의 바닷물을 불구대천의 원수처럼 노려보았다.

들은 이야기에 따르면 사람과 사람이 서로 잡아먹으려 들기 시작하는 때가 있다는데 바로 이즈음인지도 모른다.

굶주림과 갈증이 한계에 이른 사람의 눈앞에 아직 물기를 충분히 머금은 말랑말랑한 살덩이가 누워 있다. 저 고깃덩어리를 덥석 물고 마구 씹으면 어떨까? 불쑥 그런 짐승 같은 생각이 고개를 들 것이다.

중태에 빠진 아리아케 남작과는 달리 오소네와 구루스의 얼굴에는 왠지 불길한 야수 같은 표정이 드러나기 시작했다.

"이봐, 난 도저히 견딜 수 없군. 못 참겠어. 자네도 망설이지 마."

오소네는 으스스한 느낌이 들게 중얼거리더니 허리띠를 풀었다. 그 허리띠에는 험한 지역을 여행할 때 호신용으로 쓰는 가죽으로 만든 권총집이 달려 있었다.

오소네가 결국 머리가 이상해진 걸까? 그 권총을 꺼내 환자인 남작이나 구루스 가운데 한 명을 쏴 죽여 굶주린 배를 채우려는 게 아닐까?

파랗게 질린 구루스는 무심코 몸을 움츠렸다.

"으흐흐흐……, 나는 이미 어제부터 이걸 씹고 싶어서 견딜 수 없었지."

오소네는 겸연쩍은 듯이 웃더니 불쑥 가죽 허리띠 끄트머리를 입에 물고 질겅질겅 씹기 시작했다. 구루스는 마음이 놓인다는 표정으로 웃음을 터뜨렸다. 아, 다행이다. 미친 게 아니었구나. 사람을 죽이려는 게 아니었다. 구루스도 자기 허리띠를 풀었다. 멀쩡한 두 남자가 두 마리 쥐처럼 짐승의 가죽을 소리를 내며 게걸스럽게 씹었다.

극악무도한 악당

"아리아케, 자네도 해봐. 나름 견딜 만해."

오소네는 가죽 허리띠를 빼며 사색이 된 남작의 얼굴을 들여다보았다.

"아니야, 난 이제, 글렀어. 자네들과 함께 견뎌낼 힘이 없어."

눈을 멍하니 뜬 남작은 고통스러운 듯이 더듬더듬 말하며 간신히 고개를 저어 보였다.

"나리, 마음 약하게 잡수시면 안 됩니다. 나리께 만약 무슨 일이라고 생기면 교코(京子) 마님은……."

충성스러운 구루스는 제 딴에는 주인에게 기운을 돋우어주려다가 오히려 슬프게 만들 소리를 하고 말았다.

"그래, 네가 말하지 않아도 알아. 내 마음에 걸리는 건 교코뿐이야. 그 사람은 내가 죽으면 진짜 의지할 사람이 없지. 외로운 처지니까."

이미 자제력을 잃은 모험가의 눈에 불쑥 눈물이 흘러넘치더니 야윈 관자놀이로 끊임없이 흘러내렸다.

하지만 그는 눈물을 닦으려 하지도 않고 흐르는 대로 내버려둔 채 고통스러운 이야기를 이어갔다.

"구루스, 내 상의 안주머니에 쪽지가 있어. 그 안에 길쭉하게 접은 편지지가 들어 있으니 그걸 꺼내 오소네에게 건네줘. ……오소네, 그건 교코 앞으로 남기는 내 유언장일세. 타이베이에 있는 병원에서 쓴 거지. 그 병원에 있을 때 죽는 줄 알고 써둔 거야. 잠깐 소용이 없어지기는 했는데 이제 다시 쓸모가 있게 되었군. ……그걸 읽어보게."

오소네는 구루스가 내민 편지지를 펼쳐 읽어 내려갔는데, 거기에는 남작 부인 교코에게 남기는 뜻밖의 유언이 담겼다.

내가 죽은 뒤에 당신은 오소네 고로와 결혼하고, 그의 보살핌을 받으며 행복하게 살아달라. 나를 제외하면 이 넓은 세상에서 오소네만큼 당신을 잘 알고 사랑하는 사람은 없을 테니까.

유서는 대략 이런 내용이었다.[10]

"오소네, 놀랄 거 없어. 난 진심으로 두 사람이 행복하기를 빌며 죽어갈 거야. 자네와 나는 서로 뒤지지 않을 만큼 진심으로 교코를 사랑했지. 교코도 우리 두 사람에게 각각 비슷한 정도의 호감을 품고 있었기 때문에 쉽게 결심할 수 없었네. 하지만 결국은 내가 이겼지. 교코가 마침내 내 청혼을 받아들여주었으니까.

나는 결혼식을 할 때마저도 자네가 실망할지도 모른다는 생각에 마음이 어두웠네. 자넨 내게 교코보다 더 오랜 친구였으니까. 우리 두 사람의 우정도 이제 끝인가, 하는 생각을 하면 슬펐어.

그렇지만 자네는 진짜 사나이다운 모습을 보여주었지. 교코와 내

---

10 '유서는 대략 이런 내용이었다'라는 문장이 [슌], [도]에는 없다. - 해제

가 결혼한 지 이제 3년이 되었지만 자네의 우정은 전혀 변함이 없었어. 자네는 그야말로 아무 일도 없었다는 듯이 친구로 계속 내 곁에 있어주었네. 난 말을 하지 않았지만 얼마나 자네에게 감사하고 감탄했는지 몰라.

오소네, 그렇지만 내겐 숨기지 않아도 돼. 자네는 속으로 지금도 여전히 교코를 사랑할 거야. 나와의 우정 때문에 내색하지 않았을 뿐이지. 얼마나 괴로울지 난 충분히 이해해. 그리고 자네의 한없는 자부심에 경탄할 뿐이야.

이번엔 내 우정을 받아주게. 아니, 자네를 위해서만이 아니야. 오히려 교코를 위해서 부탁하는 거지. 교코는 아직 젊어. 게다가 부모도 형제도 없는 외톨이 신세지. 자네가 보살펴주지 않으면 도저히 살아갈 수 없을 거야. 물론 내 재산은 모두 자네와 교코 소유가 될 거야. 자, 오소네. 내가 아직 정신이 있을 때 대답을 해주게. 교코와 결혼하겠다고 약속해줘."

중태에 빠진 아리아케 남작은 여기까지 이야기하느라 얼마 남지 않았던 마지막 기운까지 다 써버린 듯했다.

오소네는 이 느닷없는 제안에 대답할 말도 없는지 딱하다는 표정으로 죽어가는 사람을 빤히 바라볼 뿐이었다.

"자, 어서. 오소네. 대답해줘."

아리아케 남작이 채근하자 어떤 말이든 대답할 수밖에 없었다.

"알았네. 만에 하나 불행한 일이 일어나면 교코 씨는 내가 맡아 보살필 테니 마음 놔. 그렇지만 자넨 죽지 않을 거야. 괜찮아. 정신

차려."

오소네는 우정이 가득 담긴 위로의 말을 건넸지만 속으로는 전혀 다른 생각을 했다.

'흐흥, 멍청한 놈. 허술한 녀석이로군. 내게 교코를 맡기다니. 아니, 교코뿐 아니라 그 엄청난 재산까지 축의금으로 보태주다니. 내가 진짜 너를 친구라고 생각하는 줄 알아? 흥, 멍청하긴. 내가 그렇게 사람 좋은 인간은 아니지. 그저 네게 빌붙지 않으면 살아갈 방법이 없었을 뿐이야. 애써 친절한 척하며 네놈에게 기생충처럼 달라붙어 복수할 때만 기다리며 꾹 참고 기다렸던 거지. 그런데 이게 어떻게 된 일인가. 이 바다 한복판에서는 방법이 없잖아. 네놈도 죽을 테지만 나도 조만간 마찬가지 운명이 될 테니. 유언장 따위는 지금 휴지 조각이나 마찬가지지. 엄청난 돈보다, 교코보다 물 한 모금이 더 간절해. 고기 한 점이 더 고맙지. 아아, 무슨 운명이 이 모양이냐. 제기랄, 될 대로 돼라…….'

유서를 오소네에게 건넨 뒤 마음이 놓였는지 아리아케 남작은 꾸벅꾸벅 졸기 시작했다. 불안하게 들썩이던 와이셔츠를 입은 가슴의 움직임이 다소 안정된 듯했다.

오소네와 구루스는 힘없이 뱃전에 기댄 채 질리지도 않는지 허리띠를 계속 씹었다.

수면에는 이따금 커다란 물고기가 등지느러미를 드러냈다. 하지만 빤히 보이는데도 잡을 방법이 없었다. 낚싯바늘도 없고 미끼도 없으니 어쩔 수 없었다.

어제는 불쑥 나타났다 사라지는 물고기의 등을 향해 권총을 쏴보았다. 오소네의 권총집에는 연근 모양의 6연발 권총이 물에 젖지 않은 채 남아 있었다. 그 여섯 발 가운데 네 발까지 쏘았지만 한 발도 맞지 않았는지 물 위에 떠오른 고기는 한 마리도 없었다.

그런데 오소네는 왜 총알 두 발을 소중하게 남겨놓은 걸까.

"앞으로 언제 이게 필요할지 모르니 총알 낭비는 이쯤 해둬야겠군."

오소네는 구루스에게 그렇게 말했지만 그 총알이 곧 그토록 확실하게 도움이 될 때가 올 줄은 오소네 자신도 전혀 예상하지 못했던 게 틀림없다.

그 뒤로 잦아든 파도의 흔들림과 무한히 펼쳐진 푸른 하늘, 그리고 쥐 죽은 듯한 정적 속에 기나긴 하루가 저물었다. 옛날이야기에 나오는 밤하늘처럼 아름다운 별빛 아래, 마른 살갗에 상쾌하게 내리는 밤이슬을 맞으며 비몽사몽 하룻밤이 밝았다. 배가 난파한 지 나흘째 되는 날 아침이었다.

하늘을 가득 메웠던 보석이 하나씩 그 빛을 잃어가면서 어렴풋이 수평선이 밝아왔다. 하늘과 물이 붉은색과 황금빛으로 빛나더니 이글이글 새빨갛게 타오르는 둥근 해가 눈에 보일 정도의 속도로 수평선 위로 떠오르기 시작했다.

배가 고픈 나머지 조는 것도 아니고 깬 것도 아닌 비몽사몽이었던 보트 위 사람들에게도 무서우리만치 아름다운 이 대자연의 광경이 아무런 영향을 미치지 않을 리 없었다.

먼저 구루스가 뱃전에서 몸을 일으켜 붉게 물든 채 끝없이 펼쳐진 수평선을 흘끔 보았다.

그리고 거기서 대자연의 아름다움뿐 아니라 현실적인 기쁨을 발견했다.

"앗, 뭍이다! 육지가 보인다."

굶주린 구루스가 어떻게 그런 목소리를 낼 수 있는지 놀랄 정도로 큰 목소리였다.

"뭐, 뭍이라고? 어, 어디. 어디야?"

오소네도 그만 배 안에서 벌떡 일어서려고 할 정도였다.

"저기, 저깁니다. 태양 오른쪽에 살짝 가느다랗게 검은 그림자가 보이잖아요. 구름이 아니에요. 틀림없이, 분명히 육지입니다."

보트가 흔들리고 큰 목소리가 나자 잠자던 아리아케 남작도 눈을 떴다.

"뭍이라고? 뭍이야······?"

조금 쉰 목소리였지만 어젯밤에 푹 자서 몸이 나아졌는지 남작은 뜻밖에 기운을 냈다.

"예, 기뻐하세요. 뭍입니다. 어제는 보이지 않았던 육지가 오늘 보이기 시작했다니 이 보트가 움직이던 거였어요. 일정한 방향으로 흘러갔던 겁니다. 우리는 조류를 타고 있는 건지도 몰라요. 그렇다면 아직 절망하기에는 이르죠. 저을 노도 없고 방향을 조절할 키도 없지만 이 배는 절로 육지 쪽으로 다가가는 중입니다."

그 뒤로 한 시간, 두 시간, 세 시간 내내 보트 안의 세 사람은 병든 남작까지 뱃전에서 고개를 내밀고 한눈 한 번 팔지 않고 수평선에 떠 있는 육지 그림자를 바라보았다. 구루스의 예상은 멋지게 들어맞아 뿌옇게 보이던 육지가 점점 더 넓어지는 듯했다.

'이런 상태라면 내일쯤은 완전히 해안에 접근해 어선 같은 것에 구조를 받을지도 모르겠군. 다행이야. 목숨을 건졌어. ……그렇지만 잠깐.'

오소네는 펄쩍펄쩍 뛸 만큼 기뻐한 뒤 조금 냉정을 되찾았다. 지금 목숨을 건진 것만 기뻐하고 있을 때가 아니라는 생각이 들었다.

'그렇지만 살아난 건 나 혼자가 아니잖아. 남작 녀석도 함께 목숨을 건지는 거야. 저 녀석 병도 아마 나은 것 같은데 상륙해서 병원에 입원하면 완전히 건강을 회복할지도 모르지. 그러면 그 유언장이라는 건 휴지 조각이나 마찬가지가 될 테고. 모처럼 내 것이 될 뻔했던 백만 엔[11]이나 되는 재산과 아름다운 교코도 날아가고 마는 거야. 생각을 다시 해야겠어.'

오소네는 얼른 생각을 바꿨다. 그러고는 허리띠에 매달린 권총집을 뚫어지게 바라보았다.

'흐흐흐, 나란 놈은 참으로 조심성이 많아. 딱 두 발을 남겨두다니. 흐흐흐……'

그는 천천히 권총집을 열어 반짝반짝 은빛으로 빛나는 큼직한 권총을 꺼냈다.

---

11 '백만 엔'이 [도]에는 '백만 엔(지금의 수억 엔)'으로 되어 있다. - 해제

"아니, 오소네 나리. 또 뭘 쏘려고요?"

구루스가 의아한 표정으로 묻자 오소네는 가만히 상대 얼굴을 바라보면서 묘한 소리를 했다.

"자네, 내가 명사수였다는 건 알 거야. 난 말이야, 10미터 떨어진 곳에서도 트럼프 카드의 무늬를 명중시킬 수 있어. 그래서 말이지."

그는 키들키들 웃으며 말을 이었다.

"이렇게 자네 얼굴을 겨냥하면 왼쪽 눈이건 오른쪽 눈이건 내가 원하는 대로 정확하게 구멍을 낼 수 있지."

그러면서 권총을 천천히 들어 올려 구루스의 얼굴을 겨냥했다.

"아하하하하……. 나리, 놀리지 마십시오. 눈에 구멍이 나면 큰일이잖아요. 아하하하하……."

구루스는 우스워서 견딜 수 없다는 듯이 소리를 내어 웃었지만 그 얼굴은 당장에라도 울음을 터뜨릴 것 같은 표정으로 점점 바뀌었다.

"안 돼, 왜 그러세요!"

이미 비명이나 마찬가지였다.

"쏘려고."

오소네는 권총을 겨눈 채 싸늘하게 내뱉었다.

"널 살려두면 내가 좀 불편해. 딱하지만 단숨에 심장을 꿰뚫어주지."

"으악" 하는 비명. 흔들리는 보트. 첨벙하고 물보라가 일면서 동시에 총성이 울렸다. 총구를 피해 바다로 뛰어드는 구루스의 등 뒤를 향해 발사된 총탄은 어깻죽지에 명중했다. 출렁거리는 보트에서 멀어지는 구루스의 와이셔츠가 점점 새빨갛게 물들어갔다.

"오소네, 자네 미쳤나?"

그 목소리에 돌아보니 환자인 아리아케 남작이 상반신을 일으키고 새파랗게 질린 얼굴로 오소네를 노려보고 있었다.

"미치긴. 난 이렇게 냉정한데."

오소네는 히죽히죽 웃으면서 이번에는 총구를 남작의 가슴으로 디밀었다.

"무, 무슨 짓인가."

초췌한 남작의 힘없는 눈과 살의에 불타는 오소네의 눈이 서로 마음속을 꿰뚫려는 듯이 가만히 마주 보았다.

"으흐흐흐……. 남작 각하. 자네도 참 어리석은 사내로군. 자넨 내가 여자를 빼앗기고도 아무렇지도 않게 우정을 지킬 만큼 속 편한 사람이라고 생각하나? 우정은커녕 매일 밤 분해서 이를 갈며 복수의 기회를 기다렸어. 남작 각하, 알겠나? 자넨 그런 줄도 모르고 내게 터무니없는 유언장을 만들어준 거야. 재산을 드리겠습니다, 아내도 부디 어여삐 여겨주세요, 하고. 바로 이 오소네에게 말이야. 지금 자네를 죽이려는 내게. 으흐흐흐……."

"악당! 이 나쁜 놈!"

남작은 도망칠 기운도 없어 그저 몸부림만 치면서 마음속에서 우러나온 증오로 피를 토하듯 상대에게 욕을 퍼부을 뿐이었다.

"맞아, 틀림없이 난 나쁜 놈이지. 부디 이 원한을 잊지 않게 해달라, 이 세상에서 가장 나쁜 인간이 되게 해달라고 악마에게 빌고 싶은 심정이야. 악당이란 소리를 들어도 난 기뻐. 하지만 마음 놔. 자네 뜻대로 자네 아내는 예뻐해줄 테니까. 으흐흐흐흐……. 자, 남작. 이 세상 작별이야."

보트가 출렁거렸다. 총구에서 흰 연기가 나나 싶더니 남작의 와이셔츠 가슴에 까만 점이 퍽 하고 났다. 그 점이 차츰 검붉게 커져 이윽고 새빨간 모란꽃처럼 피어날 무렵에 피해자의 몸은 바닥에 맥없이 쓰러져 더는 움직이지 못하게 되었다.

따갑게 쏟아지는 가을 햇살. 오늘도 구름 한 점 없이 푸른 하늘. 천천히 밀려와 배를 흔드는 파도. 찰랑거리는 평온한 바다였다.

그 드넓은 바다 한복판에 좁쌀만 하게 보이는 보트는 사람을 두 명이나 죽이고 싸늘하게 미소 짓는 오소네 고로와 피해자 아리아케 남작의 피에 젖은 시체를 태우고 조류에 몸을 맡긴 채 아득히 보이는 육지를 향해 아무 일도 없었다는 듯이 조용히 흘러갔다.

유아 살해[12]

자, 이야기를 건너뛰어 그로부터 5년이 지난 1915년[13] 늦은 봄 어느 날, 가마쿠라에 있는 아리아케 남작 저택 안에서 일어난 또 다른 끔찍한 사건으로 옮겨 가야 하겠다.

남작 저택의 숲 같은 정원 한쪽 구석에 울창한 정원수에 둘러싸인 오래된 연못가, 아름드리나무에 해먹을 걸고 느긋한 봄날 오후를 즐기는 어머니와 두 어린아이가 있었다.

흔들리는 해먹을 타고 깔깔거리는 귀여운 사내아이들. 다섯 살, 두 살쯤으로 보인다. 그 곁에서 해먹을 흔드는 사람은 스물네다섯쯤 된 젊고 아름다운 어머니였다. 촘촘하게 짠 평직 견직물로 지은 평상복을 입고 대충 빗어 뒤로 묶은 머리, 백옥처럼 흰 목덜미에 마르고 날씬한 몸매로 거울 같은 연못 앞에 어둑한 나무그늘을 배경으로 서 있는 모습이 무척 아름다웠다.

독자도 짐작했듯이 이 젊고 아름다운 어머니는 아리아케 교코였다. 5년 전 아리아케 남작이 오소네 고로에게 맡긴 그 이해할 수 없는 유언장의 수취인이었다. 해먹 위에 있는 큰아이는 도모노스케(友

---

12 [초]에는 '제3의 살인'으로 되어 있다. – 해제
13 [초], [신], [슌], [도]에는 1914년으로 되어 있다. – 해제

之助)라고 하는 고(故) 아리아케 남작의 유복자이고, 작은아이 류지(龍次)는 교코가 오소네 고로와 재혼하여 낳은 아이였다.

5년 전 미야코마루 난파 사고로 승객이 모두 죽었다는 비보를 받아든 지 보름쯤 지난 뒤, 고독과 비탄에 젖어 있던 교코 앞에 불쑥 오소네 고로가 나타나 사고의 전말을 그럴싸하게 이야기했다.

집사 구루스 사몬은 미야코마루가 침몰할 때 실종되었고, 아리아케 남작은 표류하던 보트 안에서 병으로 세상을 떠, 상황이 그랬던 만큼 어쩔 수 없이 수장하고 말았다. 다행인지 불행인지 자기는 홀로 살아남아 가고시마 해안의 어선이 구조해주는 바람에 간신히 살아 돌아올 수 있었다는 이야기였다.

그가 세상을 떠난 남작이 남긴 기묘한 유언장을 꺼내 교코에게 결혼을 요구한 것은 그로부터 한 달쯤 지난 뒤였다.

물론 교코는 그 요청을 정중하게 사양했다. 오소네가 그토록 극악무도한 인간인 줄 몰랐고, 오히려 세상을 떠난 남편의 가장 친했던 친구라 존경도 하고 믿음직하게 여기기도 했지만 아무리 남편이 남긴 유언이라고 해도 서둘러 재혼할 마음은 전혀 없었다. 아니, 그뿐 아니었다. 그것 말고도 결혼을 가로막는 더 큰 이유가 있었다.

교코에게는 세상을 떠난 남편이 남긴 아기가 있었기 때문이다. 임신 징후가 보인 것은 남작이 중국 남부지방 여행을 떠난 뒤였다. 남작도 그런 사실을 몰랐지만 상속자가 태어나면 상황은 완전히 바뀐다. 남작 집안사람으로서 교코가 재혼하는 일은 생각도 할 수 없는 일이었다.

그렇지만 오소네는 실망하지 않았다.

"상속자가 태어난 뒤에 교코 씨가 표면적으로만 호적을 아리아케 가문에서 빼내면 되지 않아요? 그렇지만 실질적으로는 아무런 변화 없이 우리 두 사람이 재산을 관리하면서 어린 상속자를 돌봐주면 되죠. 그게 바로 아리아케 도모사다가 남긴 뜻에 따르는 셈 아니겠습니까? 의지할 친척도 없고 믿고 부릴 만한 집사도 없는 외톨이인 교코 씨가 혼자 몸으로 소중한 아기를 무사히 키워낼 자신이 있나요? 무엇보다 교코 씨 스스로가 아직 이렇게 어리지 않습니까?"

오소네의 주장은 이런 식이었다. 그로부터 꼬박 3년 동안 오소네의 집요한 구혼과 정절을 지키려는 교코의 망설임이 팽팽하게 맞섰지만, 마음이 약한 교코는 더 버티지 못하고 말았다.

아직 어린 도모노스케의 장래가 걱정스럽고 재산을 노린 속 시커먼 친척이나 지인들의 박해가 거듭되는 가운데 오소네의 끈질긴 친절이 고마웠다. 교코는 어느새 세상을 떠난 남편의 유언대로 오소네의 사랑을 받아들이게 되었다. 그 결과 태어난 아이가 이제 두 살이 된 오소네 류지였다.

처음에는 속셈을 숨기고 친절한 척 굴던 오소네도 시간이 흐름에 따라 슬쩍슬쩍 그 본성을 드러내기 시작했다. 교코는 남편의 아무렇지도 않은 대화나 태도 속에서 문득 짐승 같은 모습을 느끼고 소스라치게 놀라는 일이 종종 있었다.

그보다 더 마음에 걸리는 일은 어린 류지의 성격이 남달리 난폭하다는 점이었다. 이가 나기 시작하자 젖을 물어뜯어 피를 흘리는 일이 잦았다. 또 이런저런 벌레를 잡아 다리를 뜯어내고 몸통을 찢어 발기는 것을 왜 그리 즐거워하는지. 내장이 드러난 벌레 시체를 늘어놓고 킥킥대며 좋아하는 모습은 부모가 보기에도 섬뜩할 지경이었다.

류지가 혹시 아버지 오소네의 피를 이어받아 이렇게 잔인한 것은 아닐까 생각을 하면 나름대로 짚이는 구석도 있어 교코는 더욱 몸서리가 났다.

"엄마, 안 돼. 류지가, 안 돼!"

느닷없이 도모노스케의 비명과 동시에 개가 요란하게 짖어대는 소리가 들려와 생각에 잠겼던 교코는 화들짝 놀랐다.

깜짝 놀라 해먹을 보니 먼저 눈에 들어온 것은 줄줄 흐르는 새빨간 핏덩어리였다.

해먹 안에는 두 아이가 데리고 놀던 갓 태어난 강아지도 함께 있었다. 그런데 첫돌이 지난 지 얼마 되지도 않은 류지가 침을 질질 흘리며 입가를 양쪽으로 축 늘어뜨리고 있다. 류지는 손바닥에 얹을 수 있을 정도로 작은 강아지의 한쪽 눈을 손가락으로 후벼 피투성이로 만들고는 아무 생각 없는 얼굴로 킥킥 웃고 있는 것이다.

"세상에, 무슨 짓이니. 끔찍하게. 안 돼요, 안 돼."

교코는 얼른 류지의 손을 잡아뗐다. 여전히 웃는 류지를 안아 들고 다른 손에는 다친 강아지를 든 채 본채 쪽으로 달려갔다. 얼른 손을 씻어야 하고, 강아지도 치료해야겠다고 생각했다.

"야요이, 야요이."

교코는 빽빽한 정원수 너머로 몸종을 불렀다.

고요한 숲 그늘에 걸어놓은 해먹에는 다섯 살짜리 도모노스케만 혼자 남게 되었다.

도모노스케는 느닷없는 피투성이 소동에 넋이 나가 한동안 멍하니 있다가 아무리 기다려도 어머니와 동생이 돌아오지 않자 혼자서 해먹을 내려오려고 했다.

작은 몸을 간신히 그물 밖으로 내밀었지만 다리가 땅에 닿지 않아 바동거리고 있는데 마침 숲 저쪽에서 발소리가 들려왔다.

"이런, 아가야. 혼자 뭘 하시나?"

그렇게 말하면서 다가오는 사람은 다름 아닌 오소네 고로였다.

그는 외출했다가 도로 형편 때문에 뒷문으로 들어왔는데 정원수 너머로 도모노스케가 혼자 있는 모습을 보고 문득 묘한 생각이 떠올라 연못 쪽으로 다가왔다. 외투 없이 멋진 검정 양복 상의에 줄무늬 바지, 검은색 중절모에 등나무 스틱을 든 모습이었다.

"아가, 해먹에서 내려오려고? 그래, 좋아. 아빠가 내려줄게."

그는 그렇게 말하며 도모노스케를 안아 들고 성큼성큼 연못가로 갔다.

"아빠, 저기로 가요."

어린애가 무슨 예감을 느꼈는지 살짝 겁먹은 얼굴로 본채를 가리키며 말했다. 오소네를 아빠라고 부르기는 하지만 도모노스케는 새아버지에게 어지간해서는 다가가려고 하지 않았다.

"그래, 그래. 저쪽으로 가자."

오소네는 입으로는 부드럽게 이야기하면서도 무서운 눈빛으로 도모노스케의 귀여운 뒤통수를 노려보았다.

'불쌍하지만 너도 죽은 네 아버지에게 가거라. 네가 있으면 내 아들이 행복해질 수 없으니까. 게다가 나는 네가 너무 거추장스러워 견딜 수 없구나.'

오소네는 연못가에 서서 불쑥 어린애를 위로 높이 치켜들었다.

"저기로 가요. 저기로 가요."

그 목소리가 바로 슬픈 비명으로 변하나 싶더니 자그마한 도모노스케의 몸이 허공에 커다란 곡선을 그리며 날아가 푸르스름한 오래된 연못 한가운데 텀벙 떨어졌다.

오소네는 기분 나쁜 미소를 지으며 수면이 요동치는 모습을 가만히 지켜보았다. 이윽고 파문이 잦아들자 발뒤꿈치로 연못 물가의 잡초에 마치 어린애가 미끄러지기라도 한 듯한 자국을 만들어놓고 태연한 얼굴로 본채 쪽으로 천천히 걸어갔다.

한낮의 유령

교코가 다시 오래된 연못가로 돌아온 것은 그로부터 5분쯤 지난 뒤였다.

해먹 위에는 도모노스케가 보이지 않았다. 정원수 숲 안에도 어린애는 보이지 않았다. 혼자 해먹을 내려와 본채로 간 걸까? 교코는 다시 그 방향으로 달려가 몸종에게 집 안을 살펴보라고 했다. 일하는 할아범과 하인이 정원을 돌아다니며 아이를 찾았다. 교코의 가슴 뛰는 소리와 저택 안에서 아이를 찾는 목소리가 점점 커져갔다.

"무슨 일이야?"

어느새 본채에 와 있던 오소네 고로가 서재에서 모습을 드러내며 태연하게 물었다.

"여보, 큰일 났어요……. 도모노스케가 보이지 않네요."

교코는 새파랗게 질려 입술을 떨었다.

"보이지 않는다니. 애를 혼자 놔뒀던 건가?"

"조금 전까지 정원 해먹에서 놀게 했는데 잠깐 본채에 와 있는 사이에 사라졌어요. 혼자 해먹에서 내려온 거겠죠. 그렇지만 집 밖으로 나갔을 리는 없는데……."

"해먹이라니, 늘 매달아두던 거기 말인가? 아니, 거기엔 오래된 연못이 있잖아. 당신 그 연못을……."

"아아……."

교코는 그 무서운 상상에 그만 비틀거렸지만 바로 정원 연못 쪽으로 달려 나갔다. 오소네도 자못 심각한 표정을 지으며 교코의 뒤를 따랐다.

교코는 연못가를 이리저리 미친 사람처럼 돌아다녔다.

"도모……, 도모……."

상기된 목소리가 연못 수면 위로 슬프게 사라져갔다.

"이제 와서 허둥대봐야 소용없어. 여보, 이건 진짜 당신 부주의 때문에 일어난 일이야. ……보라고. 여길 봐. 여기 이끼가 이렇게 벗겨져 있잖아. 누군가가 미끄러진 자국이야."

오소네는 조금 전 자기가 구둣발로 만들어놓은 물가의 발자국을 가리키며 냉혹하게 말했다.

"아아, 어쩌죠? 여보, 어서 구해줘요. 어서, 어서. ……도모, 도모, 도대체 왜 해먹에서 내려온 거니? 그리고 왜 이런, 이런……."

오소네가 극악무도한 인간인 줄도 모르는 불쌍한 교코는 그를 기댈 수 있는 한 사람으로 여겨 울면서 그의 가슴에 안겼다.

교코가 애원하자 이윽고 오래된 연못에서 시체 수색이 시작되었다. 저택에 자주 드나드는 힘센 남자들을 불러 모아 서둘러 연못 물을 빼냈다.

쑥쑥 줄어드는 물 밑바닥에서 시커먼 진흙이 드러나기 시작했다. 진흙투성이가 된 남자들이 저마다 막대기를 쥐고 연못 밑바닥을 휘저었다. 하지만 이상하게도 도모노스케의 시체는 어디서도 나오지 않았다.

교코는 당장에라도 쓰러질 것 같은 몸을 오소네에게 기대며 물가에 서서 뚫어져라 연못 밑바닥을 노려보았다. 정신을 잃기 직전인 어머니의 눈이 미친 듯이 빛났다.

그러나 지금 미칠 것 같은 사람은 교코만이 아니었다. 그녀를 품에 안고 서 있는 오소네 역시 정체를 알 수 없는 공포에 질려 얼굴이 창백했다.

'이상하군. 이럴 리가 없는데. 내가 틀림없이 그 녀석을 연못 한가운데 던져 넣었어. 그리고 가라앉는 모습을 지켜본 뒤에 떠났단 말이야. 그렇다면 지금쯤은 그 애의 시체가 수면에 떠올라야 할 텐데. 그런데 이렇게 찾아도 나오지 않는다니, 이럴 수가 있나.'

이상하다기보다 으스스한 기분이 들었다. 아니, 으스스하기보다 무서웠다. 아무리 극악무도한 인간이라도 사람의 능력을 넘어선 어떤 힘이 느껴지는 듯해 오싹하지 않을 수 없었다.

"나리, 이상하군요. 이제 더는 찾아볼 방법이 없습니다. 혹시 도련님이 여기 빠지지 않은 거 아닙니까?"

정원사 노인이 진흙 속에서 의아하다는 표정으로 오소네를 쳐다보며 소리쳤다.

"아니야, 그럴 리 없네. 여기 빠진 흔적이 있어. 게다가 다른 곳은 찾아봐도 보이지 않으니까 틀림없이 여기 있을 걸세. 더 잘 찾아봐주게."

"에구, 그렇지만 더는 찾을 방법이 없어서……."

"어떤 방법이건 괜찮으니까 한 번 더 찾아봐주게."

"그렇지만……."

"말대꾸하지 말고. 네 의견을 물은 게 아니야. 내가 시키는 대로 하면 된단 말이다."

오소네가 험악하게 윽박지르자 겁을 먹은 정원사가 헛일인 줄 알면서도 다시 수색을 시작하려고 연못 바닥으로 몸을 구부렸을 때였다. 오소네와 교코의 뒤편에 자리한 어둑어둑한 숲 속에서 느닷없이 기분 나쁜 웃음소리가 들려왔다.

"흐흐흐……. 거기를 아무리 뒤져봐야 소용없지."

깜짝 놀라 돌아보니 커다란 나무 뒤에서 한 남자가 떠오르듯 모습을 드러냈다. 모양새가 그다지 좋지 않았는데, 싸구려 양복, 짙은 까까머리, 피부색이 검고 키가 작고 다부지게 생긴 40대 남자가 히죽히죽 웃고 있었다.

오소네는 뭔가 찾아내려는 표정으로 그 사람의 얼굴을 뚫어져라 바라보았다. 그 눈이 점점 커져 튀어나오는 게 아닐까 싶을 정도로 휘둥그레지면서 파랗게 질렸던 얼굴빛이 죽은 사람 얼굴처럼 무서우리만치 창백해졌다.

"유령……, 유령."

오소네는 이상한 소리를 중얼거리면서 그 피부색이 검은 남자가 한낮에 나타난 유령이기라도 하다는 듯이 비틀비틀 뒷걸음질을 쳤다.

하지만 오소네가 한없는 공포에 질린 것과 달리, 그 사람의 얼굴을 본 교코는 느닷없이 미친 듯 기뻐하며 소리를 지르고는 그리로 달려갔다.

"어머, 구루스 씨 아니에요? 구루스 씨. 구루스 씨 맞아!"

"마님, 그간 별고 없으셨죠? 맞습니다. 저 구루스입니다. 5년 전에 익사한 구루스예요."

아아, 유령이 아니었다. 남작을 따라 여행하던 중 미야코마루 침몰과 운명을 함께해 동지나해에 빠져 죽은 줄만 알았던 집사 구루스 사몬이었다.

"마님, 안심하십시오. 도련님은 제가 구했습니다. 지금은 제 숙소에서 탈 없이 놀고 계시죠."

"세상에, 정말이에요? 고마워요, 고마워. 그럼 어서 도모노스케를 이리 데려와줘요."

"아뇨, 그리 말씀하셔도 남작님 가문의 후계자인 소중한 도련님을 이런 악마 소굴에 모시고 올 수 없습니다. 마님, 도련님은 혼자 연못에 빠진 게 아닙니다. 인면수심인 극악무도한 인간이 도련님을 해먹에서 꺼내 연못 한복판에 던져버렸던 겁니다. 저는 그런 광경을 이곳 나무 뒤에서 이 눈으로 똑똑히 지켜보았습니다. 그리고 악당이 자리를 떠나기를 기다렸다가 얼른 구해냈죠. ……이봐, 오소네. 어딜 가나. 도망치려는 건가? 하하하……. 이제 도망칠 수 없을걸. 자, 나는 네게 쌓인 이야기가 있어서 돌아왔다. 여기서는 다른 사람들이 들을 테니 문제가 있겠지. 안으로 들어가서 마주 앉아 천천히 이야기해보지 않겠나, 오소네?"

그 악독한 오소네조차 상상도 못 한 구루스가 나타나자 완전히 낭패한 모습을 보이며 꼼짝도 못 했다. 도망친다고 한들 대낮이라 제대로 따돌릴 수도 없다. 그는 새파랗게 질린 표정에 메말라 갈라진 입술로 허세를 떨 수밖에 없었다.

"하하하……. 무슨 소리를 하는 건가? 자네 정신이 나가기라도 한 거 아닌가? 그래, 좋아. 할 이야기가 있다면 들어보지. 이리 오게."

오소네는 앞장서서 걸었다. 그의 걸음은 비틀거렸고 발도 자칫하면 서로 얽혀 넘어질 것만 같았다. 반면 뒤에서 따라가는 구루스는 키가 작고 어깨가 넓어 마치 범인을 호송하는 경관처럼 다부지고 침착해 보였다.

교코는 아직 상황이 제대로 이해되지 않았지만 도모노스케가 무사하다는 사실에 가슴을 쓸어내렸다. 연못 안에 들어간 남자들에게 수색을 중지하고 돌아가라고 말한 다음, 두 사람 뒤를 따라 본채로 걸음을 서둘렀다.

무시무시한 불꽃[14]

오소네는 앞장서서 건물 한 모퉁이에 있는 서양식 방으로 들어갔다. 그곳은 예비 응접실이라 집기도 그다지 화려하지 않았고, 두 개뿐인 창에는 튼튼한 쇠창살이 박혀 묘하게 음침했다. 그는 이 유령 같은 손님이라면 오히려 그런 방이 어울리겠다고 생각했는지도 모른다.

테이블을 사이에 두고 오소네와 구루스, 그리고 교코가 저마다 다른 표정으로 자리에 앉았다.

"마님, 얼마나 놀라셨습니까. 제가 5년 전에 죽은 줄 아셨을 테니까요. 아니, 그보다 오소네, 너는 진짜 놀랐을 테지. 설마 내가 살아 돌아오리라고는 상상도 하지 못했을 테니까."

구루스는 그렇게 말하며 새파랗게 질린 오소네의 얼굴을 흘끔 보았다. 그리고 기분 좋은 듯이 의기양양한 미소를 지었다.

"오소네, 그 뒤 나는 정신을 잃고 표류하다가 다행인지 불행인지 지나가던 증기선에 구조되었다. 그건 중국인 해적선이었어. 마님, 전혀 이상하게 여기실 일 없습니다. 그런 무시무시한 해적선은 지금도 우글우글합니다. 저는 그 배에 구조되어 나을 때까지 치료를 받

---

14 [초]에는 '악마의 큰 웃음'으로 되어 있다. - 해제

았죠. 그런데 상처가 다 나았는데도 일본으로 돌려보내주지 않더군요. 마침 선원이 부족했기 때문에 그 배 밑바닥에 있는 지옥 같은 곳에서 화부로 일하도록 시켰습니다. 항구에 들어가기는 해도 감시가 심해서 상륙은 물론이고 갑판에 올라가는 것도 허락하지 않았죠. 자세한 이야기는 나중에 천천히 말씀드리겠습니다. 그래서 지난 5년 동안 저는 해적 부하나 다름없는 끔찍한 세월을 보내고 돌아온 겁니다."

"어머……."

그야말로 상상도 하지 못했던 이야기라 교코는 위로의 말도 꺼내지 못했다.

"해적선 이야기를 하자면 아마 소설처럼 무시무시한 이야기나 으스스한 이야기, 그리고 이제 와서 돌이켜보면 이런저런 재미있는 일도 잔뜩 있습니다. 그렇지만 그보다 지금은 당장 말씀드려야 할 중요한 이야기가 있죠.

제가 위험을 무릅쓰고 그 해적선에서 간신히 빠져나온 때가 지금으로부터 두 달 전입니다. 그 뒤 온갖 고생 끝에 도쿄에 도착했죠. 일단 몰래 저택을 살펴보니 참으로 뜻밖의 상황이 펼쳐져 있더군요. 이런 말씀드리기는 측은하지만 마님은 돌이킬 수 없는 일을 하셨습니다. 마님은 돌아가신 남작님의 원수와 결혼하신 겁니다. 둘째 아드님인 류지는 원수의 아들이란 말씀입니다."

"무, 무슨 어처구니없는. 여보, 이런 녀석 말을 믿으면 안 돼. 구루스, 닥치지 못하겠나! 쓸데없는 소리를 늘어놓으면 네놈을 용서치 않겠다!"

오소네는 무섭게 으름장을 놓으며 소리쳤지만 그런 허세에 놀랄 구루스가 아니었다.

"용서하지 않겠다고? 어쩌시려고? 또 권총으로 쏠 작정인가? 으하하하……. 설마 이런 도시 한복판에서는 아무리 너라도 권총을 쏘지는 못할걸.

마님, 이 녀석이 제 어깨에 권총으로 구멍을 냈습니다. 아니, 그뿐만이 아니죠. 마님, 놀라지 마십시오. 이놈은, 이 오소네라는 극악무도한 놈은 돌아가신 남작님을 그 보트에서 죽인 게 틀림없습니다. 그리고 유언장을 빼앗아 태연한 얼굴로 돌아와 마님을 속인 겁니다."

오소네가 말을 가로막으려고 했지만 구루스는 아랑곳하지 않고 하고 싶은 말을 했다. 동지나해에 표류하게 된 보트 안에서 일어났던 일들을, 오소네가 저지른 끔찍한 이중 살인[15]을 교코에게 낱낱이 폭로했다.

"아아, 제가 조금만 더 일찍 해적선에서 탈출할 수 있었다면 이런 돌이킬 수 없는 일은 일어나지 않았을 텐데. 하지만 아무리 악당이라고 해도 이제 둘째 아드님까지 있는 오소네를 마님의 명도 없이 관청에 고발할 수도 없었습니다. 그래서 저는 마님께서 이제는 큰 결심을 내려셔야 한다고 생각합니다. 오소네가 인간답게 살아갈 수

---

15 한곳에서 두 명이 살해된 경우를 의미한다. – 역주

있는 길을 걷도록 원만하게 일을 처리하고 싶은 겁니다."

"하하하……. 잘도 거짓말을 지껄이는군. 이봐, 구루스. 그런 소리를 하려면 무슨 증거가 있어야 할 것 아닌가. 아무리 네놈이 그 눈으로 봤다고 우겨도 이 오소네와 5년이나 해적 부하 노릇을 한 너, 이 둘 중에 세상 사람들이 누구의 말을 믿겠나? 하하하……, 해적 졸개가 하는 말 따위를 누가 믿는다고."

오소네는 드디어 악당의 정체를 드러내고 증거가 없다는 핑계로 그야말로 뻔뻔하게 자기가 저지른 죄를 인정하려고 들지 않았다.

"이봐, 오소네. 왜 어울리지도 않는 허튼소리를 하는 건가? 나야 설사 해적 졸개였다고 해도 다른 번듯한 증인이 있다는 사실을 잊었나?"

"멍청하긴. 그런 놈이 어디 있다고."

"아, 이런 불쌍한 녀석. 극악무도한 놈이기는 해도 당황한 모양이군. 넌 그 끔찍한 손으로 연못 안에 던져 넣은 도모노스케 도련님을 벌써 잊었단 말이냐? 아무리 어려도 자기를 죽이려고 한 놈을 잊을 리 없지. 정식 증언이 될 수 없을지는 몰라도 마님이 도련님의 얼굴을 한번 보기만 해도 내 말이 사실인지 거짓인지는 바로 알 수 있을 거다. 안 그런가, 오소네? 자, 이제 고집부리지 말고 어떻게 해야 할지 고민하는 게 어떻겠나?"

구루스의 말은 부드러웠지만 그 밑바닥에는 엄연히 거스를 수 없는 힘이 있었다.

교코는 어느새 테이블에 얼굴을 묻고 울고 있었다. 마음 약한 교코는 오소네의 죄를 꾸짖기보다 남편이자 원수의 아들까지 낳은 자기 죄를 저주하고 한탄할 뿐이었다.

엎드린 교코의 어깨가 점점 크게 들썩이는 모습을 보자 제멋대로 억지를 부리기 일쑤인 오소네마저도 더는 빤히 들여다보이는 허세를 부릴 기운이 없어졌다. 교코가 지금 자기 남편보다 구루스의 말을 믿고 있다는 사실을 똑똑히 깨달았기 때문이다.

"그래, 어쩌자는 건가? 설마 교코의 사실상 남편이자 류지의 아비인 나를 경찰에 고발할 수는 없겠지?"

마침내 자기 죄를 인정했지만 결코 진심으로 항복한 것은 아니었다.

"마님, 제 생각에는 더 이상 일을 시끄럽게 만들지 마시고 지금 당장 오소네에게 류지를 데리고 이 저택에서 나가라고 하는 게 가장 낫지 않겠나 합니다만. 어떻게 생각하십니까?"

개인적으로는 살을 저며 씹어도 모자랄 인간이기는 했지만 가문의 체통을 중요하게 여기고 교코의 마음을 헤아려 내린 배려 깊은 제안이었다.

"그래요."

교코가 고개를 홱 들었다. 그리고 방금까지만 해도 사랑해 마지않는 남편이었던 오소네의 얼굴을 똑바로 노려보면서 원한 맺힌 목소리로 당차게 소리쳤다.

"당장 여기서 나가세요!"

"아아, 그래? 그럼 물러나기로 하지. 둘 다 잘 지내셔."

뜻밖에도 오소네는 선뜻 그런 말을 남기고 문으로 걸어갔다. 과연 그의 말대로 체념한 것일까? 저 극악무도한 인간치고는 너무 쉽게 포기하는 것 같았다. 아니나 다를까, 오소네가 두 사람을 등지고 문손잡이를 돌리며 소름이 끼칠 만큼 야비한 미소를 짓고 있지 않은가?

하지만 교코와 구루스는 그것도 모른 채, 오소네가 문밖으로 슬며시 사라지는 모습을 지켜본 뒤 여하튼 가슴을 쓸어내리고 싶은 심정이었다.

구루스는 애처로워 차마 교코의 눈물 젖은 얼굴을 바로 볼 수가 없었다. 고개를 돌린 채 말없이 마주 앉자 교코는 다시 테이블에 엎드려 주체하지 못하고 마냥 울었다.

그렇지만 조심성 있는 구루스는 그런 상황에도 문밖에서 나는 이상한 소리를 놓치지 않았다. 그는 무슨 까닭인지 급히 자리에서 일어나 문으로 달려가 손잡이를 돌렸다.

"아니 왜 이런 짓을 하지? 오소네가 밖에서 문을 잠근 모양이네요."

그는 중얼거리며 여러 차례 손잡이를 찰각찰각 돌려보았다. 하지만 튼튼한 문은 마치 벽처럼 끄떡도 하지 않았다.

구루스는 오소네의 속셈을 헤아릴 수 없어 문 앞에서 고개를 갸웃거리며 서 있었다. 그런데 밖에서 또 야릇한 소리가 들려왔다. 못을 박는 소리였다. 그것도 문 바로 바깥쪽에 못을 치는 소리였다.

"누구요? 거기서 못을 박는 게?"

소리쳐보았지만 상대는 못질하는 손길을 멈추지 않고 킥킥 웃기 시작했다.

"호호호……. 나야, 오소네. 이봐, 충성스러운 집사 양반. 내가 여기서 뭘 하는지 알겠나? ……판자를 대고 못으로 박고 있지, 문밖에 두툼한 판자를 한 장 덧대는 거야."

"비겁한 놈. 네놈은 날 이 방에 가두고 그사이에 도망치려는 건가?"

"응. 뭐 그런 셈이지. 그렇지만 그것만은 아니야. 후학을 위해 이야기해줄까?"

문밖에서 또 소리 죽인 야비한 웃음소리가 들려왔다. 그리고 귀에 거슬리는 오소네의 탁한 목소리가 이어졌다.

"잘 들어. 난 먼저 너희 둘을 여기 가둘 거야. 그다음에 저택에 있는 하인들을 모두 묶어 꼼짝 못 하게 한 다음 다른 방에 가둘 작정이지. 알겠나? 내가 왜 이렇게 하는지? 첫째로 류지와 내가 여기서 안전하게 떠나기 위해서야. 그뿐만은 아니지. 둘째로는 이 집 재산을 몽땅 챙기기 위해서야. 난 이런 날을 대비해 전부터 동산은 모두 내가 원할 때 현금으로 바꿀 수 있도록 준비해두었거든. 알겠나? 그리고 세 번째로……. 아, 아니지. 이건 이야기할 필요가 없겠어. 말하지 않아도 곧 알게 될 테니까. 그것도 아주 확실하게 알게 될 거야."

그렇게 말하더니 기분 나쁜 목소리는 뚝 끊어지고 악마의 소리 죽인 웃음소리가 다시 한바탕 들려왔다. 그리고 다음에는 방 안에서 무슨 말을 해도 대답하지 않았다. 그저 기계처럼 냉혹하게 못을 박는 망치질 소리만 들려올 뿐이었다.

이윽고 그 소리도 그치더니 오소네가 문에서 멀어지는 기척이 들렸다. 구루스는 테이블로 돌아왔지만 교코와 서로 얼굴만 마주 볼 뿐, 무슨 말을 해야 할지 어떻게 해야 좋을지 당장은 아무런 생각도 떠오르지 않았다. 재산을 빼앗길 거라는 생각은 전혀 하지 못했다. 교코는 금전 문제에 대해서는 그야말로 어린애나 마찬가지였고 거의 관심이 없었다. 구루스는 구루스대로 그렇게 해봤자 제까짓 게 얼마나 숨어 지낼 수 있겠느냐며 경찰의 능력을 믿었다.

교코로서는 재산보다 아들이 더 걱정이었다.

"도모노스케는 무사해요? 아프진 않은가요? 의사에겐 보여주었나요?"

"마님, 마음 놓으십시오. 도련님은 바로 치료를 받았기 때문에 건강합니다. 근처 여관에서 여종업원들과 놀고 계시죠. 바로 이리 모시고 오겠습니다."

구루스는 다시 도모노스케를 구하게 된 경위를 자세하게 이야기하고 교코를 위로했다. 그렇지만 도모노스케를 데려오려고 해도 이 꽁꽁 닫힌 방을 빠져나가야 할 텐데 어쩔 작정일까? 문은 물론이고 단 두 개뿐인 창에도 쇠창살이 끼워져 있기 때문에 아무리 힘이 세더라도 구루스 혼자서는 도저히 부술 수 없다. 조만간 누군가 구하러 와줄 거라고 대수롭지 않게 여기고 있는 걸까?

하지만 악마의 지혜는 그 깊이를 알 수 없다. 오소네가 '세 번째로'라며 기분 나쁘게 말을 흐린 것은 대체 뭘까? 혹시 구원의 손길보다 한 걸음 먼저 저승사자가 오는 건 아닐까?

아니, 그러는 사이에 이미 저승사자는 문밖에 소리도 없이 다가와 있었다.

"어, 무슨 일이지? 숨 쉬기 힘드네요."

담배도 피우지 않는 방 안에 희미한 연기가 모락모락 피어올랐다. 뭔가 타는 냄새가 났다. 그리고 툭툭 튀는 소리가 들렸다.

"이상하군요. ……아아, 문 틈새로군요. 저리 연기가 스며들어옵니다. 아아, 혹시 그놈이……."

구루스는 흠칫 말을 끊더니 불안한 표정을 지으며 일어섰다. 교코도 따라서 일어났다.

연기가 점점 짙어졌다. 흰 연기는 이내 갈색이 되더니 점점 검은 연기로 바뀌어 무서운 기세로 방 안으로 밀려들어왔다.

"구루스 씨, 저기, 저기. 불이……."

검은 연기 속에 뱀 혓바닥처럼 시뻘건 것이 얼핏얼핏 드러나기 시작했다. 그리고 계속해서 탁탁 하는 소총 쏘는 듯한 큰 소리가 들려왔다.

문짝 아랫부분이 시커멓게 타들어가기 시작했다. 이윽고 타서 벌어진 틈새로 검은 연기와 더 큰 불길이 무섭게 소용돌이치며 밀려들었다.

"어쩌죠, 구루스 씨? 이걸 어쩌죠?"

교코는 허둥지둥하며 집사의 튼튼한 팔뚝에 매달리지 않을 수 없었다.

"제길, 나쁜 놈. 아아, 제 실수였습니다. 설마 그놈이 이런 무모한 짓을 할 줄은 생각도 못 했습니다. 방심했어요. 방심했어. 그렇지만 뭐 이런 정도야⋯⋯."

이를 악물며 신음을 냈지만 구루스는 도저히 이 밀실을 빠져나갈 자신이 없었다. 헛일인 줄 알면서도 교코를 안고 불길을 피해 창 쪽으로 피하는 수밖에 없었다.

그렇지만 창에는 도저히 빠져나갈 수 없는 쇠창살이 박혀 있다. 구루스는 쇠창살을 두 손으로 잡고 미친 듯이 흔들었다. 동물원 우리에 갇힌 짐승처럼 굵은 쇠막대에 매달렸다. 그러나 콘크리트 벽에 박힌 쇠창살은 끄떡도 하지 않았다.

"오오, 불쌍하게도 충성스러운 집사의 힘으로도 그 쇠창살은 뜻대로 되지 않는 모양이로군."

창밖에서 악마의 얼굴이 나타나 밉살맞게 비웃었다. 한없이 극악무도한 오소네는 아직 떠나지 않고 우리 속에 갇힌 희생자를 구경하기 위해 정원 쪽으로 돌아왔던 것이다.

"네 이놈⋯⋯."

구루스는 시커먼 얼굴을 검붉게 물들이며 분을 이기지 못해 발을 동동 굴렀다. 튼튼한 쇠창살이 분노로 가득 찬 구루스의 힘을 이기지 못하고 끼익끼익 비명을 질렀다.

"분하냐? 그렇지만 이건 네놈의 자업자득이야. 네가 쓸데없이 돌아오지만 않았다면 이런 일은 일어나지 않았을 텐데. 나로선 살기 위해서 이럴 수밖에 없잖아. 안됐지만 다 죽여야겠어. 에헤헤헤헤⋯⋯."

아아, 악마는 배를 잡고 미친 듯이 웃어댔다. 이윽고 오소네는 웃음을 그치지 않은 채로 귀신처럼 뒤도 돌아보지 않고 냉혹하게 창가에서 멀어져갔다.

"에헤헤헤헤헤……."

창밖으로 그의 모습이 보이지 않게 된 뒤에도 지옥 밑바닥에서 들려오는 듯한 웃음소리는 긴 여운을 남기며 정원 숲 안에 계속해서 울려 퍼졌다.

×××

이렇게 해서 아리아케 남작 저택은 완전히 불타버리고 가엾은 교코 부인을 비롯해 많은 하인들이 목숨을 잃었다. 그렇지만 구루스만은 번져가는 불길 속에 몸을 낮추고 빠져나올 수 있었다.

훗날 그가 머물던 여관 주인의 말을 통해 알게 된 내용인데, 화재 소동이 한창일 때 괴물 같은 한 남자가 여관 현관으로 달려 들어와 물을 달라고 악을 썼다고 한다. 옷은 새카맣게 탔고 온몸에서는 여전히 연기가 피어오르는 상태였다. 얼굴은 끔찍한 화를 입어 눈과 입이 어디 있는지도 분간할 수 없을 정도로 처참한 모습이었기 때문에 여종업원들이 너무 무서워 돌볼 엄두도 나지 않아 다들 여관 안으로 도망쳤다고 한다. 그 사람이 구루스 사몬이었다.

튼튼한 구루스는 물을 얻어 단숨에 끼얹었더니 그대로 자기 방으로 달려가 겁먹어 악을 쓰며 울던 아리아케 도모노스케를 안고 오랫동안 소리 없이 울었다고 한다.

"도련님, 불쌍하게도 도련님은 오늘부터 고아입니다. 아버님과 어머님의 원수는 그 오소네 고로 녀석입니다. 도련님, 부디 절대 잊지 마세요. 제가 능력이 부족하지만 도련님을 키울 겁니다. 현명해지셔야 합니다. 강해지셔야 합니다. 옛날 사무라이들처럼 오소네 녀석을 갈기갈기 찢어 그 한을 푸셔야 합니다."

옛날 기질을 그대로 간직한 충성스러운 구루스는 불에 덴 상처의 아픔도 잊고 피를 토하듯 소리를 질러댔다고 한다.

제1

함정과
진자

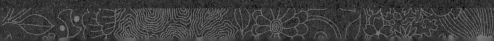

두 청년

그로부터 약 20년이라는 세월이 흘렀다.

극악무도한 악당 오소네 고로가 체포되었다는 소문은 들리지 않았다. 구루스 사몬과 아리아케 도모노스케가 원수를 갚았다는 이야기도 없다. 아마 악마는 악마의 은신처에, 정의의 기사는 정의의 기사 은신처에 각각 몸을 숨기고 각자 지옥의 길과 천사의 길을 갈고닦으며 세월을 보냈으리라. 그리고 악마의 아들 오소네 류지는 강아지 눈을 후벼낸 잔학한 성격을 그대로 지닌 채 평범하지 않은 악당으로 성장했을 것이다. 보복의 기사 아리아케 도모노스케는 충성스러운 구루스의 가르침을 받으며 쾌남아로 자라났으리라. 두 사람 모두 이제 스무 살을 몇 살 넘어선 혈기왕성한 나이가 되었다.

쇼와[16] ×년 3월 하순 어느 날, 도쿄 만에 있는 H비행장[17]에서 일찍이 없던 대규모 민간 비행경기대회가 열렸다.

주최자는 제도(帝都)[18]비행협회, 육군과 해군, 그리고 체신성(遞信

---

16 1926년부터 1989년까지 사용한 일본의 연호다. - 역주
17 도쿄 만이나 시나가와 만 등이 언급되는 것으로 미루어 하네다 공항을 말하는 것으로 보인다. - 역주
18 제국의 수도를 의미하며, 여기서는 도쿄를 말한다. - 역주

省)[19]이 후원하고 도쿄 부근에 있는 여러 비행학교, 각 대학의 항공부 동아리[20] 등이 제각각 선발한 선수를 보내 도쿄 만 상공에서 재주를 겨루는 화려한 이벤트였다.

대회가 열리는 날에는 소라노미야사마[21]께서 직접 구경하러 오고, 항공과 관련한 많은 유명인사, 육해군의 비행 장교들처럼 자리를 빛내는 참관자가 많았으며, 일반 관람객도 몰려들어 그 넓은 비행장이 거의 찰 정도로 성황을 이루었다.

오전 10시부터 불꽃놀이의 폭죽이 여러 발 터지는 것을 신호로 경기가 시작되었다. 제각각 모양이 다른 10여 대의 소형 비행기가 푸른 봄 하늘을 배경으로 제비처럼 번갈아 날아다니며 묘기를 다투었다. 불꽃놀이가 이어지며 악대가 음악을 연주하는 가운데 관중의 박수와 환호성이 아지랑이처럼 비행장 상공으로 솟아올랐다.

오후 3시, 이날 프로그램의 마지막 경기로 K비행연구소 대표선수인 일등비행사 아리무라 기요시(有村清)와 G비행학교 대표선수 일등비행사 오노기 류이치(大野木隆一)가 동시 비행을 했다.

아리무라와 오노기는 이제 스무 살 조금 넘은 청년 비행사로, 민간

---

19 우편, 전신, 전화 같은 통신 업무를 주로 관장하던 행정부의 한 부서로 1885년에 만들어졌으며, 1949년에는 우정성과 전기통신성으로 나뉘었다. 우리나라 행정부에도 예전에 체신청, 체신부라는 조직이 있었는데 1994년 정보통신부로 개편되었다. - 역주

20 도쿄에 있는 게이오 대학과 와세다 대학의 항공부는 1930년에 생겼다고 한다. 대개 체육국 운동부에 소속되었다. - 역주

21 일본 황족으로 왕자다. 본명은 야마시나노미야 다케히코오(山階宮武彦王, 1898~1987)로, 1947년 황적에서 벗어나며 야마시나 다케히코가 되었다. 해군항공대에 소속되어 활동하다가 1932년에 전역했다. '소라노미야사마(하늘의 왕자님이라는 뜻)'라는 별명으로 불렸다. - 역주

인치고는 조종의 명수로 모르는 사람이 없는 하늘의 용사였다.

아리무라 기요시는 도쿄 대학 사학과를 나온 수재이자 유도 2단, 검도 초단, 사격협회 회원, 그리고 요트 조종의 명수로도 널리 알려진 청년 스포츠맨이었다.

오노기 류이치는 아카이와 곡마단 출신으로 공중 곡예의 명수다. 마술사 못지않은 솜씨를 지녔으며 자동차 경주 기록 보유자이고 게다가 사격의 명수이기도 한 괴짜였다. 그런데도 오노기 청년에게는 모습을 드러내지 않은 후원자가 있어 일상생활은 마치 귀족 가문의 도련님 같다는 이상한 소문이 파다하다.

더 설명할 필요도 없이 두 사람이 벌이는 경기가 이날 최고의 구경거리였다. 드디어 마지막 경기를 알리는 신호와 함께 갑자기 장내가 소란스러워지기 시작했다. 두 사람을 응원하는 각 응원단이 일제히 손에 든 깃발을 흔들며 아리무라와 오노기의 이름을 외쳤다. 하늘에서 폭죽이 터지고 악대가 음악을 연주하는 가운데 수많은 관중의 환호성이 하늘 높이 울려 퍼졌다.

아리무라가 조종하는 비행기와 오노기가 모는 비행기는 요란한 프로펠러 소리를 내며 거의 동시에 이륙해 쑥쑥 고도를 높여 시나가와 만의 하늘에 높이 솟아올랐다.

갑자기 햇빛을 반짝반짝 반사하며 뒤집히는 날개, 오노기가 모는 비행기가 먼저 좌우로 회전하자 아리무라가 조종하는 비행기는 하늘로 솟아오르며 비스듬히 공중회전을 했다. 오노기가 이에 뒤질세라 수직으로 솟아오르며 회전을 하면 아리무라가 조종하는 비행기는 역회전했다. 한 대가 나뭇잎 떨어지는 듯한 묘기를 보이면 다른 한 대는 수직강하 묘기로 맞서고, 한 대가 수직으로 치솟아 올라가면 다른 한 대는 8자를 그리며 비행했다. 한 대가 나사라도 돌리듯 뱅글뱅글 돌며 하강하면 다른 한 대는 비행기의 배를 하늘로 드러낸 채 뱅글뱅글 도는 묘기로 관중의 간담을 서늘하게 만들었다. 두 청년은 서로 양보하지 않고 시나가와 만 상공이 좁다는 듯이 종횡무진 비행 기술을 자랑했다. 비행장을 메운 모험 비행 전문가는 물론이고 육해군 장교들마저도 혀를 내두를 지경이었다.

하지만 관중이 보기에 두 젊은이의 실력은 이제 또렷하게 드러났다. 아리무라의 비행은 일사불란했지만 오노기는 툭하면 진로가 흐트러지고 방향을 바꿀 때 부드럽지 못했다. 뒤처져 초조해하면 할수록 오노기의 조종은 눈에 띄게 불안해졌다.

"아, 이제 됐어. 이제 그만하지."

마음이 약한 구경꾼들은 손에 땀을 쥔 채 두근거리는 가슴을 안고 그 아슬아슬한 경기가 얼른 끝나기를 바랐다.

두 비행기는 이제 가장 높은 고도로 올라가 날개를 나란히 하고 있었다. 드디어 마지막 묘기를 겨루려는 참이다. 오노기가 급강하하기 시작했다. 나사처럼 뱅뱅 돌며 내려오는 평범한 회전 하강이었다.

관중들은 깜짝 놀라 "앗" 하고 비명을 질렀다.

수직으로 하강하는 오노기는 당연히 선회하던 아리무라의 비행기를 추월해야만 했다. 그런데 그러기에는 두 비행기의 출발점이 너무 가까웠다.

순간 장내가 물을 끼얹은 듯이 조용했다. 갑작스러운 일이라 넋이 나가 모든 감정을 잊은 듯했다. 악몽을 꾸고 있거나 영화에나 나올 법한 장면 같았다.

어어, 하는 사이에 나사가 돌아가듯 수직으로 낙하하던 오노기의 비행기가 그야말로 나사처럼 선회 중이던 아리무라의 비행기 날개를 정통으로 들이받는 광경을 보았기 때문이다.

균형을 잃은 두 비행기는 바로 무시무시한 속도로 추락하기 시작했다. 관중들은 저도 모르게 눈을 가렸다. 그 끔찍한 광경을 차마 눈 뜨고 볼 수 없었기 때문이다.

하지만 두 비행사 모두 사람들이 걱정할 만큼 미숙하지는 않았다. 위험하다고 느끼자 두 사람은 거의 동시에 기체를 버리고 밖으로 튀어나왔다.

낙하산이 펼쳐지기까지의 스릴. 허공에 내던져진 두 개의 검은 그림자. 꼬리처럼 허공을 가르는 아직 펼쳐지지 않은 낙하산.

아아, 저런. 낙하산 줄이 서로 닿았다. 줄이 뒤엉키자 두 사람이 부딪혔다.

추락 참사가 일어나는가? 아니, 낙하산이 펴졌다. 둘 다 활짝 펴졌다. 낙하산은 서로 뒤엉켜 하나가 된 채 한 쌍의 해파리처럼 천천히 창공을 떠다니기 시작했다.

살았다! 살았다! 비행장 안에 요란한 박수 소리가 울려 퍼졌다. 하늘에 뜬 해파리 아래로 아리무라 기요시와 오노기 류이치가 손을 맞잡고 매달린 모습이 보였다.

"내가 잘못했어. 용서해줘."

오노기 청년이 큰 목소리로 솔직하게 사과했다.

"아니야, 서로 비행에 정신이 팔렸으니 그렇지. 어쩔 수 없는 일이었어. 기체가 아깝기는 하지만 말이야. 그래도 목숨을 건져서 다행이로군."

아리무라 청년은 쾌활하게 대꾸했다.

해파리 한 쌍은 사이좋은 두 사람을 매달고 바람 부는 대로 계속 바다 쪽으로 흘러갔다.

"이런. 이 상태라면 바다 한가운데까지 가겠군."

"할 수 없지. 날씨가 그리 춥지도 않잖아. 헤엄쳐야지 뭐. 헤엄치고 있으면 보트를 보내줄 거야."

3백 미터, 2백 미터, 1백 미터. 낙하산은 어느새 바다로 떨어지기 시작했다.

"이봐, 추울까봐 걱정하지 않아도 괜찮을 것 같군. 저길 봐. 이 각도로 가다 보면 저 포대(砲臺)²² 풀밭에 떨어질 것 같지 않은가?"

"음, 약간 아슬아슬하군. 바람이 조금만 더 불어주면 좋을 텐데."

"뭐 착륙할 때쯤 몸을 흔들어주면 괜찮을 거야. 바다에 빠지지 않을 수 있겠지."

지상 50미터쯤부터 두 사람은 함께 열심히 허공에서 공기를 헤젓

---

22 시나가와 앞바다에는 1853년부터 해상 포대가 건설되었다. 처음에는 시나가와 앞바다에 모두 11기의 해상 포대를 일정한 간격으로 세울 계획이었다. 그러나 6기가 만들어지고 중단되었다. 이 포대(일본어로 '다이바(台場)'라고 한다)에 막부에 대한 경의를 표시하는 오(御)를 붙여 부르게 되어, 지금의 '오다이바'라는 지명이 유래했다. - 역주

듯 팔다리를 움직이며 조금이라도 포대 쪽으로 가까이 가려고 애를 썼다.

그렇게 노력한 보람이 있어 마침내 두 사람은 포대 돌담에 가까스로 내려설 수 있었다.

바람에 날리는 낙하산을 간신히 수습하고 두 청년은 안도의 한숨을 내쉬며 풀밭에 주저앉았다. 답답한 비행모를 벗고 서로 얼굴을 마주 보았다.

두 사람 다 보기 드문 용모를 지닌 청년이었다. 하지만 같은 미모라도 아리무라에게는 범접하기 어려운 기품이 서렸는데, 오노기에게는 싸늘하게 비웃는 듯한 느낌이 들었다.

혹시 25년 전에 동지나해에서 세상을 떠난 아리아케 도모사다 남작을 아는 이가 이 자리에 있다면 아리무라 기요시의 생김새가 왠지 남작을 닮았다며 의아하게 여길지도 모른다. 그리고 만약 20년 전에 세상에서 모습을 감춘 오소네 고로를 아는 사람이 이 자리에 있다면 오노기 류이치에게서 왠지 그 오소네를 떠올리게 되어 의아해할지도 모른다.

두 청년이 포대에 착륙했다는 사실을 알게 되자 저 멀리 해안에서 수상경찰서에서 보낸 기정(汽艇)[23]이 이쪽을 향해 출발하는 모습이 보였다. 그렇지만 기정이 도착하려면 10분쯤 걸리리라. 아리무라와 오노기는 기정을 기다리는 동안 푸른 풀밭에 어깨를 나란히 하고 앉

---

23 증기 기관을 이용한 작은 배. - 역주

아 도쿄 하늘을 바라보면서 이런저런 이야기를 나누었다.

"자넨 무서운 사람이로군. 정말로 그런 생각을 하는 건가?"

아리무라 청년이 불쾌한 듯이 잘생긴 얼굴을 찡그리며 물었다.

"그럼, 난 그러기 위해 태어났고 그래서 오늘까지 스스로를 단련시켜왔지. 봐, 저 도쿄의 파도치는 듯한 지붕들을. 평범한 이들의 대도시. 얼마나 따분한 풍경인가? 평범하기 짝이 없는 하늘, 그 하늘에 검붉은 불길이 타오르고 평범한 사람 6백만 명이 허둥대는 장면을 상상할 수 있겠나? 폭군 네로 황제의 꿈, 그게 바로 내 꿈이지."

오노기 청년은 두 눈에 독살스러운 빛을 띠었다. 그리고 무서운 환상을 좇으며 뭔가에 홀린 사람처럼 계속 중얼거렸다.

"내가 지닌 지혜와 이 힘, 이 용기. 세상에 불가능이란 없지. 난 네로처럼 한껏 영화를 누리고 싶어. 이 세상의 보물이란 보물은 모두 다, 이 세상 미녀란 미녀는 모두 다 내 것으로 만들고 싶지. 법률을 상대로 한 머리싸움이지. 경찰을 상대로 삼아 벌이는 싸움이야. 자넨 내 심정이 이해가 가나?

난 지옥 밑바닥에서 태어났어. 악이야말로 내 사명이지. 그러기 위해서 나는 모든 지식과 무술을 익혔거든. 목숨을 걸고 연습했지. 비행술도 다른 목적이 있어서 익힌 건 아니야. 악마의 나라에서도 나폴레옹이 되고 싶어서일 뿐이지.

아르센 뤼팽! 이 얼마나 불쌍한 도둑인가. 그 녀석은 겁쟁이처럼 피를 보는 걸 두려워했어.

아, 난 피가 막 끓어올라. 내 그림자가 거대한 박쥐처럼 저 넓은 도쿄 하늘을 뒤덮을 날을 생각하면."

"그만둬, 더 듣고 싶지 않군. 자네 제정신인가? 비행기 충돌 정도로 정신이 나가다니, 배짱이 없는 사내 아닌가."

아리무라 청년의 아름다운 뺨이 분노로 붉게 물들었다.

"난 학문을 했어. 무술도 배웠지. 요트와 비행기 조종도 익혔어. 지혜나 힘도 자네 못지않다고 생각하네. 그렇지만 내 사명은 자네와 전혀 달라. 난 이 세상에서 죄와 더러움을 없애라고 배웠어. 악을 물리치는 용감한 투사가 되라는 말을 들으며 자랐어. 난 그러기 위해서 태어났지. 그러기 위해 교육을 받았고.

난 어떤 사람에게 이 세상에 있는 악마 이야기를 들었어. 그 악마는 자네와 마찬가지로 지옥에서 기어 나온 사내지. 나도 평생 딱 한 번 끔찍한 죄를 저질러야 할지도 몰라. 그건 그 악마를 능지처참할 때일 거야."

아리무라는 비분을 참을 수 없다는 듯 도쿄 하늘을 우러르며 거의 절규하다시피 말했다.

"아, 아리무라. 자네도 역시 평범한 인물은 아니었군. 이 섬 위에 두 명의 극단적인 인간이 어깨를 나란히 하고 앉아 있어. 이 얼마나 대단한 순간인가. 안 그래, 아리무라? 자네는 그렇게 생각하지 않나? 지옥의 악마와 지상의 천사. 이봐, 자네와 난 타고난 적수로군. 누가 마지막으로 승리의 노래를 부르게 될까? 자네일까, 나일까? 자, 아리무라. 우리 악수하세."

살인사무소

시나가와 만에서 민간 비행대회가 개최된 지 보름쯤 지난 4월의 어느 따스한 밤, 아사쿠사 공원 관음당 뒤편 어둠 속을 머리도 희고 수염도 흰 추레한 노인이 술이 거나하게 오른 모습으로 비틀비틀 걷고 있었다.

주름도 다 펴진 낡은 양복에 누렇게 바랜 셀룰로이드 칼라[24], 쭈글쭈글한 넥타이, 옆구리에는 수금원처럼 반으로 접는 가방을 꼈다.

아직 밤이 깊지 않아 관음당 뒤편의 넓은 그늘에는 여기서 하룻밤을 지낼 작정인 룸펜[25]들뿐만 아니라 공원 뒤에서 지름길 불당에 참배하려는 사람, 그냥 일없이 어둠 속을 거니는 신사와 학생, 그리고 어딘가 수상쩍은 호객꾼 노파 등이 깊은 바닷속 물고기마냥 이리저리 오가고 있었다.

"아, 어르신. 어르신, 저 좀 잠깐."

백발노인 뒤편 어둠에서 룸펜처럼 보이는 사내가 불쑥 나타나 무

---

24 예전에는 닳거나 때가 타는 것을 막기 위해 옷깃에 흰색 셀룰로이드로 된 칼라를 댔다. ─ 역주

25 칼 마르크스가 《공산당선언》(1848)에서 무산계급, 노동자계급 가운데 혁명 의지를 잃은 극빈층을 '룸펜프롤레타리아트'라고 정의했다. 일본에서는 이 말을 줄여 부랑자, 노숙인 등을 '룸펜'이라고 불렀다. ─ 역주

슨 비밀 이야기라도 하려는 듯 말을 건넸다.

"어? 나? 내게 무슨 볼일이 있는가?"

수금원 같은 초라한 노인은 보기와는 달리 우렁찬 목소리로 대꾸했다. 태도도 꽤 거만했다.

"어르신, 목소리 좀 낮춰주세요. 사실은 귀가 솔깃해지실 만한 이야기가 있습니다."

사내가 노인 곁으로 바짝 다가왔다.

"이거 무례한 친구로군. 대체 자넨 누군가? 전혀 본 적이 없는 얼굴이구만……."

노인은 조금 취한 듯했지만 비틀거리던 걸음걸이를 바로잡으며 경계하듯 자세를 가다듬었다.

"하하하……. 어르신이야 절 모르실 테지만 전 어르신을 잘 알죠. 쓰지도(辻堂) 어르신이지 않습니까? 백만장자인……."

그 말을 듣더니 노인은 허를 찔린 듯 우뚝 멈춰 섰다.

"음, 분명 내가 쓰지도이긴 한데, 자넨?"

"뭐, 이름도 없는 놈입니다. 다만 어르신이 솔깃해하실 만한 이야기가 있어서요. 사실은 제게도 이득이라서. 만약 어르신께서 응하신다면 제게 구전이 떨어지거든요."

"허허허……. 묘한 친구로군, 자넨. 대체 무슨 이야기를 하려는 건가?"

기껏해야 도박이나 여자 이야기겠지. 노인은 재미 삼아 이야기를 들어보고 싶어졌다.

그러자 사내는 마치 박쥐처럼 노인에게 바짝 다가와 귀에 대고 화들짝 놀랄 만한 한마디를 속삭였다.

"살인사무소 이야깁니다."

살인사무소. 쓰지도 노인도 그 무시무시한 소문을 못 들었을 리 없다.

도쿄 어딘가에 아주 비밀스러운 살인청부 사무소가 문을 열었다는 소문은 나쁜 짓에 관심이 있는 사람들 사이에서는 너 나 할 것 없이 이미 널리 퍼졌다.

그 이상한 사무소를 꾸린 소장이라는 사람은 지옥에서 기어 나온 악마처럼 무시무시한 사내인데, 마계의 신통력을 익혔기 때문에 불가능한 일도 식은 죽 먹기로 해치운다고 했다.

쓰지도 노인은 돈벌이를 위해서라면 어떤 비인간적인 짓도 서슴지 않는 수전노였다. 백만장자라는 소리를 듣는 처지지만 초라한 수금원 같은 차림에 차도 타지 않고 걸어 다니는 모습만 봐도 알 수 있다. 또한 형법에 저촉되는 일은 최대한 피하지만 푼돈을 쥐여주고 병석에 누운 사람의 이부자리까지 걷어 오는 무도한 짓을 헤아릴 수 없이 많이 저지르면서 오늘의 재산을 쌓아 올렸다.

그런 인물이라 틀림없이 원수진 사람도 많을 테고, 그렇지 않다 하더라도 아무 위험 없이 남의 숨통을 마음대로 끊을 수 있다면 틀림없이 돈벌이에도 이만큼 편리한 수단은 없다.

"음, 살인사무소 소문은 나도 듣기는 했지만. 그런 건 아마 장난치기 좋아하는 누군가가 꾸며낸 이야기겠지."

노인은 상대의 마음을 떠보듯 일부러 쌀쌀맞게 내뱉었다.

"아, 어르신이 그렇게 생각하는 것도 무리는 아닙니다. 하지만 그 소문은 엉터리가 아니죠. 정 그러시다면 증거를 보여드릴 수도 있습니다. 뭐 이런 이야기를 하기는 좀 이르지만, 오늘 아침 신문 3면 기사[26]가 그 증거죠. 어르신도 보셨죠? 그 S빌딩 7층에서 뛰어내려 자살한 젊은 회사원 말입니다. 세상 사람들은 진짜 비관자살로 여기고 있지만 사실은 그렇지 않습니다. 어떤 부잣집 나리가 살인사무소에 연적인 그 젊은이를 이 세상에서 깔끔하게 없애달라고 의뢰했던 겁니다. 어떻습니까? 그야말로 놀라운 수법 아닌가요? 젊은이가 직접 쓴 유서까지 준비했으니까요."

사람들이 없는 어둠 속으로 걸으며 룸펜으로 보이는 사내는 악몽 같은 이야기를 계속 속삭였다.

"그럼 사무소 소장이란 사람이 그 젊은이를 S빌딩 7층으로 끌고 가 떠밀었다는 소린가?"

노인은 어느새 이야기에 빨려들어 마치 나쁜 짓이라도 의뢰하려는 듯이 속삭이며 물었다.

"게다가 대낮이었습니다. 또 7층에는 사무실이 여러 개 있어서 사람이 많았고요. 그런 상태에서 아무도 모르게 그런 위험한 일을 감쪽같이 해치운 겁니다. 소장님은 애초에 7층에 있는 사무실 서기로 변장해 미리 들어가 있었다더군요. 변장의 명수죠. 그렇지만 아무리

---

26 예전에 신문이 4면으로 발행될 때는 3면이 사회면으로 정해져 있어 사건, 사고 등의 기사를 실었다. – 역주

변장 솜씨가 뛰어나도 그 마법사 같은 소장님이 아니면 이런 대담한 처리는 불가능했을 겁니다."

"흐음, 그게 정말이라면 무시무시한 사람이로군. 그런데 자넨 그 살인사무소 소장이란 사람을 아나?"

"천만에요. 만약 안다면 지금 이렇게 어르신과 이야기를 나누고 있을 수 없을 겁니다. 이미 스미다 강 바닥 진흙 속에 누워 있겠죠. 그 양반은 용서가 없으니까요. 소장님의 얼굴을 한 번이라도 본 사람은 한 시간도 안 되어 이 세상에서 사라져버립니다. 물론 토막이 나서요. 그러니 이 넓은 세상에 소장님의 정체를 아는 녀석은 아무도 없는 거죠."

"흐음, 무척 조심스럽군. 하기야 그 정도가 아니라면 비밀을 지킬 수 없겠지."

노인은 감탄한 듯이 중얼거렸다.

두 사람은 어느새 가장 어두운 숲 아래까지 들어왔다. 왠지 으스스한 곳이라 이런 곳까지 오는 사람은 없어 주위에 인기척이 없었다. 땅속으로 가라앉고 말 것처럼 어둡고 고요한 곳이었다.

"그런데 그 살인사무소라는 것을 대체 무슨 목적으로 하는 건가? 돈벌이인가?"

노인이 들릴 듯 말 듯한 목소리로 슬쩍 물었다.

"물론이죠. 돈이라도 벌지 못한다면 그런 위험한 장사를 시작할 녀석이 없죠. 마치 변호사 같은 직업처럼 사건이 어려운가 쉬운가에 따라 사례비를 결정한다고 하지만요, 적어도 3천 엔 아래로 떨어지는 경우는 없습니다. 경우에 따라서 1만 엔 넘는 사건도 있다고 합니다. 그 사례금에서 5퍼센트가 제 구전이죠."

정체 모를 사내의 이야기는 차츰 현실성을 띠기 시작했다.

"뭐라고? 구전을 받아? 자네가 말인가? 그럼 자네는 결국 그 살인 회사 호객꾼인 셈이로군."

노인은 깜짝 놀란 듯 저도 모르게 속삭이는 목소리에 힘을 실었다.

"예, 뭐 그런 셈이죠."

사내는 대수롭지 않다는 듯이 나무 밑 어둠 속을 성큼성큼 걸었다.

"그렇지만 자네는 지금 그 소장을 모른다고 하지 않았나? 모르는 사람이 어떻게 그 사무실로 안내할 수 있다는 거지?"

노인은 사내를 쫓아가듯 걸으면서 진지하게 물었다.

"흐흐흐……, 무척 진지하시군요. 방법은 뭐 여러 가지입니다. 저는 그 사무소가 어디 있는지, 소장님이 어떤 분인지 전혀 모릅니다. 하지만 어떤 장소에 가서 어떤 신호를 보내면 그 사무소에서 차가 와서 사건 의뢰인을 데리고 갑니다. 그 차에는 우리 형님뻘인, 말하자면 두목님의 오른팔 같은 형님이 타고 있는데 의뢰인을 비밀 사무소 입구까지 데려다주죠. 그렇지만 그 형님도 입구 안으로는 한 걸음도 들어간 적이 없죠. 소장님 얼굴은 전혀 모릅니다. 참으로 조심성이 많은 분 아닙니까? 소문으로 듣기에 그 소장님은 늘 상상도 못할 변장을 하고 사람을 만난다더군요. 민얼굴을 드러낸 적은 단 한 번도 없답니다."

"흐음, 과연. 치밀하군. 그런 위험한 사무소에 의뢰인이 잘도 따라가네. 살인을 아무렇지도 않게 생각한다는 사람이니 의뢰인을 죽이는 게 돈이 더 될 때는 아무 거리낌 없이 죽여버리겠군."

"그렇지 않습니다. 그나저나 그렇게 소장님이니 마음만 먹는다면 무슨 일이든 가능할 겁니다. 그런데도 그러지 않는 데에 그 사무소의 가치가 있는 거죠. 함부로 욕심을 부리지 않기 때문에 가치가 있는 거 아닙니까? 그런 짓을 저지르면 나쁜 평이 퍼져 의뢰인이 찾아오지 않게 되고 맙니다. 잠깐의 욕심을 채우기보다 영업을 계속하는 게 더 이익일 겁니다. 그래서 정해진 사례비 말고는 단 한 푼도 더 청구하지 않는 게 그 사무소 규칙이죠."

"흐음, 더욱 감탄스럽군. 단골 이용자도 많겠네."

노인은 혀로 입술을 핥으며 물었다. 호흡도 조금 가빠진 듯했다.

"그렇지만 배짱 좋은 의뢰인은 적더군요. 사무소를 연 지 벌써 1년쯤 되었는데 초기에는 손님이 전혀 없었답니다. 그러다 겨우 요즘 들어 사무소가 일하는 방법이 알려져 조금씩 의뢰인이 찾아오게 되었죠. 요 열흘만 따지면 신문에 난 자살사건 절반은 그 사무소에서 손을 쓴 거라고 봐도 좋습니다. 그저께 가마타 역에서 투신자살한 일도 그렇고 닷새 전에 하코네에서 일어난 자동차 추락사건도 그렇고……."

"아니, 이봐. 자네 수다스럽군. 만약 내가 자네를 파출소에 끌고 가 이러저러하고 여차저차하다며 신고하면 어쩔 작정인가?"

"으하하하……. 그렇게 된다면 나리가 따분한 표정을 하고 계시기에 재미있는 이야기라도 들려드리고 싶어서 그랬다고 하면 그만입니다. 증거라고 할 것도 없으니까요. 물론 경찰도 그런 터무니없는 이야기를 진지하게 받아들이지 않겠죠? 하하하……, 게다가 우리는 실없는 소리는 하지 않습니다. 이 사람이면 괜찮겠다고 제대로 목표를 정해서 하죠. 이런 소리를 어떻게 함부로 떠벌리겠습니까. 나리에 대해 알아보고 말씀을 드린 거죠."

"나에 대해 알아봐?"

"그렇습니다. 나리라면 틀림없이 숨통을 끊어놓고 싶은 사람이 한 명쯤은 있을 거라고 생각했죠. 으흐흐흐흐……. 맞죠?"

"이봐, 그런 기분 나쁜 소리 하지 마. 난 그런 터무니없는 생각은 한 적 없네. 그렇지만 흥미롭군. 무엇보다 그 소장이라는 친구는 어떤 녀석일까? 한 번 만나보고 싶은걸."

"그것 보십시오. 제가 말씀드리지 않았습니까? 어떠세요? 쇠뿔도 단김에 빼라고 했는데. 아예 오늘 밤, 지금 당장 그 살인사무소에 들러보시면……?"

"아니, 그럼 지금 이야기가 그냥 아무렇게나 해본 소리는 아니라는 건가?"

"뭘 그리 쑥스러워하십니까? 자, 안내해드리죠. 저도 구전을 받으려고 하는 일이니까요."

쓰지도 노인은 짐짓 냉담한 척하면서도 권하는 대로 남자 뒤를 따라 공원 밖으로 걸어 나갔다.

사실 그는 몸이 부들부들 떨릴 만큼 흥분한 상태였다. 만약 이게 진짜라면, 만약 이게 진짜라면. 그런 생각을 하자 저도 모르게 악마처럼 킥킥거리는 웃음이 목구멍에서 치밀어 오르는 걸 억누를 수 없었다.

악마의 기사[27]

아사쿠사 공원 뒷문을 나서자 어디를 어떻게 걸었는지 노인은 거의 갈피를 잡지 못했다. 비좁고 지저분한 낯선 동네를 이리저리 돌아다닌 뒤에 한쪽은 소학교 콘크리트 벽, 한쪽은 작은 공원 산울타리로 둘러싸인 곳을 1백 미터쯤 걷자 인가가 전혀 없는 한적한 곳으로 나왔다.

"자, 여깁니다. 지금 신호를 보내겠습니다. 그런데 나리, 혹시나 싶어 미리 말씀드려두겠습니다. 이 동네를 눈여겨본 뒤에 나중에 경찰에 일러바치거나 잠복한다고 해도 아무 소용이 없을 겁니다. 우리가 접선하는 장소는 매일 바뀌니까요."

남자는 그렇게 말하더니 주머니에서 담배와 성냥을 꺼내 불을 붙였다. 그러고는 담배를 오른손에 들고 어두운 허공에 대고 뭔가 서양 글자라고 쓰는 것 같은 몸짓을 했다.

그게 신호인지, 바로 작은 공원 안에서 시커먼 사람 그림자가 나타나더니 두 사람 쪽으로 성큼성큼 다가왔다.

"좋아, 인수한다. 넌 돌아가도 돼."

---

27 〔초〕에는 '마계의 기사'로 되어 있다. - 해제

그 남자가 지시하듯 내뱉자 호객꾼은 노인에게 슬쩍 인사를 하고 어디론가 자취를 감추었다.

"아무 말도 하면 안 됩니다. 자, 이 눈가리개를 하십시오."

남자는 그렇게 말하면서 두툼한 검은 천을 불쑥 꺼냈다. 노인의 등 뒤로 돌아가더니 돋보기안경 위에 눈가리개를 씌우고 말았다.

남자의 풍채는 아까 그 호객꾼 남자와 마찬가지로, 마치 서양 거지처럼 추레했지만 말투는 무척 지적이었다. 소장에게 신임받는 사람이라고 하니 못된 짓에서는 보통 인물이 아닐 것이다.

갑자기 앞이 보이지 않자 노인은 앞으로 어떻게 될까 무척 불안했다. 그렇지만 살인회사에 간다고 생각하니 이런 정도 모험은 피할 수 없었을 것이라고 체념하며 눈을 감았다.

잠시 우두커니 서 있자 맞은편에서 자동차 소리가 들려왔다. 그 소리가 점점 다가오더니 끼익하고 두 사람 옆에 멈췄다.

"자, 타시죠. 회사로 안내해드리겠습니다."

남자에게 떠밀리다시피 자동차에 오르자 차는 바로 출발했다. 남자는 노인을 껴안듯이 손님용 좌석에 같이 앉았는데, 목적지에 도착할 때까지 벙어리처럼 한마디도 하지 않았다.

자동차는 어디를 어떻게 달리는지 상당히 자주 좌우로 방향을 틀었다.

'어라, 같은 곳을 계속 빙빙 돌고 있는 거 아닌가?' 하는 생각이 들 만큼 터무니없이 자주 방향을 바꾸었다.

그렇게 약 30분가량 달리더니 남자는 어딘지 모를 건물 앞에 차를 바짝 댔다.

"자, 여기가 사무소입니다. 내리시죠."

남자가 기계적으로 말하며 노인의 손을 잡았다.

손을 잡힌 채 차에서 내려 돌계단 같은 것을 두세 칸 올라 건물 안으로 들어가더니 잠시 복도를 걸어 다시 긴 계단을 올랐다. 그리고 다시 복도, 계단, 복도, 계단을 일고여덟 번쯤 오르락내리락하더니 지금 있는 곳이 2층인지 3층인지 아니면 1층인지 지하층인지 도무지 짐작이 가지 않을 무렵에 겨우 목적한 방에 도착했다.

"여기부터 저희는 들어갈 수 없습니다. 이 문 안으로 들어가 똑바로 가시면 사무소 응접실이 나올 테니까 그다음부터는 혼자 가십시오."

남자는 여전히 기계적인 말투로 설명하더니 노인의 눈가리개를 풀고 불쑥 문 안으로 떠밀 듯 집어넣었다. 그러고는 노인 뒤에서 문을 닫고 철컥철컥 자물쇠를 걸었다. 이제 도망치려고 해도 빠져나갈 길이 막혀버렸다.

그곳은 기다란 복도 같은 곳이었다.

등불 같은 게 없어서 마치 땅속 탄광 갱도처럼 캄캄했다. 모처럼 눈가리개를 벗겨주기는 했지만 이렇게 어두워서는 아무런 도움도 되지 않았다.

점점 더 불안해질 뿐이었지만 도망칠 길도 막혔으니 그저 앞으로 나아갈 수밖에 없었다.

그런 때이기는 했지만 노인은 문득 젠코지(善光寺) 지하실에 있는 계단 돌기[28]가 떠올랐다. 그곳에서는 오른손으로 벽을 만지며 계속 걸으면 저절로 밝은 출구로 나가게 되는데, 이 어두운 복도도 그렇게 손으로 벽을 더듬으면서라도 밖으로 걸어 나가는 방법밖에 없었다.

콘크리트인 듯한 벽면을 오른손으로 더듬으며 천천히 걸어가다가 열 걸음쯤 만에 딱 멈추고 말았다. 어라, 복도가 여기서 끝나는 걸까? 점점 더 으스스했다. 정면 벽을 더듬다보니 문득 문손잡이 같은 것이 손에 닿았다.

"아, 역시 이 안쪽에 방이 있는 거로구나."

쑥 밀어보니 의외로 문이 소리 없이 안쪽으로 열렸다. 동시에 문 틈새로 희미한 전등 불빛이 흘러나왔다.

한 걸음 안으로 들어가서 주위를 둘러보았다. 열 평쯤 되는 살풍경한 서양식 방이었다. 가구도 없고 사방이 감옥처럼 어두운 회색 벽으로 둘러싸였다. 게다가 이상하게도 창문이 없었다. 천장에 매달린 먼지 쌓인 알전구가 네모난 상자 같은 회색 벽과 바닥을 비출 뿐이었다.

'어, 설마 여기가 응접실은 아닐 테지. 이 방 안쪽에 다른 방이 있는 걸까? 그렇지만 문이 보이지 않는 것 같은데……'

그런 생각을 하면서 멍하니 서 있는데 뒤편에서 찰칵하고 금속을

---

28 젠코지는 나가노 시에 있는 절이다. 본존불인 아미타여래를 모신 단 바로 아래 있는 ロ 자 모양의 캄캄한 회랑을 돌며 극락정토로 가는 자물쇠를 만질 수 있는 '계단(戒壇) 돌기'가 유명하다. 에도가와 란포는 이 순례에 대한 체험담을 〈어떤 공포〉라는 수필에 남겼다. 《에도가와 란포 결정판》 제1권에 실린 장편소설 〈거미남〉에서도 언급된다. - 역주

건드리는 소리가 들렸다.

흠칫 놀라 그쪽을 돌아보니 활짝 열린 문에 가려져 몰랐는데 구석에 서양 중세 강철 갑옷과 투구가 장식되어 있었다. 잘 손질되어 있어 전체가 은빛으로 빛났다.

그럼 방금 그 소리는 갑옷 소매가 스쳐서 난 것일까? 그렇지만 바람도 불지 않는 방 안에서 장식품 갑옷이 소리를 내다니. 이상하다. 그런 생각을 하면서 노인은 장식품으로 다가가 차가운 강철에 손가락을 대보았다.

"이렇게 지저분한 방에 이런 훌륭한 장식품을 놓아두다니 아깝군. 아무리 낮게 잡아도 천 냥[29]은 넘는 물건이 틀림없어."

수전노다운 생각이었다. 노인은 갑옷과 투구를 감상하기 위해 조용히 뒷걸음질을 치기 시작했다.

그런데 이게 어떻게 된 일인가. 마치 눈에 보이지 않는 실에 이끌리기라도 하듯 그 장식품이 노인 쪽으로 소리 없이 다가오는 것 아닌가.

흠칫 놀라 멈춰 서서 가만히 보면 움직이지 않는 듯했다. 그런데 시험 삼아 뒷걸음질을 치면 반짝반짝 빛나는 괴물이 따라오듯 움직였다. 노인이 멈추면 움직이지 않고 움직이면 저쪽도 오쿠리오가미

---

29 '천 냥'이 [슌]에는 '천 량(지금의 30만 엔)'으로, [도]에는 '천 량(지금의 40만 엔)'으로 되어 있다. - 해제

냥(両)은 옛날 금화를 헤아리는 단위다. 1냥은 4푼이었으며 1891년에는 도량형법에 따라 1냥을 37.5그램으로 계산했다. 메이지 시대인 1871년에 새로운 화폐조례가 시행되면서 이후 사용하지 않았다. - 역주

(送り狼)³⁰처럼 다시 다가왔다.

노인은 너무 겁이 나 새파랗게 질리고 말았다. 악몽을 꾸는 걸까, 아니면 내가 제정신이 아닌 걸까. 생각하면 할수록 두려움이 커져 당장에라도 '으악' 비명을 지르며 도망치고 싶은 심정이었다.

"하하하……."

아아, 이게 어찌 된 일인가. 갑옷 장식물이 야릇하게 소리 죽여 웃기 시작하는 게 아닌가.

노인은 무서워서 그만 바닥에 주저앉고 말았다. 도망치려고 해도 다리가 말을 듣지 않아 일어설 수도 없었다.

---

30 일본 요괴 가운데 하나로, 도호쿠 지방과 규슈에 걸쳐 널리 전해져왔다. 지역에 따라 '오가미(이리)'는 '이누(개)'가 되기도 한다. 밤중에 산길을 걸을 때 뒤따라오는 이리(개)를 가리키는데, 사람이 넘어지지 않고 가면 해치지 않지만 넘어지면 얼른 달려들어 잡아먹는다고 한다. – 역주

▲ 류사이 마사즈미(竜斎正澄)의 《교카햐쿠모노가타리(狂歌百物語)》에 실린 오쿠리오가미. – 역주

"이런, 실례, 실례. 귀한 의뢰인을 놀라게 해 미안하군. 귀신도 뭣도 아니오. 내가 이 사무소 소장이야. 네가 쓰지도인가?"

갑옷과 투구가 말을 했다. 무척 젊은 목소리였다. 살인사무소를 한다는 수수께끼의 소장이 서양 갑옷과 투구로 몸을 숨기고 만약의 사태에 대비하고 있었던 것이다. 허리에는 긴 검까지 차고 있었다. 여차하면 저 검이 칼집을 벗어날지도 모른다.

쓰지도 노인은 은빛 괴물 앞에 무릎을 꿇은 채 감탄한 나머지 탄식을 흘리며 반짝반짝 빛나는 상대의 얼굴을 바라보았다.

"너도 숨통을 끊어놓고 싶은 사람이 있는 거로군. 그게 대체 누구지? 자세하게 이야기해봐."

상대가 노인 쪽으로 성큼성큼 다가와 어깨에 강철 손을 얹으며 굵고 또렷하지 않은 목소리로 말했다.

"정말로 그런 일을 할 수 있는 거요?"

노인은 여전히 반신반의하며 머뭇머뭇 물었다.

"그렇고말고. 이 세상에 내가 해내지 못할 일은 없어. 마음 놓고 네가 뭘 원하는지 말해도 돼. 원한 때문인가? 아니면 돈벌이 때문인가?"

노인은 상대의 위엄에 기가 죽은 듯 바닥에 털썩 두 손을 짚고 자못 슬픈 목소리로 이렇게 애원했다.

"돈벌이라니, 당치도 않소. 당연히 원한 때문이죠. 그것도 상대방이 제게 원한을 품고 저를 없애려고 꿍꿍이를 꾸미고 있소이다. 상대방을 죽이지 않으면 내가 죽게 생겼지. 부디 불쌍하게 여겨 구해주시오. 부탁이오. 부탁합니다."

황금 보물창고

"그래, 상대는 누군가? 무슨 이유로 너를 없애려고 하지? 그 이유를 간단하게 이야기해봐라."

갑옷을 입고 투구를 쓴 소장이 재촉했다. 쓰지도 노인은 위험을 무릅쓰고 굳이 여기까지 온 용건을 털어놓았다.

"저는 쓰지도 사쿠에몬(辻堂作右衛門)이란 자입니다. 들으셨을지 모르지만 재산이 제법 있는 편입니다. 저는 그야말로 적수공권, 몸뚱이 하나로 이 재산을 일군 겁니다. 그야말로 먹지도 않고 마시지도 않으며 몇 십 년을 일했습니다. 그런 내 목숨과도 바꾸기 어려운 재산을 노리는 녀석이 있습니다.

저는 완전히 혼자라서 마누라도 없고 자식도 없습니다. 그러니 저만 없애면 제 재산은 몽땅 그놈 것이 되죠. 그놈은 하나뿐인 사촌 동생입니다. 그 녀석이 제 목숨을 노리는 거죠. 저는 언제 독을 먹게 될지, 언제 갑자기 습격을 받게 될지 모르는 신세입니다.

저는 놈이 제게 먼저 손을 쓰기 전에 그 무시무시한 악마를 이 세상에서 사라지게 하고 싶습니다. 감쪽같이 없애버리고 싶죠. 그게 제가 의뢰하고 싶은 건입니다. 받아들여주실 수 없겠습니까?"

"상대방 이름은? 그리고 어디 사나?"

갑옷과 투구를 걸친 기사는 꼼짝도 하지 않고 아무런 감정도 드러내지 않은 채 되물었다.

"그게 골치 아프게도 제집에 함께 살고 있습니다. 달리 친척이 없기 때문에 제가 돌보고 있죠. 그런데도 그놈은 당치도 않게 은혜를 원수로 갚으려는 끔찍한 궁꿍이를 꾸미고 있는 겁니다. 이름요? 호시노 세이고로(星野淸五郞)라고 합니다."

"알겠다. 돌아가거라. 이제 볼일은 끝났으니 얼른 돌아가."

은빛 투구의 턱 틈새로 싸늘한 목소리가 흘러나왔다. 기사는 심기가 불편한 듯했다.

"어, 예? 무슨 말씀이십니까? 돌아가라뇨. 그럼 맡아주시는 겁니까?"

노인은 상대의 생각을 헤아리지 못해 머뭇머뭇 투구의 챙을 바라보았다.

"받아들일 수 없다는 뜻이다."

"엑. 받아들일 수 없다뇨? 왜죠? 보수는 원하시는 만큼 드릴 작정입니다만······."

"거짓말을 하는 의뢰인은 사절이다. 이쪽도 목숨을 걸고 하는 일이다. 욕심 때문이면 욕심 때문이라고 제대로 말해주는 게 좋지 않겠나? 어차피 같은 굴 속 너구리[31]인데. 네가 무슨 나쁜 짓을 꾸미건 그런 일로 놀랄 내가 아니야. 악당이라면 악당답게, 속셈을 털어놓

---

31 겉보기는 달라도 결국 한통속이라는 뜻의 일본 속담. 대개 부정적인 의미로 쓰인다. ― 역주

는 게 좋지 않겠나? 쓸데없는 잔꾀를 부려 이리저리 핑계를 대는 놈은 난 질색이야."

투구 안에서 날카로운 목소리가 튀어나왔다.

"그럼 제 이야기가 꾸며낸 말이라는 건가요?"

쓰지도 노인은 당황한 기색을 숨길 수 없었다.

"네가 사촌 동생에게 독살당할 인간은 아니지. 법이라는 것만 없다면 네가 사촌 동생을 독살하고 싶을 테지. 오히려 5천만 냥32이나 되는 큰 사업이니까. 하하하……, 어때? 내 말이 맞지?"

"예에? 뭐라고요? 저는 도무지 무슨 말씀인지 모르겠군요."

"하하하……. 아직도 숨길 작정인가? 그럼 내가 설명해주지. 잘 듣고 틀린 부분이 있으면 고쳐라. 알겠나?"

은빛 갑옷이 스륵 한 걸음 앞으로 다가오더니 기묘한 이야기를 시작했다. 노인은 그 말을 들으며 깜짝 놀라 점점 창백해졌다.

"바쿠후(幕府)33 말기인 게이오(慶應)34 연호를 쓰던 시절 이야기다. 바쿠후에 물건을 납품하며 에도에 사는 어용상인 가운데 으뜸이라던 이가야 덴에몬(伊賀屋伝右衛門)이란 자가 어느 날 여러 일꾼을 거느리고 단단히 여행 차비를 마친 다음 집을 나섰는데 출발한 지 석

32 '5천만 냥'이 〔슌〕, 〔도〕에는 '천만 냥(지금의 수십억 엔)'으로 되어 있다. – 해제
33 일본의 무사 정권 시절, 통치의 중심인 쇼군이 일을 하는 집무실을 의미하였으나 점차 정권 그 자체를 가리키게 되었다. 흔히 12세기에 시작된 쇼군 중심의 무사 정권, 또는 그 기간을 일컫는다. 이 시절 일본 왕인 덴노는 상징적 존재에 지나지 않았다. 1867년 다이세이호칸(大政奉還)을 통해 쇼군이 덴노에게 권력을 넘기며 바쿠후 시대는 막을 내렸다. – 역주
34 1865년~1868년. – 역주

달이 지나도록 돌아오지 않았지. 그사이 어디서 무엇을 했는지 아무도 몰라. 겨우 돌아왔을 때 덴에몬은 그야말로 거지꼴을 하고 있었어. 데리고 갔던 일꾼들은 어떻게 된 일인지 한 명도 보이지 않았고.

그 일이 있은 뒤로 이가야는 갑자기 몰락하기 시작했지. 저택을 팔아넘기고 초라한 나가야(長屋)[35]에서 살게 되었지. 업자들과 교류하는 일도 없어져 덴에몬 일가는 언제인지 모르게 이 세상에서 사라져 갔어.

그렇지만 호기심 많은 두세 사람이 이 기묘한 일을 그냥 보아 넘기지 않았지. 이가야 덴에몬은 일본 최고의 꾀보였어. 유신[36] 때문에 어수선한 세상에 재산을 잃을까봐 염려하여 모은 금과 은을 어딘가에 몰래 숨기러 갔던 거지. 그리고 일부러 나가야 같은 데서 살며 세상이 바뀌는 것을 지켜보고 있었던 거야. 금과 은을 묻는 일을 거들게 하려고 데려갔던 일꾼들은 비밀을 지키기 위해 아마 덴에몬이 손을 써서 죽여버렸을 테지.

그 시절에도 조금씩 그런 소문이 났을 뿐 아니라 사이토 긴게쓰라는 사람은 일기에 그 이야기를 써서 남겼는데 유신 자료집 출판물에 섞여 활자화되기까지 했을 정도야.

그럼 이가야 덴에몬의 자손이 그 숨겨놓은 보물을 파냈을까? 아니야. 아직 파내지 못했어. 덴에몬은 그 뒤 얼마 지나지 않아 병으로

---

35 여러 가구가 들어가 살 수 있도록 길게 지은 단층 연립주택 형식의 가옥. – 역주
36 메이지유신을 가리킨다. 어느 한 시점이 아니라 바쿠후가 무너지고 왕정복고가 이루어지는 과정을 말한다. 일본에 자본주의가 제대로 자리 잡기 시작한 시기로 대개 1853년 ~1877년 즈음이다. – 역주

숨을 거뒀는데 보물이 묻힌 곳을 적은 비밀문서를 남기고 떠났지. 그런데 조심성이 지나쳐 그 내용이 암호 같았기 때문에 자손들이 풀 수 없었지. 물론 여러 차례 발굴 작업에 나서기는 했지만 모두 실패 로 끝났어.

네 집에서 함께 지낸다는 호시노 세이고로가 바로 이가야 덴에몬 의 손자뻘이 되지. 비밀문서도 호시노가 가지고 있어. 돈벌이라면 한 치도 빈틈이 없는 네가 과연 그 냄새를 맡지 못했을까? 특히 넌 이가야의 친척이고 호시노의 사촌 형인데.

넌 호시노가 어렵게 사는 걸 빌미로 아주 친절하게 호시노와 호시 노의 외동딸을 네 집으로 끌어들여 돌봐주기로 한 거지. 그리고 1년 쯤 호시노와 힘을 모아 그 암호 문서 해독에 몰두했어.

어때, 내 이야기에 틀린 부분이 있나?"

쓰지도 노인은 죽은 사람 같은 낯빛이 되어 온몸을 와들와들 떨면 서 투구 안에서 흘러나오는 무시무시한 이야기를 듣고 있었지만 얼 른 대답할 말을 찾지 못하고 초점 잃은 눈으로 주위를 두리번두리번 둘러보기만 할 뿐이었다.

"하하하……. 잠자코 있는 걸 보니 내 이야기가 틀림없는 모양이 야. 그나저나 이렇게 네가 이 사무실에 살인을 의뢰하러 온 걸 보면 암호를 풀었다는 이야기로군. 보물이 어디 있는지 확실하게 알아낸 거겠지.

보물이 있는 곳을 알아냈으니 사촌 동생은 거추장스러울 거야. 절 반으로 나누기보다 독차지하고 싶은 게 사람 마음이지. 그러려면 호시노를 없애는 방법밖에 없을 테고. 네가 굳이 이런 곳까지 온 까닭은 바로 그 때문일 거야. 하하하……, 놀랐나? 내가 어떤 사람인지 이제 좀 알겠어? 내겐 눈이 백 개, 손발이 백 개 있어. 그 백 개의 눈으로 세상 뒷골목까지 샅샅이 들여다보지. ……이봐, 영감. 뭐라고 말 좀 해보시지."

쓰지도 노인은 상대의 이야기가 너무 정확해 진짜 부들부들 떨었다. 그리고 이렇게 무서운 인물에게 살인을 의뢰하겠다고 얼떨결에 찾아온 일을 후회하지 않을 수 없었다. 그렇다고 해도 이제 와서 꽁무니를 뺄 수도 없었다.

"아, 내가 잘못했소. 잘못했습니다."

노인은 갑자기 바닥에 무릎을 꿇고 애원하기 시작했다.

"그렇게 뭐든 다 아신다면 더는 구구하게 설명드릴 필요가 없겠군요. 말씀하신 그대로입니다. 호시노를 이 세상에서 없애고 싶습니다. 보수는 얼마든지 드리죠. 의뢰를 좀 받아들여주실 수 없겠습니까?"

"음, 그래? 역시 그랬군. 좋아. 의뢰를 받아들이도록 하지. ……그럼 내 방으로 와줘. 여긴 그냥 의뢰인을 시험하는 장소니까. 걸터앉을 자리도 없지."

노인은 몰랐지만 뭔가 신호를 보낸 모양이다. 그때 방 한쪽 벽이 지이잉…… 하고 움직이기 시작하는가 싶더니 불쑥 다른 방으로 가는 길이 나타났다. 그 비밀 문 안쪽에서 기묘한 인물이 한 명 튀어나왔다.

몸집은 열두세 살쯤 된 어린이처럼 작았지만 커다란 얼굴은 어른의 것이었다. 곡예단에서 흔히 어릿광대로 공연하는, 이른바 난쟁이였다. 밝은 빨간색 비로드에 군데군데 금실 장식이 달린 요란한 양복을 입은 모습이었다.

중세시대 서양의 임금님은 이런 불구자를 어릿광대로 궁중에 불러놓고 따분함을 달랬다고 하는데, 살인사무소 소장도 그걸 흉내 내어 이런 이상한 인물을 고용한지도 모른다.

난쟁이는 금실 장식을 반짝이며 기사의 갑옷 앞으로 다가가더니 마치 임금님에게 그러듯 공손하게 절을 했다.

"손님을 안내해라."

기사가 명령하자 난쟁이는 노인 쪽으로 돌아서더니 연극하듯, '자, 이리로'라는 몸짓을 했다.

악마의 의자

안내된 방은 아까와는 완전히 달랐다. 눈이 확 뜨일 만큼 화려하게 치장한 방이었다.

방 전체가 사악함을 상징하기라도 하듯 온통 밝은 붉은색으로 칠해져 있었다. 사방 벽을 가린 붉은색 비로드로 된 포근한 드림장막, 폭신폭신해 몸이 뜰 것 같은 밝은 빨간색 카펫, 묵직한 소파, 팔걸이 의자, 온통 빨간색뿐이었다.

머리 위에는 역시 같은 색으로 칠한 격자천장이 보였다. 거기 예스러운 장식 전등이 매달려 눈부시게 빛났다.

"이리 앉으십시오."

난쟁이가 어린애 같은 목소리로 의자를 권했다.

보니 그건 방 안에서도 돋보일 정도로 멋진 팔걸이의자였다. 등받이가 평범한 것들보다 곱절은 높고 양쪽 팔걸이도 뭔가 복잡한 조각이 되어 있는 커다란 의자였다.

"사양 말고 앉지."

소장도 권했다. 쓰지도 노인은 주춤주춤 그 의자에 걸터앉았다. 쿠션이 아주 푹신해서 덩치가 작은 노인은 의자 안에 가라앉아버릴 듯했다.

소장은 난쟁이의 시중을 받으며 재빨리 갑옷과 투구를 벗었다. 그리고 몸에 딱 맞는 검은 모직 셔츠와 바지 차림으로 노인 앞에 놓인 의자에 앉았다.

자세히 보니 뜻밖에 이 살인청부업자는 아직 스물네다섯 살쯤밖에 안 된 청년이었다. 치렁치렁한 머리카락을 멋지게 빗어 넘긴 이마가 하얗고, 이목구비가 수려한 젊은이였다.

"뭐야, 이런 젊은이였나?"

노인은 으스스한 갑옷과 투구의 공포에서 벗어나 마음이 놓이는 듯했다. 하지만 만약 이 청년의 정체를 알았다면, 이 잘생긴 젊은이가 바로 인간과 악마의 혼혈아인 오소네 류지라는 사실을 알았다면 마음이 놓이기는커녕 오히려 무서워서 더 떨었으리라.

아니, 그보다 더 마음에 걸리는 문제가 있다. 노인은 전혀 눈치채지 못했지만 살인사무소 소장은 심복은 물론 어느 부하에게도 민얼굴을 보여주지 않는다고 하지 않았던가? 그런데 처음 보는 의뢰인에게 아무런 거리낌도 없이 변장에 썼던 갑옷과 투구를 벗고 민얼굴을 드러내다니, 좀 이상하지 않은가? 여기에는 노인에게 다시는 햇빛을 보여주지 않겠다거나 하는 무시무시한 속셈이 있는 게 아닐까?

"그건 그렇고, 본론으로 들어가면 호시노 건은 틀림없이 의뢰를 받았어. 하지만 일을 처리하기 위해서는 준비가 좀 필요하겠군. 호시노는 영감 집에서 함께 살고 있잖아. 그러니 먼저 내가 영감과 똑 닮은 모습으로 변장해서 영감네 집에 들어가면 어떻겠나? 그리고 호시노가 나를 영감이라고 믿게 만들어놓은 다음에 적당히 해치우는 순서지. 아주 멋진 생각 아닌가?"

소장 오소네 류지가 여전히 싱글벙글 웃으며 기묘한 방법을 제안했다.

"방법이야 어떻게 하건 당신에게 맡길 텐데, 과연 그렇게 감쪽같이 변장을 할 수 있겠소? 나하고 똑같아진다니."

노인은 점점 대담해져 커다란 의자에 느긋하게 기대며 의심스럽다는 듯이 대꾸했다.

"하하하……. 영감은 내 솜씨를 모르니 그런 생각이 드는 것도 당연하겠지. 다른 사람은 흉내도 못 내겠지. 그렇지만 나는 할 수 있어. 난 변장이라는 걸 10년 동안 연구했으니까. 내 솜씨를 좀 보여드릴까?"

청년은 자못 자신 있다는 듯이 웃으며 옆에 있는 난쟁이에게 눈짓을 했다. 그러자 밝은 빨간색 옷을 입은 난쟁이는 말 잘 듣는 개처럼 바로 주인의 표정을 읽어내고 아장아장 구석으로 달려갔다. 그러고는 거기에 있는 서양 장롱 서랍을 열고 그걸 두 손으로 받쳐 들고 와 오소네 청년 앞에 무릎을 꿇었다.

가만 보니 그 서랍 안에는 순서대로 가지런히 정돈된 검은색, 노란색, 새하얀색, 희끗희끗한 색 등 갖가지 색깔과 모양을 한 가발과 수염이 가득했다.

오소네는 잠깐 노인의 얼굴과 서랍 안을 번갈아 보더니 이윽고 적당한 백발 가발과 가짜 수염, 가짜 눈썹 등을 골라내 재빨리 붙이고는 노인 쪽으로 얼굴을 쑥 디밀었다.

"어때? 이런 정도만 해도 구별이 되지 않을 정도지? 그렇지만 이건 절반도 하지 않은 거야. 곧 마무리를 할 테니 잘 봐두셔."

난쟁이는 가발이 담긴 서랍을 원래 자리로 되돌려놓고, 이번에는 다른 작은 서랍과 손거울을 가지고 와 청년 앞에 무릎을 꿇었다.

청년은 그 거울을 왼손에 들고 자기 얼굴과 노인 얼굴을 가만히 비교해보더니 서랍 안에서 크고 작은 여러 개의 붓과 솔을 꺼내 여러 가지 색이 담겨 있는 안료 그릇에 콕콕 적셔가면서 화가처럼 능숙한 솜씨로 자기 얼굴에 칠했다.

기껏해야 5분쯤 걸려 그는 메이크업을 모두 마쳤다. 이마나 눈꼬리에 보일 듯 말 듯한 잔주름까지 도저히 그린 것으로 보이지 않을 만큼 감쪽같이 그려냈다.

"영감, 이건 어때?"

쑥 들이민 얼굴을 보고 쓰지도 노인은 정말 깜짝 놀라고 말했다.

"희한하군, 희한해. 난 변장이라는 게 이렇게 무시무시한 건 줄은 몰랐소. 이런 정도면 나도 내가 두 명이 된 줄 알 정도겠구려."

"하하하……. 배우들이 하는 분장하곤 좀 다를걸."

이게 어떻게 된 일인가. 오소네는 말투며 목소리까지 완전히 쓰지도 노인이 되어버렸다.

"기가 막히네. 목소리까지 똑같구려."

노인은 변장하는 목적이 얼마나 무서운 것인지도 잊고 상대의 묘기에 손뼉이라도 칠 기세였다. 오소네는 웃으며 일어서더니 다시 난쟁이에게 신호를 보냈다. 그러자 이번에는 노인들이 입을 만한 수수한 양복을 가지고 왔다.

"자, 이걸로 갈아입어. 영감 옷은 내가 잠시 빌려야 하니까."

그러자 노인은 의자에서 일어나 옷을 갈아입었다. 두 사람이 다시 의자에 걸터앉아 서로 얼굴을 바라보는 모습은 진짜 말로 표현할 수 없는 희한한 광경이었다.

"이렇게 보니 당신이 나인지, 내가 당신인지 분간이 가지 않는구려."

쓰지도 노인은 저도 모르게 소리를 내어 웃기까지 했다.

"그럼, 영감도 마음 놓고 내게 일을 맡길 수 있겠다는 이야기로군."

그 말을 듣고 노인은 퍼뜩 현실로 돌아와 불안한 표정을 지었다.

"맡기기야 맡길 테지만, 괜찮겠소? 내게 하수인 혐의가 씌워지는 건 아닐 테죠? 당신이 나하고 똑같이 변장해서 일을 처리한다니 아무래도 그게 마음에 걸려서……."

"뭐, 이건 상대를 방심하게 만들어 끌어내기 위한 수단이야. 결코 증거나 실마리를 남기는 실수는 하지 않지. 내 사무소 신용이라는 게 있으니까."

"아까부터 묻고 싶었는데, 당신이 날 대신해 집에 간다면 나는 어찌해야 하오?"

"아, 그것도 걱정 없어. 영감은 며칠이건 여기서 뒹굴뒹굴 지내면 그만이야. 이 난쟁이가 시중을 다 들어줄 테니까. 식사도 충분히 할 수 있게 해줄 테고 고급술도 있지."

"그런가요? 그럼 그것도 됐고. 그런데 당신에게 줄 보수 문제인데, 그것도 나중에 다툼이 생기면 골치 아프니 미리 정해두는 게 좋겠소."

노인은 속으로 벌벌 떨면서도 가장 마음에 걸리던 문제를 꺼냈다. 어마어마한 금은보화가 매장된 일이라 얼마나 많이 부를지 노인은 벌써부터 그게 제일 큰 걱정이었다.

"좀 비싸."

아아, 아니나 다를까. 오소네의 목소리에는 뭔가 정체를 알 수 없는 위압감이 담겼다.

"에, 그러니까, 비싸다는 게, 어느 정도인지? ……당신 동료라는 사람 이야기로는 3천 엔에서 1만 엔 정도[37]라고 들었는데……. 될 수 있으면 제일 싼 쪽으로 좀……."

수전노 노인은 낯 두껍게 물었다.

"하하하……. 뻔뻔스럽게 말도 잘하는군. 시가 5천만 엔[38]이나 되는 엄청난 일 아닌가? 내게도 바라는 게 좀 있지."

"그렇다면?"

"그래."

오소네는 야릇한 미소를 지으며 노인의 얼굴을 빤히 들여다보았다.

---

37 '3천 엔에서 1만 엔 정도'가 〔슌〕에는 '3천 엔(지금의 백만 엔)에서 1만 엔 정도'로, 〔도〕에는 '3천 엔(지금의 백만 엔 이상)에서 1만 엔 정도'로 되어 있다. – 해제
38 '시가 5천만 엔'이 〔슌〕, 〔도〕에는 '시가 천만 엔(지금의 수십억 엔)'으로 되어 있다. – 해제

"영감, 난 영감 몸을 빌리고 싶은 거야!"

오소네가 이렇게 소리치자마자 무슨 장치가 되어 있는지 노인이 앉았던 큰 의자 쿠션이 덜컹하고 아래로 떨어졌다. 노인은 다리가 접힌 채 새우처럼 허리가 굽어져 쿠션과 함께 의자 안으로 주저앉고 말았다.

노인이 뭐라고 하는지 알아들을 수 없는 소리를 지르며 일어서려고 버둥거리는 사이에 아주 높은 의자 등받이 부분이 덜컹덜컹 3분의 1로 접히더니, 그것이 뚜껑이 되어 의자 윗부분과 앞쪽을 덮어버렸다. 동시에 양쪽에서 경첩이 달린 튼튼한 판자가 끼익하고 움직여 의자 옆면을 덮었다. 결국 쓰지도 노인은 눈 깜빡할 사이에 상자에 갇혀버리고 말았다.

"그게 내가 바라는 보수야. 난 오늘부터 영원히 영감이 되는 거지. 그건 영감의 백만 냥 몸값도, 이가야 가문이 숨겨둔 5천만 엔[39]도 모두 내 것으로 만들고 싶다는 소리야. 알겠나?"

"네 이놈, 나쁜 놈. 기다려. 기다려라. 할 이야기가 있어. 절반, 절반을 줄게. 내 것은 뭐든 절반을 나눠서 네놈에게 주마. 그렇게 하자, 이 나쁜 놈아!"

상자가 되어버린 의자 틈새로 노인의 처참한 목소리가 으스스하게 울려 퍼졌다.

파닥파닥 발버둥 치는 소리, 이윽고 물에 빠진 사람이 바위에 매달

---

39 '5천만 엔'이 〔슌〕, 〔도〕에는 '1천만 엔'으로 되어 있다. − 해제

리기라도 하듯 뼈만 남은 노인의 손가락이 죽을힘을 다해 하나, 둘, 셋, 상자 틈새로 빠져나왔다.

"영감, 이런 걸 자업자득이라고 하는 거야. 도대체 3천 엔이나 5천 엔 같은 푼돈을 받고 살인 의뢰를 받아들이는 그런 넋 나간 장사꾼이 어디 있겠나? 살인사무소란 건 가면일 뿐이지. 모두 영감을 이리 끌어들이기 위한 연극이었어. 그런 연극에 감쪽같이 속아 넘어갔으니 영감 자업자득이지.

난 군자금이 필요하거든. 내가 이 세상에 태어난 사명을 다하기 위해 자금이 필요하지. 나는 벌써 2년 전부터 이가야 집안이 숨긴 보물에 주목했고 그 자손의 행방을 찾았지. 그러느라 비용도 많이 들었어. 그리고 이제야 내 목적을 이룬 거지.

하하하……, 영감. 이제 내 지혜가 얼마나 뛰어난지 알겠나? 하지만 안심해. 영감 돈은 내가 고맙게 쓸 테니까. 지옥에서 내가 하는 일을 구경이나 하라고."

오소네는 할 말을 마치더니 성큼성큼 상자 옆으로 다가갔다. 안에서 노인이 악을 쓰며 몸부림쳤다. 하지만 오소네는 아랑곳하지 않고 조금 벌어졌던 틈새를 탁 닫아버렸다. 그리고 바깥쪽에 가로세로로 달린 트렁크 가죽끈 같은 띠를 하나하나 조였다.

그러자 의자는 원래 모습은 완전히 사라지고 곡마단 이삿짐처럼 단단하게 묶인 나무상자로 변하고 말았다.

"두목님, 잘 마무리되었군요."

입구에서 고개를 쑥 들이민 자는 아까 쓰지도 노인을 안내한 부하였다. 그가 소장의 얼굴을 본 적이 없다고 한 말도 역시 살인사무소를 그럴듯하게 꾸미기 위한 거짓이었다.

"응, 생각보다 어리숙한 영감이었어."

완전히 쓰지도 노인으로 변한 오소네는 빙긋 웃으며 부하를 돌아보고 대꾸했다.

"이 짐짝은 그곳으로 옮겨놓도록. 실수 없이 해. ……자, 난 이제 다시 연극을 시작해야겠군. 영감이 되어 집 안으로 들어갈 테니까."

"헤헤헤……, 그렇지만 그 저택에는 예쁜 아가씨가 있으니 두목님도 기대가 되시죠?"

"호시노의 딸 말인가?"

"그렇죠. 다들 이야기하더군요. 두목님과 그 아가씨라면 흠잡을 데 없는 한 쌍이 될 거라고. 언젠가 그 아가씨가 우리 여왕님이 되시겠죠?"

"쓸데없는 소리 그만둬. 난 그럼 바로 출발할 테니까 뒤처리를 부탁한다."

오소네는 기분 좋게 내뱉고는 쓰지도 노인과 똑같은 걸음걸이로 비틀비틀 방 밖으로 사라져갔다.

무서운 의혹

오기쿠보에 있는 쓰지도 저택에서는 호시노 씨의 외동딸 마유미(真弓)가 방 한 칸에서 뜨개질을 하면서 여느 때와 달리 귀가가 늦어지는 쓰지도 노인을 애타게 기다렸다.

아버지 호시노 씨는 왼쪽 눈이 전혀 보이지 않는 불편한 몸인 데다가 감기 기운이 좀 있어 일찌감치 침실로 돌아갔다.

괘종시계는 벌써 12시가 지난 시각을 가리켰다.

저택 부근에는 옛날부터 있던 숲이 아직 남아 있는 한적한 곳이라 밤이 깊으면 아무런 소리도 들리지 않았다. 지금 앉아 있는 이 방이 세상에서 뚝 떨어져 끝 모를 어둠 속을 떠다니고 있기라도 한 듯, 마유미는 불안한 기분이 들었다.

전등 아래 힘없이 고개를 숙이고 뜨개질을 하는 마유미의 옆얼굴은 그림처럼 아름다웠다. 전혀 치장을 하지 않았지만 열아홉 청춘이 뺨을 살짝 분홍빛으로 물들였다. 속눈썹이 긴 눈이 아름답게 물기를 머금어 꿈꾸듯 깊은 생각에 잠긴 모습이었다.

이윽고 자정도 30분이나 지났을 무렵, 대문 초인종이 여느 때와 달리 요란스럽게 울어댔다.

"어머, 아저씨가 돌아오신 걸까? 그런데 초인종 누르는 게 왠지 평소와 다르네."

마유미는 얼른 일어나 현관 전등을 켜고 쪽문을 지나 대문으로 쪼르르 달려갔다.

"누구세요?"

일단 물어보았다.

"나다. 어서 문 열어라. 얼른, 빨리."

쓰지도 노인이 황급한 목소리로 말했다.

마유미는 얼른 빗장을 풀고 노인을 맞아들였다.

"어머, 어떻게 된 거예요?"

"이상한 놈이 내 뒤를 쫓아와서. 그놈을 떨치고 오느라 얼마나 힘들었는지 모르겠다. 자, 얼른 문 닫아라. 아직 이 주변에 있을지도 몰라. 기분 나쁜 녀석이로구나."

마유미는 문을 닫으며 살짝 큰길 쪽을 둘러보았지만 특별히 수상한 인기척은 없었다.

"아저씨가 신경이 예민하신 거 아니에요? 아무도 없는 것 같은데요."

"내가 공연히 예민했던 걸까? 악당이 노리고 있는 거 아닐까? 네 아버지와 둘이 보물 행방을 찾고 있잖아. 그걸 눈치챈 놈이 있는 게 아닐까? 우리 보물을 가로채려고 꿍꿍이를 꾸미는 무서운 악당이 있는 거 아닐까?"

노인은 자못 무섭다는 듯이 중얼거리면서 현관을 지나 복도를 걸어 침실 쪽으로 서둘러 갔다. 마유미는 현관 문단속을 한 뒤 그 뒤를 따랐다.

　마당이 내다보이는 유리문이 달린 마루를 두 사람은 말없이 걸었다. 앞서 걷는 쓰지도 노인이 문득 멈춰 서서 유리문 너머로 어두운 마당을 바라보았다.

　노인이 바라보는 것은 캄캄한 마당에 있는 풀숲 부근이었다. 뭐가 있나 싶어 뚫어지게 바라보니 그 어둠 속에서 어둠보다 더 까만 물체가 어렴풋이 보였다.

　너무 어두워서 얼굴이나 옷차림은 잘 알 수 없지만 사람이 틀림없었다. 하지만 아무리 봐도 평범한 사람은 아니다. 뭔가 괴물 같은, 기형적인 모습이었다. 열두세 살 어린애 체격에 머리만 어른보다 컸다. 그리고 두 눈이 어둠 속에서도 반딧불처럼 타오르며 이쪽을 뚫어지게 바라보는 중이었다.

　마유미는 "앗" 하고 살짝 소리를 지르며 무심코 노인에게 매달려 그 가슴에 얼굴을 묻었다.

　그러자 노인은 마유미를 감싸듯 두 손으로 어깨를 꼭 껴안아주었는데, 마유미는 그 와중에도 문득 노인의 팔이 자기 몸을 필요 이상으로 세게 끌어안는다고 느꼈다.

　어머, 이게 예순 살이 넘은 아저씨의 몸일까? 이 팔심, 이 넓은 가슴, 빰에 느껴지는 힘찬 심장 고동, 그리고 이 체취는 결코 땀 냄새 밴 아저씨가 아니다. 훨씬 젊은 청년의 체취다.

　마유미는 정체를 전혀 알 수 없는 공포에 몸을 떨었다. 마당에 있는 괴물도 무서웠다. 하지만 마유미가 지금 안겨 있는 상대에겐 뭐라고 말로 표현할 수 없는, 악몽 같은 두려움이 느껴졌다.

그렇지만 그건 아주 짧은 순간이었다. 그녀가 얼른 몸을 움츠린 것과 노인이 손을 뗀 것은 거의 동시였다. 그리고 노인은 불쑥 큰 소리로 사람을 불렀다.

"여봐라, 아무도 없느냐? 할아범, 할아범! 마당에 수상한 놈이 있어. 어서 이리와봐!"

노인의 상당히 큰 목소리에 집 안에 있던 사람들이 잠자리를 떨치고 일어나 모여들었다. 호시노 세이고로, 일하는 할아범, 여자 하인은 모두 잠옷 차림이었다.

"저 소나무 아래 지금 이상한 놈이 서 있어. 할아범이 좀 살펴봐."

할아범이라고는 해도 노인의 경호원도 겸한, 경찰 출신 건장한 남자였다. 그는 얼른 안으로 달려 들어가 손전등을 들고 나오더니 유리문을 열고 그 아래 있던 나막신을 신은 다음 전등을 이리저리 비추며 수풀 안으로 들어갔다.

그사이 다른 사람들은 방문을 모두 열어젖히고 전등을 다 켜서 마당을 밝게 비췄다. 쓰지도 노인은 도코노마[40]에 걸어두었던 일본도를 뽑아 들고, 호시노 씨는 무슨 몽둥이 같은 걸 손에 들고 마당으로 내려서더니 할아범과 함께 수풀 쪽을 뒤졌다.

"아무것도 없는데요. 나리가 잘못 보신 거 아닙니까? 뒷문 단속도 제대로 되어 있고 담장은 이렇게 높아서 이 마당에 수상한 놈이 들

---

40 방 한쪽에 높이를 조금 높여 그림이나 꽃병 등을 놓아두는 부속 공간. – 역주

어올 리 없습니다."

할아범은 찾다 지쳐 불평하듯 중얼거렸다.

"마유미, 너도 그 남자를 봤니?"

호시노 씨도 반신반의하며 딸에게 물었다.

"예, 뭔가 시커먼 것이 서 있었어요. 사람 그림자 같았는데."

"그렇다면 잘못 본 모양이로구나. 여긴 갖가지 모양을 한 나무들이 있어서 어두울 때는 사람처럼 보일 수도 있지. 이 철쭉만 해도 마치 사람이 웅크리고 앉아 있는 모습처럼 보이니까."

"아니야, 그건 잘못 본 게 아니야. 틀림없이 사람이었다니까. 호시노, 아무래도 우리 비밀을 냄새 맡은 녀석이 있는 모양이다. 아까 이상한 놈이 내 뒤를 밟은 것 같았어. 그놈을 떨쳐내느라 힘들었지. 너나 나나 조심해야겠다."

쓰지도 노인은 치켜들었던 일본도를 내리고 마당에 선 채로 호시노 씨에게 속삭였다.

이만큼 찾았는데 아무것도 없으니 경찰에 신고할 수도 없는 노릇이라, 결국 소동은 흐지부지 끝나고 다들 문단속을 단단히 한 뒤에 잠자리에 들게 되었다.

마유미는 잠자리에 들어서도 이상하게 정신이 말똥말똥해 잠이 오지 않았다. 마당에 서 있던 기형적인 그림자도 기분이 나빴지만 그보다 쓰지도 노인이 너무도 젊고 힘 있게 느껴졌던 것을 도무지 머릿속에서 지울 수 없었기 때문이다.

얼굴이나 겉모습은 쓰지도 아저씨가 틀림없다. 목소리도 여느 때

와 똑같았다. 양복도 오늘 입고 나간 것과 같은 옷이다. 다만 그 양
복 안에 있는 몸만은 아무리 생각해도 예순 살 노인이 아니었다. 젊
디젊은 청년의 몸에 노인의 머리를 얹어 정상이 아닌 으스스한 느낌
이 들었다.

마유미는 쓰지도에게 안겼던 찰나 분명히 이성을 느꼈다. 젊디젊
은 체취와 뭔가 야릇한 느낌마저 들었다. 그건 평소 쓰지도 노인한
테서는 전혀 느낄 수 없는 것이었다.

"내가 정신 나가기라도 한 거 아니야?"

마유미는 그런 생각을 하는 자신이 막연히 두렵기까지 했다.

전등을 끈 캄캄한 방 안에 벌거벗은 기형적인 이매망량(魑魅魍
魎)41이 음란하게 웃음 지으며 모락모락 떠올라42 서로 밀치락달치
락하는 것 같았다.

깜빡 졸았나 싶었는데 말로는 표현할 길이 없는 기묘한 악몽에 시
달리다가 문득 눈을 떴다. 온몸이 땀에 축축하게 젖어 기분이 나빴
다.

그렇게 잠시 거실 시계가 1시를 알리는 소리를 듣고 2시를 알리는
소리를 들었는데, 이윽고 2시 반쯤에 마유미는 문득 문밖에서 누군

---

41 산이나 강에 있는 괴물, 혹은 온갖 괴물, 요괴를 뜻한다. 얼굴은 사람, 몸통은 짐승의
모습을 하고 사람을 홀린다. '이매'는 숲의 기운을 받아 생겨난 괴물을, '망량'은 산천초목
의 정령을 말하며, 산, 물, 나무, 돌 등 모든 자연물의 정기에서 생겨나며 인간으로 변한다
고 전해진다. 한자 네 글자가 발음은 다르지만 훈은 모두 '도깨비'다. - 역주
42 '전등을 끈~떠올라'가 [도]에는 '전등을 끈 캄캄한 방 안에 발가벗은 기형적인 괴물들
이 음란하게 웃음 지으며 우글우글 몰려들어'로 되어 있다. - 해제

가가 발소리를 죽이고 걷는 기척을 느꼈다.

오싹 소름이 끼쳐 저도 모르게 몸을 움츠리고 귀를 쫑긋 세우니 소리 죽여 걷는 발소리는 바로 마유미의 방 밖에서 멈췄다.

어둠 속에 흐릿하고 뿌옇게 보이는 맹장지. 그 종이 한 겹 밖에 누군가가 가만히 서 있다. 마유미는 숨을 죽이고 문을 노려보았다. 저쪽도 아마 숨을 죽이고 방 안 기척을 살피는 중이리라. 진땀이 나는 공포의 몇 초 동안.

하지만 닫혀 있는 것 같았던 희뿌연 문이 아주 천천히 조금씩 움직이는 느낌이 문득 들었다.

잘못 본 걸까? 아니, 그렇지 않다. 문밖에 있는 수상한 자는 아주 조심스럽게 문을 열고 있다. 그런 가운데 어느새 문과 문 사이로 새카만 작은 틈새가 생기지 않았는가.

이불자락 밖으로 눈만 내민 채 숨을 죽이고 바라보니 그 틈새로 뭔가 하얀 것이 엿보였다. 흰옷을 입은, 흰 얼굴의 남자다. 아니, 저렇게 새하얀 얼굴은 있을 리 없다. 흰머리와 하얀 수염이 틀림없다. 그 몽롱하게 보이는 흰 얼굴에 시커멓게 움푹 패어 반짝반짝 빛나는 것이 보였다. 눈이었다. 수상한 자의 한쪽 눈이 문틈 사이로 가만히 자신을 바라보는 중이었다. 마유미에게는 그게 30분쯤 되는 것 같았지만 사실 그 흰 얼굴이 들여다본 시간은 5초나 10초에 지나지 않았다. 그리고 수상한 자는 마유미가 잠이 푹 든 모습을 확인하더니 마음이 놓인 듯이 살살 문을 닫았다. 그러고는 살금살금 어디론가 멀어져가는 발소리가 들려왔다.

그 수상한 그림자는 쓰지도 노인이었다. 마유미는 거의 직감적으로 그렇게 느꼈다.

하지만 이 집 주인인 쓰지도 노인이 왜 이런 기괴한 행동을 한 걸까. 마유미는 다시 정체를 알 수 없는 의문을 품게 되었다. 만약 도둑놈이나 그런 비슷한 인간의 짓이라면 마유미는 그렇게까지 놀라지 않았으리라. 깊은 밤 집 안을 어슬렁거리는 사람이 도둑이 아니라 주인인 쓰지도 노인이라는 사실이 그녀는 진심으로 두려웠다. 그야말로 막연한, 미칠 것만 같은 공포였다.

대체 아저씨는 이런 한밤중에 남의 침실을 엿봐서 무얼 하려는 걸까? 혹시 아버지 신상에 무슨 문제라도 일어나는 게 아닐까.

문득 생각이 거기에 미치자 마유미는 가만히 있을 수 없었다. 저도 모르게 벌떡 일어나 잠옷 차림으로 살며시 문을 열고 복도를 내다보았다.

복도 끝에 쓰지도 노인의 서양식 서재가 있는데 그 문 앞에 하얀 물체가 떠 있는 모습이 보였다. 인색한 노인이라 복도 전등은 모두 끄기 때문에 제대로 확인할 수는 없었지만 그 흰 물체는 역시 잠옷을 입은 쓰지도 노인이 틀림없었다.

보고 있으니 그 흰 그림자는 서재 문을 열고 스윽 빨려 들어가듯 안으로 사라지더니 이윽고 딱 닫힌 문 열쇠 구멍 주변에 반딧불처럼 작은 불빛이 새나오기 시작했다. 서재 전등이 켜진 모양이었다.

그 불빛을 본 마유미는 불쑥 대담한 생각이 떠올랐다. 무척 겁이 났다. 하지만 두려워하면 할수록 수수께끼를 풀고 싶다는 호기심이 점점 더 커졌다. 마유미는 마치 자기가 유령이 되기라도 한 듯이 살금살금 복도를 걸어 서재 문으로 다가갔다. 그리고 문 앞에 쭈그리고 앉아 살며시 열쇠 구멍에 눈을 댔다.

실내에서는 밝게 빛나는 전등 아래서 잠옷을 입은 쓰지도 노인이 작은 장롱 서랍들을 하나둘 열며 그 안에 든 장부와 서류 묶음을 바닥에 아무렇게나 내던지는 중이었다.

아아, 역시 아저씨가 미친 걸까?

그야말로 미친 듯한 행동이었다. 이윽고 장롱 서랍을 모두 비웠을 무렵에는 서재 바닥은 흩어진 서류로 완전히 덮이고 말았다.

작은 장롱의 서류를 다 꺼낸 노인은 이어서 구석에 있는 금고로 갔다. 그 중형 금고에는 쓰지도 노인이 목숨보다 소중하게 여기는 중요한 서류가 들어 있었다.

노인은 잠옷 주머니에서 작은 수첩 같은 것을 꺼내 페이지를 뒤지더니 이윽고 금고 암호 문자를 찾아냈는지 수첩과 대조해가면서 다이얼을 돌리기 시작했다.

어머, 아저씨가 금고 암호를 까먹은 걸까? 저 수첩은 아저씨가 늘 양복 안주머니에 넣고 다니며 소중하게 여기는 것으로, 거기에 금고 암호가 적혀 있는 것도 알기는 하지만 수첩을 보지 않더라도 암호 정도는 쉽게 외우고 계셨던 거 아닌가? 게다가 하나하나 수첩과 대조하면서 문자판을 돌리다니, 참으로 이상하다. 아저씨 머리가 이상해진 걸까?

겨우 금고 문을 열더니 노인은 또 그 안에 있는 서류를 바닥에 내던지기 시작했다. 하지만 딱 하나, 낡은 봉투에 든 한 장의 문서만은 버리지 않고 소중하게 잠옷 주머니에 넣었다.

마유미는 그 봉투를 본 적이 있다. 다름 아니라 마유미네 집에 전해 내려오는 이가야 덴에몬의 암호 문서다. 전설처럼 전해 내려오는 보물이 숨겨진 곳을 기록한 문서다. 쓰지도 노인은 그걸 마유미의 아버지에게서 맡아 금고 안에 소중하게 보관해오고 있었다.

점점 부푸는 의혹에 두근거리며 바라보고 있자니 쓰지도 노인은 다시 미친 듯한 행동을 하기 시작했다.

그는 성큼성큼 마당 쪽으로 난 창문으로 가더니 커튼과 창문을 활짝 연 다음 갑자기 캄캄한 마당으로 뛰어나갔다.

어머, 왜 저러지? 아저씨가 정말 정신이 이상하구나. 아빠를 깨울까, 아니면 할아범을 불러야 할까.

마유미는 당장에라도 뛰어나가려고 했는데 활짝 열린 창문에 불쑥 노인의 백발 머리가 나타나더니 다시 서재 안으로 슬금슬금 들어왔다. 가만히 보니 맨발로 마당을 돌아다녔는지 두 발이 진흙투성이였다.

노인은 그 흙 묻은 발로 서재 안을 돌아다니고 카펫과 마루 위에 진흙 발자국을 여러 개 냈다. 그리고 다음에는 바닥 위에 엎드리더니 어질러진 장부와 서류를 마구 휘젓기 시작했다. 어질러진 방을 더 엉망으로 만들 작정인 모양이었다.

하지만 그렇게 노인이 손발을 바닥에 대고 기어 다니며 움직이는 중에 실로 무서운 일이 일어났다.

이윽고 노인이 마유미가 들여다보는 열쇠 구멍 바로 아래까지 기어왔는데, 거기서 빙글 방향을 바꾸어 또다시 반대편으로 기어가기 시작했을 때였다. 마유미의 눈앞에 노인의 맨발이 고스란히 드러났다.

시커멓게 진흙이 잔뜩 묻은 커다란 발바닥, 그리고 잠옷이 말려 올라가 무릎 아래로 드러난 장딴지.

그 모습을 보고 마유미는 너무도 무서워 '꺅' 하고 비명을 지를 뻔했다. 비명이 튀어나올 뻔했지만 이를 악물고 간신히 참았다.

그건 결코 노인의 메마른 다리가 아니었다. 반들반들 윤기가 흐르는 혈색 좋은 청년의 장딴지였다.

쓰지도 아저씨는 허리를 구부리고 노인 같은 모습을 하고 있지만 실제로는 이제 스무 살이 갓 넘은 청년이 아닐까?

그런 괴물 같은 상상이 마유미를 너무 무섭게 만들었다. 심장이 목구멍까지 튀어나와 숨이 막힐 것만 같았다.

마유미는 무서워서 더 들여다볼 수 없었다. 스르르 복도에 주저앉아 엉금엉금 기듯 침실로 돌아가 얼른 이부자리 안으로 파고들었다.

도저히 믿을 수 없는 일이었다. 마유미는 자기 눈조차 믿을 수 없었다. 이 일을 아버지에게 이야기할 용기마저 없었다. 그것은 현실 세계에서 일어난 일이라기보다 차라리 악몽 같았다. 이 모든 것이 무시무시한 꿈이 아닐까 싶다가도 또 그런 환상을 봤다는 생각에 불안하고 두려워졌다.

마유미는 이불 속에서 잔뜩 웅크리고 열병을 앓듯 부들부들 떨기만 할 뿐이었다.

백마 탄 귀공자

이야기를 건너뛰어, 그 이튿날 점심시간이 지났을 때였다.

쓰지도 노인의 저택은 옛날부터 잡목 숲이 많은 K거리 쪽에 있었는데, 지금 그 콘크리트 담장 안쪽에서 수수한 양장을 한 어느 아가씨가 살며시 나와 큰길 건너편을 바라보며 누군가를 기다리는 표정을 하고 서 있었다.

길게 늘어선 무사시노의 가로수길, 마구 쏟아지는 봄 햇살, 큰길가에 늘어선 커다란 상수리나무에 기대어 꿈꾸는 듯한 얼굴로 사람을 기다리는 아름다운 소녀. 한 폭의 그림이다. 만약 이게 서양 중세 풍경화였다면 아득한 길 저편에서 소녀를 향해 다가오는 용감한 기사의 모습을 그려 넣어야 했으리라. 아름다운 소녀의 눈빛에는 그녀가 기다리는 젊은 기사에 대한 동경의 빛이 감돌았다.

그 소녀는 다름 아닌 호시노 마유미였다. 어젯밤의 공포가 그 창백한 뺨에 흔적을 남기고 있기는 해도 누군가를 애타게 기다리는 눈빛에는 열아홉 봄 소녀의 그리움이 빛나고 있었다. 그녀의 기사는 과연 어떤 행운아일까.

아아, 보라. 그 행운아가 큰길 저 멀리서 숲을 지나 다가오고 있지 않은가.

비록 갑옷을 입고 투구를 쓴 기사는 아니지만 백마를 탄 귀공자였다. 새하얀 말을 채찍질하며 아무도 없는 길을 쏜살같이 달려오는 흰 얼굴의 잘생긴 청년. 검정 양복에 승마 바지, 은으로 만든 등자⁴³에 잘 닦아 빛나는 승마화. 그 또한 소녀와 마찬가지로 서양 풍경화 속 인물 같았다.

청년은 자기 성을 아리무라라고 밝혔을 뿐 어디 사는 누구인지 알 수 없다. 하지만 거의 매일 정해진 시간에 말을 타고 이 길을 지나며 늘 마유미와 인사를 하고 말에서 내려 이야기를 나눌 정도의 사이가 되었다. 그리고 이제 청년은 오로지 마유미를 만나기 위해 말을 달리고, 마유미는 매일 길에 나와 이 백마 탄 귀공자를 기다리게 되었다.

이윽고 마유미 앞에 다다른 청년은 말을 세우고 날렵하게 훌쩍 내려서더니 옆구리에 끼고 있던 꽃다발을 마치 중세시대 기사가 그러듯 소녀에게 공손히 바쳤다.

"어머, 예쁜 꽃이네. 늘 고마워요."

소녀는 예스럽게 얼굴을 붉히며 고개를 숙였다.

"오늘도 잠깐 함께 걷지 않겠어요?"

꽃다발을 손에 든 소녀는 청년이 권하는 대로 백마의 고삐를 쥔 청년과 어깨를 나란히 하고 조용히 걷기 시작했다.

"오늘 내 이야기는 재미없을 겁니다."

---

43 말을 탈 때 두 발을 끼워 디디는 장식. - 역주

청년은 소녀와 만날 때마다 늘 자기가 기사도를 지킨 이야기를 들려주었다.

"어제였어요. 여기서 2킬로미터쯤 떨어진 곳에 G라는 신사 숲 속에 깊은 못이 있잖아요? 그 연못에 다섯 살 먹은 사내아이가 빠졌습니다. 주위에 사람이 없었던 건 아니었어요. 그렇지만 노인이나 어린이들뿐이었죠. 다들 큰일 났다, 빨리 구해라, 라고 할 뿐 구할 수 있는 사람은 아무도 없었어요.

물론 제가 연못에 뛰어들어 그 애를 구했습니다. 축 늘어진 어린애를 말에 태우고 멀리 있는 병원까지 달렸죠. 그리고 나중에 기운을 차린 어린애를 그 애 집까지 데려다주었습니다.

재미없는 이야기죠? 그래도 난 역시 착한 일을 했다는 생각이 들어 기분이 좋았습니다.

자, 이번엔 마유미 씨 차례예요. 어제 마유미 씨는 어떻게 즐거운 하루를 보내셨죠?"

마유미는 고개를 숙인 채 대답하지 않았다. 늘 쾌활한 마유미가 전혀 웃지 않는 것은 왜일까.

"마유미 씨, 무슨 일 있습니까? 뭔가 걱정거리라도 있어요? 아, 그래. 맞아. 언젠가 들려주신 옛날이야기, 마유미 씨 조상님들이 숨긴 보물은 그 뒤로 어떻게 되었죠? 암호는 아직 풀지 못했나요?"

"예, 그 일로 말씀드리고 싶어서 기다리고 있었던 거예요. 뭐랄까, 전 아주 무서운 꿈을 꾼 기분입니다."

마유미는 고개를 들고 두려움을 견딜 수 없다는 듯이 청년의 아름다운 눈을 바라보았다.

"아, 그랬어요? 제가 재미없는 이야기를 해서 미안합니다. 무서운 꿈이라니, 대체 무슨 이야기인가요?"

청년이 말하자 마유미는 어젯밤에 일어난 일을 빠짐없이 들려주었다.

"그런데 쓰지도 아저씨는 전날 밤에 있었던 일은 전혀 모르는 척하고 있어요. 오늘 아침 서재가 어질러져 있는 걸 발견하고 깜짝 놀란 시늉을 하며 경찰을 불렀어요. 요란한 소동이었죠. 아저씨는 자기가 만들어놓은 진흙 발자국을 보고 밖에서 들어온 도둑놈 발자국이 틀림없다면서 화를 막 냈죠."

"이상하군요. 그런데 마유미 씨는 어젯밤의 일을 전혀 입 밖에 내지 않았나요?"

"예, 도무지 믿어지지 않아서요. 어쩌면 제가 역시 무서운 꿈을 꾼 건지도 모르죠."

"아뇨, 꿈이 아닐 거예요. 그 문제에 대해서는 조금 마음에 짚이는 게 있어요. 하지만 그다음 이야기를 먼저 듣고 싶군요. 그 후에 아저씨는 어떻게 하셨습니까?"

"경찰에서 나온 분이 한바탕 조사를 마치고 돌아가자 아저씨는 제 아버지를 불러 의논하기 시작하셨죠.

아저씨는 이렇게 말씀하셨어요. '도둑놈이 암호 서류를 훔치러 온 게 틀림없다. 다행히 내가 늘 몸에 소중하게 간직하고 있었기에 망정이지, 절대로 마음을 놓을 수 없다.' 하지만 늘 몸에 지니고 있었다는 건 거짓말이죠. 어젯밤에 도둑이 든 것으로 꾸며 금고에서 꺼냈을 뿐이니까요."

"음, 그래서요?"

"그 뒤 아저씨가 이상하게 아버지에게 이런 걸 물었어요. '꾸물거리다가 악당이 선수를 치면 큰일이니 하루빨리 보물찾기를 시작해야 한다. 호시노, 넌 보물을 숨긴 장소를 알지?' 물론 아버지는 모른다고 대답했죠. 암호는 아직도 전혀 풀지 못했으니까요.

그러자 아저씨는 '아, 그렇지, 맞아. 네가 아직 모르는구나' 하며 이상한 말씀을 하더니 이렇게 이야기했어요. '사실 나는 그 암호를 연구해서 많은 걸 알아냈다. 보물을 숨긴 곳도 대략 짐작이 가니 내일 이른 아침에 고후44 쪽에 있는 산속으로 가보지 않겠는가? 이런 일까지 생겼으니 이제 하루도 미룰 수 없다. 직접 그 장소로 가서 조사만이라도 얼른 해두어야겠다.'

그래서 아버지와 둘이 오래 무슨 의논을 하셨는데, 결국 내일 아침 두 분이 출발하기로 결정하신 모양이에요.

그리고 쓰지도 아저씨는 아버지와의 의논을 마치고 저녁에는 돌아올 거라면서 어디론가 나가셨죠."

마유미의 이야기를 다 들은 청년은 왠지 아주 심각한 표정을 지으며 그 자리에 멈춰 섰다.

"마유미 씨, 내가 생각하기에는 뭔가 악당이 함정을 판 느낌이 들

---

44 지금의 야마나시 현 지역을 말한다. 후지 산 북쪽 지역이다. – 역주

어요. 짚이는 구석이 있습니다. 만약 누가 쓰지도 아저씨로 변장한 거라면 그렇게 절묘한 변장을 해낼 녀석은 내가 알기로 일본에서 단 한 명밖에 없을 겁니다. 아니, 그뿐 아닙니다. 난 며칠 전 마유미 씨 댁 부근에서 그 녀석이 어슬렁거리는 것을 얼핏 보았죠. 또 어젯밤 마당에 나타났던 녀석이 아이 몸에 어른 머리를 얹은 것 같은 기형적인 모습이었다니 상대가 누군지 대략 짐작이 갑니다.

마유미 씨, 지금 당장은 말씀드릴 수 없지만 내겐 적이 한 명 있습니다. 그 녀석은 곡예사죠. 마술사입니다. 비행 기술도 뛰어나죠. 자동차 경주 챔피언이기도 합니다. 그놈에겐 이 세상에 불가능한 일이 없죠. 게다가 그 무시무시한 재능을 가지고 이 세상을 지옥으로 만들려는 극악무도한 야심을 품고 있어요. 그 녀석은 지옥 밑바닥에서 기어 나온 악마의 자식입니다.

나는 그 녀석과 싸워야만 하죠. 난 그 녀석과 재회할 날을 손꼽아 기다렸습니다.

아아, 드디어 그 악마를 만날 날이 온 것 같군요. 난 마유미 씨가 두려워하는 그놈이 그 녀석이면 좋겠다고 간절히 바라고 있어요.

마유미 씨, 쓰지도 아저씨가 집을 비웠다면 마침 잘되었습니다. 날 아버님에게 소개해주지 않겠어요? 언젠가 한 번은 만나 뵈어야 할 분입니다. 마침 좋은 기회 아니에요? 내가 아버님을 만나 좀 말씀을 드리고 싶은 게 있습니다."

마유미는 청년의 말뜻을 모두 이해할 수는 없었지만 아버지를 만나게 해달라는 요구를 마다할 까닭이 전혀 없었다. 오히려 이런 기회가 오기를 이제나저제나 가슴 설레며 기다리기까지 했다.

"그럼 제가 지금 집으로 돌아가 아버지에게 잘 말씀드려놓을 테니 조금 있다가 대문으로 와서 저를 찾으세요. 아버지는 마음씨 좋은 분이니까 걱정할 것 없어요."

그리고 두 연인은 기쁜 듯 미소를 나누며 잠시 헤어졌다.

도리이 고개의 괴기

그 이튿날 아침, 신주쿠 역에서 출발하는 마쓰모토행 준급행열차 3등실에 심상치 않은 두 여행자가 탔다.

한 명은 얼굴을 분간할 수 없을 정도로 백발에 흰 수염으로 뒤덮인 노인이고, 다른 한 명은 사냥 모자를 깊숙하게 눌러쓰고 커다란 색안경을 낀 마른 체격을 지닌 50대 남자. 두 사람 다 옷 주름이 선명하지 않은 낡은 양복에 각반을 두르고 손에는 싸구려 스틱을 든 고색창연한 등산 복장 차림이었다. 설명할 필요도 없이 쓰지도 노인과 호시노 세이고로 씨가 보물을 찾기 위해 여행에 나선 모습이다.

기차가 고후를 지나 니라사키[45]에 도착한 때는 이미 점심때가 다 되었을 무렵이었다. 두 사람은 거기서 내려 마스토미 온천[46]으로 가기 때문에 자동차를 고용해 도리이 고개[47] 기슭까지 간 다음 거기서부터 고갯길을 걸어 오르기 시작했다.

마스토미 온천은 관광지가 아니라 예로부터 치료를 위한 온천으로

---

45 야마나시 현 북부에 있는 니라사키 시를 말한다. – 역주
46 야마나시 현 호쿠토 시에 있는 유명한 라듐온천이다. – 역주
47 소설 본문에서 밝혔듯이 야마나시 현 니라사키 시에 위치한 고개로 해발이 1,123미터에 이른다. 《에도가와 란포 소설 키워드 사전》(히라야마 유이치, 도쿄쇼세키, 2007)에서는 나중에 설명되는 위치 관계에 비추어 '의문이 남는다'고 지적한 바 있다. – 역주

이름이 났기 때문에 흔히 온천장에서 보듯 손님들이 많지는 않았다. 길거리에는 두 사람을 제외하고는 여행객으로 보이는 사람은 없었다.

쓰지도 씨는 노인이고 호시노 씨는 몸이 불편하기 때문에 별로 험하지도 않은 고갯길을 여러 차례 쉬면서도 땀투성이가 되어 올랐다.

점점 시야가 넓어졌다. 아득히 저 아래로 흐르는 계곡물, 깎아지른 절벽, 푸르른 숲 속에서 들려오는 휘파람새 지저귀는 소리, 하늘은 구름 한 점 없이 맑아 봄 햇살이 고갯길을 밝게 비추었다.

"아우님, 여기서 또 잠깐 쉬어 가지. 이제 꼭대기에 거의 다 온 모양인데, 내가 하고 싶은 이야기가 있네."

쓰지도 노인은 길가 돌 위에 걸터앉아 호시노 씨를 불러 세웠다.

"아, 그게 좋겠군요. 저도 형님께 묻고 싶은 게 있는데. 그런데 여긴 왠지 으스스한 느낌이 드는 곳이네요."

호시노 씨도 다른 돌에 걸터앉으며 깊은 계곡을 내려다보았다. 뒤로는 얼마나 이어지는지 모를 깊은 숲, 앞에는 길이를 알 수 없는 거의 수직에 가까운 낭떠러지, 그 사이에 놓인 잔도(棧道)48의 폭은 2미터도 채 되지 않을 만큼 좁다. 앞뒤로 오가는 사람은 보이지 않고 드넓은 세상에 단 두 사람만 남겨진 듯한, 실로 적막한 분위기였다.

"아우님, 자네가 묻고 싶다는 게 뭔가? 먼저 이야기해보지 않겠나?"

---

48 절벽 같은 곳에 선반처럼 매달아 낸 길. - 역주

노인이 고개를 끄덕이며 말하자 호시노 씨는 커다란 색안경을 낀 눈으로 노인을 가만히 바라보면서 낮은 목소리로 입을 열었다.

"그건 보물을 숨긴 장소에 대한 이야기입니다만. 형님은 대체 어떻게 그 암호를 풀어낸 거죠? 전 아직 자세한 이야기를 듣지 못했는데 형님은 그저 '나만 믿어라, 내게 맡겨라'라고만 하시지…….'

"하하하……, 그 이야긴가? 그건 사실 나도 잘 몰라. 이 고개로 점찍은 건 뭐 직감 같은 거지. 아니, 그보다 난 왠지 자네와 단둘이 이런 곳에 오고 싶었던 걸세. 어때, 자네 이런 내 심정을 알겠나?"

"글쎄요. 왜 이 고개에 오고 싶었던 거죠? 그게 대체 무슨 의미인가요?"

"그건 말이야, 남들 이목을 피하고 싶었거든. 자네와 단둘이 있고 싶었던 거지. 여기 오면 무얼 하건 훼방 놓을 녀석이 없을 테니까."

"단둘이?"

"응, 그래. 자네 아직도 모르겠나?"

쓰지도 노인은 약간 고개를 숙인 호시노 씨를 위에서 유심히 내려다보며 오싹할 만큼 기분 나쁜 미소를 지었다.

"그건 말이야, 난 보물찾기 따위가 목적이 아니라는 이야기지."

"예? 뭐라고요?"

호시노 씨는 깜짝 놀란 듯 고개를 들더니 무심코 주위를 둘러보았다. 도움이라도 청하려는 듯한 몸짓이었다. 하지만 이 한적한 고갯길에 도와줄 만한 사람이 보일 리 없었다. 작은 새들이 지저귀는 소리와 깊은 계곡물이 졸졸 흐르는 소리 말고는 아무 소리도 들리지 않는 인적이 끊긴 곳이었다.

"아우님, 아니, 호시노. 넌 내가 대체 누군 줄 아는 건가?"

쓰지도 노인의 얼굴이 흘러내린 백발 사이로 더욱 무섭게 일그러지더니 서서히 악마의 비웃음을 지었다.

"예? 아니, 뭐라고요? 누구냐고요? 당연히 쓰지도 사촌 형님 아닙니까?"

호시노 씨의 목소리는 정체를 알 수 없는 공포 때문에 떨려 나왔다.

"그게, 그렇지 않아. 하하하……, 뭐 이걸 보면 알겠지."

여태 비실비실 굽었던 노인의 상반신이 벌떡 일어서듯 꼿꼿해졌다. 두 손이 재빨리 머리 위로 올라가는가 싶더니 더부룩한 백발이 둘둘 감겨 올라가면서 그 아래로 윤기 흐르는 검은 머리카락이 드러났다. 다시 두 손이 움직이더니 얼굴 전체를 덮고 있던 하얀 콧수염, 턱수염, 구레나룻이 하나하나 벗겨지고 대신 젊디젊은 청년의 피부가 멋진 마술처럼 드러났다.

"넌 누구냐?"

호시노 씨는 도망치려는 자세를 취하듯 비칠비칠 일어서며 소리쳤다. 그러자 그 수상한 인물도 가발과 가짜 수염을 움켜쥔 채 벌떡 일어섰다.

"네 사촌 형 쓰지도 노인은 아니란 소리지. 그 영감은 어떤 장소에 감금되었어. 그리고 내가 그 영감인 척하고 널 여기까지 불러낸 거야."

"그건 그렇고, 넌 대체 웬 놈이냐. 날 이리 끌고 와 어쩌겠다는 거지?"

호시노 씨는 만만하게 보이면 안 되겠다는 듯, 있는 힘을 다해 간신히 맞섰다.

"나 말인가? 난 살인회사 사장님이지. 하하하하……, 그런 회사를 열었더니 네 사촌 형 쓰지도 영감이 어슬렁어슬렁 찾아와 1만 냥[49]을 낼 테니까 네 숨통을 끊어달라고 부탁하더군. 살인회사라는 간판을 내걸고 있으니 거절할 수도 없지. 그래서 의뢰를 받아들였어."

괴청년은 태연히 그렇게 말하더니 껄껄 웃었다. 그 방약무인한 웃음소리가 계곡을 지나 건너편 산마루로 긴 여운을 남기며 사라져갔다.

호시노 씨는 뜻밖의 사태에 아무 말도 하지 못하고 우두커니 서 있었다. 창백한 얼굴에 손발도 공포에 질려 떨리는 듯했다.

"그 영감 탐욕도 대단하더군. 보물을 자네와 둘이 나누기 아까워진 거야. 완전히 독차지하고 싶은 거지. 그러려면 너 같은 거추장스러운 존재를 없앨 수밖에 없어. 1만 엔으로 살인회사가 일을 맡아준다면 싼 편이니까.·하하하……. 그렇지만 나는 그보다 한 수 더 앞을 본 거지. 결국 영감의 의뢰를 받아들여 너를 죽인 다음에 의뢰인인 영감의 숨통도 마저 끊어버리는 거야. 아주 좋은 생각 아닌가? 암호 문서는 손에 넣었고, 이제 남은 일은 숨긴 장소를 찾아내 몽땅 내

---

49 '1만 냥'이 (슌)에는 '1만 냥(지금의 3, 4백만 엔)'으로, (도)에는 '1만 냥(지금의 4백만 엔가량)'으로 되어 있다. - 해제

가 차지하는 일만 남았어. 시가 5천만 엔[50]이라니, 이거 괜찮은 일이 잖아?

그런데 그것 말고도 재미있는 게 있더군. 후후후……, 네 딸 말이야. 마유미. 그 애만은 목숨 걸고 아껴줄 테니까 마음 놓아도 돼. 악마의 나라 여왕님 역할을 맡게 될 거야."

괴청년은 더욱 방약무인한 태도로 제멋대로 지껄여댔다.

호시노 씨는 잠자코 고개를 숙인 채 두려움을 견디지 못하는 듯 몸을 부들부들 떨었다.

"이런, 불쌍해라. 떨고 있군. 그렇게 무서운가?"

괴청년이 비웃으며 상대의 참담한 모습을 바라보았다. 그러다가 괴청년의 표정이 불쑥 바뀌었다. 입가에 떠올랐던 야비한 웃음이 바로 사라지고 말로 표현할 수 없는 불안한 표정이 떠올랐다.

호시노 씨는 점점 더 심하게 몸을 떨었다. 어깨가 파도치듯 흔들리기 시작했다. 아니, 이게 두려워하는 사람의 몸짓일까? 도무지 그런 것 같지는 않았다. 마치 치밀어 오르는 웃음을 간신히 참는 모습이지 않은가.

"이봐, 호시노. 너 대체 어떻게 된 건가?"

괴청년은 비로소 진지한 표정을 지었다. 그는 상대를 뚫어지게 바라보면서 소리쳤다.

"<u>으흐흐흐……</u>."

---

50 '시가 5천만 엔'이 〔초〕, 〔신〕, 〔슌〕, 〔도〕에는 '시가 1천만 엔'으로 되어 있다. – 해제

참지 못한 웃음이 마침내 소리가 되어 호시노 씨의 입술 사이로 흘러나왔다.

"어떻게 된 게 아니야. 너 혼자 착각해서 떠드는 게 웃겨서 참을 수 없어서지."

호시노 씨의 말투가 확 바뀌었다.

"이봐, 오노기 류이치. 오래간만이야."

괴청년은 오노기라고 불리자 깜짝 놀란 듯 낯빛이 바뀌었다.

"아니, 뭐라고?"

"자넨 그렇게 뛰어난 변장의 명수면서 남의 변장을 알아차리는 능력은 전혀 없는 모양이로군. 날 완전히 호시노 씨로 여기다니, 자네답지 않잖아? 이봐, 오노기. 내 변장 솜씨도 형편없진 않은가봐."

호시노 씨로 변장한 남자는 그렇게 말하며 색안경을 휙 벗고 반백의 가발과 가짜 수염을 뜯어냈다. 그러자 상대와 비슷한 연배인 젊디젊은 잘생긴 얼굴이 드러났다.

"아, 아니. 넌 아리무라 기요시로군."

독자 여러분은 기억하시리라. 일찍이 도쿄 만에서 민간 비행대회가 열렸을 때 마지막 경기 프로그램에서 수준 높은 비행 묘기를 다투다가 비행기 충돌 사고로 뒤엉킨 낙하산에 매달려 포대 쪽에 떨어진 두 청년을. 그 가운데 한 명은 이 세상에 나타난 악마라고 스스로 일컫는 오노기 류이치, 다른 한 명은 스스로 정의의 기사라고 일컫는 아리무라 기요시였다. 운명적인 원수 사이인 오노기와 아리무라, 두 청년이 지금 이 산속에서 도저히 믿기 어려운 재회를 한 셈이다.

"용케 기억하는군. 내가 바로 그 아리무라다."

"그런데 네가 어떻게 이런……."

제아무리 악당이라 해도 오노기는 예상치 못하게 허점을 찔리자 어리둥절해서 더는 말을 잇지 못했다.

"네 음모는 마유미 씨가 모두 꿰뚫어 보고 있었지. 난 마유미 씨의 친구야. 이쯤만 이야기해도 자네라면 짐작하겠지. 쓰지도 노인이 진짜인지 가짜인지, 그걸 확인하기 위해 속은 척하며 여기까지 고분고분 따라온 거야. 하하하……."

아리무라 청년은 천연덕스럽게 큰 소리로 웃었다.

"으음, 당했군."

오노기는 화가 머리끝까지 치민 듯 무시무시한 표정을 짓고는 짐승처럼 으르렁거리며 상대를 노려보았다.

깊은 원한으로 얽힌 호적수는 이제 인적 없는 산속, 아득한 절벽 위에서 한없는 증오의 눈빛을 나누며 맞섰다.

독자 여러분은 아리무라 기요시가 사실은 아리아케 남작의 유복자 도모노스케이고, 오노기 류이치가 바로 아리아케 남작 부부를 끔찍하게 죽인 오소네 고로의 외아들 류지라는 걸 이미 아시리라. 하지만 두 청년은 그런 사실을 아직 전혀 눈치채지 못한 상태였다. 게다가 인연이란 얼마나 무시무시한 것인가 하면, 그런 사실을 알지 못하면서도 두 사람은 태어날 때부터 원수인 양 서로를 증오하는 사이였다.

투쟁

"그러면 너는 호시노를 대신하겠다는 이야기로군. 결국 호시노 대신 내 손에 죽겠다는 이야기네."

이윽고 오노기가 밉살맞게 이죽거리면서 침착하게 허리 주머니에서 미리 넣어둔 권총을 꺼냈다. 그리고 악마처럼 흉측한 웃음을 지으며 아리무라 청년에게 들이댔다.

"어떠냐. 설마 네가 하늘을 날 수 있는 도구를 준비하지는 못했을 테지. 자, 목숨을 내놓아라."

"하하하……, 비겁한 녀석. 힘으로는 당해내지 못하겠다는 건가? 쏠 테면 쏴라. 내겐 마유미 씨라는 수호신이 있으니까."

아리무라는 태연하게 팔짱을 끼고 적 앞에 버티고 섰다.

"제길, 마유미는 내 수호신이란 말이다!"

버럭 소리를 지르는가 싶더니 오노기가 손가락에 힘을 주자 방아쇠가 당겨졌다.

하지만 찰칵하는 희미한 소리만 날 뿐 연기도 피어오르지 않았고 탄환도 발사되지 않았다.

"이봐, 어떻게 된 거야? 수호신에게 버림을 받은 건가? 자, 이걸 봐."

아리무라 청년이 내민 손바닥 위에는 권총 탄환 여섯 개가 장난감처럼 얹혀 있었다.

"이런 일이 일어날 거라고 생각해 아까 열차 안에서 몰래 탄환을 빼놓았는데 그걸 눈치채지 못하다니, 자네도 허술하기 짝이 없군. 하하하……."

그 말을 듣더니 오노기의 얼굴이 새빨개졌다. 그러더니 그는 권총을 계곡 아래로 휙 내던졌다.

"도둑놈, 그럼 힘으로 맞붙자!"

소리를 버럭 지르자마자 두 손을 펼치고 덤벼들었다.

두 사람은 바로 맞붙어 땅바닥에 쓰러져 엎치락뒤치락 필사적으로 싸우기 시작했다. 인적 없는 잔도에 모래 먼지를 일으키며 두 마리 짐승처럼 구르고 또 굴렀다.

아리무라 청년은 유도 2단의 실력이었지만 상대인 오노기는 곡마단에서 단련해 몸놀림이 매우 가볍고 자유로웠다. 밀어붙이는 아리무라의 손아귀를 뱀처럼 빠져나가 바로 상대방 위에 올라탔다.

길은 2미터도 채 안 될 만큼 좁았다. 한 발만 어긋나도 까마득한 계속 아래로 떨어져 살아남을 수 없으리라.

구름 한 점 없는 푸른 하늘과 따갑게 쏟아지는 봄 햇살. 숲에서는 작은 새들의 지저귐. 계곡을 흐르는 물소리. 맑고 화창한 잔도. 거기서 맞붙었다 떨어졌다 하며 싸우는 두 사람. 헉헉거리는 거친 숨소리.

정신없이 싸우는 사이 어느새 오노기가 유리한 위치를 차지했다.

그는 잔도 안쪽에 누워 계속해서 아리무라를 절벽으로 밀어내려고
했다.

아리무라는 상대를 꼼짝 못 하게 만들려고 할 뿐인데 오노기는 상
대를 계곡 아래로 떨어뜨리려고 필사적이었다. 그래서 오노기가 유
리할 수밖에 없었다.

위태롭다. 위험하다. 아리무라의 몸이 겨우 3센티미터만 더 밀려
도 절벽 아래로 떨어질 지경이었다. 게다가 오노기는 그걸 알아차리
고 더욱 세게 밀어댔다.

마지막 순간, 아리무라 청년은 겨우 자기가 위기에 몰렸다는 사실
을 깨달았다. 고개를 휙 젖혀보니 눈 아래 깎아지른 절벽이 보였다.

앗, 큰일이다.

아리무라는 얼른 온 힘을 다해 오노기의 어깨를 부둥켜안은 채로
힘껏 몸을 뒤챘다. 그 방법 이외에는 살길이 없었다. 상대의 안부 따
위에 신경을 쓸 여유가 없었다.

유도의 누워서 쓰는 기술로 단련된 솜씨라 멋지게 성공했다. 한 바
퀴 굴러 상황이 완전히 뒤바뀌었다. 하지만 아리무라의 몸을 넘어
절벽 쪽으로 구른 오노기 아래는 바닥이 없었다. 그곳은 그냥 허공
이었다.

"으악!"

절망적인 비명을 남기며 오노기의 몸은 공처럼 계곡 아래로 떨어
졌다.

"이런!"

아리무라 청년은 살인을 저지를 마음이 전혀 없었기 때문에 그 모습을 보고 얼른 몸을 일으켜 절벽 아래를 내려다보았다.

하지만 계곡은 너무도 깊었다. 장난감처럼 아득하게 내려다보이는 계곡 아래 여울에는 사람이 떨어진 흔적은 보이지 않았다.

이상하군. 그렇게 빨리 물살에 휩쓸려 내려가지는 않았을 텐데.

이상하다는 생각을 하면서 두리번거리는데 생각도 못 한 아주 가까운 곳에서 간신히 짜내는 듯한 목소리가 들려왔다.

"여기다, 여기. 살려줘……."

계곡 아래만 신경을 쓰느라 거기는 눈에 들어오지 않았던 것이다. 얼른 살펴보니 잔도 2미터쯤 아랫부분 절벽에 자라나 있는 작은 나무에 오노기가 매달려 있었다.

발 디딜 곳도 없는 거의 수직에 가까운 바위산이라 오노기는 나무에 매달려 있을 뿐, 잔도로 기어오를 엄두도 내지 못했다.

"어허, 이런. 끔찍한 꼴을 당했군. 그게 자업자득이란 거지. 계속 그러고 있도록 해."

물론 살려줄 생각이기는 했지만 상대의 우스꽝스러운 꼬락서니에 아리무라는 그만 농담을 던지지 않을 수 없었다.

"이봐, 날 여기 그대로 두고 돌아갈 작정인가? 넌 그 착한 얼굴을 하고 살인을 저지를 생각이야? 갈 테면 가봐라. 내 목숨은 쓰지도 노인의 목숨과 맞바꾸는 거다. 내가 돌아가지 않으면 그 늙은이는 굶어 죽게 될걸."

역시 오노기는 그런 비참한 상황에서도 약한 소리를 하지는 않았다. 쓰지도 노인의 목숨을 마지막 카드로 내놓았다.

"좋아, 살려주기는 할 테다. 대신 노인을 내게 돌려보낸 다음에 쓰지도 씨 집안 문제에는 일체 손을 대지 않겠다고 약속할 텐가?"

아리무라 청년은 적을 혼내줄 수 있는 기회다 싶어 일부러 차분하게 물었다.

"약속하지, 약속해. 뭐든 약속할 테니 쓸데없는 소리 늘어놓지 말고 얼른 구해줘. 아아, 손가락이 찢어질 것 같단 말이다. 어서, 빨리……."

오노기의 낯빛은 흙색이 되었고, 이마에서는 진땀이 줄줄 흘렀다. 나무뿌리를 움켜쥔 두 손에서 끔찍하게 피가 흘렀다. 더는 지체할 수 없었다.

아리무라 청년은 재빨리 두 다리에 둘렀던 각반을 풀어 연결하더니 한쪽 끄트머리를 잔교 아래 돌부리에 연결하고 다른 한쪽을 왼쪽 손목에 단단히 묶은 다음 대담하게도 절벽을 슬슬 미끄러져 내려갔다.

"자, 내 몸을 잡아."

아리무라는 왼손을 쭉 뻗어 오노기의 양복 팔을 움켜쥐고 혼신의 힘을 다해 끌어 올렸다.

아리무라 청년의 엄청난 힘과 오노기가 곡마단에서 익힌 가벼운 몸놀림이 아니었다면 이 공중에서 벌어진 아슬아슬한 묘기는 성공할 수 없었을지 모른다. 그만큼 위태로운 곡예였다. 어느 쪽이 잠시라도 손을 놓친다면 두 사람 모두 몇 십 길 계곡 아래로 떨어져 뼈도

추리지 못했을 게 틀림없다.

결국 오노기는 간신히 목숨을 건져 잔도 위로 올라설 수 있었다.

"고마워, 고맙네. 아리무라. 자넨 대단해. 자기를 죽이려던 나를 목숨 걸고 구해주다니."

아무리 악인이라도 감동했는지 오노기는 눈물이라도 흘릴 듯 고마워했다.

"그럼 지금 당장 도쿄로 돌아가기로 하지. 미리 말해두겠지만 쓰지도 노인이 돌아올 때까지 난 자네를 놔주지 않을 거야. 도쿄에 도착하면 전화로 네 부하에게 지시를 내려 노인을 댁까지 모셔다드리게 해. 자넨 노인과 교환할 거야. 알겠나?"

"알았어. 아무리 나라도 목숨을 구해준 은인과 한 약속은 어기지 않아. 마음 놓으라고."

오노기는 고분고분 대답했다.

그리고 두 사람은 고개를 내려가 다시 자동차를 빌려 니라사키 역으로 돌아와 오후 6시가 조금 지나 상행선 열차를 탈 수 있었다.

올 때와 달리 돌아갈 때는 피차 정체가 드러나고 말았으니 굳이 3등차를 탈 필요도 없었다. 두 사람은 2등차의 편안한 의자에 앉아 지친 몸을 달래며 저물어가는 창밖을 말없이 바라보았다.

"아, 깜빡 잊었네. 그 암호 문서를 돌려줘. 난 그런 거에 아무런 흥미도 없지만 쓰지도 노인과 호시노 씨에겐 중요한 것이니까."

기차가 움직이기 시작한 지 얼마 지나지 않아 아리무라는 문득 떠올라 오노기에게 말했다.

"그게 말이야, 곤란하게 되었어. 나도 조금 전 자동차 안에서 생각이 나 안주머니를 뒤져보았는데 언제 잃어버렸는지 보이지 않네. 그 절벽에서 엎치락뒤치락할 때 계곡 아래로 떨어졌는지도 모르지. 아무리 찾아도 없어."

오노기는 자못 면목 없다는 듯이 풀이 죽어 대답했다.

"정말이야? 잘못 안 거 아닌가?"

"내가 이제 와서 거짓말을 하겠나? 봉투 안에 잘 넣어 안주머니에 넣어두었는데. 혹시나 싶어 주머니란 주머니는 모두 뒤져보았지만 통 찾을 수 없네. 네가 구해준 그 절벽을 올라올 때 상의가 여러 차례 뒤집혔으니 주머니에 든 물건이 떨어졌다고 해도 무리는 아니지. 지갑도 함께 넣어두었는데 없어져버렸으니까. 난 자동차 안에서 그걸 깨닫고 고개로 돌아가 찾자고 이야기할까 생각했지만 이미 저녁이고 그 계곡 아래로 내려가기는 힘든 일이라 우회해서 가게 되면 도저히 오늘 안에 끝나지 않을 거야."

"그거 큰일이군. 쓰지도 노인이 무척 실망하겠는걸."

"아니야, 그건 염려 없어. 암호문이라는 게 무슨 소리인지 알 수 없지만 비교적 간단한 문장이라 호시노나 쓰지도 노인이나 분명히 다 외울 거야. 암호를 풀려고 오랫동안 애를 썼으니 애써 기억하려고 하지 않더라도 틀림없이 절로 외워졌을 테지."

"그도 그렇군. 지금은 암호 문서보다 쓰지도 노인을 구해내는 일이 우선이니. 오늘은 이만 돌아가기로 하지."

대화가 끊기자 두 사람은 그대로 입을 다물고 다시는 이야기를 나누지 않았다. 아리무라 청년은 이 악당과 말을 섞는다는 게 못마땅한 심정이었고, 오노기 쪽은 그저 패배자의 열등감을 느끼는 듯 고개를 푹 숙이고 얌전히 있었다.

오노기는 잠시 후 용변을 보러 갔지만 자리로 돌아와 다시 원래대로 고개를 숙인 채 꼼짝도 하지 않았다.

얼마 지나지 않아 갑자기 주변이 캄캄해졌다. 기차가 터널로 들어섰던 것이다. 길지 않은 터널이기 때문인지 아니면 차장의 실수였는지 미리 기차 안의 전등을 켜지 않았기 때문에 3, 4초간 객실 안은 앞이 전혀 보이지 않을 만큼 캄캄했다.

오노기는 기차가 터널 어둠에 싸이자마자 옆에 앉은 아리무라 청년이 눈치채지 못하게 슬쩍 일어서더니 검은 바람처럼 뒷부분 차량 승강구 쪽으로 달려가 벌컥 문을 열었다. 그리고 쏜살같이 질주하는 기차에서 터널 어둠 속으로 훌쩍 뛰어내렸다. 목숨을 건 대담한 행동이었다. 그렇지만 곡예사인 오노기에게는 손바닥을 뒤집는 일만큼 쉬운 일인지도 모른다.

불쑥 창밖이 밝아지자 옆자리에 있던 오노기가 보이지 않았다. 설마 이토록 빨리 달리는 열차에서 뛰어내릴 줄은 상상도 하지 못했기 때문에 아리무라는 신경 쓰지 않았다. 그런데 지금 보니 오노기가 앉았던 의자 위에 쪽지 한 장이 놓여 있었다. 연필로 뭐라고 작게 적은 쪽지였다.

얼른 집어 들어 보니 그것은 오노기가 아리무라에게 남긴 갈겨쓴 편지였다. 그리고 거기에는 다음과 같은 놀라운 내용이 적혀 있었다.

아리무라, 결국 마지막 승리는 내 차지였군. 네가 울상을 짓는 얼굴이 눈에 선해. 암호 문서를 잃어버리다니, 그건 말짱 거짓말이지. 게다가 이렇게 되었으니 쓰지도 영감은 돌려보내지 않겠어. 그뿐만 아니지. 너를 깜짝 놀라게 만들 일이 있어. 네가 반한 마유미 씨는 우리가 집을 비운 사이에 내 부하들이 그 집에서 이미 데리고 나왔거든. 지금쯤 내 집에서 내가 돌아오기를 애타게 기다리고 있을 거야. 불쌍한 녀석. 네가 호시노를 어디에 숨겨놓았는지도 부하들이 모두 파악해 우리가 도쿄를 비운 사이에 사로잡았을 테지. 그 외눈박이도 쓰지도 영감과 마찬가지 운명이지. 어때, 그야말로 완벽한 승리 아닌가? 보물도 여자도 모두 내가 독차지하는 거지. 난 이다음에 지날 터널에서 너하고 작별할 작정이야. 뭐 아무쪼록 잘 지내게. 안녕, 잘 살아. 이 편지는 기차 화장실 안에서 쓰네. 문밖에서는 네가 지켜보고 있을 테니까. 그럼 수고하게.

아아, 이럴 수가. 상대의 의표를 찌른 줄 알았는데 그만 거꾸로 당하고 말다니.

"악당. 이 나쁜 놈!"

아리무라는 주먹을 쥐고 분통을 터뜨렸지만 이미 늦었다. 편지를 읽는 사이 기차는 이미 터널을 빠져나와 5백 미터도 넘게 달렸다. 지금 급히 멈춰달라고 해봐야 날쌘 상대방을 뒤쫓을 수는 없다. 그러느니 다음 역에 도착하기를 기다렸다가 전화로 인근 경찰에 도움을 청하는 편이 낫다.

아리무라 청년에게는 다음 역에 이르는 3분 동안이 마치 사흘 같았다. 기차가 멈추자마자 플랫폼으로 뛰어내려 철로를 가로지른 다음 역장실에 뛰어들어 숨을 헐떡이며 자초지종을 이야기했다.

역장은 전화를 걸었고 경찰서에서는 즉시 정복, 사복 경찰을 가득 태운 자동차를 터널로 급히 파견했다. 그렇지만 오노기의 모습은 물론 어느 쪽으로 도주했는지, 그 실마리도 잡지 못했다.

당연히 경찰 출동과 동시에 인근 역에도 두루 비상 수배가 내렸다. 그러나 이튿날이 되도록 어느 역에서도 오노기와 비슷한 인물은 나타나지 않았다. 그는 변장의 명수다. 어쩌면 나이 든 농부나 다른 모습으로 변장해 삼엄한 경계가 펼쳐진 이 지역을 쉽게 빠져나갔을지도 모른다.

아리무라 청년은 오노기의 말대로 완벽한 패배감을 맛보아야만 했다. 쓰지도 노인 말고도 호시노 씨까지, 게다가 사랑하는 마유미까지 이제 적의 포로가 되어 어딘지도 모르는 곳으로 끌려가고 말았다.

그 마유미가, 극악무도한 녀석 때문에 얼마나 불쾌해하고, 얼마나 참혹하게 시달릴까. 그런 생각이 들어 패배한 기사는 어찌할 바를 몰랐다.

난쟁이

오기구보 숲 속, 쓰지도의 드넓은 저택에서는 마유미가 쓸쓸히 집을 지키는 중이었다. 집주인인 쓰지도 노인과 아버지 호시노 세이고로는 오늘 아침 고후 부근에 있는 산속으로 여행을 떠나 집에는 일하는 할아범과 하녀뿐이었다. 집을 둘러싼 오래된 나무들이 드리운 그림자에 저택 안은 낮에도 어두컴컴하고 서늘했다. 도시의 소음도 이곳까지는 들리지 않기 때문에 쥐 죽은 듯 고요한 거실에 오도카니 앉아 있으면 어떤 괴물이 덮쳐올 것만 같아 마유미는 걸핏하면 뒤를 돌아보았다.

마당으로 난 다다미 네 장 반짜리 일본식 거실, 문 가까이에 놓인 작은 책상 앞에 무릎을 꿇고 다리를 옆으로 비스듬히 풀어 편한 자세를 취하고 있는 양장 차림의 마유미. 이 거실에는 어울리지 않는 양장이지만 그런데도 마유미에게는 잘 어울렸다. 화장을 하지 않아도 서양인처럼 흰 이마, 오동통한 분홍빛 뺨, 크고 맑은 눈동자. 마유미는 황량한 수전노의 저택에 어울리지 않는 한 떨기 꽃처럼 앉아 있었다.

책상 위에는 아름다운 장정을 한 시집이 펼쳐져 있었다.

툭 떨어진 동백 꽃송이는

　　오래된 연못의 붉은 눈동자가 되어

　마유미는 소리를 내어 시 한 구절을 읽었다. 그러다 흠칫 놀란 듯 주위를 둘러보았다.

　쓰지도 아저씨가, 이미 칠순에 가까운 그 할아버지가 20세 청년 같은 수상쩍은 체취를 풍겼다. 윤기 있게 빛나는 분홍빛 장딴지를 지녔다.

　그저께 밤51 열쇠 구멍으로 엿본 광경을 떠올리면 마유미는 말로 표현할 수 없는 두려움 때문에 지금도 온몸의 털이 곤두섰다.

　그건 쓰지도 아저씨가 아니다. 아저씨와 얼굴과 목소리는 똑같았지만 어떤 괴물이 아저씨로 변한 게 틀림없다. 어쩌면 옛날이야기처럼 무시무시한 괴물이 아저씨를 잡아먹고 아저씨로 둔갑한 게 아닐까? 그런 바보 같은 상상마저 머리를 스쳤다.

　"어머, 거기 누구예요?"

　마유미가 흠칫 몸을 떨며 뒤에 있는 장지문 밖을 향해 소리쳤다. 거기서 누군가의 발소리 같은 것이 들렸기 때문이다.

　하지만 마유미가 잘못 들은 걸까. 문밖에서는 아무런 대답도 없었다.

---

51 '그저께 밤'이 [초], [신]에는 '어젯밤'으로, [슌], [도]에는 '간밤'으로 되어 있다. - 해제

홀로 누운 깊은 밤

빈지문[52]을 툭툭 두드리는 함박눈이

다시 시집으로 눈길을 돌렸지만 오래 읽지는 못했다.

지금쯤 아버지는 무일 하실까. 기차 안에 계실까, 그렇지 않으면
기차에서 내려 도리이 고개라는 곳으로 올라가고 계실까. 아버지를
그런 산속으로 데려간 사람은 수상쩍은 쓰지도 아저씨다. 괜찮을까.
그렇지만 아리무라 씨가 반드시 지켜주겠다고 약속했으니까 마음
놓아도 되리라. 아리무라 씨는 소설에 나오는 기사처럼 현명하고 강
한 분인걸.

아리무라 청년의 늠름하고 잘생긴 얼굴이 눈앞에 크게 떠올랐다.
그분이 나를 사랑한다. 나를 위해 무슨 일이든 하겠다고 말했다. 그
러니 쓸쓸해할 일 없다. 그런 훌륭한 용사가 내 곁에 있어주시니까.

아리무라 청년의 모습을 떠올리는 동안은 모든 불안이 어디론가
사라져버려 마유미는 멍하니 책상 위에 놓인 꽃병을 바라보았다. 그
작은 꽃병에서는 그림 같은 장미꽃 한 송이가 달콤한 향기를 풍겼다.

마유미가 펼치는 상상의 날개는 그 장미꽃을 중심으로 연못에 퍼
지는 파문처럼 번져갔다. 아리무라 청년의 늠름하고 잘생긴 모습이
온갖 포즈를 취하며 방 안을 가득 채웠다.

청년은 빙긋 미소를 지으며 마유미 뒤로 살며시 다가와 따스한 두

---

52 비바람이나 눈을 막기 위해 한 짝씩 끼웠다 떼었다 할 수 있도록 만든 문. - 역자

손으로 어깨를 감싸 안아주었다.

부끄러움보다 뭔가 포근한 꿈처럼 편안함이 느껴졌다. 콧소리를 내며 응석이라도 부리고 싶은 심정이었다.

청년의 두 팔이 점점 세게 어깨를 껴안았다. 왠지 거친 느낌이 들었다. 그러다가 조여드는 힘이 너무 세서 숨이 막혔다.

마유미는 문득 달콤한 환상에서 깨어났다. 그런 일이 있을 리 없다. 아리무라 씨가 지금 이 방에 몰래 들어오다니, 상상도 할 수 없는 일이다. 그건 모두 내 공상 아니었나? 그런데 지금 이 어깨를 조여오는 힘은 꿈도 아니고 환상도 아니다. 진짜 사람의 팔이다.

마유미는 자기가 제정신이 아닌 건가 싶어 오싹했지만 무심코 고개를 돌려 뒤를 보았다.

그랬더니 어떤 사람의 얼굴이 눈에 들어왔다. 머리통이 후쿠스케 인형[53]처럼 펑퍼짐하고 털이 부스스 났다. 그 아래 핏발이 선 눈이

---

53 행복을 가져다준다고 믿는 인형이다. 정좌한 남자 모습인데 커다란 머리에 일본식 상투를 틀고 있다. 머리가 큰 남자를 비유적으로 가리키기도 한다. - 역주

▲ 후쿠스케 인형(Flickr By Nesnad, CC BY-SA 2,0)

기분 나쁘게 히죽히죽 웃었다.

징그럽게 생긴 들창코와 지나치게 붉고 두툼한 입술 사이로 흘러나오는 퀴퀴한 입김이 마유미의 얼굴에 바로 닿았다.

너무도 무서워 비명을 지르며 팔을 휘저을 지경이었다. 그렇지만 비명을 지르기도 진에 뭔가 희고 부드러운 것이 마유미의 코와 입을 덮었다. 조여드는 팔의 힘이 더욱 세졌다. 이제 꼼짝도 할 수 없었다.

코와 입을 막은 흰 물체에서는 말로 표현할 수 없는 독한 냄새가 났다. 영혼마저 마비되고 말 듯한 냄새가 가슴속까지 파고들었다. 그러자 눈앞이 뿌옇게 흐려진 느낌이 들었다. 소리가 들리지 않더니 이윽고 사고력이 안개 속으로 녹아들었다.

"후후후……, 아가씨. 용서해. 조금만 참아."

뒤에 있는 괴물이 혼잣말을 하며 손을 떼자 의식을 잃은 마유미가 스르륵 바닥에 쓰러졌다.

괴물은 여전히 히죽거렸다. 열두세 살 어린이만 한 몸집에 서른 살 넘은 어른 얼굴이 얹혀 있다. 난쟁이였다.

독자 여러분은 바로 이 난쟁이를 기억하시리라. 어느 밤중에 살인 회사 비밀 방에서 오소네 류지의 조수로 움직이던 반짝이 옷을 입은 그 괴물을. 바로 그 녀석이었다. 그놈이 어느새 반짝이 옷이 아니라 노동자처럼 허름한 양복 차림으로 나타났다. 어디로 어떻게 숨어들었는지 불쑥 나타나 마유미가 꾸던 달콤한 환상을 깼다.

"잘됐나?"

반쯤 열린 문밖에서 속삭이는 목소리가 들렸다.

"응, 됐어. 어서 상자를 가져와."

난쟁이가 대답하자 문이 활짝 열리고 노동자 차림을 한 남자 두 명이 커다란 나무상자를 짊어지고 들어왔다. 대충 깎은 송판으로 만든 포장용 상자 같았다.

"아름다운 여자로군."

한 사람이 자신의 입술을 혀로 핥으며 손가락 끝으로 마유미의 뺨을 콕콕 찔렀다.

"이봐, 장난하지 말고 얼른 관에 넣어. 두목님의 소중한 신부 아닌가."

안하무인으로 농담을 나누며 세 사람은 정신을 잃은 마유미를 나무상자에 넣어 뚜껑에 못까지 쳤다.

준비를 마치자 세 사람은 상자를 어깨에 짊어지더니 발소리까지 쿵쿵 울리며 복도를 지나 현관 쪽으로 걸음을 서둘렀다. 그 중간에 방이 한 칸 있는데 활짝 열린 문 안에서 일하는 할아범과 하녀가 정신을 잃고 쓰러져 있는 모습이 보였다. 난쟁이가 두 사람에게도 마취제를 맡게 해두었으리라. 그래서 마유미 방에서 그렇게 소란을 떨었는데도 달려오는 사람이 아무도 없었던 것이다.

문 앞에 트럭 한 대가 그들을 기다리고 있었다. 세 사람은 쓰지도 집안에서 부른 짐꾼처럼 마유미를 가둔 나무상자를 트럭에 싣더니 한 명은 운전석에 올라타고 나머지 두 사람은 짐칸 상자 뒤에 웅크리고 앉았다.

그리고 그 수상한 트럭은 요란한 엔진 소리와 함께 길에 흙먼지를 일으키며 어디론가 멀어져갔다.

대암실

마유미는 깊고 깊은 물속에 빠진 느낌이었다. 저 멀리 수면 위에서 사람들이 떠들고 있다.

"이봐, 아가씨."

자기를 부르는 목소리가 아득히 멀리서 들려왔다.

그 소리가 점점 커졌다. 누군가 물속으로 들어와 자신에게 다가왔다. 물속에서 목소리가 들릴 리 없는데, 그 사람은 다가오며 큰 소리로 "이봐, 이봐" 하고 소리를 질렀다.

그 목소리가 점점 귓가로 다가오더니 요란하게 경종이라도 울리듯 견디기 힘들게 커졌다. 동시에 누가 커다란 손으로 마유미의 어깨를 잡고 마구 흔들었다. 눈을 뜨면 안 된다, 여기는 물속이니까. 그런 생각을 하면서도 눈을 뜨지 않을 수 없었다. 마유미는 눈을 깜빡거렸다. 그리고 크게 숨을 쉬었다.

"아, 정신이 드나? 아가씨, 정신 차려."

그 목소리와 함께 기억 속에 남아 있던 냄새가 났다. 눈앞에 뿌옇게 떠오른 검붉은 물체가 그 징그러운 난쟁이의 얼굴이라는 사실을 깨달았다.

물속은 아니었다. 어딘지 몰라도 캄캄한 공간이었다. 몸 아래는 차가운 흙이었다. 난쟁이가 웅크리고 앉은 발치에는 오래된 서양식 촛대에 초가 불을 밝히고 있었다. 빛이라고는 그 불그레한 촛불 하나뿐, 온통 캄캄한 공간이었다.

아아, 내가 정신을 잃었지. 그사이에 이런 곳에 끌려온 거로구나.

여긴 어딜까? 도쿄 시내일까, 아니면 외진 시골일까. 시간이 얼마나 흐른 걸까. 마유미는 전혀 알 수 없었다.

그런데 여긴 야외일가 실내일까. 만약 야외라면 아무리 어두운 밤이라고 해도 하늘에 어렴풋한 빛이 있을 테고 공기의 흐름이 느껴져야 한다. 이 어둠, 이 정적, 전혀 흔들리지 않는 촛불의 불길을 보면 야외는 아닌 듯했다.

그래도 눈에 들어오는 것은 온통 어둠뿐. 벽이나 천장 비슷한 것도 전혀 보이지 않으니 집 안이라고 생각할 수도 없다. 혹시 여기는 땅속 커다란 동굴 아닐까? 문득 그런 생각이 들자 마유미는 더 겁이 나 몸을 떨었다.

"아가씨, 좀 어떠십니까? 자, 이걸 드셔보시죠. 기운이 날 테니까."

난쟁이는 여전히 히죽거리면서 포도주처럼 붉은 액체가 든 컵을 내밀었다.

마유미는 간신히 몸을 일으켜 컵을 받아 들고 단숨에 들이켰다. 악당이 베푼 자비 따위를 받아들이고 싶지는 않았지만 그런 생각을 하고 있을 수 없을 만큼 목이 말랐다.

그렇지만 아직 일어나 도망칠 만한 기운은 없다. 게다가 난쟁이의 얼굴이 징그럽기는 하지만 별로 해칠 생각은 없는 듯했다. 두려움이 조금 가신 마유미는 겨우 용기를 내어 입을 열었다.

"여긴 어디죠? 그리고 당신은 누구세요? 왜 날 이런 곳으로 데려온 거죠?"

난쟁이는 기다렸다는 듯 입술을 혀로 핥더니 히죽거리며 대답했다.

"여긴 말입니다, 아가씨 신랑 집이죠. 아아, 내가 신랑이라는 게 아니고. 나는 그 신랑의 하인. 그분은 아직 젊고 힘도 세고 아주 잘생긴 분이에요. 아가씨가 한눈에 반하고 말 겁니다."

그 말을 듣자 마유미는 등골이 오싹했다. 이렇게 캄캄한 곳에서 잘생긴 신랑이 기다린다니. 옛날이야기에 나오는 괴담 같지 않은가. 틀림없이 악마 같은 자일 것이다.

"돌아가게 해줘요. 집에 가게 해줘!"

마유미가 소리를 버럭 지르며 일어났다. 일어서서 두세 걸음 비틀거리더니 다시 털썩 차가운 바닥에 쓰러지고 말았다.

"하하하……, 안 돼요. 아무리 아가씨가 도망치려고 해도 빠져나갈 길이 없어. 그보다는 신랑에게 사랑받는 편이 아가씨에게 더 나을걸."

난쟁이는 아주 우습다는 듯이 얼굴을 찡그리며 비웃었다.

바로 그때 어둠 저편에서 젊은 남자의 목소리가 들려왔다.

"마유미 씨, 정신을 차린 모양이군."

흠칫 놀라 그쪽을 보니 먹을 끼얹은 듯한 어둠 속에서 하얀 물체가 어렴풋이 나타났다. 그 물체는 점점 사람 얼굴이 되어갔다. 스물네다섯 살로 보이는 잘생긴 청년이다. 새로 맞춘 산뜻한 양복을 입고, 윤기 넘치는 머리카락은 올백으로 빗어 넘겼다. 흰 손가락에서는 보석이 박힌 큼직한 반지가 반짝반짝 빛났다.

"아, 두목님. 어서 오십시오. 아가씨는 방금 정신을 차렸습니다. 아가씨, 이분이 아가씨 신랑이에요. 예쁘게 보이는 게 좋을 겁니다."

"쓸데없는 소리 하지 마. 넌 잠자코 있어."

미청년은 난쟁이를 꾸짖은 다음 마유미에게로 다가왔다.

"마유미 씨는 나를 모를 테지만 나는 쓰지도 노인과도 친하고 아가씨 아버님인 호시노 씨와도 잘 알아. 아버님한테 마유미 씨와의 결혼 허락도 받았고."

청년은 상상도 못 했던 말을 하고는 파랗게 질린 마유미의 얼굴을 가만히 들여다보았다.

마유미는 물론 청년이 한 말을 믿지 않았다. 그런 말도 안 되는 일이 있을 리 없다. 이 청년은 역시 마성을 지닌 존재가 틀림없다. 외모는 아름답지만 아주 기분 나쁜 아름다움이다. 뱀 같다. 마치 뱀처럼 미끌미끌하게 기분 나쁘다.

"으하하하……, 마유미 씨는 내가 터무니없는 소리를 한다고 생각하겠군요. 좋아요. 그렇다면 터무니없는 소리가 아니라는 증거를 보여드리지. 이봐, 난쟁이. 아가씨를 그 두 사람이 있는 곳으로 안내해드려. 알겠나? 아버지와 딸이 느긋하게 만날 수 있도록 해드리란 말이야."

청년이 영문을 알 수 없는 명령을 내리자 난쟁이는 화들짝 놀란 듯이 공손하게 절을 하고 바닥에 내려놓았던 촛대를 집어 들더니 마유미의 손을 잡고 앞장섰다.

"자, 아가씨, 이리 오시죠."

자꾸 잡아당기는 손에 이끌려 비틀거리며 그를 따라 30미터가량 걸었을 무렵, 이윽고 앞쪽 어둠 속에 흐릿한 사람 모습이 나타났다.

"자, 잘 보시죠. 아버지와 아저씨.⁵⁴ 맞죠?"

난쟁이가 촛대를 가져가 어떤 사람에게 비추는 모습을 보고 마유미는 깜짝 놀란 나머지 소리도 지르지 못했다. 악몽을 꾸고 있는 게 아닌지, 스스로도 제정신이 아닌지 의심스러워 견딜 수 없었다.

어두운 땅 위에 두 남자가 손을 뒤로 묶인 채 웅크리고 있었다. 한 사람은 머리가 흰 쓰지도 노인, 또 한 사람은 틀림없는 아버지 호시노 세이고로였다.

두 사람은 마유미를 보더니 깜짝 놀라 소리를 질렀다.

"아니, 넌!"

쓰지도 노인과 호시노는 유령처럼 창백하고 수척했다. 그런 얼굴을 한 두 사람은 검은 입을 쩍 벌리고 이구동성으로 소리쳤던 것이다. 그러자 그 소리가 메아리쳐 긴 여운을 남기며 허공으로 사라졌다. 역시 이곳은 야외가 아니다. 틀림없이 동굴 같은 곳이다. 그런데 도쿄 부근에 이렇게 큰 동굴이 있단 말인가?

---

54 '아저씨(원문에는 백부)'가 [초], [신], [슌]에는 '숙부'로, [도]에는 '아저씨'로 되어 있다. - 해제

"세상에, 아버지. 어쩌다 이런 곳에?"

마유미가 울먹이며 말했다.

"이런저런 사정이 있다. 어제 네가 데려온 아리무라라는 사람과 의논한 뒤 나는 친구 집에 숨어 있었지. 고후로 여행을 떠난 건 사실 내가 아니었다. 아리무라라는 청년이 나로 변장한 거였다. 그런데 어젯밤 늦게 아리무라의 편지를 가져온 심부름꾼이 내가 숨어 있던 곳으로 찾아왔단다. 나는 그 가짜 편지에 적힌 대로 그 집을 나와 마침내 이곳으로 끌려오고 말았지. 마유미, 속으면 안 된다. 여기 있는 놈은 아리무라의 적이란다."

아버지는 숨을 헐떡거리며 자초지종을 이야기한 끝에 딸에게 경고했다.

"어머, 그렇다면!"

마유미는 바로 그 말뜻을 깨닫고 겁에 질린 나머지 비명을 질렀다. 그러면 아버지로 변장해 여행을 떠난 아리무라는 어떻게 된 걸까. 혹시, 설마……

"으하하하……"

느닷없이 어둠 속에서 시원스럽게 웃어젖히는 소리가 메아리쳤다. 그리고 조금 전 그 잘생긴 청년이 촛불 불빛 속에 모습을 드러냈다.

"마유미 씨, 그 아리무라가 어떻게 되었을 것 같은가? 당신에겐 참으로 안된 일이지만, 뭐 운명이라고 체념해야지. 아리무라는 이미 이 세상 사람이 아니야. 당신 아버지 대신 도리이 고개 깊은 계곡에서 시체가 되었으니까. 오늘 아침 아리무라와 함께 고후에 간 사람은 사실 바로 나였지. 하하하……, 아리무라가 마유미 씨 아버지로 변장한 것처럼 난 쓰지도 영감으로 변장했던 거지. 그리고 도리이 고개 꼭대기에서 서로 정체를 드러낸 다음 목숨을 건 싸움을 벌였는데 내가 이겼다는 이야기야. 아리무라 녀석, 불쌍하게도 수십 길 계곡 아래로 으악 하고 비명을 지르며 떨어졌지. 하하하하……."

미청년 오소네 류지는 뻔뻔스럽게 거짓말을 늘어놓으며 마유미의 슬퍼하는 모습을 즐겼다.

"오오, 오죽이나 슬플까. 울고 싶다면 울어. 그렇게 눈물을 흘리는 마유미 씨 얼굴은 더욱 아름답거든."

마유미는 흐르는 눈물로 뺨을 적셨다. 하지만 소리를 내어 울지는 않았다. 피가 배어날 정도로 입술을 꼭 깨물고 애인의 원수를 노려보았다. 마유미의 눈에서 파란 불꽃이 뿜어져 나와 극악무도한 오소네의 온몸을 집어삼킬 듯 노려보았다.

"마유미 씨도 알고 있었나? 쓰지도 노인이나 아버지나 이렇게 나하고 결혼하는 자리에 참석해주신 걸. 혹시 마유미 씨도 당신이 나를 싫다며 거절하면, 봐, 이것 보라고. 이 녀석이 바로 아버지의 팔에 꽂히게 될 거야."

오소네는 오른손에 숨기고 있던 단도를 꺼내 촛불 불빛에 드러냈다. 날카로운 양쪽 날을 지닌 단도는 붉은 불빛을 받아 반짝반짝 기분 나쁘게 빛났다. 소리 없이 미소 짓는 청년의 입술이 피를 맛본 듯 아주 새빨갛게 번들거렸다.

악마의 진자

그 뒤로 한동안 외딴 동굴에서는 여기 적을 수도 없는 지옥 같은 광경이 펼쳐졌다.

쓰지도 노인과 아버지 곁에 있던 마유미는 동굴의 다른 구석으로 끌려갔다.

거기에는 이미 악마의 혼례가 준비된 상태였다. 추하고 괴상하게 생긴 난쟁이가 시중을 들어 괴기하기 짝이 없는 아홉 번 술잔이 오가면서[55] 오소네의 창백한 얼굴이 불처럼 달아올랐다.

그리고 단 하나뿐인 촛불마저 꺼진 어둠 속에서 술 취한 뱀의 어지러운 춤이 시작되었다. 뱀은 희생물로 바쳐진 마유미의 주위에서 미쳐 날뛰며 휘감고 비비 틀고, 기어 돌아다녔다.

그건 심해어가 사는 곳처럼 감각뿐인 세계였다. 마유미는 불길 같은 숨과 한껏 익은 감 같은 냄새, 잊을 수 없는 그 체취, 그리고 끈적끈적하고 미지근한 감촉에 시달렸다.

게다가 그 집념 어린 뱀 같은 존재가 아리무라 청년을 죽인 원수

---

55 원문에는 '산산쿠도(三々九度)'로 되어 있다. 일본 혼례 가운데 신을 모시고 올리는 혼례 때(신사에서 결혼식을 하는 경우 등) 남녀가 술잔을 나누는 혼례 확인 의식이다. 먼저 여성이 세 번, 이어서 남성이 세 차례, 마지막으로 여성이 세 번 마신다. 다 합치면 아홉 번이다. – 역주

라는 생각이 들자 더는 아무런 생각도 들지 않았다. 아버지도, 아저씨도 생각할 여유가 없었다. 마음속에서 치밀어 오르는 증오와 분노 때문에 마유미는 제정신이 아니었다.

마유미는 촛불이 꺼지기 전, 술에 취한 오소네가 그 단도를 옆에 내려놓는 모습을 그냥 보아 넘기지 않았다.

마유미는 몰래 그걸 집어 몸 아래 숨겼다.

여차하면 그걸로 몸을 지킬 수밖에 없다고 각오를 다졌다. 그리고 드디어 그때가 왔다.

마유미는 어둠 속에서 미끈미끈 휘감아드는 뱀의 몸통을 단도로 겨냥해 힘껏 찔렀다.

"으악!"

무시무시한 비명이 동굴 안에 메아리치며 울려 퍼졌다.

"이, 이것이! 날 죽일 작정인가? 제기랄, 이봐, 난쟁이. 불, 불. 얼른 불을 켜!"

마유미는 단도를 떨어뜨리고 말아 더는 찌를 수 없었다. 한 번 찌른 것이 끝이었다. 그게 급소를 벗어나 원수는 아직 살아 있다. 그 사실을 깨달은 마유미는 축 늘어져 다시 일어설 기운도 없었다.

성냥이 칙 하는 소리를 내더니 촛불이 밝혀졌다. 그 붉은 불빛 안에 오소네는 어깨에서 피를 줄줄 흘리며 무시무시한 표정을 짓고 서 있었다.

"으헤헤헤……, 네가 그토록 나를 싫어한다니. 좋아, 됐어. 그럼 내게도 생각이 있지. 그 고집이 통할지 어떨지 어디 한 번 볼까? 이봐, 난쟁이. 밧줄. 이것을 꼼짝 못 하게 묶어라. 그리고 그곳에 처넣어."

난쟁이가 어디선가 삼으로 만든 긴 밧줄을 들고 왔다. 히죽히죽 비웃는 그의 얼굴이 마유미의 얼굴 위로 다가오자 입 냄새가 풍겼다.

마유미에게는 이미 저항할 힘이 없었다. 바로 꽁꽁 묶였다. 난쟁이는 마유미를 애벌레처럼 굴려 어디론가 데리고 갔다.

그러다 불쑥 몸 아래 땅바닥이 훅 꺼졌다. 아찔하게 현기증이 느껴졌다. 무슨 깊은 구덩이 안으로 떨어지는 기분이었다. 그리고 마유미는 다시 정신을 잃었다.

그로부터 얼마나 지났을까. 어쩌면 하루나 이틀쯤 지났을지도 모른다. 문득 정신을 차리니 온몸이 꼼짝도 못 하게 묶인 채 이상하게 딱딱한 물체 위에 있는 상태라는 사실을 깨달았다.

마유미의 몸 아래 있는 것은 나무로 만든 커다란 틀 같은 것이었다. 그 틀 위에서 그녀는 손발은 물론 가슴과 배까지 굵은 밧줄에 꽁꽁 묶여 있었다. 오른쪽 손 팔꿈치 아래만 간신히 움직일 수 있었다.

"아아, 난 이제 죽는구나. 틀림없이 이렇게 굶겨 죽일 작정일 거야."

마유미는 이제 체념하고 말았다. 굶어 죽는 고통은 상상만 해도 몸이 떨릴 지경이었지만 악마의 신부가 되느니 차라리 굶어 죽는 쪽을 고르는 게 낫다고 굳게 마음을 다졌다.

그렇지만 악마의 지혜란 그 깊이를 헤아릴 수 없다. 이 구덩이 안에는 굶어 죽는 것보다 몇 십 배나 무시무시한 전율이 기다리고 있다는 사실을 누가 상상이나 할 수 있었겠는가.

가로세로 4미터도 안 되는 웅덩이 안에 뭔가 희미한 빛을 지닌 것이 움직였다. 고개를 틀어 바라보니 저쪽 구석에 새파란 도깨비불 같은 것이 빛을 냈다.

고개를 다시 돌리자 눈에 바로 들어온 것은 머리맡에 놓인 쟁반과 그 위에 있는 주먹밥 몇 개, 그리고 물이 담긴 찻잔이었다. 겨우 움직일 수 있는 오른손을 뻗어보니 간신히 닿았다.

"아니, 그럼 굶겨 죽일 작정은 아닌 건가?"

마유미는 갑자기 배가 고파졌다. 한심하다는 생각이 들었지만 도저히 견딜 수 없었다. 오른손이 거의 자동으로 움직여 주먹밥을 입으로 가져왔다. 그리고 찻잔의 물을 단숨에 들이켰다.

마유미는 너무 배가 고팠다. 정신을 잃었던 시간이 그만큼 길었다는 이야기다.

주먹밥 한 덩어리를 다 먹고 다음 주먹밥을 집으려고 할 때였다.

"악!"

마유미는 느닷없이 소리를 질렀다. 손가락이 닿은 것은 끈끈한 밥알이 아니라 솜털 같은 걸로 뒤덮인 미지근한 물체였다. 그게 마유미의 손안에서 후다닥 움직이는 느낌이 들었다. 그리고 집게손가락에 날카로운 통증을 느꼈다.

깜짝 놀라 손을 떼고 그쪽을 자세히 보니 커다란 쥐 한 마리가 쏜살같이 도망치고 있었다. 이 구덩이에는 들쥐가 산다. 그 녀석이 주먹밥을 발견하고 접근했다.

쥐가 도망친 방향에 폭 1미터가 넘는 시커먼 부분이 어렴풋이 보였다. 아무래도 그쪽에 큰 구멍이 나 있는 모양이었다. 쥐는 그 구멍을 통해 이리 기어들어온 게 틀림없었다.

이제 그 검은 구멍에서 눈을 뗄 수 없었다. 마유미는 쥐라는 동물이 끔찍하게 싫었다. 싫다기보다 무서웠다.

겁먹은 눈으로 검은 구멍을 노려보는데 이윽고 구멍 주변에서 뭔가 우글우글 꿈틀거리는 물체가 보이기 시작했다.

아아, 쥐의 머리다. 한 마리, 두 마리, 세 마리, 네 마리. 셀 수 없을 정도로 많은 쥐들이 구멍에서 머리를 내밀고 이쪽을 바라보고 있었다.

마유미는 너무 무서워서 "으악, 으악" 소리를 지르며 간신히 움직일 수 있는 오른손을 파닥거렸다. 그러자 쥐들은 얼른 구멍 안으로 모습을 감추었다. 하지만 조금 뒤 다시 구멍 부근이 우글우글 꿈틀거리기 시작했다. 그 가운데는 구멍에서 기어 나와 마유미 쪽으로 용감하게 슬금슬금 다가오는 녀석까지 보였다.

쥐들을 물리치기 위해서는 그저 쉴 새 없이 오른손을 파닥파닥거리며 움직이는 수밖에 없었다.

기나긴 시간이었다. 기계처럼 계속 움직이던 오른손은 거의 감각을 느낄 수 없는 지경이었다. 그래도 쥐가 무서워 손을 쉴 수 없었다. 마유미는 겁에 질린 눈으로 캄캄한 천장을 바라보며 지칠 대로 지쳐 거의 무의식적으로 그 동작만 되풀이했다.

문득 정신을 차리니 높은 천장 어둠 속에 슬금슬금 움직이는 물체가 보였다. 처음에는 박쥐가 날고 있는 건지 알았는데 그게 아니었다. 정체를 알 수 없는 커다란 기계 같은 것이었다.

그것은 커다란 시계의 진자와 아주 흡사했다. 그렇지만 시계의 진자와는 비교도 되지 않을 정도로 컸다. 어두워서 정확히 알 수 없었지만 길이는 2미터가 조금 안 되었고 폭은 80센티미터가량 되었다. 진자의 둥근 부분 끝에 은색 초승달 모양의 물체가 달려 있었다. 그것이 좌우로 크게 흔들릴 때마다 구덩이 구석에 있는 새파란 불길을 반사해 반짝반짝 빛이 났다.

마유미는 그 기묘한 기계 때문에 너무 무서웠지만 아직 쥐가 일으킨 공포를 잊을 정도는 아니었다. 다시 그 구멍 쪽으로 고개를 돌려 자칫하면 기어오를지도 모를 쥐에 정신이 팔렸다.

하지만 조금 뒤 다시 천장을 보았을 때 마유미는 깜짝 놀라지 않을 수 없었다. 그 커다란 진자가 좌우로 크게 흔들리면서 어느새 80센티미터가량 마유미 쪽으로 내려오지 않았는가. 진자는 그저 흔들리기만 하는 게 아니라 점점 아래로 내려오는 중이었다.

마유미는 그 수상한 기계 장치 때문에 쥐에 대한 걱정은 잊고 그저 진자만 바라보았다. 진자는 분명히 내려오고 있다. 좌우로 한 번 흔들릴 때마다 조금씩, 3센티미터 정도씩 마유미를 향해 다가왔다.

이제는 진자의 둥근 부분 끝에 달린 은빛 초승달 모양으로 된 부분이 또렷이 보였다. 마치 커다란 낫처럼 생겼다. 그리고 그 낫의 날 부분은 면도날처럼 날카로웠다.

쇠로 만든 무거운 진자는 허공을 가르며 왕복할 때마다 휙휙 날카롭고 무시무시한 소리를 냈다.

점점 내려오는 커다란 진자와 그 끝에 달린 거대하고 예리한 날을 보고 있자니 마유미는 온몸의 털이 곤두서고 이가 떨렸다.

마유미는 이제야 깨달았다. 악마의 무시무시한 꿍꿍이를 깨달았다. 그놈은 이 이상한 기계장치로 마유미를 죽이려고 한다. 하지만 당장은 아니다. 진자의 끝이 마유미의 몸에 닿을 때까지 내려오려면 아마 몇 시간 여유가 있으리라. 게다가 커다란 나무틀에 묶인 피해자는 점점 자기가 면도칼 같은 날에 잘려 죽을 거라는 사실을 알면서도 그 긴 시간 움직이지 못한 채 꼼짝없이 죽음을 기다려야만 한다.

마유미는 온몸이 땀에 흠뻑 젖었다. 심장이 마구 고동쳤다.

아아, 얼마나 긴 시간일까. 마유미에게는 아득한 세월처럼 느껴졌다.

"아리무라 씨, 아리무라 씨. 당신은 어디 있나요? 어서, 어서 날 데리러 와주세요."

아리무라가 죽었다고 믿는 마유미는 아득한 황천을 향해 마음을 다해 외쳤다.

이윽고 진자에서 나는 기분 나쁜 소리뿐 아니라 냄새까지 났다. 그 피 냄새 같은 강철의 날카로운 쇳내가 코로 스며들었다.

마유미는 제정신이 아니었다. 더 빨리 내려와라. 더 빨리 내려와 이 가슴을 베어다오. 마유미는 열병이라도 앓는 사람처럼 허공을 가르는 날을 향해 자기 몸을 들이밀려고 몸부림쳤다.

다음 순간 마유미는 넋이 나간 표정을 짓더니 그 반짝거리는 죽음의 날을 바라보며 미소 지었다. 마치 갓난아기가 반짝거리는 장난감을 본 듯 생글생글 웃었다.

그리고 마유미는 그만 다시 정신을 잃고 말았다.

다시 눈을 떴을 때는 지옥도 극락도 아닌, 여전히 아까 그 캄캄한 구덩이였다. 피에 굶주린 살인 진자는 어느새 깜짝 놀랄 만큼 가까이 다가왔다. 거대한 면도칼 같은 날과 마유미의 거리는 이제 겨우 30센티미터 정도밖에 남지 않았다.

진자는 마유미의 몸과 직각을 이루고 흔들렸다. 몇 십 분, 어쩌면 십 몇 분 뒤에는 마유미의 봉긋 솟아오른 가슴 위를 한일자로 베고 지나갈 위치였다.

마유미는 이를 덜덜 떨면서 면도칼 같은 반월도가 자기 가슴을 스치는 순간을 상상했다.

먼저 마유미의 옷 위를 한 번 슥 스쳐 지나며 천에 아주 살짝 보풀이 일게 만들리라. 하지만 두 번, 세 번, 네 번 진자가 왔다 갔다 할 때마다 천은 점점 더 크게 벌어질 것이다. 그리고 옷이 완전히 찢어지면 다음에는 속옷이, 그리고 아아, 저 반짝거리는 녀석이 마유미의 새하얀 젖가슴을 슈욱 스쳐 지나가리라.

그리고 살갗이 아주 가느다란 거미줄처럼 살짝 붉어질 것이다. 두 번, 세 번 스친 뒤에는 거기서 비단실처럼 피가 흐르고, 마침내 날카로운 반월도는 살갗을 베고 살을 파고들어 한참 시간이 흐른 뒤에는 뼈에 이르리라.

마유미는 빠득빠득 이를 갈면서 점점 다가오는 거대한 살인기계를 바라보았다. 눈길을 돌리려고 해도 그럴 수 없었다. 눈이 뭔가 아주 튼튼한 끈 같은 것으로 그 방향, 반짝반짝 빛나는 커다란 면도칼 날에 묶인 듯했다. 마유미는 마치 바보처럼 흔들리는 진자와 같은 방향으로 오른쪽, 왼쪽, 오른쪽, 왼쪽 고개를 움직였다.

아래로! 아래로! 거대한 칼날은 전혀 어긋나지 않고 정확하게 차츰차츰 아래로 내려왔다.

아래로! 아래로! 사람 힘으로는 어쩔 수 없는, 필연적인 운명처럼 마유미의 보드라운 살갗을 향해 다가왔다.

진자가 한 번 왕복할 때마다 마유미는 불처럼 뜨겁고 거친 숨을 헉헉 토했다.

아아, 진자 끝에 달린 반월도는 이제 젖가슴 위 10센티미터까지 다가왔다. 이제 서른 번, 아니 스무 번 왕복하면 그 날카로운 칼날은 틀림없이 천천히 마유미의 옷을 스치기 시작하리라.

마유미의 온 신경은 감전이라도 된 듯 처참하게 흔들렸다. 다시 정신이 아득해졌다.

그렇지만 이번에 정신을 잃으면 끝장이다. 다시는 정신을 차릴 기회도 없으리라.

마유미는 엄청난 정신력을 발휘하며 긴장했다. 뇌수가 오로지 한 가지 생각에만 집중했다.

마유미의 머릿속에 실로 절묘한 생각이 스쳤다. 마법 같고, 기적 같고, 신비로운 발상이었다.

그건 지금 마유미에게 남은 단 한 가지 수단이었다. 그것 말고는 이 사형을 벗어날 방법이 없었다.

하지만 이 얼마나 무시무시한 수단인가. 마유미는 불쾌한 생각을 하며 저도 모르게 몸을 떨었다. 그렇지만 워낙 위급한 상황이라 불쾌함 같은 것 때문에 고민할 여유는 없었다.

고개를 틀어 보니 머리맡에 있는 쟁반 옆에 어느새 시커먼 동물들이 수도 없이 몰려들어 주먹밥을 반쯤 먹어치운 상태였다.

마유미는 오른손으로 남은 밥알을 움켜쥐고 가슴과 배 위를 칭칭 감은 삼으로 만든 굵은 밧줄에 마구 문질렀다. 손이 닿는 한 밧줄 하나하나에 꼼꼼하게 밥알을 문지르려고 했다. 그리고 가만히 몸을 웅크린 채 숨을 죽이고 그 효과가 나타나기를 기다렸다.

아니나 다를까 탐욕스러운 쥐들도 잠시 멍하니 마유미의 행동을 바라보는 듯했지만 이윽고 그 가운데 한두 마리가 슬금슬금 가슴 위로 기어 올라와 밧줄을 갉기 시작했다.

마유미에게 접근해도 아무 일 없다는 걸 알자 다른 쥐들도 용기를 냈다. 쥐들이 줄지어 마유미의 몸을 기어올랐다. 그 검게 보이는 구멍 안에서도 계속해서 쥐들이 몰려나왔다.

마유미의 가슴과 배를 수많은 쥐들이 뒤덮었다. 쥐들은 쉴 새 없이 꿈틀거리는 커다란 검은 덩어리 같았다. 밧줄을 갉아 먹는 소리가 마치 거센 바람 소리처럼 들렸다.

쥐들은 밧줄뿐만 아니라 마유미의 목을 지나 턱까지 기어올랐다. 어떤 녀석은 입술에 코를 대고 냄새를 맡기 시작했다.

마유미는 죽을 맛이었다. 눈을 꾹 감고 이를 악물며 미칠 듯한 공포를 견뎌냈다. 더 큰 공포에서 벗어나고 싶었을 뿐이다.

예상보다 빨리 마유미의 기지는 효과를 거두었다. 툭 하는 소리가 나더니 밧줄 한 가닥이 끊어져 가슴을 조이던 힘이 느슨해지는 게 느껴졌다. 그리고 두 가닥, 세 가닥. 밧줄이 계속 끊어졌다. 필사적으로 버둥거리다 보니 어느새 마유미는 온몸을 자유롭게 움직일 수 있게 되었다.

"아아, 살았다!"

마유미는 기쁜 나머지 소리를 지르며 나무틀 위에서 차가운 바닥으로 몸을 굴려 빠져나왔다. 쥐들은 당황해 허둥거리며 앞을 다투어 아까 그 구멍으로 도망쳤다.

마유미가 몸을 굴렸을 때 진자는 머리카락 하나 거리까지 접근한 상태였다. 그래서 옷 어깻죽지의 천을 슥 스쳐 지나갔다. 1분만 늦었어도 틀림없이 마유미의 젖가슴에서 비단실 같은 피가 흘러나왔으리라.

마유미는 위기에서 벗어난 안도감에 바닥에 드러누웠다. 다른 생각을 할 기운도 없었다.

'살았어, 살았어, 살았어.'

그저 이런 말만 머릿속으로 고동처럼 되뇔 뿐이었다.

그런데 마유미가 진짜 살아난 걸까? 설사 살인 진자에서 벗어났다고는 해도 이 캄캄한 구덩이를 어떻게 빠져나갈 수 있을까. 악마는 틀림없이 조만간 자기가 계획한 사형이 실패로 끝났다는 사실을 깨달을 것이다. 그러니 두 번째 단계, 더 무시무시한 음모를 펼치지 않을 거라고 누가 보장할 수 있겠는가.

이매망량

축 늘어진 마유미 머리 위에 갑자기 드륵드륵 톱니바퀴가 맞물려 돌아가는 소리가 울려 퍼졌다.

깜짝 놀라 올려다보니 조금 전까지 그토록 마유미를 괴롭혔던 커다란 진자가 어둠 속에서 천장 위로 스윽 끌려 올라가는 모습이 보였다.

그렇다면 역시 악마는 이 구덩이 안을 어디선가 감시하고 있다는 이야기다. 그리고 진자 장치가 소용이 없다는 걸 알고 기계를 조작해 다시 천장 위로 끌어 올리는 게 틀림없다.

잠시 후 기분 나쁜 정적이 이어지더니 불쑥 구덩이 안이 조금씩 밝아지는 듯했다. 밝아진다고 해봐야 환한 햇빛은 아니다. 마치 지옥 밑바닥에서 타오르기 시작한 피처럼 검붉은 빛이었다.

그쪽을 돌아보자 마유미는 바로 깨달았다. 아까까지 반딧불처럼 파르스름하게 빛나던 도깨비불 같던 불길이 어느새 붉게 타오르고 있었다. 거기에는 화톳불처럼 장작이 쌓여 있었는데 무슨 장치를 해 두었는지 그게 저절로 타오르기 시작한 것이다.

마유미는 몸을 반쯤 일으켜 일렁거리는 붉은 불길의 그림자를 바라보다가 무엇을 보았는지 갑자기 소리를 지르며 바닥에 엎드렸다.

"악!"

아아, 저 모습은! 세상에 이럴 수 있을까? 아니면 어느새 마유미도 저세상 사람이 되어 지옥을 헤매고 있는 걸까?

헛것을 본 게 아닐까? 헛것이 아니라면 너무도 끔찍한 모습이었다.

마유미는 다시 확인하려고 주춤주춤 고개를 들었다.

그리고 눈이 튀어나올 정도로 힘을 주고 그것을 뚫어지게 바라보았다.

꿈이 아니다. 헛것도 아니다. 어두운 구덩이 안에서 타오르는 붉은 불길 속에 이상한 물체가 몽롱하게 보였다.

그것은 사람 두 배쯤 되는 거대한 박쥐였다. 회색 털이 무성한 몸통, 마른나무 가지 같은 두 다리, 그 끝에서 빛나는 낫을 닮은 날카로운 발톱.

등에는 검은 막과 같은 커다란 날개 두 개가 활짝 펼쳐졌다. 게다가 끔찍하게도 그 커다란 박쥐의 몸통에는 징그러운 사람 얼굴이 보였다.

번들거리는 벗어진 머리, 이상하리만치 무성한 눈썹, 살짝 웃는 듯한 눈, 두툼하고 새빨간 입술. 그 입술 양쪽 끝이 추하게 치켜 올라가 작은 어금니 두 개가 드러났다.

마유미는 그 괴물로부터 도망치고 싶어 초조했지만 사방이 막힌 구덩이 안은 도망칠 곳이 없다. 게다가 마유미의 몸은 조금 전까지만 해도 무시무시하게 시달렸기 때문에 일어날 기운도 없었다.

악몽을 꾸는 듯 초조해하면 할수록 마유미의 다리는 말을 듣지 않았다. 간신히 비틀거리며 한두 걸음 괴물로부터 도망쳤는데, 이게 어떻게 된 일인가. 시선을 드니 저쪽 어둠 속에서 또 다른 괴상한 물체가 마유미를 빤히 바라보고 있었다.

그것은 온몸이 털투성이인 발가벗은 인간 모습이었는데 끔찍하게도 얼굴은 새파란 뱀이었다. 핏발 선 눈, 쩍 벌린 입, 노란색 어금니, 그 사이로 불길처럼 타오르는 새빨간 혓바닥.

마유미는 다시 비명을 지를 힘도 없어 두 손으로 허공을 움켜쥐듯 하면서 다시 다른 방향으로 몸을 피했다. 그런데 그쪽에서도 시뻘건 괴물이 불쑥 나타났다.

이제 이 좁은 구덩이 안은 온갖 기괴한 것들로 가득 찬 듯했다. 마유미가 도망치려는 방향마다 마귀 같은 것이 불쑥 튀어나와 가로막았다.

그리고 그런 이매망량은 사방에서 마유미를 포위하듯 천천히 옥죄어왔다.

하지만 겁에 질린 와중에도 마유미는 그런 괴물은 결코 살아 있는 게 아니라는 사실을 깨달았다. 그것은 구덩이 사방 벽에 그려진 벽화에 지나지 않는다는 사실을 깨달은 것이다.

구덩이의 사방 벽은 흙이 아니라 철판 종류로 되어 있었다. 그 철판 표면에 우글우글 거대한 온갖 괴물의 모습을 그려놓았다. 그게 화톳불의 붉은 불빛을 받아 마치 살아 있는 것처럼 보였던 것이다.

하지만 그런 사실을 깨닫고도 마유미의 공포는 전혀 줄어들지 않았다. 아니, 그림 속 괴물보다 더 현실적인 바닥 모를 공포가 스멀스멀 다가오는 느낌이었다.

괴물들은 그림에 지나지 않았지만 그게 그려진 철벽 자체가 사방에서 점점 마유미를 향해 다가왔다. 벽이 움직였다. 그 무시무시한 진자와 마찬가지로 정확하게 기계 장치로 움직이는 듯했다.

사각이었던 구덩이가 점점 조여들었다. 두 모퉁이의 각이 점점 좁아지면서 마유미로부터 멀어졌다. 대신 다른 두 모퉁이의 각이 벌어지며 철판이 점점 다가와 앞뒤에서 마유미를 짓이기려는 기세로 좁혀들었다.

마유미는 이제 거대한 쥐덫에 갇힌 가엾은 한 마리 짐승이었다. 괴물들이 우글거리는 철판은 더욱 폭을 좁혀 한 장인 양 딱 달라붙고 말 것이다. 그리고 마유미의 부드러운 몸은 그 사이에 끼어 끔찍한 최후를 맞이하리라.

마유미는 튼튼한 철판 때문에 조금씩 구덩이 한복판으로 몰렸다. 저항할 수 없는 무서운 힘으로 차가운 흙 위를 밀려갔다.

마유미는 제정신이 아니었다. 두 손으로 흙을 움켜쥐려고 했지만 불쑥 바닥이 사라지고 말았다. 그리고 얼굴로 소름이 오싹 끼치는 차가운 바람이 불어왔다.

거기 지름 5, 6미터쯤 되는 둥근 구멍이 보였다. 조금 전 수많은 쥐들이 나타났던 그 구멍이다.

아아, 알았다, 알았어. 악마의 철판은 가엾은 희생양을 이곳으로 내몰아 저 구멍 안으로 떨어뜨린다. 마유미를 짓누르는 게 아니라 저 구멍에 빠뜨리는 게 악마의 진짜 목적이다.

마유미는 거의 무의식적으로 구멍 안으로 손을 뻗어보았다. 하지만 아무리 손을 뻗어도 바닥에는 닿지 않았다. 가만히 그 어둠 속을 들여다보고 끝없는 지옥이 이어지는 깊이를 모를 구멍인 모양이라는 생각이 들었다.

스르륵 스르륵 구멍 주위의 흙이 떨어졌다. 작은 돌을 찾아 던져 넣어보니 잊을 때쯤 되어서야 아득히 먼 저 아래서 첨벙하고 희미한 물소리가 들려왔다. 아아, 이 구멍은 오래된 우물이로구나. 깊이를 알 수 없는 오래된 우물이야.

철판은 무정하고 잔혹하게 폭력을 휘둘렀다. 마유미를 계속 마지막까지 몰아넣었다. 짓이겨질 것인가, 아니면 바닥 모를 낡은 우물에 빠질 것인가. 어느 쪽이건 빠져나갈 길이 없는 운명이었다.

마유미는 이미 유령처럼 가련한 모습이 되어 마지막 힘을 짜내어 구멍 쪽으로 기어갔다. 축 늘어진 상반신이 오래된 우물 안으로 꺾여 들어가자 풀어헤쳐진 머리카락이 마치 자석에 이끌리듯 우물 안으로 흘러내렸다.

"아리무라 씨, 아리무라 씨……."

마유미의 바싹 마른 입술이 살짝 움직여 그리운 사람의 이름을 불렀다. 그러자 거기 답하기라도 하듯 캄캄한 우물 아래서 커다란 사람 얼굴이 희미하게 떠올랐다. 아리무라 청년의 미소 짓는 얼굴이었다. 그는 구멍 안을 가득 채운 거인이 되어 마유미를 손짓해 부르듯 미소를 지었다.

"제가 지금 그리 갈게요. 기다리세요."

마유미의 입술에서 마지막 말이 흘러나왔다. 그리고 지칠 대로 지친 마유미의 몸은 연인의 환상을 끌어안으려는 듯 슬금슬금 구멍 안으로 기어들어가 깊고 깊은 어둠 속으로 떨어져갔다.

제2

소용돌이와
해골

가면 쓴 사람[56]

도리이 고개에서 돌아오는 길에 터널 어둠 속에서 오소네를 놓친 아리무라 청년은 도쿄에 기차가 도착하자마자 쓰지도 노인의 집을 찾아갔지만 그곳은 이미 빈 껍질이었다.

아리무라 청년은 바로 이 일을 경찰에 신고하고, 세 사람의 행방을 수사해달라고 부탁했다. 뿐만 아니라 스스로도 짚이는 장소를 미친 듯이 뒤지고 다녔다. 그렇지만 아무런 보람도 없이 근심 속에 사흘이 흘렀다.

나흘째 되는 날이었다. 아리무라 청년의 집에 기묘한 편지 한 통이 배달되었다.

아리무라가 사는 집은 쓰지도 집과 같이 오기쿠보라는 동네 외곽에 있었다. 나무에 둘러싸인 한적하고 조용한 작은 서양식 주택인 그곳에서 독신인 아리무라 외에 묘한 노인과 심부름하는 소녀, 이렇게 셋이서 살았다.

서재에 있는 아리무라 청년에게 심부름하는 소녀가 그 기묘한 편지를 가지고 왔다. 겉봉에 적힌 주소 글씨를 보아도 짚이는 사람이

없었고, 보낸 사람 이름도 없었다. 이상하다는 생각이 들었지만 어쨌든 뜯어보기로 했다. 그 편지는 다음과 같은, 악마가 보낸 무시무시한 소식이었다.

아리무라, 며칠 전 뜻하지 않은 일을 당하게 해서 미안하군. 마유미 씨는 내가 데리고 있네. 쓰지도 영감, 호시노와 함께 내 은신처에 있는 대암실에 가둬두었지. 아마 세 사람 모두 다시 햇빛을 볼 일이 없을 거야. 대암실은 영원한 어둠의 나라일세. 그리고 자네에게 한 가지 더 알려야 할 소식이 있어. 그 이가야 집안이 숨겨둔 보물 말이야. 그것도 내가 차지했네. 나는 그 암호문을 대번에 풀어냈지. 그래서 바로 발굴 작업에 착수했어. 인적 없는 산속이라 누가 눈치챌까 걱정할 필요는 없었네. 벌써 5분의 1쯤 되는 보물을 파내 대암실로 옮겼어. 앞으로 열흘 안에 모두 캐낼 작정이야.

언젠가 시나가와 앞바다 포대에서 다짐했던 걸 기억하나? 난 이 도쿄를 지옥으로 만들어 보이겠다고 맹세했지. 이제 그 약속을 지킬 때가 왔어. 나는 넉넉한 군자금을 마련했네. 이 자금과 내 지혜로 악마의 왕국을 세울 것일세.

두고 보게. 이제 도쿄 하늘을 뒤덮는 새빨간 소용돌이가 나타날 테니까. 그 소용돌이가 지옥의 화염과 시커먼 연기를 뿜어내며 빙빙 돌겠지. 이 세상 모든 것을 온통 악마의 빛깔로 색칠해버릴 거야.

이 글을 쓰면서 나는 부들부들 떨고 있네. 두려워서가 아니야. 기뻐서 떠는 거지. 드디어 내 꿈을 이룰 때가 왔다는 생각을 하면 가만히 있을 수 없을 정도야.

　자네는 그때 정의의 기사가 되어 이 세상의 사악함과 싸우는 삶을 목표로 하겠다고 말했지. 적으로 삼기에는 부족하지만 한번 덤벼보지 않겠나? 자, 언제든 오게. 악마의 나라는 이미 싸울 준비를 마쳤으니까.

-대암실에서

　악마의 도전장이었다.

　이 얼마나 건방지기 짝이 없는 소리인가. 마유미를 빼앗겼다. 게다가 매장된 보물까지 녀석이 차지하고 말았다. 악마의 지혜와 재빠른 행동에는 놀랄 수밖에 없었다.

　전에 시나가와 포대에서 정의를 위해 싸우겠다고 약속했다. 두 사람은 그때부터 원수 사이가 되었다. 하지만 이 엄청난 악마와 싸워 과연 승산이 있을까? 적은 어마어마한 재력을 가지고 철벽같은 은신처와 많은 부하까지 거느렸을 것이다. 그리고 지금 은밀하게 음모를 꾸미고 있으리라. 믿을 거라곤 자기 능력 하나뿐인 청년이 과연 그런 대단한 적에게 맞설 수 있을까?

　아리무라 청년이 악마가 보낸 편지를 한 손으로 움켜쥐고 생각에 잠긴 그때, 살며시 문이 열리더니 기묘한 인물이 한 명 들어왔다.

　그 인물은 주름이 많고 보풀을 세운 검은색 두꺼운 모직 법의 같은 옷을 걸쳤고, 같은 색 터키모자[57]를 썼다. 얼핏 보면 커다란 박쥐를

---

[57] 터키, 이집트, 아라비아의 남성 및 이슬람교도가 쓰는 모자로 '페즈'라고 부른다. 챙이 없고 양동이를 뒤집어놓은 모양이다. - 역주

연상케 한다.

복장보다 더 이상한 점은 나무로 만든 가면을 쓰고 있다는 사실이었다. 노(能) 공연에 쓰는 가면 가운데 간탄오토코(邯鄲男)[58]라는 게 있다. 젊은 남자가 눈썹을 잔뜩 찌푸리고 눈을 내리깔아 반쯤 벌린 입 사이로는 오하구로(鉄漿)[59]를 바른 앞니가 살짝 드러나는 으스스한 표정을 지닌 가면이다. 지금 이 사람이 쓴 나무 가면은 묘하게 무표정해서 그 간탄오토코를 떠올리게 한다.

얼굴이나 머리는 물론 온몸을 완전히 가린, 보기에 기분 나쁜 옷차림이었다. 잔뜩 허리를 구부리고 걷는 모습을 보면 상당히 나이 많은 노인이 틀림없다. 노인 주제에 젊은 남자 가면을 쓰다니, 괜스레 께름칙하다.

---

58 〈간탄(邯鄲, 한단)〉은 일본 전통 가면무용극 노에 공연되는 작품 중 하나로, 당나라 심기제(沈旣濟, 750~800)의 소설 《침중기(枕中記)》 속 이야기인 '한단지몽(邯鄲之夢)'을 바탕으로 만들었다고 한다. – 역주

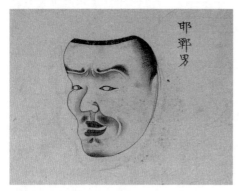

▲ 간단오토코 가면(작가 미상, 리쓰메이칸 대학 소장). – 역주
59 이를 까맣게 물들이는 화장으로 일본 고대부터 메이지 시대 말기까지 상류층 사이에서 유행했다. 원래 여성 화장이었는데 한때 귀족 남자들이 따라 하기도 했다. – 역주

"도련님, 편지가 왔군요."

그 이상한 인물이 잔뜩 쉰 목소리로 아리무라 청년에게 말을 걸었다. 그는 아리무라를 도련님이라고 불렀다.

"아, 영감? 그 녀석이 이런 편지를 보냈어. 정말이지 지옥에서 기어 나온 악마 같은 녀석이야."

"그 녀석이라고 하시면?"

"빤하잖아? 오노기가 보낸 편지지. 마유미 씨를 빼돌렸을 뿐 아니라 그 암호문을 풀어 보물이 있는 장소를 찾아내 이미 캐내기 시작했다는군."

"그렇습니까? 무시무시하게 재빠른 놈이로군요. 어디 저도 잠깐……."

가면 노인은 오노기의 편지를 건네받아 가면의 검은 구멍을 통해 잠시 가만히 들여다보더니 묘한 말을 했다.

"역시 그렇군. 그놈의 아들이 틀림없어."

"그놈 아들이라니, 대체 누구를 말하는 거지?"

청년이 의아하다는 듯 묻자 노인은 의자에 걸터앉으며 낮은 목소리로 이야기하기 시작했다.

"도련님, 그놈이라는 건 바로 도련님의 아버님과 어머님을 살해한 오소네 고로를 가리킵니다. 설마 그놈이 저지른 짓을 잊지는 않으셨겠죠?"

"그럼. 그건 잘 기억해. 그런데 오노기 류이치가 그 오소네의 아들이라는 말인가?"

"그렇습니다. 그래요. 저는 얼마 전부터 그렇지 않을까 의심했죠. 오소네의 아들은 류지라고 하는데, 오소네 류지…… 오노기 류이치. 이름을 보면 아주 비슷하지 않은가요? 게다가 이 편지 말입니다. 이 편지는 제가 잊지 않고 있는 오소네 고로의 글씨와 똑같습니다. 부모와 자식 사이가 아니고는 필적이 이토록 닮을 수 없죠. 도련님, 이 사진을 보십시오. 이건 오소네 고로가 젊을 때 찍은 것인데 오노기와 닮지 않았습니까?"

검은 옷을 입은 노인은 품 안에서 낡은 사진 한 장을 꺼내 아리무라 청년 앞에 내밀었다.

청년은 그 사진을 손에 들고 얼핏 보더니 갑자기 낯빛이 변해 소리쳤다.

"맞아. 영감, 똑 닮았어! 이 남자와 똑같이 생겼어!"

"그럼 더욱 확실하군요."

"응, 틀림없어. 그럼 그놈이 오소네 류지였단 말인가? 아버지와 어머니를 죽인 원수의 아들이었나?"

"도련님, 정신 바짝 차려야 합니다. 저는 그러기 위해 도련님을 오늘까지 키워왔습니다. 오로지 돌아가신 나리와 마님의 원수를 갚고 싶어서 아깝지도 않은 목숨을 오늘까지 이어온 겁니다. 특히 상대가 그런 끔찍한 악마라니, 세상 사람들을 위해서도 그냥 내버려둘 수 없죠. 도련님, 싸웁시다. 정의를 위해 싸웁시다."

"그래, 영감. 싸울 거야. 놈은 아버지와 어머니뿐만 아니라 내게도 한없이 증오스러운 원수지. 내 힘과 지혜를 다해 싸울 거야. 싸워야지. ……그런데 우리에겐 군자금이 거의 없잖아."

"아뇨, 도련님. 걱정하실 필요 없습니다. 마님이 돌아가실 때 동산은 오소네가 들고 도망쳤습니다만 부동산은 남아 있었습니다. 그걸 주식으로 바꾸어 유사시를 대비해 제가 잘 보관해두었습니다. 도련님에게 검소한 생활을 하도록 한 것도 주식을 헐어 쓰고 싶지 않아서였죠. 주식이 오르기도 해서 현재 도련님의 재산은 30만 엔 가까이[60] 됩니다."

"그래? 영감, 고마워. 내가 그렇게 부자라니. 여태 전혀 몰랐네. 그것만 있으면 사람을 여럿 쓸 수도 있고 싸움을 준비하기에도 문제가 없겠어. 싸워, 영감. 우리 둘이서 악마를 쳐부수자고. 영감도 아직 정정하니까."

"그러고말고요. 등은 좀 굽었지만 힘은 젊은이 못지않습니다. 게다가 제게는 70년을 살아온 지혜가 있죠. 도련님, 제가 도련님의 부하가 되고 참모가 되어 싸우겠습니다."

이상한 주인과 하인은 손을 맞잡고 감동의 눈물을 흘리며 서로 힘을 북돋웠다.

이 검은 옷을 입은 괴노인은 독자 여러분도 이미 짐작했듯이 세상을 떠난 아리아케 도모사다 남작의 집사 구루스 사몬이었다. 지금으로부터 20여 년 전, 살인마 오소네 고로의 흉계에 걸려들어 가마쿠라에 있는 아리아케 남작 저택이 화염에 휩싸였다. 미망인 교코를

---

60 '30만 엔 가까이'가 [슌]에는 '20만 엔(지금의 6, 7천만 엔) 가까이'로, [도]에는 '20만 엔(지금의 8천만 엔 정도) 가까이'로 되어 있다. – 해제

비롯해 많은 하인들이 무참하게 타 죽었을 때 그는 온몸에 화상을 입고도 간신히 죽음을 피했다. 구루스 노인은 남작의 유복자 도모노스케를 지키고 키워 오늘에 이르렀다. 아리무라 기요시라는 이름도 사람들 눈을 속이기 위한 가명이며 본명은 아리아케 도모노스케다. 그래서 옛날 사람인 구루스가 그를 도련님이라고 부르는 것이다.

구루스 노인은 그때 입은 화상 때문에 온몸이 빨간 흉터로 뒤덮였다. 차마 눈 뜨고 볼 수 없을 정도로 머리와 얼굴은 머리카락 하나 없이 새빨갛고, 입술은 녹아 앞니가 해골처럼 그대로 드러났다. 마치 괴물처럼 보이는 얼굴을 가리기 위해 항상 가면과 터키모자를 쓰고 지내는 것이다.

이제 드디어 싸움이 시작되었다. 악마가 낳은 아들 오소네 류지는 얼마나 무시무시한 음모를 꾸미고 있을까. 정의의 기사 아리아케 도모노스케는 과연 이 악마를 쳐부술 수 있을까?

소용돌이 도적⁶¹

쓰지도 노인, 호시노 세이고로, 호시노 마유미, 이 세 사람이 살인사무소 소장 오노기 류이치, 즉 오소네 류지에게 유괴되어 행방을 알 수 없게 된 일은 도쿄에서 발행되는 신문이 모두 다투어 보도했기 때문에 이제 모르는 이가 없었다. 신문에서는 아버지 오소네 고로가 저지른 옛 악행까지 새삼 들춰내 세상 사람들을 떨게 만들었다.

이 대도시 어느 구석에 피에 굶주린 악마의 자식이 몸을 숨기고 뱀처럼 먹이를 노리는 중이다. 다음에는 또 어떤 무시무시한 짓을 저지를까. 그것만이 사람들이 공포에 떠는 이유였다.

유괴 사건이 일어난 뒤 한 달쯤은⁶² 이렇다 할 일 없이 지났다. 물론 경시청은 그 기간에도 수사과의 뛰어난 인력을 선발해 수사에 매달렸지만 결국 악마의 은신처는 찾아내지 못했다.

그 한 달 동안⁶³ 악마의 전투 준비는 완성되었으리라. 이윽고 정체를 알 수 없는 공포가 도쿄 시민들을 위협하기 시작했다.

"악마의 소용돌이."

---

61 〔초〕에는 '악마의 소용돌이'로 되어 있다. - 해제
62 '한 달쯤은'이 〔신〕, 〔슌〕, 〔도〕에는 '5개월쯤은'으로 되어 있다. - 해제
63 '한 달 동안'이 〔신〕, 〔슌〕, 〔도〕에는 '5개월 동안'으로 되어 있다. - 해제

누구라고 할 것도 없이 그런 기묘한 표현이 전염병처럼 도쿄 시내에 쫙 퍼졌다.

어느 부잣집 광의 흰 벽에 애들 장난처럼 검은 소용돌이 그림이 그려졌다. 대체 언제 그런 낙서를 한 걸까 의아해하던 그날 밤, 광 안에 보관하던 값진 보물이 감쪽같이 사라지고 말았다. 게다가 아무도 도둑의 그림자조차 보지 못했고, 도둑은 발자국 하나, 지문 하나 남기지 않았다. 마치 마법 같은 솜씨였다.

어느 동네에서는 어떤 아름다운 소녀가 학교에 가던 길에 악마에게 잡혀갔는데, 그 마을길에 소녀가 등교할 때 가지고 다니던 가방만 떨어져 있었다고 한다. 그 가방 겉에는 분필로 소용돌이무늬가 또렷하게 그려져 있었다.

어느 날은 스미다 강가에 있는 S공원 숲 속에서 발가벗겨진 중년신사의 시체가 발견되었는데, 등에 날카로운 칼날 같은 것으로 커다란 소용돌이 모양을 그어놓아 검붉게 부어오른 상태였다고 한다.

그로부터 두 달 정도 열흘에 한 번꼴로 시내 각지에서 기괴한 도난사건이나 유괴, 살인이 반복해서 일어났다. 그때마다 매번 어떤 형태로든 '악마의 소용돌이'가 현장에서 발견되었다. 소용돌이는 그의 명함이었다. 거기에는 '내가 했다. 자, 잡을 테면 잡아봐라'라는 시위와 조소가 담겨 있었다.

경시청 수사과 사람들은 분통이 터져 이를 갈았다. 도쿄의 모든 경찰을 동원해 비상경계를 펼치기를 여러 차례, 그러나 난다 긴다 하는 형사들이 밤을 낮 삼아 바삐 뛰어다닌 보람도 없이 괴도의 발자국마저 발견하지 못했다.

아리무라 청년이 받은 도전장에는 '도쿄의 하늘에 지옥의 소용돌이가 불을 토하게 되리라'라는 내용이 적혀 있었는데, 그 악마의 환상이 이제 현실적인 공포가 되어 나타났다. '악마의 소용돌이'는 무시무시한 불꽃이 되어 시 전체를 마구 돌아다녔다.

바로 그 무렵에 열린 료코쿠노가와비라키[64]에 몰려든 수십만 시민은 이상한 불꽃을 보았다. 요란한 무늬를 자랑하는 대규모 불꽃놀이가 끝나고 사람들이 돌아갈 차비를 할 때 느닷없이 어두운 강 수면에 작은 불씨가 나타나더니 점점 시뻘건 소용돌이가 되어 서서히 그 몸집을 키우면서 차츰 스미다 강의 절반을 메울 정도로 거대한 소용돌이가 되었다가 사라졌다.

---

64 매년 7월 마지막 토요일에 열리는 '스미다 강 불꽃놀이 대회'의 옛 이름이다. 에도 시대부터 열린 불꽃놀이 대회로 일본에서도 역사가 가장 오래되었다. 죽은 사람의 영혼을 위로하고 전염병 퇴치를 기원하기 위해 지내는 수신제(水神祭)에서 불꽃을 쏜 것이 기원이라고 한다. 매년 1백만 명에 가까운 인파가 몰리며 2만 발 이상의 불꽃을 쏘아 올리는 대규모 축제다. – 역주

▲ 료코쿠 불꽃놀이의 풍경을 그린 〈도쿄명승〉(작가 미상, 1907). – 역주

"악마의 소용돌이다."

어느 틈엔가 겁에 질려 속삭이는 목소리가 귀에서 귀로 전해져 수십만 군중이 심상치 않게 술렁거렸다.

"그놈이 있다. 그놈이 이 군중 속에 숨어 있어."

사람들은 마치 무시무시한 것에 쫓기기라도 하듯 앞을 다투어 귀가를 서둘렀다. 밀려드는 군중의 파도, 솟아오르는 고함, 여자들의 비명 속에 사람들은 이리저리 도망쳤다.

이튿날 조사해보니 어젯밤 불꽃놀이 담당자들이 전혀 모르는 불꽃놀이 발사 장치 흔적이 강 한복판에 남아 있었다. 장난으로 보기에는 너무 꼼꼼했다. 이것은 소용돌이의 악마가 시민에게 시위하고 비웃음을 보내기 위해 몰래 준비해둔 것이 틀림없다고 판단되었다.

이튿날 신문은 사회면의 절반 이상을 이 사건 보도로 메웠다. 시민은 그 대담무쌍한 착상에 새삼 전율했다. '악마의 소용돌이, 악마의 소용돌이.' 두 사람 이상 모이면 겁먹은 눈빛을 나누며 그 소문에 대한 이야기를 주고받았다.

이 불꽃놀이 소동은 무시무시한 징조였다. 그로부터 사흘 뒤, 도쿄에서 가장 큰 공연극장 무대에서 뜻하지 않은 공포의 소용돌이가 휘몰아쳤다.

용기병(龍騎兵) 장교와 꽃 파는 처녀의 사랑을 주제로 한 소녀가극[65] 가운데 한 장면이었다. 공연계의 여왕이라는 찬사를 받는 프리마돈

---

65 다카라즈카 극단처럼 소녀나 젊은 여성들이 꾸미는 뮤지컬, 오페레타 등을 가리킨다. 음악, 연극, 댄스를 중심으로 한 일본 특유의 무대 예술이다. - 역주

나 하나비시 란코(花菱ラン子)가 용기병 장교 역을 맡아 무대 중앙에서 노래하는 중이었다.

하나비시 란코는 가슴에 번쩍이는 금장식이 달린 비단 군복을 입고 엄숙하게 가슴을 쫙 편 채 남자처럼 성큼성큼 걸어 다니며 씩씩하게 노래를 마쳤다. 그 여운이 가시기도 전에 장내를 뒤흔드는 대규모 오케스트라의 연주, 열광하는 관중의 함성, 요란한 환성, 그리고 우레와 같은 박수가 터져 나왔다.

순백의 얇은 비단옷, 백조처럼 청초한 코러스 걸들이 동경의 눈빛을 담아 자기들의 프리마돈나를 둥글게 둘러쌌다. 그리고 막 용기병 예찬 합창을 시작하려는 때였다.

한 코러스 걸이 비명을 지르며 옆자리 소녀의 팔꿈치를 찔렀다. 그리고 계속해서 신호가 전달되자 소녀들은 겁먹은 작은 새처럼 옹기종기 모여 용기병 장교의 등을 뚫어지게 바라보았다. 창백한 얼굴, 튀어나올 듯 휘둥그레진 눈, 그리고 소녀들 입에서는 참지 못한 비명이 이상한 코러스가 되어 극장 안에 울려 퍼졌다.

코러스 걸들에게 둘러싸인 용기병 장교 하나비시 란코는 느닷없는 비명에 깜짝 놀라 동작을 멈췄다. 이 화기애애한 장면에서 코러스 걸이 비명을 지를 계획은 없었기 때문이다.

유령처럼 공포에 질린 표정을 짓는 코러스 걸들을 보니 아무리 남성적인 란코라도 속으로는 겁이 나지 않을 수 없었다.

"어머, 뭐지? 왜 그래?"

하나비시 란코는 관객들에게는 들리지 않는 낮은 목소리로 슬쩍 물었다.

"란코 씨 등. 봐, 거기."

코러스 걸 가운데 한 명이 너무 무섭다는 듯이 용기병의 등을 가리켰다.

그 소리에 란코 역시 겁을 집어먹어 더는 공연을 할 수 없었다. 란코는 불쑥 고개를 틀어 자기 등을 보려고 했다.

그 바람에 몸이 빙글 회전해 등이 관객 쪽을 향했다. 그 모습을 보고 수천 명이나 되는 관객은 바로 그 뜻을 깨닫고는 깜짝 놀라 숨을 삼켰다. 오케스트라 연주자들마저도 놀라움에 연주를 잊었는지 울려 퍼지던 음악이 딱 멈추고 말았다. 그 순간, 대극장 안의 사람들 모두가 벙어리가 된 듯 조용해졌다.

언제 누가 그린 걸까. 조금 전까지만 해도 전혀 볼 수 없었는데, 용기병의 붉은 등 가득 흰 분필로 난폭하게 그려넣은 소용돌이가, 바로 그 악마의 소용돌이가 또렷하게 그려져 있었다.

다음 순간, 극장 안은 말로 표현할 수 없는 혼란 속으로 빠져들었다. 그 도화선은 프리마돈나 하나비시 란코가 보인 뜻밖의 행동이었다.

그녀는 직접 그걸 볼 수는 없었지만, 아니 볼 수 없었기 때문에 더욱, 너무 끔찍한 공포에 휩싸여 두 팔을 펼치고 "꺄악" 하고 비명을 지르더니 갑자기 분장실 쪽으로 달려가고 말았다.

그 뒤를 이어 코러스 걸들도 마찬가지로 비명을 지르며 무대를 우왕좌왕했다. 그런 가운데 커튼이 빠른 속도로 내려와 덜컹하는 소리와 함께 무대 바닥을 때렸다.

　임검석(臨檢席)[66]에 앉아 있던 경찰은 물론이고 극장 사무직원들까지 분장실로 달려갔다. 관객들은 모두 일어나 겁먹은 무대 위의 소녀들을 비웃기도 하고, 어떤 이는 겁이 나 돌아가려고 서둘기도 했다. 후원회 간부 아가씨들은 깜짝 놀라 란코를 지키기 위해 분장실로 달려갔다. 작은 분필로 그린 소용돌이가 이제 극장 전체를 거대한 소용돌이로 몰아넣고 만 셈이다.

---

66 예전에는 우리나라도 극장마다 한구석에 경찰이나 감독관을 위한 자리가 따로 마련되어 있었다. 일본도 치안경찰법에 따라 사회의 질서를 저해할 우려가 있다고 인정될 경우 경찰이 임석하여 감독하도록 한 시절이 있다. – 역주

미청년

이 소동으로 경찰이 깜짝 놀라 허둥댔다는 이야기는 보탤 필요도 없다. 그런데 그보다 큰 소동은 하나비시 란코의 열성적인 여성 팬들이 조직한 '하나비시회' 간부 아가씨들 때문에 시작되었다.

하나비시회 위원을 맡은—여학교를 졸업해 벌써 결혼해야 할 나이가 된—여섯 명의 부잣집 아가씨들이 마침 그날 밤에도 극장에 와 있다가 란코의 사건이 일어나자 바로 분장실로 밀려들었다. 그들은 란코가 자기 집으로 돌아가면 위험하다는 이유를 구실로 하나비시회 위원장을 맡은 아가씨의 저택으로 란코를 데려가버렸다.

극장 지배인의 말이나 경찰의 주의도 이 부잣집 아가씨들에게는 전혀 먹히지 않았다. 하나비시회 8천 명 회원이 뒤에 버티고 있다. 란코는 그 누구의 란코도 아니다. 우리 모두의 란코다, 라는 기세였다.

경찰 쪽에서도 집으로 돌아가기보다 그편이 더 안전할지도 모르겠다고 하여 하나비시회의 뜻을 받아들였다. 그리고 특별히 사복 경찰 세 명을 호위로 붙여주었다. 아가씨들은 개가를 올린 듯 세 대의 자동차를 거느리고 형사를 한 대에 한 명씩 나누어 태운 다음, 그 가운데 한 대에 사랑스러운 란코를 숨긴 채 위원장 저택으로 서둘러 차를 달렸다.

시바 구[67] 언덕 부촌에 자리한 웅장한 대저택은 N방적회사 전무이사였던 가장 가와이(河合) 씨가 1년 전쯤에 세상을 떠난 뒤 그 부인과 외동딸 도모에(鞆絵)의 차지가 되었다. 도모에는 '하나비시회'의 빛나는 위원장님이시다.

그날 밤 위원들은 모두 가와이 저택에서 묵기로 하고 란코를 에워싸듯 잠자리에 누웠다. 세 형사에게 저택 여기저기를 철저하게 지키도록 한 덕분에 별문제 없이 아침을 맞이할 수 있었다.

그렇지만 아무리 빈틈없이 경계를 해도 상대는 마치 마술사 같은 악마라서 결코 마음을 놓을 수 없다. 게다가 란코가 속한 연극회사는 분필로 그린 소용돌이 따위 때문에 공연을 쉴 수는 없다고 주장했고, 란코 스스로도 공포가 가라앉자 경호원을 붙여서라도 출연하고 싶다고 했다. 위원들은 더 마음이 아팠다.

그래서 그날 아침 가와이 저택 응접실에서는 란코를 중심으로 위원들의 토론회가 벌어졌다.

란코가 입은 외출복은 직업상 아주 화려했다. 위원 아가씨들도 저마다 알록달록 아름다운 양장이나 일본 전통 옷을 입고 있었다. 그 옷들이 커튼과 카펫의 색채와 어우러져 가와이 저택 응접실은 그야말로 수많은 꽃이 흐드러지게 피어난 꽃밭 같았다.

"대체 그놈은 란코 씨를 어쩌려는 걸까요?"

---

[67] 1878년부터 1947년까지 도쿄에 있었던 행정구역으로, 지금은 미나토 구로 흡수되었다. – 역주

한 아가씨가 겁먹은 눈을 크게 뜨고 말문을 열었다.

"언젠가 신문에 나온 여학생처럼 유괴할 작정일지도 모르고, 어쩌면……."

아무래도 란코 앞이다 보니 그다음 말을 이을 수 없었다. 속으로는 '어쩌면 발가벗겨 참혹하게 죽이려는 게 아닐까'라고 생각했다.

"어쨌든 큰일이야. 만약 란코 씨 무대를 더는 볼 수 없는 일이 일어난다면 우린 어쩜 좋지? 어떻게 살아가야 해?"

그 가운데 가장 어린 위원은 너무 이기적이고 철딱서니 없었다.

"뭐, 우리야 아무래도 상관없지. 그런 한가한 소리 치우고 더 진지하게 생각해. 란코 씨 처지가 되어보란 말이야."

통통하면서도 순정적으로 보이는 일본 전통 옷을 입은 아가씨가 당장에라도 눈물을 흘릴 듯한 눈으로 어린 아가씨를 나무랐다.

"내가 그 문제 때문에 도모에하고 의논해보았는데, 한 가지 기막힌 생각이 떠올랐어."

양장을 한 영리해 보이는 아가씨가 말했다. 이름은 스기사키 히토미(杉崎瞳)로, 얼마 전에 위원이 된 아가씨인데 큰 규모로 장사를 하는 집안 딸이다.

"좋은 생각이라니, 뭔데?"

새빨간 무늬가 그려진 드레스를 입고 아이섀도를 짙게 칠한 아가씨가 담배 연기를 후욱 내뿜더니 장난치듯 물었다.

"그건 말이야."

히토미는 사람들의 얼굴을 쭉 둘러보더니 목소리를 낮추며 말했다.

"가짜 란코 씨를 만들자는 거였어. 어때? 멋지지 않아?"

"응, 그거 재미있겠다."

"그런데 누구 가짜 란코 씨 역할을 할 사람이 있나? 목숨을 걸어야 하는 거 아니야?"

"물론 목숨을 걸어야지. 그래도 그런 중요한 역할이라면 목숨을 걸고 맡겠다는 사람이 있어. 그것도 여자도 아닌 남자라니까."

히토미 씨가 더욱 과장된 목소리로 말했다.

"어머, 남자라고? 남자가 란코 씨 대역을 할 수 있을 리 없잖아?"

"그게 가능하다니까. 내 친척 도련님인데 N대학 학생에다가 유도 2단이지만 겉보기는 아주 가냘프고 고와서 학교 연극 발표회 같은 걸 할 땐 늘 여자 역을 맡았대. 나 같은 사람보다 훨씬 여자 같아. 그 사람 성은 노자와(野沢)라고 해. 란코 씨 팬이기도 하지. 기꺼이 란코 씨 대역을 맡아줄 거야."

"유도 2단이라니, 믿음직하네. 소용돌이 도적이 어설프게 접근했다간 오히려 혼쭐이 날지도 모르겠어."

"그래, 맞아. 란코 씨의 안전을 확보한 다음 그놈을 잡을 수도 있으니, 이 생각이 기막히다는 거지. 도모에는 물론 대찬성이야. 너희들 생각은 어때?"

찬성하지 않는 사람도 있었다. 특히 하나비시 란코 본인은 대역을 내세우는 비겁한 짓은 하고 싶지 않다고 고집을 부렸다. 하지만 대부분의 사람들이 찬성하는 바람에 대역 계획은 통과되었다. 란코도 믿고 사랑하는 언니인 도모에의 의견을 거절할 수는 없었다. 왁자지껄 떠드는 가운데 점심 식사를 마치고 오후 2시쯤이 되자 스기사키 히토미는 일단 집으로 돌아갔다. 그리고 바로 자동차로 노자와라는 대학생을 몰래 태우고 돌아왔다.

모두가 모인 응접실에 히토미와 노자와가 들어서자 아가씨들의 호기심 어린 시선이 한꺼번에 대학생 얼굴에 쏟아졌다.

"어머, 멋져. 이 정도라면 충분하겠다."

모두들 만족스러운 표정을 지었다. 학생복을 단정하게 차려입고 검은 장발을 뒤로 빗어 넘긴, 갸름하고 발그레한 얼굴을 한 미청년이었다. 이렇게 가냘프고 어려 보이는 미청년이 유도 2단이나 되는 고수라니, 도저히 상상이 가지 않을 지경이었다.

"알고 있을 테지만 이쪽이 란코 씨. 이쪽은 노자와 씨."

히토미가 청년을 란코 앞으로 데리고 가 소개했다.

두 사람은 약간 거리를 두고 얼굴을 마주 보았다.

"잘 부탁드립니다."

"저야말로 잘 부탁드려요."

왠지 청년은 란코의 얼굴을 뚫어지게 바라보았다. 계속 빤히 바라보았다.

란코는 청년의 시선을 견디기 어려운 듯 일단 시선을 피했다. 그러나 다시 상대와 눈이 마주치자 왠지 겁이 나 뺨이 창백해졌다.

"노자와 씨, 왜 그래? 그렇게 사람을 빤히 쳐다보면 어떡해?"

히토미가 나무라자 미남 대학생은 그제야 시선을 거두었다.

"란코 씨의 민얼굴을 직접 보는 건 처음이라서 내가 좀 제정신이 아니었던 모양이네."

그는 멋쩍은 듯 말하며 의자에 걸터앉았다.

그때부터 다시 위원들의 비밀 토론회가 시작되었다. 도모에의 어머니까지 참석했다. 경시청 나카무라(中村) 수사계장도 극장 지배인과 함께 이 꽃밭에 들어왔다.

그리고 마침내 극장 측과 란코의 희망사항을 받아들여, 란코는 중요한 역할을 하는 한 장면에만 출연하기로 했다. 분장실에 드나들때는 노자와 청년이 란코 대역을 맡고, 란코는 노자와 청년 복장으로 따로따로 오가기로 했다. 또 당분간 란코로 변장한 노자와 청년은 란코의 집에 머물고, 란코는 가와이 저택에서 묵게 되었다.

극장 지배인은 이 결정을 기꺼이 받아들였다. 나카무라 수사계장도 좀 엉뚱하다는 생각은 했지만 특별히 해가 될 일도 없고, 잘만 하면 란코로 변장한 노자와 청년을 미끼로 삼아 도적을 잡을 가능성도 있었기 때문에 쓴웃음을 지으면서도 동의했다. 그리고 란코와 노자와 청년에게 각각 사복형사 여러 명을 붙이기로 약속했다.

란코와 노자와 청년은 바로 옷을 바꿔 입기로 했다. 란코는 화장을 지우고 눈썹을 굵게 칠한 다음 눈이 들어가 보이게 눈두덩이를 살짝 칠했다. 그리고 머리를 올백으로 빗어 넘겨 대학생으로 변신했다. 덩치가 커서 남성적인 편인 란코에게는 그 모습이 잘 어울렸으며 전혀 부자연스러워 보이지 않았다.

노자와는 노자와대로 분을 칠하고 눈썹을 가늘게 그린 다음 입술을 그리고 란코의 드레스를 조심스럽게 입었다. 그리고 하이힐을 신었는데도 사뿐사뿐 탈의실에서 나왔다.

이곳이 가장무도회라면 바로 박수와 큰 웃음이 터졌을 테지만 아 가씨들은 두 사람의 모습을 보고도 전혀 웃지 않았을 뿐 아니라 감 쪽같이 뒤바뀐 남녀를 보며 약간 <u>으스스</u>한 기분이 들어 겁먹은 시선 만 나눌 뿐이었다.

그 뒤 두 사람은 기묘한 출근을 했다. 대학생으로 분한 란코는 노 자와 청년의 큼직한 구두를 신고 일부러 문 앞에서 자동차에 타지 않고 대신 건장한 사복형사 세 명에게 둘러싸여 샐러리맨과 대학생 이 산책하듯 저물어가는 거리를 힘차게 걸어갔다.

란코로 변신한 노자와 청년은 아무래도 사람이 많은 거리를 걸을 용기는 없었다. 따라오는 형사는 일부러 한 명만 남기고 얼굴을 감 춘 채 문 안에서 자동차를 타고 극장으로 출발했다. 그는 극장 분장 실에서 란코와 만나 란코의 연기가 끝날 때까지 분장실 옷장 안에 몸을 숨기고 대기하기로 되어 있었다.

노자와 청년이 탄 자동차가 문을 나선 때는 대학생 차림을 한 란코 가 출발한 지 30분 뒤였다. 주위가 어둠에 물들기 시작했다.

가와이 저택 문 앞에서 조금 떨어진, 그 어둠이 내리는 거리에 벌 써 한 시간 넘게 빈 자동차 한 대가 누군가를 기다리듯 멈춰 서 있었 다.

만약 조심성 많은 관찰자가 끈기 있게 지켜보았다면 시커먼 사람 그림자가 좌석에 웅크리고 앉은 모습을 틀림없이 발견했으리라.

그 사람은 대학생 차림을 한 란코 일행이나 노자와 청년이 탄 자동차가 지나갈 때, 차 안에서 슬쩍 고개를 들고는 이상하리만치 빤히 그들을 바라보았다.

아아, 그 얼굴. 그림자로만 보이는 그 인물에겐 얼굴이 없었다. 아니, 얼굴은 있지만 마치 조각처럼 움직임이 없는 얼굴이었다. 산 사람이라고는 믿어지지 않는 창백한 살갗, 찡그린 눈썹, 공허한 눈, 반쯤 열린 채 움직이지 않는 입술. 그 입술 사이로 드러난 새카만 치아. 겉보기에는 요괴처럼 기분 나쁜 인물이었다.

자, 독자 여러분. 공연계의 여왕 하나비시 란코는 과연 무사히 공연을 마무리할 수 있을 것인가? 부잣집 딸들의 기발한 트릭, 대역 계획은 멋지게 성공할 수 있을까? 대학생 노자와 청년은 과연 악마를 혼쭐낼 수 있을까 없을까.

오히려 우리는 대역을 이용하는 이 계획 자체에 말로 표현할 수 없는 복잡한 불안감을 느끼지 않는가? 이미 란코 주변에 살인마 오소네 류지의 요술이 마치 눈에 보이지 않는 거미줄처럼 잔뜩 쳐져 있는 게 아닐까?

검은 그림자

너무도 이상한 대역 트릭이 시작된 지 닷새째 되던 날 밤, 하나비시 란코는 분장실에서 여느 때와 마찬가지로 용기병 장교 분장을 하면서 괜스레 마음이 뒤숭숭했다. 아직 새것인 구두의 장식이 툭 떨어졌기 때문이다.

"어, 왜 이러지? 오늘 밤 아무래도 무슨 좋지 않은 일이 일어날 모양이네. 혹시……."

그런 생각을 하니 아무리 남성적인 란코라고 해도 심장이 빨리 뛰었다.

"어머, 란코 씨. 창백하네. 무슨 일 있어?"

분장실을 나서자 상대역인 꽃 파는 아가씨로 분장한 미나카미 아유코(水上鮎子)가 란코 옆으로 다가오며 물었다.

"아무것도 아니야. 이제 괜찮아."

란코는 애써 아무 일도 없는 척하며 아유코와 어깨를 나란히 하고 무대로 연결된 좁은 계단을 내려갔다.

"란코 씨, 그 이야기 들었어?"

아유코가 꽃바구니를 다른 손으로 바꿔 들면서 목소리를 낮추더니 아주 중요한 일인 것처럼 속삭였다.

"그 이야기라니, 뭐?"

"검은 그림자 말이야. 왠지 기분 나쁜 검은 그림자 같은 사람이 무대 뒤와 무대 아래에 있는 공간을 돌아다닌대. 소품 담당 아저씨 말로는 벌써 2, 3일 전부터 그랬다고 했어. 무대장치 틈새 같은 데에 이상하리만치 시커먼 녀석이 웅크리고서는 가만히 이쪽을 바라본다는 거야."

"어머, 정말?"

란코는 깜짝 놀란 듯 멈춰 서서 겁먹은 목소리로 되물었다.

"내가 본 건 아니지만 다들 수군거리는걸. 거짓말은 아닐 거야."

아유코의 낯빛도 창백했다.

계단 아래에 자리한 어두컴컴한 모퉁이에는 소품 보관실이 있다. 문이 열린 채라 보지 않으려고 해도 안이 들여다보였다.

거기에는 자질구레한 소품들이 어지럽게 놓여 있었고 무대에서 사용하는 인형이 발가벗겨진 채로 쓰러져 있었다. 지난번 공연에서 란코가 1인 2역을 했을 때, 란코의 대역으로 사용된 죽은 사람을 묘사한 인형이다. 어두컴컴한 전등불 아래 밀랍 세공한 인형의 창백한 피부가 기분 나쁘게 빛났다.

"아직 저기에 놓여 있네. 어디로 좀 치우면 좋을 텐데."

란코가 기분 나쁘다는 듯 눈썹을 찌푸리며 중얼거렸다. 그 인형은 귀공자로 분장한 란코가 애인 때문에 총에 맞아 쓰러지는 장면에서 쓰였다. 1인 2역으로 귀공자 친구 역도 맡은 란코가 다시 나타나 시체 인형을 부둥켜안는 장면이었다. 쓰러진 란코를 교묘하게 인형과 바꿔치기하고, 바로 다른 분장을 한 란코가 나타나면 객석에서는 우레와 같은 박수가 터졌다. 보기 드문 발상이라 이 장면은 큰 인기를 끌었다.

관객의 박수는 기뻤지만 자기와 똑같이 생긴 밀랍인형을 부둥켜안는 연기는 할 때마다 께름칙한 느낌이 들어 견딜 수 없었다. 어서 이 공연이 끝나면 좋겠다는 생각이 들 정도였다. 그 밀랍인형이 지금 부끄럽게도 알몸이 되어 어두컴컴한 구석에 쓰러져 있다. 란코는 왠지 자기 몸을 보는 듯해 거기를 지날 때마다 말로 표현할 수 없는 께름칙한 기분이 들었다.

하지만 오늘 밤은 그뿐만 아니었다. 나체 인형 옆에 더 기분 나쁜 것이 웅크리고 있었다.

"란코 씨. 어서, 어서 저리로!"

꽃 파는 처녀 역할을 맡은 아유코가 흥분한 목소리로 소리를 지르며 란코의 팔을 잡아끌었다.

물론 란코도 그걸 보았다. 그리고 당장에라도 비명을 지를 듯한 표정으로 아유코와 함께 내달렸다.

"봤어요?"

"봤어."

"검은 그림자란 게 저거 아닐까? 왠지 사람 모양을 한 시커먼 것이 웅크리고 있었어."

"그래, 게다가……."

란코는 목소리가 떨려 더는 말을 잇지 못했다.

"게다가 밀랍인형 위에 엎드려 인형을 안아 들려고 했어. 어머, 무서워. 저거 란코 씨 인형이야!"

그 말에 란코는 자기가 시켜면 괴물에 안겨 있기라도 한 듯한 느낌이 들어 무심코 몸을 부르르 떨었다. 그놈의 헉헉거리는 숨소리까지 귓가에 들리는 듯했다.

"란코 씨, 아유코. 어서, 빨리. 거기서 뭐 하고 있어? 벌써 봄 들판의 노래가 시작되었어."

무대 감독인 K선생이 무대 배경 뒤에서 다급하게 불렀다. 무대에서는 코러스 걸들이 부르는 맑고 고운 봄 들판의 노래가 벌써 반쯤 지난 상태였다.

"선생님, 지금 저기에……."

란코가 달려가서 검은 그림자에 대해 이야기하려고 했지만 K선생은 제대로 듣지도 않고 "나중에, 나중에"라고 말하며 란코를 무대 쪽으로 밀어내고 말았다.

무대로 한 걸음만 나서면 그곳은 란코의 전쟁터였다. 게다가 씩씩한 용기병 장교 차림. 검은 그림자 문제는 잊고 몇 천 명이나 되는 관객 앞에서 란코는 밝게 웃는 얼굴로 인사를 해야만 했다.

박수 소리가 요란하게 터져 나왔다.

"란코!"

"란코 씨!"

"란, 란, 란, 란, 란……."

날카로운 소프라노와 변성기에 이른 중학생이 지르는 응원 소리가 귀를 먹게 할 정도로 울려 퍼졌다.

대공연의 제1막은 화창한 봄 들판에서 용기병 장교와 꽃 파는 아가씨가 처음 만나는 장면으로, 인상적인 들판을 배경으로 노랫가락이 반복되면서 아주 경쾌하게 그려졌다.

제1막이 무사히 끝나고 두 번째 장면으로 무대가 바뀌는 잠깐 사이에 정면에 있는 라우드 스피커에서 소녀 아나운서의 맑은 목소리가 흘러나왔다.

"가스가 초에서 오신 오키노 선생님, 정면 입구로 나와주시기 바랍니다."

관객을 호출하는 안내 방송이 두 차례 반복되더니 중간에 전선이라도 끊어졌는지 방송이 툭 끊어졌다. 그리고 무슨 소리인지 알 수 없는 "우우웅……" 하는 잡음이 들렸다. 기계 고장이라고 해도 왠지 심상치 않은 느낌이 드는 터라 수천 명 관객은 숨을 죽이고 라우드 스피커 쪽을 바라보았다. 그런데 불쑥 소녀 아나운서의 목소리와는 완전히 거리가 먼 굵직한 남자 목소리가 장내를 위협하듯 울려 퍼지기 시작했다.

"오늘 밤이다. 오늘 밤 새빨간 소용돌이가 나타날 것이다. 피가 흐를 것이다. ……오늘 밤이다."

순간 수천 명이나 되는 관객이 들어찬 극장 안이 쥐 죽은 듯 고요해졌다. 이 얼마나 무시무시한 안내 방송인가. 대체 누구의 장난일까.

다음 순간 수천 명의 관객이 모두 자리에서 일어났다. 극장 직원이

나 란코를 보호하기 위해 들어와 있던 형사들이 정면 현관 사무실로 뛰어 들어갔다. 호기심 많은 구경꾼들은 자리를 떠나 사무실 유리창 밖으로 몰려들기 시작했다.

어떻게 된 일인지 그 순간 사무실에는 아무도 없었다. 안내 담당 소녀 딱 한 명만이 관객을 호출하는 안내 방송을 하던 중이었다. 그런데 사람들이 안으로 들어가 살펴보니 그 소녀는 손을 뒤로 묶이고 재갈이 채워져 바닥에 쓰러져 있었다.

"아니, 어떻게 된 거야? 누구 짓이지?"

형사 한 명이 재갈을 풀며 급히 물었다.

소녀는 놀란 나머지 종잇장처럼 창백해져서 말도 제대로 할 수 없는 듯했지만 눈물을 흘리며 겨우 가느다란 목소리로 대답했다.

"얼굴도 뭐도 없는 새카만 그림자 같은 것이었어요. 휙 사람처럼 들어와서 마치 강철 같은 힘으로 저를 콱 부둥켜안았습니다."

"그리고 대신 안내 방송을 했나?"

"예. 마이크에 대고 뭐라고 한 것 같은데 전 잘 모르겠어요."

소녀는 가엾게도 잠깐 정신을 잃은 게 틀림없다.

하지만 사건은 그뿐만 아니었다. 바로 그때 마치 약속이라도 한 듯 무대 뒤에서도 무시무시한 소동이 일어났다.

그때 꽃 파는 아가씨 미나카미 아유코는 제1막을 마치고 잠깐 쉴 틈이 나 분장실로 돌아가려고 혼자 무대 뒤를 지나는 중이었다.

높게 솟은 무대 배경 장치가 겹겹이 서 있다. 그 아래는 무대에서 쓰는 뿌리 없는 나무나 시커먼 가짜 바위가 놓여 있었다.

아까 소품 보관실을 보았기 때문에 아유코는 될 수 있으면 그쪽을 보지 않으려고 애쓰며 머뭇머뭇 걸었다. 하지만 보지 않으려고 할수록 '봐, 저기 있어'라는 소리가 마음속에서 들려와 겁먹은 눈은 자석에 이끌리듯 어두컴컴한 구석 쪽으로 자꾸만 쏠렸다.

"아, 저기 있네. 시커먼 게 웅크리고 있어."

검은 것이 가짜 바위에 달라붙듯 몸을 숨기고 있었다. 게다가 그것이 그 자리에 멈춰 선 채로 꼼짝도 할 수 없었던 아유코를 향해 슬금슬금 기어 오는 게 아닌가.

소리를 질러 도움을 청하려고 했다. 상대를 밀쳐내 빠져나가려고 했다. 하지만 그러지 못했다. 공포 때문에 온몸이 마비되어 그저 가련한 인형처럼 우두커니 서 있을 수밖에 없었다.

그러자 검은 괴물은 아유코에게 다가와 동굴 속에서 울려 나오는 듯한 음침한 목소리로 말했다.

"오늘 밤이야. 오늘 밤이 위험해. 란코에게 주의를 잘 줘. 알겠나?"

어라, 그렇다면 그 시커먼 인물은 란코의 안전을 걱정하는 건가? 왠지 앞뒤가 맞지 않는 이야기지만 아무래도 그 사람은 란코 편이라는 느낌이 들었다.

그렇게 생각하니 아유코는 마음이 좀 진정되어 검은 그림자의 얼굴을 제대로 확인하려고 했다.

"당신, 누구지?"

아유코는 용기를 내어 물었다.

"누구건 상관없지. 란코에게 그렇게 전하고 조심하도록 해."

상대는 무뚝뚝한 말투로 내뱉더니 어디론가 가버리려고 했다. 목소리로는 나이가 꽤 많은 노인인 모양이다. 검은 옷 안으로 보이는 허리가 굽은 것도 틀림없이 노인이기 때문이다.

상대가 란코 편이고 게다가 노인이라는 사실을 알게 되자 아유코는 더욱 대담해졌다.

"잠깐만. 오늘 밤 대체 무슨 일이 일어난다는 거죠?"

쫓아가면서 상대의 검은 옷에 손을 댔다. 하지만 아유코가 대담하게 행동한 결과, 무시무시한 일이 일어나고 말았다. 그 사람이 머리부터 완전히 뒤집어쓰다시피 한 검은 옷이 벗겨졌다. 그리고 얼굴이 그대로 드러났다.

그 순간 "아악" 하고 찢어질 듯한 비명을 지르는가 싶더니 아유코는 뼈가 사라진 사람처럼 맥없이 바닥에 쓰러지고 말았다.

검은 옷을 입은 인물은 비명에 흠칫 놀란 듯, 다시 얼굴을 가리고 재빨리 어둠 속으로 사라져갔다.

아유코는 대체 무얼 보았나? 무엇이 그녀를 이리 겁먹게 만들었을까?

비명을 듣고 달려온 사람들이 정신을 잃은 아유코를 분장실로 옮겨 이런저런 조치를 한 덕분에 겨우 정신을 되찾았지만, 처음에는 무얼 물어도 그저 부들부들 떨기만 할 뿐 말도 하지 못할 만큼 겁을 먹었다. 그러다 이윽고 어렵게 입을 열어 이야기한 내용은 믿기 어려운 기괴한 일이었다.

"그건 해골이야. 해골이 검은 옷을 입은 거예요."

검은 옷 안에서 불쑥 드러난 얼굴에는 피부라고 할 만한 게 없었다. 그냥 해골이었다. 눈은 큼직한 동굴처럼 움푹 들어갔고, 코는 형태도 없을 정도로 뭉개져 검은 구멍만 남았다. 입술도 사라져 비정상적으로 길게 보이는 흰 윗니와 아랫니가 그대로 드러났다.

"그렇지만 해골도 아니에요. 동그란 눈두덩 안에서 새빨갛게 핏발이 선 두 눈이 번쩍거렸거든요."

무엇보다 그 인물은 무덤 속에서 울려 나오는 듯한 목소리로 말을 하지 않았는가? 해골이 말을 하고 걸어 다니다니, 도저히 생각할 수 없는 일이다.

"아유코, 뭘 잘못 본 거야. 무섭다, 무섭다 하니까 헛것이 보인 거지. 그런 말도 안 되는 일이 어디 있어?"

"아냐, 확실히 봤어. 결코 헛것을 본 게 아니야. 그 동그랗고 핏발 선 흰자위가 아직도 눈에 선해. 정말이야, 정말이라니까."

아유코는 진지하게 자기 생각을 주장했다.

말할 필요도 없이 형사들은 아유코의 말에 따라 무대 뒤에서 무대 바닥 아래까지 빈틈없이 수색했지만 검은 옷을 입은 괴이한 인물의 모습은 어디서도 찾을 수 없었다.

새빨간 소용돌이[68]

그런 소동 때문에 제2막을 위한 준비가 다 된 뒤에도 무대는 잠시 비어 있었다. 분별없는 관객이 공연을 빨리 시작하라고 재촉하며 치는 박수 소리가 점점 커져갔다. 분장실에서는 막을 내리고 공연을 중단할 것인지 아니면 그냥 계속할 것인지에 대해 긴급히 논의가 이루어졌다. 무대에 오를 배우들 대부분은 겁에 질려 공연을 중단하자고 했지만 란코는 용기병 장교의 위엄을 보이며 연극을 계속하고 싶다고 했고, 무엇보다 영리를 중시하는 극장 관계자가 그 의견을 지지했다.

형사들이 이렇게 많이 깔려 있고, 게다가 그토록 샅샅이 뒤져도 수상한 인물을 찾을 수 없었던 걸로 보아 수상한 자는 틀림없이 어디론가 도망쳐버렸다. 아무리 악당이라고 해도 수많은 사람들이 지켜보는 무대 위에서 무슨 짓을 할 수는 없을 것이다. 괜찮다, 괜찮아. 이러면서 공연 제2막을 올리게 되었다.

제2막은 병영 안에서 이루어지는 기병 훈련 장면으로 시작되었다. 멀리 보이는 군대 막사를 배경으로, 그 위로 보이는 푸른 하늘에는

---

68 [초]에는 '두 명의 죽은 미인'으로 되어 있다. – 해제

타원형 흰 구름 두 덩어리가 한가하게 둥실 떠 있다.

사실은 기마 훈련이어야 하지만 말은 생략하고 승마복 차림을 한 여자 기병들이 서른 명쯤 쭉 늘어서서 란코가 연기하는 장교의 지휘에 따라 무대를 가득 메우며 돌아다녔다.

때론 팔짱을 끼고 다리를 차올리기도 하고, 오른쪽 무릎을 세운 자세로 총을 겨누거나 바닥에 엎드려 총을 겨누기도 했다. 그리고 군가를 드높이 부르고 함성을 질렀다. 줄을 맞춰 걷거나 달릴 때마다 부츠 창에 박은 징이 소리를 내, 박자가 이상한 탭댄스를 추는 듯했다.

이윽고 그 병영 울타리 밖을 제1막에 나온 꽃 파는 처녀가 지나간다. 아유코는 겨우 기운을 차려 무대에 오른다. 꽃 파는 처녀에게 반한 병사들을 꾸짖으며 장교 란코가 울타리까지 가서 아가씨와 이야기를 나눈다. 그리고 무대 한가운데로 돌아와 오케스트라 바로 앞까지 다가가 꽃 파는 처녀를 찬미하는 기나긴 독창을 시작한다.

어두운 객석에서 큰 박수가 터졌다. 요란한 환성이 튀어나왔다.

병사들이 란코 뒤에 한 줄로 늘어섰다. 얼른 옷을 갈아입은 코러스 걸들이다. 무대 한가운데 앞쪽에 있는 란코를 향해 스포트라이트가 정면으로 눈부신 빛을 쏘았다. 화려한 용기병 장교는 단 한 사람, 란코가 이제 새하얀 조명을 받으며 당당하게 서 있다.

오케스트라 지휘자가 힘차게 지휘봉을 휘둘렀다. 극장 안을 진동시킬 듯 관악기와 현악기가 우렁차게 연주를 시작했다. 이윽고 란코의 붉고 예쁜 입술이 크게 열리더니 아름다운 소프라노 음성이 흘러나왔다.

수천 명이나 되는 관중은 물을 끼얹은 듯 조용해졌다. 숨소리마저 죽이고 란코의 노래에 귀를 기울였다. 공연이 늦는다며 야유하던 소리는 더 이상 나오지 않았다. 박수도 없었다. 그저 란코의 노랫소리와 반주만이 극장 안을 압도하며 울려 퍼졌다.

바로 그때였다. 란코의 신변에 갑자기 이변이 일어났다. 악몽 같은 기괴한 사건이었다.

보라, 란코의 온몸을 피처럼 붉은 소용돌이가 휩싸지 않았는가. 란코는 그런 것도 모르고 열심히 노래했지만 객석에서 보기에 란코는 핏빛 소용돌이에 갇혀 눈이 멀고 미친 건 아닌지 의심될 지경이었다.

눈부시게 흰빛을 던지던 스포트라이트가 불쑥 새빨간 소용돌이로 변한 것이다. 게다가 지름 3미터쯤 되는 거대한 핏빛 소용돌이는 란코를 가운데에 두고 빙글빙글 돌고 있었다.

용기병 장교는 어지럽게 돌아가는 빨강과 검정 가로줄무늬 속에서 비틀거리며 서 있었다. 관객들은 너무도 강렬한 핏빛 소용돌이에 현혹되어 란코의 모습을 보지 못하기도 했다. 거기에는 이미 사람도 없다는 듯이 마구 날뛰는 악마의 소용돌이가 있을 뿐이었다.

이윽고 란코도 스포트라이트가 정상이 아니라는 사실을 깨달았다. 독창을 하는 사이에 조명이 이렇게 붉게 활활 타오를 리 없는데. 뭔가 이상해. 이런, 소용돌이야. 악마의 소용돌이. 란코는 화들짝 놀라 무대 이리저리로 도망 다녔다. 하지만 아무리 피해도 소용돌이 조명은 란코를 따라잡아 빙글빙글 휘감았다.

병사로 분장한 코러스 걸들도 물론 이미 알고 있었다. 란코가 동요하기 시작하자 코러스 걸들도 결국 비명을 지르며 우왕좌왕 도망쳤다. 무대는 이제 미친 듯한 혼란에 빠졌다.

관객은 모두 다시 자리에서 일어났다. 붉은 소용돌이가 악마가 저지른 짓이라는 사실을 깨닫자 저마다 마구 소리를 지르기 시작했다.

형사들은 당연히 3층 정면에 있는 전기실로 뛰어 들어갔다. 그렇지만 이번에도 수법이 같았다. 이미 현장에는 범인은 그림자도 보이지 않았고, 전기 담당 청년이 아까 소녀 아니 운서와 마찬가지 꼴이 되어 쓰러져 있을 뿐이었다. 악마는 미리 회전하는 소용돌이 셀룰로이드 판을 준비해 전기 담당자를 묶은 다음 스포트라이트 앞에 설치해 빙글빙글 돌게 만든 게 틀림없다.

그러나 그런 사정이 밝혀진 것은 조금 뒤의 이야기다. 우리는 다시 혼란스러운 무대로 눈길을 돌려야만 한다.

소녀들이 비명을 지르며 동요를 일으키자마자 누구 짓인지 몰라도 극장 안의 모든 전등이 한꺼번에 꺼졌다. 무대와 객석도 순식간에 캄캄한 암흑으로 뒤덮였다. 바로 객석에서 고함이 마구 터져 나왔다. 휘파람을 부는 소리도 들렸다. 하지만 어둠은 30초쯤 이어졌고, 불은 다시 들어왔다. 무대는 아까보다 더 밝아져서 대낮처럼 환했다.

그런데 아니, 이게 어찌 된 일인가. 무대 앞쪽 한가운데에 란코 혼자 보기에도 처참한 모습으로 우뚝 서 있지 않은가.

용기병이 쓰는 장식 모자는 어디론가 날아가고 머리카락은 엉망으로 헝클어졌다. 얼굴은 죽은 사람처럼 파랗게 질렸고 넋이 나간 사람 같은 눈만이 이상하리만치 반짝거렸다.

왠지 심상치 않은 분위기에 일어서 웅성거리던 관객들은 다시 조용해져 마른침을 삼켰다. 왜 저러지? 뭔가 시작하려는 모습이었다. 란코의 그 무서운 얼굴은, 넋이 나간 듯한 눈빛은 도대체 무얼 뜻하는 걸까. 몇 천 개의 시선이 말로 표현할 수 없는 불안에 휩싸여 란코의 파랗게 질린 얼굴에 쏟아졌다.

관객에게는 작은 란코의 얼굴이 영화의 클로즈업된 화면처럼 아주 크게 느껴졌다. 관객의 시야에는 지금 그 아름다운 얼굴 말고는 아무것도 보이지 않았다.

몇 천 개나 되는 눈이 바라보는 가운데 란코의 얼굴은 말로 표현할 수 없는 고통으로 요염하게 일그러졌다. 그리고 보라, 그 핏기를 잃은 입술 한구석에서 새빨간 것이 주르륵 흘러내리지 않는가. 피다. 란코가 피를 토하고 있었다.

선혈은 그칠 줄 모르고 흘러나와 매끄러운 턱을 적시고 방울져 툭툭 떨어지더니 군복 가슴에 달린 금장식을 적셨다.

관객은 숨을 죽이고 가만히 그 모습을 지켜보았다. 극장 전체가 묘지처럼 고요했다.

그런데 란코의 표정이 갑자기 확 변했다. 그녀가 웃었다. 고통스러운 나머지 정신이 이상해진 걸까. 란코는 히죽히죽 웃기 시작했다. 피를 흘려 새빨갛게 물든 치아를 그대로 드러내며 붉은 액체를 부글부글 뿜어내면서 말로 표현하기 힘든 단말마의 요염한 웃음을 지었다.

관객의 등줄기에 얼음처럼 차가운 것이 슥 흘러내렸다. 객석 전체가 열병에 걸려 악몽에 시달리는 듯했다.

말할 필요도 없이 악마가 저지른 짓이다. 라우드 스피커를 통해 흘러나왔던 예언은 그대로 적중했다. 새빨간 소용돌이가 나타났다. 그리고 란코 입술이 피로 물들었다.

하지만 관객들은 계속 악몽에 시달리지는 않았다. 그들 가운데 절반 이상은 바로 정신을 차려 심상치 않은 살인사건이 일어났음을 깨닫고 몸을 떨었다. 극장 직원과 형사들은 급히 무대를 향해 달려 나갔다.

그러자 그게 신호라도 되듯 다시 극장 안 조명이 한꺼번에 꺼졌다. 이번에는 약 20초쯤 있다가 다시 켜졌다.

나중에 이 일을 꼼꼼하게 조사했는데, 전등에 문제가 생겼던 두 차례 모두 메인 스위치 쪽에 담당자가 한 명도 없었다는 사실이 밝혀졌다. 담당자가 없는 틈을 타 누군가가 스위치를 끈 게 틀림없다.

그렇지만 그저 변덕스러운 장난이라고 보기에는 무대에서 일어난 일과 이상하게 일치했다는 것이 마음에 걸렸다. 그렇다고 소용돌이 악마 일당이 저지른 짓이라고 하면 조명을 두 차례 껐다 켠 일은 란코 살해사건과 어떤 관계가 있는 걸까. 어떤 이유로 그런 짓을 했을까. 전혀 이해가 되지 않았다.

그건 어쨌든, 다시 전등이 켜졌을 때 가련한 란코는 숨을 거두고 무대 한복판에 쓰러져 있었다. 그 모습을 본 형사들이 달려가기도 전에 소품 담당 남자 세 명이 무대로 뛰어나와 재빨리 란코의 시체를 안아 들고 분장실로 옮겼다.

"이봐, 잠깐! 함부로 행동하면 안 돼!"

형사가 무대로 달려 올라와 소리쳤을 때는, 이미 시체는 분장실이 있는 2층으로 옮겨진 상태였다. 그리고 그 형사의 외침을 신호로 삼아 무서운 속도로 커튼이 내려와 무대와 객석 사이를 차단했다.

관객들은 모두 자리에서 일어났다. 겁을 먹고 집으로 돌아가려고 서두르는 사람, 호기심에 이끌려 무대로 기어오르려는 사람, 까닭 없이 흥분해서 왁자지껄 떠드는 사람, 흐느껴 우는 새파랗게 젊은 아가씨 팬들로 장내는 극장이 생긴 이래 최대 혼란에 빠져들었다.

이렇게 수많은 사람들이 지켜보는 가운데 무대 위에서 그런 사건이 일어나는 동안 무대 아래서는 다른 사건이 일어났다.

그건 바로 무대 위에서 란코가 입술 사이로 피를 흘리며 미친 사람처럼 웃던 때였다. 그 바로 아래 공간에서 소품 담당 기술자로 보이는 노동자 차림을 한 세 남자가 이상한 행동을 하고 있었다.

전등 불빛도 제대로 들어오지 않은 어두컴컴한 바닥에 시체를 넣는 관만큼이나 튼튼한 나무상자가 뚜껑이 열린 채 놓여 있고, 세 사람은 그 상자 안에 뭔가 화려한 색채의 흐늘거리는 물체를 열심히 넣는 중이었다.

그건 아마 사람인 모양이다. 금장식이 반짝거리는 용기병 장교 복장을 했다. 아아, 얼굴이 보인다. 아름다운 여성이다. 게다가 란코와 얼굴이 똑같다. 아니, 이런. 이게 어떻게 된 일인가. 무대 위에서 고통스러워하는 란코, 무대 아래 지하에서 나무상자에 누워 있는 란코. 어떻게 란코는 갑자기 두 명이 되었을까? 이혼병(離魂病)[69]이라도 걸린 걸까? 무대 위에 있는 란코가 악몽을 통해 동시에 여기에서도 모습을 드러낸 걸까?

세 남자는 말없이 란코를 나무상자로 재빠르게 옮기더니 밧줄로 단단히 묶은 다음 마치 별것 아닌 짐을 옮기듯 "영차, 영차" 하는 소리를 내면서 지하실에서 바로 큰길로 나가는 비상구 쪽으로 사라졌다.

도대체 이게 무슨 일인가. 우리는 꿈이라도 꾸는 건가? 아니면 여우에게 홀린 걸까. 아니다. 꿈도 아니고 여우 짓도 아니다. 란코는 분명히 두 사람이 된 거다. 그리고 그 가운데 한 명은 상자에 넣어 극장 밖으로, 다른 란코는 피를 토하며 분장실로. 위, 아래로 각각 옮겨졌다.

우리는 상자 안 시체도 뒤쫓고 싶다. 그렇다고 2층 분장실로 옮긴 피투성이 란코도 걱정이 안 되는 것은 아니다. 우선은 분장실에 있는 란코 이야기부터 하자.

그때 무대로 올라온 형사 네 명은 란코의 시체를 옮기는 소품 담당의 뒤를 따라 2층 분장실로 달려 올라갔다.

란코가 쓰는 방에 도착하자마자 시체를 옮긴 세 남자가 뛰쳐나가더니 계단을 달려 내려가버렸다.

"이봐, 너희들 나중에 조사할 게 있으니 그냥 가면 안 돼."

---

69 실제로 존재하는 병이 아니라, 과거 혼이 육체에서 떠나 완전히 다른 사람의 모습을 지닌 인간이 된다고 믿었던 병을 말한다. - 역주

형사 가운데 한 명이 무례한 소품 담당자들 뒤에서 겁주듯 호통을 쳤다. 하지만 지금은 그럴 상황이 아니다. 란코의 사인을 확인하는 게 가장 급한 일이었다. 네 사람은 성큼성큼 안으로 걸어 들어갔다.

"아, 자넨 노자와 군 아닌가? 란코는? 란코 시체는?"

대역을 맡은 대학생과 안면이 있는 형사가 학생복 차림으로 방 안에 서 있는 노자와 청년에게 말을 걸었다.

"예, 제가 노자와인데 무슨 일이십니까?"

청년은 당황한 듯이 형사 네 명을 빤히 바라보았다.

"무슨 소린가? 자넨 그 소동이 일어났는데도 모른다는 건가? 방금 여기 란코의 시체가 실려 들어왔을 텐데."

"예? 란코 시체라고요? 형사님이야말로 대체 무슨 말씀을 하시는 겁니까? 그런 건 여기 없습니다. 도대체 란코 씨가 어떻게 된 거죠? 저는 깜빡 잠이 들었기 때문에……."

"이봐, 이 친구야. 정신 차려. 무슨 잠꼬대를 하는 거야? 거기 그 침대 위에 란코 시체가 있는 거 아닌가?"

그걸 발견한 한 형사가 어처구니없다는 듯이 호통을 쳤다.

"예? 뭐요? 아, 이거 말입니까? 방금 소품 담당자가 들고 온 겁니다."

"그것 봐, 자넨 빤히 알고 있잖아?"

"그렇지만 이건 란코 씨가 아닌데요."

이 청년은 정신이 나가기라도 한 거 아닐까? 용기병 장교 분장을 한 채로 창백한 얼굴로 누워 있는 란코를 앞에 두고도 그게 란코가 아니라고 억지를 부린다.

"무슨 말이야? 자네 정신이 어떻게 된 거야? 이게 란코가 아니라면 뭐란 말인가?"

형사가 침대를 가리키며 답답하다는 듯이 소리쳤다.

아아, 노자와가 정말로 미친 모양이다. 그는 사뭇 재미있다는 듯이 키들키들 웃기 시작하지 않는가.

"하하하……, 이거 말인가요? 형사님들은 이걸 란코라고 하는 겁니까? 무슨 소리예요? 더 가까이서 자세히 보세요."

형사들은 바로 침대로 몰려들었다. 그리고 란코의 시체를 들여다보았다. 어떤 이는 그 이마에 손을 짚고, 어떤 이는 손목을 잡았다.

하지만 동시에 얼른 손을 떼고 장승처럼 꼼짝도 하지 않았다. 너무 놀라서 그저 눈알만 움직이며 서로 표정을 살필 뿐이었다.

무엇이 형사들을 그토록 놀라게 했는가. 구구하게 적을 필요도 없이 독자는 이미 짐작하셨으리라. 그건 밀랍인형이었다. 소품 보관실에 있던 란코와 똑 닮은 그 밀랍인형이었다.

도대체 어떻게 밀랍인형이 무대에 서서 입으로 피를 흘리고 미친 사람처럼 웃을 수 있었던 걸까? 물론 불가능하다. 그렇다면 살아 있는 란코가 또 한 명 있어야 한다. 이럴 수가. 하나비시 란코가 세 사람이란 이야기다. 그녀와 똑 닮은 밀랍인형을 합쳐 세 사람이 된 것이다.

그럼 그 세 번째 란코는 어디 있는 걸까? 무대에서 피를 흘리며 웃던 그 무서운 란코는 대체 어디로 숨은 걸까!

마술사

제국 수도의 가장 큰 공연극장 무대에서 상상도 할 수 없는 괴사건이 일어났다. 프리마돈나 하나비시 란코가 갑자기 세 명이 되었다.

한 명은 무대 정면에서 멋진 용기병으로 분장하고 독창을 하다가 피를 토하며 쓰러졌다.

그와 거의 동시에 무대 아래 지하실에서는 또 다른 란코가 우락부락한 사내 셋의 손에 의해 이상한 상자에 담겨 그대로 지하도를 통해 극장 밖으로 운반되었다.

그리고 또 한 명의 란코는…… 무대에서 피를 토하며 쓰러진 란코를 2층 분장실 방으로 옮기고 보니, 이게 어찌 된 일인가, 어느새 란코를 그대로 빼닮은 밀랍인형으로 변했던 것이다.

밀랍인형이 독창을 하거나 피를 토하며 고통스러워할 리는 없다. 진짜 란코가 쓰러진 순간 전등이 모두 꺼지고 20초쯤 들어오지 않았을 때 극장 안은 캄캄했다. 아마 그 어둠 속에서 이 놀라운 바꿔치기가 이루어졌을 게 틀림없다.

밀랍인형은 지난달 공연 때 란코의 1인 2역 장면이 있었는데 거기에 쓰기 위해 인형사가 솜씨를 발휘해 란코와 똑같이 만들었다. 그것이 아직 소품 보관실에 놓여 있었는데 누군가 란코 대용으로 사용한 셈이었다.

하지만 도대체 누가 무엇 때문에 그런 번거로운 장난을 친 걸까.

이변이 일어났다는 걸 깨닫고 형사 네 명은 란코의 분장실로 달려왔다. 그리고 거기서 마주친 란코를 호위하는 역을 맡은 노자와 청년에게 침대 위에 누워 있는 것은 란코의 시체가 아니라 그냥 밀랍인형일 뿐이라는 말을 듣고 깜짝 놀랐다.

"이럴 수가. 조금 전 무대에서 쓰러진 건 분명히 란코였어. 밀랍인형이 돌아다니거나 노래를 부를 리가 있나? 도대체 이게 어떻게 된 일이지?"

경력이 많아 보이는 형사가 눈을 날카롭게 빛내며 소리쳤다.

"그럼 틀림없이 여기까지 옮기는 사이에 사람과 인형을 바꿔치기했겠죠."

노자와 청년은 팔짱을 낀 채 침대 머리맡에 버티고 서서 무뚝뚝하게 대꾸했다.

"응, 물론 그렇겠지. 그러면 방금 그 세 녀석이 수상하군. 이봐, 너, 빨리 그놈들을 이리 끌고 와."

젊은 형사가 선배의 지시를 받더니 쏜살같이 계단을 달려 내려갔다. 하지만 잠시 후 맥 빠진 표정으로 돌아왔다.

"아무 데도 없습니다. 그놈들 이 극장에서 일하는 사람은 아닌 듯합니다. 소용돌이 도적의 부하가 소품 담당으로 변장해 숨어들어온 거 아닐까요?"

만약 그렇다면 이제 와서 극장 안을 뒤져봐야 소용없다. 그들이 아직 이 부근에서 어슬렁거리고 있을 리 없다.

"그런데 진짜 란코는 대체 어디로 사라진 거지? 제길, 별동대가 있었던 거야. 그래서 그 어둠을 틈타 밖으로 실어 나른 건지도 몰라. 이따위 인형을 이용해 추적을 늦추려는 속셈이 분명해. 그래, 틀림없어. 이봐, 자네들. 당장 출입구를 조사해. 자, 서둘러."

선배 형사는 그렇게 외치며 앞장서서 계단을 달려 내려갔다. 나머지 세 형사도 우르르 뒤를 따랐다.

그렇지만 출입구를 지키는 모든 경비들은 물론 극장 직원들 하나하나 샅샅이 찾아다니며 물었지만 란코를 들고 나가는 모습을 목격한 사람은 한 명도 없었다.

무대에서부터 분장실까지, 그리고 객석과 무대 아래 지하실 등 극장 안을 이 잡듯 뒤졌지만 란코의 행방을 알아낼 실마리는 전혀 찾을 수 없었다.

물론 이 사건은 바로 경시청 수사과에 보고되었고, 지체 없이 도쿄시 전역에 비상경계가 펼쳐졌지만 그 촘촘한 그물에도 범인은 걸려들지 않았다.

란코의 행방도 알 수 없고 생사마저 파악되지 않으니 하나비시회 간부 아가씨들이 잠자코 있을 리 없었다.

네 형사가 멍한 표정을 지으며 분장실로 돌아오니 그곳에서는 위원장 가와이 도모에를 비롯한 다섯 아가씨가 미청년 노자와를 가운데 두고 요란하게 토론을 벌이는 중이었다. 단 한 사람, 노자와를 란코 대역으로 추천한 스기사키 히토미만은 어떻게 된 일인지 오늘 밤 모습이 보이지 않았다.

"그래도 전등이 꺼졌던 건 아주 잠깐이었어. 그사이에 란코 씨를 보는 눈이 없는 곳까지 옮기기는 불가능해. 게다가 무대 출입구에는 양쪽 모두 우리가 서 있었고 다른 여배우들도 잔뜩 서 있었어. 아무리 캄캄한 상태라고 해도 란코 씨를 무대 뒤편으로 옮기다니, 도저히 불가능한 일이라고 생각해."

"그럼 객석 쪽으로 뛰어내려 도망친 걸까?"

"아니, 그건 더 말이 안 되지. 객석을 용케 빠져나간다고 해도 밖에 복도가 있잖아. 안내 담당 직원이 잔뜩 어슬렁거리고 있었다고. 그러니 어느 출입구로 나간다고 해도 거기에는 사무직원이나 안내 담당이 눈을 번뜩이고 있었어. 극장 안에만 전등이 꺼졌지, 건물 밖에 있는 전등은 대낮처럼 환하게 켜진 상태였으니까. 아무리 소란스러웠어도 그 새빨간 용기병 의상을 입은 란코 씨를 보지 못했을 리 없지."

"그러고 보니 그래. 도대체 란코 씨를 어디로 데리고 나간 걸까? 도무지 알 수가 없어."

"마술까지 한다는 놈이니까 우리는 상상도 할 수 없는 무서운 트릭을 만들어낸 게 아닐까?"

"어쩌면 좋죠? 전 눈물이 날 것 같아요. 저어, 형사님, 실마리는 전혀 없나요?"

"란코 씨를 구해낼 수 있을까요? 경시청 쪽에서는 이미 움직이기 시작했겠죠?"

산전수전 다 겪은 형사들도 이 어여쁜 아가씨들의 수다에는 쓴웃음을 지을 수밖에 없었다.

"아, 이미 손을 썼으니 안심하세요. 만약 란코 씨가 아직 살아 있다면 반드시 무사히 되찾아드리겠습니다."

나이 많은 형사가 무서운 얼굴에 자비로운 표정을 지으며 부드럽게 대답했다. 하지만 그 말이 사태를 더욱 악화시켰다.

"예? '살아 있다면'이라니요? 그럼 란코 씨가 벌써 이 세상 사람이 아닐지도 모르는 거로군요. 그래. 그렇게 피를 토하면서 몸부림을 쳤으니. 틀림없이 이제는 살아 있지 못할 거야. 아아, 어쩌지? 어쩜 좋아."

"우리 계획은 잘 풀렸어. 애초에 경찰 쪽에서 불안하게 여기던 일은 전혀 일어나지 않았고, 노자와 씨는 멋지게 란코 대역을 해냈지. 다들 무대만은 걱정 없을 거라고 했지만 봐, 그 무대에서, 그것도 독창이 한창인 순간 이런 일이 일어났잖아? 경찰 실수라고 해도 할 말이 없을 거라고 생각해."

아가씨들의 창끝은 매우 날카롭다.

"여러분, 그렇게 낙담하지 말아요. 곧 좋은 소식이 올지도 모르니까. 여기서 계속 의논해봐야 해결될 일 없습니다. 그러니 다들 집으로 돌아가시는 게 어떻겠어요? ……그럼 우리가 먼저 물러갈까요?"

나이 많은 형사가 아가씨들의 수다에 질려 꽁무니를 뺐다. 형사 네 명이 방을 나가려고 문 쪽으로 돌아섰을 때였다. 불쑥 어디선가 이상하게 쉰 목소리가 들려왔다.

"잠깐. 할 말이 좀 있소."

깜짝 놀라 일어서는 사람들 앞쪽에 있던 문이 바람이라도 분 듯 스 윽 열리더니, 어두컴컴한 밖에 기괴한 그림자가 서 있는 모습이 보였다.

온몸을 검은 망토로 감싸고 터키모자를 썼으며 얼굴에는 노 공연 때 사용하는 무표정한 가면 같은 것을 썼다.

아가씨들은 그 모습을 얼핏 보더니 마치 도깨비라도 만난 듯 공포에 떨면서 서로 부둥켜안고 한 덩어리가 되어 구석으로 뒷걸음질 쳤다.

"누구냐, 거기 있는 게!"

입구에서 가장 가까운 곳에 있던 나이 많은 형사가 그 자리에 얼어붙었으면서도 큰 소리로 호통을 쳤다.

"난 사건의 진상을 알고 있는 사람이오. 원한다면 이야기해줄 수도 있지."

가면 안쪽에서 사람의 음성 같지 않은 음산한 목소리가 흘러나왔다.

"뭐야? 진상을 안다고? 어쨌든 그런 곳에 서 있지 말고 들어오는 게 낫겠군. 그리고 이름을 밝히지 않으면 곤란해. 왜 그런 이상한 것을 뒤집어쓰고 있는 거지?"

형사는 빈틈없는 방어태세를 취했다. 범인은 터무니없는 궁리를 해대는 녀석이다. 혹시 저 가면 뒤에 소용돌이 도적 본인의 얼굴이 숨어 있는 게 아닐까 하는 무서운 의심이 불쑥 들었기 때문이다.

그러나 독자 여러분은 이미 안다. 괴인은 주저 없이 자기 본명을 밝혔다.

"나는 구루스 사몬이라는 늙은이요. 소용돌이 도적에게 원한이 깊은 사람이외다."

"흠, 구루스 사몬? 들어본 적 없는 이름이로군. 그런데 그 묘한 가면은?"

"으허허허……, 이거 말이오? 이건 함부로 벗을 수 없소이다. 나를 위해서가 아니라 저기 계신 아가씨들을 위해서요. 정신을 잃으면 큰일이니까."

"무슨 소리를 하는 거요? 당신이 하는 말은 전혀 알아듣지 못하겠어."

"내 얼굴은 무시무시하다오. 다시는 볼 수 없을 만큼 처참한 얼굴이라오. 불에 데어서. 그러니 이걸 벗으라고 하지 말아주시오."

아하, 그렇다면 사건이 일어나기 조금 전, 무대 뒤 어둠에서 꽃 파는 아가씨로 분장한 미나카미 아유코를 떨게 한 해골 같은 괴물은 다름 아닌 구루스 사몬이었던가?

"흠, 그렇게까지 나오신다면 직접 확인하는 일은 뒤로 미뤄도 괜찮겠지. 그래, 우리에게 알려주겠다는 사건의 진실은 뭐요?"

"오늘 밤에 일어난 이해하기 힘든 사건의 진상에 대해서요. 아니, 그뿐만이 아니올시다. 소용돌이 도적이라 불리는 놈의 정체에 대해서요. 나는 놈이 어렸을 때부터 안다오."

노인은 한 마디 한 마디에 힘주어 말하면서 왠지 길을 가로막듯 입구에 버티고 섰다. 주름이 많고 보풀을 세운 새까만 망토가 마치 커튼처럼 입구를 가렸다.

"그럼 이야기해보시지."

"당신들이 하나 빠뜨린 게 있소. 두 번째로 전등이 꺼진 이유를 상상했는데 처음에 꺼진 건 아예 까먹은 거 아니오? 그렇지 않소?"

"아니, 잊을 리 없지. ……하지만 거기에 무슨 의미가 있다는 건가?"

"물론 중요한 의미가 있지. 처음 어둠은 두 번째보다 오래, 30초 남짓 이어졌소. 그사이에 도적은 완전히 마술을 부린 거요."

"마술? 대체 무슨 마술을……?"

"기발한 발상이지. 놈은 마술사의 제자이기도 했다니까. 아주 대단한 마술을 선보인 거요.

잘 들으시오. 그놈은 미리 부하를 이 극장에 숨어들게 한 다음, 무대 바닥에 약간 손질을 해두었던 거요. 바닥에 구멍을 내서 무대 밑에서 위로 밀어 올리는 승강무대라는 장치가 있다는 건 다들 아실 테지. 이 극장 무대에는 그런 크고 작은 장치가 열두 개 있소. 무대 밑에서 배우를 태우고 무대 위로 밀어 올리는 네모난 구멍이지. 놈은 그 구멍 가운데 하나의 덮개를 떼어내고 그 장치의 발판을 무대 바닥 평면과 일치하도록 완전히 밀어 올려두었던 거요.

무슨 말인지 아시겠소? 그렇게 해놓고 란코가 그 장치 발판 위에 올라서서 아무것도 모른 채 독창을 시작하자 얼른 조명을 끄고 그 장치 발판을 무대 아래로 푹 떨어지게 만든 다음, 소리 지를 틈도 주지 않고 마취제로 란코의 정신을 잃게 만들었소. 더 설명할 필요도 없이 그 무대 아래 지하실에는 놈의 부하들이 기다리고 있다가 재빨리 처리한 거였소.

란코를 무대 밑 땅바닥으로 옮긴 뒤, 빈 발판만 다시 얼른 원래 위치로 밀어 올리고 움직이지 않도록 고정시킨 거요. 그런 작업에는 30초쯤 되는 시간이면 넉넉할 테지. 아주 기막힌 궁리를 해낸 거요. 소리 말인가? 물론 소리가 조금은 났겠지. 하지만 그때는 음악도 연주되고 있었으니 누가 눈치챌 수 있었겠소?"

"잠깐만. 당신은 그렇게 자세하게 알면서 왜 미리 신고하지 않았나? 이상하지 않은가?"

그러나 노인은 형사의 물음에는 거의 귀도 기울이지 않았다.

"알고 있었으면 신고할 필요도 없이 나 혼자서도 막을 수 있었을 거요. 하지만 안타깝게도 그 순간까지 나는 마술의 비밀을 몰랐소. 그렇지만 안심하시오. 난 그 속셈을 눈치채자마자 제대로 대비해두었으니까.

물론 란코는 그대로 무대 뒤 지하도를 통해 극장 밖으로 운반되었지만 난 그걸 놓치지 않았지. 믿을 수 있는 인물에게 제대로 미행하도록 해두었으니 마음 놓아도 괜찮소. 조만간 그 사람이 놈의 소굴을 밝혀내고 당신들에게 신고할 테니까."

"신고하는 건 둘째 치고 그렇게 멋대로 행동하면 곤란한데. ……워낙 경황이 없어 그럴 여유가 없었다면야 할 수 없는 일이지만.

그런데 당신 이야기는 좀 이상하군. 처음 조명이 꺼졌다 켜진 뒤에도 란코는 무대에 있었어. 피를 토한 건 두 번째 전등이 꺼지기 직전이지 않았나? 밖으로 옮겨졌다는 란코가 어떻게 무대에서 노래를 부를 수 있단 말이지?"

"그렇소. 그래서 마술이라는 거요. 란코가 무대에서 그냥 사라지면 당장에 큰 소동이 일어날 테고, 사람들이 뒤쫓을 게 빤하니까. 그러면 놈은 위험해진다오. 그래서 다시 전등이 켜졌을 때 무대에서 란코와 똑같은 분장을 한 대역이 아까 그 위치에 서서 피를 토하는 모습을 보여주도록 만든 거외다. 그러면 다들 그쪽에 정신이 팔려 무대 아래 지하실에서 무슨 일이 벌어지고 있는지 전혀 모를 테니까.

그 피는 물론 연극에서 쓰는 가짜 피. 씻으면 바로 지워지는 빨간 액체요.

그럼 그 가짜 란코는 어떻게 밀랍인형으로 바뀌었을까? 가짜 란코가 이곳 침대로 운반되면 사람들이 그 얼굴을 빤히 보게 될 거라는 사실은 설명할 필요도 없을 거요. 그러면 바로 가짜라는 사실이 들통나겠죠. 그래서 이 마술을 성공하기 위해서는 꼼꼼하게 계획을 짜, 가짜가 이중으로 필요했던 것이오. 허허허…… 아시겠소?"

그의 추리는 그야말로 논리 정연해 형사들마저도 끽소리 못 했다. 역시 그런 식이었다면 밀랍인형이 사용된 이유가 확실하게 이해된다. 하지만 그토록 란코를 빼닮은 가짜를 용케 구했다.

"그래, 대체 그 피를 토한 란코는 누구란 말이오? 당신은 그것도 안다는 거요?"

나이 많은 형사가 초조한 듯이 물었다.

"압니다."

"누, 누구요?"

"소용돌이 도적이라고 불리는 사내. 도적들의 우두머리요."

"예? 도적들이? 란코 씨로? 말도 안 돼. 란코 씨는 스무 살도 되지 않은 아가씨요. 아무리 마술사라고 해도 도적 두령이 그 아가씨로 변신하다니…….''

너무도 엉뚱한 발상에 형사들은 저도 모르게 몸을 가누지 못할 만큼 웃어댔다. 이 늙은이가 정신이 나간 건가?

"아, 참. 당신들은 도적 우두머리라는 인물을 모르지. 대충 수염이 난 덩치 큰 남자 정도로 생각할 테지. 그렇지만 그건 잘못된 생각이오. 소용돌이 도적이란 놈은 이제 겨우 스무 살을 갓 넘은, 여자처럼 예쁘게 생긴 청년이란 말이외다."

"도대체 당신은 어떻게 그런 걸 알지?"

"아까 말한 대로 난 그놈이 젖먹이였을 때부터 아는 사람이오."

"그래, 그놈은 밀랍인형을 대신 놔두고 어디로 도망친 거요? 당신은 왜 그놈을 붙잡지 않았지?"

형사는 아직도 이 노인이 하는 말을 의심했다. 무슨 일이든 너무 거침없이 대답하는 게 수상하다는 생각마저 들었다.

그러자 노인은 가면 쓴 얼굴을 천장으로 향하고 거대한 박쥐처럼 망토를 펼치며 아주 의기양양하게 대답했다.

"잡았소. 틀림없이 잡았지."

그 말을 듣더니 형사들이나 아가씨들이나 깜짝 놀라 술렁거렸다.

아아, 이 노인이 정말로 그 흉악한 도적을 잡았단 말인가?

"어디 있습니까? 그놈이 어디 있죠?"

형사도 결국 노인에게 항복하고 정중한 말투를 쓰기 시작했다.

"여기 있소이다."

노인은 느긋한 목소리로 뜸을 들였다.

"여기? 여기라니요?"

"바로 이 방 말이외다."

하늘을 나는 악마

사람들은 무심코 서로 얼굴을 마주 보았다.

이 좁은 방 안에 소용돌이 도적이 있다니. 도대체 숨을 곳이 어디 있다는 말인가. 큰 장에 숨은 것도 아니고 침대나 탁자 아래는 탁 트여 빤히 들여다보인다.

형사 네 명과 후원회 아가씨 다섯 명, 노자와 청년. 그리고 가면 쓴 노인 자신. 그 밖에는 아무도 없다. 여기 있는 사람은 모두 란코 편이지 않은가. 도대체 노인은 무슨 소리를 하는 건가.

"허허허……, 아까부터 왜 내가 이 입구를 가로막고 서 있는지 아시겠소? 그건 이 방에 있는 범인이 도망치지 못하게 하려는 거요. 창문이 하나 있지만 설마 그리 빠져나갈 수는 없을 테니까. 아주 높아서 뛰어내려봐야 그 아래는 대낮같이 훤한 큰길이죠. 허허허……, 독 안에 든 쥐 신세지. 아무리 마술사라고 해도 이제 꼼짝 못 할 거요."

그 말을 듣더니 사람들은 다시 두리번거리며 서로 얼굴을 보았다. 도대체 그 흉악한 놈이 어디 숨었다는 건가.

"대단해. 역시 악마로군. 이놈, 아직도 낯빛 하나 변하지 않다니, 감탄스럽구나."

노인이 누구에겐지 몰라도 무서운 목소리로 말했다.

"당신은 대체 누구에게 그런 말을 하는 거요?"

형사들은 속이 타는 듯했다.

"모르겠소? 짐작을 해보시지. 난 범인이 아니오. 형사 네 명도 범인은 아니고. 그리고 다섯 명 아가씨들은 모두 진짜 여성들이죠. 그렇다면 누가 남겠소?"

"나라고 하는 겁니까? 이런 말도 안 되는."

노자와 청년이 노인의 뜻을 깨닫고 비명을 지르듯 소리치며 일어섰다.

"너야. 여러분, 이놈이 그 무시무시한 소용돌이 도적이라오."

노인은 박쥐처럼 펼친 망토를 펄럭이며 주름투성이 손가락으로 노자와 청년을 똑바로 가리켰다.

"무슨 말입니까? 난 둘도 없는 란코 씨 편 아닌가요? 매일 그 사람으로 변장하고 여자처럼 화장하며 고생하잖아요? 게다가, 게다가 만약 내가 그 도적이라면 왜 하필 무대에서 습격했겠습니까? 란코 씨와 자주 함께 있기 때문에 기회는 얼마든지 있는데. 상식적으로 생각해보면 금방 알 수 있을 겁니다."

청년은 노인에게 한 걸음 다가가 열심히 해명했다.

"후후……, 그건 그런 변명을 하려고 일부러 그 기회를 이용하지 않았던 거야. 대역까지 맡아 친절한 모습을 보이면서도 뒤로는 이를 갈았던 거지.

범죄 장소로 무대를 고른 이유 말인가? 그건 악마의 허영심이지. 소용돌이를 자꾸 만드는 걸로도 알 수 있듯 넌 네 솜씨를 세상에 드러내고 싶은 거야. 어떤 위험을 무릅쓰더라도 화려하게 세상을 놀라게 하고 싶은 것이 악마의 염원이지."

노인은 미리 준비한 듯, 청년의 말을 쉽게 반박했다.

"말은 그럴듯하군요. 그렇지만 증거는? 확실한 증거가 있습니까? 이건 터무니없는 누명입니다."

"증거? 허허허……, 증거가 없다고 생각하는 건가? 우선 그거, 네 주머니 안에 있는 물을 머금은 스펀지 공과 마(麻) 손수건이지. 아까 네가 무대에서 토해낸 핏물에 젖어 새빨갛게 물들었지 않은가? 형사님, 수고스럽겠지만 일단 이 녀석 주머니를 뒤져봐주시구려."

그러나 형사가 가까이 가기도 전에 청년은 자기 주머니에서 그것들을 끄집어냈다.

"이거 말입니까? 이건 란코 씨로 변장한 내가 남자 모습으로 돌아갈 때 얼굴 화장을 지우기 위해 가지고 있는 거죠."

"맞아, 욕실에 갔다가 다른 여배우에게 들키면 큰일이니까. 그런데 그 빨간 건 뭐지?"

"루주입니다."

"아니, 넌 얼굴에 루주를 칠하기라도 한다는 겐가? 손수건과 스펀지도 새빨갛지 않은가? 뭐, 지금 여기서 다툴 일은 아니지. 이 증거품은 형사님에게 맡겨 시간을 들여 그쪽 분야에 대한 조사를 부탁하기로 하세."

나이 많은 형사가 노인의 말뜻을 눈치채고 바로 청년에게 달려들어 그 두 물건을 집어 들었다.

"그건 그렇고, 다른 증거에 대해서는 아무리 너라도 변명의 여지가 없겠지. 널 이 아가씨들에게 소개한 스기사키 히토미란 여성 말일세. 사업가의 딸이라던가 뭐라던가 했던 모양인데, 그 아가씨는 자네 여자 부하 아닌가?

허허허……, 어떤가? 형사님에게 스기사키 집안을 조사해달라면 바로 알아낼 수 있는 일이지. 스기사키 집안에 딸이 있다고 해도 그만한 미인은 아닐걸."

후원회 위원 아가씨들은 그 말을 듣고 "어머머" 하며 놀랄 뿐 벌린 입을 다물지 못하는 모양이었다.

"조사해주십시오. 하지만 설사 그 여자가 가짜였다고 해도 내가 그런 사실을 전혀 몰랐다면 어떻게 되죠? 그런 허술한 증거로는……."

잘생긴 청년의 창백한 얼굴이 점점 험악해졌다. 말투도 더 이상 학생답지 않았다.

"그럼 세 번째 증거를 내놓을까? 원한다면 네 번째, 다섯 번째, 얼마든지 있지. 세 번째 증거란 네가 다닌다는 학교를 조사하는 거야. 분명히 N대학에 다니는 학생이라고 했지? 우선 N대학 학생 명부를 조사하고, 학생기록부에 있는 사진과 네 얼굴이 일치하는지 어떤지 확인해볼까?"

청년은 대꾸하지 않았다. 이번에야말로 빠져나갈 수 없는 약점을 찔린 모양이다. N대학에는 틀림없이 노자와라는 학생이 있을 것이다. 하지만 그건 전혀 다른 사람이리라.

"이놈, 오소네 류지!"

노인이 청년의 허를 찌르며 무섭게 소리쳤다.

괴청년은 느닷없이 자기 본명을 듣자 낯빛이 확 바뀌었다.

"나는 아까 이름을 밝혔듯이 구루스 사몬이란 늙은이다. 하지만 네놈은 내 이름을 모를 수도 있겠구나. 네 아비에게 들은 적이 있어도 잊었을지 모르고. 그럼 더 확실하게 알려주마. 난 네놈의 아비 오소네 고로에게 무참하게 살해당한 아리아케 도모사다 남작님을 모시던 구루스 사몬이다. 알겠느냐? 오, 이제 생각이 난 모양이로군.

네 아비는 남작님을 동지나해에서 죽이고 그 부인과 재산을 가로챘을 뿐 아니라 한때는 자기 아내였던 남작부인을 태워 죽였다. 아니, 부인뿐만 아니지. 나까지 태워 죽이려고 했다. 하지만 난 겨우 목숨을 건져 오늘까지 살아왔다. 살아남아 남작님의 유복자 도모노스케 님을 키웠지. 불구대천의 부모 원수를 갚게 하려고 키웠다.

그런데 넌 악마의 자식답게 제 아비보다 한술 더 뜨는 악당이 되었구나. 오늘까지 도대체 몇 명, 아니 몇 십 명이나 되는 여성을 유괴했나? 그 잘생긴 얼굴로 얼마나 많은 피를 흘리게 하고, 얼마나 많은 피를 마셨을까.

오소네 류지, 이래도 여전히 시치미를 뗄 작정이냐? 봐라, 내 얼굴을 봐! 네놈 아비가 불에 태운 원한 맺힌 모습을 똑똑히 보아라!"

그러더니 노인은 박쥐 날개 같은 망토를 요란하게 펄럭이며 모자와 가면을 벗어 팽개쳤다.

아가씨들이 바로 비명을 질렀다. 억센 형사들마저 저도 모르게 고개를 돌렸을 정도다.

머리카락이 한 오라기도 없이 새빨갛게 오그라든 머리, 얼굴의 근육이란 근육은 모두 불에 타 오그라들어 검붉은 해골이었다. 동그란 안구가 그대로 드러난 핏발 선 눈, 코가 사라진 자리에는 삼각형 구멍이 뚫렸으며 입술이 녹아내린 입은 잇몸까지 찢어져 치열이 이상하리만치 길고 유난히 희게 드러났다.

배짱 좋다고 자부하는 흉악한 도적도 이 얼굴을 한 번 보더니 무심코 비명을 지르며 뭔가를 막으려는 듯 팔을 들어 올리고 비틀비틀 뒷걸음질을 쳐야만 했다. 그 끔찍한 모습이 피를 나눈 아버지가 저지른 악행의 흔적이라고 생각하니 마음속에서 치미는 전율에 다리 힘이 쑥 빠져 그 자리에 휘청거리며 무릎을 꿇고 말았다.

그의 반응이야말로 무엇보다 명백한 증거였다. 오소네 류지가 아니라면 누가 이토록 두려워할까. 그 순간까지 한 가닥 의심을 놓지 못해 손을 쓰지 않던 형사들도 더는 머뭇거리지 않았다. 사방에서 형사 네 명이 청년을 덮치는가 싶더니 바로 그의 두 손에 오랏줄이 파고들었다.

"변명은 나중에 듣지. 일단 동행하도록."

나이 많은 형사의 묵직한 목소리가 방 안에 쩌렁쩌렁 울려 퍼졌다.

청년은 이미 체념했는지 한마디도 하지 않은 채 연행하는 형사의 뒤를 따랐다. 그 뒤를 구루스 노인이 가면 쓰는 것마저 잊고 회심의 미소를 지으며 비틀비틀 따라갔다. 다섯 아가씨들은 제자리에서 한 덩어리가 된 채 꼼짝하기는커녕 숨도 쉬지 못하며 그들이 방을 떠나는 모습을 지켜보았다.

좁은 계단을 내려와 무대 뒤에 이르니 소식을 들은 극장 직원과 무대장치 담당자, 여성 안내인은 물론 구경꾼들이 새카맣게 몰려들었다.

"저놈이 소용돌이 도적이래."

"어머, 얼굴은 예쁘게 생겼잖아?"

"정말, 아직 어려 보이는데 어쩜 그렇게 당치도 않은 짓을 저질렀을까."

형사 일행이 몰려든 인파를 헤치며 무대와 객석 사이에 설치한 액자 모양의 칸막이 부근에 이르렀을 때였다. 아아, 방심했다! 다시 극장 안의 전등이 팍 하고 한꺼번에 꺼졌다. 무대와 텅 빈 객석이 코앞도 분간할 수 없는 캄캄한 어둠에 휩싸이고 말았다. 도적의 부하 한놈이 여태 극장 안에 남아 있다가 두령이 위기에 처했다고 생각해 메인 스위치를 내린 게 틀림없다.

"누가 스위치 판을 좀 봐줘! 그 부근에서 어슬렁거리는 놈이 있으면 잡아!"

형사가 외치자 무대장치 담당자 몇 명이 알았다고 대답하더니 무대 아래 지하실로 달려 내려갔다. 이 극장의 큰 배전반은 무대 아래 지하실 구석에 있었다.

동시에 어둠 속에서 핏 하는 날카롭고 세찬 소리가 들렸다.

"앗, 오랏줄이 끊어졌다. 범인이 도망쳤다. 야, 기노시타. 그쪽이다!"

하지만 그 암흑 같은 어둠을 어찌하랴.

군중은 "으악" 하고 소리를 지르며 도망쳤다. 사람들은 서로 더듬거리느라 겁을 집어먹었고 옆 사람에게서 떨어지려고 몸부림쳤다. 몸과 몸이 부딪히는 소리, 악쓰며 욕 퍼붓는 소리. 말로 표현할 수 없는 혼란이었다.

그렇지만 그것도 잠시, 무대장치 담당자가 배전반에 도착했는지 장내에 바로 불이 들어왔다. 범인은 어디 있지? 소용돌이 악마는 어디로 갔나? 사람들은 두리번거리며 서로 얼굴을 마주 보았다. 그러나 그 잘생긴 청년의 모습은 어디서도 찾아볼 수 없었다.

"앗, 저기다!"

누군가 무대 천장을 가리키며 소리쳤다.

일제히 올려다보는 사람들 머리 위, 무대와 객석을 가르는 액자 모양의 칸막이 뒤에 수직으로 설치한 좁고 긴 쇠사다리를 원숭이처럼 기어올라가는 검은 그림자가 보였다. 학생복을 입은 청년이다.

그는 평지에 있는 출입구를 선택하지 않았다. 밖은 밝은 데다가 큰길이다. 그런 길을 소매치기처럼 요리조리 도망 다니는 추태를 피했던 것이다.

무대 천장은 액자 모양 칸막이보다 곱절은 높다. 거기에는 무대 막이나 필요에 따라 내리고 올리는 무대 배경들이 겹겹이 늘어져 있다. 좁은 철제 발판이 현기증 날 만큼 높이 자리하고 있다.

청년은 20미터 가까이 되는 쇠사다리를 올라가더니 그 발판 위에 서서 까마득한 아래쪽을 내려다보며 무슨 손짓을 했다. 조소다. 이리 와보라고 비웃는 것이다.

형사들은 물론 머뭇거리지 않았다. 건장한 무대장치 담당자 몇 명과 함께 역할을 나누어 무대 양쪽에 있는 쇠사다리에 올랐다. 청년은 그 사다리와 사다리를 연결하는 긴 발판 위에 서 있으니 양쪽에서 좁혀 들어가면 독 안에 든 쥐나 마찬가지다.

그런데 바로 그때 군중 사이에서 다시 공포에 질린 비명이 튀어나왔다. 여자들은 이리저리 우르르 도망쳤다. 사람들 사이에서 검은 망토를 걸친 해골을 발견했기 때문이다.

하지만 구루스 노인은 자신의 추한 얼굴에 신경 쓸 여유 따위 없었다. 이리저리 도망치는 사람들도 눈에 들어오지 않는 듯 구루스 노인은 비틀비틀 한쪽 쇠사다리로 가더니 열심히 오르기 시작했다.

한 칸, 또 한 칸. 수직으로 놓인 사다리를 위태롭게 오르던 형사들이 이미 꼭대기에 이르렀을 때 노인은 겨우 3미터쯤 기어올랐다.

사람들은 이 해골 같은 괴물의 정체를 모르기 때문에 허공에서 펼쳐지는 숨 막히는 장면과 함께 펄럭이는 검은 망토에도 정신이 팔렸다.[70] 저 괴물은 대체 누굴까. 혹시 도적과 한패가 아닐까? 뒤쫓는 사람들의 뒤에서 덮칠 작정이 아닐까?

두근거리는 마음으로 쳐다보는 사람들 머리 위에서 괴물이 무시무시한 얼굴로 돌아보았다. 어두컴컴한 쇠사다리 중간, 커다란 동굴처럼 보이는 무대 천장을 배경으로 동그랗게 튀어나온 눈이 사람들을 노려보았다. 귀 부근까지 찢어진 해골의 입이 히죽히죽 웃었다.

---

[70] '허공에서 펼쳐지는 숨 막히는~검은 망토에도 정신이 팔렸다'가 〔도〕에는 없다. ─ 해제

여자들은 겁에 질려 눈을 가렸다. 남자들도 너무 무시무시해 숨을 죽이고 뒷걸음질 쳤다. 이 악몽 같은 광경은 그 뒤로도 사람들의 기억에 새겨져 영원히 지워지지 않았다.

천장에서는 좁은 발판 위에 선 악마 같은 미청년이 좌우에서 좁혀 들어오는 협공을 맞아 오도 가도 못 하며 궁지에 몰렸다.

오른쪽에서는 나이 많은 형사를 선두로 네 명, 왼쪽에서는 손에 곤봉을 든 사나이다운 젊은이를 앞세운 다섯 명이 조금씩 발판 위를 걸으며 괴청년에게 육박해갔다.

"야, 바동거리며 저항하면 이 곤봉으로 정강이를 날려버리겠어."

용감한 젊은이가 연극이라도 하듯 곤봉을 비스듬히 들고 다리를 잔뜩 벌리며 좁혀 들어갔다.

동시에 다른 쪽에서는 형사가 긴 팔을 쭉 뻗어 청년의 어깨를 덮쳤다.

오소네 류지는 그 손을 슬쩍 피하며 등을 구부렸다.

"하하하…… 여러분, 이만 안녕."

그렇게 외치는가 싶었는데 날씬한 검은 그림자가 발판에서 휙 벗어났다. 이런, 위험하다. 아래는 20미터 가까이 되는 허공이다. 그는 아득하게 내려다보이는 무대로 뛰어내려 스스로 목숨을 끊으려는 걸까?

무대에 모여들던 사람들은 그 광경을 보고 깜짝 놀라 이리저리 도망쳤다. 청년의 몸이 폭탄처럼 머리 위로 떨어지는 느낌이 들었기 때문이다.

그러나 곡예사 오소네 류지는 그런 어리석은 짓은 하지 않았다. 아래로 떨어지기 직전, 그는 두 손으로 쇠로 된 발판을 잡았다. 그리고 "얏" 하는 소리를 내더니 몸을 가볍게 한 번 휘둘러 바로 아래 매달린 무대 배경 위로 날아갔다. 그 거리는 대략 2미터. 형사들은 물론 용감한 무대장치 담당자도 그만한 거리를 건너뛸 엄두는 내지 못했다.

"야, 누가 도르래를 내려줘. 저놈을 무대 배경과 함께 아래로 내려버려!"

용감한 젊은이가 쇠사다리 아래 매달린 동료들에게 소리쳤다. 배경을 위로 당겨 들어 올린 밧줄을 느슨하게 해 아래로 내려가게 하라는 이야기다. 그렇게 하면 당연히 배경과 함께 도적도 무대로 떨어진다.

젊은이가 외치는 소리는 천장에 닿아 메아리가 되어 아래로 퍼졌다. 그러자 거기 있던 어느 무대장치 담당자가 권양기[71] 쪽으로 달려갔다. 바로 드르륵거리는 톱니바퀴 소리가 나더니 밧줄이 풀리며 배경이 빠른 속도로 떨어지기 시작했다.

오소네 류지는 배경에 매달린 채 무대로 끌려 내려가는 건가? 아무리 악마라고 해도 역시 이제 운이 다한 걸까? 아니, 그렇지 않다. 곡예사에게는 아직도 비장의 수단이 남아 있었다. 그는 내려가기 시작한 배경 위에서 그 건너편에 매달린 다른 배경으로 훌쩍 건너뛰었

---

71 쇠줄이나 쇠사슬, 밧줄 등으로 무거운 물건을 들어 올리고 내리는 기계를 말한다. – 역주

다. 그 위를 기어 한쪽 끝에 이르자 천장의 들보에 매달린 밧줄을 두 손으로 잡고 날렵하게 매달려 꼭대기를 향해 쑥쑥 오르더니 날째게 철제 들보에 매달렸다.

천장에는 철근이 이리저리 엇갈려 있었다. 조그맣게 보이는 검은 그림자가 원숭이처럼 날렵하게 이쪽 철근에서 저쪽 철근으로 날아다녔다.

"앗, 저런. 통풍구로 도망칠 속셈이다!"

형사들이 소리 지르며 서둘러 쇠사다리를 내려갔을 때는 이미 청년은 그 작은 통풍구를 통해 건물 밖으로 사라진 뒤였다.

하지만 통풍구 밖은 지상 20미터가 넘는, 하늘을 찌를 듯 높이 솟은 콘크리트 벽이다. 발 디딜 곳도 없다. 오소네 류지는 그런 곳으로 나가서 어떻게 하려는 걸까.

형사들은 헐떡거리며 쏜살같이 달려 건물 밖으로 나가 위를 쳐다보았다. 거기에는 소식을 듣고 달려온 경찰 여러 명이 하늘을 올려다보며 저마다 뭐라고 외치는 중이었다. 그리고 멀찍이 떨어져 경찰들을 둘러싼 수많은 구경꾼들.

극장은 지붕의 조명을 밝히고 밤하늘을 향해 우뚝 솟았다. 그 꼭대기 작은 창에 아주 작게 보이는 검은 그림자가 꿈틀거렸다.

"지붕이다. 지붕으로 도망칠 작정이야."

류지의 작은 그림자는 창문에서 두 손으로 지붕 끄트머리를 잡고 거꾸로 오르는 대담한 재주를 부리며 대형 건축물 옥상에 섰다.

하지만 옥상으로 올라가 어쩌려는 걸까? 더는 도망갈 길이 없지 않은가?

오소네 류지는 극장 뒤편을 향해 경사진 지붕 위를 달렸다. 별빛이 빛나는 밤하늘을 배경으로 검은 귀신처럼 달렸다.

형사와 경찰들도 옥상을 달리는 류지의 진로를 따라 건물 측면을 통해 극장 뒤로 달려갔다. 구경꾼들이 욕설을 퍼부으며 그 뒤를 따랐다.

극장 뒤편은 5미터쯤 되는 좁은 도로였다. 그 길을 수많은 구경꾼들이 가득 메웠다.

오소네 류지는 건물 옆면과 뒷면이 만나는 모퉁이에 이르자 구리로 만든 홈통을 타고 빠르게 내려오기 시작했다.

아니, 오소네 류지는 왜 도주를 포기하고 추격하는 경찰들 쪽으로 내려오는 걸까?

물론 그가 그런 어리석은 짓을 할 리 없다. 꼭대기에서 3분의 1쯤 내려온 지점에서 그는 갑자기 멈추더니 허리에 감았던 긴 밧줄을 꺼내 그 끄트머리에 달린 쇠갈고리를 벽에 홈통을 고정하는 부분에 건 다음 밧줄 끝을 잡고 바로 그 아래 열려 있던 분장실 창문으로 뛰어들었다.

다시 건물 안으로 들어가는가 싶어 지켜보니 그게 아니었다. 그는 밧줄 끝을 두 손에 칭칭 감은 채 탄력을 이용해 창문에서 휙 튀어나왔다. 밧줄이 허공에 큰 곡선을 그리며 그네처럼 흔들렸다. 그 그네 끝에서 청년의 몸이 진자처럼 매달려 있었다.

한 번, 두 번 흔들리더니 긴 밧줄의 진폭은 바로 그가 원하는 지점에 이르렀다. 밧줄 끝이 건물 벽에서 가장 멀리 간 순간, 오소네 류지의 손이 갑자기 밧줄을 놓았다. 검은 그림자가 허공을 가로지르며 탄환처럼 날아갔다. 기가 막힌 공중곡예였다. 아래 모여든 구경꾼들이 깜짝 놀라 주먹을 움켜쥐었을 때는 날렵한 청년의 발은 5미터 떨어진 도로를 건너 맞은편 3층 건물 지붕 위에 내려앉았다.

"으하하하⋯⋯."

그는 지붕 끄트머리에 서서 아득한 아래를 내려다보며 비웃는 몸짓과 함께 안하무인으로 크게 웃었다.

그리고 그 웃음소리의 여운이 밤하늘로 사라져갈 즈음 오소네 류지가 지붕 너머로 움직이더니 사람들의 시야에서 사라지고 말았다.

그 건물 부근에는 사방 1백 미터 남짓한 구역에 일본식 건물과 서양식 건물의 지붕이 줄을 이었다. 동서남북 어디로 도망치건 혹은 건물 안으로 숨어들어가건 자유자재였다. 열 명이나 스무 명쯤 되는 경찰로는 이제 손쓸 방법이 없었다.

그렇다고 해서 추적을 늦출 수는 없는 노릇이다. 형사와 경찰이 사방으로 구역을 나누어 그 일대를 둘러싸듯 지켜보았다. 하지만 한 시간, 두 시간이 지나도 오소네 류지는 결국 모습을 드러내지 않았다. 아마 그는 경찰들이 포위망을 치기 전에 지붕에서 내려와 어두운 골목들을 지나 모습을 감추었으리라.

조금 전 오소네 류지가 지붕 너머로 사라졌을 무렵, 극장 뒤편에 있는 창문 하나에 해골의 얼굴이 나타나 밤하늘을 가만히 바라보았다. 구루스 사몬 노인이었다.

"제기랄! 결국 도망쳤군. 하지만 안심하긴 아직 이르다, 악마야. 나는 만에 하나를 생각해 이미 손을 써두었지. 란코가 무사히 네놈 손에 들어갈 거라고 생각하느냐? 딱하게도 그렇게는 되지 않을 거다. 아니, 그뿐 아니지. 네놈 앞길에는 네가 가장 두려워하는 상대가 두 팔을 활짝 벌리고 기다리고 있을 거다. 독에는 독, 마법에는 마법이지. 내게도 네놈 못지않은 마법사가 있다는 걸 모르느냐?

오늘 밤일까, 내일 아침일까? 네놈의 운이 다하는 게 보이는구나. 으허허……, 난 그 생각만 하면 속이 후련해. 속이 시원해. 으허허허……."

해골은 귀 가까이까지 찢어진 입을 쩍 벌리고 온몸으로 크게 웃음을 터뜨렸다. 밤하늘 저편, 끝없이 이어진 지붕 위를 기어 도망치는 흉악한 도적의 귀에도 들리라는 듯, 검은 망토를 걸친 괴조가 날개를 펼치듯 퍼덕이면서 미친 듯이 계속해서 웃어댔다.

악마의 창고[72]

하나비시 란코는 마침내 악마 오소네 류지의 저주스러운 욕망 앞에 희
생양이 되고 말았다. 살인마 류지의 세 부하가 무대장치 담당자로 변
장해 무대 밑 지하실에 숨어들어 있었다. 그리고 마치 마술사처럼 믿
기 어려운 수법을 써서 무대에 있는 란코를 무대 아래로 떨어지게 해
마취제로 정신을 잃게 한 다음 준비해둔 나무상자 안에 넣어버렸다.

우락부락한 세 남자는 마치 시체를 넣은 관 같은 장방형 나무상자
를 지하실에서 극장 뒷문으로 통하는 계단으로 운반하기 시작했다.

터널 같은 지하도 양옆에는 쓰지 않는 무대장치나 소품, 짐 상자
등이 여기저기 놓여 있었고, 어둡기도 해 자칫하면 그것들에 걸려
넘어지기 쉬웠다.

"야, 제대로 좀 가지 못하겠어?"

"알았어. 우리 선생님이 내는 꾀는 늘 이런 식이야. 터무니없어 보
이는 일을 마치 마술처럼 식은 죽 먹듯이 해치우니 말이야."

"무시무시한 머리지. 이렇게 들어내면 무대장치 담당자들이 짐을
나르는 걸로밖에 보이지 않을 테니까 말이야. 다들 이 나무상자 안

---

72 [초]에는 '괴 트럭의 행방'으로 되어 있다. – 해제

에는 무대에서 쓰지 않게 된 무대장치나 소도구가 들어 있을 거라고 생각할 테니."

"여길 나가면 뒷문은 활짝 열려 있을 테고, 문을 지키는 녀석도 구워삶아놓았으니 남은 일은 대기시켜놓은 트럭에 이 나무상자를 싣는 일뿐이지. 너무 쉬워서 거짓말 같은 작전이었어."

"그런데 선생님 정말 대단하셔. 란코를 고스란히 손에 넣었으니. 란코를 또 대암실인가 하는 곳으로 데려가 마음 내키는 대로 처리하겠지."

"흐흥, 구워 먹건 삶아 먹건 마음대로 하시라지. 우리가 신경 쓸 일 아니야. 이렇게 쉬운 일은 자주 있는 게 아니니까. 이걸 무사히 옮기기만 하면 운전기사까지 합쳐서 네 명이 한 사람당 천 냥[73]을 받게 돼. 란코 같은 여자보다 더 예쁜 계집이 어디서 기다리고 있을 테지."

"그런데 대암실이라는 게 도대체 어디 있는 거냐?"

"그러게 말야. 나도 동료들에게 여러 번 물어보았는데 전혀 모르더군. 아는 놈이 한 명도 없었어. 선생과 누군지 모르지만 또 한 명, 이렇게 단둘이만 아는 밀실이래."

"한번 구경해보고 싶군."

"캄캄한 어둠 속에 이렇게 납치해 간 아름다운 여자들이 발가벗은 채 우글우글하겠지."

---

73 '천 냥'이 〔슌〕에는 '천 냥(지금의 30만 엔)'으로, 〔도〕에는 '천 냥(지금의 40만 엔)'으로 되어 있다. - 해제

"피투성이가 되어서 말인가?"

"욱, 토할 것 같아. 그런 걸 보기나 했나? 그럼 지옥이나 마찬가지 아니야?"

세 명의 무뢰한은 사람이 없는 지하도라는 생각에 마음이 느슨해져 수군수군 그런 이야기를 나누면서 무거운 나무상자를 들고 비틀비틀 걸었다.

"쉿! 무슨 이상한 소리가 나는데."

앞에 섰던 한 명이 문득 멈춰 서서 이야기를 끊었다. 귀를 기울이니 아니나 다를까 사람 발소리 같은 게 들려왔다. 뚜벅뚜벅 콘크리트 위를 걷는 구두 소리. 그것도 한 사람이 아니라 여러 명인 듯하다.

"야, 저거 짭새들 아니야?"

귀 밝은 한 명이 구두 소리 말고도 뭔가 금속 스치는 소리를 듣고 목소리에 힘주어 속삭였다.

"잠깐, 내가 보고 올게. 소리 내면 안 돼."

앞에 선 한 명이 나무상자에서 손을 떼더니 납거미[74]처럼 어두운 지하도 벽을 타고 출구 방향으로 살금살금 다가갔다.

모퉁이를 돌자 어슴푸레한 어둠 속에서 위로 올라가는 콘크리트 계단이 보였다. 그 위에 터널 입구 같은 구멍으로 저 멀리 광고탑의 네온 불빛이 보였다.

---

74 납거밋과에 속하는 절지동물로 예전에는 어디서나 흔히 볼 수 있었다. 누런색 가슴에 검은 털이 나 있으며, 다리는 갈색에 검은 털이 있다. 대륙납거미, 왜납거미 등이 있는데 왜납거미는 몸의 길이가 0.8~1센티미터다. 야행성으로 벽에 동글납작한 집을 지으며 벌레를 잡아먹는다. - 역주

발소리는 점점 커져 이윽고 계단 윗부분에서, 하늘을 배경으로 삼아 검은 양복을 입은 사람의 모습이 나타났다. 한 명, 두 명, 세 명……. 앗, 역시 경찰이다. 세 명이 모두 경찰 모자를 썼고 허리에서는 어둠 속에서도 빛나는 칼이 흔들렸다.[75]

남자는 서둘러 한패가 있는 곳으로 물러나 부리나케 손짓하며 자기가 본 것을 전했다. 누군가 내통한 놈이 있는지도 모른다. 문지기 녀석이 배신한 걸까? 아니면 도망치는 수밖에 없었다.

란코를 넣은 나무상자는 그 부근에 있는 무대장치나 짐 상자들 사이에 쑤셔 넣은 후, 세 사람은 몸을 돌려 왔던 방향으로 도망치기 시작했다.

그늘에 숨어 입구 쪽을 엿보니 구두 소리는 이제 계단을 내려와 뚜벅뚜벅 이리로 다가오는 중이었다. 모퉁이를 돌아 이상하리만치 크게 보이는 세 명의 제복 경찰 그림자가 마치 악당들이 숨은 곳을 다 알고 있다는 듯 곁눈질 한 번 하지 않고 다가왔다.

다행히도 경찰들은 나무상자에는 신경도 쓰지 않고 그 옆을 지나쳤다. 하지만 외길이라 악당들은 계속 뒤로 도망치는 수밖에 없었다. 그들은 일단 두 번째 모퉁이에 몸을 숨겼는데 조금 지나니 거기서도 버틸 수 없어 계속 안으로, 안으로 밀려들어갔다.

그러나 세 명의 경찰은 두 번째 모퉁이까지 오더니 거기서 멈춰 선

---

75 '경찰 모자를 썼고~칼이 흔들렸다'가 〔슌〕에는 '경찰 모자를 썼다. 저마다 손에 경봉을 쥐고 있는 모습이 보였다. 어느새 여기까지 앞질러 온 걸까?'로, 〔도〕에는 '경찰 모자를 썼다. 소리가 나지 않도록 허리에 찬 칼을 손으로 잡고 있었다. 어느새 여기까지 앞질러 온 걸까?'로 되어 있다. – 해제

채 움직이지 않았다.

"아무도 없잖아? 그 녀석이 설마 거짓말을 한 건 아닐 텐데."

"여기서 좀 기다리세. 이 안쪽으로는 넓어지기 때문에 자칫하면 놈들을 보지 못할 수도 있으니까. 밖으로 나가는 출구는 여기 하나뿐이야. 여길 지키면 돼."

경찰들의 이야기 소리가 악당들이 숨은 곳까지 들려왔다. 경찰도 어두운 지하실이 마음에 들지 않는지 더는 안쪽으로 들어가려고 하지 않았다.

어둠 속에서 오랜 대치가 이어졌다. 악당들은 지하실의 큰 기둥 뒤에 몸을 숨기고 어렴풋이 보이는 경찰의 모습을 가만히 노려보았다. 고양이에게 쫓긴 쥐처럼 눈에 불을 켜고 상대가 움직이면 바로 도망칠 수 있도록 태세를 갖추며 가만히 웅크리고 있었다.

경찰들은 아주 심술궂었다. 유쾌한 이야기를 나누며 심지어 담배까지 피우기 시작했다. 긴 시간이었다. 사실은 20분 정도였지만 악당들에게는 한 시간, 두 시간 그렇게 경찰을 노려본 느낌이었다.

"이제 됐잖아? 그만 철수하지?"

그러자 한 경찰이 불쑥 이상한 소리를 했다.

"그래, 철수하지. 우리가 뭔가 잘못 생각했던 모양이로군."

그러더니 세 명의 제복 경찰은 다시 뚜벅뚜벅 구두 소리를 내며 모퉁이 저편으로 사라졌다. 귀를 기울이니 그들이 모퉁이를 하나 더 돌아 이윽고 콘크리트 계단을 오르는 소리가 들려왔다.

도대체 경찰은 지하실에 왜 온 걸까. 수상한 자를 잡기 위해서였다면 20분쯤 그냥 지켜보고만 있다가 그대로 물러간 것은 이상하지 않은가? 경찰이 그런 일로 역할을 다했다고 볼 수는 없다. 그렇다면 뭔가 다른 목적이 있었던 걸까? 하지만 도대체 범인을 잡는 일 이외에 어떤 목적이 있다는 걸까? 왠지 이해할 수 없는 이야기 아닌가?

그러나 악당들에게는 거기까지 의심할 머리는 물론 여유도 없었다. 무서운 경찰들이 아무 일 없이 사라져준 것이 그저 기쁠 뿐이었다. 아이고, 이제 살았다 하는 안도감에 젖었다.

"아, 다행이다. 녀석들이 뭔가 착각한 것 같다고 느긋한 소리를 하며 돌아갔어. 자, 이 틈에 얼른 도망치자."

"그 상자를 눈치채지 않았을까?"

"눈치채긴. 그랬다면 발소리가 멈췄을 리 없지."

악당들은 그런 말을 속삭이면서 아까 그곳으로 돌아왔다. 란코를 넣었던 나무상자는 아무런 이상도 없었다.

"잘됐어. 다행이야. 이걸 운반하지 못하면 상을 받을 수 없지. 자, 거들어. 기타무라(北村) 녀석이 코가 빠지게 기다리겠어."

기타무라는 뒷길에 트럭을 세우고 기다리는 운전기사다.

"그렇지만 경찰이 정말로 돌아갔는지 확인해봐야 해. 이 근처에 숨어 있으면 큰일이니까."

한 명이 그렇게 말하며 살며시 계단을 올라갔다. 지상으로 나가 문안 좁은 공터를 살펴보는데 활짝 열린 문 바깥에서 검은 그림자가 들어왔다. 깜짝 놀라 얼른 물러나 벽 뒤에서 엿보았는데 다가오는 그 그림자는 다른 사람이 아닌 트럭 운전기사였다.

"야, 기타무라 아니야?"

속삭이는 목소리로 부르자 검은 그림자는 마찬가지로 작은 목소리로 대답했다.

"너 산(三)이냐?"

"그래, 맞아. 방금 경찰이 들어왔어."

"알아. 알아. 하지만 이제 됐어. 세 명 다 돌아갔어."

"정말이야?"

"그럼. 마침 오가는 사람도 적어져서 짐을 옮기기에는 딱이야. 그런데 란코는 제대로 손에 넣은 거지?"

"그래. 안심해. ……그럼 바로 짐을 옮길게."

서둘러 이야기하고 기타무라는 바깥에 있는 트럭으로, 산이라고 불린 사내는 지하도에 있는 한패에게 돌아갔다.

그 후 세 명의 무뢰한은 란코를 넣은 나무상자를 세 방향에서 짊어지고 계단을 올라 서둘러 문밖으로 나갔다. 뒷길에는 가로등 불빛을 피해 빈 트럭 한 대가 서 있었다. 세 사람은 말없이 나무상자를 그 위에 싣고 자기들도 덮개 없는 차 위에 올라타 바닥에 길게 누웠다.

"야, 너희들 가운데 누구 운전할 수 있는 사람 없냐?"

앞쪽 운전대에서 낮은 목소리가 들려왔다. 기타무라가 창밖으로 상반신을 내밀고 뒤에 있는 세 사람에게 물었던 것이다.

"왜 그래?"

"갑자기 배가 아파서……. 도저히 견딜 수가 없네. 누가 대신해줄 수 없겠냐?"

"좋아, 내가 대신하지. 넌 조수석에서 쉬도록 해."

아까 그 산이라고 불린 사내가 선뜻 나서며 짐칸에서 뛰어내려 운전석 쪽으로 갔다.

"많이 아프냐?"

"고마워, 위경련인 모양이야. 미안해."

"그거 안됐군. 잠깐만 참아. 저쪽에 도착하면 선생님이 조치를 해줄 테니까. 그나저나 내가 있었기에 망정이지. 나하고 너 말고는 운전할 줄 아는 놈이 없잖아."

차는 이미 달리기 시작했다. 기타무라는 두 손으로 배를 누르며 앞으로 몸을 웅그린 채 통증을 참고 있었다. 말하기도 힘든 모양이었다. 산도 운전에 신경을 쓰느라 말이 없었다.

거리에 내린 어둠을 뚫고 유괴 트럭은 계속 달렸다. 스미다 강을 건너 후카가와 구**76**로 넘어갔다. 다리가 많은 공장지대, 한쪽 강기슭에는 창고회사의 커다란 창고 건물이 줄지어 늘어섰다. 낮이면 공장에서 나는 소음과 오가는 트럭 때문에 부산스러울 이 부근도 밤이면 죽은 거리처럼 고요해 사람 그림자도 찾아볼 수 없다. 빛이라고는 군데군데 전봇대에 달린 작은 알전등뿐, 사람 얼굴도 제대로 분간하기 어려울 정도로 어두웠다.

아까부터 헤드라이트를 끈 채 달리던 괴트럭은 쭉 늘어선 커다란 창고 가운데 하나 앞에 조용히 멈췄다.

---

76 예전에 도쿄에 있던 행정구역이다. 1947년에 조토 구와 합쳐져 현재의 고토 구가 되었다. – 역주

산은 차를 세우자마자 운전석에서 뛰어내렸다. 그는 창고의 큰 문으로 달려가 주위를 두리번거린 다음 주머니에서 꺼낸 열쇠로 자물쇠를 열고 천천히 문을 열었다. 창고 내부는 불빛 한 점 없이 캄캄했다.

그는 작은 손전등을 꺼내 이리저리 비추면서 넓은 창고 안을 둘러보았는데 별 이상이 없다는 사실을 확인하자 트럭으로 돌아가 두 동료와 함께 나무상자를 내려 창고 안으로 옮겼다. 몸이 불편하다는 기타무라도 그 뒤를 따라 안으로 들어와 쌓아놓은 굵은 삼실로 짠 포대 위에 털썩 누웠다.

산은 주의 깊게 멀리 떨어진 공터에 트럭을 세우고 창고로 돌아와 큰 문을 안에서 꼭 닫았다. 이제 두령인 오소네 류지가 오기를, 그리고 상금 천 냥[77]을 기다릴 뿐이다.

창고 안에는 3면의 벽에 많은 짐 상자와 굵은 삼실로 짠 포대가 어지럽게 쌓여 있었다. 바닥에도 그것들이 온통 어질러져 있어 발 디딜 곳조차 없을 지경이었다. 남은 한쪽 벽 중간에 층계참이 있는 번듯한 계단이 있는데 그리 올라가니 큰 방 같은 것이 보였다. 창고 안에 이렇게 번듯한 계단이 있는 것도 이상하지만 거기에 마치 연극 무대장치처럼 사방을 벽으로 둘러싼 2층이 있다는 것도 이해가 되지 않았다.

란코를 넣은 나무상자를 중심으로 네 명의 무뢰한은 바닥에 눕기

---

77 '천 냥'이 [슌]에는 '천 냥(지금의 30만 엔)'으로, [도]에는 '천 냥(지금의 40만 엔)'으로 되어 있다. – 해제

도 하고 포대에 기대거나 책상다리를 하고 앉아서 소곤소곤 이야기를 나누는 중이었다.

"우리 선생님은 머리가 참 좋아. 놀랐어. 이곳은 표면적으로는 '야마이치 창고'라는 번듯한 회사니까 말이야. 설마 여기가 소용돌이 도적의 은신처일 줄은 아무도 모를 거야. 창고이니 우리가 아무리 드나들어도 트럭이 짐을 싣고 왔다고 생각해 누구도 수상하게 여기지 않을 거야. 하지만 그 짐 안에는 모두 미인이 한 명씩 들어 있지. 으흐흐흐, 기막힌 생각이야."

"그리고 저 계단과 2층에 있는 방 말이야. 봐, 저 방이 그 살인회사 사무실이었대."

"맞아, 창고 안에 방이 세 개인 번듯한 2층에다 복도까지 있으니 말이야. 어떤 명탐정이라도 찾아낼 수 없을걸. 살인회사 사무실은 커다란 빌딩 안에 있다는 소문이 났어. 재미있지 않아? 그것도 우리 선생님 속임수지.

의뢰인에게 눈가리개를 하고 이 계단을 몇 번 오르내리게 했다는 거야. 중간에 층계참이 있잖아. 그래서 거기를 이용해 잘 속이면 눈가리개를 한 녀석들은 어딘가 높은 곳으로 올라가는 기분이 들겠지. 몇 번이나 계단이 있는 큰 빌딩 안으로 끌려 들어온 듯한 기분이 들겠지. 기막힌 생각 아니야? 역시 선생님이지.

복도를 끌고 다니다가 들어간 방이 창문이라곤 없는 회반죽을 칠한 벽이라니 당황하지 않을 수 없겠지."

그러자 지금까지 복통 때문에 축 늘어진 채 한마디도 없던 기타무라가 불쑥 입을 열었다.

"그럼 그 쓰지도라는 고리대금업자 영감이 당한 건 저 2층 방이었다는 건가?"

"그래. 너 그걸 몰랐냐? ……어, 기타무라. 이제 괜찮아? 위경련은 좀 어때?"

"응, 좀 나은 것 같군. ……그런데 그 영감 여기서 죽은 건가?"

"무슨 소리야? 선생님이 그런 어리석은 짓을 하겠어? 영감은 여기서 기계장치가 된 의자 앉았다가 상자에 갇히게 되었대. 그리고 그 대암실로 옮겨진 거지."

"대암실이라는 게 대체 어디 있는 건가?"

"그걸 어떻게 알아? 우리 가운데는 아는 녀석이 한 명도 없어. 선생님의 중요한 비밀이지. 비밀스러운 환락 공간이란 거지, 그것도 지옥에 마련된."

"야, 야. 벽에도 귀가 있대. 선생님에 대한 소문을 지껄이는 건 그만둬. ……그건 그렇고, 선생님이 너무 늦잖아? 우리보다 조금 늦겠지만 30분 넘게 기다리지는 않게 하겠다고 약속했는데. 게다가 우리는 경찰 때문에 많이 늦어졌는데 말이야."

"설마 실수를 한 건 아닐 테지."

"아, 배가 고프네. 일이 끝나면 한잔할 생각에 잔뜩 기대하고 있었는데. 이런 상태라면 언제 술 냄새를 맡을 수 있을지 모르겠군."

"후후후……, 술에 환장한 친구로군. 그렇게 술을 마시고 싶다면 내가 소중하게 간직해놓은 위스키를 좀 나누어줄까?"

기타무라는 복통이 완전히 가신 듯 농담까지 섞어가며 솔깃한 소리를 했다.

"뭐? 위스키? 그야 고맙지. 자네, 가지고 있나?"

"바로 여기에 휴대용 병을 숨겨두었지. 새로 채운 뒤 한 모금도 마시지 않았네."

"이래서 기타무라에게 물어봐야 한다는 거야. 어디, 맛 좀 볼까?"

기타무라가 꺼낸 노란빛을 띤 주황색 병을 산이 낚아채듯 빼앗아 뚜껑을 따자마자 직접 입을 대고 한 모금 꿀꺽 마셨다.

"으아, 끝내주네. 이건 싸구려 술집에서 파는 위스키가 아니로군. 어디서 이렇게 고급술을 구했나?"

"어디, 나도 한 잔 맛 좀 보세."

다음 사람이 또 꿀꺽 마시고는 혀로 입술을 핥았다.

"그래, 이거 고급 위스키로군. 자네도 한 잔 어때?"

그러자 또 다음 사람이…….

그리고 번갈아 돌려 마시는 가운데 어느새 병은 반 가까이 비었다.

"자, 그럼 내가 마무리를 할까?"

마지막으로 기타무라가 병을 받아 들더니 힘차게 입으로 들어 올렸다. 하지만 고의인지 실수인지 병에서 흘러내리는 주황색 액체는 입안으로 들어가지 않고 그만 조끼 가슴을 적시고 말았다. 그런데도 기타무라는 자못 맛있다는 듯이 입을 쩝쩝 다시면서 말했다.

"위경련에는 모르핀이나 이게 최고지."

그러면서 벌써 혀가 꼬인 발음으로 아무렇게나 내뱉었다.

무서운 반격[78]

그로부터 한 시간 정도 지났을 무렵, 야마이치 창고에서 1백 미터쯤 북쪽에 있는 강가 어둠 속에 자동차 한 대가 멈춰 섰다.

"선생님, 괜찮으세요?"

운전기사가 뒤를 돌아보며 속삭이자 차 안 조명을 끈 좌석에서 누군가가 대답했다.

"걱정 마. 넌 바로 네 위치로 돌아가면 돼. 이 부근에서 계속 얼쩡거리면 안 돼."

그러면서 자동차에서 내린 사람은 흰머리에 흰 수염을 기른, 거지 차림의 비실거리는 노인이었다. 잔뜩 헤진 겹옷 한 장을 걸치고 지저분한 중절모를 머리에 얹었다. 대나무 지팡이를 짚은 노인은 허리를 구부정하게 굽히고 창고 그늘을 따라 걸었다.

이 기묘한 거지 영감은 다름 아닌 변장한 오소네 류지였다. 그는 극장 옥상에서 뒤편에 있는 인가 지붕을 타고 사람의 몸놀림이라고는 생각하기 힘든 날렵한 동작으로 추격대의 눈을 피했다. 그 뒤 어디를 어떻게 빠져나갔는지 몰라도, 어느새 이런 모습으로 변장하고

---

78 [초]에는 '대격투'로 되어 있다. – 해제

부하와 연락을 취해 경찰의 포위망을 교묘하게 뚫고 약속한 장소에 도착했다.

거지 영감은 야마이치 창고 앞에 서더니 조심스럽게 주위를 둘러본 다음, 힘껏 큰 문을 열고 그야말로 잽싸게 그 안으로 몸을 숨겼다. 그러고는 다시 문을 꼭 닫았다.

창고로 들어온 노인은 품에서 큼직한 손전등을 꺼내 켠 다음 주위를 비췄다. 네 명의 부하는 두령이 도착하기를 기다리다가 지쳤는지 바닥에 쓰러져 정신없이 자는 중이었다.

"쳇, 예의를 모르는 놈들이로군."

노인이 혀를 끌끌 차더니 갑자기 짚신 신은 발로 가까이에 있던 녀석의 어깨를 걷어찼다.

"야, 기타무라. 이게 무슨 꼬락서니냐. 일어나, 일어나라고."

걷어차인 기타무라가 벌떡 일어나더니 노인의 모습을 의아한 듯 빤히 바라보았다.

"으하하하……, 나다, 나야."

"앗, 선생님이신가요? 죄송합니다. 선생님이 너무 늦는 바람에 잠깐 여기서 술을 한 잔씩 했습니다. 녀석들이 취해 곯아떨어졌군요."

기타무라는 머리를 긁적이며 꾸뻑 고개를 숙였다.

"할 수 없지. 난 지금까지 땀 흘리며 도망 다녔다. 구루스라는 이상한 영감이 끼어들어서. 마치 해골 같은 얼굴을 한 무시무시한 놈이야. 그놈이 내 마술을 완전히 꿰뚫어 보았지. 대단한 활극이었어."

"와아, 그랬습니까? 그래, 그렇게 된 거였군요."

"경찰이 경계망을 펼쳤지. 하지만 소용돌이 악마는 그런 거에 끄떡도 안 하지. 이렇게 무사히 돌아왔잖아. <u>으흐흐흐흐흐흐흐</u>, 지금쯤 놈들은 분해서 땅을 치고 있을 테지. ……그런데 란코는 무사하겠지? 저 상자가 그건가?"

"그렇습니다. 그런데 이쪽에도 문제가 좀 있었죠. 이걸 들고 막 나오려는데 무대 아래 지하실에 경찰이 들어온 겁니다."

"뭐, 경찰이? 그래서, 어떻게 됐나?"

"그야 위기를 잘 넘기고 꼬리를 밟힐 만한 실수는 하지 않았는데 그 때문에 30분이나 늦었습니다."

"흠, 그거 다행이로군. ……란코는 이 안에 잠들어 있겠지."

"잠이 푹 들었겠죠. 아무런 소리도 나지 않으니까요."

"어디, 한번 볼까?"

살인마는 자기 눈으로 직접 란코를 확인하지 않고는 마음이 놓이지 않는다는 듯이 나무상자 옆으로 다가갔다.

나무상자는 그냥 뚜껑이 벗겨지지 않을 정도로만 못 네다섯 개를 쳐두었다. 대충 깎은 판자라 여기저기 옹이며 벌어진 틈새가 있어 란코가 질식할 염려는 없었다.

"거기 어디에 쇠 지렛대가 있을 거야. 네가 이걸 좀 열어봐."

기타무라는 시키는 대로 쇠 지렛대를 찾아 나무상자 뚜껑을 쉽게 열었다.

류지는 나무상자를 여는 동안에도 기다리기 힘들다는 듯이 상자 위에서 손전등을 비추며 안을 들여다보았다.

하지만 안을 보자마자 그는 그 자세로 마치 돌처럼 얼어붙었다. 비명까지 지르지는 않았지만 그가 얼마나 놀랐는지는 거친 숨소리로도 충분히 짐작할 수 있었다.

손전등 불빛에 드러난 나무상자 안에서는 도무지 영문을 알 수 없는 기괴한 일이 일어났다. 류지가 그걸 처음 보았을 때 나무상자 바닥 가득 커다란 거울이 깔려 있는 게 아닌지 의심했다. 왜냐하면 상자 안에는 란코가 아니라 바로 앞에 서 있는 부하 기타무라와 똑같이 생긴 남자가 누워 있었기 때문이다.

하지만 거울이 아니라는 사실은 바로 깨달았다. 상자 안에 누워 있는 기타무라는 팬티 한 장만 걸친 알몸이었기 때문이다. 그는 털이 무성한 온몸을 고스란히 드러내고 구슬땀이 맺힌 창백한 얼굴로 정신을 잃은 채 축 늘어져 있었다.

이게 대체 어떻게 된 일인가. 내가 꿈이라도 꾸는 건 아닐까? 부하인 기타무라가 두 명이 되었다. 한 명은 바로 앞에 서서 히죽히죽 웃고, 다른 한 명은 발가벗은 채 상자 안에 누웠다. 마치 도깨비에게 홀린 것 같다. 잠깐, 잠깐만…….

아무리 악마라도 이 터무니없는 상황에 마치 여우에게 홀린 느낌이 들어 평소에는 빠르게 돌아가던 머리가 갑자기 동작을 멈췄다. 그는 마치 기계인형처럼 손전등을 위아래로 움직이며 서 있는 기타무라와 누워 있는 기타무라를 번갈아 바라볼 뿐이었다.

하지만 그러는 사이 차츰 이게 어떻게 된 일인지 짐작이 갔다. 한 사람이 두 명이 될 리는 없다. 어느 한쪽이 가짜다. 서 있는 쪽인가?

아니면 누운 쪽일까? ……빤한 이야기 아닌가? 가짜는 서서 웃고 있는 놈이 틀림없다.

류지는 그런 판단이 들자 뒤늦게 흠칫 놀라며 상대방의 얼굴에 손전등을 비추며 집어삼킬 듯 뚫어지게 바라보았다.

이상한 눈싸움이었다. 캄캄한 창고 안, 빛이라고 해봐야 류지가 손에 든 큼직한 손전등 하나뿐이다. 허공에 떠오르듯 둥근 빛 속에 드러난 얼굴. 기타무라가 마치 미치광이처럼 히죽히죽 웃었다.

"너, 네놈은 대체 누구냐!"

류지의 겁먹은 목소리가 어둠을 찢듯 울려 퍼졌다.

"이제야 눈치를 채셨나? 내가 가짜라는 걸?"

상대방은 차분하지만 여전히 히죽거렸다. 그런데 그 목소리가 조금 전 기타무라의 목소리와는 전혀 달랐다.

어라, 귀에 익은 목소리다. 어, 어……. 류지는 등에 소름이 오싹 끼쳤다. 바로 앞에 무서운 괴물이라도 서 있는 듯한, 말로 표현할 수 없는 기분이었다.

아아, 맞다. 그놈이다! 틀림없이 그놈이다. 그놈이 아니라면 이런 재주를 부릴 녀석이 달리 있을 리 없다.

"이놈, 아리무라로구나!"

"하하하……, 이제야 깨달았나? 평소 자네답지 않게 늦었어. 이봐, 오소네. 오래간만이야. 어때, 이 메이크업은?"

기타무라로 변장한 아리무라 청년은 뺨에 있는 수염을 잡아 뜯어 벗겨냈다. 얇은 고무에 털을 심은 장난감 수염이었다. 벗겨진 고무 아래서 잘생긴 아리무라의 윤기 있고 매끄러운 피부가 드러났다.

"머리카락은 가발이 아니야. 그냥 기름기를 빼고 마구 휘저으니 기타무라와 똑같아졌으니까. 하하하……. 아니, 이봐. 소용돌이 악마라고 불리는 네가 초라하지 않아? 뭘 그렇게 놀라? 난 그냥 잠깐 네 흉내를 내보았을 뿐이야. 이런 쪽은 네 특기 아닌가?"

아아, 기나긴 인연으로 얽힌 원수가 이렇게 다시 만나게 되었다. 대도시 도쿄의 하늘을 악마의 소용돌이로 뒤덮겠다고 맹세한 악마의 자식과, 평생을 사악한 무리와 싸우는 데 바친 천국의 사도가 부모와 자식 2대에 걸친 적의를 불태우며 이제 마지막 승패를 겨룰 큰 싸움의 무대에 섰다.

"아리무라, 네놈도 제법이로군. 하하하하하하, 재미있어. 정말 재미있어."

류지도 만만치 않아 바로 낭패한 기색을 감추고 적에게 못지않은 침착한 모습을 보였다.

"그런데 날 어떻게 하겠다는 거지? 이봐, 아리무라. 여긴 내 근거지야. 게다가 여기에는 내 편이 세 명이나 있지. 4대 1이라고. 이봐, 그래도 상관없다는 건가?"

류지는 그렇게 말하면서 뒤에 쓰러져 있는 부하의 몸을 발끝으로 슬쩍 흔들었다. 하지만 세 사람 모두 자기 두령이 위기에 처했는데도 눈을 뜨지 않았다.

"아무리 흔들어봐야 소용없어. 그 녀석들이 일어나겠나? 내 위스키를 잔뜩 마셨으니까. 물론 그 위스키에는 독한 수면제를 탔지."

그러나 류지는 여전히 허세를 잃지 않았다. 그리고 밉살맞게 소리쳤다.

"그럴 줄 알았지. 그럼 1대 1이로군. 하하하하하하, 이거 재미있어. 1대 1 승부야말로 내가 기다리던 바야. 네놈에게 이런 게 있나?"

그는 낡고 허름한 옷 안에 손을 넣더니 그 손을 가슴팍이 드러난 가슴에서 쑥 뺐다. 권총이다. 세피아색 소형 권총.

"하하하하하하, 난 그런 연장은 가지고 있지 않아. 그렇지만 말이야, 딱하지만 1대 1이란 건 네 착각이야. 내겐 아군이 많이 있거든. 나도 아쉽지만 1대 1 승부가 되지는 않겠군."

"뭐? 아군이 많다고?"

"경찰 1개 소대. 이놈들이 잠든 뒤, 내가 멍하니 여기 앉아서 자네를 기다렸을 거라고 생각하나? 아무리 그래도 그건 말이 안 되지. 얼른 전화를 걸러 달려갔어. 그리고 경찰을 불렀지.

이 부근 건물 뒤에는 경찰이 우글우글 숨어 있지. 그런데 아무것도 모르고 어슬렁어슬렁 들어오다니, 자네도 많이 무뎌진 모양이야. 결국 자네가 그 권총을 쏘면 경찰을 부르는 신호나 마찬가지라는 이야기지.

거짓말 같으면 저 문틈으로 내다봐. 지금쯤 이 창고 앞에는 경찰이 진을 치고 있을 거야."

그 말을 듣더니 류지의 허세가 바로 꺾였다. 그는 서둘러 큰 문으로 달려가 살짝 열고 밖을 살폈다.

있다. 있어. 조심스럽게 움직이는 검은 그림자 여럿이 입구 돌계단 아래 웅크리고 있다. 아마 강 쪽으로 통하는 출입구도 경찰이 에워싸고 있을 게 틀림없다.

"제기랄, 당했군."

류지는 그렇게 소리치자마자 큰 문 안쪽의 튼튼한 빗장을 단단히 질렀다.

"아리무라! 안됐지만 이렇게 하면 놈들이 저 문을 부수기까지 10분이나 20분쯤 시간을 벌 수 있다. 그사이에 네놈 숨통을 끊어놓겠다."

류지가 돌아서며 권총을 겨누었다.

"어차피 잡힐 신세라면 더더욱 네놈을 살려둘 수 없지. 아리무라, 각오해라."

무시무시한 소리가 나는가 싶더니 몸을 구부린 아리무라 청년의 머리 위로 핑 하는 거센 바람이 스쳐 지나갔다.

빗나갔다는 걸 깨닫자 반쯤 미친 듯한 류지가 다시 총을 겨누었다. 하지만 잠깐 빈틈이 벌어졌다. 류지는 왼손에 뭔가 큼직한 물체가 쿵 하고 부딪힌 느낌이 들어 손전등을 떨어뜨리고 말았다. 그리고 손전등을 구둣발로 짓밟는 소리가 났다. 하나뿐인 빛이 사라지자 창고 안은 형체도 분간할 수 없을 만큼 캄캄해졌다.

아리무라 청년이 재빨리 몸을 던진 공격이 성공한 것이다.

이어서 어둠 속에서 아무 데다 대고 쏘는 총소리가 한 발, 두 발, 세 발. 하지만 물론 그런 총탄이 명중할 리는 없다.

다음 순간에는 두 사람의 몸이 뒤얽혀 바닥에 쓰러졌다. 캄캄한 어둠 속에서 튀어나오는 짐승 같은 신음 소리, 거친 숨소리, 우당탕 짐

상자 부서지는 소리, 몸뚱이가 바닥에 부딪히는 소리. 필사적인 투쟁은 언제 끝날지 알 수 없었다.

이윽고 큰 문이 요란한 소리를 내며 덜컹덜컹 흔들리기 시작했다. 문짝을 두드리는 기관총 같은 소리가 들렸다. 경찰들이 창고 안이 소란스러운 걸 눈치채고 큰 문을 때려 부수는 중이었다.

물과 불

단 하나뿐인 손전등은 조금 전 떨어져 박살 나고 말았다. 큰 창고 안은 먹물을 끼얹은 듯 캄캄했다.

그 어둠 속에서 두 마리 짐승처럼 뒤엉켜 이리저리 뒹구는 두 사람.

믿었던 부하 세 명은 아리무라 청년의 계략에 빠져 혼수상태였기 때문에 류지는 도움을 받을 길이 없었다. 하지만 아리무라 청년에게는 아군이 너무 많았다. 창고 밖에는 경찰 1개 소대가 몰려들어 문짝을 기관총처럼 마구 두드리는 중이었다.

아무리 단단한 문이라도 뿌득거리는 기분 나쁜 소리를 내더니 당장에라도 부서질 듯 보였다. 만약 문짝이 부서지고 경찰이 뛰어 들어오면 대악마 오소네 류지도 운이 다한다. 그 전에 상대를 쓰러뜨리고 도망쳐야만 했다.

살인마는 속이 바짝바짝 타들어갔다. 젖 먹던 힘까지 짜내려고 미친 듯이 몸부림쳤다. 상대를 밀쳐내고 흩어지는 포대를 헤치며 달려 다시 덮치며 장소를 가리지 않고 뒹굴었다. 어둠 속 거대한 박쥐처럼, 또는 동굴 안의 난폭한 야수처럼.

아무리 아리무라 청년이라도 앞이 보이지 않는 어둠도 그렇고 상대의 미친 듯한 저항 때문에 쉽게 다루지 못했다.

상대를 세게 밀치고 어둠 속으로 도망치는 적을 어림짐작으로 뒤쫓으려 했을 때였다. 아리무라 청년은 그만 바로 그 앞에 있던 포대에 걸려 비틀거렸는데 그 순간 뒤통수에 심한 타격을 받아 그 자리에 쓰러지고 말았다. 어둠 속에서 우연히 막대기를 집어 든 류지가 마구잡이로 휘두른 일격을 피하지 못했던 것이다.

깊이를 알 수 없는 물밑으로 아주 빠르게 가라앉는 기분이었다. 쏜살같이 가라앉으며 그 어둠 속에서 뭔가 미끈미끈한 해파리처럼 기이한 생물이 꿈틀꿈틀 뒤엉켰다. 그런 괴물들을 지나 한없이 물밑으로 가라앉았다.

시간이 얼마나 흘렀을까. 가라앉을 대로 다 가라앉은 반동으로 다시 검은 물 밖으로 떠오르기 시작한 느낌이 들었다. 쑥쑥 위로 떠올랐다. 위로 떠오를수록 통로를 가득 메운 미끈미끈한 괴물들 수가 줄어드는 게 느껴졌다.

이윽고 수면에 이르렀는지 시야가 갑자기 환해졌다. 깜짝 놀랄 정도로 밝았다. 마치 바로 눈앞에 해가 떠오른 듯 반짝반짝 눈이 부실 정도로 밝았다.

눈을 번쩍 뜨니 방금 보았던 환영을 계속 보는 듯 현실 세계에서도 뭔가 새빨간 것이 흔들리고 있었다. 조금 전까지는 캄캄했던 창고 안이 이상하리만치 새빨갛게 물들었다.

가만히 보니 바로 눈앞에 흰머리에 흰 수염을 한 노인이 손에 횃불 같은 걸 들고 바닥에 널린 커다란 포대에 불을 붙이는 게 아닌가.

류지 녀석, 정말 미친 게 아닐까? 경찰에 포위되어 괴로운 나머지 창고에 불을 질러 적은 물론 아군뿐 아니라 자기 자신까지 불태워 죽이려는 것인가?

아리무라 청년은 이 무모한 방화를 막기 위해 일어서려고 했지만 아직 몸을 제대로 가눌 수 없었다. 소리를 지르려고 해도 목소리가 나오지 않았다.

"오호, 아리무라. 정신이 들었나? 으하하하……. 좋아, 재미있군. 지금 네놈에게 무시무시한 불꽃의 소용돌이를 보여주지. 언젠가 도쿄 하늘을 사악한 소용돌이로 뒤덮겠다고 약속했었지? 그 약속을 지금 지키겠다.

봐라, 이 많은 포대 안에 뭐가 담긴 것 같으냐? 폭약과 대팻밥이다. 이런 기회가 다시 올까 싶을 정도로 이 창고를 잿더미로 만들 준비가 제대로 되어 있었던 거야. 으하하하……."

산발을 한 흰머리의 살인마는 횃불 불빛을 받아 지옥에 산다는 온몸이 시뻘건 도깨비처럼 보였다. 그는 사악한 횃불을 휘두르며 마구 돌아다녔다. 뭐가 그리 좋은지 이를 드러내고 웃으며 흥겨워했다.

경찰들의 고함과 마구 문을 두드리는 소리는 더욱 커졌다. 우지직 우지직 판자가 부러지는 소리가 들렸고 큰 문은 당장에라도 부서질 듯했다.

"으하하…… 두드려라, 두드려. 그 큰 문에는 철판을 붙여두었기 때문에 어지간해서는 부서지지 않을 거다. 창고 안이 불바다가 되는 게 더 빠를까? 아니면 네놈들이 문을 부수는 게 더 빠를까?

자, 폭발한다! 놀라지 마라."

류지는 악을 쓰면서 횃불 하나를 포대 위에 내던졌다.

치직거리는 소리를 내며 기름에 젖은 삼베로 만든 포대가 타들어
갔다. 작은 보라색 불길이 번지면서 이상한 냄새가 코를 찔렀다. 동
시에 우르르 땅이 흔들리더니 눈앞이 대낮처럼 환해졌다. 창고 안에
회오리가 일었다. 수많은 불꽃이 일며 폭발했다.

소용돌이치는 연기가 엷어지면서 그 아래서 새빨간 불길이 거대한
짐승의 혀처럼 활활 타올랐다. 그리고 계속해서 다음 포대로 옮겨붙
었다.

백발의 살인마는 횃불을 번쩍 쳐들고 창고 안을 이리저리 뛰어 돌
아다녔다. 불길이 기괴하게 춤추었다. 미치광이 같은 큰 웃음과 폭
발이 함께 터졌다. 폭발할 때마다 불꽃과 검은 연기가 높은 창고 천
장으로 피어올랐고, 공기가 회오리처럼 뒤흔들려 용솟음쳤다.

이제 넓은 창고 안은 말 그대로 무시무시한 불길의 소용돌이였다.
소용돌이 도적이라 일컫는 오소네 류지는 그가 지금까지 그린 어떤
소용돌이보다 장렬하고 거대한 불꽃의 소용돌이에 휩싸여 스스로를
소멸시키려는 중이었다.

쓰러진 아리무라 청년 쪽으로도 불길이 다가왔다. 뜨거운 기운과
독한 연기 때문에 이미 눈을 뜰 수도 없고 숨을 쉬기도 어려웠다.

어떻게든 일어나려고 몸부림을 치는 중에 갑자기 발목 부근에 끔
찍한 통증이 왔다. 바지 위로 불길이 옮겨붙었던 것이다. 하지만 그
통증이 잠자던 신경을 자각시키는 작용을 했다. 그 자극 덕분에 문

득 꿈에서 깨듯 아리무라의 몸이 뜻대로 움직이기 시작했다.

아리무라 청년은 벌떡 일어섰다. 불길의 소용돌이 너머로 원수의 모습을 찾았다.

살인마는 백발을 새빨갛게 물들이고 불꽃 한가운데 웅크리고 있었다. 아아, 결국 타 죽기로 각오한 건가 싶어 자세히 보니 그의 동작이 어쩐지 이상했다.

그는 두 손을 바닥 쪽으로 향하고 뭔가를 힘껏 들어 올리려는 몸짓을 했다. 바닥에는 쇠로 된 작은 고리가 박혀 있었는데, 그는 갈고리처럼 구부린 손가락을 고리에 걸고 당겨 올리는 중이었다.

어라, 하고 생각하기도 전에 눈앞에 시커먼 연기가 피어오르며 시야가 가로막혔다. 그 연기를 헤치고 두세 걸음 다가가 류지가 있던 쪽을 보니 그곳에는 이미 아무도 없었다. 살인마가 마법처럼 사라졌다.

그렇다면 그곳에 비밀통로가 있다는 이야기다.

얼른 그걸 눈치챈 아리무라 청년은 살인마가 웅크리고 앉았던 바닥으로 달려가 주위를 둘러보았는데 아니나 다를까, 쇠로 만든 작은 고리가 눈에 들어왔다.

아리무라 청년은 재빨리 그걸 쥐고 들어 올렸다. 사방 1미터 조금 안 되는 바닥 판이 소리도 없이 딸려 올라왔다. 그걸 활짝 열고 아래를 내려다보니 캄캄한 구멍 밑바닥에 뭔가 흔들리는 것이 보였다. 검은 물이었다. 누군가가 헤엄치는 모양이었다. 그 파문이 잔물결을 이루어 어둠 속에서도 반짝반짝 빛나 보였다.

알았다, 알았어. 여기에 최후의 도주로를 준비해둔 거로구나. 창고에 불을 질러 불에 타 죽은 것처럼 보이지만 사실은 이 지하의 물길을 통해 바깥 강으로 헤엄쳐 나가 행방을 감출 속셈이다. 이런 때를 대비해 류지는 창고 바닥 아래 이런 작은 수로를 마련해놓은 것이다.

아리무라 청년은 그걸 깨닫자 생각할 틈도 없이 그저 적을 뒤쫓겠다는 일념에 불타 주저 없이 구멍 안으로 뛰어들었다. 차가운 물속으로 쑥 가라앉았다가 다시 떠올랐을 때 손에 뭔가 흔들거리는 커다란 물체가 닿았다. 배다. 소형 모터보트였다. 아아, 류지는 바닥 아래 수로를 파면서 보트까지 준비했던 것이다. 여차하면 이걸 타고 도망치기 위해서일까? 아니, 그뿐 아닐 것이다. 유괴한 여자들을 일단 짐으로 위장해서 남몰래 이 창고로 옮긴 다음, 모터보트에 싣고 도적의 본거지로 옮길 때도 어두운 수로를 이용했던 게 틀림없으리라.

아리무라 청년은 방금 뛰어든 구멍에서 새어 나오는 불꽃에 의지해 보트 끄트머리를 두 손으로 잡고 안을 들여다보았다. 하지만 거기에는 아무도 없었다. 놈은 역시 헤엄을 치고 있다. 저쪽 검은 물 위로 첨벙첨벙하는 희미한 소리가 들렸다.

모터보트가 있는데 왜 사용하지 않은 걸까? 그렇다. 경찰의 눈이 두려워서다. 창고 근처 강 쪽에도 경찰들이 배치되었다는 사실을 류지에게 알려주었다. 창고 바닥 아래서 이런 보트가 튀어나온다면 경찰이 바로 눈치채고 추격을 시작할 게 틀림없었다. 도적은 그게 두려워 물속으로 뛰어들어 보는 눈이 없는 강가까지 헤엄쳐 가려는 게 틀림없다.

아리무라 청년은 물소리가 나는 쪽으로 헤엄치기 시작했다. 수로를 5, 6미터쯤 나아가자 넓은 강이 나왔다.

물이 차가워 근육이 긴장했다. 불타오르는 적개심에 조금 전 통증도 잊고 말았다. 소리가 나는 쪽으로 헤엄쳐 가다 보니 이윽고 바로 앞에 흰 머리카락이 보였다. 오소네 류지는 아직 노인 분장을 한 채였다.

"잠깐, 오소네. 기다려!"

아리무라 청년이 소리를 지르자 백발 머리가 휙 고개를 돌렸다.

"아니, 네놈은 아리무라로군."

아무리 악마라고 해도 이렇게 끈덕진 추적에는 어안이 벙벙해질 수밖에 없었다. 조금 전까지만 해도 정신을 잃고 쓰러졌던 남자가, 지금쯤 불에 타 죽었을 거라고 믿었던 남자가 그 불길의 소용돌이를 빠져나와 바닥에 있는 비밀통로를 찾아내 물길을 따라 여기까지 쫓아오리라고는 전혀 생각도 못 했다.

아리무라 청년은 도적을 앞에 두고 도움을 구하기 위해 강기슭 쪽을 돌아보았다. 그랬더니 마침 그때 창고 뒤편에 배치되었던 경찰들이 강 쪽으로 난 큰 문을 때려 부수는 중이었다.

요란한 소리가 수면에 울려 퍼지고, 큰 문이 부서지면서 안쪽으로 쓰러졌다. 기다렸다는 듯이 시커먼 연기와 불길이 무시무시한 기세로 뿜어져 나왔다. 그리고 소용돌이치는 불길이 마치 수많은 뱀처럼 창고 벽을 타고 기어올라 천장 위까지 옮겨붙었다.

경찰들은 그 맹렬한 불길 때문에 안으로 들어가지도 못하고 저마다 뭐라고 소리를 지르며 시뻘건 불길을 뿜어내는 창고 입구 앞을 우왕좌왕할 뿐이었다.

아리무라 청년은 물속에서 두세 차례 경찰을 불러보았지만 창고가 불타는 요란한 소음, 불길이 일으키는 바람이 소용돌이치는 소리, 경찰들이 지르는 소리 때문에 들리는 것 같지 않았다. 창고의 두 출입구를 막고 있었던 경찰들은 도적과 아리무라 청년이 어느새 창고를 빠져나와 시커먼 강물 한가운데를 헤엄치고 있을 줄은 꿈에도 몰랐기 때문에 이쪽을 돌아보려고도 하지 않았다.

그 틈에도 도적은 계속해서 강 한복판으로 나아갔다. 놓쳐서는 안된다. 일단 홀로 적을 뒤쫓는 수밖에 없다. 아리무라 청년도 다시 두 손을 움직여 헤엄치기 시작했다.

암흑 같은 물 위에서 한동안 이상한 수영시합이 이어졌다. 그러다가 넓은 강 거의 한복판에 이르자 갑자기 오소네는 헤엄을 멈추고, 이만큼 왔으면 이제 괜찮겠거니 생각하듯 제자리에 떠 있었다. 상대가 움직이지 않자 아리무라 청년도 그대로 멈춰 제자리에서 눈치를 살폈다.

"야, 아리무라."

오소네가 침착하게 아리무라 청년을 불렀다.

"어때, 대단하지 않아? 저걸 봐."

뒤를 돌아보니 창고는 이미 건물 전체가 불길에 휩싸여 거대한 불덩어리로 변했다. 이웃한 다른 창고 처마에도 시뻘건 불길이 옮겨붙기 시작했다.

"그런데 아리무라, 도대체 란코를 어디로 빼돌린 거지? 어느새 기타무라와 바꿔치기한 건가? 선물 삼아 가르쳐줄 수 없겠나?"

"저세상으로 가는 선물로 말인가?"

"집에 돌아가는 선물로."

"후후후……, 가르쳐줘도 상관없지. 란코는 너희들 손길이 닿지 않는 곳으로 데려갔어. 지금쯤 구루스 노인이 지키고 있을 거야. 자네는 극장에서 구루스를 만났다면서? 그럼 잘 알 텐데."

"으음, 그 해골 영감 말인가? 넌 아주 멋진 짝패를 가졌군."

"그래, 내 수호신이지. 구루스는 내 참모, 내 꾀주머니지."

"그래서 란코와 기타무라를 바꿔치기한 수법은?"

"별거 아니야. 네 부하가 그 나무상자를 무대 아래 지하실에서 옮겨내려고 했을 때 밖에서 경찰 세 명이 들어왔어. 그리고 네 부하들이 안쪽으로 도망친 틈에 나와 내 부하가 바꿔치기한 거지. 물론 기타무라는 그 전에 푹 잠들게 해두었고."

"그러니까 그 경찰 세 명이 사실은 네 부하가 변장한 거였다는 이야기로군."

"그렇지."

"으음, 그렇게 된 거였군."

그건 참으로 이상한 광경이었다. 우리는 언젠가 시나가와 포대 풀밭 위에서도 이런 대화를 듣고 이런 광경을 보았다. 원수와 원수, 쫓는 자와 쫓기는 자가 마치 친구처럼 이야기를 나누었다. 게다가 장소는 차가운 물속. 제자리에서 헤엄을 치면서 머리만 물 밖으로 내민 채 마치 응접실 소파에 앉아 있기라도 한 듯 느긋하고 침착하게 이야기를 나눈다.

새까만 수면에 백발 머리와 부스스한 머리 두 개가 이상하게 생긴 수박처럼 떠 있었다. 두 머리 주위에는 천천히 소용돌이무늬가 그려졌다. 그것이 퍼져나가며 두 사람의 적의를 상징하듯 서로 부딪혀 흩어져갔다.

기슭에서 타오르는 불길이 여러 겹 물결 위에 비쳐 셀 수 없이 많은 새빨간 원이 생겼다. 그게 점점 퍼져나가 서로 부딪혀 아름다운 불꽃이 튀었다. 강물 위에 뜬 두 얼굴에 그 불빛이 반사되어 복잡한 그림자를 그렸다.

류지의 얼굴에도, 아리무라 청년의 얼굴에도 두세 가닥 피가 흘렀다. 이마에서, 뺨에서, 입술에서 아름다운 피가 흘렀다.

"아리무라, 네가 아리아케 도모노스케라면서?"

"구루스에게 들었나?"

"그래, 여태 전혀 몰랐다. 포대에서 본 뒤로 너를 가끔 마주쳤는데도."

"너와 난 한 어머니 배 속에서 태어났어."

"왠지 아득한 옛일이 떠오를 것 같은 기분이 드는군."

"숲 속에서 해먹을 타고 둘이 놀던 광경 아닌가?"

"맞아, 그래. 그런데 내가 무슨 장난을 치다가 마음씨 고운 어머니에게 야단을 맞았지. 아름답게 생긴 어머니였어."

"너와 난 형제니까."

"형제지."

"하지만 그 누구 못지않은 적이기도 하고. 네 아버지는 내 아버지를 죽였어. 그리고 네 꿈에도 나타나는 그 아름다운 어머니마저 불에 태워 죽였지. 네 아버지는 나를 연못에 던졌어. 구루스를 그렇게 끔찍한 모습으로 만든 사람도 네 아버지야.

그리고 넌 그 살인마의 피를 이어받았지. 네 아비보다 몇 배나 많은 사람을 죽였어. 내 애인을 유괴했을 뿐 아니라 그 사람의 아버지와 큰아버지까지 어디론가 끌고 갔어."

"으하하하……, 부자 2대에 걸친 원한인가? 알았어, 알았다고. 그래, 이 동생을 어떻게 하겠다는 거지? 응, 형님?"

"이렇게 하겠다는 거야."

강물 위에 뜬 두 머리가 무서운 기세로 부딪히는 듯 보였다. 아리무라 청년이 물속에서 류지를 덮친 것이다. 지금까지 두 개였던 소용돌이무늬가 한 덩어리가 되어 요란한 파문을 일으켰다. 어지러운 물결에 강가의 불빛이 비쳐 기묘하게 빛나는 핏방울처럼 반짝였다.

두 사람은 뒤엉킨 채 물속으로 가라앉았지만 이윽고 두 머리가 서로 멀리 떨어져 쑥 솟아올랐다. 류지가 아리무라 청년을 뿌리치고 빠져나간 것이다.

"으하하……. 오늘은 내가 센 것 같군. 넌 불쌍하게도 너무 지쳤어.

이봐, 아리아케 남작 각하, 그거 알아? 내가 왜 조금 전까지 이런 강물에서 태평하게 너와 이야기를 나누었는지? 하하하……, 기다렸던 거야. 뭘 기다렸냐고? 그건 바로…….”

그 말을 듣고 아리무라 청년은 정신이 퍼뜩 들었다. 그 순간 요란한 모터 소리가 이쪽으로 가까이 들려왔다. 소형 쾌속정이 물길을 가르며 쏜살같이 달려왔다.

모든 게 거의 눈 깜짝할 사이에 끝나고 말았다. 무시무시한 귀신이라도 본 기분이었다.

쾌속정 안에는 검은 그림자 하나가 보였다. 곁눈질 한 번 없이 조종간을 잡고 있었다. 마치 인형처럼 무신경한 포즈가 아리무라 청년의 망막에 말로 표현할 수 없는 무시무시한 잔상을 남겼다.

휙 바람처럼 스쳐 지나간 쾌속정 뒤에는 이미 백발의 머리는 보이지 않았다. 미리 짠 듯했다. 두령은 말할 필요도 없이 부하가 모는 배에 뛰어올랐고, 부하는 얼른 두령을 끌어 올려 속도를 늦추지 않고 그대로 어두운 강물 위로 사라져버린 것이다.

멀어져갔다기보다 그냥 불쑥 어둠 속으로 녹아들어간 듯한 쾌속정 뒤에 아리무라 청년의 피투성이 얼굴이 넋을 잃은 듯 멍한 표정을 한 채 떠 있었다.

그때 강가에서는 창고 건물이 다 타서 무너져 내리고 요란한 소리와 함께 무시무시한 불길의 소용돌이가 하늘로 치솟았다. 창고를 향해 몇 가닥 흰 줄기가 뿜어졌다. 증기펌프의 물기둥이었다. 지상에서는 갈피를 잡지 못하고 우왕좌왕하는 경찰과 소방대원의 작은 그림자가 보였다.

그 세찬 불빛을 받으며 무섭게 빛나는 소용돌이무늬 중심에 아리무라 청년의 머리가 둥실 떠 있었다. 피투성이 얼굴 한복판에 자리한 원한으로 불타는 두 눈은 강 위의 어두운 저편을 노려보았다. 머리 전체가 살아 있는 인형처럼 꼼짝도 하지 않고 계속해서 떠 있었다.

제3

대암실

여섯 명의 신문기자[79]

이제 도쿄 전체가 공포의 소용돌이에 휩싸였다. 신문 사회면은 대부분 매일 소용돌이 도적에 대한 기사로 채워졌다고 해도 지나친 말이 아니었다. 여배우 하나비시 란코야말로 아리아케 도모노스케(아리무라 청년)와 구루스 노인의 기지 덕분에 위기를 넘겼지만 도모노스케의 연인 마유미가 유괴된 사건 이후 소용돌이 도적의 마수에 걸려 행방불명된 여성만 해도 무려 스물세 명이나 되었다. 그 밖에 아무런 이유도 없이 끔찍하게 살해당한 노인이나 남자아이가 여섯이었다. 게다가 그 참혹하기 짝이 없는 살인 수법은 일본 범죄사에서 비슷한 예를 거의 찾아볼 수 없을 정도였다.

시민의 공포는 절정에 이르렀다. 여학교에서는 결석생이 갑자기 늘었다는 소문까지 돌았다.

물론 경찰은 온 힘을 다해 범인을 잡으려고 했지만 늘 도적보다 한 발 늦어 그 그림자만 보았을 뿐 정체를 파악하지 못했다. 유괴된 미녀들은 '대암실'이라는 도적의 소굴에 갇혀 잔인한 고문을 당하고 있다는 소문만 들릴 뿐, 그 대암실이 어디 있는지조차 도통 알 수 없

---

79 〔초〕에는 '대암실'로 되어 있다. - 해제

었다.

옛날이야기에 나오는 오에야마[80]는 아니다. 하지만 그와 비슷한, 또는 그 이상의 공포가 이 도쿄 시내에, 아니 적어도 도쿄 근교에 현실적으로 존재한다.

경시총감[81]은 자리를 걸고 사건 해결에 나섰다. 수사과의 실력 있는 형사들은 불철주야 사방팔방으로 뛰어다녔다. 좀 과장해서 이야기하면 도쿄 전체의 1백만 가옥을 거의 이 잡듯이 뒤졌을 지경이었다. 모든 건물, 사원, 신사, 지하도 등 대암실이 있을 만한 곳이라면 어디든 샅샅이 조사했다. 그런데도 악마의 본거지는 아직 찾아내지 못했다.

---

80 교토 부 단고 반도에 있는 산줄기를 말한다. 해발 832미터에 이르며. 슈텐동자(酒呑童子)라는 무서운 도깨비(혹은 도적 두령이라고도 한다)에 얽힌 설화로 유명하다. - 역주

▲ 도리야마 세키엔(鳥山石燕, 1712~1788)의 《곤쟈쿠가즈조쿠햗키(今昔画図続百鬼)》(1779)에 실린 슈텐동자. - 역주
81 일본 도쿄 도를 관할하는 경시청의 우두머리이며 일본 경찰 최고 계급으로 단 한 명뿐이다. - 역주

이 사건의 가장 골치 아픈 점은 범인이 거의 무한한 군자금을 갖고 있다는 사실이었다. 범인은 쓰지도 노인을 속여 암호 문서를 손에 넣었고, 호시노 씨의 조상이 땅속에 묻었던 몇 천만 엔어치나 되는 금은보화를 파내 그 자금을 바탕으로 몇 십, 몇 백 명에 이르는 무뢰한들을 마음대로 부렸다. 그들은 더 이상 단순한 범죄자가 아니라 범죄를 저지르는 군대였다. 그 뛰어난 경시청도 군자금 측면에서는 도적과 상대가 되지 않았다. 살인마는 경시청 1년 총예산에 해당하는 자금을 한꺼번에 다 써버리겠다는 기세였다.

시민의 공포가 깊어질수록 소용돌이 도적의 흉악한 자부심은 높아만 갔다. 그는 신문 전면광고료를 지불하고 도쿄 지역에서 발행되는 각 신문에 시민에게 보내는 사악한 도전장을 실으려고까지 했다. 물론 신문사가 이런 광고 의뢰에 응할 리 없었지만, 그래도 도적으로부터 그런 요청을 받았다는 기사는 크게 다뤄져 결국 오소네의 계획대로 움직인 꼴이 되고 말았다.

양식 있는 사람들은 이러한 도적의 폭거는 내란을 일으킨 자와 비교할 정도로 악질적이라며 미간을 찌푸렸다. 거리에는 갖가지 무시무시한 헛소문이 나돌아 시민들은 자경단을 조직해야 하는 게 아니냐며 흥분했다. 경찰로는 안 된다, 군대를 출동시켜야 한다는 소리까지 수군댈 지경이었다. 어느 날 신문에는 장관들이 모인 자리에서 소용돌이 도적이 화제에 오른 일이 보도되기도 했다.

도쿄 전체가 전율과 흥분으로 휩싸이고, 그런 모습을 어딘가에서 숨어서 바라보는 오소네 류지는 의기양양하리라. 그는 이미 도쿄 하늘을 무시무시한 불꽃의 소용돌이로 뒤덮었다.

하지만 악마는 이 정도로 만족하지 않았다. 끝을 알 수 없는 그의 사악한 허영심은 마침내 '대암실' 내부의 광경을 세상 사람들에게 공개하는 일까지 계획하기에 이르렀다.

어느 날 여섯 개 큰 신문사 사회부장은 사립탐정 아케치 고고로 씨로부터 기묘한 전화를 받았다.

"소용돌이 도적에 대해 내가 알아낸 바가 있어 의견을 밝히고 싶으니, 지금 바로 내가 있는 곳으로 기자를 보내주시오."

아케치 고고로가 지정한 곳은 시바 구 M초에 있는 나카노란 지인의 집이었다. 각 신문사 사회부장들은 당연히 그 요청에 응해 부서에서 손꼽는 민완기자를 나카노 씨 집으로 급히 보냈다. 소용돌이 도적에 대해서라면 누구의 말이든 듣고 싶은 상황인데 전화를 건 사람이 명탐정 아케치 고고로라니 조금도 주저할 수 없는 특종이었다.

각 신문사에서 나온 기자 여섯 명이 앞서거니 뒤서거니 자동차를 타고 도착한 나카노 씨 집은 커다란 저택들이 즐비한 동네에 자리한 맵시 있는 서양식 저택이었다.

기자들이 명함을 건네주고 아케치 고고로를 만나러 왔다고 하자 멋지게 치장한 넓은 응접실로 안내되었다. 한가운데에는 커다란 원탁이 있었고, 그 둘레에 소파와 의자가 놓여 있었다. 여섯 명의 기자가 각자 자리를 잡고 기다리니 아름다운 소녀가 홍차를 내왔다. 그러고는 테이블 위에 놓인 시가 상자를 권하고 물러갔다.

행동에 거칠 것 없는 기자 기질은 누가 권하면 바로 받아들인다. 다들 시가를 피우고 홍차를 마시며 아케치 고고로가 나타나기를 이제나저제나 기다렸다.

잠시 후 문이 열리더니 검은 양복을 입은 청년 신사가 성큼성큼 들어와 원탁 정면 자리에 앉았다.

"오래 기다렸습니다. 그럼 소용돌이 도적에 대해 내 생각을 이야기하도록 하겠습니다."

청년이 주인처럼 입을 여는 모습에 기자들은 의아하다는 듯 서로 얼굴을 마주 보았다.

"당신은 누구죠? 우린 아케치 고고로 씨가 불러서 왔는데, 아케치 씨는 안 계십니까?"

한 기자가 대뜸 물었다. 청년은 싱글싱글 웃으며 대꾸했다.

"아뇨, 아케치 탐정보다 내 이야기가 더 재미있을 겁니다. 아, 여러분은 나를 모르시는군요. 나는 오소네 류지라는 사람입니다."

청년이 태연하게 밝힌 이름이 너무도 무시무시해 배짱 좋기로 소문난 기자들마저 표정이 굳어지며 입을 다물었다.

"하하하……, 깜짝 놀라는군요. 아케치 탐정이라고 한 건 사실 거짓말이었습니다. 그렇게라도 하지 않으면 여러분이 와주시지 않을 테니까요. 사실은 내가 여러분을 만나고 싶었습니다."

"자네는 정말 오소네 류지인가? 그 소용돌이 도적이라는?"

한 기자가 배짱 두둑하게 청년의 잘생긴 얼굴을 노려보며 호통을 쳤다.

"그렇습니다. ……아, 언성을 높여봐야 소용없습니다. 나를 잡아 경찰에 넘기기라도 하겠다는 겁니까? 하하하……, 내가 그런 허튼 수작에 당할 거라고 생각하는 건가요? 보세요, 당신들 뒤를."

그 말에 뒤를 돌아보니 이게 어떻게 된 일인가. 문이란 문, 창이란 창이 모두 살짝 열려 있는데 그 틈새로 권총 총구가 자신을 겨누고 있지 않은가.

"의자에서 일어나면 안 됩니다. 일어서면 바로 쏴 죽이라고 명령했으니까."

청년은 잡담이라도 하듯 밝고 차분했다.

"그래, 우리를 잡아두고 무얼 하려는 거냐? 그 대암실이라는 곳으로 끌고 갈 작정인가?"

용감한 기자가 허세를 부리며 물었다.

"오오, 바로 그겁니다. 맞아요. 여러분을 대암실로 초대하고 싶습니다.

대암실이란 이름은 이미 세상에 널리 알려졌죠. 그렇지만 그 안에 얼마나 아름다운 세계가 만들어졌는지, 세상의 아름다운 여자란 여자는 모두 납치해놓은 대암실 안에서 내가 무엇을 하고 있는지는 아무도 모르죠.

나는 내가 만든 대암실을 더할 나위 없이 자랑스럽게 생각합니다. 그게 이름만 알려지고 그 실제 모습은 아무도 모르니 안타까워 견딜 수 없습니다.

난 세상 사람들에게 대암실 내부를 보여주고 싶습니다. 그러나 모든 사람들에게 보여줄 수는 없어서 도쿄 시민의 대표로 여기 여섯 분을 선택한 겁니다. 여러분이라면 직업상 관찰력도 뛰어날 테고 보도도 정확하게 해주실 게 틀림없습니다. 아니, 게다가 요즘 기자 여러분은 수준 높은 심미안까지 갖추고 계신 걸로 압니다. 아주 적절한 선택 아닙니까?"

청년은 점점 연설 말투로 바뀌어 웅변을 토했다. 그의 미모는 더욱 빛났다. 옅은 분홍빛으로 상기한 뺨, 말할 때마다 진주처럼 윤기 나는 치아가 꽃잎 같은 입술 사이로 드러났다.

"그렇지만 대암실은 말하자면 내 본거지입니다. 그 소재를 여러분에게 알려줄 수는 없죠. 여러분이 위치를 알 수 없도록 데리고 갔다가 다시 데리고 나올 겁니다. 그리고 그 과정 중에 보고 들은 내용을 될 수 있으면 자세하게 신문에 보도해주시기 바랍니다."

"그런데 위치를 알 수 없게 데리고 간다니, 아무리 눈가리개를 해도 신문기자는 감이 뛰어난데. 어느 방향 어디쯤인지 바로 눈치챌지도 모를 텐데.

게다가 무엇보다 우리가 대암실을 보지 않겠다고 거절한다면 자넨 어쩔 작정인가? 우리를 고문이라고 하겠다는 건가?"

"하하하……. 아뇨, 그럴 염려는 없습니다. 그런 문제가 있을까봐 나는 아까 시가와 홍차를 권했죠. 여러분은 모두 홍차를 마셨고, 시가를 피우지 않았나요?"

"아니, 홍차와 시가?"

"양쪽에 모두 효과가 좋은 수면제를 넣었죠. 여러분, 이미 졸음이

오지 않습니까? 하하하……, 다들 눈꺼풀이 무거워 보이는군요. 뭐 상관없습니다. 소파에 벌렁 누워서 푹 주무세요. 눈을 뜨면 여러분은 대암실 안의 다른 세상에 있을 겁니다. 그리고 내일 하루 그곳을 구경하고 다시 잠을 자는 사이에 여러분은 이 방으로 돌아오게 될 겁니다. 즉 멋진 꿈을 한 편 꾸는 거나 마찬가지죠."

말을 마친 청년은 묘한 미소를 지으며 기자들을 한 명씩 빤히 바라보았다.

기자 여섯 명은 밀려드는 졸음을 떨치려고 잠시 헛된 저항을 했지만 약효를 견디지 못하고 한 명씩 잠이 들기 시작했다. 결국 여섯 명 모두 소파에 기대거나 테이블에 엎드린 자세로 이마에 진땀을 흘리고 코를 골며 잠들고 말았다.

마계견문기

너무도 기묘한 신문기자 유괴가 이루어진 그 다음다음 날, 아무 생각 없이 잠에서 깬 도쿄 시민들은 아침 신문을 받아 들고 자기 눈을 의심하며 신문기자가 제정신인지 궁금할 정도로 깜짝 놀랐다.

도쿄의 여섯 군데 큰 신문 사회면에 깜짝 놀랄 정도로 무시무시한 제목을 큼직하게 박아 넣고 온통 대암실 기사로 메웠다. 어떤 신문은 특별히 지면을 늘려 펼친 두 페이지에 모두 그 격정적인 보도를 담았다.

"대관절 이런 일이 현실 세계에서 있을 수 있는가?"

사람들은 넋을 잃고 파랗게 질린 얼굴을 마주 볼 수밖에 없었다. 그 기사에는 뭐랄까, 광기 같은 것이 서려 있었다. 다른 세상에서나 볼 법한 불길한 환영으로 뒤덮인 내용이었다. 현실 세계에서 일어난 일이라기보다 지옥 밑바닥에서나 볼 수 있는 환상, 인간세계가 아니라 악마의 세계에서 날아온 소식이었다.

그 비현실적인 감각이 현실처럼 신문기사가 되었기 때문에 한없이 놀랄 수밖에 없었다. 서 있는 발밑 땅바닥이 흔들거리며 무너지는 듯한 말로 표현하기 어려운 불안이 느껴졌다.

아무리 큰 전쟁이 터졌어도 사람들에게 이만큼 충격을 주는 보도는 없었을지 모른다. 전쟁은 상상 밖의 일이 아니다. 하지만 이 대암실 기사는 거의 정상인으로는 상상할 수 없는 내용이었다. 게다가 아주 먼 낯선 땅에서 일어난 일이 아니었다. 이곳 도쿄 한복판에 사방 몇 백 미터나 될지도 모를 거대한 독거미가 시커먼 다리를 벌리고 당장에라도 시민들을 덮칠 기세로 잔뜩 웅크리고 있는 셈이다.

그러면 대체 대암실이란 어떤 장소였나? 사회부 기자 여섯 명은 거기서 무엇을 보고 무엇을 들었나. 그걸 고스란히 독자에게 전해드리기 위해서는 간단한 신문기사보다 그 기자들 가운데 한 명이 그다음 달에 발행된 어느 잡지에 기고한 '마계견문기'라는 자세한 보고를 여기 그대로 옮겨 싣는 편이 가장 적절하리라. 다음 내용은 그 기사 전문이다. 앞머리 몇 십 행은 독자 여러분이 이미 다 아는, 아자부에 있는 서양식 저택에서 있었던 일을 적었는데, 그 부분은 번거로움을 피하기 위해 생략했다. 글 안에서 '나'라고 하는 사람은 설명할 필요도 없이 글을 쓴 사회부 기자 자신을 가리킨다.

나는 문득 마취에서 깨어났다. 먹물을 뿌린 듯 캄캄한 어둠 속이었다.

어라, 여긴 대체 어디지? 숲도 아니고 들판도 아니다. 물론 집 안은 아니다. 뭔가 정체를 알 수 없는 깊은 어둠이다.

바닥에서 울퉁불퉁한 바위 같은 것이 느껴진다. 공기의 움직임은 전혀 없고 이상하리만치 답답하고 짓눌리는 기분이 든다.

이상하군. 내가 왜 이런 곳에 있지?

아, 그렇지. 생각이 났다. 소용돌이 도적에게 속았다. 그리고 잠이 든 사이에 이런 곳으로 옮겨진 게 틀림없다. 그렇다면 여기가 바로 그 '대암실'이란 곳일까?

마침내 대암실에 온 것인가 생각하니 뭐라 말할 수 없는 심정이었다. 마치 살아서 무덤 안에 갇히기라도 한 듯 묘하게 기분이 좋지 않았다.

하지만 설마 나 혼자는 아닐 테지. 다른 신문사에서 온 다섯 명도 틀림없이 이 주변에 있으리라. 아직 잠에서 깨어나지 못했을지도 모른다.

나는 어둠 속에서 몸을 일으키려고 했다.

아니, 이게 어떻게 된 일이지? 손이나 발이나 마비된 것처럼 말을 듣지 않았다. 마취가 덜 풀려서일까? 아니, 그렇지는 않다. 뭔가 무겁고 단단한 것이 조이는 느낌이다.

결국 나는 그게 쇠로 된 수갑과 족쇄라는 사실을 깨달았다. 어느 틈에 내가 죄수처럼 신체의 자유를 빼앗긴 것이다. 하지만 묶어 고정해둔 것은 아니라서 일어설 수도 있고 보폭이 좁지만 돌아다닐 수도 있었다. 도적은 용의주도하게도 내가 저항하거나 도주하지 못하도록 이런 것을 채워둔 게 틀림없다.

나는 어둠 속에서 상반신을 일으키고 주위를 둘러보았는데, 마치 눈이 으깨진 듯 사물의 형태를 분간할 수도 없었다. 나는 이전은 물론 그 뒤로도 이런 어둠은 겪은 적이 없다.

그야말로 겁이 난다고 해야 할지 뭐라고 해야 할지 모를 기분이었다. 무슨 소리라도 들린다면 뭔가 짐작을 할 테지만 이 세계에는 소리라는 게 없는지 쥐 죽은 듯 조용했다.

나는 결국 참을 수 없어 누구에게랄 것도 없이 "어이" 하고 소리쳐보았다. 그러자 그 소리가 어딘가에 메아리쳐 웅웅 울려 퍼졌다. 여긴 지하 동굴일까? 그렇지 않으면 이렇게 묘하게 울릴 리 없다.

그런데 내가 메아리에 깜짝 놀라 그 여운이 사라져간 방향으로 고개를 돌린 채 멍하니 있으니 내 목소리에 응답하듯 저편에서 희미한 불빛이 흘러나오기 시작했다. 그 불빛에 캄캄했던 주위가 천천히 조금씩 보이기 시작하는 게 느껴졌다.

그 희미한 불빛에 기대어 주위를 둘러보니 아니나 다를까, 그곳은 울퉁불퉁한 바위굴이었다. 보이는 거라고는 온통 검은 바위뿐. 바위굴은 기차가 지나는 터널 정도 넓이였는데 저편으로 구불구불 굽어져 있었다.

먼저 눈에 들어온 것은 내 주변에 아무렇게나 쓰러진 기자 다섯 명의 모습이었다. 그 가운데 두세 명은 겨우 잠에서 깼는지 뭐라고 중얼거리면서 꿈지럭거렸다.

빛이 점점 밝아졌다. 자세히 보니 그들 역시 나와 마찬가지로 수갑과 족쇄를 찼다. 수갑은 일반적인 모양이었지만 족쇄는 양쪽 발목에 굵은 쇠로 만든 고리를 끼우고 그 고리와 고리가 30센티미터도 되지 않는 튼튼한 쇠사슬로 연결된 형태였다.

쓰러진 사람들 너머로 뚜껑이 열린 커다란 짐 상자 같은 것이 보였다. 세어보니 딱 여섯 개였다.

아니, 저 이상한 상자는 대체 무얼 의미하는 걸까. 혹시 우리 여섯 명을 아사부에 있는 서양식 저택에서 저 나무상자에 담아 마치 짐짝처럼 이리로 옮긴 것이 아닐까? 그리고 그 상자 안에서 꺼내 이렇게 수갑 같은 걸 채운 다음 여기 눕혀놓은 게 아닐까?

그런 생각을 하는 중에 주위를 밝히던 빛이 더 환해져 울퉁불퉁한 바위에 짙은 그림자가 으스스하게 흔들리기 시작했다. 광원이 가까이 다가오고 있다는 이야기다. 나는 그 빛이 도대체 어디서 나오는 것인지 궁금해 빛이 비치는 쪽을 바라보지 않을 수 없었다.

그리고 나는 거기서 뜻밖이라는 말로는 다 표현할 수 없는 기묘한 것을 발견하고 깜짝 놀라 숨을 쉴 수 없었다.

바위 터널 저편 모퉁이에서 빛과 함께 나타난 것은 새하얀 옷을 입은 소녀였다. 눈부시리만치 아름다운 여성이었다. 몸에는 속이 다 비치는 얇은 흰색 비단을 걸쳤고, 어깨와 팔, 무릎 아래가 드러나 있어 거의 나체와 마찬가지였다. 그런데 묘하게도 소녀의 등에는 커다란 흰 날개 한 쌍이 달려 있었다.

왼손에 서양식 횃불을 든 그 흰 천사가 어둠 속에서 후광을 내비치며 조용히 나타났을 때, 나는 아직 마취에서 완전히 깨어나지 못해 이런 터무니없는 환상을 보는 게 아닐까 의심이 들었다.

하지만 환상이 아니었다. 저쪽에는 동료 기자 다섯 명이 쓰러져 있다. 그리고 그들도 한 명씩 몸을 일으키더니 나와 마찬가지로 넋이 나간 듯 동굴에 나타난 여신을 뚫어지게 바라보았다.

너무도 뜻밖의 일이라 누구도 입을 열지 못했다.

흰옷을 입은 여신은 어느새 5, 6미터쯤 앞까지 다가왔다. 그리고 넋이 나간 우리 얼굴을 바라보며 방긋 미소를 지었다.

몇 천 년 역사를 거슬러 올라가 그리스신화의 세계에 다시 태어난 게 아닐까 의심이 들 지경이었다. 흰옷 입은 여신의 모습은 그만큼 그리스 조각으로 본 여신 그대로였다. 새하얀 날개 한 쌍도 그렇고, 손에 든 횃불 모양도 그렇다. 얇은 비단옷까지 모두 그리스 조각에서 본 눈에 익은 것들이었다.

여신은 그저 미소만 지을 뿐 말이 없었다. 말 대신 맨살이 드러난 오른손을 들어 동굴 안쪽을 가리키며 '이리로 오라'는 듯한 손짓을 할 뿐이다.

그 몸짓이 말보다 더 큰 힘을 지녔는지 우리 여섯 명은 어느새 몸을 일으켜 불편한 발을 끌며 몽유병자처럼 여신에게로 다가갔다.

그건 마치 무성영화의 한 장면처럼 으스스한 광경이었다. 여신이나 우리 여섯 명이나 말 못 하는 사람처럼 아무 말도 하지 않았다. 그저 여섯 명의 발목에 달린 굵은 쇠사슬 스치는 소리만 그 정적을 깰 뿐이었다.

흰옷을 입은 여자는 횃불을 들고 앞장섰다. 여섯 명의 험상궂은 사내들은 마치 천국의 법원으로 끌려가는 죄수들처럼 묵묵히 그 뒤를 따랐다.

여신의 뒷모습을 바라보면서 걷다가 나는 문득 저 여신마저도 역시 이곳에 갇힌 사람이라는 이해할 수 없는 사실을 발견했다. 그 여자의 발목에도 우리와 마찬가지로 족쇄가 채워져 있었다. 30센티미터도 되지 않는 쇠사슬이 허락하는 범위에서 무척 불편한 듯 느릿느릿 걸음을 옮기고 있었다. 그래도 여신의 족쇄는 달랐다. 생김새야 우리 족쇄와 같았지만 고리나 쇠사슬 모두 금빛으로 반짝거렸다.

아아, 한마디도 않는 벙어리 여신, 죄인처럼 족쇄를 찬 그리스 여신, 이 이상한 모순에는 도대체 어떤 비밀이 숨겨져 있는 걸까.

동굴은 미로처럼 구불구불 안쪽 깊숙이 계속해서 이어졌다.

여신이 든 횃불이 비추는 좌우에 늘어선 암석은 녹이 슨 듯한 녹색, 검붉은 흑색, 짙은 회색 등으로 얼룩덜룩 물든 거대한 괴수의 송곳니처럼 무시무시하게 튀어나와 있었다.

어떤 곳은 등을 구부려야 할 정도로 천장이 낮았고, 또 어떤 곳은 마치 절의 대웅전처럼 천장이 높고 좌우로도 탁 트였다.

아, 우리는 지금 도대체 어느 땅 밑에 있는 걸까. 그리고 지금 어디로 가서 무얼 보게 되는 걸까.

이윽고 음산한 동굴 속을 50미터쯤 걸었을 때 앞서가던 흰옷 입은 미녀가 불쑥 멈춰 서더니 우리를 돌아보았다. 방긋 웃는 그 얼굴이 왠지 이 세상 사람 같지 않아 오싹 소름이 끼치며 요기가 느껴졌다.

그녀가 손에 든 횃불을 바닥을 향해 휙 내렸다. 그러자 어슴푸레 그림자를 드리운 거대한 접시처럼 생긴 금속판 위에 바로 불이 붙어 활활 타올랐다. 이상한 불빛이 동굴 내부를 비추기 시작했다.

이상한 물고기 괴수

그건 마치 화톳불 같았다. 금속 접시 안에는 무슨 기름 같은 것이 담겨 있는지 그게 지옥의 불길처럼 사납게 타올랐다.

동굴에서 그 부분은 1백 평쯤 되는 넓이였다. 천장도 10미터 가까이 되며 그 바위 표면이 제대로 보이지 않을 정도로 높았다. 말하자면 동굴 안에 있는 광장 같은 곳이었다. 군데군데 우뚝 솟은 거목 같은 암석은 높은 천장을 지탱하기 위해 일부러 그렇게 파놓은 걸까? 그 바위 숲이 지하 세계를 더욱 장엄하고 기괴하게 보이도록 만들었다.

흰옷을 입은 여신은 활활 타오르는 불길 옆에 서서 이상한 미소를 지으며 계속 바닥을 손가락으로 가리켰다. 여기를 보라는 듯이.

거기에는 잔물결도 없는 검은 물을 담은 커다란 연못이 보였다. 아아, 여기 지옥의 연못이 있구나. 여신은 우리더러 그 연못으로 들어가라고 손가락질하는 걸까? 아니, 그렇지 않다. 연못 안에 있는 뭔가를 잘 보라는 뜻이다.

여섯 명의 양복 입은 사내는 (양복이라는 것이 이 인간 세상 밖의 세계에서는 얼마나 멋없고 촌스럽게 보이는지) 머뭇머뭇 물가 바위 위에서 등을 구부리고 미녀가 가리키는 수면을 가만히 들여다보았다.

그렇게 들여다보고 있는데 잠시 후 검은 물에 무섭게 파도가 일며 느닷없이 물속에서 깜짝 놀랄 만큼 커다란 물고기의 꼬리지느러미가 드러 났다. 명절 때 내거는 고이노보리[82]만큼 거대했다. 불빛을 받아 반짝반짝 빛나는 비늘은 그 한 장 한 장이 3센티미터 남짓 되어 보였다.

우리 여섯 명은 저도 모르게 뒤로 물러날 뻔했다. 용감한 신문기자라도 이 세상에 존재하는 게 아닌 괴물에게는 크게 겁을 먹기 마련이다. 하지만 도망치려고 해도 발은 쇠사슬에 자유를 빼앗겼다. 무엇보다 우리는 이 동굴 출구가 어디에 있는지도 모른다.

그런데 당황한 우리 모습이 우스웠는지 여신이 진주 같은 치열을 드러내며 은방울 구르는 듯한 소리로 웃기 시작했다. 아름다운 목소리로 웃

---

82 단오에 아들의 출세와 건강을 바라며 마당이나 마당 끝에 걸어두는 것으로, 잉어 모양을 본떠 만든 깃발을 말한다. - 역주

▲ 우타가와 히로시게(歌川広重, 1797~1858)의 풍속화집 《메이쇼에도햣케이(名所江戸百景)》(1856~1858)에 실린 고이노보리. - 역주

음을 그칠 줄 몰랐다.

그 소리는 메아리가 되어 동굴에 울려 퍼져 여기저기서 여신의 웃음소리가 들려왔다. 아니, 메아리치고는 너무도 선명한 웃음소리다. 이상하다는 생각이 들어 얼른 연못 수면을 바라보니, 아아, 이 얼마나 아름다운 악몽인가. 연못 속의 거대한 물고기가 웃고 있는 게 아닌가.

방금 나는 그 하반신만 보았기 때문에 알지 못했다. 온몸을 물 위로 드러낸 물고기는 하얀 여자 얼굴을 지녔다. 물방울이 떨어지는 검은 머리카락을 지녔다. 흰 어깨와 다섯 손가락을 지닌 가녀린 팔, 그리고 도톰한 젖가슴도 보였다.

인어다. 역시 여기는 우리가 사는 세상이 아니다. 그리스신화에 나오는 세이렌은 처음에는 날개를 지닌 여신이었지만 뮤즈의 신과 싸우다져서 바다에 들어가 얼굴은 사람이고 몸은 물고기인 요괴가 되었다고한다. 그런데 이 동굴에는 날개를 지닌 여신도 있고 물고기 몸을 지닌미녀도 있다.

우리는 도저히 믿을 수 없는 광경에 처음에는 겁이 나 부들부들 떨었고 그다음에는 넋을 잃었다가 결국은 억누를 수 없는 호기심의 포로가되고 말았다. 그리고 어느새 꿈이라면 깨지 말고, 환상이라면 영원히 사라지지 않기를 바라는 심정이 되었다.

인어는 연못 기슭의 평평한 바위 위로 기어올라 커다란 하반신을 편하게 늘어뜨리고 반짝반짝 물방울이 맺힌 하얀 상반신을 비스듬히 세운채 맵시 있게 턱을 괴었다. 그러고는 우리를 쳐다보면서 유혹하듯 요염하게 미소를 지었다.

인어는 한 마리가 아니었다. 날개 달린 여신과 첫 번째 인어가 웃는 소리에 이끌린 듯 이윽고 연못 표면에 심상치 않은 파도가 일기 시작했다. 여기저기서 두 마리, 세 마리, 네 마리. 다들 그 누구에게도 뒤처지지 않는 미모를 지닌 인어들이 헤엄쳐 나와 그 매끄러운 살갗을 자랑하듯 바위 위로 줄지어 기어올랐다. 그리고 저마다 나른한 자세로 누워 노래를 불렀다. 세이렌의 유혹을 눈동자에 담고, 세이렌의 요염한 미소를 뺨에 띤 채 우리의 넋을 앗아 갔다.

우리 여섯 명은 우라시마 타로[83]처럼 시간이 흐르는 줄도 모르고 이 세상 사람이 아닌 듯한 미녀들을 바라보았다.

문득 정신을 차리니 어디선가 산들바람처럼 기묘한 음악이 들려왔다. 우리는 귀를 기울여 현실 세계에서는 아직 들어본 적 없는 미묘한 가락에 빠져들었다. 그 음악에도 뭔가 광기 같은 요소가 섞여 있었다. 그리고 마음을 뒤흔드는 요염함이 느껴졌다.

음악은 점점 커졌다. 그러자 그 곡조를 그대로 표현하듯 동굴 저편 천장 가까이에 노란색 무지개가 어렴풋이 떠올랐다. 무지개는 점점 선명해지더니 밝게 빛나는 오렌지색으로 변했다.

아아, 그 무시무시한 빛깔을 어떻게 표현하면 좋을까. 그것은 말하자면 지하 세계의 오로라, 미치광이의 악몽 속에 나타난다는 그 기묘한 색채였다.

갑자기 뭔가 어긋나기라도 한 듯 음악의 곡조가 바뀌었다. 나는 그걸

---

83 〈파노라마 섬 기담〉 중 131쪽 참고. - 역주

듣는 순간 문득 '살인'이라는 말을 떠올렸다. 만약 피투성이 음악이라는 것이 있다면 그 곡조가 바로 그것이리라.

그러자 허공에 뜬 오렌지색 무지개 윤곽 부분에 이상한 변화가 일어났다. 폭넓은 곡선 윗부분이 새빨간 실처럼 물드는가 싶더니, 그 실에서 수많은 새빨간 얼음기둥이 내려오기 시작했다. 마치 아름다운 소녀의 살갗에 피가 번지기라도 하듯 점점 무지개 가득 퍼져 어느새 오렌지색은 꿈나라의 새빨간 색으로 물들고 말았다.

그 핏빛 무지개 속을 뭔가가 팔랑팔랑 이리저리 날아다니는 모습이 보였다. 커다란 새다. 아니, 새가 아니었다. 여신이었다. 그 날개 달린 아름다운 여신이 동굴 천장을 음악에 맞춰 자못 즐겁다는 듯이 날아다니는 중이었다. 혼자가 아니다. 두 명, 세 명, 네 명, 다섯 명. 다섯 마리의 흰 새가 얇은 비단 옷자락을 나부끼며 춤을 추었다.

옆을 보니 우리를 안내해준 여신은 어느새 가버렸는지 보이지 않았다. 아마 저 허공에서 펼쳐지는 무용을 함께하는 중이리라.

그런데 여신이 모습을 감춘 대신 그 화톳불 옆에 그녀를 대신하듯 기괴한 짐승 한 마리가 서 있었다.

하반신은 양처럼 아름다운 흰색 털이 촘촘히 나 있다. 털이 탐스럽게 난 꼬리를 흔들며 발굽이 있는 두 다리로 바닥을 탁탁 차고 있었다. 그런데 그 상반신에는 사람의 젖가슴이 흔들렸다. 빛나는 매끄러운 피부, 우리를 손짓해 부르는 우아하고 아름다운 팔, 그리고 방긋 웃는 아름다운 여자 얼굴. 몸은 짐승이고 얼굴은 사람인 요녀였다.

요녀는 가까이 서 있는 내 손을 잡더니 발굽 달린 발을 탁탁 두드리며 춤추면서 나를 계속 끌고 갔다. 다음에는 이 아름다운 짐승이 우리를 안내하는 모양이다. 이끌려가는 내 뒤로는 넋이 나간 기계인형 같은 양복 차림을 한 사내 다섯 명이 비틀비틀 따라왔다.

우리는 그 뒤에 무엇을 보았는가. 그걸 하나하나 여기 적을 수도 없지만 설사 그럴 수 있다고 해도 내 글솜씨로는 해낼 수 있는 일이 아니다. 간단하게 이야기하면 우리가 본 것은 온갖 기괴함과 요염한 아름다움이 뒤섞인 광기의 나라, 몽환의 나라, 천국과 지옥이 함께 연주하는 교향악이라고나 해야 할 광경이었다.

어떤 암굴 안에서는 여자 몸을 한 뱀이 똬리를 틀고 녹여버릴 듯한 눈으로 우리를 노려보았다. 앞에서 이야기한 바위기둥 위에서는 2미터 가까이 되는 흰색 도마뱀이 그 아래를 지나는 우리를 향해 아름다운 여자 얼굴을 하고 웃어 보였다.

어떤 곳에서는 사람 얼굴에 짐승 몸을 지닌 갖가지 기괴한 짐승들이 서로 뒤엉켜 밀치락달치락하며 야릇한 몸싸움을 벌였다.

그런 수많은 아찔한 광경을 둘러본 뒤 우리는 동굴의 어떤 구덩이 앞으로 끌려갔다. 네 평쯤 되는 넓이일까? 그 구덩이 안에는 화톳불이 타오르고 있었다. 그 안에서 너무도 이상한 것이 어렴풋이 모습을 드러냈다.

그 암굴 한가운데에는 상상하기 힘든 이상한 모양의 침대가 놓여 있었다.

희미한 불빛으로는 제대로 분간할 수 없지만 그 커다란 침대에는 열 개도 넘는 다리가 달려 있었다. 그런데 그 다리가 쇠막대가 아니라 매끄러운 사람 손과 발 모양을 하고 있었다. 게다가 그 손발은 살아 있는 것처럼 꼼지락꼼지락 움직이기까지 했다.

"아니!" 하고 놀라며 두근거리는 가슴을 안고 다시 자세히 보니, 그 침대에는 군데군데 마치 조각 무늬처럼 여자의 웃는 얼굴이 보였다. 실제로 살아서 웃고 있었다. 아니, 얼굴뿐 아니다. 침대 표면에는 헤아릴 수 없을 만큼 젖가슴이 많이 보였다. 그리고 볼록볼록 쿠션처럼 부푼 복부도 보였다. 물론 등짝과 허리 부분도 보였다.

나중에 알게 된 사실이지만 그 침대는 살아 있는 미녀 일곱 명으로 조립한 침대였다. 미녀들 중 어떤 여자는 네발로 기고, 어떤 여자는 활처럼 몸을 뒤로 젖히고, 복부를 위로 향한 다음 손과 발을 활짝 벌린 모습이었다. 어떤 미녀는 한쪽 무릎을 꿇고 다른 사람의 머리를 떠받치는가 하면 어떤 여자는 다른 사람의 손발 사이로 머리를 내밀었다. 침대 표면에는 작은 틈도 없어 미묘하게 튀어나오고 들어간 유연한 침대 모양을 이루었다.

그 따스한 침대 위에는 그리스 조각의 아도니스 같은 잘생긴 청년이 허리 부분에 무슨 짐승 가죽을 두른 것 말고는 아무것도 입지 않고 벌거벗은 채 큰대자로 누워 있었다.

그렇다, 저 청년의 얼굴은 어디선가 본 적이 있다.

우리 여섯 명은 무심코 의아하다는 눈길을 나누었다.

아아, 그렇다. 그 녀석이다. 아사부에 있는 서양식 저택에서 우리에게 마취제가 든 시가와 홍차를 권했던 그 청년이다. 살인마 오소네 류지, 바로 그였다.

그제야 생생한 현실 세계의 기억이 우리 머릿속에 되살아났다. 동굴 속에서 본 세계가 너무나 이상한 나머지 그만 까맣게 잊었던 악마의 음모가 또렷하게 기억났다. 그렇다. 우리는 저 녀석에게 유괴당해 이리로 끌려왔다. 그리고 도저히 이해할 수 없는 미치광이 나라는 그놈이 이야기하는 '대암실'이었다.

"하하하……. 여러분 어떻습니까, 이 별천지가?"

아도니스는 여성들이 몸으로 만든 침대에서 천천히 일어나 우리 앞으로 다가왔다. 그런데 이 악마는 참으로 잘생겼다. 그리고 몸도 유연하다. 이 정도로 아름답다니, 그가 가극의 프리마돈나 하나비시 란코로 변장했을 때 다들 감쪽같이 속아 넘어간 것도 이상한 일이 아니다.

"아니, 왜 그리 멍하니 계십니까? 많이 놀라셨나요? 하하하……, 여러분 나는 아주 유쾌하군요. 어지간해선 동요하지 않는 신문기자 여러분을 이토록 깜짝 놀라게 했나 싶은 생각이 들어서.

내가 창조한 이 세계가 멋지지 않습니까? 이런 세계가 지구상 어디에 있겠습니까? 그저 시인들이 상상 속에서 노래하던 세계죠. 꿈의 나라입니다. 무섭지만 감미롭기 짝이 없는 악몽의 세계죠."

청년은 연설하는 사람처럼 몸짓을 섞어가며 아름다운 목소리로 말을 이었다.

"이건 내 천국입니다. 하지만 지하에 있는 천국은 없죠. 맞습니다. 여긴 지옥이죠. 이 지옥이야말로 내겐 천국 이상입니다.

여러분은 여러 모습으로 바뀐 아름다운 여자들을 보셨겠죠? 물론 이미 아실 테지만 그 여자들은 모두 내가 지상 세계에서 데려왔습니다. 여기 있는 이 침대도 마찬가지입니다. 알기 쉽게 이야기하자면 소용돌이 도적이 유괴한 여자들이죠.

나는 그들 가운데 어떤 여자에게는 날개를 달아 인공적인 여신으로 만들었습니다. 어떤 여자에겐 비늘을 입혀 인공적인 인어로 만들었죠. 그리고 큰 뱀도 만들었고, 반은 사람이고 반은 짐승인 괴물도 준비했습니다.

아니, 그 여자들뿐만 아니죠. 이 지옥 자체가 모두 내가 창조한 인공적인 세계입니다. 이 울퉁불퉁한 바윗돌도 그렇고, 저 뜨거운 물이 담긴 연못은 물론 허공에 뜬 오로라까지 몽땅 만든 겁니다.

이 나라에는 전기까지 끌어 들였죠. 나는 산 사람도 훔쳐내는 능력이 있습니다. 전력회사 고압선에서 전기를 슬쩍하는 정도는 식은 죽 먹기 아니겠습니까?

그러나 나는 그 전기를 조명에는 쓰지 않습니다. 일부러 옛날 분위기 나게 화톳불과 횃불만 쓰기로 했죠. 여자들이 말하지 못하도록 한 것도 마찬가지로 내 취향입니다. 어두컴컴한 세계, 목소리를 내지 않는 벙어리의 세계. 악마의 천국에 아주 잘 어울리지 않습니까?

전기는 여러 장치의 동력으로 사용하는 것 이외에는 지하 세계의 온도를 일정하게 유지하고 연못 물을 데우고 오로라를 벽에 비추는 광원으로 쓸 뿐이죠.

내가 만든 여신이 어떻게 하늘을 날 수 있을까요? 물론 나는 게 아니죠. 그 부근 천장에는 어지간해서는 잘 보이지 않는 그네가 여러 개 걸려 있습니다. 여러분은 내가 공중곡예의 명수라는 사실을 압니까? 난 따분할 땐 이 바윗돌 위를 원숭이처럼 뛰어다니거나 철사로 만든 그네를 타고 날아다니며 공중곡예를 실컷 즐기죠."

"그럼 그 음악은?"

기자 한 명이 못 참겠다는 듯이 질문했다. 우리는 이 이상한 지하왕국의 분위기와 영웅처럼 우뚝 선 미청년의 모습에 매혹되어 어느새 유명한 인물을 인터뷰하는 기분이 들었다.

"나는 오케스트라 단원들도 거느리고 있죠. 그 사람들이 여기서는 보이지 않는 곳에서 연주하는 겁니다.

그 곡은 내가 작곡한 악마의 나라 심포니죠. 어떻습니까? 마음에 듭니까?

내 연주자들은 모두 유괴된 것만은 아닙니다. 그 가운데는 엄청난 보수에 마음이 동해 일정 기간 지상의 세계로 돌아가지 않겠다는 약속을 하고 고용된 사람도 있죠."

"그럼 대체 이 동굴은 어디에 있는 겁니까? 도쿄에서 얼마나 떨어진 곳이죠?"

기자들은 종이와 연필을 꺼낼 기세였다.

"하하하……, 곧 알게 될 겁니다. 생각보다 아주 가까울지도 모르죠."

"가깝다니, 도쿄 부근에 이런 산 같은 곳은 없잖아요?"

"산이라고요? 산속이 아니면 동굴을 팔 수 없다고 생각하시기라도 합니까?"

"엥? 그럼, 산이 아니라 평지에 이런 동굴을 팠다는 거요?"

"이 세계는 모두 인공적으로 꾸민 거라고 했잖습니까. 돈의 힘이죠. 내겐 아버지가 물려준 1백만 엔에 가까운 돈이 있었죠. 그것만으로도 이 악마의 나라를 건설하기로 마음먹기에 충분했습니다. 그런데 최근 또 수천 만 엔어치나 되는 금괴를 손에 넣었죠. 나는 천만장자입니다. 아니, 억만장자죠.[84] 지하왕국을 건설하려는 내 계획이 꼭 무모하지만은 않을 겁니다.

그렇습니다. 난 여기에 악마의 나라를 세웠습니다. 암흑의 세계에 군림한 거죠. 그리고 지상의 현실 세계와 한바탕 전쟁을 벌이는 중입니다."

청년은 의기양양하게 외쳤다.

"나는 뛰어난 전문 기술자와 수십 명이나 되는 토목 공사 노동자들을 매수했죠. 그 사람들 또한 평생 벌 돈에 해당하는 보수에 눈이 멀어 일정한 기간 지하왕국 노동자가 된 겁니다. 실제로 그 사람들이 어떤 공사를 하고 있는지 곧 보게 될 겁니다."

"그럼 여기 있는 여자들도 돈에 눈이 멀어 이런 비참한 생활을 견디는 거요? 유괴당한 사람들 가운데는 번듯한 집 자녀도 있을 테고 교양 높은 여성도 있는 걸로 기억하는데."

"하하하……, 그 여자들은 돈 때문에 움직이는 게 아닙니다. 이 세상을 진정으로 즐기는 거죠. 부모를 버리고 집도 버리고 여기서 편히 지냅

---

84 '1백만 엔에 가까운 돈이 있었죠~나는 천만장자입니다. 아니, 억만장자죠'가 〔슌〕에는 '엄청난 자금력이 있었죠. 그것만으로도 이 악마의 나라를 건설하기로 마음먹기에 충분했습니다. 그런데 최근 또 그것의 몇 십 배나 되는 금괴를 손에 넣었죠. 나는 억만장자입니다'로, 〔도〕에는 '엄청난 자금력이 있었죠. 그것만으로도 이 악마의 나라를 건설하기로 마음먹기에 충분했습니다. 그런데 최근 또 그것의 몇 십 배나 되는 금괴를 손에 넣었죠. 나는 천만장자입니다'로 되어 있다. – 해제

니다. 악마의 나라 마술에 걸린 거죠.

만약을 대비해 그 여자들에겐 모두 족쇄를 채워 도망가지 못하도록 해 두었는데 대부분 그럴 필요도 없죠.

이곳은 감미로운 꿈의 세계입니다. 도취할 만한 놀이와 맛있는 음식이 있고 마음껏 게으름을 피울 수도 있죠. 그리고 사랑도 있습니다.

하하하……, 사랑요. 그 여자들은 한 명도 예외 없이 나를 사랑합니다. 내 곁에서 떠날 수 없는 거죠. 난 뇨고노시마(女護島)[85] 섬에 있는 단 한 명의 남자인 셈이죠."

아아, 우리는 미치광이의 나라에 들어온 것이다.

이 잘생긴 청년은 인간이 아니다. 마귀다. 단 한순간도 이 세상에 존재해서는 안 될 악마다.

하지만 아무리 분개해본들 여기는 그가 군림하는 왕국이다. 우리는 수갑과 족쇄를 찬 이 왕국의 죄수에 지나지 않는다.

"그래, 이게 당신이 이야기하는 대암실이라는 거요?"

누군가가 화를 억누른 목소리로 비아냥거리듯 물었다.

"그렇습니다. 이게 대암실이죠. 그러나 지금까지 여러분이 보신 것은 그 일부에 지나지 않습니다. 내 대암실에는 또 다른 세계가 있죠. 여기를 가령 땅속 천국이라고 한다면 또 다른 세계는 진짜 지옥입니다.

사실 내가 여러분을 이리 초대한 까닭은 그 지옥을 보여드리고 싶었기 때문입니다.

---

[85] 뇨고노시마 또는 뇨고가시마라고도 한다. 일본 전설에 나오는 지명으로 여성들만 사는 섬을 말한다. - 역주

자, 그럼 이제 그 세계로 안내해드릴까요?"

알몸을 한 아도니스 같은 미청년은 싱긋 미소를 지으며 우리에게 정중하게 고개를 숙여 인사했다.

지옥도[86]

여자처럼 매끄러운 오소네 류지의 하얀 등이 바로 앞에 보였다. 우리 여섯 명은 그가 안내하는 대로 마계의 지옥으로 더 들어갔다.

바위를 파서 낸 지하도가 터널처럼 좁아졌다. 그 지하도를 한동안 걸으니 쇠로 만든 검은 문이 앞을 가로막았다.

"이게 지옥의 문입니다. 곧 열릴 겁니다."

오소네는 우리를 돌아보며 빙긋 웃었다. 마치 박물관이라도 안내하듯 가벼운 말투였다. 그는 하얀 주먹을 쥐고 그 커다란 철문을 쿵쿵, 쿵쿵 쿵 하고 묘한 박자로 두드렸다.

그러자 쇠붙이가 마찰하는 끼익하는 소리와 함께 철문이 천천히 열렸다. 그리고 그 안쪽 어둠 속에서 이상한 인물이 얼굴을 내밀었다. 아니, 얼굴을 내민 게 아니었다. 얼굴이 없는 인물이 내다보았다는 표현이 더 정확할지도 모르겠다.

멀리서 타오르는 화톳불에 반사되어 어렴풋이 드러난 그 인물은 얼핏 보았을 때는 깜짝 놀랄 만큼 거대한 문어 같았다. 우미보즈[87]처럼 머리

---

86 〔초〕에는 '천국과 지옥', '지옥도', '고문굴' 세 개의 작은 장으로 나뉘어 있다. – 해제
87 바다에 사는 요괴로 대개 밤중에 고요한 바다에서 불쑥 솟아올라 배를 부순다. 아주 큰 검은 민머리를 지닌 괴물로 묘사된다. – 역주

카락도 없고 눈썹도 없는데 몸집에 비해 머리가 엄청나게 컸다.

인어를 비롯해 얼굴만 사람일 뿐 몸이 짐승인 여러 괴물을 본 뒤라서, 이 또한 정체 모를 짐승 같은 게 아닐까 하면서도 저절로 달아날 자세를 취했다. 그러다가 자세히 보니 그 남자는 마치 잠수부들이 쓰는 구릿빛 둥근 그릇 같은 걸 머리에 뒤집어쓴 것이었다. 그 옛날, 귀한 신분을 타고난 프랑스 사람이 평생 쓰고 지냈다는 무시무시한 철가면을 떠올리게 하는 기이한 가면**88**이었다.

그때는 어두워서 알아볼 수 없었지만 나중에 알게 된 바에 따르면 그 가면에는 귀와 눈과 입 부분에 구멍이 뚫려 있었다. 입 구멍 쪽에만 경첩이 달린 덮개가 붙어 있어 음식을 먹을 때만 열 수 있도록 만들어진

▲ 우타가와 구니요시(歌川国芳, 1797~1861)가 그린 우미보즈. - 역주
88 17세기에 프랑스의 바스티유 지하 감옥에 갇힌 수수께끼의 정치범을 말한다. 강제로 철가면(실제로는 검정 벨벳이라고 한다)을 쓴 채 살았다고 한다. 알렉상드르 뒤마의 소설 《다르타냥 이야기》 3부 〈브라쥘롱 자작〉(1850)에서 루이 14세의 쌍둥이 형으로 묘사해 유명하다. - 역주

가면이었다. 결국 이 지하 세계의 규칙에 따라 말을 하지 못하게 만들기 위한 장치였다.

우리가 깜짝 놀라 우두커니 서 있는 사이에 문은 활짝 열렸다. 그 문어 같은 인물은 옆으로 물러서서 우리에게 아니, 우리가 아니라 지하왕국의 임금님인 오소네 청년에게 공손히 고개를 숙였다. 지나치며 보니 그 남자는 푸른색 기술자 차림이었다.

"여러분, 저 남자를 보았습니까? 내 부하 가운데 한 명입니다. 이 지옥에는 저런 남자가 무려 1백 명 가까이 삽니다. 그리고 내 명령에 따라 여러 가지 일을 하죠.

하하하……, 지옥 주민에겐 인간의 얼굴이 없습니다. 누구나 똑같이 구리로 만든 둥근 얼굴뿐이죠. 서로 친해지거나 이야기를 나누지 못하도록 하기 위해서입니다. 나는 말이죠, 처음엔 여러분에게도 저걸 씌울까 생각했습니다. 그걸 씌워놓고 내 영토를 안내할 생각이었죠. 하지만 그건 너무 심한 것 같아서……. 하하하…….

여러분, 들립니까? 저 엔진에서 나는 폭음 같은 소리가? 오토바이가 달리는 게 아닙니다. 굴착기예요. 바위를 쪼개 내 영토를 넓히는 중이죠. 밤낮없이 그 작업이 이어지는 중입니다. 곧 보게 되겠죠."

오소네는 자랑스럽게 설명하고 우리를 동굴 안쪽으로 안내했다. 오토바이가 내는 요란한 소리와 똑같은 폭음이 저 멀리서 귀울림처럼 으스스하게 쉴 새 없이 들려왔다.

터널을 10미터쯤 나아가자 양쪽 바위 사이가 점점 멀어지더니 약간 넓은 곳으로 나왔다. 이 지옥에서는 처음으로 여기저기 도깨비불 같은 화톳불이 보였다. 화톳불은 붉은 불길을 활활 토하며 횃불 없이도 걷기에 지장이 없을 만큼 표식 역할을 했다.

"보세요. 여기 죄수 두 명이 있습니다. 이 나라에도 감옥이 있죠."

그 말을 듣고 보니 거기에는 바위를 깊숙하게 파서 만든 구덩이가 있었고 그 입구에는 튼튼한 철창이 끼워진 모습이 화톳불 불빛에 흐릿하게 보였다.

잘 보이지 않지만 철창 안쪽에 양복 같은 것을 입은 두 사람이 역시 그 문어 같은 가면을 쓴 채 힘없이 웅크려 있었다.

"여러분은 백만장자 쓰지도 노인을 아시죠? 그 사촌동생인 호시노 세이고로도 아실 테고. 두 사람 모두 신문에 행방불명으로 보도된 인물이죠. 저기 갇혀 있는 사람이 바로 그 쓰지도와 호시노 세이고로입니다. 물론 내가 이리 끌고 온 거죠.

하하하……, 여러분 표정이 묘하군요. 살인을 즐기는 내가 왜 저 두 사람만 살려두는지 이상하다고 생각하는 거죠?

죽이지 않는 이유가 있죠. 저 두 사람은 내게 몇 천만 엔이나 되는 보물이 있는 곳을 가르쳐준 대단한 은인이니까요. 저들 덕분에 나는 이 지하왕국을 이만큼 확장할 자금을 얻었으니까.

아니, 그뿐만 아닙니다. 저들을 이렇게 살려두는 데는 더 중대한 이유가 있습니다.

그건 곧 알게 될 텐데, 이 두 노인은 사실 고문 도구입니다. 어떤 아름다운 여성을 고문하기 위해 없어서는 안 될 도구죠."

오소네 류지는 우리가 알아듣기 힘든 이야기를 하며 악마의 미소를 지었다. 그리고 그 이상한 감옥 앞을 떠나 천천히 걸으며 말을 이었다.

"아, 고문 이야기가 나와서 하는 말인데, 지금부터 여러분에게 내가 만든 지옥의 피 연못과 바늘 산을 보여드리려고 합니다. 아니, 여기 핏물이 가득한 연못이나 바늘이 빽빽하게 꽂힌 산 같은 그런 원시적인 것이 있을 리 없죠. 더 무서운 겁니다. 진짜 지옥이죠. 예를 들면, 이걸 보시죠."

붉게 타오르는 도깨비불 같은 화톳불 앞에 멈춰 서서 그가 가리키는 곳을 보았다. 그곳은 바위 일부분을 파내 검푸르게 물이 고여 있는 물밑 바닥의 단면이 노출되어 있었다. 사방 2미터가 조금 안 되는 두툼한 유리판 너머에 갖가지 해초가 요녀의 머리카락처럼 뒤엉켜 출렁출렁 흔들리는 모습이 보였다.

"수족관 같죠? 하하하……, 하지만 이 수조에 물고기 같은 건 없습니다. 더 아름다운 것이 살죠. 잠시 잘 들여다보세요."

우리 눈앞에는 헤아릴 수 없이 많은 수의 무성한 다시마가 거대한 검은 생물처럼 기분 나쁘게 흔들리고 있었다.

바위 전체는 밤처럼 어두컴컴했지만 가운데 놓인 수조의 유리 안쪽에만 무슨 조명이 설치되어 있는 모양이었다. 다른 부분과 달리 마치 영화 스크린처럼 조금 밝게 보였다.

우리는 도대체 그 수조 안에 뭐가 살고 있다는 건가, 하며 호기심에 이끌려 난생처음 수족관을 구경하는 어린애처럼 가만히 유리 안쪽을 들여다보았다.

약 5분쯤 그러고 있는데 갑자기 어떤 거대한 생물체가 움직이기라도 한 듯 다시마들이 폭풍이 부는 것처럼 흔들렸다. 바닥의 고운 모래도 뭉게뭉게 구름처럼 솟아올라 수조 전체가 불투명해져 거무스름하게 탁해지고 말았다.

뭔가 있는 모양이라는 생각이 들어 우리는 얼굴이 거의 유리에 닿도록 들이대고 그 불투명한 물속을 열심히 들여다보지 않을 수 없었다.

보고 있으니 다시마 숲 한가운데가 좌우로 갈라지고 그 사이로 새카맣고 가느다란 한 줄기 해초가 흔들흔들 흔들리면서 나타났다.

이상하게도 그 가느다란 해초는 뿌리가 없는지 30센티미터 조금 넘을 정도의 폭을 지닌 한 가닥만 점점 유리 쪽으로 다가왔다. 해초가 아니었다. 뭔지 몰라도 기분 나쁘게 생긴 동물이었다. 마치 여자 머리카락처럼 길게 늘어진 검은 생물이었다.

문득 그 이상한 해초 오른쪽, 다시마 숲 사이로 뭔가 새하얀 다른 생물체가 꼼지락꼼지락 촉수를 움직이더니 역시 이쪽으로 다가왔다. 창백한 사람 손 같았다. 다섯 개의 촉수가 마치 사람 손가락처럼 뻗었다 움츠렸다 하며 움직였다.

어라, 이쪽에서도 또! 이번에는 왼쪽이었다. 마찬가지로 사람 손 같은 것이 다시마 줄기를 헤치고 꼼지락꼼지락 움직이며 앞으로 나왔다. 마치 숨이 끊어지기 직전에 허공을 움켜쥐며 허우적거리는 사람의 손가락과 똑 닮았다.

그 검은 해초는 이미 우리 바로 앞, 유리판 30센티미터쯤 앞까지 다가왔다. 그리고 이번에는 해초 뿌리가 떠오르기라도 한 듯 조금씩 위로 솟아올랐다. 그 뿌리가 있던 부분에서 하얀 것이, 무엇인지 몰라도 커다랗고 창백한 것이 쑥 하고 우리 눈앞에 나타나 무서운 속도로 유리를 향해 돌진해 왔다.

오오, 거기에는 커다란 두 눈이, 원한으로 불타오르는 두 눈이, 접시처럼 크게 뜬 두 눈이 번쩍번쩍 빛나고 있는 게 아닌가. 그리고 새빨간 입술이, 고통으로 일그러진 입술이!

물속에서 고통스러워하는 미녀의 얼굴. 두 개의 손은 바로 그 미녀의 손이었다.

내가 태어나서 그토록 아름답고 그토록 슬픈 얼굴을 한 번이라도 본 적이 있던가?

말로 표현하기 힘든 물속의 얼굴은 이제 유리에 찰싹 달라붙었다. 아름다운 입술은 두 마리 거머리처럼 유리 표면을 기어 다녔다. 마치 거기서 공기를 빨아들이기라도 하는 듯했다.

입술 사이로 진주처럼 고운 치열을 드러내며 숨쉬기 고통스러운 듯 연체동물 같은 빨간 혀를 토해냈다.

두 눈은 우리를, 아니, 악마 오소네 류지의 아름다운 얼굴을 유리 너머로 뚫어지게 바라보았다. 그리고 더는 크게 뜰 수 없을 만큼 부릅뜨고는 이글거리는 눈빛을 쏘아 보냈다.

두 손도 얼굴과 마찬가지로 유리판에 대고 무서운 속도로 주먹을 쥐었다 펼쳤다 하는 동작을 반복했다. 그러다 마침내 이게 마지막이라는 듯 푸르르 경련을 일으키더니 아름다운 얼굴을 유리판에서 살짝 떼었다. 그리고 도저히 상상도 할 수 없을 저주의 절규를 짜내듯 붉은 입술은 깜짝 놀랄 만큼 크게 쩍 벌어졌다. 그 하얀 잇바디 사이로 수많은 기포가 아름다운 오색 비눗방울처럼 계속해서 수면을 향해 솟아올랐다.

우리는 오소네의 이른바 '지하 극락'에서 연못 속을 헤엄치며 노니는 아름다운 인어들을 보았다. 하지만 이 '지하 지옥'에서는 같은 인어지만 노니는 게 아니라 당장에라도 질식해 죽을 듯 물속에서 몸부림치며 고통스러워하는 인어를 보았다.

바위를 파내 물을 담아 유리로 막은 수조 안에서 다시마와 미역 등 거인의 머리카락처럼 흔들리는 갖가지 해초 사이에서 젊고 아리따운 여성이 당장 죽을 듯 몸부림치는 모습은 무섭기도 하고 참혹하기도 해, 도저히 눈 뜨고 볼 수 없을 지경이었다.

벌거벗은 악마 오소네 류지는 그 미녀가 괴로워하는 모습을 한껏 지켜본 뒤, 이윽고 바위 표면에 설치된 검은 단추 같은 것을 눌렀다. 그러자 수조 위에서 철제 갈퀴 두 개가 물속으로 쑥 내려와 몸부림치는 미녀의 복부를 양쪽에서 잡더니 그대로 물 위로 건져 올렸다. 마치 정체를 알 수 없는 거대한 짐승의 촉수가 먹이를 낚아채는 모습처럼 무시무시한 광경이었다.

"여러분, 인어를 구경하라는 게 아닙니다. 저건 지하왕국의 고문이죠. 지상에서 데려온 여자 가운데 드물게 아주 고집스러운 경우가 있죠. 그런 여자를 길들이기 위한 수단입니다.

나는 온갖 고문 도구를 갖추고 있죠. 지금 본 '인어 고문'은 가장 무거운 처벌 가운데 하나입니다. 저렇게 해서 질식해 죽기 직전에 건져내 그래도 이곳 규칙을 따르지 않겠다면 다시 두 번이건 세 번이건 '인어 고문'을 반복합니다.

그럼 다음에는 이 나라의 고문실을 보여드리죠. 여기서는 여자만이 아니라 이곳 주민 가운데 규칙을 어긴 자라면 노동자건 누구건 모두 이 기계 신세를 지게 됩니다."

　아도니스처럼 잘생긴 악마는 그런 소리를 하면서 우리를 동굴 더 안쪽으로 데리고 들어갔다.

　거기에는 지옥의 화톳불이 조그맣게 타오르고 있었다. 그 불빛을 받으며 나무로 만들었는지 쇠로 만든 것인지 알 수 없는 거대한 도구가 헤아릴 수 없이 많이 진열되어 있었다.

　지름 3미터 남짓한 수레바퀴 같은 것이 나무로 만든 축받이에 걸려 바닥에 닿을 듯 말 듯 걸려 있었다. 바퀴의 폭은 30센티미터 남짓했는데 그 표면에는 빼곡하게 뾰족뾰족 빛나는 쇠로 만든 굵은 바늘이 달려 있었다. 바퀴 아래 바닥에는 두툼한 판자 한 장이 깔렸는데 그 표면에도 지옥의 바늘 산처럼 끝이 뾰족한 쇠 돌기가 잔뜩 돋아 있었다.

　오소네가 독살스러운 말투로 설명한 바에 따르면 그것은 유럽 중세시대의 종교재판에서 쓰던 고문 도구를 본떠 만든 것으로, 수레바퀴에 발가벗긴 사람을 묶어 천천히 돌리면 쇠 돌기가 살에 닿아 살갗을 찢어 살을 도려내게 하는 장치라고 한다. 그는 그걸 '수레 고문'이라고 불렀다.

　다음에는 한쪽 변이 5, 6미터쯤 되는 공간 네 모퉁이에 토목공사용 도르래 같은 것 네 개가 바위에 박혀 있었다. 역시 서양 중세시대 고문 도구 가운데 하나로 '도르래 찢기'라는 고문을 위한 도구라고 한다. 사람의 손과 발을 하나씩 묶고 그 밧줄 끄트머리를 사방에 박힌 도르래에 감아 잡아당긴다. 능지처참이나 소와 말을 이용해 사지를 찢는 형벌과 비슷한 고문이리라.

그 맞은편에는 나무로 만든 커다란 십자가가 서 있었다. 하지만 책형(磔刑)[89]을 위한 도구는 아니다. 책형보다 더 무서운 '거꾸로 매달기' 고문 도구다. 십자가의 가로대에는 두레박줄을 거는 작은 바퀴가 달려 있고 거기에는 굵은 밧줄이 걸려 있었다. 그 밧줄 끝에 사람의 발목을 묶어 머리를 아래로 향하게 하고 허공에 매달아, 온몸의 피가 역류해 발버둥치며 괴로워하다가 죽음 직전에 이르도록 고문하는 장치라고 한다.

그 옆에는 프랑스혁명 시절에 유행했다는 '물고문' 장비가 보였다. 십자가를 바닥에 눕힌 모양의 목제 받침대 위에 사람을 묶어 꼼짝 못 하게 만든 다음, 지옥의 옥졸 가운데 한 명은 커다란 물병을 들고, 다른 옥졸은 가죽으로 만든 깔때기 같은 것을 들고 그 끄트머리를 받침대에 묶인 사람 입에 밀어 넣은 다음 계속 물을 붓는 고문 도구다. 쉴 새 없이 물을 부어 위와 장이 허락하는 한, 아니 나중에는 배가 터질 지경이 될 때까지 계속 먹인다. 우리는 그 가죽 깔때기를 보고 너무 끔찍해 저도 모르게 몸을 부르르 떨었다.

어느 곳에는 오두막 같은 움막을 파고 그 위에 거대한 시계추 같은 것을 매달아두었다. 자세히 보니 시계추 끝이 날카로운 칼날로 되어 있었다. 그 망나니 역할을 하는 진자가 한 번 흔들릴 때마다 움막 바닥에 묶인 피해자의 살을 조금씩 더 깊게 파고드는 장치였다.

또 그 움막 바닥에는 오래된 우물 같은 구멍이 뚫려 있었는데 그 안에

---

89 죄인을 기둥이나 판자에 묶어 창으로 찔러 죽이는 무거운 형벌을 말한다. - 역주

수많은 쥐를 기르고 있다고 한다. 굶주린 쥐 떼가 우글우글 피해자의 몸으로 기어오르는 공포, 여성이라면 더욱 견디기 힘든 고문이 틀림없다.

하지만 그런 수많은 고문 도구에 대해 하나하나 여기 적을 수는 없다. 간단하게 이야기하면 그곳에는 동서양 고문 역사에 기록된 모든 기괴한 고문 도구뿐 아니라 종교적 상상인 지옥도나 옛날이야기에 등장하는 온갖 고문 도구가 빼곡했다.

진기한 것은 서양 형벌 역사에 이름 높은 '철의 처녀',[90] 고문용 기괴한 가면 종류부터 작은 것으로는 생손톱을 뽑을 때 쓰는 작은 못뽑이에 이르기까지 없는 것이 없어 갑자기 고문박물관에 들어온 느낌이었다.

그런 크고 작은 끔찍한 고문 도구가 거무스름한 바위를 배경으로 붉은 화톳불 불빛을 받아 어슴푸레 모습을 드러낸 광경은 음산하고 귀기가 느껴졌다. 그리고 '지옥'이란 이름이 그럴싸하다며 괴물 오소네의 끝 모

---

90 중세 유럽에서 형벌과 고문에 사용된 도구로 유명하다. 상상 속의 고문 도구를 재현한 것이라는 주장도 있다. 약 2미터 크기로 성모 마리아를 본떠 만들었다고 한다. 도구 안에 사람을 밀어 넣고 문을 닫으면 내부에 있는 가시에 온몸이 찔리게 된다. 1857년에 독일에서 전설을 참고하여 만든 모조품이 유명하다. – 역주

▲ 일본 메이지 대학 박물관에 전시된 '철의 처녀' 복제품. – 역주

를 잔학성에 그저 몸서리칠 뿐이었다.

"하하하……, 여러분. 그렇게 낯빛이 변하지 않아도 괜찮습니다. 나는 이 도구로 사람을 죽인 게 아니니까요. 고문조차 거의 한 적이 없어요. 여자들에게 이 도구를 한 번 보여주고 사용법을 설명하기만 해도 부들부들 떨며 이 지하왕국의 규칙을 잘 지키게 되니까요. 극락의 하늘을 날거나 연못에서 헤엄치는 여자는 모두 한 차례 이 도구를 구경했습니다. 그렇게 해서 극락의 생활과 비교해보고 내 연인이 되면 얼마나 즐거운지 확실하게 깨닫게 된 거죠.

그럼 이 지옥에서 가장 무서운 곳을 구경합시다."

아도니스 청년은 그렇게 내뱉고 한쪽에 있는 좁은 동굴 안으로 걸어갔다.

아아, 이 고문실보다 더 무서운 지옥이라니. 대체 어떤 곳일까? 우리는 발길이 떨어지지 않았지만 이제 와서 머뭇거려본들 아무 소용없다. 지하왕국의 포로가 신변 안전을 지킬 수단은 그저 임금님의 명령에 따르는 길 이외에는 없다.

우리는 서로 앞장서라고 양보하면서 오소네 류지의 아름다운 알몸을 놓치지 않으려고 동굴의 좁은 길로 들어섰다.

거대한 음모

동굴은 군데군데 미로처럼 갈라지는 길 입구를 지나 한없이 이어졌다.

완만한 비탈길을 올라 안쪽으로 깊이 들어가니 양쪽 바위는 붉은 흙으로 변하고 점점 지반이 물러지는 듯했다. 그 부근부터는 마치 광산의 갱도처럼 벽과 천장을 연결한 굵은 목채들이 천장을 떠받치고 있었다. 완전히 탄광에 들어선 느낌이었다.

이윽고 구불구불한 언덕길을 1백 미터쯤 걸은 느낌이 들었을 때 불쑥 오소네가 멈춰 서더니 우리를 돌아보았다.

"여러분, 여기 사다리가 있습니다. 칸이 좁으니 족쇄를 찬 상태여도 문제없이 올라갈 수 있을 겁니다. 다만 미끄러지지 않도록 조심하세요. 저 위에 아주 중요한 내 비밀이 하나 있으니까요."

그러더니 오소네 류지는 동굴 벽에 달라붙었다. 거의 90도로 경사진 철 사다리를 하얀 원숭이처럼 오르기 시작했다. 우리도 할 수 없이 그 뒤를 따랐다. 그런데 놀랍게도 그 위에는 천장을 뚫고 수직으로 난 갱도가 있어 철 사다리는 계속 위를 향해 뻗어나갔다.

사다리를 오르며 아래를 보니 바닥은 캄캄해 아무것도 보이지 않았다. 무한한 나락처럼 느껴져 한 칸을 오르는 데도 온몸에 식은땀이 흘렀다. 실제 높이는 채 10미터도 되지 않았을 텐데 어둠 때문에 20, 30미터쯤으로 느껴졌다. 게다가 사다리를 다 오르면 어떤 무서운 것이 기다리고 있을지 모르니 거의 죽을 맛이었다.

다 올라가니 세 평쯤 되는, 천장이 낮은 움막이 있었다. 그 한가운데서 작은 광산용 안전등 딱 하나가 희미하게 주위를 비추었다. 우리는 오소네를 따라 움막으로 올라갔다. 그리고 어떤 무서운 괴물이 있는지 조심스럽게 둘러보았다. 하지만 특별히 이렇다 할 것은 보이지 않았다. 다만 한쪽 벽에 다듬기만 하고 색칠은 하지 않은 커다란 나무 팻말이 붙어 있었다. 거기에는 굵은 글씨로 '××백화점'이라고 적혀 있었다. 그리고 한쪽 구석에 커다란 나무상자 하나가 있을 뿐이었다.

우리가 이상하다는 표정으로 서로 얼굴을 마주 보며 말없이 서 있자 오소네 유지는 의아한 듯 우리를 빤히 바라보더니 갑자기 낮은 목소리로 웃기 시작했다.

"으흐흐……. 6대 1인가? 기가 막힌 찬스로군요. 어떻습니까? 당신들 여섯 명이 달려들어 나를 붙잡는 건. 후후후……. 그런데 말이죠, 잘 보세요. 나는 이 스위치를 쥐고 있습니다. 여러분이 달려드는 게 빠를지 이 스위치를 누르는 게 빠를지. 한번 겨뤄볼까요?"

오소네 류지는 흉악한 미소를 지으며 나무상자 옆 벽에 달린 작은 전기 스위치를 쥐었다. 아까 오소네가 설명한 대로 이 지하왕국에는 지옥 효과를 내기 위해 일부러 전등을 켜지 않을 뿐, 훔친 전기를 들여오는 전선이 동굴 안 곳곳에 연결되어 있었다. 여기에도 스위치가 있으니 역시 그 전선이 들어온 상태인 듯했다.

"아니, 우리는 그런 무모한 짓은 하지 않습니다. 설사 당신을 우리 포로로 삼는다고 한들 그쪽엔 수많은 부하들이 있잖아요? 게다가 우리는 이 동굴 출구가 어디 있는지도 모르고. 그런 쓸데없는 생각 하지 말고 이 방이 왜 무서운지 어서 설명하시죠. 가만히 보니 특별히 무서운 건 없는 모양인데."

동료 기자 한 명이 용감하게 대꾸했다.

"하하하……. 아뇨, 여러분에게 그럴 용기가 없다는 건 나도 잘 압니다. 다만 여러분이 이 스위치에 주목해주기를 바란 겁니다. 그냥 해본 소리입니다, 농담이에요.

그런데 여러분은 이 스위치를 뭐라고 생각하십니까? 잘 보세요. 전선이 벽을 타고 천장 흙 속으로 사라지죠? 그 천장 안에 뭐가 있을까요? 폭약입니다. 커다란 빌딩을 송두리째 가루로 만들 만큼 많은 폭약이 저 천장 위에 설치되어 있죠.

이 나무상자도 화약으로 가득 채웠습니다. 예비용 화약이죠. 그러나 천장에서 폭발이 일어나면 물론 이 나무상자도 함께 터질 겁니다. 그러면 폭발력이 곱절로 커집니다.

방금 무서울 것이 없다고 하셨죠? 하지만 이보다 무서운 것이 어디 있을까요? 폭발 자체가 무서운 게 아닙니다. 폭약에 의해 파괴될 것들이 무서운 거죠. 이 말뜻을 잘 생각해보기 바랍니다."

오소네 류지는 의미심장한 표정으로 벽 쪽에 놓인 나무 팻말을 가리켰다. 거기에는 이미 적었듯이 '××'라는 도쿄 시내에서 1, 2위를 다투는 큰 백화점 이름이 적혀 있었다.

"그건 말이죠, 지금 우리가 서 있는 이곳 천장 바로 위가 ××백화점 건물이란 뜻입니다. 그 백화점의 기초 공사 때 만든 콘크리트 기둥은 이 벽 바로 너머에 있습니다. 지하실 바닥도 이 천장에서 2미터도 떨어지지 않았죠. 그 지하실 바닥의 콘크리트를 여러 군데 파서 내 폭약을 채워 넣었습니다."

그 말을 듣고 어지간해서는 놀라지 않는 기자들도 깜짝 놀라 천장을 쳐다보지 않을 수 없었다. 도무지 말도 되지 않는 소리다. 만약 여기가 ××백화점 바로 아래라면 이 넓이를 알 수 없는 큰 동굴이 도쿄 시 중심지에 있다는 이야기 아닌가? 악몽이 아니라면 미치광이가 지껄이는 헛소리다.

"하하하……, 그런 어린애 장난 같은 협박으로 우리를 겁먹게 할 순 없을걸. 거대한 도시 도쿄 지하에 이런 큰 동굴을 파다니, 개인의 능력으로는 불가능한 일 아닌가? 지하철도[91] 공사도 몇 년씩 걸리고 수천만 엔이나 되는 비용이 드는데. 아무리 악마의 화신이라고 해도 그런 어마어마한 짓을 할 수 있을 리 없지. 우리는 그런 어설픈 수법에는 넘어가지 않아."

나는 독설을 내뱉지 않고서는 견딜 수 없었다. 말도 안 되는 폭언에 화가 치밀었기 때문이다.

"믿지 못하시겠다는 거로군요. 역시 신문사란 곳을 하나의 왕국처럼 여기며 으스대는 당신들의 좁은 사고로는 내 말을 믿을 수 없을지 모르겠습니다. 아, 잠깐 기다리세요. 곧 깜짝 놀랄 증거를 보여드릴 테니까.

---

91 도쿄지하철도는 1920년 도쿄지하철도주식회사가 설립되었지만 관동대지진으로 계획이 변경되어 1925년 8월에 착공되었다. 착공 2년 뒤인 1927년 12월에 개통되었다. – 역주

이 동굴 굴착 작업을 지하철도 공사와 비교했죠? 당연히 이 지하왕국을 만드는 일은 그리 쉬운 일이 아니었습니다. 하지만 이곳이 넓다고 해도 지하철도만 한 면적은 아닙니다. 면적으로 따지면 지금 완성된 도쿄 지하철도의 10분의 1에도 미치지 못할 정도죠. 공사가 어렵긴 했지만 비용은 그다지 많이 들지 않았습니다.

그렇다고 해서 이걸 결코 1, 2년 사이에 만들었다는 이야기는 아닙니다. 내 아버지는 내가 열다섯 살 나던 해부터 이 공사에 착수했죠. 겨우 백만 엔[92]밖에 안 되는 자금을 가지고 이 일을 시작했던 겁니다. 그렇게 해서 내가 어른이 된 뒤 이만큼 왕국을 확대할 수 있는 토대를 만들어주셨습니다.

우리가 이 영토 확장에 드는 자금을 얻기 위해 얼마나 마음을 썼겠습니까? 물론 그 때문에 온갖 나쁜 짓을 저질렀지만 호시노 세이고로의 조상인 이가야 덴에몬이 묻어둔 보물을 발견한 뒤로는 짧은 시일 안에 내 영토를 놀라울 만큼 넓혔죠. 시가 5천만 엔[93]이나 되는 옛 금은보화가 생겼으니까요.

아, 그렇지. 이 이야기를 하면 여러분이 내 말을 믿을지도 모르겠군요.

지금으로부터 7년 전에 일어난 사건입니다. 마침 지하철도 제1기 공사가 시작되었던 시기죠. 그 무렵 공사를 맡은 토목회사 기사 가운데 나루세라는 공학박사가 부하 기술자 여러 명과 함께 행방불명된 일이 있습

---

92 '겨우 백만 엔'이 〔슌〕, 〔도〕에는 '기껏해야 백만 엔'으로 되어 있다. - 해제
번역상 달리 표현했지만 원문은 '겨우' 뒤에 조사의 유무 차이만 있을 뿐이다. - 역주
93 '시가 5천만 엔'이 〔슌〕에는 '시가 5천만 엔(지금의 수십 억 엔)'으로, 〔도〕에는 '시가 5천만 엔(지금의 2백억 엔 이상)'으로 되어 있다. - 해제

니다. 그 사건은 아직도 해결되지 않았죠?"

우리는 그 사건을 기억했다. 당시 세상을 떠들썩하게 만든 큰 사건이었다. 나루세 박사와 기술자 여러 명이 감쪽같이 사라진 채 지금도 아무 소식이 없는 실정이었다.

"우리는 아내는 있어도 자식이나 부모가 없는 사람들을 골랐습니다. 그 사람들은 바로 그런 조건을 갖추었던 거죠. 내 아버지는 그 사람들에게 앞으로 10년 동안 지하에서 한발도 벗어나지 않겠다고 맹세하게 하고 각자에게 평생 일해도 마련하기 힘들 정도의 보수를 주고 한패로 끌어들였습니다.

그러나 그들은 지금도 땅 위에 있는 세계로 돌아갈 생각은 꿈에도 하지 않습니다. 지하 극락에서 누리는 즐거움에 눈을 떴기 때문이죠. 악이라는 기막힌 맛의 술에 취하는 기분을 알았기 때문입니다. 이 지하왕국의 주민으로 사는 것이 얼마나 행복한지 깨달았으니까요.

우리는 같은 방법으로 여러 해에 걸쳐 많은 토목 노동자, 미술가, 음악가를 이 나라로 귀화시켰습니다. 그 사람들은 나루세 박사만 한 지위가 아니었기 때문에 세상 사람들의 이목을 끌지는 않았죠.

자, 어떻습니까? 내게는 수천만 엔이나 되는 자금이 있습니다. 각자 자기 방면에서는 일본에서도 손꼽히는 설계자와 숙련된 노동자를 거느리고 있죠. 그리고 지금까지 10년이라는 시간을 들였습니다. 이 정도면 도쿄 시 바로 아래 지하왕국이 생겨도 이상한 일은 아니지 않습니까?

우리는 이 지하 공사를 절대로 비밀리에 해야 했기 때문에 참으로 많은 곤란을 겪었습니다. 환기라거나 지하수 방지 장치 등은 기술적으로 잘 처리해 해결할 수 있었지만 가장 곤란했던 것은 파낸 바위와 흙을 어떻게 처분하느냐 하는 문제였죠.

이 왕국에는 다섯 개의 국경선이 있습니다. 바로 지상 세계와 통하는 출입구죠. 그 가운데 하나가 파낸 돌과 바위를 내보내는 곳입니다. 우리는 아주 교묘한 방법을 생각해냈습니다. 그 방식이라면 흙을 아무리 많이 내보내도 전혀 수상하게 여기지 않습니다. 그러나 그 장소를 밝힐 수는 없죠. 나머지 출입구 네 개도 물론 알려줄 수 없습니다. 그게 알려지면 지하왕국은 멸망이나 마찬가지니까요.

그렇지만 장소가 도쿄 시의 지하라는 걸 알게 되었으니 언젠가 틀림없이 발견될 거라고 말씀하고 싶겠죠? 그런데 그렇지 않습니다. 이 동굴은 넓다고 해봐야 얼마 되지 않는 면적입니다. 이곳을 찾기 위해 도쿄 전체를 마구 파헤칠 수는 없지 않겠습니까?

그렇다면 위치를 확실하게 아는 ××백화점 지하실 바닥을 파내면 되지 않느냐고 하실 건가요? 하하하……, 그건 위험하죠. 조금 전에 이야기했듯이 엄청난 폭약이 장치되어 있습니다. 설사 이 동굴까지 파내려 온다고 해도 그 순간 백화점 자체가 먼지가 되고 말 테니까요.

정 원하신다면 한번 해보시죠. 여기와 똑같은 폭발 장치가 여덟 군데 더 있습니다. 어느 큰 은행 금고실과 어느 부호의 저택, 아주 큰 보석상 아래에도 있죠. 아, 우리와 맞서는 어느 경찰서 아래까지 이 장치가 되어 있습니다.

이 왕국 중심부에 배전실이 있습니다. 폭발 장치는 현장에서 하나하나 개별적으로도 폭발시킬 수 있지만 또 한꺼번에 터뜨릴 수 있는 스위치

하나를 배전실에 설치해두었습니다.

그런 폭발 장치가 대략 완성되기를 기다려 오늘 여러분을 초대한 겁니다. 다시 말하면 여러분을 초대한 탓에 이 왕국이 공격받게 되면 큰일이니, 그런 사태가 일어나도 지장이 없도록 준비를 갖춰둔 거죠.

아시겠습니까? 만약 지상에서 우리를 공격하면 시내에서 가장 붐비는 곳에 있는 아홉 개의 중요한 건물이 몽땅 박살이 난다는 이야기입니다. 그러면 엄청난 화재가 일어날 테고 도쿄 시민의 손해는 얼마나 클지 알 수 없죠. 아아, 몇 해 전 겪은 관동대지진 같은 것이 작은 규모로 일어난다고 생각하시면 큰 차이가 없을 겁니다.

내가 두려워하는 경쟁자는 이 세상에 딱 한 명뿐입니다. 이름을 알려드리죠. 그 사람은 아리아케 도모사다 남작의 유복자, 아리아케 도모노스케라는 청년입니다. 이놈은 나와 같은 수준의 두뇌와 힘을 지녔죠. 게다가 군자금도 상당히 갖춰 내가 하는 일을 가로막고, 내게 복수하는 걸 가장 중요하게 여기는 녀석입니다. 난 그에게 약속했습니다. 몇 년 안에 반드시 도쿄 하늘을 무시무시한 불꽃의 소용돌이로 뒤덮어 보이겠다고. 내가 명함 대신 소용돌이 표시를 남기게 된 것도 그런 이유 때문이죠.

이 약속을 지키기 위해서라도 나는 하루빨리 지상으로부터 공격이 오기를 바라고 있습니다. 바로 그때 도쿄 시는 완전히 뒤흔들리며 온통 불꽃의 소용돌이로 뒤덮일 테니까요. 물론 내 목숨을 걸었습니다. 목숨 대신 대도시의 하늘 가득 타오르는 악의 불꽃을 피워 올리겠다는 거죠. 그게 내 꿈입니다. 어린 시절부터 내 머릿속에 소용돌이치던 환상이죠."

나는 그때의 인상을 더듬어 끔찍한 악마 오소네 류지의 웅변을 거의 그대로 기록했다고 생각한다. 어두컴컴한 움막 안에서 역광으로 비치는 안전등 불빛에 드러난 그의 알몸은 모든 근육이 흥분해 꿈틀꿈틀 물결 쳤다. 도깨비불처럼 번뜩이던 눈, 상기된 얼굴, 입가에 거품이 튀던 빨간 입술. 미청년 아도니스는 그야말로 악의 화신, 마계의 요괴였다.

이 글을 읽는 이들이여, 우리 신문기자 여섯 명을 한심하다고 비웃지 마시라. 이토록 극악무도한 인간을 왜 당장 때려눕히지 않았느냐고 탓하지 마시라. 땅속 어둠은 우리 정신에 불가사의하게 작용했다. 현실인 줄 알면서도 현실이라고 믿을 수 없는 뭔가가 있었다. 거기서는 악몽과 광기라는 심상치 않은 분위기가 느껴져, 우리는 마치 악몽을 꾸는 기분이었다. 악당의 계획이 너무도 무시무시해 우리는 홀린 사람들처럼 완전히 넋이 나갔다.

이 괴이하기 짝이 없는 지옥의 연설을 마치자 오소네 류지는 우리를 재촉해 움막에서 내려왔다. 그리고 미로처럼 이리저리 구부러진 좁은 통로를 따라 이른바 배전실로 우리를 데려갔다. 도중에 우리는 여기저기서 굴착기와 곡괭이를 들고 굴을 뚫는 구리 가면을 쓴 노동자들을 보았다. 그런 노동자를 지휘하는 구리 가면도 보았다. 어쩌면 그는 7년 전에 행방불명된 기술자 가운데 한 명이 아닐까?

배전실이라는 곳은 통로 옆 부분을 파 들어간 약 세 평쯤 되는 공간이었다. 지상 세계에서 보던 것과 똑같은 큼직한 배전반이 한쪽 벽에 보였는데 그 앞에 구리 가면을 쓴 한 남자가 걸터앉아 있었다.

배전반 자체는 특별할 게 없었다. 하지만 그 옆에 있는 커다란 축전지 장치가 우리 눈길을 끌었다. 오소네 류지가 눈치를 채고 의기양양하게 설명했다.

"이 축전지는 지상의 공격을 받아 훔쳐 쓰는 전선이 끊어졌을 때, 즉 지상을 캄캄하게 만들어 폭발 위험을 피하면서 공격할 때를 위한 겁니다. 전기가 끊어지면 이 세계의 통풍이나 난방 장치는 작동하지 않겠지만 폭발 장치만은 축전지의 힘으로 충분히 조작할 수 있죠."

아아, 이토록 준비가 철저하다니. 지하왕국에는 약점이란 게 전혀 없는 게 아닐까. 지상에서 공격하려면 제국의 중심부가 대폭발을 각오하지 않으면 거의 손을 쓸 방법이 없지 않은가.[94]

"하지만 자넨 아까 이곳이 도쿄의 지하라는 증거를 보여주겠다고 했지? 그 증거가 어디 있나? 그걸 보기 전에는 우린 자네 이야기를 믿을 수 없어."

동료 기자 한 명이 더는 참을 수 없다는 듯이 물었다. 그건 우리 여섯 명 모두가 하고 싶었던 질문이기도 했다.

오소네 류지는 마치 웅변하듯 이곳을 도쿄 지하라고 밝혔다. 자세한 기술적인 문제는 모르겠지만 일단 그럴듯한 이야기였다. 하지만 내용이 그럴듯하면 할수록 우리는 그 배경을 의심해보아야만 한다. 오소네 류지는 이렇게 엄청난 허풍을 떨어 자기 본거지가 어디 있는지 모르게 눈가림을 하려는 속셈이 아닐까? 여기는 도쿄 지하가 아니라 도쿄에서 엄청나게 먼 산속이 아닐까? 그 깊이를 알 수 없는 악마의 지혜는 철저하게 경계해야 한다. 이렇게 큰 도시를 폭파하겠다니. 너무도 치기 어린 생각

---

94 '각오하지 않으면 거의 손을 쓸 방법이 없지 않은가'가 [도]에는 '각오하지 않으면 불가능하지 않은가'로 되어 있다. – 해제

이었다. 미치광이 같은 발상 아닌가? 이런 말도 안 되는 소리에 망상 이상의 가치가 있다고 인정해도 괜찮을까? 신문기자는 그릇된 사실을 전달해선 안 된다. 악마의 환상을 그럴듯하게 보도할 수는 없지 않은가?

그렇지만 질문을 받은 오소네 류지는 조금도 흔들리지 않았다.

"하하하……, 당신들은 의심이 많군요. 좋아요, 다소 위험이 따르겠지만 신문기자 여러분을 위해 특별히 규칙을 어기고 살짝 보여드리기로 하죠. 그렇지만 아주 잠깐만입니다."

살짝 보여준다니, 대체 뭘 보여줄 작정일까? 우리는 의아한 생각이 들었지만 그런 우리를 곁눈질하며 오소네 류지는 성큼성큼 동굴 한쪽 구석으로 갔다. 그리고 그곳 벽을 향해 꼼짝도 않고 앉아 있던 구리 가면을 쓴 남자에게 말했다.

"이봐, 이 사람들에게 그걸 좀 보여줘. 하지만 어디인지 위치를 알 수 있을 만한 모습은 보이지 않도록 해. 넓게 보이지 않도록 지면에 가깝게 아래로 내리면 돼. 사람들이 걷는 모습, 자동차나 전차가 지나는 광경이 보이면 된다."

가만히 보니 벽을 향해 앉은 남자 바로 앞에는 천장 바위에서 내려온 굵은 금속 통 다섯 개가 있었다. 남자는 아까부터 그 금속 통 하나의 끄트머리에 눈을 대고 있었다. 오소네 류지가 말하는 감시 초소인 모양이었다.

남자는 두령의 지시에 따라 말없이 금속 통 하나를 부지런히 조작했다. 이윽고 방향을 정한 듯 조용히 두세 걸음 뒤로 물러나 두령에게 공손하게 고개를 숙였다.

오소네 류지는 스스로 금속 통 아랫부분에 눈을 대고 들여다보더니 말했다.

"좋아, 이 정도면 괜찮아. 자, 여러분, 차례차례 들여다보십시오."

맨 앞에 서 있던·내가 먼저 그 금속 통에 눈을 댔다. 상상했던 그대로 잠수함에 설치한 잠망경과 같은, 밖을 엿볼 수 있는 장치였다.

시야에는 어딘지 알 수 없는 큰길의 지면이 보였다. 바닥은 아스팔트인 모양이다. 그 길을 오가는 많은 사람들의 허리 아랫부분이 보였다. 양복바지, 기모노 자락, 구두, 나막신, 짚신 등 갖가지 모습이었다. 그 인도 너머로 차도가 보였다. 달려가는 자전거와 자동차의 아랫부분이 보였다. 그 차도 너머로는 은빛 레일이 지났는데 역시 전차의 바퀴 같은 부분만 시야에 들어왔다.

잠깐 보았는데 오소네 류지가 바로 내 어깨에 손을 얹었다. 1초도 되지 않는 시간이었다. 뒤로 끌려 나오자 다음 사람이 들여다보았고, 그도 바로 물러나야 했다. 잠깐 사이에 여섯 명이 모두 바깥 광경을 보았다.

"어떻습니까? 이래도 도쿄 땅 밑이 아니라고 하시겠습니까? 텔레비전[95]은 아직 이렇게 또렷한 영상을 보여줄 만큼 발달하지 않은 상태죠. 영화가 아니라는 사실은 대번에 아실 테고요. 그렇다고 잠망경이 1백 미터, 2백 미터 뻗어나가 바깥 풍경을 보여줄 리 없습니다. 결국 우리가 지금 있는 곳은 대도시 땅 아래라는 게 증명되었을 겁니다. 이래도 의심하

---

[95] 일본의 텔레비전은 1926년 12월 하마마쓰 고등공업학교에서 개발해 글자를 보내는 데 성공했다. 1931년 NHK 기술연구소가 본격적인 연구를 시작했으며 1939년에는 실험방송, 공개실험을 실시했고, 1940년 처음으로 드라마 실험방송을 실시했다. - 역주

겠습니까?"

오소네 류지의 말에 아무도 대꾸하지 못했다. 너무 놀라 목소리가 나오지 않았던 것이다. 이제 의심의 여지가 전혀 없다. 악마의 대암실은 우리가 사는 도시 바로 아래, 독거미처럼 징그러운 촉수를 펼치고 있다. 아아, 이럴 수가. 이게 악몽이 아니라니. 미치광이의 환상도 아니라니.

"혹시나 싶어 말씀드립니다. 이 잠망경 윗부분이 지면에서 튀어나왔을 거라고 생각해 그걸 찾아다녀봤자 소용없습니다. 내가 그런 어리석은 실수를 할 리 없죠. 잠망경은 물론 지면보다 높은 곳에 설치했죠. 그러나 쉽게 알아볼 수 없게 해두었습니다. 아마 여러분이 도쿄 시내를 1년 내내 찾아다녀도 그걸 발견할 수 없을 겁니다. 이곳으로 들어오는 입구도 마찬가지죠. 지상에 사는 사람들은 결코 그 입구를 찾아낼 수 없을 겁니다. 모든 경찰력을 동원해도, 어떤 명탐정이 솜씨를 발휘해도 말이죠."

오소네 류지는 자신만만한 표정으로 마무리하듯 말하더니 이윽고 히죽히죽 기분 나쁘게 웃으며 말투를 바꾸었다.

"자, 이제 내 대암실이 어떤 것인지 대략 아시겠죠? 부디 여러분의 멋진 글솜씨로 세상 사람들에게 잘 전달해주세요. 그러기 위해 여러분을 초대한 거니까요. 그럼 이만 헤어지기로 합시다. 여러분의 건강을 기원합니다.

물론 여러분을 지상으로 무사히 보내드릴 텐데, 이 나라의 비밀을 지키기 위해 안타깝지만 다시 여러분의 의식을 잠시 맡아두겠습니다. 하지만 이번에는 홍차나 담배가 아닙니다. 주사 한 방 살짝 맞으면 됩니다."

말을 마친 오소네 류지가 벽에 설치된 단추를 누르자 미리 지시해두었는지 바로 옆 암실에서 구리 가면을 쓴 사람 한 명이 손에 주사기와 소독면을 들고 나타났다.

"잠깐만, 한 가지 더 묻고 싶은 게 있는데."

동료 기자 가운데 한 명이 무슨 생각인지 급히 오소네 류지에게 말을 건넸다.

"다름 아니라 당신이 유괴하려다가 실패한 하나비시 란코에 대해서요. 설마 당신이 실패했다고 그냥 넘어가지는 않을 텐데. 다시 유괴할 작정이죠?"

벌거숭이 아도니스가 빙긋 웃으며 매우 자신 있다는 듯이 대답했다.

"아, 잘 물어보셨습니다. 내친김에 그 이야기도 여러분의 글을 빌어 세상에 알려주시기 바랍니다. 물론 하나비시 란코는 지하왕국 사람입니다. 나는 반드시 그녀를 사로잡을 겁니다. 기한을 정해도 좋죠. 오늘부터 열흘 안에 반드시 목적을 달성해 보이겠습니다. 소용돌이 도적은 다시 지상에 모습을 드러낼 겁니다."

우리는 이렇게 대암실 방문을 마쳤다. 팔뚝에 주삿바늘의 통증을 느끼자마자 우리는 바로 의식을 잃었다. 그리고 몇 시간 뒤에는 시바우라 매립지 풀밭 위에서 악몽에서 깨어나듯 눈을 떴다.

우리는 창백한 얼굴로 서로를 마주 보았다. 대도시 도쿄의 남쪽 끝 건물 지붕 위로 아침 안개에 가린 시뻘건 태양이 기괴한 소용돌이를 그리며 구름을 뚫고 눈부신 모습을 드러냈다.

'마계견문기'는 이렇게 끝을 맺었다.

이리하여 드디어 정의의 기사와 마계의 악마 사이에 마지막 전투가 시작되려고 한다.

대도시 도쿄의 시민은 폭발 예보에 밤낮없이 온몸에 진땀이 날 정도로 엄청난 공포를 맛보았다. 아리아케 도모노스케와 구루스 노인은 과연 이 대폭발을 미리 막아 인류의 적을 처단해 부자 2대에 걸친 원한을 갚고 정의의 개가를 부를 수 있을까?

이상한 애드벌룬

도쿄의 여섯 개 큰 신문이 대암실 견문기를 게재해 시민들을 눈앞이 캄캄해지는 공포의 소용돌이로 몰아넣은 그 이튿날 오후 4시쯤이었다. 이상한 복면을 한 어떤 사람이 경시청 형사부장실을 찾았다.

그 인물은 짙은 회색 양복에 짙은 회색 오버코트를 입고 짙은 회색 중절모를 쓴 야윈 몸매를 지닌 노신사였다. 어떤 이유인지 마찬가지로 짙은 회색 복면 같은 것으로 얼굴 전체를 가렸다.

안내 담당자는 그 이상한 모습을 보고 눈이 휘둥그레졌지만 노신사가 말없이 내민 소개 명함에는 전 경시총감이자 귀족원 의원 Y 씨의 이름과 소개문 아래 도장까지 찍혀 있었기 때문에 수상하게 여기면서도 형사부장에게 손님이 찾아왔다는 소식을 전하지 않을 수 없었다.

오야(大矢) 형사부장은 그 명함을 얼핏 보고도 Y 씨의 자필이 틀림없다는 사실을 알아차렸다. 소개문 내용에 중대한 의미가 담겨 있어, 오야 형사부장은 괴노인을 바로 자기 방으로 안내하라고 지시했다.

노신사는 방 밖에서 모자와 외투를 벗고 안으로 들어왔다. 그런데 이상한 복면은 그대로였다. 두건 같은 것으로 머리를 감싸고 그 앞에 얼굴 전체를 뒤덮는 짙은 회색 천을 대고 눈 부분만 도려냈다. 오야 형사부장은 얼굴을 보여주지 않는 이 무례한 방문객을 수상쩍다는 눈빛으로 빤히 바라보면서 약간 매서운 말투로 물었다.

"당신이 구루스 씨로군요. 그 복면은 어떻게 된 겁니까? 저는 처음 만나는 자리에서 얼굴을 보이지 않는 이런 예의에 어긋난 경우는 처음인데……."

"왜 복면을 벗지 않느냐고요? 그건 내가 얼굴이 없기 때문이외다."

"예? 얼굴이 없다고요?"

"하하하……. 이런, 놀라시게 해서 미안하오. 얼굴이 없다는 뜻은……."

노신사는 그렇게 말하면서 형사부장 앞으로 다가가 짙은 회색 복면을 휙 벗어 보였다. 그러고는 바로 다시 뒤집어써 얼굴을 가렸다. 그 잠깐 사이에 보인 것은 사람의 얼굴이 아니라 해골이었다. 동그랗게 뚫린 눈구멍, 동굴 같은 콧구멍 흔적, 입술이라고 할 수 있는 것이 없이 그대로 드러난 길고 흰 치아. 아아, 얼굴이 없다고 한 표현은 지나친 것이 아니었다.

험악한 일에 익숙한 형사부장이지만 그 뜻밖의 모습에는 깜짝 놀라지 않을 수 없었다. 낯빛이 변해 주춤주춤 뒷걸음질을 칠 지경이었다.

"그래서 이건 이대로 쓰고 있는 편이 피차 이야기하기 편할 거요."

"부상을 당하셨군요. 화재를 당하셨던 건가요?"

"그렇소. 오소네 류지의 아비 때문에 이런 꼴을 당했소이다."

"예? 오소네의 아비?"

"그렇습니다. 그 명함에도 적혀 있듯이 저는 그 오소네 문제로 중대히 의논드릴 말씀이 있어서 찾아뵌 겁니다."

노신사는 그렇게 말하고 오소네 부자 2대와 얽힌 원한에 대해 간단하게 이야기했다. 노신사가 아리아케 도모노스케의 후견인, 구루스 사몬 노인임은 설명할 필요도 없다.

그 이야기를 다 들은 오야 형사부장은 고개를 크게 끄덕이며 말했다.

"그 이야기는 저도 들었습니다. 아리아케 남작의 유복자인 도모노스케라는 사람이 오소네의 악행을 막기 위해 여러모로 애쓴다는 것도 모르지 않습니다."

형사부장은 위로하는 표정으로 그렇게 말하며 아직 서 있는 노신사에게 의자를 권했다.

"그래, 경시청에서는 그놈 체포에 대해 뭔가 확실한 방침이라도 세웠소이까?"

구루스 노인이 묻자 형사부장은 쓸쓸한 표정을 지으며 대답했다.

"당신이니까 털어놓는 이야기지만 사실 우리도 무척 사기가 떨어졌습니다. 신문기자 여섯 명도 어제 이리로 불러 충분히 조사했지만 실마리가 전혀 없더군요. 이른바 대암실 출입구가 어디에 있는지, 그걸 전혀 모릅니다."

"아마 그럴 거라고 생각해 일부러 찾아뵌 겁니다. 형사부장님, 그

땅 밑 비밀을 찾아내려면 우리는 하늘로 올라가 살펴보아야 할 거요."

"예? 하늘로 올라가요?"

"그렇소. 하늘로 올라가는 거죠."

노인은 영문을 알 수 없는 엉뚱한 이야기를 꺼냈다.

"자세하게 말씀해주십시오."

정신이 나간 사람의 헛소리로 여길 수는 없어 형사부장은 진지한 표정으로 말했다.

"그 설명을 하려면 내가 어제저녁부터 오늘 아침 사이에 무얼 했는지 말씀을 드려야 이해하기 쉬울 텐데. 형사부장님, 나는 경찰에서 전혀 주목하지 않은 단서를 하나 찾아냈습니다. 신문기자 여섯 명은 아무것도 몰랐던 게 아니외다. 딱 한 가지, 어떤 중대한 사실을 알고 있었던 거요."

"그게 무슨 말씀이신지?"

형사부장은 믿기 힘들다는 표정으로 으스스한 기분이 드는 짙은 회색 복면을 바라보았다.

"저는 어제저녁에 그 여섯 명을 찾아다니며 샅샅이 묻고 답변을 들었다오. 먼저 그들 각자에게 그 대암실이라는 곳에서 잠망경으로 내다본 풍경에 대해 가능한 한 자세하게 기억해달라고 부탁했소이다. 왜냐하면 만약 우리가 실마리를 찾을 수 있다면 그 잠망경으로 본 풍경 이외에는 아무것도 없으니까."

"아, 그 문제라면 우리도 충분히 조사했습니다. 하지만 기자들은 그냥 지나가는 사람들 발과 자동차나 자전거, 전차의 바퀴만 보았을 뿐이라 위치를 알아낼 수 있는 실마리가 될 만한 내용은 전혀 기억하지 못했습니다."

형사부장이 약간 실망한 기색을 보이며 말하자 노인은 손을 들어 가로막았다.

"일단 말씀하신 그대로더군요. 그 사람들은 표식이 될 만한 걸 전혀 기억하지 못한다고 하더이다. 그러나 나는 포기하지 않았소. 노력의 선물이죠. 나는 아무것도 없는 곳에서 뭔가를 길어 올리려고 집요할 정도로 질문을 계속했소이다.

그 사람들의 눈은 놓쳤어도 마음이 포착한 뭔가가 있을 것이라고 나는 굳게 믿었던 거요.

한 번 더 그 잠망경을 보았을 때의 기분을 떠올려달라. 눈을 감고 그때 본 광경을 떠올려달라. 차분하게 마음을 가라앉히고 눈꺼풀 위에 떠오르는 풍경을 바라봐달라. 이렇게 미친 듯이 요구했소이다. 여섯 명 각자에게 같은 질문을 반복했죠. 네 번째 사람까지는 아무리 부탁해도 이렇다 할 반응이 나타나지 않더이다. 그런데 다섯 번째로 물어본 N신문사의 기타무라 기자가 눈을 꼭 감고 생각에 잠기더니 문득 중요한 사실을 기억해냈소.

기타무라 기자가 잠망경을 들여다본 바로 그때, 시야를 스쳐 지나간 자동차 한 대가 있었다더군요. 기타무라 기자는 그 자동차의 뒷부분을 보았답니다. 그렇다면 설사 읽지 못했다고 해도 자동차 번호의 흰색 숫자를 보았을 게 틀림없지 않겠소? 안 그렇소이까, 형사부장님? 나는 그 말을 듣고 뛸 듯이 기뻤소이다.

그래서 나는 기타무라 기자에게 기억 속을 더 들여다봐달라고 부탁했죠. 어둠 속에서 떠오르는 숫자를 읽어달라고.

기타무라 기자도 흥미를 느꼈는지 열심히 눈을 감고 생각에 잠기더이다. 마치 좌선하는 사람 같았소. 무념무상의 상태가 되어 기억 밑바닥에서 무언가가 떠오르기를 기다린 거요.

그러는 사이에 기타무라 기자는 어둠 속에서 어렴풋이 흰 숫자가 나타났다고 했소이다. 처음 숫자는 1이다, 그다음은 5. 이런 식으로 시간이 오래 걸리기는 했지만 간신히 '15260'이라는 번호 전체를 알아냈다오."

"오오, 자동차 번호를 알아낸 겁니까?"

형사부장은 알겠다는 표정으로 노인의 열변에 맞장구를 쳤다.

"사람 정신력이라는 게 참 무서운 거 아니겠소이까? 기타무라 기자와 나는 두 시간 동안 진땀을 흘리며 어둠 너머 기억 속에서 그 다섯 자리 숫자를 떠올리는 일에 몰두했다오. 그리고 마침내 목적을 이룬 거요.

일단 차 번호를 알아냈으니 차고지를 찾는 일은 어려울 것 없지만, 그보다 더 중요한 문제는 기타무라 기자가 그 전날 잠망경을 들여다본 정확한 시각이죠. 시각만 알면 그 자동차가 그때 도쿄 어디를 달리던 중이었는지 알아낼 수 있을 테고, 그러면 잠망경이 머리를 내민 곳은 물론, 잘하면 그 부근에 있을 비밀 출입구도 찾아낼 수 있을 테니까.

그런데 안타깝게도 기타무라 기자는 그 시각은 거의 기억을 못 하더군요. 나는 다시 나머지 다섯 명을 찾아다니며 그 시각을 확인해야 했습니다. 그랬더니 다행히도 그 가운데 한 명이 마침 여섯 명이 돌아가며 잠망경을 들여다볼 때 손목시계를 보았기 때문에 확실하게 시각을 기억해주었소이다. 오후 4시 10분쯤이었다고 하더이다.

그래서 나는 신문사 도움을 받아 그 자동차가 어디 있는지 확인해 후카가와 구 몬젠나카 초에 있는 후지야라는 차고로 달려갔죠. 내 얼굴이 이런 처지라서 그때는 내 심복을 한 명 데리고 갔소이다. 그리고 그 자동차 운전기사를 찾아 어제 오후 4시 10분쯤 어디를 지나고 있었는지 물어보라고 했소.

운전기사는 다행히 기억을 잘 해냈죠. 정각 4시쯤 스이텐구 앞에서 손님을 태우고 혼고쿠 초 부근까지 태워다주었다고 하더이다. 그래서 나는 지나간 길을 확인한 다음 우리가 부리는 사람 10여 명과 분담해서 그 양쪽 집들을 꼼꼼하게 조사하도록 했죠. 사설탐정이라고 합니까? 아리아케 도모노스케는 그 살인마와 맞서기 위해 평소 그런 사람들을 몇 십 명이나 부리면서 훈련을 시켰소이다.

그런데 이런 말씀을 듣고 마음이 상하지나 않으셨는지 모르겠구려. 말하자면 관청에서 할 일을 일반인이 가로채 끼어든 셈이니. 허허허……."

"아닙니다. 지금은 그런 걸 따질 때가 아니죠. 오히려 저는 그쪽의 조사 방법에 감탄할 정도입니다. 우리가 직접 한다고 해도 아마 더 잘할 수는 없었을 겁니다. 그래, 뭔가 수상한 건물을 찾아내셨나요?"

형사부장은 이 노인의 행동을 비난하기보다 아마추어가 수사한 결과를 어떻게 하면 잘 이용할 수 있을지 먼저 생각했다.

"찾아냈죠. 스이텐구에서 혼고쿠 초로 가는 전찻길은 아시다시피 큰 회사와 상점이 줄지어 있죠. 대부분 무슨 회사인지 빤히 아는 건물들이라 조사하는 데 어렵지는 않았소이다. 그런 상점뿐인 큰길가에 있는 고덴마 초 정류장 부근에 아주 으리으리한 대저택 딱 한 채가 난데없이 끼어 있더이다. 아시나요? 높은 콘크리트 담장으로 둘러싸인 멋진 저택이더군요.

알아보니 그 저택은 원래 그 부근에서 면직물 도매상을 하던 주인이 지은 집인데 1년 전에 매물로 나온 걸 지금 주인인 미노우라라고 하는 사람이 사들여 살고 있다고 하더이다. 미노우라라는 사람은 이렇다 할 직업도 없이 도호쿠 지방의 대지주라는 소문만 있을 뿐, 부근에 자세한 사정을 아는 사람도 없었습니다.

내 부하는 그 저택을 점찍었소. 그리고 여러 가지 살펴보았는데 미노우라라는 인물은 오래된 불상을 수집하는 사람이라고 하며 가끔 트럭으로 커다란 짐을 운반한다는 사실도 알아냈소이다. 아니, 그런 문제보다 더 확실한 증거를 발견했죠."

"예? 확실한 증거라고요?"

형사부장은 무심코 의자에서 자세를 고쳐 앉았다. 상대는 범죄 역사상 전례를 찾아볼 수 없을 만한 거물이다. 지금 이 노인의 입을 통해 범인 체포에 필요한 유력한 단서를 잡을 수 있다고 생각하니 형사부장은 흥분을 감출 수 없었다.

"그렇습니다. 꼼짝 못 할 증거를 잡았죠. 내 부하는 그 저택 2층 지붕에서 내려오는 구리 홈통 꼭대기 가까운 부분에 작고 동그란 구멍이 나 있다는 걸 발견했소이다. 그리고 그걸 가만히 보면 구멍 안쪽에서 어렴풋이 빛나는 뭔가가 얼핏얼핏 움직이는 것까지 확인하고 왔소이다."

"그게 바로 잠망경이라는 거로군요."

형사부장의 얼굴이 바로 긴장했다.

"그렇소이다. 반짝거린 것은 잠망경의 렌즈가 틀림없겠죠. 가끔 움직이는 것은 관찰하는 시야를 바꾸기 위해 지하에서 조작하는 걸 테고요.

그래서 밤이 이슥해지기를 기다려 민첩한 두 부하를 골라 그 저택에 몰래 들어가도록 했소. 물론 나는 상대가 이걸 눈치챘다면 얼마나 심각한 결과를 초래할지 잘 알고 있소이다. 그래서 부하들에게 그런 내용을 충분히 이야기하고 상대방이 알아차리지 못하도록 하는 것을 최우선으로 삼아 욕심부리지 말고 여차하면 도망치라고 지시했소.

그 두 사람은 평소 미행 기술을 연구했기 때문에 마치 둔갑술을 쓰는 사람처럼 날렵한 녀석들이라오. 다행히 아무도 들키지 않고 그 저택 마루 밑을 샅샅이 수색할 수 있었소이다."

"물론 그 저택에는 지하실이 있었겠죠?"

"그런데 이상하게도 지하실이 없었다는 거요. 마루 아래를 전부 확인했지만 어디서도 지하로 들어가는 입구 비슷한 걸 찾지 못했소이다. 넓은 정원이 있어 거기도 뒤졌지만 흙을 파낸 흔적도 없고 오래된 우물이라거나 큰 나무에 난 구멍 같은 것 하나 찾지 못했다오.

그렇지만 그 저택에는 잠망경이 설치되었고 자주 짐 상자를 옮겨 들였다고 하니 아무래도 그 집에 대암실로 가는 입구가 있을 거라고 생각합니다.

일단 그놈은 마술사라서 무슨 엉뚱한 장치를 해놓았는지도 모르오. 나는 그 저택이 틀림없이 지하 소굴로 통하는 출입구 가운데 하나일 걸로 보고 있소이다."

"그럼 진행하던 수사는 거기서 막힌 겁니까?"

"아니올시다. 수사가 막힌 건 아니라오. 사실은 그 저택 안에서 딱 한 군데 확인하지 않은 장소가 있다는 걸 난 알고 있소이다. 아무리 꼼꼼한 탐정이라도 깜빡 건너뛰고 말았을 곳이죠. 설마 그런 곳에 지하로 통하는 출입구가 있으리라고는 누구도 생각할 수 없을 만한 장소라오. 그놈은 그런 불가능한 장소를 의외로 비밀 통로로 사용하고 있을지도 모르오."

"호오, 그런 게 있습니까? 이른바 맹점이라는 거로군요. 도대체 그게 어디입니까?"

형사부장은 노인의 화술에 빨려들어 귀를 더욱 쫑긋 세웠다.

"그래서 우리는 하늘로 올라가야 한다는 이야기올시다. 아무래도 엉뚱한 이야기로 들리겠지만 곰곰이 생각하면 이게 유일한 수단이란 걸 알 수 있소이다.

잘 들으시오. 오소네란 놈은 이 도쿄 한복판에서 사방 몇 킬로미터나 되는 면적을 단숨에 날려버릴 무서운 힘을 지니고 있소. 섣불리 손을 댈 수 없죠.

물론 경찰을 동원하면 미노우라 저택을 포위해 거기 있는 놈들을 당장 잡아들여 수상한 녀석을 엄중하게 신문해 지하로 통하는 출입구를 털어놓게 할 수도 있을 것이오. 또 내가 이야기한 확인하지 않은 곳으로 쳐들어가 살펴볼 수도 있을 것이오.

그렇지만 안타깝게도 이번 사건은 그런 거친 수단을 절대로 쓸 수 없다는 겁니다. 오소네는 지하의 소굴이 위험하다는 걸 깨달으면 언제든 그 폭약에 불을 댕길 수 있으니까. 놈은 오히려 그 순간을 기다리고 있소. 악마의 화려한 최후를 학수고대하는 거나 마찬가지라는 말씀이외다."

"그렇습니다. 우리가 난처한 것도 바로 그 때문입니다. 몇 백만, 몇 천만 엔이나 되는 건물과 몇 천 명이나 되는 사람[96] 목숨을 희생시킬 각오를 하지 않으면 우리는 그놈의 소굴에 손가락 하나 댈 수 없으니까요."

"그래서 나는 하늘로 올라가자는 거요. 다행히 놈들은 내 부하 두 명이 그 집을 조사한 사실을 눈치채지 못했지만 더 이상 직접 수색하기는 위험하오.

하늘이라면 잠망경의 시야에서 벗어날 수 있을 테고 그 저택에 있는 자들도 눈치채지 못할 거요. 게다가 하늘에서는 저택을 한눈에

---

96 '몇 백만, 몇 천만 엔이나 되는 건물과 몇 천 명이나 되는 사람'이 〔슌〕과 〔도〕에는 '몇 백 채, 몇 천 채나 되는 건물과 몇 천 명이나 되는 사람'으로 되어 있다. – 해제

내려다볼 수 있고.

놈이 맹점을 이용하면 우리도 놈의 맹점을 이용하자는 이야기올시다. 아무리 조심성이 많은 놈이라고 해도 설마 하늘에서 감시할 줄은 모를 테니까."

"하늘이라고 하면 무슨 높은 건물 위에서 엿보자는 말씀입니까?"

"아니, 그 저택 부근에는 그런 높은 건물이 없소이다. 우리는 하늘로 날아올라야만 하오."

"잘 이해가 안 되는군요. 설마 비행기를 띄우자는 건 아니실 테고."

"아, 비행기 비슷한 거요. 광고에 쓰는 기구, 애드벌룬 말이외다. 부근 상점과 의논해서 그곳 광고 문구를 늘어뜨린 애드벌룬을 하늘에 띄우고 실마리가 잡힐 때까지 밤이나 낮이나 그 저택을 감시하자는 말씀이오.

물론 그 애드벌룬은 일반적으로 사용하는 것보다 크고 바닥에 작은 창을 뚫어 사람이 두 명쯤 그 안에 들어갈 수 있게 만들었다오."

"예? 만들었다고 하셨습니까?"

"그렇소. 아리아케 도모노스케는 오소네와 맞서기 위해 모든 무기를 준비해두었소이다. 적의 맹점을 이용한 이 애드벌룬도 이런 상황에 대비해 이미 만들어두었던 거요. 그런 애드벌룬을 우리 창고에 다섯 개나 준비해두었소.

형사부장님, 오소네 같은 엄청난 악당과 싸우기 위해서는 이쪽도 그만한 준비가 필요하오. 도모노스케 도련님은 몇 십만 엔이나 되는 사재를 털어 오소네 토벌을 위한 군대라고 부를 사람들을 길러냈고, 갖가지 무기를 준비했소이다."

오야 형사부장은 해골 같은 얼굴을 지닌 복면 쓴 노인 때문에 완전히 풀이 죽었다. 경시청 간부를 앞에 두고 어려워하는 기색도 없이 거침없이 이야기하는 노인의 말투에서는 왠지 상대를 압도하는 위엄이 느껴졌다.

"그렇군요. 애드벌룬이라니, 기발합니다. 그 안에서 엿보면 아무도 눈치채지 못할 겁니다. 우리로서는 상상도 하지 못한 기발한 수사 방법이로군요. 그러니까, 그 기구를 지금 하늘에 띄우자는 말씀이시군요."

"아뇨, 그건 이미 그 저택 부근 상점 옥상 위에 떠 있소이다. 애드벌룬 바닥에 낸 창으로 부하가 쌍안경을 대고 미노우라 저택을 감시하고 있다오."

"호오, 벌써 띄우셨습니까? 그래, 뭔가 발견하신 게 있나요?"

"아뇨, 아직 그런 건 없소. 형사부장님, 사실은 그와 관련해서 부탁 드리고 싶은 게 있어 찾아뵈었소이다. 나는 수사과에 있는 한 분을 그 애드벌룬에 태우고 싶소이다. 그리고 나와 함께 미노우라 저택을 감시하면 좋겠구려.

아리아케 도모노스케 도련님은 어디까지나 스스로의 힘만으로 싸우겠다고 고집을 부리고 계십니다. 그놈을 법의 뜨뜻미지근한 판결에 맡길 수는 없다, 눈에는 눈, 이에는 이라며 말려도 듣지 않는 구려.

그러나 대암실에 관한 신문기사를 읽고 나서 나 역시 도련님 편만 들 수는 없게 되었소이다. 한 개인이 고집을 부리기에는 위험이 너무도 커서. 도련님이 부모님의 원수를 갚는다며 몇 천 명이나 되는 도쿄 시민을 희생시킬 수는 없소이다.

그래서 나는 도련님을 설득해 경찰의 도움을 받기로 결심했소. 오랜 세월 오소네란 놈과 싸워온 우리의 경험을 경찰을 돕는 데 쓰기로 마음먹은 것이외다.

그러기 위해 먼저 애드벌룬을 이용한 감시부터 함께 시작했으면 하오. 그렇게 해서 만약 대암실로 통하는 출입구를 찾아내면 그다음에는 어떤 식으로 오소네란 놈을 잡을 것인지에 대해서도 내가 약간 생각해둔 게 있소이다. 그것도 차차 말씀드릴 때가 올 것이오."

형사부장은 이야기를 듣고 한참 말이 없었다. 이런 엉뚱한 제안을 받아들이면 경찰의 위엄에 흠집이 나지는 않을까, 그걸 염려했기 때문이다.

혼자서는 결정을 내리기 힘든지 "잠깐만"이라고 말하며 방을 나가 한동안 돌아오지 않았다. 이윽고 양복을 입은 경찰 한 명과 함께 싱글벙글하며 돌아왔다.

"구루스 씨, 댁의 요청을 받아들이기로 했습니다. 이쪽은 수사1과에 근무하는 나카무라 경부[97]입니다. 지금 당장 구루스 씨와 함께 그 애드벌룬에 오르기로 했습니다."

---

97 '경부'는 우리나라 경감에 해당하는 경찰 계급이다. – 역주

이리하여 짙은 회색 복면을 쓴 노인과 나카무라 경부는 바로 경시청을 나섰다. 그리고 마침 지나던 택시를 잡아타고 세상에 보기 드문 공중 수사를 하기 위해 출발했다.

—

연못 속의 괴물

그날 깊은 밤이었다.

경시청 수사1과 제1계장 나카무라 경부는 해골 같은 얼굴을 한 노인과 단둘이 하늘에 둥실둥실 떠 있는 새카만 주머니의 바닥에 웅크리고 앉아 있었다.

커다란 텐트처럼 바람을 잔뜩 머금고 돛을 만들 때 쓰는 질기고 두껍고 펄럭펄럭 소리가 나는 천으로 된 벽에는 아래 세상을 향해 작은 창이 뚫렸다. 그 하늘에서 보이는 시야 안에는 어둠이 내린 대도시 도쿄가 수천만 개의 별을 뿌려놓은 듯 반짝반짝 아름답게 빛났다.

바로 아래를 가로지르는 큰 도로, 닌교 초와 고덴마 초를 잇는 전찻길에는 조금 전부터 허공에 걸린 전선에서 불꽃도 일어나지 않고 네모난 동물처럼 달려가는 전차의 모습도 이제 보이지 않았다. 막차 운행이 끝난 시각이었다.

그러나 거기에는 아직 전차보다 작은 네모난 동물 같은 자동차가 앞쪽 땅바닥에 빛으로 삼각형 무늬를 그리며 쏜살같이 오가는 모습이 이따금 보였다.

문제의 미노우라 저택이 그 전찻길 고덴마 초 정거장 근처에 콘크리트로 테두리를 두른 상자 모양의 정원 조감도처럼 눈에 들어왔다.

나카무라 계장과 구루스 노인은 쌍안경을 손에 들고 10분마다 교대로 기구의 작은 창을 통해 그 저택을 감시하는 중이었다.

저택에는 꼬마전구처럼 보이는 옥외 방범등이 세 군데 불을 밝히고 있어 어두운 밤이라고는 해도 정원이 어렴풋이 보였다.

"이제 잠이 든 모양이군요. 건물 창밖으로 비치던 불빛이 모두 꺼졌습니다."

나카무라 경부가 쌍안경에서 눈을 떼며 뒤에 있던 구루스 노인에게 말을 건넸다.

"그럼 더욱 방심할 수 없겠구려. 뭔가 움직임이 일어난다면 지금부터일 테니."

어두워서 해골 같은 얼굴은 제대로 보이지 않지만 밖으로 드러난 치열이 허공에서 희뿌옇게 움직이는 듯 느껴졌다.

하늘에 떠 있는 작은 섬, 두 사람은 누가 들을까 염려할 필요 없이 평소 목소리로 이야기를 나누었다.

이번에는 구루스 노인이 지켜볼 차례였다. 그는 경부와 자리를 바꾸고 커다란 프리즘 쌍안경을 눈에 댔다.

"정원에 전등이 켜져 있어 다행이로군. 좀 어둡기는 하지만 자세히 보면 저 연못에 떨어진 나뭇잎까지 또렷하게 보이니. 이 쌍안경은 내가 자랑하는 물건이라오. 배율도 높고 시야가 놀라우리만치 밝아요."

"그렇군요. 저도 이렇게 밝게 보이는 쌍안경은 처음입니다."

"어어, 경부님, 저택 문 앞에 짐수레가 멈췄구려. 커다란 나무상자를 하나 실었는데."

"예? 나무상자요?"

"그렇소. 남자 두 명이 그걸 내려 문 안으로 짊어지고 가는군. ……어라, 현관으로 가지 않고 정원 쪽으로 갑니다. ……연못 쪽으로 가는구려. ……그리고 나무상자를 연못가에 내려놓았소."

"잠깐, 저도 봅시다."

나카무라 경부는 기다리지 못하겠다는 듯이 노인에게 쌍안경을 받아 들여다보았다.

"흐음, 저거로군요. 커다란 나무상자. 사람도 충분히 들어갈 수 있겠군. 혹시……."

"모르죠. 그놈은 매일 닥치는 대로 여성을 유괴하고 있으니. 하지만 그 안에 반드시 사람이 들었다고는 볼 수 없을 거요. 지하에 사는 사람들을 위한 식료품도 역시 같은 방법으로 운반할 테니까."

"그렇지만 이상하군요. 두 녀석이 나무상자를 정원 한복판에 내려놓은 채 그냥 돌아갑니다. 집 안에 있는 사람을 부르는 것 같지도 않군요. 아아, 짐수레를 끌고 걷기 시작했네요……."

"경부님, 수레 쪽은 그냥 두고 정원에 둔 나무상자 쪽을 주의 깊게 살피시구려. 내 상상이 어긋나지 않았다면 이제 재미있는 일이 벌어질 것 같소이다."

구루스 노인은 뭔가 이상한 사건을 예감하는 듯한 말투였다.

"그렇지만 나무상자를 들여왔다는 걸 집 안에 있는 사람은 아무도 모르는 모양인데요."

"하하하……, 집 안 사람들은 알 필요도 없을 거요. 잠망경으로 다 보고 있으니. 지하에 사는 사람들은 나무상자가 어디 있는지 빤히 다 알고 있을 것이외다."

"흐음, 그렇겠군요. 그렇다면 누군가가 지하에서 나무상자를 옮기러 나오겠군요. 그런데 그 비밀 출입구라는 건 대체 어디 있을까요?"

"곧 알게 될 거요. 낮에도 말했듯이 나는 그 장소가 어딘지 짐작은 하오. 하지만 내 생각이 맞을지는 모르지. 어디 지켜봅시다."

나카무라 경부는 시간이 흐를수록 노인의 지혜를 신뢰하게 되었다. 이 무섭게 생긴 해골남은 보통 사람은 상상할 수 없는 통찰력을 갖춘 듯했다. 경부는 노인이 시키는 대로 고분고분 나무상자를 감시하는 일을 게을리하지 않았다.

긴 시간 동안 쌍안경의 시야에는 나무상자 하나만 희뿌옇게 보일 뿐 아무런 변화도 일어나지 않았다. 그러나 10분, 20분, 그리고 30분이 흘렀을 무렵, 정원 어둠 속에서 뭔가 움직이는 기척이 있었다.

경부가 보기에 처음에는 무엇이 움직이는지 잘 알 수 없었다. 다만 그때까지 죽은 듯 조용했던 정적이 깨진 느낌이었다. 하지만 눈을 크게 뜨고 자세히 보니 움직이는 것의 정체가 점점 또렷해졌다.

"엇, 영감님. 이상하네요. 물결이 일기 시작했습니다. 그런데도 연못가에 있는 나뭇잎들은 전혀 움직이지 않고요. 그냥 연못 수면에만 센 바람이라도 부는 것처럼 물결이 출렁거리네요."

"아아, 연못에 물결이 일어요? 어디, 나도 좀 봅시다."

노인은 쌍안경을 경부의 손에서 낚아채듯 빼앗아 이상하리만치 서둘러 들여다보았다.

"아아, 그렇군. 물이 움직여. 마치 연못 안에서 고래라도 펄떡거리는 것 같구려. 아아, 내 짐작이 맞았어. 대암실 입구 가운데 하나는 저 연못 안에 설치되어 있는 거요."

"예? 연못 안에 출입구가 있다고요?"

"그렇소. 상식을 뛰어넘은 발상이지. 누가 오래된 연못 탁한 물속에 지하 세계로 통하는 출입구를 숨겼을 거라고 상상이나 했겠나? 대부분 그런 건 물리적으로 불가능하다고 생각할 거요. 하지만 범죄의 천재는 그런 불가능을 가능하게 만들기 마련이오.

아아, 나왔다. 나왔어. 괴물이 연못 수면 위로 얼굴을 드러내기 시작했소. 역시 내가 생각했던 그대로야. 연못 속에서 쇠로 만든 통이 올라오는구려. 경부님, 잠깐 들여다보시오. 놈이 참으로 무시무시한 장치를 만들어냈구려."

나카무라 경부가 자리를 바꾸어 쌍안경을 들여다보았다.

"과연, 쇠로 만든 상자 같은 게 연못 한가운데서 튀어나왔네요. 아, 뚜껑이 열렸습니다. 그리고, ……아아, 쇠로 만든 사다리 같은 것을 슬금슬금 연못가로 내보내는군요. 상자 안에서 뭔가 움직이네요. 틀림없이 사람입니다. 그런데 머리 부분이 이상하군요. 마치 잠수부 머리처럼 생겼습니다. 아, 맞다. 저게 신문기사에 나왔던 구리 가면일지도 모르겠네요. 철가면이라는 소설 삽화에 나오던 것과 똑같은 괴물이에요. ……그 괴물이 상자 안에서 나옵니다. 한 명, 두 명, 세 명. 모두 세 명이로군요. 지금 사다리 같은 것을 이용해서 연못 건너 기슭으로 건너가는 중이에요."

쌍안경을 통해 보이는 시야에는 연못 전체가 가득 들어왔다. 그 연 못 가운데에 한 변이 1미터쯤 되는 정사각형 철통이 고개를 쑥 내밀 었는데, 거기서 연못 기슭까지 쇠로 만든 사다리가 놓였다. 그리고 구리 가면을 쓰고 작업복을 입은 세 사람이 아까 그 나무상자 쪽으 로 바삐 움직이는 중이었다.

그건 그렇다 치고, 대암실 출입구는 얼마나 기발하고 대단한 장치 인가. 한 변이 1미터쯤 되는 정사각형 철통은 틀림없이 지하 깊숙한 곳까지 같은 크기로 이어질 것이다. 아마 가스나 석유 저장 탱크와 마찬가지로 동력을 이용해 필요할 때 늘어났다 줄어들었다 하는 장 치로 보인다. 과연 이런 장치라면 지하로 물이 스며들 염려도 없어 연못 한가운데를 바깥 세계와 이어지는 통로로 만들 수 있다. 게다 가 어지간한 사람은 이런 걸 상상도 하지 못하리라.

"놀랍군요. 그야말로 터무니없는 발상 아닌가요? 이러니 아무리 찾아도 발견할 수 없었던 거죠. 연못 속에 출입구가 있다니. 영감님 의 뛰어난 안목에는 드릴 말씀이 없군요. 이런 상상도 못 한 장치를 용케 찾아내셨네요."

"아뇨, 그건 내가 오소네라는 인물을 잘 알기 때문일 뿐이올시다. 오랜 경험에 비추어 오소네라면 이런 짓도 할지 모른다는 어림짐작 이 맞아떨어졌을 뿐이오. 그놈은 허영심이 강한 공상가니까. 대암실이라는 겉만 번지르르한 걸 머릿속에 떠올린 것을 보면 오소네란 반미치광이의 성격이 그대로 드러나는구려."

"아, 세 녀석이 나무상자를 옮기기 시작했습니다. ……사다리를 건너 철통으로 돌아가네요. ……어라, 안에 또 사람이 있는 모양입니다. 역시 구리 가면을 썼고요. ……그놈이 아래서 나무상자를 받았습니다. 철통 안쪽에도 쇠사다리가 있는 모양입니다. ……철통 뚜껑이 닫혔습니다. 그리고 점점 물속으로 가라앉습니다. ……마치 잠수정이 가라앉는 모습 같군요."

이윽고 연못 속 괴물은 쌍안경으로 볼 수 있는 시야에서 완전히 자취를 감추고 말았다. 잠시 기괴한 일이 일어났었다는 흔적처럼 연못 수면이 출렁거렸다. 하지만 물결도 점차 가라앉더니 정원은 처음과 마찬가지로 죽은 듯 정적에 휩싸였다. 그 고요한 연못에서 괴물의 거대한 부리가 나타나 나무상자 하나를 집어삼켰으리라는 상상을 누가 할 수 있겠는가.

처음부터 끝까지 지켜본 두 사람은 흔들리는 애드벌룬 바닥에서 서로 얼굴도 분간할 수 없는 어둠 속에 앉아 있었다. 한동안 말도 잊고 방금 본 기괴한 꿈을 되새겼다. 그야말로 한바탕 꿈이었다. 범죄자의 터무니없는 환상과 현대 과학이 열매를 맺은 전율할 만한 꿈이라고밖에 표현할 길이 없었다.

"아시겠소이까? 오소네라는 녀석은 이런 인간입니다. 그러니 이 마술사와 싸우기 위해서는 우리도 작전을 단단히 짜서 준비해야만 하오.

경부님, 대암실에는 백 명이 넘는 녀석의 부하들이 일한다고 하더이다. 그렇다면 우리도 백 명이 넘는 경찰 병력을 지하 세계에 들여보내야 하오. 그 많은 병력을 어떻게 상대방이 전혀 눈치채지 못하도록 들여보내는가가 우리가 해결해야 할 과제죠.

자, 지금 저 기막힌 광경을 지켜보았으니 뭔가 머릿속에 떠오르는 게 있을 게요. 적이 마법을 쓴다면 우리도 마법을 쓰는 거요.

오소네는 지하로 통하는 출입구가 다섯 군데라고 했소. 그 출입구들은 모두 같은 장치가 되어 있을 게 틀림없소. 경찰은 그걸 찾아야 합니다. 그리고 경찰 병력은 분담해서 그 입구를 통해 한꺼번에 지하왕국으로 쳐들어가야 하오. 아시겠소, 경부님?"

나카무라 경부는 상당히 자신감 넘치는 노인의 말을 바로 이해하지는 못했다. 하지만 어두운 하늘 위로 기묘한 빛깔을 띠고 떠오르는 대규모 전투의 환영—지상 세계와 지하왕국이 벌이는 무시무시한 전투의 환영에 흥분으로 몸이 떨리는 것을 멈출 수 없었다.

악마가 부르는 승리의 노래

오소네 류지는 대도시 도쿄의 지하에 거미줄 같은 동굴을 파고 몇 십 명이나 되는 미녀를 잡아들였다. 어떤 여성은 하늘을 날게 하고, 어떤 여성은 연못에서 헤엄치는 인어로, 어떤 여성은 바위산을 뛰노는 반인반수, 또는 지하왕국의 벽을 기어 다니는 아름다운 도마뱀 등으로 분장시켰다. 그리고 자기는 벌거벗은 미녀들이 만든 침대에 누워 지내며 1백 명이 넘는 힘센 부하들을 거느리고 이 세상의 나쁜 짓이란 나쁜 짓은 다 저질렀다. 그리고 도쿄의 하늘을 시뻘건 소용돌이, 사악하고 무시무시한 불꽃으로 뒤덮겠다고 호언장담했다. 현세의 마왕, 악마 오소네 류지는 이 세상을 산 지 이제 겨우 25년이지만 마침내 승리의 노래를 부르고 있다.

도쿄에서 발행하는 여섯 개 신문의 실력 있는 기자들이 그만 오소네 류지의 술수에 빠져 지하에 만든 암흑 왕국을 마치 시골에서 올라온 구경꾼처럼 눈이 휘둥그레져 구경한 뒤, 자기 신문에 놀라운 마계견문기를 제각각 요란하게 발표해 몇 백만 독자를 깜짝 놀라게 만들었다. 그런데도 그들은 지하 세계가 정확하게 어디 있는지는 물론, 출입구의 위치조차 전혀 알지 못했다.

전국은 이 기괴한 대사건, 상상도 못 했던 놀라운 보도에 들끓었다. 달리 이야깃거리가 없었던 듯 사람들은 화들짝 놀라 '대암실'에 관한 소문만 나누었다. 경시청은 온 힘을 다해 수사를 시작했다. 어떤 이는 군대를 출동시키자는 제안까지 했다.

지하의 대마왕 오소네 류지가 바라던 그대로였다. 아니, 그가 바라는 바는 그뿐만이 아니었다. 신문기자 여섯 명에게 약속한 여배우 하나비시 란코 유괴마저 며칠 지나지 않아 아무런 어려움 없이 해치우고 말았다.

어느 날 밤, 지하왕국에 미친 듯한 환호성이 울려 퍼졌다. 악마의 오케스트라는 귀가 먹을 것 같은 승리의 곡을 연주했다. 동굴 천장에는 다섯 빛깔 오로라가 떴고, 날개 달린 선녀는 동굴 안을 이리저리 날아다녔다. 인어는 연못에 물결을 일으키며 오케스트라의 연주에 맞추어 함께 노래했다.

그 동굴 한쪽에서는 커다란 나무상자 같은 것을 앞에 두고 발가벗은 미청년 오소네 류지가 개선장군처럼 뭐라고 외치는 중이었다.

"아버지, 지옥의 밑바닥에 계신 아버지. 이제 나는 당신께 자랑할 수 있습니다. 저걸 보세요. 내가 거둔 승리를 보세요. 이제 나는 지하왕국의 왕입니다. 아니, 지하왕국만이 아니죠. 모든 세상의 왕입니다. 내가 원하는 일은 무엇 하나 이루어지지 않는 게 없습니다. 내게 불가능이란 없습니다. 나는 이제 드디어 아버지가 그토록 바라고, 그걸 위해 나를 기르고 가르치신 그 전지전능한 사악한 신이 된 겁니다. 악마, 그 자체가 된 겁니다.

제 말을 들어보세요, 아버지. 난 아버지가 돌아가신 뒤 당신의 악령으로부터 가르침을 받아 지옥 같은 사악한 지혜를 써서 땅에 매장된 수천만 엔이나 되는 보물을 손에 넣었습니다. 그걸 군자금으로 삼아 아버지가 계획한 사업을 멋지게 완성했어요.

이곳 대암실의 갱도는 으리으리한 큰 건물 바로 아래로 연결되어 있습니다. 나는 스위치 하나로 도쿄라는 도시 전체를 무시무시한 화염에 휩싸이게 할 수 있습니다. 지상 세계는 내게 손가락 하나 대지 못할 겁니다. 내가 일으킬지도 모를 인공적인 대지진이 너무 두렵기 때문이죠. 아아, 이제 이 나라의 수도는 내 손아귀 안에 있습니다. 이게 왕이 아니고 무엇이겠습니까. 나는 온 세상의 왕입니다. 세상은 어디 있는지도 모르는 대암실의 주인이 지닌 전능한 능력을 인정한 거죠.

지상의 모든 보물과 목숨도 내 뜻대로 할 수 있습니다. 보세요. 실제로 이 대암실에는 2백 명에 가까운 남녀가 있습니다. 가면을 쓴 지하 부대, 그리고 도쿄 전체에서 뽑은 미녀들. 선녀가 허공을 날고 있지 않습니까? 인어가 연못에서 노래하지 않습니까?

그리고 아버지, 나는 오늘 한 여왕을 후궁으로 맞이했습니다. 하나비시 란코라는 노래하는 배우죠. 전국의 젊은이들이 동경하는 천하 제일 미녀입니다.

나는 이 여자를 얻느라 뜻하지 않게 애를 먹었죠. 잘 아시는 아리아케 남작의 아들 도모노스케란 자가 정의의 깃발을 내걸고 필사적으로 방해했기 때문입니다. 그렇지만 전지전능한 마왕에게 어찌 실패가 있겠습니까. 일단 세운 계획은 어떤 어려움이 있어도 반드시 실현해야만 합니다.

그래서 나는 결국 승리를 거두었죠. 도모노스케와 그 일당의 뒤통수를 쳐서 깜짝 놀라게 만들었고, 대암실 기사가 실린 지 열흘 안에 반드시 란코를 내 것으로 만들겠다고 세상에 내건 공약을 멋지게 지켰습니다.

아버지, 그 아름다운 란코가 이 상자 안에 있습니다. 나는 나흘이나 이 지하왕국을 비우고 몸소 온갖 지혜와 계략을 동원했습니다. 여자로 변장해 란코의 은신처에 하녀로 들어가는 모험까지 감수하며 결국 목적을 이루었죠. 아리아케 도모노스케와의 싸움에서 멋지게 승리를 거둔 겁니다. 기뻐해주세요, 아버지. 제 목소리가 들립니까? 아, 아버지도 웃고 계시는군요. 저도 우습습니다. 인생이란 게 너무 우스워 견딜 수 없군요."

오케스트라가 연주하는 승리의 노래와 함께 오소네의 커다란 웃음소리는 동굴 천장에 메아리쳤다. 벌거벗은 미청년은 미친 듯이 춤추며 나무상자 주위를 돌면서 끊임없이 지옥의 웃음을 터뜨렸다.

미친 듯한 행태가 오래 이어진 뒤, 이윽고 그는 포획물을 가둔 상자로 다가갔다. 그리고 못이 박힌 뚜껑을 부하들의 도움도 없이 손수 열고는 안을 들여다보았다.

상자 안에는 잠옷을 입은 란코가 손이 뒤로 묶이고 재갈이 물린 채 웅크리고 있었다. 헝클어진 머리카락 아래 파랗게 질린 아름다운 얼굴. 정신을 잃었는지 긴 속눈썹이 달린 두 눈이 잠든 듯 감겨 있었다.

"이런, 가여워라. 란코 씨, 자, 정신을 차려. 오늘부터 그대는 이 대암실의 여왕님이니까."

오소네는 그리스 조각품처럼 근육이 아름답게 잘 발달한 상반신을 굽혀 상자 안에서 란코를 가볍게 들어 올렸다. 그리고 바닥에 깔린 곰 모피 위에 눕혔다.

"아아, 정신이 든 모양이군, 란코 씨."

란코가 눈을 번쩍 떴다. 그리고 너무 뜻밖이라는 듯 주변의 이상한 광경을 둘러보았다. 그리고 위에서 내려다보는 벌거벗은 미청년의 얼굴을 발견하더니 "앗" 하고 작게 비명을 지르며 도망치려는 듯 버둥거렸다.

"하하하……, 도망쳐봐야 빠져나갈 수 있는 곳이 아니야. 잘 봐. 여긴 땅속에 있는 동굴이거든. 그대는 오늘부터 이곳 여왕님이 되는 거지. 물론 다른 의견은 없으실 테지. 만약 여왕님이 되기 싫다면, 신문을 읽어 알 거 아니야? 그 무시무시한 고문 도구 신세를 지셔야지. 수레 고문, 물고문, 바늘 산, 망나니 진자. 뭐든 골라잡으셔. 그대의 그 아름다운 몸이 새빨간 그물처럼 칼날에 베여 피투성이가 될 거야."

악마의 무시무시한 위협에 란코는 몸을 떨며 바로 겁에 질려 그 자리에 주저앉고 말았다.

"하하하……, 그렇게 겁먹을 일 없어. 다른 의견만 없다면 그걸로 그만이야. 난 그대에게 끔찍한 꼴을 보여주려고 이리 데려온 건 아니니까. 오히려 그대가 꿈도 꾸지 못했을 만큼 사랑해주려고 해. 지옥의 애정이란 게 어떤 건지 보여줄 작정이야.

　자, 내 말에 따르기로 결정했으면 먼저 옷차림부터 바꿔야겠군. 그런 볼썽사나운 지상의 옷가지는 벗어버리고 이 왕국의 우아한 의상을 입도록 해."

　오소네는 그렇게 말하며 란코를 껴안다시피 해 잠옷을 벗기기 시작했다. 란코는 소용없는 짓이라는 걸 빤히 알면서도 저항하지 않을 수 없었다. 그러나 연약한 소녀의 힘으로 어떻게 막을 수 있겠는가. 란코는 이내 희고 매끄러운 알몸을 드러낸 채 곰 모피 위에 부끄러운 듯 잔뜩 웅크리고 누웠다.

건장한 인어

그로부터 한 시간쯤 지난 뒤, 인어가 사는 지하왕국의 큰 동굴 안 연못가에 요염한 인어 한 마리를 옆구리에 안은 발가벗은 미청년이 서 있었다. 오소네 류지가 대암실의 여왕 하나비시 란코의 하반신에 가죽으로 만든 인어 의상을 입혀 이제 막 연못에 던져 넣으려는 중이었다.

"란코 씨, 그대는 꿈의 나라 인어가 되었어. 이제 이 연못 속에서 아름다운 오로라 아래 오색영롱한 물을 헤치며 노닐 거야. 그리고 평소 무대에서 그대가 했던 것처럼 저 음악에 맞추어 아름다운 노래를 부르는 거지.

란코 씨, 그렇게 겁먹을 것 전혀 없어. 연못은 얕아. 헤엄칠 줄 몰라도 빠져 죽을 일은 없지. 그리고 이 물은 온천처럼 따뜻해. 자, 어여쁜 인어 아가씨, 그대는 이제 속세의 인간들이나 지키는 규칙을 버리고 인어의 규칙에 따라야 해. 이 연못 속에서 팔딱팔딱 뛰놀며 노래하는 거야. 그게 인어의 생활이지.

하지만 그대는 외톨이가 아니야. 친구가 많지. 그대에게 미치지 못하지만 역시 아름답고 젊은 인어들이 그대가 친구가 되어주기를 기다리고 있어."

오소네는 그렇게 말하며 묘한 가락으로 날카로운 휘파람을 불었다.

그게 신호인지 바로 연못의 물이 출렁거리기 시작하더니 어둠 저편에서 하얀 얼굴들이 저마다 노래를 부르며 물 위를 미끄러지듯 다가왔다.

"오늘부터 너희들과 함께 지낼 동료가 한 명 늘었다. 그렇지만 이 사람을 너희와 똑같이 여기면 안 돼. 이분은 지하왕국의 여왕님이셔. 너희들이 잘 받들어 모셔야 할 지체 높은 분이시다."

연못 속 인어들은 그 말을 듣더니 노래를 그치고 어처구니없다는 듯이 오소네에게 안긴 아름다운 인어를 노려보았다.

"자, 란코 씨. 저 인어들 속으로 들어가. 다들 아름다운 얼굴이잖아? 오늘부터 저 인어들은 그대의 시녀가 되는 거야. 전혀 거리낄 것 없어. 왕후답게 당당하게 행동하면 돼."

오소네는 이렇게 란코에게 용기를 불어넣으며 그녀를 물에 넣으려고 몸을 구부렸다. 그때 갑자기 기묘한 일이 벌어졌다. 오소네 류지가 몸을 구부린 채 화석처럼 꼼짝도 하지 않는 것이었다.

오소네의 날카로운 두 눈이 이상하게 빛나고 수면의 한곳만 뚫어지게 바라보았다. 그의 아름다운 얼굴은 뭔가 봐서는 안 될 것을 본 사람처럼 매우 놀라 굳어졌다. 옆구리에 란코를 안고 있다는 사실마저 잊었는지 어느새 팔의 힘도 풀려 가련한 인어는 물가 검은 바위 위에 쓰러졌다.

호수에 무슨 문제가 생긴 걸까. 호수 안에는 벌거벗은 임금님을 올려다보며 떠 있는 몇몇 인어의 얼굴만 있을 뿐이지 않은가? 하지만 그 가운데 딱 하나, 낯선 얼굴이 있었다. 오소네는 날카로운 눈빛으로 그 낯선 얼굴을 매섭게 쏘아보았다.

그 인어의 얼굴은 다른 인어와 마찬가지로 아름다웠다. 그러나 왠지 야릇한 아름다움이었다. 어깨까지 늘어진 검은 머리카락은 여성의 것이지만 그 뺨의 기운 넘치는 선, 꾹 다문 입술, 우뚝한 코, 짙은 눈썹, 날카로운 눈을 하고 있었다. 이게 과연 여자 얼굴일까? 설사 여자라고 해도 이런 남성적인 얼굴은 오소네의 취향이 아니었다. 따라서 이런 얼굴을 한 여자를 유괴한 기억이 없다.

아니, 그뿐만 아니다. 저 기묘한 얼굴은 어디선가 본 적이 있다. 바로 기억이 날 듯하면서도 왠지 생각이 나지 않았다. '아, 그놈이다. 그놈이 틀림없어.' 이런 생각이 드는데 그 이름은 바로 떠오르지 않았다. 마치 유령이라도 만난 듯 뭐라 말로 표현할 수 없는 찜찜한 기분이 들어 아무리 오소네라도 가슴이 서늘해지는 걸 느꼈다.

상대방도 수면 위로 얼굴만 내민 채 떠서 오소네를 빤히 바라보았다. 의미심장한 눈빛이었다. 뺨 근육이 살짝 경련을 일으키는 까닭은 웃음을 애써 참고 있기 때문이 아닐까? 만약 그렇다면……. 오소네는 깜짝 놀라 다시 그 이상한 얼굴을 뚫어지게 바라보았다.

"넌 대체 누구냐? 어디서 왔지? 네 담당은 연못이 아니라 바깥 아닌가?"

오소네가 물어도 상대방은 대꾸가 없었다. 대답 대신 입술을 살짝 일그러뜨리며 그 사이로 흰 치열을 드러낸 채 기분 나쁘게 씩 미소

지었다.

"이봐, 안 들려? 왜 웃는 거야? 대답을 해. 하지 않으면……."

오소네가 위협하듯 당장에라도 연못에 뛰어들 자세를 취했는데도 상대방은 전혀 놀라지 않았다. 그리고 아무리 참으려고 해도 치밀어 오르는 웃음 때문에 결국 견딜 수 없었는지 "흐흐흐……" 하고 소리를 내 웃기 시작했다.

"흐흐흐……, 오소네. 오래간만이야. 벌써 내 얼굴을 잊었나? 봐, 잘 보라고. 나야, 나."

그 귀에 익은 말투에 오소네는 오싹 몸을 떨었다. 있어서는 안 될 일이 일어났다.

'이게 꿈인가? 아니면 내가 미치기라도 한 걸까?'

그런 생각을 하니 더욱 무서워져 몸이 움츠러드는 기분이었다.

"흐흐흐……, 아직도 모르겠나? 그렇지는 않겠지. 넌 알아. 그냥 날 안다고 생각하는 게 두려운 거지. 어때, 그렇지?"

오소네는 보이지 않는 손에 떠밀리기라도 한 듯 비틀비틀 두세 걸음 뒤로 물러났다. 그리고 미치광이 같은 눈으로 상대를 노려보면서 저도 모르게 그 이름을 입에 올렸다.

"아리아케 도모노스케……."

"그래, 아리아케야. 네 원수인 내가 언제부턴가 인어들 사이에 끼어든 것이지."

밝은 목소리로 이야기하면서 그는 물보라를 일으키며 불쑥 일어섰다. 아리아케 도모노스케는 인어 분장을 하지 않은 상태였다. 몸을 물속에 잠기게 하고 얼핏 봐서는 알아볼 수 없게 조심하고 있었을 뿐이었다. 일어선 그는 팬티 한 장만 걸친 알몸이었다.

"하하하……, 오소네. 이게 무슨 뜻인지 알겠나? 난 오에야마 슈텐동자[98]를 퇴치하러 온 거야."

아리아케 도모노스케는 웃으면서 첨벙첨벙 물속에서 기슭으로 올라와 오소네 앞에 버티고 섰다. 누가 낫다고 할 수 없을 만큼 잘생긴 두 미청년은 힘찬 근육을 드러낸 채 두 개의 그리스 조각처럼 주먹을 쥐고 다리에 힘을 준 모습으로 대치했다. 처음에는 포대 풀밭 위에서, 두 번째는 도리이 고개 절벽 위에서, 세 번째는 스미다 강의 어두운 물속에서, 그리고 네 번째는 이 지하 동굴의 연못가에서. 두 적수는 이렇게 네 번째로 맞닥뜨렸다.

"후후후……, 이거 좀 얼떨떨하군. 하지만 뜻하지 않은 진객이야. 이거 대접이 이래서야 안 되지. 잠깐만 기다려. 내가 바로 시종무관을 부르지."

오소네는 그제야 마음을 가다듬고 얄미운 농담을 던지더니 또 묘한 가락으로 날카로운 휘파람을 불었다. 설명할 필요도 없이 부하들을 불러 모으기 위한 신호였다.

그러자 휘파람 소리가 동굴에 메아리치더니 멀리 사라져가는 어둠 저편에서 요란한 족쇄 소리와 함께 구리 가면을 쓴 수십 명의 남자들이 대오를 갖추고 빠른 걸음으로 다가왔다.

---

98 《대암실》 2부 122쪽 각주 참고. - 역주

"아리아케, 아섭지만 내겐 아군이 이렇게 많아. 이래서야 승부가 되겠나? 너는 마치 여기 목숨을 버리러 온 것 같군. 하하하……."

몰려온 아군의 모습을 보고 오소네는 우쭐대며 웃음을 터뜨렸다. 얄밉게 웃으며 혼자뿐인 상대방을 야유하려고 했다. 하지만 도모노스케는 조금도 기가 죽지 않았다. 기가 죽기는커녕 이상하리만치 그의 말투는 더욱 쾌활해졌다.

"그런데 난 혼자가 아닌걸. 이 아름다운 인어들이 모두 내 편이야. 그렇지 않다면 내가 연못 속에 숨을 수 없었을 거야. 아니, 그뿐만 아니지. 내겐 더 강력한 아군이 있어. 50명이나 되는 정의의 기사지."

"후후후……, 50명이라고? 그렇게 많은 적을 이 대암실에 들어오게 하는 실수를 내 부하가 저지르기라도 했다는 소린가? 허풍은 그만 떠시지. 여봐라, 이놈을 잡아 묶어라. 이야기는 꼼짝 못 하게 한 뒤에 해도 늦지 않다."

오소네는 오른손을 번쩍 들어 구리 가면들을 향해 신호를 보냈다. 하지만 이게 어떻게 된 일인가. 그의 부하는 마치 귀머거리라도 된 양 그의 신호에 전혀 반응하지 않았다. 대오를 갖추고 선 채로 이상하게 침묵을 지키며 꼼짝도 하지 않았다.

"여봐라, 뭐하는 거냐. 이놈을 묶으라고 하지 않았느냐. 뭘 꾸물거려."

오소네는 참지 못하고 불쑥 바위 위에서 뛰어내려 맨 앞에 선 구리 가면에게 다가가 어깨를 세게 밀쳤다. 구리 가면은 비틀거리며 웃음을 터뜨렸다. 정신이 나간 건가? 두령 앞에서 겁도 없이 배를 잡고 웃음을 터뜨리다니. 그 웃음은 구리 가면에 막혀 기묘하게 으스스하게 들렸다.

　오소네는 그 소리를 듣고 도무지 영문을 모르겠다는 표정으로 그 자리에 우두커니 서 있었다. 이게 대체 어떻게 된 일이지? 무슨 일이 일어난 거지?

화성의 운하

오소네는 뜻하지 않게 반항적인 태도를 보이는 부하에게 주먹을 쥐고 다시 그 어깨를 치려고 했다. 바로 그때 기괴한 웃음소리를 낸 인물이 불쑥 한 걸음 뒤로 물러서더니 구리 가면을 벗어버렸다.

특수한 열쇠가 없으면 가면을 목에서 빼낼 수 없는데 아무렇지도 않게 벗어버리다니. 게다가 그 안에서 나타난 얼굴은⋯⋯. 아아, 저런 걸 얼굴이라고 할 수 있을까? 눈꺼풀이 전혀 없는 거대한 두 개의 안구, 뻥 뚫린 동굴처럼 보이는 코, 입술은 녹아 사라졌고, 귀까지 찢어진 입 사이로 보이는 무시무시한 치열. 아무리 보아도 해골이다. 눈알만 남은 해골이다.

오소네는 그 얼굴 아닌 얼굴을 보고 깜짝 놀라 창백한 얼굴로 주춤주춤 뒷걸음질 쳤다. 물론 이런 괴물이 지하왕국에 있었을 리 없다. 그리고 그 얼굴과의 대면은 처음이 아니었다. 기억을 떠올릴 필요도 없이 머릿속에 새겨진, 일찍이 대극장 분장실에서 오소네의 정체를 폭로한 그 무시무시한 괴물이었다.

"으하하하⋯⋯, 설마 구리 가면 안에 이런 얼굴이 숨어 있을 줄은 생각도 못 했겠지. 오소네, 나다. 구루스 사몬이다. 오래간만이로구나. 그런데 널 소개할 사람이 있다. 그분은 널 알지만 신문에 난 사진으로나 보았지."

해골 노인의 말이 끝나자 바로 옆에 서 있던 인물이 얼른 가면을 벗고 얼굴을 드러냈다. 콧수염이 난 야무지게 생긴 중년 남자였다.

"경시청 수사 제1과, 제1계장 나카무라 경부를 소개하지. 앞으로 네가 신세를 져야 할 분이니 잘 보이는 게 좋을 게야."

오소네는 궁지에 몰린 짐승처럼 핏발이 선 눈으로 두리번두리번 주위를 둘러보았다. 너무도 뜻밖이라 아무리 악마라도 손을 쓸 방법을 모르겠는 모양이었다.

"그리고 다음 두 분은 소개할 필요도 없겠지. 네가 이곳 감옥에 가둔 쓰지도 노인과 호시노 씨야."

두 인물이 구리 가면을 벗었다. 수염투성이에 야위고 창백한 얼굴을 했지만 두 눈만은 원한으로 불타올랐다.

오소네는 그 시선을 마주하자 두 손으로 눈앞 공간을 털어내려는 듯한 손짓을 하면서 다시 비틀비틀 뒷걸음질 쳤다. 아아, 감옥에 가둔 저 두 사람마저 풀려난 건가? 어느 틈에? 부하들은 그걸 저지할 힘이 없었단 말인가?

"여러분, 가면을 벗어주시오. 그리고 이놈에게 얼굴을 보여주시오."

해골 노인의 말에 나머지 사람들도 가면을 벗었다. 오소네는 어두컴컴한 횃불의 빛을 통해 두리번거리며 그 얼굴들을 둘러보았다. 그 사람들 가운데 부하는 한 명도 없었다. 모두 낯선 사람들뿐이었다.

"이 가운데 서른 명이 경시청 경찰이지. 스무 명은 아리아케 도모노스케 도련님이 이끄는 항마 군대야. 이 밖에도 다섯 군데 출입구를

총 백 명에 가까운 경찰 병력이 지키고 있어. 말하자면 네 대암실은 개미 새끼 한 마리 빠져나갈 수 없을 정도로 완전히 포위된 거야."

노인은 말을 마치더니 괴로워하는 오소네의 모습을 가만히 바라보았다. 1분 남짓 동굴 안은 쥐 죽은 듯 조용했다. 아무도 꼼짝하지 않았다. 오케스트라 연주도 딱 멈추었고, 선녀는 날갯짓을 그쳤다. 인어도 물속에서 움직이지 않았다.

"도무지 모르겠군. 대체 어디서 실수를 한 거지? 어떻게 이런 일이 일어난 거지?"

이윽고 벌거숭이 악마는 견딜 수 없다는 듯이 양쪽 손가락으로 머리카락을 쥐어뜯고 몸부림치며 소리를 질렀다.

"으하하하……, 마법사가 마법에 걸린 꼴이지. 이 세상에 네놈 머리를 이길 두뇌는 없다고 생각해서 운이 다한 거야.

네놈은 며칠 전에 시내 다섯 곳에 묘한 애드벌룬이 뜬 걸 모르겠지. 우리는 그 풍선 안에서 네놈의 어린애 장난 같은 트릭을 간파했어. 이 동굴로 통하는 출입구를 찾아낸 거지.

그리고 우리는 네놈이 여기서 기어 나올 때를 기다렸다. 넌 란코를 유괴하고 싶어 안달이 났기 때문에 틀림없이 나올 거라고 예상한 거야. 만약 네놈이 지하에서 나온다면 하루라도 더 지상에 붙들어둘 계략만 짰지. 그래서 우리는 이리저리 란코의 은신처를 바꾸어 네놈이 바쁘게 뛰어다니게 만든 다음 그 허를 찔러 마법을 썼던 거지.

네놈은 란코 유괴를 위해 꼬박 나흘 동안 이 동굴을 비웠어. 그사이에 대대적인 인원 물갈이가 이루어졌지. ……그 내용은 도련님께서 말씀해주시겠습니까?"

노인은 연못 물가에 있던 도모노스케에게 공손하게 인사를 했다.

"좋아. 내가 그다음 이야기를 하지."

그 목소리에 오소네는 저도 모르게 뒤를 돌아보았다. 도모노스케는 두 팔에 아름다운 인어 두 명의 어깨를 감싸 안고 바위 위에 걸터앉아 있었다. 한 명은 하나비시 란코였고 다른 한 명은 호시노 마유미였다.

아아, 호시노 마유미. 독자 여러분은 이 이름을 기억하시려나? 아리아케 도모노스케의 사랑스러운 연인, 나중에 악마에게 홀려 소름 끼치는 망나니 진자 고문을 당해 지하의 함정 깊숙한 곳으로 떨어진 그 아름다운 소녀다. 마유미는 함정에서 끌어 올려진 뒤에도 헤아릴 수 없이 고문을 당했지만 당당하게 끝까지 정절을 지켜내고 마침내 오소네를 포기하게 만들었다. 그래서 얼마 전부터 인어가 되어 진주 같은 눈물을 흘리며 구슬픈 노래를 부르며 지냈다.

도모노스케는 지하 세계에 들어오자마자 무엇인가에 이끌리듯 이 연못에 이르러 거기서 헤엄치는 그리운 연인을 발견했다. 지상의 미청년과 악마의 왕국 인어가 눈물을 흘리며 상봉하는 모습이 얼마나 아름답고 슬펐던지. 사정 이야기를 들은 동료 인어들은 바로 그 순정에 반해 무시무시한 지하의 왕에게 등을 돌리고 도모노스케의 편으로 돌아서 목숨을 걸기로 맹세했을 정도였다.

아름다운 두 인어가 도모노스케에게 안겨 있는 모습을 보자 오소네는 낯빛이 푸르죽죽해지고 주먹을 불끈 쥐었지만 지금은 그보다 더 중요한 일이 있다. 먼저 도모노스케가 하는 말을 듣고 믿기 힘든 수수께끼를 푼 다음 이 위기에서 벗어날 방도를 궁리해야만 한다. 그는 분노를 어금니로 깨물어 삭이며 그 자리에 가만히 서 있었다.

도모노스케가 입을 열었다.

"오소네, 우리가 마술을 쓴 거야. 그것도 아주 간단한 마술을. 먼저 이 지하로 통하는 출입구를 찾아낸 다음 네가 이곳을 비우기를 기다렸지. 그걸로 우리 계획은 거의 성공한 거나 마찬가지였어.

어느 날 밤 식료품을 채운 상자 몇 개가 네 부하들 손에 의해 이 동굴로 운반되었지. 그 상자 가운데 하나를 도중에 바꿔치기 한 거야. 그 안에는 식료품이 아니라 바로 내가 들어가 있었거든. 상자가 동굴 저장실로 운반되기를 기다렸다가 나는 상자 안에서 살며시 빠져나와 제일 먼저 다섯 개인 잠망경 감시 담당자를 우리 편으로 끌어들였어. 그들은 악당이어서 그런지 머리가 빨리 돌더군. 폭탄이 터져 두령과 함께 죽느니 내게 목돈을 받는 쪽을 선택한 거야.

이렇게 해서 나는 대암실의 눈을 빼앗는 데 성공했어. 잠망경만 제 역할을 하지 못하게 만들면 나머지는 식은 죽 먹기지. 식료품 상자를 들일 때마다 연못 안의 튜브를 통해 지상으로 나온 철가면을 모두 끌어냈지. 그리고 그들의 옷과 가면을 빼앗아 우리 편이 네 부하로 변장해 태연하게 짐을 들고 동굴 안으로 들어가면 그만이었어.

네가 이곳을 비운 나흘 동안 다섯 개 출입구로 서너 명씩 경찰과 내 부하가 대암실로 숨어들었지. 그리고 네 부하들 가운데 판단을 제대로 할 줄 아는 녀석들에게는 상황을 설명하고 경찰을 도우라고 권했지. 그렇게 우리 편을 불리면서 한편으로는 다섯 군데 출입구로 다른 놈들이 눈치채지 못하도록 계속 경찰 병력을 투입했어. 우리 편으로 돌아선 네 부하의 가면과 복장을 빌려 바로 이렇게 50명이나 되는 항마 군대가 만들어진 거야.

여기 내 편인 구리 가면이 50명 있으니 이 숫자만큼 네 부하가 등을 돌리고 떠난 셈이 되지. 남은 사람은 절반인 50명 남짓이야. 그들은 감탄스럽게도 너를 배신하기를 망설였기 때문에 계략을 써서 네가 만든 그 지하 감옥에 밀어 넣었어.

결국 이 대암실에 이제 네 편은 한 명도 없다는 거야. 우리가 완전히 장악한 셈이지. 이 오케스트라 연주자들도 예외가 아니야. 원래 크게 나쁜 마음을 품은 사람들이 아니라서 우리 설득에 순순히 마음을 고쳐 태연한 얼굴로 우리 계획을 도와준 거지.

오소네, 나는 이렇게 해서 마유미 씨를 네 손아귀에서 되찾고, 마유미 씨의 아버님과 쓰지도 노인, 그리고 란코 씨를 구해낼 수 있었던 거야. 내 목적의 절반은 이룬 셈이지.

처음에는 내 손으로 직접 아주 잔혹한 방법으로 갈기갈기 찢어 죽일 작정이었어. 그렇게 하지 않으면 아버지와 어머니의 원한을 풀 수 없다고 생각했던 거지.

하지만 넌 행운아야. 너와 나 단둘이 일대일로 승부를 겨루기에는 네 음모가 너무도 컸어. 아무리 부모의 원수를 갚기 위해서라고 해도 개인의 사사로운 감정 때문에 한 나라의 수도의 재앙을 무시할 수는 없지. 나는 눈물을 머금고 경시청의 지도와 도움을 받기로 했어.

오소네, 이게 너의 '대암실'이 멸망하게 된 사태의 전말이야. 악마의 사악한 지혜는 아무리 뛰어나도 결국 정의의 지혜에 무릎을 꿇게 된다는 하늘의 섭리를 깨닫도록 해. 그리고 미련 없이 죗값을 치러. 너도 자칭 암흑세계의 왕이라고 하던 인물이야. 마지막을 깔끔하게 마무리해. 나는 지금 너를 위해 그걸 바랄 뿐이야."

도모노스케는 말을 마치고 조용히 오소네를 바라보았다. 개인적인 결투를 포기한 그의 눈에는 이미 적의는 찾아볼 수 없었고, 악마의 최후를 지켜보는 일말의 슬픈 기색마저 감돌았다.

하지만 태생이 극악무도한 오소네는 도모노스케의 충고에 귀 기울이지 않고 주위를 노려보며 반쯤 미친 듯이 큰 소리로 웃었다.

"으하하……, 이거 재미있군. 1 대 50인가? 적으로 삼기에 부족하지 않군. 그래, 내가 네놈들에게 항복하지 않는다면 어쩌겠냐?"

오소네는 그렇게 외치자마자 불쑥 동굴 한쪽 구석으로 달려갔다. 거기에는 바로 그 커다란 배전반이 설치되어 있었다. 그는 쏜살같이 달려가 무서운 기세로 큰 스위치를 올렸다. 하지만 당연히 폭발은 일어나지 않았다. 이성을 잃은 악마는 도모노스케가 이 위험한 장치를 그대로 두었을 거라고 믿었던 걸까?

"오소네, 쓸데없이 발버둥 쳐봐야 소용없으니 그만둬. 폭발을 막고 싶어서 나는 그토록 방비를 한 거야. 제일 먼저 그 배전반의 전선을 끊지 않았을 리가 없지 않겠어? 혹시나 싶어 말해두는데 갱도 여기저기에 있는 폭발 장치도 남김없이 제거해버렸어. 전선만 끊은 게 아니야. 폭약은 물에 집어넣었기 때문에 이젠 그 위력을 전혀 발휘

할 수 없지."

마지막으로 믿던 동아줄도 끊어지고 말자 악마는 점차 미친 듯이 난동을 부렸다. 그는 머리카락을 쭈뼛 세우고 온몸을 분노로 채운 채 키들키들 웃으며 동굴 안을 마구 뛰어다녔다.

"으하하하……, 나를 잡겠다고? 잡을 수 있다면 잡아봐라. 내가 공중곡예사라는 걸 잊었나?"

그는 소리를 지르며 갑자기 원숭이처럼 동굴 벽을 기어오르기 시작했다.

"내 편이 없어? 여자들은 내가 그토록 아껴준 애무를 잊었나? 나와 생사를 함께할 사람은 이리 와라."

그렇게 외치자 이상하게도 몇몇 미녀가 선녀 날개를 뜯어내고, 인어 비늘을 벗어 던지고 거의 알몸이 되어 미친 듯이 오소네를 따라 바위를 기어올랐다.

그 여자들은 왕이 베푼 애정을 잊지 못해 기특하게도 함께 죽기로 작정한 걸까?

사람들이 "저런, 저런" 하며 쳐다보는 사이에 알몸이 된 미청년과 여섯 미녀는 요염한 짐승처럼 필사적으로 몸부림을 치면서 점점 암벽 높은 곳으로 기어올라 벽을 파서 만든 방 같은 곳으로 들어갔다.

"앗, 저 녀석이 자살할 작정이야."

누가 소리를 버럭 질렀다. 이어서 "으악" 하고 사람들이 비명을 질렀다. 그 벽에 파놓은 방 안으로 들어간 오소네는 손에 반짝반짝 빛나는 단검을 쥐고 있었다.

"아래 있는 여러분, 여러분은 행복한 사람들이다. 지금 너희들은 악마의 나라 심장부를 건드렸다. 사악한 아름다움이 어떤 것인지 깨달을 수 있을 것이다.

여러분, 대암실의 마지막을 장식할 내 창작물을 구경하시라. 피와 목숨으로 그리는 내 일생일대의 미술이다. 아아, 그러려면 반주가 있어야겠군. 오케스트라! 너희 두령의 마지막 바람이다. 악마의 곡을 연주해다오. 자, 연주 시작!"

벽을 파서 만든 방 같은 공간 중앙에 여섯 명의 알몸 미녀를 좌우로 거느리고 역시 알몸인 미청년은 큰대자로 우뚝 서서 목청껏 외쳤다.

아래 있는 사람들은 악마의 이상한 행동에 어쩔 줄 모르고 할 말도 잊은 채 멍하니 높은 곳에 있는 그들을 쳐다볼 뿐이었다. 그 공간 맞은편, 3미터도 넘는 높이에 뚫린 작은 창 안쪽에서 오케스트라 연주자들이 지시를 기다리는 사람들처럼 아래를 내려다보고 있었다.

아아, 연주자들은 악당이지만 두령의 마지막을 장식하기 위해 악마의 곡 연주를 원하는 게 틀림없었다. 도모노스케는 그걸 눈치채고 오른손을 높이 들어 연주를 시작하라는 신호를 보냈다.

"이제 됐어. 악마는 악마답게 대암실의 마지막 무대를 빛내는 게 좋지. 그걸로 됐어. 이제 됐어."

도모노스케는 구루스 노인과 얼굴을 마주 보며 침통한 표정으로 눈을 깜빡였다.

이윽고 미친 듯한 악마의 곡이 울려 퍼졌다. 동시에 환등기는 최고의 능력을 발휘해 오색영롱한 오로라를 비추기 시작했다.

그 오로라 아래 미친 듯한 음악을 따라 너무도 기괴한 살인이 이루어졌다. 오소네가 휘두르는 단검이 한 번 번쩍일 때마다 발가벗은 여섯 미녀는 목, 어깨, 탐스러운 젖가슴에서 아름다운 선혈을 흘리며 차례차례 쓰러졌다.

미청년 아도니스는 피로 물든 미녀를 밟고 보란 듯이 소리 높여 외치면서 단검을 휘둘러 새하얀 자기 피부를 종횡무진 베어냈다.

눈처럼 하얀 살갗에서 점점 새빨간 피가 흘러나왔다. 그 피가 이리저리 엇갈려 온몸을 새빨간 그물로 뒤덮은 듯했다. 흰 바탕에 빨갛게 물든 알몸이 검은 바위 표면을 배경으로 삼아 기괴한 뱀의 눈처럼 반짝거리며 꿈틀거리는 듯했다.

"으하하하……."

그러더니 오소네 류지는 미친 듯이 웃음을 터뜨렸다. 새빨갛게 물든 알몸을 고통스럽게 뒤척이며 보기에도 처참한 최후의 춤을 추면서 그칠 줄 모르고 키들키들 웃어댔다.

악마의 웃음소리는 오케스트라가 연주하는 음악마저 지워버릴 듯 동굴 안에 울려 퍼졌다. 입술에서 시작된 선혈이 흰 턱을 지나 목에서 폭포처럼 흘러내렸다.

"화성의 운하!"

도모노스케는 그 비교할 길 없는 사악한 아름다움과 격정을 지켜보면서 몸을 떨며 중얼거렸다. 눈처럼 하얀 알몸을 뒤덮은 새빨간 그물은 왠지 망원경으로 본 화성 표면을 떠올리게 만들었다. 그 하얗고 거대한 별 표면을 가로세로로 교차하는 신비와 공포의 대운하를 떠올리지 않을 수 없었다.

악마의 춤은 이윽고 막바지에 이르렀다. 오소네 류지가 펄쩍펄쩍 뛸 때마다 흘러내리는 피는 이제 그물이 아니라 온몸을 붉은색으로 물들이고 말았다. 붉은 죽음의 무도였다.

미친 듯 춤추는 오소네의 다리가 어느새 비틀비틀 흔들리기 시작했다. 시뻘건 두 손으로 허공을 움켜쥐며 무릎 관절이 덜컥덜컥 주저앉았다. 쓰러지면 일어서고, 다시 쓰러지면 일어서는 사이에 그 속도는 점차 느려졌다. 악마는 결국 여러 겹 포개진 미녀들의 시체 위에 털썩 엎어진 채로 움직이지 못했다.

이제 넓은 동굴은 죽음 같은 침묵으로 뒤덮였다. 사람들은 돌부처처럼 꼼짝도 않고 오소네 류지와 미녀들이 죽은 곳을 쳐다보며 탄식조차 꺼리듯 아무 소리도 내지 않았다. 이제 악마의 곡 연주도 들리지 않았다.

아아, 악마는 아직 숨이 끊어지지 않았다. 그는 그 무덤 같은 정적과 침묵 속에 쓰러진 채로 슬금슬금 고개를 들었다. 그리고 피투성이가 된 얼굴로 사람들을 향해 오싹한 목소리로 웃기 시작했다.

튀어나올 듯 부릅뜬 야수의 두 눈. 초승달 모양으로 꼬리가 치켜 올라간 피투성이 입술. 그 사이로 히죽 드러나는 새하얀 송곳니. 형용할 길 없는 무시무시한 표정이 영화의 클로즈업처럼 점점 커지더니 이윽고 사람들의 시야를 완전히 뒤덮고 말았다.

〈끝〉

자작 해설

도겐샤판 《에도가와 란포 전집》의 후기에서

《킹》1936년 12월호부터 이태 뒤인 1938년 6월호까지 연재되었다. 고단샤에서 인기작가로 불리며 활동하던 시기의 마지막 작품이다. 내 소설 가운데 가장 오래 연재됐다. 그 뒤로도 고단샤 잡지에 통속소설을 연재하기는 했지만 그때는 중일전쟁 말기에 들어간 즈음이라 세상이 변했으며 쓰면서도 내키지 않았고 거의 세평에 오르지도 않았다. 따라서 《대암실》이 많은 사람들이 읽어준 마지막 작품이라고 해도 좋을 것이다.

《대암실》은 대시대성(大時代性)[99] 권선징악 모험소설로, 구로이와 루이코[100]의 《암굴왕》에 뤼팽의 수법을 섞은 듯한 이야기를 노리고 썼던 것 같은데, 역시 나의 어린애 같은 환상이 가장 두드러진다. 지하왕국의 참상에는 어린 시절에 읽은 에미 스이인[101]이 쓴 땅속 탐험

---

[99] 현대적이지 않아 시대성이 옅고 양식적이며 과장이 심한 연기나 연출을 말한다. – 역주
[100] 黒岩涙香, 1862~1920. 사상가, 소설가, 번역가, 언론인. 일본 추리소설의 새벽을 연 대표적인 작가다. – 역주
[101] 江見水蔭, 1869~1934. 소설가, 번역가, 모험가. 통속소설, 추리소설, 모험소설, 탐험기 등을 남겼다. 여기서 에도가와 란포가 언급한 작품은 《지저탐험기》(1907), 《탐험실기 지중의 비밀》(1909) 등으로 보인다. 옮긴이가 이 작가의 단편 〈숯쟁이의 연기〉를 번역, 소개한 바 있다. – 역주

에도가와 란포에 대하여 2부

야마마에 유즈루(추리문학 평론가)

태평양전쟁 이후의 에도가와 란포

1

1947년 6월 도쿄에서 작가와 평론가, 출판사, 팬들이 모여 탐정소설클럽을 설립했다. 회원 수는 103명, 초대 회장은 에도가와 란포였다.

탐정작가클럽상이 만들어지고 1948년 제1회에는 장편상에 요코미조 세이시의 《혼진 살인사건》, 단편상에 기기 고타로[103]의 〈초승달〉, 신인상에는 가야마 시게루[104]의 《가이만소 기담》이 선정되었다. 이 탐정작가클럽의 뿌리는 1946년 6월에 발족한 '도요카이(土曜会)'였다. 추리작가 지망생이나 팬들이 도쿄 이케부쿠로에 있던 에도가와

---

103 木々高太郎, 1897~1969. 소설가 겸 의학박사. 대뇌생리학자로 파블로프 밑에서 조건반사에 대한 연구를 하기도 했다. 1935년 탐정소설 예술론을 주장해 소설가 고가 사부로(甲賀三郎, 1893~1945)와 유명한 논쟁을 벌였다. 1935년 나오키 상을 받았으며 그 이듬해 모교인 게이오 대학에서 의학부 교수가 되었다. - 역주
104 香山滋, 1904~1975. 소설가. 추리소설과 환상소설을 즐겨 썼다. 중·단편 19편, 장편 2편을 남겼다. 괴수 고질라의 원작자로도 유명하다. - 역주

란포의 자택에 자주 찾아오자 아예 따로 장소를 빌려 정기적인 모임을 가졌던 것이다.

전쟁으로 큰 타격을 입은 일본 사회에서 추리소설(＝탐정소설)은 빠르게 활기를 되찾고 있었다. 전쟁 중에는 정부가 출판을 통제했는데, 특히 범죄를 오락으로 그리는 경우가 많은 추리소설은 작품 집필이 크게 제한된 상황이었다.

그런 만큼 추리소설을 애타게 기다리던 독자들은 전쟁이 끝나자 줄지어 출판된 서적에 덤벼들었던 것이다. 1946년에는《호세키(宝石)》[105]나《로크(LOCK)》[106] 같은 추리소설 전문지가 여러 종 창간되었다. 당시 그런 잡지들은 모두 형편없는 종이에 인쇄되어 지금 보면 초라하지만, 그 시절 팬들에게는 그야말로 '보석'처럼 보였을 게 틀림없다.

2

그런 출판 상황 속에서 가장 인기를 끌었던 책들은 역시 에도가와

---

[105] 1946년에 창간되어 1964년까지 발행되었다. 창간 때는 이와야쇼텐(岩谷書店)이 발행했지만 1956년부터는 독립한 호세키샤(宝石社)가 발행했다. 호세키샤가 도산한 뒤 고분샤(光文社)가 판권을 사들여 월간 남성종합지로 재창간, 1999년까지 발행했다. 1957년 8월부터는 경영이 어려워진 호세키를 지원하기 위해 에도가와 란포가 한동안 편집장을 맡기도 했으며 사재를 털어 투자하기도 했다. – 역주
[106] 수명이 짧았던 추리소설 월간지다. – 역주

616 에도가와 란포 결정판 2

란포의 작품이었다. 다만 그 당시 에도가와 란포는 소설 쓰기보다 탐정작가클럽 운영이나 신인 발굴, 그리고 해외 작품 소개에 열중했다.

그럼에도 에도가와 란포는 매달 도요카이 모임에는 반드시 출석했다. 심사위원을 맡은《호세키》의 첫 번째 소설 현상공모를 통해서는 가야마 시게루, 시마다 가즈오[107], 야마타 후타로[108] 같은 인기 작가들이 데뷔했다. 다카기 아키미쓰[109]의 장편소설《문신 살인사건》(1948)처럼 이름 없는 신인 작품을 세상에 내놓기 위해 애쓰기도 했다.

그 즈음 일본에 주둔하던 미군 병사들이 다량의 추리소설을 가지고 들어왔다. 전쟁 때문에 해외 정보가 여러 해 끊어졌던 만큼 에도가와 란포는 그런 책들을 사들여 독파해나갔다. 윌리엄 아이리시[110]의《환상의 여자》에 감동하여 쓴 독후감 일화는 유명하다.

란포는 그 독후감을 비롯해 수많은 평론, 연구 결과를 발표했다. 1951년에 내놓은 평론집《환영성(幻影城)》으로 제5회 탐정작가클럽상을 받았다. 또《속·환영성(続·幻影城)》(1954)에 수록된 〈종류별

---

107 島田一男, 1907~1996. 소설가. 제4회 탐정작가클럽상을 수상했다. 1971년 마쓰모토 세이초의 뒤를 이어 일본추리작가협회 이사장으로 일하기도 했다. - 역주
108 山田風太郎, 1922~2001. 소설가. 추리소설뿐만 아니라 시대소설로도 유명한 작가로 엄청난 양의 작품을 남겼다. 1949년 제2회 탐정작가클럽상을 받았으며 1997년에는 제45회 기쿠치 간 상, 2000년에는 제4회 미스터리문학대상을 수상했다. - 역주
109 高木彬光, 1920~1995. 소설가. 1950년 제3회 탐정작가클럽상을 수상했으며 가미즈 교스케(神津恭介) 시리즈로 유명하다. 시대소설, 과학소설도 집필했다. - 역주
110 William Irish, 1903~1968. 미국 소설가. 주로 코넬 울리치라는 이름으로 활동했다. - 역주

트릭 집성〉111은 지금도 추리소설 작가에게 중요한 의미를 지닌 트릭 분류로 평가받는다.

3

　뿐만 아니라 란포는 신문이나 잡지 외에 원고를 쓰거나 라디오 출연, 또는 작가들이 배우로 분한 연극 등으로 추리소설계를 대표하는 작가로 언론에 등장하는 일이 잦아졌다. 그러나 독자들이 에도가와 란포에게 가장 바라던 것은 소설이었다. 그토록 기다리던 란포의 작품은 1949년 잡지에 연재된 《청동 마인》112이었다.

　하지만 《청동 마인》은 《괴인 20면상》113에서 시작된 '소년탐정단 시리즈' 가운데 하나였다. 추리소설의 장치와 서스펜스가 넘치는 작품으로 어린이 독자들을 크게 흥분시켰지만, 성인 독자가 기대한 내용과는 달랐으리라. 하지만 그 뒤로 매년 발표된 이 시리즈가 일본에서 오랜 세월 어린이를 위한 추리소설의 첫걸음이 된 것은 틀림없다.

---

111 잡지 《호세키》 1953년 9월, 10월호에 처음 실렸다. 란포는 내용을 보충해 《속·환영성》에 실었다. 고단샤 문고판 《에도가와 란포 전집》 제27권에 수록되어 있다. ‒ 역주
112 고분샤가 발행하는 월간 오락지 《쇼넨(少年)》에 1949년부터 연재된 어린이 대상 추리소설 시리즈 다섯 번째 이야기다. 일본이 패전한 후 '괴인 20면상'이 처음 등장하는 작품으로, 요코야마 미쓰테루(橫山光輝)의 《철인 28호》의 아이디어에 영향을 끼쳤다고 한다. 라디오 드라마와 영화로 만들어져 인기를 끌었다. ‒ 역주
113 1936년부터 1962년까지 이어진 '소년탐정 시리즈'의 등장인물이자 첫 작품의 제목이기도 하다. ‒ 역주

60세가 된 1954년에 란포는 기금을 마련해 에도가와 란포 상을 만들었다. 처음에는 추리소설 여러 분야에서 큰 업적을 남긴 인물이 대상이었지만, 1957년 제3회부터는 원고 공모를 통한 신인상으로 바뀌었다. 그해 수상자가 된 니키 에쓰코의 《고양이는 알고 있다》가 베스트셀러가 되면서 에도가와 란포 상은 추리소설계에서 유일한 장편 신인상으로 관심을 모았다.

4

또 1954년에는 슌요도[114]에서 《에도가와 란포 전집》이 나오기 시작해 모든 작품을 손쉽게 구해 읽을 수 있게 되었다. 그리고 에도가와 란포는 마침내 본격적인 장편 추리소설을 쓰기 시작했다. 《화인환희》와 《그림자남》이 잡지에 연재된 뒤, 전집 가운데 한 권으로 출간되었다. 또 1955년에는 《네거리》라는 장편소설을 내놓았다. 하지만 작가로서는 이때가 마지막 빛을 뿜었던 시기였다고 할 수 있으리라.

1956년 에도가와 란포의 단편소설들을 영어로 번역한 《일본 미스터리와 환상소설(Japanese Tales of Mystery & Imagination)》이 출간되었다. 일찍이 미국에 가서 추리작가가 되겠다는 야망을 품은 적도

---

114 1878년 창업. 서점을 거쳐 1882년부터 출판을 시작해 오늘에 이른다. - 역주

있었던 에도가와 란포에게는 대망의 한 권이었음이 틀림없다. 한편 란포는 1953년 창간된 하야카와쇼보(早川書房)[115]에서 기획한《하야카와 포켓 미스터리》의 작품 선정에 참여해 해설을 담당하는 등 해외 작품 소개에 더욱 애쓰는 모습을 보였다.

5

　1957년 에도가와 란포는 경영 사정이 나빠진《호세키》를 지원하기 시작하며 편집에도 관여했다. 어린 시절부터 꿈꿨던 잡지 편집이라는 꿈을 이룬 란포는 몸소 원고 청탁을 하러 이리저리 뛰어다니며 지면을 새롭게 만들어갔다. 잡지 게재 작품에 '루브릭(Rubric)'[116]이라고 불리는 짧은 소개문을 집필하기도 했고, 자세한 기사까지 스스로 편집했다. 게다가 경리나 광고 관련 업무에도 신경을 썼다.
　마침 마쓰모토 세이초[117]가 등장해 일본 추리소설계는 큰 변동이 일어나던 시기였다. 최종 후보까지 포함한다면 다키가와 교[118], 신쇼

---

115 1945년 8월 창업. 미스터리 소설과 과학소설 분야의 해외 작품을 많이 소개한 출판사로 유명하다. - 역주
116 과제를 수행할 때 평가하는 기준의 집합을 말한다. - 역주
117 松本清張, 1909~1992. 소설가.《점과 선》(1958)으로 사회파 미스터리의 붐을 일으키며 일본을 대표하는 소설가가 되었다. 에도가와 란포의 뒤를 이어 제2대 일본추리작가협회 이사장(1963~1971)을 맡기도 했다. - 역주
118 多岐川恭, 1920~1994. 소설가. 1958년 에도가와 란포 상 수상, 같은 해 제40회 나오키 상 수상. - 역주

후미코[119], 사사자와 사호[120], 진순신[121], 도가와 마사코[122], 사가 센[123] 등이 에도가와 란포 상을 통해 데뷔했다. 그리고 《호세키》가 관여한 단편소설 현상공모를 통해서는 기노시타 다로[124], 사노 요[125], 구로이와 주고[126] 등이 등장했다. 이런 작가들이 일본 추리소설계에 새로운 바람을 일으켰다.

한편 다카기 아키미쓰, 쓰치야 다카오[127], 아유카와 데쓰야[128]처럼 이미 데뷔한 작가들도 훌륭한 작품을 발표했다. 뿐만 아니라 마쓰모

119 新章文子, 1922~2015. 소설가. 1959년 에도가와 란포 상 수상. - 역주
120 笹沢左保, 1930~2002. 소설가. 추리소설, 서스펜스 소설, 시대소설, 수필집 등 380 종에 가까운 저서를 남겼다. - 역주
121 陳舜臣, 1924~2015. 소설가. 추리소설과 역사소설을 많이 남겼으며 역사 관련 서 적 저술로도 유명하다. 일본 고베 시에서 태어났고, 본적은 타이베이지만 1973년 중국 국 적을 취득했다. 천안문사건(1989)을 계기로 1990년 일본 국적을 취득해 대만 국적과 함께 유지했다. 1961년 에도가와 란포 상을, 1968년 제60회 나오키 상을 수상하는 등 많은 상 을 받았다. - 역주
122 戸川昌子, 1933~. 소설가 겸 샹송 가수. 1962년 에도가와 란포 상 수상. - 역주
123 佐賀潜, 1914~1970. 소설가, 검사, 변호사. 일본추리작가협회 고문변호사이기도 했다. 1962년 에도가와 란포 상 수상. - 역주
124 樹下太郎, 1921~2000. 소설가. 추리소설, 샐러리맨 소설을 주로 썼다. - 역주
125 佐野洋, 1928~2013. 소설가 겸 평론가. 1964년 추리작가협회상 장편 부문, 1997년 일본미스터리문학대상, 2009년 기쿠치 간 상을 수상했다. 1973년부터 일본추리작가협회 이사장을 지냈다. - 역주
126 黒岩重吾, 1924~2003. 소설가. 1961년 나오키 상, 1980년 요시카와 에이지 상, 1992년 제40회 기쿠치 간 상 수상. - 역주
127 土屋隆夫, 1917~2011. 소설가. - 역주
128 鮎川哲也, 1919~2002. 소설가. 1950년 《페트로프 사건》으로 소설가로 본격 데뷔했 다. '오니쓰라 경부 시리즈'를 비롯해 수많은 본격 추리소설을 발표했으며 앤솔러지 편찬 이나 신인 발굴에도 많은 노력을 기울였다. 제1회 본격미스터리대상 특별상을, 2003년 제 6회 일본미스터리문학대상을 받았다. - 역주

토 세이초, 도이타 야스지[129], 미즈카미 쓰토무[130] 같은 추리소설을 전문으로 하지 않는 작가들도 참신한 작품을 내놓았다.

일찍이 볼 수 없었을 정도로 활기가 넘치는 추리소설계를 바라보며 에도가와 란포는 잡지 편집자로서도 충분히 기뻐했을 게 틀림없다.

6

1960년 지병인 축농증 수술 후, 에도가와 란포는 체력이 많이 떨어졌다고 느껴 즐겁게 해왔던 《호세키》 편집에서 손을 뗐다. 1961년에는 자신의 자전적 이야기를 자세히 쓴, 일본 탐정소설의 역사이기도 한 《탐정소설 40년》[131]을 내놓았다. 같은 해에는 손수 꼼꼼하게 교정을 본 도겐샤판 전집 간행도 시작했다. 자기 생애의 막을 스스로 내리는 듯한 에도가와 란포였다. 그리고 1962년에 발표한 '소년 탐정단 시리즈'《초인 니콜라》가 에도가와 란포의 마지막 소설이 되

---

129 戸板康二, 1915~1993. 소설가 겸 연극, 가부키 평론가. 1948년 《가부키 주변》을 발표했다. 1960년 제42회 나오키 상, 1976년 제29회 일본추리작가협회상 단편 부문상, 1976년 기쿠치 간 상을 수상했다. 그 밖에도 여러 문화 관련 상을 받았다. – 역주
130 水上勉, 1919~2004. 소설가. 필명일 경우 성은 '미나카미'로 읽기도 한다. 제14회 일본탐정작가클럽상, 제45회 나오키 상, 제11회 다니자키 준이치로 상, 제4회 가와바타 야스나리 상 등 수많은 상을 받았다. – 역주
131 원고 분량으로 따지면 최대 작품이다. 고분샤 문고판 《에도가와 란포 전집》에서는 상하권으로 나누어 제28권, 제29권으로 발행했다. 여러 잡지에 연재된 글을 모았는데 중간에 《탐정소설 30년》이라는 제목으로 한 차례 출간되기도 했다. – 역주

고 말았다.

  그럼에도 에도가와 란포는 여전히 일본 추리소설계를 대표하는 작가였다.

  1963년 1월 탐정작가클럽을 뿌리로 삼은 사단법인 일본추리작가협회가 발족했는데, 초대 이사장은 역시 에도가와 란포였다. 하지만 체력적으로는 아무래도 힘든 때였기 때문에 반년쯤 뒤에 마쓰모토 세이초가 제2대 이사장으로 취임하게 되었다.

7

  1965년 7월 28일, 에도가와 란포는 뇌출혈로 위대한 생애에 마침표를 찍었다.

  8월 1일 추리작가협회장으로 장례가 치러졌다. 하지만 작품의 생명까지 다한 것은 아니다. 1969년에 고단샤에서 출간된 것을 시작으로 여러 차례 에도가와 란포의 전집이 만들어졌다. 뿐만 아니라 지금도 독자들이 쉽게 구할 수 있는 저렴한 가격에 많은 작품들이 여러 출판사에서 나오고 있다.

  에도가와 란포에 대한 연구서도 끊임없이 쏟아져 나왔다. 지금도 계속되는 에도가와 란포 상을 통해서는 니시무라 교타로, 모리무라 세이이치, 히가시노 게이고, 이케이도 준 같은 수많은 인기작가가 등장했다.

에도가와 란포라는 이름은 지금도 일본 추리소설계에서 아주 또렷하게 빛나고 있다.

야마마에 유즈루(山前讓)

1956년 1월 7일생. 홋카이도 대학 이학부를 졸업한 뒤 건설토목 컨설턴트 회사에 근무했다. 1985년 프리 선언. 1982년에 아유카와 데쓰야의 《술신(戌神)[132]은 무엇을 보았는가》(고단샤분코)에 해설을 집필. 그 뒤로 문고판 해설을 중심으로 문필 활동을 하고 있다. 지은 책으로는 《일본미스터리의 100년》(2001), 앤솔러지 편집도 여러 종 내놓았다. 2003년에 《환영(幻影)의 창고》(신포 히로히사[133] 공저)로 제56회 일본추리작가협회상 평론 기타 부문을 수상했다.[134]

---

132 십이지신, 십이신장, 십이신왕 등으로 불리는 열두 신장 가운데 하나. - 역주
133 新保博久, 1953~. 추리문학 평론가. - 역주
134 유명한 에도가와 란포 연구 전문가다. 1991년부터 10년에 걸쳐 평론가 신포 히로히사와 함께 에도가와 란포 장서 목록을 작성하며 연구하였고, 본 《에도가와 란포 결정판》 시리즈의 저본인 고단샤의 문고판 《에도가와 란포 전집》(전30권) 출간 때도 전체 감수를 맡았다. - 역주

옮기고 나서

※수록작의 결말을 언급하니 주의하시기 바랍니다.

《에도가와 란포 결정판》 제1권을 선보인 지 반년이 지났습니다. 발간 속도를 조금 높이고 싶지만 뜻대로 되지 않았습니다. 앞으로 더 빨리 찾아뵐 수 있도록 궁리하겠습니다. 그래도 이렇게 많이 늦지 않은 제2권을 내보내며 제1권에 보내준 여러분의 관심에 감사드립니다.

《에도가와 란포 전집》(고분샤 문고판 전집 기준 전30권)은 이미 오래전부터 뜻을 두어 구체적인 계획도 없이 꾸준히 번역해왔습니다. 2005년 겨울부터 시작한 것으로 메모가 남아 있습니다. 그 결과들을 손질하기도 하고, 때론 아예 새로 옮기며 이 결정판 번역 작업을 진행합니다. 제2권 작업에서 특별한 사항은 〈파노라마 섬 기담〉이 애초 계획과 달리 앞으로 당겨져 수록되었다는 점입니다.

사실 〈파노라마 섬 기담〉은 소개를 조금 뒤로 미루려고 생각한 작품이었기 때문입니다. 결정판을 기준으로 말씀드리면 제7권에서 제9권 사이에 배치할 작정이었습니다. 그런데 제1권 출간에 즈음하여 편집부로 〈파노라마 섬 기담〉에 대한 문의가 자주 들어왔다고 하고, 저 역시 이메일이나 오프라인 모임을 통해 이 작품에 대한 관심을 접했습니다.

제가 〈파노라마 섬 기담〉을 뒤로 미룬 이유는 란포의 작품을 이해하는 맥락 때문이지 다른 특별한 이유는 없습니다. 조금 더 란포의 세계를 접한 뒤에 만나면 좋을 작품으로 여겼기 때문입니다. 그런데 언제부턴가 문의가 잦아지더니, 마침내 제가 소속된 미스터리 모임 '창가의 올빼미'에서도 '〈파노라마 섬 기담〉은 언제?'라는 질문을 받았습니다. 편집부의 요청에 이어 몇 차례 질문을 접한 후 '그렇다면 앞으로 당기자'고 마음먹게 되었습니다.

이렇게 해서 결정판 제2권에는 장편 《대암실》과 중편 〈파노라마 섬 기담〉, 단편 〈인간 의자〉와 〈거울 지옥〉이 실렸습니다. 제1권에 실린 니카이도 레이토 작가의 해설에 이어 이번에는 제2차 세계대전이 끝난 뒤에 보여준 란포의 활약에 대한 야마마에 유즈루 선생의 해설이 실렸습니다. 야마마에 선생은 이 결정판의 저본이 된 고분샤 문고판 《에도가와 란포 전집》 30권 전체의 감수를 맡았으며, 에도가와 란포 연구자로 유명한 분입니다. 고맙게도 한국어판을 위해 새로운 원고를 써주셨습니다.

조금 성급한 예고가 되겠지만 제3권과 제4권에는 일본과 우리나라 연구자가 또 다른 해설을 준비 중입니다. 에도가와 란포가 한국에 소개된 역사, 그리고 세계에 널리 알려지게 된 역사를 살펴보게

준에 따르면 읽기 편한 작품이라고 할 수 없는 〈파노라마 섬 기담〉의 묘미를 부디 여러 각도에서 발견하시기 바랍니다.

《대암실》을 제외한 세 작품은 굳이 요즘 시선으로 분류한다면 '괴기소설'에 해당합니다. 하지만 발표 당시의 '본격 아니면 변격'이란 단순한 구분에 따르면 《대암실》은 변격 탐정소설이었을 겁니다. 란포는 괴기소설을 괴담이라고 불렀는데, 평론집 《환영성》(고분샤 문고판 전집 중 제26권, 1951)에 실린 〈괴담 입문〉이란 글에서 이렇게 말합니다.

"우리가 넓은 의미에서 탐정소설이라고 하는 것은 사실 탐정소설과 괴담을 포함한 명칭이고 이른바 변격 탐정소설 대부분은 괴담이라고 해도 지장이 없음을 나는 이제야 깨달았다."

따라서 창작자 란포의 시각은 탐정소설, 추리소설과 괴기소설을 구분하는 요즘 독자의 시선과 다르다는 점을 염두에 두어야 합니다.

〈거울 지옥〉에 이르면 괴기소설, 괴담적인 성격이 더욱 짙게 드러납니다. 소설 자체가 괴담을 나누는 이들의 모임으로 시작될 정도입니다. 내친김에 〈괴담 입문〉에서 에도가와 란포가 분류한 괴담 종류를 소개합니다.

1. 투명 괴담
2. 동물 괴담
3. 식물 괴담

4. 그림, 조각 괴담

5. 소리 또는 음악 괴담

6. 거울과 그림자 괴담

7. 별세계 괴담

8. 질병, 죽음, 시체 괴담

9. 이중인격과 분신 괴담

　나중에 《환영성》을 소개할 기회가 올지 모르니 자세한 설명은 생략합니다. 란포는 위와 같이 괴담을 분류하고 거기에 해딩하는 대표적인 작품들을 소개했습니다. 예를 들면 9번의 이중인격과 분신 괴담에서는 당연히 로버트 스티븐슨의 《지킬 박사와 하이드 씨》를 소개했고, 1번 투명 괴담에서는 모파상의 〈오르라〉나 허버트 조지 웰스의 《투명인간》을 예로 들었죠. 5번 소리 또는 음악 괴담에서 예로 든 작품은 러브크래프트의 〈에리히 잔의 선율〉이 있습니다.

　란포가 제시한 괴담의 종류에 비추어 보면 〈파노라마 섬 기담〉은 란포 괴담의 종합판 같은 성격을 드러냅니다. 그리고 유사한 요소들이 '대암실'의 지하세계 묘사에도 등장합니다. 물론 아직 소개하지 않은 작품들 속에서도 이런 요소는 자주 고개를 내밉니다.

　에도가와 란포의 작품 세계를 본격 추리에만 무게를 두고 바라보면 그가 일본 미스터리에 끼친 영향의 절반 이상을 외면하는 꼴이 되고 맙니다. 괴담은 물론 모험소설, 환상소설에 이르기까지 넓은 의미의 미스터리에 끼친 영향은 넓고 깊습니다. 요즘 등장하는 신인

작가의 데뷔작에서도 문득 에도가와 란포의 그림자가 발견됩니다. 또 그 작가들이 란포를 원체험으로 고백하기도 합니다. 일본에서 장르의 구분 없이 란포라는 씨앗이 넓고 깊게 뿌리를 내렸다는 사실을 직접 확인하게 되는 순간입니다.

제3권에서 만날 또 다른 란포의 모습을 기대해주시기 바랍니다.

2016년 7월

옮긴이

제2권 번역에 참고한 영문판은 《Strange Tale of Panorama Island》(Elaine Kazu Gerbert 옮김, University of Hawaii Press, 2013)와 《The Japanese Tales of Mystery & Imagination》(James B. Harris 옮김, Tuttle Publishing, 1956)입니다. 내용에 관한 문의는 옮긴이의 이메일(anuken@gmail.com)로 부탁합니다.

옮긴이 권일영

서울에서 태어났다. 동국대학교 경제학과를 졸업한 뒤 중앙일보사에서 기자로 일했으며, 소설 번역은 1987년 아쿠타가와 상 수상작인 《남비속》을 우리말로 옮기며 시작했다. 아비코 다케마루의 《살육에 이르는 병》, 《탐정소설》을 비롯해 《편지》, 《호숫가 살인사건》 등의 히가시노 게이고 작품들, 《낙원》을 비롯한 미야베 미유키의 작품 등을 번역했다. 그 밖에 가이도 다케루의 다구치-시라토리 시리즈, 하라 료의 사와자키 탐정 시리즈 등 여러 미스터리를 우리말로 옮겼다. '일본미스터리즐기기 카페'를 만들어 운영하고 있으며, 한국추리작가협회 회원이기도 하다.

에도가와 란포 결정판 2

초판 1쇄 발행일 2016년 7월 25일
초판 2쇄 발행일 2023년 1월 19일

지은이 에도가와 란포
옮긴이 권일영

발행인 윤호권
사업총괄 정유한

편집 박윤희 **디자인** 박지은 **마케팅** 윤아림
발행처 ㈜시공사 **주소** 서울시 성동구 상원1길 22, 6-8층 (우편번호 04779)
대표전화 02-3486-6877 **팩스(주문)** 02-585-1755
홈페이지 www.sigongsa.com / www.sigongjunior.com

ISBN 978-89-527-7550-4 04830
ISBN 978-89-527-7548-1 (세트)

*시공사는 시공간을 넘는 무한한 콘텐츠 세상을 만듭니다.
*시공사는 더 나은 내일을 함께 만들 여러분의 소중한 의견을 기다립니다.
*검은숲은 ㈜시공사의 브랜드입니다.
*잘못 만들어진 책은 구입하신 곳에서 바꾸어 드립니다.